STAMMBAUM DAVIDS

Asser Issaschar Sebulon Joseph Benjamin

…a[2] Boas

Ruth

Obed

Isai[3] (Der Name von Davids Mutter ist nicht erwähnt)

Nethaneel Raddai Ozem DAVID

…benfrauen, mit denen er auch Kinder hatte.

…ggith – …donja

Abital – Sepatjah

Eglah – Jithream

Bath-Seba – Sammua[6], Sobab, Nathan, Salomo

Weitere Kinder, namentlich genannt, ohne Angabe des Namens der Mutter (2. Sam. 5,15ff // Jibhar, Elisua, Eliphelet, Nogah[8], Nepheg, Japhia, Elisama, Beeljada.
Dazu kommen weitere, nicht namentlich genannte Söhne von Nebenfrauen (1. Chr. 3,9).

Heller · Weiß Gott

Joseph Heller

WEISS GOTT

Roman

C. Bertelsmann

Übersetzung der gekennzeichneten
und ungekennzeichneten Zitate
aus dem Alten Testament nach
D. Martin Luther,
die des verbindenden Textes von
G. Danehl

Die Originalausgabe erschien unter dem Titel
»God knows« bei Alfred A. Knopf, Inc., New York

Gesamtherstellung
Mohndruck Graphische Betriebe GmbH, Gütersloh
ISBN 3-570-05497-7. Printed in Germany

Wie kann ein einzelner warm werden?
Prediger 4,11

I
ABISAG VON SUNEM

Abisag, die Sunemitin, wäscht ihre Hände, pudert die Arme, legt ihr Gewand ab und nähert sich meinem Bett, um sich auf mich zu legen. Schon während sie mit den zierlichen Gliedern, dem winzigen Bäuchlein und dem wohlriechenden Mund von mir Besitz ergreift, weiß ich, daß dies alles nichts nützen wird. Ich werde nicht aufhören zu frösteln, und wieder wird sie fürchten, ein weiteres Mal versagt zu haben. Das Frösteln, das mich peinigt, kommt von innen. Abisag ist schön. Auch soll dieses Kind noch jungfräulich sein. Na und? Ich habe auch früher schon schöne Jungfrauen besessen und hielt das für Zeitverschwendung. Die beiden Frauen, die ich im Leben am meisten liebte, waren verheiratet, als ich sie kennenlernte, und wußten, wie sie mich erfreuen konnten, denn das hatten sie in ihrer Ehe gelernt. Beide Male hatte ich das Glück, daß die Ehemänner genau in dem mir passenden Moment starben. Abisag, die Sunemitin, ist anmutig und adrett, willfährig und gehorsam, und ihre Bewegungen sind weich. Sie badet unfehlbar des Morgens, des Nachmittags und am Abend. Öfter noch spült sie die Hände, wäscht ihre Füße, und bevor sie sich mir naht, um mich zu füttern, zuzudecken oder sich zu mir zu legen, reinigt und parfümiert sie gewissenhaft ihre Achselhöhlen. Sie ist federleicht und zierlich und sehr jung, ihre Haut ist dunkel und glatt, das glänzend schwarze, ungelockte Haar ist aus der Stirn gekämmt und wellt sich in Schulterhöhe nach außen. Ihre sehr großen Augen blicken schüchtern einladend, das Weiße ist riesengroß und die Iris fast ebenholzschwarz.

Trotzdem zöge ich meine Frau vor, die sich jetzt mindestens zweimal des Tages bei mir sehen läßt. Was sie zu mir führt, ist aber einzig Angst um ihr Leben und die Sorge um Sicherheit und um die künftige Position ihres Sohnes, sobald ich nicht mehr unter den Lebenden sein werde. Aus mir macht sie sich nichts, hat das vermutlich nie getan. Ihr Sohn soll König werden. Denkt sie. Er ist selbstverständlich auch mein Sohn, ich habe aber mehrere, wahrscheinlich mehr, als ich beim Namen nennen könnte, sollte mir je einfallen, eine Liste von ihnen anzulegen. Je älter ich werde, desto geringer wird mein Interesse an meinen Kindern oder überhaupt an irgendwem und irgendwas. Wen schert schon das Wohl unseres Landes? Meine Frau, großgewachsen und breithüftig, ist in fast jeder Hinsicht das gerade Gegenteil von Abisag. Anders als diese bedenkt sie so gut wie jedermann mit unfreundlichen Blicken; ihre Augen sind blau, klein und durchdringend. Ihre Haut ist hell, und immer noch färbt sie ihr Haar gelb mit jener Mixtur aus Safran und Weiderich, die sie vor undenklicher Zeit perfektioniert hat, nach jahrzehntelanger Mühe. Großgewachsen, schamlos, eigensüchtig und einschüchternd, ist sie meiner scheuen Dienerin haushoch überlegen und mustert sie häufig mit unverschämt prüfenden Blicken, die verraten, daß sie dank angeborener Kennerschaft mehr von Männern versteht als Abisag. Das gilt auch jetzt noch und wird wohl in alle Zukunft gelten. Alles das interessiert sie aber längst nicht mehr.

Wie üblich weiß meine Frau genau, was sie will, und scheut sich nicht, es zu fordern. Wie üblich will sie alles, und zwar auf der Stelle. Der selbstbewußte Ausdruck ihrer Augen, die den meinen nervös ausweichen, soll anzeigen, daß keine verborgenen Motive sie leiten, und sie verweist mit der Miene argloser, fahriger Verwirrtheit auf Versprechungen, von denen wir beide wissen, daß ich sie niemals gemacht habe. Und wie üblich verbeißt sie sich mit einer so engstirnigen Hartnäckigkeit in ihren Vorsatz, daß sie gar nicht auf den Gedanken kommt, subtileres Taktieren könnte ihren Zwecken dienlicher sein. So kann sie sich beispielsweise nicht vorstellen, daß ich sie wirklich noch liebe und begehre, obwohl ich sie immer wieder auffordere, sich zu mir zu legen. Sie meint, wir seien beide zu alt dafür. Ich meine das nicht. Um mich zu wärmen und zu warten, habe ich also statt dessen Abisag, die Sunemitin, die ihre Arme und lieblichen jungen, braunen Brüste mit wohlriechenden Wässern gewaschen und Hals, Ohren und Haar parfümiert hat. Abisag wird vergeblich ihr Bestes tun, und wenn sie von meinem Bette aufsteht, wird mir so kalt sein wie zuvor und ebenso elend.

Das Licht in diesem Raum ist tagsüber so trübe, als fiele es durch eine Wolke unsichtbarer Stäubchen. Die Flammen in meinen Öllampen flackern düster. Oft fallen mir die Augen zu, ohne daß ich merke, wie ich für kurze Zeit einschlafe. Meist fühlen sich die Lider sandig an, entzündet.

»Sind meine Augen gerötet?« frage ich Abisag dann.

Sie sagt, die Lider seien stark gerötet, und verschafft mir Linderung, indem sie kühles Wasser und Glyzerin aus Bäuschchen weißer Wolle darauf träufelt. Unter meinem Dach und auf den Straßen vor den Fenstern herrscht eine unheimliche Stille, welche die grellen Geräusche der Stadt in einem würgenden Griff zu ersticken scheint. In den Korridoren gehen Wächter und Diener auf Zehenspitzen und flüstern Mutmaßungen. Mag sein, sie schließen Wetten ab. Jerusalem prosperiert wie nie zuvor, doch Gerüchte und angstvolle Erwartungen plagen die Einwohner. Spannung und zunehmende Furcht liegen in der Luft, Ehrgeiz, Hinterlist und gieriger Opportunismus werden mehr und mehr sichtbar. Nichts davon beeindruckt mich noch. Das Volk teilt sich in einander feindliche Lager? Mag es. Die Gefahr eines drohenden Blutbades ist schon in der nächtlichen Meeresbrise zu spüren? Wen kümmert es! Meine Kinder warten darauf, daß ich sterbe? Wer wollte es ihnen verübeln. Ich habe ein langes, erfülltes Leben gehabt, oder etwa nicht? Man lese es nach. Bei Samuel 1 und 2. Im Buch der Könige. Auch in den Chroniken, aber die sind zimperliche Schönfärberei, sie lassen die deftigsten Teile meines Lebens aus, als unwichtig oder unwürdig. Daher verabscheue ich die Chroniken. Ich erscheine darin als frömmelnder Langweiler, schal wie Spülwasser, ein fader Tugendbold wie jene Jeanne d'Arc, und Gott weiß, so war ich nie. Gott weiß, ich habe reichlich gefickt und gefochten und beides ausgiebig genossen, bis ich mich verliebte und das Baby starb. Danach nahm alles eine Wendung zum Schlechteren. Und Gott weiß, daß ich stets eine kraftvolle, mutige, unternehmungslustige Seele war, überfließend von allen lustvollen Gefühlen und Wünschen des Lebens, bis zu dem Tage, da ich auf dem Schlachtfeld von Gob müde ward, von meinem Neffen Abisai herausgehauen wurde und mich nicht mehr darüber täuschen konnte, daß ich körperlich meine beste Zeit hinter mir hatte und nicht mehr imstande war, in der Schlacht meinen Mann zu stehen. Zwischen Sonnenauf- und -untergang war ich um vierzig Jahre gealtert. Des Morgens hatte ich mich als unüberwindlicher junger Mann gefühlt, und des Nachmittags wußte ich: du bist ein alternder Mann.

Ich möchte nicht prahlen – ich weiß, es ist ein wenig geprahlt, wenn ich sage, ich habe nicht nötig zu prahlen –, ich glaube aber aufrichtig, daß meine die beste Geschichte in der Bibel ist. Wo wäre die Konkurrenz? Hiob? Den können wir vergessen. Die Schöpfungsgeschichte? Die ist für Kinder, die Erzählung eines alten Weibes, eine weltentrückte Mär, gesponnen von einer kopfwackelnden Großmutter, die schon in selbstzufriedene Langeweile entrückt ist. Die alte Sara ist lustig – sie hat Gott ausgelacht und belogen, und wenn ich das lese, amüsiert es mich immer noch sehr. Sara ist beinahe wirklich, mit ihrem großmütigen, trotzigen, aber gutartigen Charakter und ihrer weiblichen Eifersucht auf die Rivalin, und Abraham erfüllt selbstverständlich alle Erwartungen, gehorsam wie er ist, gerecht, abwägend, auch tapfer, stets der perfekte Gentleman und kluge Patriarch. Aber was passiert denn noch nach Isaak und Hagar? Jakob mag als Erzählung durchgehen, und Joseph kommt als der verwöhnte, spätgeborene, vorlaute Liebling seines ihn anbetenden Vaters recht gut heraus, nur verschwindet er als Erwachsener ziemlich unvermittelt von der Bühne. Eben noch verteilt er in Ägypten Getreide und Land als höchster Beauftragter des Pharao, und wenige Abschnitte später liegt er auf dem Sterbebett und verlangt mit dem letzten Atemzug, daß seine Gebeine dereinst von Ägypten ins Land Kanaan gebracht werden sollen. Noch eine Last mehr für Moses, vierhundert Jahre später.

Moses, das muß ich zugeben, ist nicht übel, aber er ist lang, endlos lang, und nach dem Auszug aus Ägypten fehlt es einfach an Abwechslung. Immer nur von Gesetzen ist die Rede. Wer kann sich schon so viele Gesetze anhören, auch wenn er vierzig Jahre Zeit dafür hat? Auswendig lernen sollte man sie, denn wer könnte sie alle niederschreiben? Wann blieb ihm jemals Zeit für anderes? Und weitergeben mußte er sie. Man darf nicht vergessen, daß Moses ein gehemmter Redner war. Kein Wunder also, daß alles so lange dauerte. Michelangelo hat uns beide in Stein gehauen. Moses ist ihm besser gelungen. Mein Standbild gleicht mir nicht die Spur. Moses hat die Zehn Gebote für sich, das stimmt, aber mein Text ist unvergleichlich viel besser, voller Poesie und Leidenschaft, wilder Gewaltsamkeit und jener herzzerbrechenden Trauer, die den Menschen zivilisiert. »Die Edelsten in Israel sind auf deiner Höhe erschlagen.« Das spreche ich, und auch: »Schneller waren sie denn die Adler, und stärker denn die Löwen.« Meine Psalmen überdauern. Allein meine berühmte Wehklage würde für ein Leben reichen, wenn ich nicht schon an Altersschwäche stürbe. Bei mir kommen Kriege vor und ekstatische religiöse Heimsuchungen, obszöne Tänze, Gespenster, Morde, haarsträubende Fluchten und aufregende Verfolgungen. Es gab Kinder, die früh starben. »Ich werde wohl zu ihm fahren, es kommt aber nicht wieder zu mir.« Das über jenes, das nur wenige Tage lebte, Gottes oder meinetwegen – das mag man sich aussuchen. Wo ich die Schuld sehe, weiß ich jedenfalls. »Mein Sohn, mein Sohn!« galt einem anderen, niedergestreckt in der Blüte seiner jungen Mannesjahre. Wo findet sich vergleichbares bei Moses? Und nicht zu vergessen meine Lieblingsstelle, den Höhepunkt in jenem

Triumphgesang, der eine Glücksgrimasse auf mein Gesicht zauberte, als ich ihn anfangs hörte, wie er mich grüßte, wenn ich in meinem jugendlichen Überschwang und all meiner Naivität daherstolzierte! Allerdings verlor ich rasch den Spaß daran. Bald schon kauerte ich furchtsam beim Klang der ersten dieser herrlichen Silben, schaute angstvoll hinter mich, wie um dem Streich einer tödlichen Waffe auszuweichen, die mich von rückwärts bedrohte. Wie fürchtete ich diesen anfeuernden Tribut an mich. Doch kaum waren meine ersten Todfeinde erschlagen, ertappte ich mich dabei, daß ich diese einmalige Akkolade schamlos genoß. Und selbst jetzt noch, in meiner fröstelnden Altersschwäche, glühe ich vor Stolz und durchzuckt mich sexuelle Begierde, wenn ich mir die bloßfüßigen Weiber vorstelle, die uns jubelnd aus Städten und Dörfern entgegenströmten, die nackten, sonnengebräunten Knie unter den aufgeworfenen Röcken von grellem Rot, Blau und Purpur; Weiber, die uns mit Gesang und Reigen feierten, wenn wir ein weiteres Mal siegreich zurückkehrten, uns wieder und wieder mit jenem berükkenden, frohlockenden Refrain zujubelten:

Saul hat tausend geschlagen
aber David zehntausend.

Im Original nimmt es sich sogar noch besser aus:

הִכָּה שָׁאוּל בַּאֲלָפָו
וְדָוִד בְּרִבְבֹתָיו׃

Man stelle sich vor, wie Saul das aufnahm. Ich stellte mir nichts vor, und schon mußte ich mich vor den Spießen ducken, die er nach mir schleuderte, und um mein Leben laufen. Glauben Sie vielleicht, Ärger mit angeheirateten Verwandten zu haben? Mein Schwiegervater wollte mich umbringen. Warum? Bloß weil ich zu gut war, darum. Damals sah ich aus wie ein Unschuldslamm, und falsch machen konnte ich überhaupt nichts, auch wenn ich gewollt hätte, ich machte auf jedermann den besten Eindruck – ausgenommen Saul. Sogar seine Tochter verknallte sich in mich, wurde dann allerdings als meine dreizehnte, vierzehnte oder fünfzehnte Frau ein verbitterter Zankteufel. Michal hat mir einmal das Leben gerettet, das ist wahr, doch rechtfertigt das noch nicht ihre bösartige Nörgelei.

Wohin Saul mich auch aussandte zu kämpfen, ich gehorchte. Und je besser ich ihm im Kriege gegen die Philister diente, desto mehr wuchs sein neidvoller und grimmiger Verdacht, ich sei zu seinem Nachfolger ausersehen und bereite mich auf diese Nachfolge schon vor. War das etwa anständig? War es etwa meine Schuld, daß ich so beliebt war?

Saul war damals schon von Samuel verstoßen und von Gott mit jenem endlosen, schrecklichen, metaphysischen Schweigen heimgesucht worden, das nur jemand verhängen kann, der wirklich allmächtig und unentbehrlich ist wie der Herr. Ich spreche da aus eigener Erfahrung: Ich rede nicht mehr mit Ihm und Er nicht mehr mit mir.

Selbst mein eigenes Herz schmolz vor Mitleid mit Saul, als Gott in Endor am Vorabend von Sauls Tod sich ihm verweigerte. Und dies geschah lange, nachdem Samuel mich im Hause meines Vaters zu Bethlehem heimlich gesalbt und mir eröffnet hatte, der Herr habe mich auserwählt, eines Tages in Israel Sein König zu sein – was immer diese Mitteilung nun auch wert sein mochte. Ich hatte begründetes Interesse an Sauls Tod, gewiß, doch schwöre ich, daß er mir manchmal leid tat und daß meine Hände immer rein geblieben sind. Ich habe nichts Schlimmeres getan, als mich darum bemüht, jene Zuneigung und Bewunderung zu steigern, mit der er mich anfangs in sein Gefolge aufnahm, an dem Tage, da ich Goliath erschlug. Seine Stimmungswechsel waren jedoch unvorhersehbar und extrem, und kaum je ließ sich voraussagen, wann unser edler, gepeinigter General und erster König sich wieder einmal in einen rasenden Irren verwandeln und mir nach dem Leben trachten würde. Manchmal schien es mir, als wolle er uns allesamt töten, alle ohne Ausnahme, auch seinen natürlichen Sohn Jonathan.

Das war also eine schöne Bescherung. Ich hatte einen Schwiegervater, der den größeren Teil seiner Zeit und Kraft darauf verwandte, mich töten zu wollen, der mir nachts gedungene Mörder vors Haus schickte, die mich bei Tagesanbruch meucheln sollten, der Tausende seiner besten Soldaten in die Wildnis führte, um mich aufzuspüren, statt mit ihnen die Philister zurück in die Küstenebene zu treiben, wo sie hingehörten. Seine Tochter bot er mir nur an, weil er insgeheim hoffte, ich werde ums Leben kommen, wenn ich den lächerlich geringen Preis einsammelte, den er für sie verlangte: einhundert Vorhäute von Philistern. Saul litt unter der paranoiden Einbildung, sein Sohn und seine Tochter sympathisierten mit mir, und damit hatte er durchaus recht. Ich zog daraus einen Schluß, der auf jeden zutrifft und für niemand von praktischem Wert ist: Im Wahnsinn liegt Weisheit, und eine jede Anschuldigung ist vermutlich gerechtfertigt, denn jeder ist jeden Verhaltens fähig. Es gab gespenstische, stürmische Zeitabschnitte, während derer Saul, dieser bedauernswerte, umnachtete Irre, nichts weiter in seinem tollen, verwirrten Kopf hatte als den Vorsatz, mich zu töten. Das verstehe, wer will.

Ich kann von Kriegen und Eroberungen berichten, von Aufständen und Verfolgungen. Ich gründete ein Reich, so groß wie Maine, und ich führte das Volk von Israel aus dem Bronzezeitalter in das des Eisens.

Ich kann eine Liebesgeschichte erzählen und eine Sexstory, noch dazu mit derselben Frau, und beide sind großartig, und ich habe ein nicht endendes Remis mit Gott, wenngleich dieser jetzt tot sein mag. Ob Gott tot ist oder nicht, dürfte kaum ins Gewicht fallen, denn wir würden doch keinen anderen Gebrauch von Ihm machen, als wir es tun. Er muß sich noch bei mir entschuldigen, aber Er rührt sich nicht, also rühre auch ich mich nicht. Ich habe meine Fehler, weiß Gott, ich bin sogar bereit, sie zuzugeben, aber bis auf diesen Tag bin ich davon überzeugt, von uns beiden den besseren Charakter zu haben.

Obwohl ich niemals mit Gott wandelte, redete ich doch häufig mit Ihm und kam glänzend mit Ihm aus, bis ich Ihn zum ersten Mal beleidigte. Dann kränkte Er mich, und hernach kränkten wir einander wechselseitig. Aber Er versprach gleichwohl, mich zu behüten. Und das tat Er auch.

Aber wovor? Vor dem Altwerden? Vor dem Tode meiner Söhne und der Schändung meiner Tochter? Gott schenkte mir langes Leben und viele Söhne, die meinen Namen fortführen – obschon sie sämtlich eigene Namen haben –, doch heute ist es heiß wie in der Hölle, auch stickig, und trotzdem wird mir nicht warm. Die innere Wärme will sich nicht einstellen, obschon Abisag, die Sunemitin, mir mit Fingerspitzen und Zunge wohltut und ihr geschmeidiger, wunderhübscher, zierlicher Leib sich auf mir windet. Für jemand, der so klein und zerbrechlich ist, hat Abisag, meine Sunemitin, einen prächtigen, wohlgeformten Arsch.

Man möchte es nicht glauben, doch war ich ehedem ein gejagter Verbrecher, überall in Juda wurde nach mir gefahndet, und darüber spricht heute kaum noch jemand. Ich war ein flüchtiger Vogelfreier, mit einer aus sechshundert abgebrühten Verbrechern und Raufbolden bestehenden Bande unter meinem Kommando. Weiß jemand, was das bedeutet: eine organisierte Bande von sechshundert schlachterprobten Männern? Das war eine eindrucksvolle, disziplinierte Kampfgruppe, die in jedem Heer willkommen war, auch in dem von König Achis von Gath und bei seinen Philistern, die sich zum Kriege gegen Israel anschickten; die forderten uns auf, uns mit ihnen zu verbünden. Saul ist dafür verantwortlich, daß wir einverstanden waren und tatsächlich gegen Israel losmarschierten; auch davon wissen heute die wenigsten, doch als die Philister sich auf die Schlacht von Gilboa vorbereiteten, in der Saul erschlagen wurde, standen wir auf ihrer Seite. Zu meinem Glück wurden wir aber von den Philistern heimgeschickt, bevor das Treffen begann. Sollte ich je Judäer oder Israeliten beraubt und ausgeplündert haben – und ich gebe das keineswegs zu –, so nur, weil Saul mir keine Wahl ließ. Wie anders hätte ich mich am Leben halten können, nachdem er mich von sich gestoßen und fast das ganze Land gegen mich aufgebracht hatte? Die Bewohner von Siph verrieten mich, und die von Maon ließen ihn wissen, wo wir uns gelagert hatten. Ich aber hatte weiter nichts im Sinne, als ihm meine Liebe zu beweisen. Saul war für mich wie ein Vater. Und so redete ich ihn auch an.

»Mein Vater!« rief ich aus dem Gestrüpp auf dem steinigen Hang, nachdem ich ihn schlafend in der Höhle von Engedi angetroffen und einen Zipfel von seinem Rock geschnitten hatte zum Beweise, daß ich dort gewesen. »Siehe, ich habe dich nicht getötet.«

»Ist das deine Stimme, mein Sohn David?« antwortete er mir weinend. »Ich will dir fürder kein Leid tun.«

Doch auf die Gelöbnisse eines Irren ist ebensowenig Verlaß wie auf die der Weiber.

Als die Philister ihn später tot auf dem Schlachtfeld fanden, hackten sie ihm den Kopf ab und hefteten das übrige an die Stadtmauer von Beth-Sean.

Blutrünstige Taten? Davon habe ich für jeden Geschmack etwas zu bieten. Selbstmord, Königsmord, Vatermord, Meuchelmord, Brudermord, Kindermord, Ehebruch, Blutschande, Hinrichtungen und mehr Enthauptungen als bloß die von Saul.

Man höre: Ich hatte Söhne.

Ich hatte Kebsweiber.

Ich hatte einen Sohn, der am hellen Tage auf dem Dach meines Palastes zu meinen Kebsweibern einging.

Nach mir wurde ein Stern benannt – ausgerechnet in London –, im Jahre 1898. Hat man etwa schon gehört, daß ein Stern nach Samuel benannt worden wäre?

Einer meiner Söhne ermordete einen anderen meiner Söhne. Und was hätte ich da unternehmen sollen? Kain und Abel? Das war damals, und heute ist heute. Gott hat die Sache mit Kain selber geregelt: »Geh von hinnen«, sagte Er. Kain machte sich auf den Weg, und damit war Adam außer obligo. Aber nachdem Absalom den Amnon getötet hatte, schaute das gesamte, von Menschen wimmelnde Jerusalem auf mich und fragte, was ich nun wohl tun würde.

Das gleiche wird sich jetzt wiederholen, und ich soll bestimmen, wer regiert und wer sterben muß. Adonia oder Salomo. Eine schmerzliche Entscheidung? Nur, falls mir meine Kinder oder die Zukunft des Landes noch am Herzen lägen. Aber das tun sie in Wahrheit nicht. Ich hasse Gott und ich hasse das Leben. Und je näher ich dem Tode komme, desto größer wird mein Haß aufs Leben. Ich bin viel zu alt, um noch Vater zu sein, scheint mir, nicht allerdings, um noch Ehemann zu sein, und ich wünsche meine Frau hier neben mir auf dem Bett zu sehen. Ich glaube, ich war der erste erwachsene Mann in der Menschheitsgeschichte, der sich aufrichtig, leidenschaftlich, sexuell, romantisch und sentimental zugleich verliebte. Ich habe das praktisch erfunden. Zwar fühlte Jakob sich zu Rahel hingezogen, als er sie am Brunnen von Haran zum ersten Mal gewahrte, aber Jakob war ein Knabe, und seine Verliebtheit war Kälberliebe, verglichen mit der meinen. Sieben Jahre diente er um sie und weitere sieben Jahre, nachdem man ihm in der Hochzeitsnacht ihre blödgesichtige Schwester angedreht hatte. Ich besaß Bath-Seba, kaum daß ich sie erblickt hatte. Und in den wenigen wunderbaren Jahren, die ich mit ihr genoß, trieben wir es, bis ich nicht mehr wußte, wo mir der Kopf stand. Einen Tag um den anderen und zu jeder Tageszeit konnte ich an nichts anderes denken als daran, zu ihr zurückzufliegen und mit Händen, Mund und Leib und Seele ihr Fleisch an mich zu pressen. Und wie ich sie preßte! Wir küßten uns und wir redeten miteinander. Wir trafen uns heimlich, umarmten einander schon auf dem Weg zum Beilager, scherzten, schon taumelnd, lachten übermäßig, vergnügten uns auf jede erdenkliche, traute, innige Weise, bis zu dem Tage, da der Himmel einstürzte, weil sie sagte, sie sei schwanger.

»Ach du liebe Scheiße!« war alles, was mir einfiel.

Ich weiß nicht, wer von uns auf den Gedanken kam, ihren Mann Uria, den Hethiter, von der Belagerung Rabbas abzurufen, damit er die Frucht unseres ehebrecherischen Treibens legitimiere. Ich weiß nur noch, daß dies fehlschlug.

»Gehe hinab in dein Haus, Uria«, suchte ich ihn zu überreden, schickte auch Fleisch und andere Nahrung hin, um ihm Lust auf das Marathon von Ausschweifungen zu machen, das Bath-Seba und ich uns für ihn ausgedacht hatten. »Erfreue dich. Du hast gute Nachrichten vom Feldzug gebracht.«

Statt dessen versteifte er sich darauf, bei meinen Leibwächtern auf dem Fußboden des Palastes zu schlafen, in telepathischer Solidarität mit seinen Waffenbrüdern, die noch vor Rabba zu Felde lagen, und in höchst ärgerlicher Befolgung des mosaischen Reinheitsgebotes für die kämpfende Truppe – eine reine Donquichotterie. Mindestens drei Tage mußten vergehen, bevor der Mann in den heiligen Krieg zog, wenn er einem Schaf, einer Ziege oder einer Truthenne beigewohnt hatte. Wer sich vor dem Militärdienst drücken will, wohnt vor der Einberufung seiner Frau, einem Kebsweib oder einer Truthenne bei. Dabei war Uria nicht mal Jude. Aber wer kann schon einem Hethiter Vernunft beibringen.

»Gehe hinab in dein Haus, Uria«, redete ich ihm den ganzen folgenden Tag über zu, befahl ich, flehte ihn geradezu an. »Bitte, bitte, geh heim, Uria. Gewiß erwartet dich deine Frau. Sie soll ja eine üppige Person sein, wie ich höre. Gib's ihr ordentlich. Einen oder zwei Bautze vor die Butze. *Schtup* sie. Du hast es dir wahrlich verdient.«

Statt dessen schlief er wieder auf dem Fußboden. Ahnte der Lump womöglich was? Er trieb mich langsam zum Wahnsinn. Wer darauf verfiel, ihn zurück in die Schlacht und den gewissen Tod zu schicken, weiß ich nicht mehr. Sagen wir, es war Bath-Seba.

Die Witwe Bath-Seba bezog als meine achte Frau den Palast, nachdem sie ausgetrauert hatte.

Und schon verlangte sie, Königin zu sein. Königinnen gab es nicht bei uns. Aber hörte mein Schätzchen deshalb auf, das zu fordern? Es war noch keine Stunde seit ihrem Eintreffen in meinem Palast vergangen, da hatte sie bereits die Appartements, Schränke und Schminktöpfe meiner anderen Frauen inspiziert und verlangte, besser und reichlicher versorgt zu werden. Vom ersten Tage an war diese verwegene Person meine Favoritin. Meine Liebe zu Bath-Seba entzückte mich noch mehr als die zu Abigail, meiner eleganten, weltgewandten, vornehmen, damenhaften Gattin, die mir die besten Linsensuppen, Gerstenbrote und Lauchzwiebeln vorsetzte, die ich je im Leben gekostet habe, und die sich auch heute damit begnügen würde, für mich zu kochen, wäre sie nur noch am Leben. Als ich Bath-Seba kennenlernte, weigerte sie sich, die Hände in Spülwasser zu tauchen, wenn das irgend zu umgehen war, und nachdem ich sie zur Frau genommen, hatte sie das nie mehr nötig.

Jetzt besucht sie mich täglich, einzig in der verhohlenen Absicht, ihre Sicherheit gewährleistet zu wissen. Ihre angeborene Selbstsucht ist immer noch faszinierend zu beobachten; es tut mir wohl zu sehen, daß manches unveränderlich ist. Habe ich nicht irgendwo gesagt, es gebe nichts Neues unter der Sonne? Sie versteht sich gut auf die Liebe, weniger gut aber auf Männer oder auf das, was uns Männern am Herzen liegt. Was mir am Herzen liegt, ist ihr so ziemlich einerlei. Statt dessen verlangt sie, ich solle Salomo zum König machen.

»Kommt nicht in Frage«, sagte ich ihr lachend am Tage seiner Geburt. »Vor ihm sind ein Dutzend andere dran.«

Jetzt ist nur Adonia übrig.

»Ich denke dabei nicht an mich«, versichert sie mir, »sondern einzig und allein an das Volk und an das Land.«

Sie denkt einzig an sich. An die Zukunft denkt sie ebensowenig wie ich. Sie behauptet, ich habe es ihr versprochen. »Ganz bestimmt hast du es mir irgendwann einmal versprochen«, sagt sie. »So was könnte ich mir nie ausdenken.«

Bath-Seba hat seit je nach Belieben Lügen erdenken und sie augenblicks für die Wahrheit halten können. Ihre Doppelzüngigkeit ist durchsichtig. Doch man unterschätze nicht die Macht einer Frau. Man schlage in 1. Könige 1–14 nach. Auch da bin ich der Beste. Mag sein, daß Salomo mehr Platz eingeräumt ist, aber gibt es irgendwas in seinem ganzen Leben, das auch nur mit einem Teil des meinigen verglichen werden könnte? Der einzige kluge Satz, den er je geäußert hat, stammt von mir – der, mit dem er Benaja anwies, Joab am Altar zu erschlagen. Auch die guten Sprüche Salomos stammen ursprünglich von mir, ganz wie die besten Stellen im Hohelied. Meine auf dem Sterbebett erteilten Anweisungen sind fabelhaft, witzig, dramatisch, unüberbietbar. Was Simei angeht, sind sie nur einfallsreich. Mit Joab, meinem Verwandten, dem Sohn der Zeruja, meinem loyalen lebenslangen Gefährten und tapferen Feldhauptmann während fast meiner ganzen Regierungszeit, verfuhr ich entschiedener. Kein einziges Mal ist er in seiner Treue wankend geworden, und selbst jetzt, im reifen Alter, hat er seinen starken Arm und all seine Autorität dafür aufgeboten, daß ich ungestört bis zu meinem Tode regiere und daß der Thron an den einzigen Erben fällt, der einen legitimen Anspruch darauf hat. Für den standhaften, loyalen, tapferen Joab verfügte ich:

»Mach ihn hin! Erledige ihn! Spreng den Lumpenhund in die Luft!«

Immer steckte ich voller Überraschungen, nicht wahr? Und ich war auch klug genug zu wissen, daß man für Salomo alles ganz unmißverständlich aussprechen mußte. Ich verrate jetzt ein Geheimnis, wenn ich sage, mein Sohn Salomo meinte es bitter ernst, als er den Vorschlag machte, das Baby in zwei Hälften zu zerlegen, der *Patz.* Das schwöre ich bei Gott. Dieser Tropf wollte gerecht sein, nicht etwa scharfsinnig.

»Verstehst du, was ich dir hinsichtlich Joabs befohlen habe?« fragte ich, schaute ihn prüfend an und wartete sein bleiernes Nicken ab, bevor ich nachdrücklich fortfuhr: »Laß sein hehres Haupt nicht in Frieden in die Grube fahren.«

Salomo blickte von der Tontafel auf, worein er seine Notizen ritzte, und fragte: »Was ist ein hehres Haupt?«

»Abisag!«

Abisag wies ihm die Tür und tätschelte meine wogende Brust, bis sie fühlte, daß der Sturm abflaute. Dann wusch sie sich, trocknete sich ab, parfümierte Handgelenke und Achselhöhlen, legte ihr Gewand ab und stellte sich vor mich in ihrer wunderschönen jungfräulichen Nacktheit, ehe sie anmutig ein kuchenbraunes Knie hob, mein Bett bestieg und sich wieder neben mich legte. Selbstverständlich war das nutzlos. Auch damals fehlte mir die Hitze.

Ich begehrte meine Frau. Ich begehre sie jetzt. Bath-Seba glaubt das nicht, und wenn sie es glaubte, wäre es ihr egal.

»Solche Sachen mache ich nicht mehr«, antwortet sie jedesmal, wenn ich ihr das vorschlage, und wenn sie mißgestimmt ist, fügt sie an: »Ich habe die Liebe satt.«

Sie verlor die Lust, als sie ihre Bestimmungen entdeckte. Ihre erste Bestimmung war es, Königin zu werden. Zu schade, daß Königinnen bei uns nicht vorgesehen waren. Sodann wollte sie eine Königinmutter werden, als erste in unserer Geschichte, die verwitwete Mutter eines regierenden Herrschers. Ich lasse mich auf keinen Handel ein, und winseln mag ich nicht. Selbstverständlich genügte ein scharfes Kommando, und schon wäre sie in meinem Bett, aber das wäre eben auch eine Bitte, oder nicht? Ich bin David der König und muß mir verkneifen zu bitten. Aber Gott weiß, daß ich auf die eine oder andere Weise mindestens noch einmal bei ihr liegen werde, bevor ich den Geist aufgebe und damit meine phantastische Geschichte an ihr Ende bringe.

II
ÜBER DAS BÜCHERMACHEN

Des Büchermachens ist kein Ende, und je länger ich über diese meine Geschichte nachdenke, desto mehr bin ich überzeugt, daß mein größter Fehler war, Goliath zu erschlagen. Noch am gleichen Tage reihte Saul mich in sein Heer ein, und seither habe ich so gut wie ausschließlich unter dem Schwert gelebt. Bath-Seba zu ficken, wieder zu ficken und wieder und wieder und wieder, sie an mich zu pressen, bis ich sie nicht mehr halten und mich doch nicht von ihr trennen konnte – das könnte der zweitgrößte Fehler gewesen sein. Nathan hat mich deshalb ganz schön am Arsch gekriegt, und gleich darauf war das Baby tot. Liebe ist mächtig. Damals war meine Liebe zu Bath-Seba schrecklich wie Heerscharen, bleich wie der Mond in seinem Herzeleid, klar wie die Sonne in ihrer Freude. Gott und ich standen auf recht gutem Fuß miteinander, bis Er den Kleinen umbrachte; danach habe ich von Ihm Abstand gehalten, und das dürfte Er schon bemerkt haben, denn es ist bald dreißig Jahre her.

Schon einmal vordem, in einem Anfall von Hochmut während einer Pause zwischen Eroberungszügen, hatte ich beschlossen, ein prachtvolles Bauwerk mir zu Ehren zu errichten und es einen Tempel des Herrn zu nennen; aber Gott sagte nein. Gott kannte den wahren Beweggrund. Eitelkeit der Eitelkeiten, sagt der Prediger, alles ist eitel. Gott brauchte nicht bei Salomo nachzusehen, um zu wissen, was Eitelkeit ist.

Und ich ebenfalls nicht, schon als Jüngling nicht, denn besser als meine drei wutschnaubenden älteren Brüder im Heer wußte ich sehr wohl, daß ich vor Eigendünkel und dem Drang, mich zu produzieren, schier platzte, als sich mir Gelegenheit bot, Goliath im Zweikampf gegenüberzutreten. Diese Gelegenheit wollte ich mir um keinen Preis entgehen lassen.

Ich scherte mich nicht darum, daß meine Brüder mir befahlen, nach Bethlehem zurückzugehen, nachdem ich den Proviant abgeliefert hatte, den mein Vater ihnen durch mich zukommen ließ, damit sie im Feldlager zu essen hätten. Statt dessen hüpfte ich, mit der kühnen Unverschämtheit, die mich schon bei meiner Sippe recht unbeliebt gemacht hatte, von Vorposten zu Vorposten, listig darauf bedacht, mittels vorgeblich argloser Verwegenheit die allgemeine Neugier zu erregen. Wer hätte da dem Drang widerstehen können, Näheres über den kühnen, milchgesichtigen Jüngling aus dem hintersten Juda zu erfahren, den offenbar die göttliche Vorsehung geschickt hatte und der anscheinend zu allem bereit war?

Saul jedenfalls nicht. Nicht der Saul, der mit ungewohnter Entschlossenheit und einer bei ihm seltenen Eingebung der Vernunft folgend daran ging, ein stehendes Heer aus Berufssoldaten zu bilden, an Stelle der traditionellen freiwilligen Aufgebote, die von einzelnen Familien wie der meinen, von Sippen und Stämmen beschickt wurden, die, wann immer eine militärische Operation unvermeidlich wurde, Soldaten stellten oder auch nicht. Saul arbeitete auf eine Zentralregierung hin. Er hatte die Ammoniter bei Jabes in Gilead geschlagen, mit der unverzichtbaren Hilfe seines Sohnes Jonathan die Philister bei Michmas, und die Amalekiter in der südlichen Wüste zu Paaren getrieben. Bei der Aktion gegen die Amalekiter hatte er sich Samuel allerdings auf immer zum Feind gemacht, indem er deren König für Lösegeld am Leben ließ und das beste Vieh zur Beute nahm. Gott hatte ihm nämlich durch Samuel ausdrücklich aufgetragen, alles zu vernichten, Männer und Frauen, Kinder und Säuglinge, Ochsen und Schafe, Kamele und Esel zu töten. Saul war zu schlichten Gemütes, um sich mit der einzigen Lüge herauszureden, die unseren tobenden heiligen Mann hätte beschwichtigen können: »Das hab ich ganz vergessen.« Statt dessen versuchte er es mit der lahmen Rechtfertigung, er habe das Vieh zum Zwecke der Opferung geschont.

»Gehorsam ist besser denn Opfer«, lautete der harsche Tadel jener mürrischen Persönlichkeit, die nacheinander der Gönner Sauls und der meine gewesen ist. »Du hast des Herrn Wort verworfen, und der Herr hat dich auch verworfen, daß du nicht König seist über Israel.«

Ich hätte Saul vorhersagen können, daß er kein Glück mit seiner Ausrede haben würde. Samuel zerhieb den Amalekiterkönig Agag zu Stücken, kehrte beleidigt heim nach Rama und sah Saul fürder nicht mehr bis an den Tag seines Todes. Dieser Bruch mit Samuel bedeutete für Saul eine geistige Qual, die er nicht immer ertragen konnte, dazu eine Menge Verdruß, dessen er nicht mehr gänzlich Herr zu werden vermochte. Für mich war dies ein Glücksfall.

Sauls Methode der Rekrutierung war mir wohlbekannt. Jeden starken oder tapferen Mann, den er erblickte, verleibte er seinem stehenden Heer als Söldner ein und belohnte ihn für seine Taten und seinen Eifer reichlich mit einem Anteil an der Kriegsbeute. Als ich nach dem Zweikampf mit dem Kopf, dem Schwert und der Rüstung Goliaths ins Lager kam – ohne Hilfe hätte ich mich mit all diesem Kram den Berg hinauf fürchterlich plagen müssen –, nahm Saul mich zu sich am gleichen Tag und ließ mich nicht wieder zu meines Vaters Haus zurückkehren.

Ich muß gestehen, daß das Leben unter dem Schwert manchmal gar nicht so übel war, wenn wir munter auf die Philister, die Kinder Ammons, die Moabiter und Syrer eindroschen und sie allesamt mit so unfehlbarer Regelmäßigkeit schlugen, daß der Sieg uns leicht vorkam und wir Tapferkeit für ganz normal hielten. Krieg zu führen gegen Abner, Seba, Amasa, Absalom oder auch Saul war aber eine ganz andere Sache. Das waren immerhin Landsleute. Manche waren mir auch blutsverwandt. Amasa mein Neffe, Absalom mein Sohn. Ich meinte es durchaus ernst, als ich sagte: »Mein Sohn Absalom, wollte Gott, ich wäre für dich gestorben!« Doch weder Gott noch Joab wollten das zulassen. Für manche Väter mag es ja ein berauschendes Vergnügen sein, den eigenen Sohn für ein geringes, verzeihliches Vergehen zu töten, aber nicht für mich. Ich habe mich kaum je dazu bringen können, meine Söhne zu schelten. Indem ich die Rute sparte, habe ich sie wohl alle verzogen – die meisten haben üble oder auch nur törichte Dinge getan, auch meine Lieblinge. Ganz besonders meine Lieblinge. Und als Absalom starb, weinte ich, als sollte mir das Herz brechen.

Noch ausgiebiger weinte ich, als mein Baby erkrankte und auf den Tod lag. Sieben Tage trauerte ich, mit dem Gesicht auf der Erde, und aß kein Brot. Nebukadnezar wurde verrückt und fraß Gras wie ein Ochse. Ich blieb bei Sinnen, tat aber gleichwohl beinahe wie er, denn ich hoffte, durch Fasten und Tränen Gott zu bewegen, gnädig zu sein. Ja, Scheiße. Eher hätte ich einen Berg bewegen können.

Das ist ein Fehler in meinem Charakter – ich fühlte mit meinen Kindern, jedenfalls mit meinen Söhnen. Meine Töchter bedeuteten mir nichts. Auch das ist ein Charaktermangel, und einer, für den ich teuer genug bezahlen mußte, auf eine Art, die ich noch nicht ganz durchschaue, weil sie so verworren ist. Als meine liebliche Tochter Tamar von ihrem Halbbruder Amnon geschändet wurde, war ich selbstverständlich verstört, hauptsächlich aber empfand ich Ärger, weil mich das in eine peinliche Lage brachte; ich hoffte sehr, die würde sich von allein klären, und unternahm nichts.

Es wird schon Gras darüber wachsen, dachte ich, und so sah es ja auch aus. Aber zwei Jahre danach betrauerte ich den gewaltsamen Tod Amnons und die Flucht des rächenden Absalom, der nach Gessur entwich, nachdem er den Mord ausgeführt hatte. Drei Jahre vergingen, bevor Joab mich überreden konnte, ihn heimkehren zu lassen, und weitere zwei Jahre, bevor ich Absalom im Palast vor mein Angesicht treten ließ. Absalom verneigte sich. Ich küßte ihn. Und bevor ich's mich versah, führte er einen bewaffneten Aufruhr an und zwang mich, meine Stadt Jerusalem zu verlassen und auf das andere Jordanufer zu flüchten.

Als wir uns mühsam zu Fuß den Weg von der Hinterstadt zum Bache Kidron suchten, erinnerte Nathan mich fast mit Schadenfreude: »Entsinnst du dich des Fluches?« Absalom errang einen fast völligen Sieg. Ein Blitz schlägt weniger überraschend ein. Und ich ein gewaltiger König. Zehn Kebsweiber ließ ich zurück, die sollten sich um den Palast kümmern.

Selbstverständlich entsann ich mich des Urteils Gottes, das Er mir durch Nathan eröffnet hatte und das Nathan jetzt einen Fluch nannte. Was war nur in mich gefahren, das mich glauben ließ, ich könnte der Strafe dafür entgehen, daß ich Uria, den Hethiter, in den Tod geschickt hatte?

Daß ich selber nicht wirklich daran glaubte, ersieht man daraus, daß ich in dem von Nathan für diesen Zweck erdachten Gleichnis spontan die Partei des Armen ergriff, der von dem Reichen, der viele Schafe besitzt, um das einzige Lamm gebracht wird.

»So wahr der Herr lebt«, sagte ich mit großem Zorn auf den hochmütigen Übeltäter, »der Mann ist ein Kind des Todes, der das getan hat.«

»Du«, sprach Nathan und klatschte entzückt in die Hände, weil ihm sein Streich gelungen war, »bist der Mann.«

Da hatte er mich, der Lump. Und die Vergeltungsmaßnahmen, die er dann aufzählte, klangen tatsächlich wie ein Fluch.

»Auf dreierlei Weise sollst du durch Reue gedemütigt werden«, begann er. »Nein, sagen wir auf viererlei Weise. Ja, es sind vier Dinge, die du nicht aufhören sollst zu betrauern.« Wenn Nathan Moral predigt, ist das wie Essig an meinen Zähnen, wie Rauch in meinen Augen. Verglichen mit Nathan war Polonius verschwiegen wie eine Sphinx. Während er fortfuhr, verflüchtigte meine Besorgnis sich allerdings mehr und mehr.

Daß das Schwert nicht lassen sollte von meinem Hause ewiglich, beeindruckte mich nur wenig; denn hat es vorher oder nachher für Menschen, welche diesen fruchtbaren Halbmond zwischen Asien und Afrika, der arabischen

Wüste und dem Mittelmeer bewohnen, je so etwas wie dauerhaften Frieden gegeben? Oder sonst irgendwo in der uns bekannten Welt? Damit konnte ich mich abfinden, und meine Aufmerksamkeit ließ schon nach, da ging er zum zweiten Abschnitt des über mich verhängten himmlischen Urteils über, der auch nicht besorgniserregender war.

Unglück sollte über mich erweckt werden aus meinem eigenen Hause. Und was weiter? Alle jüdischen Eltern müssen mit solchen Sachen rechnen. Welchem Vater bleibt schon erspart, daß seine Kinder ihm Ärger machen? Und ich hatte mehr Kinder, als ich zählen konnte. Weiß denn eines von ihnen, was Dankbarkeit ist? Ein undankbares Kind zu haben, schmerzt mehr als der Biß einer Schlange.

Teil drei schien wenig bedrohlich: Weil ich bei dem Weibe eines anderen gelegen hatte, sollte mir die gleiche Schande durch meine Weiber und einen Nächsten widerfahren. Falls das je passierte, wäre es nicht mehr als gerecht. Doch wer konnte Nathans rätselhaften Worten entnehmen, daß dieser »Nächste« einer meiner Söhne sein, daß er mit meinen Weibern an der lichten Sonne tun würde, was ich mit Urias Weib im verborgenen und heimlich getan hatte? Wer hätte ahnen können, daß Amnon seine Halbschwester schänden und erniedrigen würde? Kann man denn dieser langwierigen Aufzählung der mich erwartenden Strafen irgendwo entnehmen, daß Nathan nicht von separaten Ereignissen sprach, sondern von miteinander zusammenhängenden Wirkungen, die durch Absaloms Aufruhr zu einem verständlichen Ganzen zusammenschmolzen?

Nathan brachte das alles mit so viel delphischer Umständlichkeit zu Gehör, daß ich in seiner Vorhersage wohl auch dann jede Andeutung überhört hätte, die Absalom als denjenigen bezeichnete, dem die Verwirklichung dieser Prophezeiung zu verdanken sein würde, hätte ich besser aufgepaßt. Es war gerissen von Gott, sich eines Hohlkopfes wie Nathan zu bedienen. Er wußte, ich würde nur mit einem Ohr hinhören, andernfalls hätte ich alles verhindern können. Ich hätte gewußt wie, hätte meine Maßnahmen getroffen. Ich bin schließlich David und nicht Oedipus, und das Schicksal hätte ich kurz und klein gehackt. Den Donner hätte ich vom Himmel geholt, um meine Kinder davor zu bewahren. Aber Gott, dieser Tükkebold, wollte nicht, daß ich ins Bild gesetzt wurde. Dies war einer der seltenen Fälle, in denen es Ihm gelang, mich zu überlisten.

Zur gegebenen Zeit wurde alles wahr, sogar Abschnitt drei dieses Bündels obskurer Strafen, wenngleich nicht meine Frauen geschändet wurden, nachdem wir Jerusalem aufgegeben, sondern meine Kebsweiber. Aber an meinen Sohn als an meinen »Nächsten« zu denken und an die Kebsweiber als an meine Frauen, kam mir nie in den Sinn. Michal, Abigail und Bath-Seba waren Frauen, die in bestimmten Abschnitten meines Lebens von bestimmter Bedeutung für mich waren, so wie Abisag jetzt. Dieses schwarzhaarige Mädchen ist geradezu unglaublich schön, wenn sie nackt ist, insbesondere die schwarzbehaarte Gabel der Schenkel - das sagt sogar Bath-Seba -, und ich überlege, ob ich sie zur Frau nehmen soll, wenn wir noch länger miteinander auf meinem Sterbebette umgehen.

Doch davon jetzt nicht weiter. Ich weiß noch, daß ich mit Dankbarkeit eine ermutigende Passage in Nathans trübem Monolog vernahm, die einen befriedigenden Ausgang anzukündigen schien. »Aber keine Sorge, keine Sorge«, versetzte er mit tröstlichem Achselzucken, »der Herr hat deine Sünde weggenommen.« Ah, gut. »Dir wird nichts geschehen.« Noch besser. Aber dann kam der Clou. »Nur der Sohn, der dir geboren ist, wird des Todes sterben.« Man darf getrost darauf bauen, daß der Herr sich den passenden Dreh einfallen läßt.

Ich verlor meinen Gott und mein Kind im gleichen Augenblick.

Bis Er die Sünde von mir nahm und meinem Baby auferlegte, gingen Gott und ich so freundschaftlich miteinander um, wie man es sich nur vorstellen kann. Wann immer ich den Wunsch danach verspürte, wandte ich mich an Ihn um Rat. Und ich konnte mich darauf verlassen, daß Er antwortete. Wir redeten freundlich miteinander und knapp. Wörter wurden nicht verschwendet.

»Soll ich Kegila von den Philistern befreien?« fragte ich Ihn, damals noch flüchtig in Juda.

»Schlage die Philister und errette Kegila«, erwiderte Er hilfsbereit.

»Soll ich nach Hebron in Juda ziehen und mich von den Ältesten zum König machen lassen?« fragte ich, nachdem ich Nachricht von Sauls Tod erhalten und meine berühmte Wehklage fertiggestellt hatte.

»Warum nicht?« erwiderte Gott entgegenkommend.

Unfehlbar waren die Antworten, die Er mir gab, gerade jene, die ich am liebsten hören wollte, und oft genug kam es mir vor, als hielte ich ein Selbstgespräch. Nie litt ich unter den heftigen, vulkanähnlichen Ausbrüchen, mit welchen Gott Moses heimsuchte, kaum daß Er in ihn gefahren war, und nicht eine Sekunde quälte mich Sein profundes, düsteres, ungebrochenes Schweigen, das Saul endlich nach Endor zu jener Hexe trieb, weil er in seiner Verzweiflung danach gierte, wenigstens mit Samuels Geist zu sprechen, dem Gespenst dessen, der mehr als jeder andere Mensch dazu beigetragen hatte, Saul den Sinn zu verwirren. Als Samuel mit Saul brach und ihn in dieser schrecklichen Welt mit nichts als seinen unzulänglichen Hilfsmitteln zurückließ, nahm er ihm zugleich für immer jede Hoffnung auf Gott. Nie wieder wurde Saul ein Wort oder ein Zeichen zuteil, dem er hätte entnehmen können, daß irgendwer über ihm wachte oder seiner achtete. Aus Brandopfern hätte man ebensowohl Buletten machen können.

In seiner jammervollen Not wandte Saul sich an die Hexe von Endor, weil er von Samuels Geist erfahren wollte, wie die Schlacht bei Gilboa ausgehen werde, welche die Heere der Philister und der Hebräer tags darauf schlagen wollten. Und Samuel verpaßte es ihm, wumm, genau zwischen die Augen: Saul wird morgigen Tages fallen, ebenso zwei seiner Söhne, die Israeliten werden geschlagen und aus Häusern und Zelten verjagt.

Dies zu wissen war für Saul so nötig wie ein Kropf. Seine Moral war auch ohnedies auf dem Tiefpunkt. Ein großherzigerer Charakter als Samuel hätte Saul gut beraten. Laß sie doch durch das Tal Jesreel vorrücken, wieweit können sie schon kommen? Gib ihnen Zunder von den Bergen her. Verwickele sie in Scharmützel, zaudere, schieb auf. Greif sie von hinten an, überfall ihre Flanken. Piesacke sie, piesacke sie. Die können sich nicht lange halten.

Doch Sauls Zeit war abgelaufen und meine sollte beginnen. Das Schicksal hinzunehmen ist eine schöne Sache, wenn es einem wohlgesonnen ist. Ist es das nicht, soll man es nicht Schicksal nennen, sondern Ungerechtigkeit, Verrat oder schlicht Pech.

Und jetzt läuft meine Zeit ab, Adonia und Salomo streiten um die Nachfolge, und Bath-Seba, Parteigängerin ihres Sohnes, macht mir unter verlogenen und durchsichtigen Vorwänden Besuche, mit Nathan im Hintergrund als Souffleur, der zu Recht vermutet, daß er auf nicht allzu festem Boden steht. Sterbe ich morgen, wird Nathan mich nicht lange überleben. Und Gott scheint sich ja herauszuhalten. Wunder geschehen nicht mehr.

Von Bath-Seba verlangt die Bekundung von Interesse an dem Wohlbefinden anderer Menschen eine Willensanstrengung, die sie nur etwa anderthalb Minuten lang durchhält. Zurückhaltung ist ihr nicht eigen, Takt ein Fremdwort. Sie zeigt mir ihre neueste Unterwäsche; gelegentlich, um sich zu beschäftigen, entwirft sie solche Dinge noch. Nimmt Abisag sich meiner an, sieht sie stumpf zu, macht lässig kritische Bemerkungen, wie eine auf Rente gesetzte Veteranin, die vom Rande des Spielfeldes hilfreiche Hinweise gibt. »Das hat er nie gemocht«, sagt sie etwa zu meiner willfährigen Dienerin, das müde Gesicht in die Hand gestützt, die Lider vor Langeweile fast geschlossen. »Ja, so geht es bei ihm besser. Warum tauchst du die Fingerspitzen nicht in was Glitschiges, Kleine? Honig ist gut dafür, Olivenöl ist das beste. Gutes Olivenöl.«

»Mach du's doch«, schlage ich vor.

Da sie nun die Mutter eines ausgewachsenen Mannes ist – eines Mannes, gemacht, König zu sein, worauf sie beharrt –, ist ihr die bloße Idee, sexuellen Kontakt mit mir zu haben, zuwider. Zuwider war ihr das ehedem keineswegs.

Sie ist außerordentlich besorgt, denn Salomos Rivale Adonia hat mich – von Joab beraten – um Erlaubnis gebeten, ein öffentliches Bankett zu geben, auf dem er selber sowohl den Gastgeber als auch den künftigen Thronerben machen will. Adonia ist der Thronerbe. Er glaubt, er wird mein Nachfolger, und ich habe nichts unternommen, ihm diesen Gedanken auszureden. Adonia ist eher leichtgläubig als diplomatisch und nicht sehr gescheit. Es wäre mir sehr unangenehm, derjenige sein zu müssen, der ihn zu Tode bringt. Andererseits amüsiert mich auf perverse Weise der Gedanke, daß die eine oder andere Seite möglicherweise einen nicht wiedergutzumachenden Fehler begehen könnte. Adonia ist auf dem besten Wege dazu. Bath-Seba und Salomo allerdings ebenfalls.

Erlaube ich Adonia, sein Fest zu veranstalten, soll es ihm eine Ehre sein, wenn ich teilnehme. Warum auch nicht? Bath-Seba will mir ein verlockendes Gegenangebot machen. »Salomo möchte statt dessen ein Diner im kleinsten Kreis hier im Palast für dich geben. Das wäre einfacher für dich und auch weniger kostspielig. Salomo verabscheut Verschwendung. Erlaube mir, daß ich ihn hereinhole, dann sagt er es dir selber.«

»Hol ihn ja nicht herein!« warne ich sie schroff. »Kommt er mir vor Augen, werde ich ihn verabscheuen und ihm nichts vererben. Abisag! Abisag!«

Abisag, die Sunemitin, besänftigte mich mit Berührungen und süßen Küssen, nachdem sie Bath-Seba zur Tür geleitet hatte und wir wieder allein waren. Bath-Seba vergißt, daß ich meinen Stolz habe und auch meinen Jähzorn. Man vergesse nicht: Schließlich war ich es, der aufhörte, mit Gott zu sprechen, nicht Er mit mir. Ich war es, der die Freundschaft kündigte. Im Gespräch mit mir zeigte Gott sich niemals ungnädig, nie brüsk oder erzürnt, wie häufig gegen Moses. Verärgerung und Tadel ließ Er mich nur auf dem Umweg über meine Propheten spüren, und die wurden von mir nicht ganz so wörtlich genommen. Manchmal frage ich mich, was wohl geschehen würde, spräche ich Gott wieder unmittelbar an? Würde Er mich hören? Und antworten? Ich kann mir denken, daß Er es täte, verspräche ich, Ihm zu verzeihen. Ich fürchte, Er tut es nicht.

Anders als ich bekam Moses Gottes Ärger schon zu spüren, Minuten, nachdem er die Stimme aus dem brennenden Dornbusch und den verblüffenden Auftrag vernommen hatte, für den er ausersehen war.

»W-w-w-warum gerade ich?« war die sehr vernünftige Frage, die dieser schlichte und keineswegs besonders einnehmende Mann in der Wüste von Midian jener Stimme aus dem Busch stellte, die sich als der Gott seines Vaters, der Gott Abrahams, der Gott Isaaks und der Gott Jakobs bezeichnete. »Ich st-st-stottere.«

Schon da ärgerte sich Gott über Moses, weil dieser anzudeuten schien, Er könnte geirrt und den Falschen erwischt haben, und die Macht, welche imstande gewesen war, die Welt zu erschaffen und den Leviathan am Haken aus dem Wasser zu ziehen, könnte an etwas so Lächerlichem wie einem Sprachfehler zuschanden werden. Moses solle einen Bruder namens Aaron bekommen, dem er die Worte in den Mund legen dürfe. Moses war verblüfft von dem Tempo und der Unerbittlichkeit dieser tyrannischen Anordnungen. Für Kompromisse war da kaum Platz. Nun war der Mann Moses sehr sanft und vermochte gegen das summarische Verfahren, dem er unterworfen wurde, nur mitleiderregende Einwände zu erheben.

»Wer hat gesagt, daß ich nett bin?« verlangte Gott zu wissen. »Wo steht geschrieben, daß ich gütig zu sein habe?«

»Bist Du denn nicht ein lieber Gott?«

»Und wo steht, daß ich lieb sein soll? Reicht es nicht, daß ich Gott bin? Verschwende unsere Zeit nicht mit Tagträumen, Moses. Als ich Abraham angewiesen habe, sich beschneiden zu lassen, war er bereits ein erwachsener Mann. Handelt etwa so jemand, der gütig ist?«

»Ich bin n-n-n-nicht beschnitten.«

»Warte es nur ab«, lachte der Herr.

Und schon fiel sein midianitisches Weib Zippora mit einem scharfen Stein über ihn her, samt einem Wortschwall, der vom Leben ihres und seines Kindes handelte. Er ließ sie gewähren. Ich hätte keiner meiner Frauen je erlaubt, sich meinen intimsten Körperteilen mit einem Messer zu nähern, nicht einmal Abigail und gewiß nicht Michal. Zippora schnitt ihm die Vorhaut herunter und warf sie ihm vor die Füße. Von den Schmähungen, mit denen sie ihn anschließend überhäufte, dürfte er kaum etwas verstanden haben.

»Du bist mir ein Blutbräutigam!« ließ sie unseren Moses wissen. »Ein Blutbräutigam bist du, wegen der Beschneidung.«

»Es t-t-t-tut weh«, winselte Moses.

»Und wer hat gesagt, es würde nicht wehtun?« fragte der Herr. »Wo steht geschrieben, daß es ohne Schmerzen geht?«

»Ein hartes Leben hast Du uns auferlegt.«

»Und weshalb sollte es sanft sein?« sprach der Herr.

»Und die Welt ist schlimm.«

»Weshalb sollte sie das nicht sein?«

»Weshalb sollen wir Dich lieben und anbeten?«

»Ich bin Gott. ICH BIN DER ICH BIN.«

»ICH BIN DER ICH BIN?«

»ICH BIN DER ICH BIN.«

»Ich soll denen sagen, Du bist ICH BIN DER ICH BIN?«

»ICH BIN DER ICH BIN«, wiederholte Gott. »Und weiter trage ich dir auf, vom Pharao Erlaubnis zu erbitten, drei Tagereisen in die Wüste zu gehen und mir zu opfern. Sag ihm, er soll dein Volk ziehen lassen.«

»Mein Volk ziehen lassen?«

»Mein Volk ziehen lassen«, bestätigte der Herr.

»Wird er mein Volk ziehen lassen?«

»Ich werde ihm das Herz verstocken.«

»So, daß er mein Volk nicht ziehen läßt?«

»Endlich begreifst du. Ich will zeigen, wozu ich fähig

bin. Die Kinder Israel sollen ihr blaues Wunder erleben.«

»Trotzdem wird es nicht klappen«, beharrte Moses in düsterem Ton. »Die werden mir nie glauben.«

»Sie werden dir glauben, sie werden dir glauben«, versprach der Herr. »Weshalb sollten sie dir nicht glauben?«

Die Kinder Israel glaubten, und Junge! wie sie das bereuten! Manch einer mag das Ersuchen, drei Tage in der Wüste opfern zu dürfen, ganz berechtigt finden, der Pharao indessen sah darin den Beweis dafür, daß die Juden zuviel freie Zeit hatten und sich albernen Einfällen überließen.

»Ihr seid müßig, müßig seid ihr, sonst hättet ihr keine Zeit zu opfern. Man drücke die Leute mit Arbeit.«

»Jetzt sind wir schlimmer dran als zuvor«, ächzten die Kinder Israel unter dem vermehrten Arbeitspensum und den Schlägen. Und die Blicke, mit denen sie Moses bedachten, waren mordlustig. »Weshalb hast du dich eingemischt?«

Moses war verblüfft und wandte sich wieder an den Herrn: »Herr, warum tust Du so übel an diesem Volk? Warum hast Du mich hergesandt? Der Pharao plagt Dein Volk nur noch härter, und errettet hast Du es nicht.«

»Ich verstocke sein Herz.«

»Verstockst Du schon wieder sein Herz? Weshalb muß sein Herz so hart sein?«

»Damit ich ihm meine Macht zeigen kann, die größer ist als die aller seiner Zauberer und aller anderen Götter. Und damit die Welt für alle Zeit begreift, daß ihr das Volk seid, das ich auserwählt habe.«

»Und wird uns das was nützen?«

»Nicht die Spur.«

»Worin liegt denn da der Sinn?«

»Wer sagt denn, daß dies Sinn haben muß?« erwiderte Gott. »Zeig mir, wo geschrieben steht, mein Tun müsse sinnvoll sein. Dergleichen habe ich nie versprochen. Sinn wollt ihr? Milch sollt ihr haben und Honig, aber keinen Sinn. O Moses, Moses, was redest du da von Sinn? Du trägst einen griechischen Namen, aber noch hat es kein

Griechenland gegeben. Und da verlangst du Sinn? Wenn ihr Sinn wollt, könnt ihr keine Religion gebrauchen.«

»Wir haben ja auch keine.«

»Ich werde euch schon eine geben«, sagte Gott. »Gebote sollt ihr bekommen, wie es noch keine je gab. Ich will euch aus der Sklaverei in Ägypten führen in ein gutes Land, ein Land mit Bächen, Springbrunnen und Quellen auf Hügeln und in den Tälern, ein Land des Weizens und der Gerste, der Trauben, der Feigenbäume und der Granatäpfel, ein Land der Olivenbäume und des Honigs, ein Land, in dem ihr reichlich Brot essen sollt.«

Das also versprach Er und mehr gab Er uns auch nicht, ausgenommen ein ganzes Bündel komplizierter Diätvorschriften, die uns das Leben nicht leichter gemacht haben. Den Gojim gibt Er Speck, wohlschmeckendes Schweinefleisch, saftige Lendenstücke und Rippenspeer. Uns gibt Er Pastrami. In Ägypten hatten wir von der Fülle des Landes, aber im Levitikus verbietet Er uns, davon zu essen. Er schreibt uns für alle Zeit vor, daß wir weder vom Fett noch vom Blut essen. Das Blut enthält den Geist des Lebens und ist deshalb einzig Ihm vorbehalten. Das Fett schadet unserer Gallenblase.

Und welche Mühe! Kaum hatte Moses den Auszug aus Ägypten bis in die Wüste Sinai bewerkstelligt, da murrte das Volk wider ihn, es hungerte und dürstete und wollte ihn steinigen. Moses und ich – wir sahen uns beide in Gefahr, von Anhängern gesteinigt zu werden, die uns bald darauf wieder zujubelten. Bedenkt man, daß einerseits Gott vierzig Jahre lang an ihm herummäkelte und andererseits das Volk stöhnte und gegen ihn aufmuckte, dann wundert es nicht, daß Moses auf seinem Sockel in Rom so alt wirkt und mit nur hundertzwanzig Jahren starb.

Man beachte, daß ich am Tage meines Kampfes mit Goliath schon einmal vor Saul gerufen worden war, um ihm zu singen und aufzuspielen, nachdem seine Seele zum erstenmal von jener tiefen Niedergeschlagenheit heimgesucht worden war, die ihn für den Rest seiner Tage nicht mehr verließ. Dank eines jener ungewöhnlichen Zusammentreffen, die bewirken, daß manche Leute an mystische Erscheinungen und außersinnliche Wahrnehmung glauben, überfiel der böse Geist Saul in Gibea an eben dem Tage, da Samuel bei uns daheim in Bethlehem eintraf. Weil er befürchtete, Saul würde ihn töten, wenn er den Zweck seines Kommens vermutete, führte er eine rötliche Färse am Seil, als wäre er unterwegs zu einer Opferung. Er salbte mich aus einem Ölhorn, das ihm an einem langen Lederriemen um den Hals hing. Etwa in diesem Moment verfiel Saul in Gibea seinem Trübsinn. Er wollte seine Kammer nicht mehr verlassen.

»Erquickt ihn mit Äpfeln«, lautete Abners, Sauls Feldhauptmannes, Rat. »Labt ihn aus der Weinkanne.«

Als weder Äpfel noch die Weinkanne nutzten, machte jemand den Vorschlag, es mit Musik zu versuchen, deren Zauber bekannt war und geeignet, eine aufgestörte Brust zu beschwichtigen.

»Im Ernst?« fragte Abner, war aber bereit, einen Versuch zu wagen. Einer der Anwesenden empfahl mich als einen des Saitenspiels kundigen Jüngling, einen Sohn Isais des Bethlehemiten, rüstig, streitbar und verständig in seinen Reden und schön. Ich habe nie daran gezweifelt, daß meine Fertigkeit auf dem Saitenspiel und mein bemerkenswertes Talent, Verse zu machen, eines Tages Türen für mich öffnen würde. O ja, damals liebten wir die Musik, liebten den Tanz, hatten eine Schwäche für schöne Kleider, je bunter, desto größer das Entzücken. Der Rock, den ich zum Kampfe mit Goliath anlegte, war aus feinem gebleichten Linnen, himmelblau abgesetzt an allen Säumen und Rändern, die Schöße verziert mit eingewebten hyazinthenblauen gezackten, senkrechten Streifen. Gegürtet war ich mit einem scharlachfarbenen Gurt aus gefärbtem Ziegenleder. Kaum hatten die Phönizier eine Goldbeize entwickelt, ließ ich in den Färbereien von Dirjat-sepher goldfarbene Garne und Fäden anfertigen, mit denen kontrastierende Ornamente in die bei Männern und Frauen so beliebten Gewänder in Rot-, Grün- oder Blautönen eingewebt wurden, auch in mit dem Purpur der Schnecken von Tyrus gefärbte Stoffe, von denen das

Land Kanaan seinen Namen hat. Flotte Kleider in vielen Farben waren seit je bei uns beliebt. Simson wettete um Hemden, und Joseph stolzierte in seinem bunten Rock einher und verlor beinahe sein Leben an die Eifersucht seiner zehn Halbbrüder. Zu unser aller Glück verkauften sie ihn dann aber bloß nach Ägypten in die Sklaverei.

Auch Schmuck hatten wir - Ringe, Ohrgehänge, Broschen und Glöckchen. Etliches davon wurde auch von Frauen getragen. Ich war entzückt über die Krone und das Armgeschmeide, das der versprengte Amalekiter mir brachte, der dem tödlich verwundeten Saul begegnet war. Als Rabba fiel, nahm ich auch dessen König die Krone weg. Abgesehen von Helmen, die in der Schlacht getragen wurden, waren Kronen so ungefähr die einzige andere Kopfbedeckung. In Palästina kannten wir keine Hüte. Ohne Hut in die Synagoge zu gehen, fiel uns aber nicht schwer, denn Synagogen kannten wir auch nicht.

Ich sah meine Frauen gern in Gelb, Blau und Karmesin und liebte die scharlachroten Lippenstifte, den himmelblauen Lidschatten und die dunkle Wimperntusche, die in Gebrauch kamen, als unsere Wirtschaft sich dem Luxus, dem Müßiggang und der Dekadenz verschrieb. Gott sei Dank waren alle meine Frauen darauf bedacht, sich schön zu machen, und verbrachten den Großteil ihrer Zeit mit Kleidern, Kosmetika, Kämmen, Spiegeln und Lockenwicklern. Nur Bath-Seba hatte höheren Ehrgeiz. Sie war begierig auf Kleider, konnte auch alles tragen - eine der zahlreichen Laufbahnen, auf denen sie sich für jeweils kurze Zeit tummelte, war die der Erfinderin von Unterwäsche - und bevorzugte einen gewagten, unorthodoxen Stil. Während meine anderen Frauen das Haar rot färbten, experimentierte Bath-Seba mit Gelb und Gold und sah häufig fürchterlich aus, wenn die Farbe nicht richtig färbte oder nicht gleichmäßig haftete. Von den mir bekannten Frauen trug sie als erste falsche Wimpern und Fingernägel und färbte die Lidränder mit Antimon. Sie entwarf den Kaftan und den Minirock zu ihren Höschen. Abisag, die Sunemitin, entzückt mich mit ihren reizenden Tüchern, Stirnbändern und den hautengen Gewändern.

Von Tag zu Tag wird sie mir lieber. Mag sein, ich verliebe mich in Abisag. Und das in meinem Alter und in meinem Zustand. Da fällt mir plötzlich ein, daß Abisag mich für schwul halten muß, weil er mir bei ihr nicht steht und weil sie vermutlich die uralten, unbegründeten Gerüchte über mich und Jonathan gehört hat.

Erste Eindrücke verblassen nur langsam, und ein schlechter Eindruck hält sich noch länger. Sehr wahrscheinlich ist jene Zeile gegen Ende meines berühmten Klageliedes, die von Jonathan, Liebe und Frauen handelt, mehr als anderes schuld an dem bösartigen Klatsch über uns beide, der auch heute noch von kleinen Geistern mit schmutziger Phantasie wiedergekäut wird, die mich herabsetzen wollen. Dabei wird geflissentlich die vorangehende Zeile verschwiegen, in der ich eindeutig sage, daß Jonathan für mich immer wie ein Bruder gewesen ist. Ich schrieb damals ein poetisches Werk, ich beabsichtigte nicht, mich durch ein schamloses öffentliches Geständnis zu erniedrigen. Ich bin David, der König, nicht Oscar Wilde, und würde vermutlich heute die gleichen Worte benutzen, falls ich keine besseren fände, auch wenn ich im voraus wüßte, daß sie zu abfälligen Gerüchten Anlaß gäben, die kichernd hinter vorgehaltener Hand kolportiert werden. *Vita brevis ars longa.*

Eine weitere Eigenschaft aller meiner Frauen und fast aller meiner Kebsweiber, für die ich Gott und meinem guten Stern danken muß, ist ihr beinahe fanatischer Hang zum fast überreichlichen Gebrauch von starkem Parfum und Duftwässern, von Schminke, Hautöl und wohlriechenden Substanzen, die sie in der Luft versprühen. Es ist nicht leicht, in einem warmen Klima einen Harem in erstklassigem Zustand zu erhalten. Der Gestank in anderen Teilen meines Palastes und in den lärmerfüllten Straßen außerhalb ist wenig ermutigend. Ich habe mich vergeblich darum bemüht, Adonia und Salomo für die Müllabfuhr und die Abwässerbeseitigung zu interessieren. Adonia kümmert sich einzig um das gesellschaftliche Treiben, und Salomo hat bloß seine pornographischen Amulette im Kopf. Was die Verwaltung angeht, interessieren beide nur die königlichen Einkünfte und ein möglichst gutes Verhältnis zu unseren Feldherren Joab und Benaja. Ich hatte gehofft, meine geliebte Stadt Jerusalem in ein glitzerndes Kleinod des Nahen Ostens zu verwandeln, an Schönheit und Bedeutung vergleichbar so hervorragenden Kapitalen wie Kopenhagen, Prag, Wien, Budapest; statt dessen entwickelte es sich, wie Michal scharfsinnig bemerkte, zu einem zweiten Coney Island.

Michal, diese Gefährtin meiner jungen Jahre, die niemals verfehlte, auf ihre königliche Abstammung hinzuweisen, war im ganzen genommen ein königliches Ärgernis und erreichte leider ein reifes Alter. Nie werde ich vergessen, welcher Freudenschrei aus meiner Kehle stieg, als man mir meldete, sie liege im Sterben.

Tatsächlich fanden wir uns in einer bunt zusammengewürfelten Nachbarschaft, nachdem Josua uns über den Jordan geführt und mit der Niederlegung der Mauern Jerichos die Eroberung Kanaans eingeleitet hatte. Hebräer, Kanaaniter und Philister kamen im großen ganzen recht gut miteinander aus, wenn sie sich nicht gerade bekriegten. Von den freundlich gesonnenen Phöniziern in Tyrus beschafften wir uns Farben und erwarben Fertigkeit im Umgang mit Stoffen, was uns ermöglichte, im Laufe der Zeit unser berühmtes Textilzentrum zu errichten. Hiram, der König von Tyrus, überließ mir das Zedernholz, die Zimmerleute und Steinmetze, die mir beim Bau des Palastes dienten, nachdem ich den Jebusitern Jerusalem abgenommen hatte. Einzig Araber waren weit und breit nicht zu entdecken, und niemand vermißte sie. Als ich geboren wurde, waren bereits eiserne Werkzeuge in Gebrauch, die uns die Philister verkauften, und den Kanaanitern hatten wir abgesehen, wie man Felder bestellt und behaglich in Häusern aus Lehmziegeln mit hölzernem Gebälk wohnt. Wir besaßen Weideland, Gehölze, Weingärten, Äcker, auf denen Weizen und Gerste angebaut wurden, und eigene Städte und Dörfer. Die Häuser waren selbstverständlich klein, man konnte sich zum Geschlechtsverkehr nirgendwohin zurückziehen, aber doch den Ziegenlederzelten unserer nomadisierenden Vorfahren weit vorzuziehen.

Man schlief darin wesentlich besser als ehedem im Freien, nur in den wollenen Mantel gerollt, wie wir es auf unseren Wanderungen getan hatten.

Wohlhabende Stadtbewohner besitzen noch ein Zelt auf dem Lande für den Sommer; andere errichten welche auf den Dächern ihrer Häuser, um dort die erfrischende Abendbrise zu genießen. Da oben gibt es unweigerlich mehr Platz und Abgeschiedenheit als im Inneren der Häuser. Tatsächlich betrachtete ich erstmals das köstliche Schauspiel, das die badende Bath-Seba bot, vom Dache meines Palastes aus, wohin ich mich vor der zänkischen Michal geflüchtet hatte; ich promenierte dort, während Bath-Seba allein auf dem Dach ihres Hauses ein Bad nahm. Ich blieb stehen wie vom Blitz getroffen. Und schon sprach der Teufel zu mir. Es gelüstete mich nach ihr, ich ließ sie kommen und besaß sie noch selbigen Tages. Und am folgenden Morgen, und am folgenden Abend, und am nächsten, am nächsten und dem wieder nächsten. Ich konnte nicht aufhören, sie anzufassen, nachdem ich einmal damit angefangen hatte. Ich konnte nicht aufhören, sie anzustarren. Ich konnte nicht aufhören, sie zu begehren. Dies war Liebe. Ich sog sie ein – ich konnte nicht aufhören, sie einzuatmen. Ich kann es auch jetzt nicht unterlassen, sie anzusehen. Ich wollte sie jeden Tag ficken. Ich will sie auch jetzt ficken. Nach jener ersten Nacht vereinbarten wir, daß sie an Tagen, da ich sie nicht bei mir haben, sie aber beobachten konnte, auf dem Dach ihres Hauses baden sollte, morgens und abends. Wußte sie, daß ich ihr zusah, waren ihre Bewegungen lasziv.

Kanaaniter und Philister trieben die Hurerei weit intensiver und offener als wir, und als wir sie zu Nachbarn bekamen, erwies ihre fruchtbare Lebensweise sich als sehr hilfreich im engen kommerziellen, kulturellen und sexuellen Austausch, zu dem es schon bald zwischen uns allen kam. Moses und seinen Männern hatten sich auf ihrem beschwerlichen Zug von Ägypten ins Land Kanaan nie so viele Frauen angeboten wie in Moab. Nachdem wir uns dort niedergelassen hatten, besaßen wir bald Wein, Wolle, Getreide und Obst. Die Kanaaniter hatten Schweinefleisch und Götzen und Tempelhuren, die Philister Meeresgetier und Bier und das Monopol der Eisenbearbeitung, die sie streng geheimhielten. Sie verkauften uns zwar Werkzeuge, wollten uns aber nicht zeigen, wie man sie schärft, und Waffen aus Eisen ließen sie uns nicht kaufen. In Friedenszeiten reiste man ungefährdet, der Handel blühte, die Beziehungen waren freundlich. Ich gebe zu, daß wir hier und da auf ein wenig Antisemitismus bei den Philistern trafen, doch sollte das wohl mehr der Unterscheidung zwischen nahe Benachbarten dienen. Wir selber hatten ja auch eine abfällige Bezeichnung für sie; sie waren unbeschnitten, und das ließen wir sie nicht vergessen. Man kann sagen, die Beziehungen waren für alle Beteiligten nützlich, wir waren alle voneinander abhängig, und jedes Kind kannte den wandernden Philister mit dem Schleifstein auf dem Rücken, der den Weibern Küchenmesser und Scheren schliff und den Männern auf dem Felde Stachelstock und Pflugschar. Wir wanderten nach Gaza, Gath oder Askalon, um Waren zu verkaufen oder Pflugmesser, Hacken und Äxte aus Eisen feilen zu lassen, manchmal auch nur, um einen geruhsamen Abend bei Fisch und Bier zu verbringen. Auf dem Hinweg oder dem Rückweg, mag sein auch auf beiden, machten wir dann wohl bei einem kanaanitischen Tempel halt, um mit den Gläubigen an der religiösen Praxis der Tempelhurerei teilzunehmen und auf diese Weise zum Wohlbefinden der Gemeinde beizutragen. Immer noch steht nicht fest, ob die Fruchtbarkeit unserer Felder und Herden gesteigert wird, wenn man eine ledige oder auch verheiratete Frau auf Tempelgelände pimpert. Die Kanaaniter verstanden sich jedenfalls besser auf die Landwirtschaft als wir. Und schaden konnte es schließlich nicht.

Wir hatten unseren Jehova und unsere Reinigungsriten, und die Kanaaniter und die Philister hatten einen flotten kleinen Götzen in ihrer Göttin Astarte, die stets mit entblößtem Busen dargestellt wurde, mit gerundeten Schenkeln und Hüften, die fast einen Kreis formten. In all dem Wirrwarr geriet manches durcheinander, und gelegentlich hatten wir das Schweinefleisch und die Götzen, und die anderen befolgten unsere Gesetze und Reinigungsriten, wie etwa Uria, ein Hethiter, der sich unrein gefühlt hätte in der Schlacht, hätte er zuvor seinem Weibe Bath-Seba beigewohnt, als ich so dringend wünschte, er möge das tun. Auch das war eines jener Gebote, die Gott dem Moses auferlegte und die uns das Leben keineswegs erleichterten. Der Mann, der bei einer Frau gelegen hatte, war unrein. Ein Mann, der bei einem anderen Mann gelegen hatte, war noch unreiner, er war geradezu ein Greuel. Und ein Mann, der einem Tier beiwohnte, werde gewißlich des Todes sterben, kündigte der Herr an. Aber, so hätte ich eingewendet, stirbt er etwa nicht, wenn er es unterläßt, einem Tier beizuwohnen?

Selbstverständlich kam es in diesem Schmelztiegel auch häufig zu Mischehen, das war seit je so. Bath-Seba hatte einen nichtjüdischen Ehemann, Joseph heiratete eine Ägypterin, Moses hatte eine Midianiterin, und der weibstolle Simson fiel auf jede Philisterschürze und alle weiblichen Listen rein. Selbst meine Urgroßmutter von Vaters Seite war keine Jüdin: sie war jene Moabiterin, die Witwe Ruth, die Naomi nach Juda folgte, unseren Gott und unser Volk wählte und meinen Urgroßvater Boas heiratete. Und jener behaarte Esau nahm zwei Hethiterinnen zu Frauen, zum Leidwesen von Isaak und Rebekka, die sich schon ein prächtiges jüdisches Hochzeitsfest erhofften. Hochzeitsfeste gab es, wenngleich wir für Hochzeit und Heirat kein Wort in unsrer Sprache hatten. Der Mann übergab einfach den Preis für die Frau an deren Vater und nahm sie mit sich als sein Weib. Das wurde gefeiert oder auch nicht. Ich weiß noch, daß ich nach Herzenslust trank und tanzte bei dem Fest, das stattfand, als ich Michal nahm, und daß meine neue Frau, die Prinzessin, mein Betragen streng tadelte und ordinär nannte. Ich meine immer noch, daß ich Michal überbezahlt habe, obgleich Saul nur den symbolischen Preis von hundert Vorhäuten von Philistern für sie verlangte. Ich legte noch ein weiteres Hundert zu, um zu zeigen, daß ich Spaß verstehe. Michal erwies sich aber als Snob und als zänkisch und war nicht eine einzige Philistervorhaut wert.

Über die Philister ist zu sagen, daß sie kultivierter waren, daß sie auf einer höheren Stufe der Zivilisation standen, als wir auf sie trafen. Das gilt für alle Völker, denen wir begegneten. Kaum führte Josua uns aufs Westufer des Jordan, um die Kanaaniter zu unterwerfen und von ihnen die Viehzucht und das Ficken zu lernen und auch, wie man Häuser baut, da stellten wir zu unserer Betrübnis fest, daß in Wirklichkeit die Philister die beherrschende Militärmacht in dieser Gegend waren, insbesondere zu Zeiten des Simson, dieses Troglodyten, dieses haarigen Affen, dieses Trampeltiers. Ah, dieser Simson. Was war der für ein Tropf, ein *Jold*, ein übergroßer, unwissender Provinzjockel, der den wilden Zorn der Philister in seiner Dämlichkeit wieder und wieder durch die unbedachten Missetaten eines irregeleiteten Halbidioten provozierte. Wer konnte schon mit ihm fertig werden? Und zum Richter bestimmt wurde er auch noch! Eben noch verknallt er sich in ein Philistermädchen, gibt ihren Nachbarn Rätsel auf, wettet um Bettlaken, Kissenbezüge und Hemden, daß sie's nicht raten, und gleich darauf erschlägt er dreißig Philister auf einen Streich, legt Feuer an ihre Felder, Weingärten und Olivenhaine mit Bränden, die er dreihundert Füchsen an die Schwänze band. O wei. Was Besseres fiel ihm wohl nicht ein. Hunderte von Malen flehten die Bewohner Judas ihn an, sich ordentlich aufzuführen.

»Simson, Simson, was willst du uns nur antun? Weißt du nicht, daß die Philister über uns gebieten und uns wie ehedem zu ihren Sklaven machen können?«

Sie redeten gegen eine Wand. Hundertmal hätten sie ihn am liebsten gefesselt den Philistern übergeben. Endlich ließ er es zu, aber als sie schon glaubten, ihn endgültig los zu sein, sprengte er seine Fesseln mitten unter seinen Wächtern und erschlug ihrer tausend oder mehr mit einem Eselskinnbacken. Und bevor noch jemand hastdunichtgesehen sagen konnte, hatte er sich in eine weitere Philisterin verliebt, vertraute Delila sein kostbares Geheimnis an und verlor dafür die Haare, die Kraft und die Augen. Milton hat das in seinem *Samson Agonistes* völlig falsch dargestellt. Der Simson, an den wir uns erinnern, war viel zu ungehobelt und stumpf, sich als »geblendet in Gaza an der Wassermühle mit Sklaven« zu schildern oder sich vorzustellen, er werde sterben »und alle Leidenschaft verraucht«. Seine letzten Worte allerdings sind nicht übel: »Herr, Herr, gedenke mein und stärke mich doch, Gott, diesmal, daß ich für meine beiden Augen mich einmal räche an den Philistern!«

Obwohl John Milton selten perfekt ist – das erste der beiden Tetrachordon-Sonette ist scheußlich und das zweite keineswegs hervorragend –, erbitte ich für ihn doch die gleiche Nachsicht, die ich gelegentlich auch für mich in Anspruch nehme. Unsere Kunst geht vor. Er und ich sind Poeten, nicht Historiker oder Journalisten, und sein *Samson Agonistes* muß mit den gleichen Augen betrachtet werden wie meine berühmte Elegie auf den Tod von Saul und Jonathan samt meinen Psalmen, Sprüchen und anderen herausragenden Arbeiten. Man verehre sie als Dichtkunst. Von uns erwarte man Schönheit, nicht Genauigkeit. Ein überzeugendes Beispiel dafür ist mein bemerkenswertes »Sagt's nicht an zu Gath, verkündet's nicht auf den Gassen zu Askalon, daß sich nicht freuen die Töchter der Philister«. Ginge es hier um die buchstäbliche Wahrheit und nach der Vernunft, dann ließe sich nicht erklären, weshalb diese wie Honig daherfließenden Zeilen immer noch so geschätzt werden, denn die Bewohner von Gath und Askalkon wußten von Sauls Niederlage und Tod bei Gilboa gut zweieinhalb Wochen früher als ich. Solches Abweichen von der Wirklichkeit kann man im allgemeinen mit ästhetischen Überlegungen rechtfertigen. Milton war ein Mann von erheblichen Fähigkeiten. Wer weiß – wer will sagen, daß sein Werk nicht ebensolange überdauern wird wie meines und eines Tages ebenso viele Leser findet wie meine berühmte Elegie?

Welch fröhlichen Grabgesang verstand ich doch im Handumdrehen zu produzieren! Objektiv betrachtet ist mein berühmtes Klagelied so hochgemut, wie es eine Ode an den Sieg und die Freude wäre. Sauls Tod öffnete Türen für mich und machte einen Weg frei. Wie beschwingt war ich, als ich las, was ich da geschrieben hatte, und als mein eigener strengster Kritiker erkannte, daß ich nicht ein einziges Wort auswechseln, keine Zeile streichen mußte. Gelegentlich habe ich, das gebe ich zu, bedauert, das »ich habe große Freude und Wonne an dir gehabt, Jonathan, deine Liebe ist mir sonderlicher gewesen denn Frauenliebe ist« nicht ausgiebiger geprüft zu haben. Das also ist jene ärgerliche Aussage, die Anlaß gab zu all den unappetitlichen und unbegründeten Spekulationen seitens mir ungut gesonnener Personen und auch solcher, die ihre eigenen abartigen Neigungen durch ein eindrucksvolles Beispiel rechtfertigen wollen. Aber was ist denn daran so schlimm? Was ich ausdrücken wollte, klingt für mich jetzt ebenso klar, freimütig und normal wie damals, als ich es schrieb. John Milton hätte das gleiche sagen können, wäre es ihm als erstem eingefallen.

Milton war allerdings ein ernsthafter Puritaner und lebte in einem kalten Klima, wohingegen wir eine leichtfertige, polygame Horde waren und in einer vorherrschend warmen, wimmelnden Örtlichkeit hausten. Wir suhlten uns in Mischehen, Inzucht und Auszucht, und das war schon seit Abrahams Zeiten so gewesen. Und noch etwas. Anfangs hatten wir kurze Bärte und gerade Nasen – man kann das an den Wandmalereien nachprüfen; und wer weiß? wären unsere Gene im Lauf unserer Wanderungen und Paarungen eine Spur anders zusammengesetzt worden, wir wären heute vielleicht allesamt blond und pausbäckig wie dänische Schulkinder. Kein Wunder, daß unsere Moralphilosophen damals und seither verdrießlich, tadelsüchtig und puritanisch gewesen sind. Milton war prüde und ein Pädagoge und ließ seine Töchter Hebräisch lernen; ich habe meine nie Englisch lernen lassen. Und ich finde, Jonathan war als Gegenstand edler denn Simson, dieser krude, tolpatschige Esel, der seine Eltern zwang, Heiraten zu arrangieren, die ihnen nicht recht waren, und der seinen Piephahn in jede Philisterhure stecken mußte. Einen Narren wie den machen sie zum Richter, während jemand wie ich kein einziges Buch der Bibel nach sich genannt bekommt. Ist das etwa anständig?

»Und wer hat gesagt, ich müßte anständig sein?« kann ich Gott schon antworten hören, sollte ich Ihn je fragen. »Wo steht geschrieben, ich muß anständig sein?«

»Weißt Du eigentlich immer, was Du gerade tust?« könnte ich Ihn wohl fragen, bezwänge ich je meinen Stolz und spräche wieder mit Ihm.

»Und was für eine Rolle spielt das schon?« kann ich Ihn mit unerschütterbarer Dreistigkeit entgegnen hören.

Braucht man für solche Zynismen einen solchen Gott? Bin ich blind? Vor mehr als fünfzig Jahren erkannte ich bereits: Zum Laufen hilft nicht schnell sein, zum Streit hilft nicht stark sein, sondern alles liegt an Zeit und Glück. Die Sonne geht auf und die Sonne geht unter, und die gleichen Dinge widerfahren den Gerechten wie den Ungerechten. Der Weise stirbt nicht leichter und nicht weiser als der Tor. Inwieweit ist dann der Weise weise? Deshalb fing ich an, das Leben zu hassen, und kam zu dem Resultat, daß es für den Menschen nichts Besseres gibt unter der Sonne, als zu essen, zu trinken und fröhlich zu sein, auch wenn das nicht immer ganz einfach ist, bloß mit Pastrami. Nichts als die Vorderviertel von Schafen und Rindern erlaubt Er uns zu essen. Was sollen wir eigentlich mit dem Übrigen anfangen?

Aber Simson war begierig auf jene Hemden, Joseph hütete seinen bunten Rock wie einen Schatz, und ich entzückte mich an meinen Kronen und Armgeschmeiden. Die Töchter Israels erfreuen sich ihrer scharlachenen Gewänder samt anderer Köstlichkeiten und ihres goldenen Schmuckes. Ich weiß nicht, woher unsere Nachfahren aus Osteuropa die Vorstellung nehmen, daß düstere schwarze Hüte mit breiten Krempen und lange, schmucklose Röcke aus Alpaka oder Gabardine zu unserer Tradition gehören, oder daß trübsinnige Trauerfarben sich besonders gut für das Gebet eignen. Vermutlich von den Wehklagen Jesajas und Jeremias, dem Einfall der Assyrer, Babylonier, Griechen und Römer in Israel samt dessen Vernichtung, von der Diaspora, den Judenverfolgungen im mittelalterlichen Europa, den Pogromen in Polen und Rußland und von Adolf Hitler.

Noch heute kann man mir mit glitzerndem Tand, bunten Decken, Mänteln oder Röcken eine Freude machen, auch mit ähnlichen Geschenken an meine Dienerin Abisag. Das Vergnügen, womit sie solche Geschenke entgegennimmt, ist frei von Gier und ganz unverstellt. Bath-Seba war besitzgierig, Abisag ist es nicht. Es macht mir Spaß zuzusehen, wie Abisag etwas anprobiert, das neu ist und nach ihrem Geschmack. Mir gefällt es, wie geziert die Frauen heutigentags daherschwänzeln, die Blicke kokett und aufmunternd schweifen lassen. Mir gefallen die glitzernden Stirnbänder, Ohrringe, Hauben, Schleier, Haarkräusler, die Ringe an ihren Fingern, die Glöckchen an ihren Fesseln, ihre Armbänder, Ketten, Mäntel, Überwürfe und Schleier. Ich liebe die Frauen, immer schon, und mich entzücken ihre ehrgeizigen Bemühungen, sich hübsch zu machen. Jetzt tragen sie gar Schmuck in der Nase. Und wir haben auch unsere eigenen Savonarolas; kaum erreichen wir einen Zustand, der es erlaubt, daß wir uns ein wenig gehenlassen und die Früchte unserer Mühen genießen, wird uns dieserhalb bereits der Untergang vorausgesagt, von Leuten, die unser Vergnügen und unsere Zerstreuungen mißbilligen und darauf beharren, unser Verderben zu prophezeien.

»Und es wird Gestank für guten Geruch sein, und ein Strick für einen Gürtel, und eine Glatze für krauses Haar, und für einen weiten Mantel ein enger Sack; solches anstatt deiner Schöne«, spricht man denn auch auf der Gasse. Gleichwohl haben wir uns dafür entschieden, es zu riskieren. Wer verzichtet schon freiwillig aufs Wohlleben?

Man darf auch nicht vergessen, daß ich von Samuel schon zum Nachfolger Sauls bestimmt war, als ich von Bethlehem nach Socho mit meinem Karren voll Käse, Brotlaiben und getrockneten Körnern zu meinen Brüdern unterwegs war. Daher war ich noch weniger als zuvor gesonnen, mich von meinen Geschwistern bevormunden zu lassen, auch von meinen Eltern nicht, die mich allerdings ohnehin meist in Ruhe ließen. Folglich machte ich meinen Brüdern Eliab, Abinadab und Samma ziemlich übermütig eine lange Nase, als sie mir befahlen, unverzüglich heimzukehren, nachdem ich den Proviant für sie und ihren Hauptmann abgeliefert hatte. Nichts auf der Welt hätte mich dazu gebracht, auf den Anblick des großartigen Schauspiels zu verzichten, das die beiden Heere boten, die einander an den Hängen oberhalb des Tales von Elah gegenüberlagen, noch wollte ich die Gelegenheit verpassen, ein Held zu werden, nachdem ich sie erkannt hatte.

Samuel war unangemeldet bei uns in Bethlehem erschienen, eine rötliche Färse im Schlepptau zwecks Irreführung der Spione Sauls, und ordnete an, ihm unverweilt die Söhne dem Alter nach vorzuführen. Über die rötliche Färse machte ich mir meine Gedanken, kaum, daß ich davon erfahren hatte. Alles übrige gleicht recht genau dem Märchen vom Aschenputtel, denn ich, der jüngste und unbedeutendste der Brüder, war abwesend und hütete die Schafe; niemand dachte an jenem historischen Tag besonders an mich.

»Nur herein«, grüßte mein Vater gastlich den ernst und entschlossen dreinblickenden Reisenden, der auf Weisung des Herrn die rötliche Färse von Rama nach Bethlehem geführt hatte. »Streife die Sandalen ab und tritt ein. Wasch deine Füße. Setz dich und nimm einen Bissen Brot. Möchtest du vielleicht ein Weilchen auf dem Dache ruhen?«

Samuel war durchaus bereit, sich sogleich mit Eliab, dem Erstgeborenen, zufriedenzugeben, doch Gott sprach ganz meine Sprache, als Er Samuel tadelte: »Ein Mensch sieht, was vor Augen steht, der Herr aber sieht das Herz an.« Meine Brüder waren sämtlich größer als ich. Abinadab und Samma wurden ebenfalls verworfen und so auch der Rest.

Samuel fragte mürrisch: »Weiter hast du keine? Sind das alle deine Söhne?«

Da wurde ich geholt.

Der magere, großgewachsene, umdüsterte Mann, der mich schon erwartete, war, weiß der Himmel, behaart. Wer Esau für behaart hält, sollte sich mal Samuel in seinem langen Gewand ansehen. Das wenige von ihm, das es nicht verdeckte, strotzte nur so von sprießendem schwarz-grauen Haar. Abgesehen von den tiefliegenden dunklen, brennenden, traurig blickenden Augen und einem Teil der gelblichen, zerfurchten Stirn konnte man unmöglich erkennen, wo Fleisch und Knochen des Gesichtes aufhörten und der strähnige Bewuchs von Kopfhaut und Wangen begann. Er wirkte weniger abstoßend auf mich, als ich ihn näher kannte, wenngleich ich mich in seiner Gegenwart nie recht wohl gefühlt habe, und ich kann nicht behaupten, ich habe ihn jemals gut leiden mögen. Hannah, seine Mutter, hatte gelobt, kein Rasiermesser solle je dem Kopf ihres Sohnes nahekommen, falls Gott ihr nur gestatte, einen zu gebären.

An jenem Tage betrug er sich kurz angebunden und gebieterisch, seine Stimme klang trocken, und es lag keine Spur von Jubel darin, als er mich als den grüßte, den zu finden und zu salben er ausgesandt war. Was er zu sagen hatte, kam beinahe tonlos heraus, und er wirkte nicht im geringsten wie jene Reisenden, die gern einen Scherz machen oder sich Zeit für einen kleinen Plausch lassen. »Der Herr bereut, daß Er Saul zum König erwählte«, sagte er und entkorkte sein Ölhorn, »denn Saul hat nicht immer alle Seine Worte befolgt und Seinen Befehlen gehorcht. Heute hat der Herr das Königreich Israel von Saul gerissen und einem Nächsten gegeben, der besser ist als er und mehr nach Seinem Herzen. Dieser Nächste bist du.«

Man wird gewiß gern hören, daß ich mich geschmeichelt fühlte. Samuel allerdings hatte bereits den Rückweg angetreten. Ich rannte hinter ihm her.

»Heißt das«, rief ich, »daß ich die Schafe nicht mehr hüten und mich nicht mehr von meinen Brüdern gängeln lassen muß? Heißt es, daß du und jedermann sonst tun muß, was ich befehle?«

»Es heißt«, kam die strenge Antwort, »daß du und jedermann sonst stets zu tun hat, was ich und der Herr befehlen. Denn der Herr und ich sind gemeinsam stärker als irgendwas sonst in der Welt, stärker als das bewaffnete Heer Sauls. Saul hat nicht jedem Befehl gehorcht. Darum haben wir Saul verworfen und dich auserwählt.«

Plötzlich fand ich die Anwesenheit der rötlichen Färse überflüssig. »Die Färse, die Färse!« platzte ich heraus – eine übereilte Ketzerei, bezeichnend für meinen verwegenen Charakter. »Wofür brauchst du diese rötliche Färse? Wie kommt es, daß du und der Herr so große Angst habt vor Saul, wenn ihr doch so stark seid?«

»Misch dich da nicht ein«, verwies mich Samuel grollend. »Willst du nun König in Israel werden oder nicht?«

Die Antwort darauf kann man sich denken. »Wann darf ich anfangen? Wie bald wird es geschehen?«

»Wenn es geschieht.«

»Darf ich es den Leuten schon erzählen?«

»Erzähl es niemandem«, sagte er und erbleichte. »Deine Rede würde uns beiden gefährlich.«

Ich erzählte es aller Welt.

»Wenn du nicht aufhörst, dummes Zeug zu reden«, bedrohten mich daraufhin meine Brüder, »werfen wir dich in einen Brunnen und verkaufen dich nach Ägypten in die Sklaverei.«

Sogar Analphabeten wie meine Brüder und Schwestern wußten ein bißchen von der Geschichte Josephs und seiner epochemachenden Reise nach Ägypten und erkannten die Ähnlichkeit der Lage jenes Hauptdarstellers und der meinen.

Mit mir wie mit Joseph zu verfahren, falls ich nicht auf meine Schafe und mein Benehmen achtgab, nicht zu Bett ging, wenn ich sollte, und nicht Ruhe hielt im Hause, wenn wer schlafen wollte, dies war die Drohung, die während der Kindheit über meinem Haupte hing. Wie die anderen mein Saitenspiel und meinen Gesang haßten, wenn sie sich nach Ruhe sehnten! Weder meine Brüder noch meine Schwestern interessierten sich im mindesten für meine Musik oder meine Gedichte und blieben bis zu ihrem letzten Tag allesamt völlig unbeeindruckt von meiner berühmten Wehklage und unempfänglich für Tugendhaftigkeit und majestätische Schönheit der vielen Psalmen und Sprüche, die mir rechtens zugeschrieben werden. Wie Joseph so war auch ich das strahlende Wunderkind in einer großen Familie aus älteren, primitiven, stumpfen Rohlingen. Sie Philister nennen, hieße die Philister beleidigen, die in Wahrheit sehr fortgeschritten waren. Unbeschnitten, aber fortgeschritten.

Eitelkeit und Snobismus, beides bezeichnend für Joseph und mich, haben auf andere zweifellos immer wieder aufreizend gewirkt, doch ein verzogenes Balg wie er bin ich nicht gewesen und glaube auch, meine frühe Anspruchshaltung und mein Überlegenheitsgefühl auf mehr stützen zu können als auf einen bunten Rock und ein Talent zur Traumdeutung.

Immerhin, Joseph entstammt einer Seitenlinie meiner Vorfahren, und ich kann mich mit ihm mühelos identifizieren und mit ihm fühlen, selbst wenn er sich infantil gebärdet; allerdings hat er seine Brüder ziemlich übel durch die Mangel gedreht, als sie während der Hungersnot nach Ägypten zum Einkaufen wanderten und er plötzlich ihr Leben in seiner Hand hielt. Er erkannte sie, sie aber ihn nicht. Rache war jedoch nicht süß für ihn. Die Hoffnung, die sich verzieht, ängstet das Herz, das aber wußte er wohl nicht.

Er hielt seine zärtlichen Gefühle so gut es gehen wollte verborgen und quälte seine Brüder mit ausgesuchter Grausamkeit, bevor er sich endlich zu erkennen gab und ihnen in Ägypten Zuflucht gewährte. Warum das alles? Spaß machte es ihm nicht. Bedenkt man, wie lange es zu jener Zeit dauerte, zu Fuß von Kanaan nach Ägypten zu reisen, dann zurück und nochmals hin, wird einem klar, daß er sie für fast ein halbes Jahr in qualvoller Ungewißheit ließ, ihnen Diebstahl unterschob, sie fälschlich der Spionage bezichtigte und ihnen zermürbende Forderungen stellte. Mehr als alles in der Welt wünschte er, Jakob noch einmal zu sehen und seinen jüngeren Bruder Benjamin zu umarmen und zu küssen. Indem er die Spannung und die Angst verlängerte, schob er selber jene Versöhnung hinaus, nach der er sich verzehrte. War das etwa zum Lachen? Nach jedem furchterregenden Rückschlag, den sie dank seiner Manipulationen erlitten, lief er davon, mit Tränen in den Augen, um allein für sich in seinen Gemächern zu weinen. Sogar eben jenem greisen Vater, den er verehrte, fügte er großes Herzeleid zu und schlimme Ängste und hätte dessen greises Haupt beinahe in die Grube gebracht, indem er Benjamin als Geisel forderte.

»Joseph ist nicht mehr«, warnte Jakob ahnungsvoll, als er sah, daß ihm nichts übrig blieb, als Benjamin mit den anderen nach Ägypten gehen zu lassen, »und mein Sohn ist allein übriggeblieben von seiner Mutter. Werdet ihr auch diesen von mir nehmen, so werdet ihr meine grauen Haare mit Jammer hinunter in die Grube bringen.«

Juda, demütig und integer, erbot sich, als Geisel in Ägypten zu bleiben, und beschrieb Joseph, wie ihrer beider Vater in Gefahr käme. Als Joseph dies vernahm, brach ihm das Herz. Er konnte die Täuschung nicht mehr aufrecht erhalten, küßte alle seine Brüder und weinte laut. Als Jakob starb, ließ Joseph ihn einbalsamieren, und die ländlichen Nomaden dürften nicht schlecht gestaunt haben, als sie erstmals mit dieser ägyptischen Gewohnheit bekannt wurden. Joseph war längst damit vertraut.

Was geht nur in Familien vor, daß deren Glieder so herzlose Anschläge eines auf das andere verüben? Gott weiß, ich habe mir zu meiner Zeit so manches zuschulden kommen lassen, aber doch nie etwas Vergleichbares. Und meine Kinder waren genauso schlimm wie die von Jakob, bedenkt man, was sie einander und mir zugefügt haben. Mag sein, das verwöhnte Kind in einem jeden von uns wird nie erwachsen, und Josephs Gefühle gegenüber seinem Vater und seinen Brüdern waren nicht weniger wirr und verwirrend als diejenigen Sauls mir gegenüber oder auch gegenüber seinem echten Sohn Jonathan. Oder wie meine gegenüber Saul. Oder gegenüber Gott und dessen Gefühle gegenüber mir: Wir scheinen außerstande, uns zu entscheiden. Ich habe Saul aufrichtig bedauert und tue es auch jetzt noch. Ich habe Saul verehrt und zu meinem Abgott gemacht, denn er erlaubte mir endlich, für eine kurze Weile jedenfalls, mich selber ungeniert mit aller Kraft zu lieben, bis er anfing, seinen ungerechten Haß auf mich zu richten und mich mit krankhaftem, psychotischen Mißtrauen zu verfolgen, so daß ich schließlich gezwungen war, vor seiner mordlüsternen Wut zu fliehen. Meine Absicht war, mich hervorzutun, nicht, seine Macht zu schwächen, und ich glaube, ich habe nie etwas gesagt oder getan, was ihm schadete.

Und ganz gewiß bin ich mit keinem meiner Brüder so umgesprungen wie Joseph mit seinen; allerdings hat auch keiner der meinen es mit mir so schlimm getrieben wie seine mit ihm. Sie verhöhnten mich, sie knurrten, sie kommandierten mich herum, nörgelten, kritisierten, mischten sich ein. Nie aber gingen sie in mörderischer Absicht auf mich los, warfen mich nicht in einen Brunnen, verkauften mich nicht als Sklaven an eine Karawane von Händlern auf dem Weg von Gilead nach Ägypten. Sie brachten meinem vom Donner gerührten Vater nicht meinen blutbeschmierten Rock und sagten dazu, ein Tier habe mich zerrissen. Das war wirklich schlimm. Als ich Goliath erschlug, war ich noch sehr jung, und danach hatten nicht mehr sie mich in ihrer Gewalt, sondern ich sie. Als das Gerücht aufkam, Saul beabsichtige, Blutrache an meiner gesamten Familie zu nehmen, und sie angstvoll aus Bethlehem flüchtete, ließ ich ihr so viel Schutz angedeihen, wie in meinen Kräften stand. Meine Brüder schlugen sich mit den Ihren so gut sie konnten zu der Höhle von Abdullam durch, die ich zu meinem Hauptquartier gewählt hatte. Meine Eltern brachte ich auf dem anderen Jordanufer bei dem König von Moab unter. Die Familien meiner Geschwister, meine beiden neuen Frauen und meine sechshundert Kämpfer samt deren Anhang nahm ich dann mit nach Gath, als ich in die Dienste des Königs Achis und seiner Philister trat.

Noch heutigentags fragen mich manche Leute entsetzt: »Du hast wirklich bei den Philistern gedient und mit ihnen gekämpft?«

»Und wie!« erwidere ich dann wohl mit Nachdruck. »Meine Leute hätten mich gesteinigt, hätte ich es nicht getan.«

Das ist ebenfalls eine hübsche Begebenheit aus meinem Leben, über welche die Chroniken sich ausschweigen. Spielt das heute noch eine Rolle? Ich habe mich durchgebissen, als es drauf ankam. Das gilt auch für Moses und

Joseph, und Gott sollte sich bei uns allen dreien dafür bedanken, daß wir ihm geholfen haben, das Versprechen, das er Abraham gegeben hatte, zu halten. Ich tat das mit dem Schwert. Joseph tat es, indem er dem Pharao seinen rätselhaften Traum von Garben und fetten Kühen und mageren Kühen in eine bekannte, aus zwei Wörtern bestehende Formel übersetzte, für die Sigmund Freud ihn widerwillig gelobt und die im Auge eines jeden Warenterminspekulanten ein Funkeln erzeugt hätte. Und wie lautete diese Formel?

»Kauf Getreide«, sagte Joseph.

»Getreide soll ich kaufen?« fragte der Pharao.

»Der Traum«, bestätigte Joseph, »der Traum fordert dich auf, Getreide zu kaufen.«

Als die Hungersnot ausbrach, waren einzig die Speicher des Pharaos randvoll. Hungrige kamen mit Geld aus den umliegenden Ländern, um die Nahrungsmittel zu kaufen, ohne die sie nicht leben konnten. Als ihnen das Geld ausging, zahlten sie mit Vieh, mit Pferden und mit Eseln. Als ihnen das Vieh ausging, gaben sie erst ihr Land dran, dann sich selber. Alles gehörte nun dem Pharao, ausgenommen der Landbesitz der Priester. Joseph bestimmte, daß ein Fünftel aller Produkte dem Pharao zufallen sollte, und damit fügten die Ägypter all den glänzenden Errungenschaften ihrer Zivilisation auch noch den Feudalismus und die Pachtwirtschaft hinzu, bei der der Pächter mit Teilen seiner Ernte zahlt.

Ein Fünftel? Das durfte nicht einmal ich fordern, wollte es auch nie. Salomo wollte es, mußte sich aber mit einem Zwölftel begnügen und brachte das Königreich mit seinen bedenkenlosen und großmannssüchtigen Ausgaben an den Rand des Ruins. Der streckte die Hände nach allem und jedem aus und verschwendete alles für sich, und sein umnachteter Erbe zerstörte alle Hoffnung auf gutes Einvernehmen mit seinen Landsleuten durch eine hohntriefende öffentliche Kundmachung, kaum daß er nach Salomos Tod den Thron in Besitz genommen hatte.

»Mein kleiner Finger soll dicker sein denn meines Vaters Lenden«, verkündete der erhabene Rehabeam einfältig einer Bevölkerung, die bereits rebellisch wurde, dank der Ausbeutung, der sie unterworfen worden war. »Mein Vater hat auf euch ein schweres Joch geladen, ich aber will des noch mehr über euch machen. Mein Vater hat euch mit Peitschen gezüchtigt, ich will euch mit Skorpionen züchtigen.«

Ausgerechnet mit Skorpionen, dieser Dummbeutel. Schlau war er wie Simson und halb so höflich. Wen glaubte er eigentlich vor sich zu haben? Über Nacht verwandelte sich das Werk von Joseph, Moses und mir in ein explosives Chaos und den Ruin. Wieder gab es Bürgerkrieg, und das von mir gegründete Reich zerfiel in zwei getrennte Länder.

Moses bekam für seine Mühe von allen Seiten nur Schelte zu hören. Joseph erhielt wenigstens vom Pharao die Erlaubnis, die kompletten Familien der Söhne Jakobs nach Ägypten zu holen, wo alles Gute dieses Landes sie erwartete. Die zottigen Zeltbewohner aus Kanaan erlebten jedoch eine entmutigende Überraschung, als sie mit ihren Herden eintrafen und fast sogleich erkannten, daß es unmöglich war, sich dieser kultivierten Gesellschaft zu assimilieren. Sie waren in deren Augen ein Greuel. Kein Ägypter mochte mit ihnen zu Tische sitzen. Nicht, weil sie Juden waren, das begriffen sie ja selber kaum, sie wußten weiter nichts, als daß sie Jakobs Söhne waren, sondern weil sie Hirten waren, Rinderhirten. Für die verfeinerten Ägypter war jeder Hirte, jeder Nomade ein Greuel. Sie fanden also in keiner Herberge Ägyptens Unterkunft, und Joseph erbat und erhielt für sie im Lande Gosen gutes Weideland, auf dem die Söhne Jakobs, nun Israel geheißen, mit ihren Weibern und Kindern, ihren Zelten und Tieren siedeln und sich, wie ein dankbarer Pharao ihnen versicherte, am Fett des Landes mästen durften. Josephs Begabung für das Wahrsagen aus Träumen hatte das Land vor einer Hungersnot bewahrt und den Pharao weit über seine kühnsten Träume hinaus bereichert.

Vierhundert Jahre später herrschte ein anderer Pharao über Ägypten, der nichts von Joseph wußte. Die Ägypter hatten fürwahr ein kurzes Gedächtnis. Der erniedrigte die

Abkommen der Kinder Israels zu Sklaven, setzte harte Aufseher über sie, und Moses, dieser bedauernswerten Seele, fiel es zu, uns aus der Sklaverei zu führen. Um diesen Job hatte er sich nie beworben, und Vergnügen bereitete der ihm keinen Moment.

»Zieh deine Schuhe aus von deinen Füßen«, war das erste, was er aus dem brennenden Dornbusch hörte. »Der Ort, darauf du stehst, ist ein heilig Land.«

Und damit war er für den Rest seines Lebens geleimt. Den Pharao zu überreden, die Hebräer aus Ägypten abziehen zu lassen, war schwer genug. Eine einvernehmliche Widerstandsbewegung zu organisieren und die Hebräer zu überreden, ihm aus dem Lande zu folgen, war gewiß nicht einfacher. Ihm zu folgen? Nun, vielleicht. Aber ohne Widerrede und Nörgelei? Unmöglich. Man hätte ebensowohl den Wind einfangen können.

»W ... w ... w ... wer –?«

»Hör auf damit, Moses«, befahl der Herr. »Habe ich dir das Stottern nicht abgewöhnt?«

»– bin ich, daß man mir Glauben schenken wird? W ... w ... wie –«

»Moses!«

»– soll ich antworten, wenn man mich nach einem Namen fragt?«

»ICH BIN DER ICH BIN.«

Moses tat mit schmerzverzogenem Gesicht einen Schritt rückwärts. »Wieder ICH BIN DER ICH BIN?«

»Weshalb nicht?«

»Man blickt mich schon finster an und murmelt Verwünschungen. Was – was – was –«

»Wirst du wohl damit aufhören?«

»Was werden sie sagen, wenn es noch schlimmer wird?«

Weh ist mir, sagten sie, als es noch schlimmer wurde. Der Pharao bedrängte sie noch härter, wenn sie auf den Feldern arbeiteten und mit Mörtel und Ziegeln hantierten.

»Ich verstocke sein Herz noch mehr«, entgegnete der Herr, als Moses Einwände machte. »Und wage nicht, mir noch einmal zu sagen, daß das keinen Sinn ergibt. Das ist ein Gebot. Ich nehme den Pharao auf mich, kümmere du dich um das Volk. Damit dürftest du reichlich zu tun bekommen.«

Das war nicht gelogen. Was wäre geschehen, hätte Moses nein gesagt? Als stelle Er bereits die Menge der Gespräche in Rechnung, die noch zu führen sein würden, gab Gott dem Moses wirklich einen Bruder namens Aaron, in dessen Mund sie ihre Worte legen konnten, dazu eine Schwester namens Miriam, die sich als Prophetin betätigen durfte. Andernfalls hätten aus den zehn Plagen auch zwanzig und aus den vierzig Jahren der Wanderung leicht vierhundert werden können, so schwer wurde es Moses zu reden.

Beim Auszug aus Ägypten umgingen sie klugerweise das Land der Philister und näherten sich, südwärts ziehend, dem Roten Meer durch die Wüste. Moses nahm Josephs Gebeine mit. Nörgeln und Besserwisserei, die er beide verabscheute, plagten ihn von Anfang an, ferner jener eigenartig ironische Ausspruch in Form einer rhetorischen Frage, den wir Juden erfunden haben und mit dem man uns identifiziert, seit Kain erwiderte: »Soll ich meines Bruders Hüter sein?«

»Was soll denn das?« lautete die grollend vorgebrachte Beschuldigung, mit der die Menge über Moses herfiel, als die sie verfolgenden Streitwagen der Ägypter sichtbar wurden. »Gibt es in Ägypten vielleicht keine Gräber? Mußt du uns unbedingt zum Sterben in die Wüste führen?« Auch nicht übel.

Mitte des zweiten Monats murrte die ganze Gesellschaft vor Hunger wider Moses und Aaron; man sehnte sich nach der guten alten Zeit der Sklaverei in Ägypten, wo man um Fleischtöpfe saß und nach Belieben Brot aß. Gott schickte ihnen etliche Wachteln. Und vergiftete sie damit.

Und Er sprach. Er sprach und sprach und sprach unermüdlich zu Moses, und dann sprach und sprach und sprach Er noch etwas mehr zu Moses. Aber nicht ein einziges Wort des Dankes, kein einziges. Und mit keinem Wort sagte Er irgendwem, wie Moses Ihm fehle, nachdem der gestorben war. Der Herr schien es niemals satt zu werden, zu Moses zu sprechen, nichts konnte man Ihm recht machen, immer drohte Er mit Massenvernichtung, einen Tag um den anderen erließ Er Gesetze, vom zweiten bis zum fünften Buch Moses. Die schrieb Er mit dem Finger in Stein, und ihm fiel das nicht weiter schwer, es war aber Moses, der die schweren Tafeln den Berg runterschleppen mußte. Und als er sie damals zerbrach, weil er das goldene Kalb erblickte, mußte er den ganzen Berg wieder rauf und neue holen. Vierzig Jahre ging das so, Gott zornig und schimpfend, das Volk störrisch, hartleibig und unfolgsam. Bis der Tag kam, an dem er, erschöpft genug, endlich alles hinzuschmeißen, den Berg Nebo erklomm und vom Gipfel Pisga über den Jordan in das Land der Verheißung blickte, in das er nicht hineinkommen sollte, eines ungenannten Fehltritts wegen, den weder ich noch sonstwer je hat ausfindig machen können. Und kurz darauf starb er, obwohl sein Auge nicht dunkel geworden und seine Kraft nicht verfallen war. Und niemand hat sein Grab erfahren bis auf diesen heutigen Tag.

Ein schönes Land der Verheißung! Der Honig war zwar da, die Milch brachten wir aber mit unseren Ziegen. Den Bewohnern von Kalifornien schenkt der Herr eine prachtvolle Küste, eine Filmindustrie und Beverly Hills. Uns gibt Er Sand. Cannes beschert Er luxuriöse Filmfestspiele, uns die PLO. Unsere Winter sind verregnet, die Sommer glühend. Leuten, die nicht mal wissen, wie man eine Armbanduhr aufzieht, schenkt Er ganze Ozeane von Öl unter der Erde. Uns beglückt Er mit Hämorrhoiden, einem Bruch und Antisemitismus. Die halbverhungerten Späher berichteten nach dem ersten Blick auf Kanaan, das Land sei von Riesen bewohnt und vertilge seine Bewohner. Dieser Bericht war falsch, aber doch nicht so ganz. Zwar gab es wirklich Feigen, Granatäpfel und Reben, so schwer, daß sie nur von zwei Männern an einem Stecken zwischen sich getragen werden konnten, doch das Land neigt wirklich dazu, seine Bewohner zu vertilgen. Immerhin, was Besseres haben wir nie geboten bekommen, und wir wollen es behalten.

Von den vierundzwanzig, die an der ersten Erkundung

teilnahmen, hatten nur Josua und Kaleb genug Vertrauen in die Verheißung des Herrn, um weiterziehen zu wollen. Das Volk weigerte sich, nachdem es den abschreckenden Bericht der anderen vernommen hatte.

Als der Herr gewahrte, daß das Volk ratlos und störrisch auf der Stelle verharrte, trieb Er es an. »Ich will Hornissen vor dir hersenden. Ich verspreche es. Die Fürsten von Edom werden erstaunen, die Mächtigen von Moab sollen zittern, die Bewohner Kanaans dahinschmelzen, Furcht und Zagen sollen sie befallen und sie werden reglos sein wie Steine. Ihr werdet austreiben die Hethiter, Heviter, Pheresiter, Girgasiter, Amoriter und Jebusiter. Die werden euch den Rücken kehren und weglaufen. Nichts kann euch aufhalten. Ich gebe euch mein Wort darauf.«

Keiner rührte sich. Da beschloß der Herr, sie allesamt auf der Stelle zu töten. Er war rasend vor Zorn. Er ergrimmte.

»Töten will ich sie«, brüllte Er Moses an. »Denkst du, ich scherze? Wie lange, glaubst du, lasse ich mich von diesem Volk noch provozieren, bevor ich zurückschlage? Wie viele Zeichen muß ich ihnen noch geben, bis sie an mich glauben? Ich habe das schon früher gemacht, einmal mit einer Flut, einmal mit Feuer und Schwefel. Platz da, Moses.«

»Können wir nicht vernünftig darüber reden, Herr?« suchte Moses Ihn zu bremsen. Er machte Ihn darauf aufmerksam, daß Er zum Gespött der Ägypter werde, sollte Er das Auserwählte Volk vernichten, nachdem Er es so weit geführt und ihm so viel versprochen hatte. »Sie werden es den anderen Völkern ansagen, und auch die werden Deiner spotten und Dich nicht mehr fürchten. Es wird heißen, der Herr konnte mitnichten das Volk in das Land bringen, das Er ihnen geschworen hatte, denn nicht das Volk hat Ihm nicht folgen können, sondern Er konnte es nicht führen. Man wird glauben, nicht wir haben versagt, sondern Du.«

»Na schön«, gab Gott nach, der nicht zum Gespött der Ägypter werden wollte, doch wies Er mit dem Daumen über die Schulter und befahl: »Auf den Weg mit euch!«

Und zurück ging es in die Wüste von Paran für weitere achtunddreißig Jahre, bis alle, die gegen den Herrn gemurrt hatten, den Geist aufgaben, eine ganze Generation verdorben war und eine neue nachgewachsen. Falls man sich Gottes je erinnern wird, dann gewiß nicht wegen Seiner Geduld und menschlichen Güte. Von allen, die aus Ägypten gezogen waren, durften nur Josua und Kaleb das Gelobte Land betreten. Als der Herr sprach: »Höre, Israel, heute sollst du über den Jordan gehen!« führten Josua und Kaleb ihre Männer über den Jordan nach Jericho und begannen die Eroberung Palästinas, die erst ich vollendet habe.

Joseph gab uns Obdach und rettete uns, Moses brachte uns bis zur Grenze, und Josua führte uns hinüber. Ich aber bin derjenige, der Gottes Auftrag ausführte. Palästina ist immer noch ein Land blühender unterschiedlicher Kulturen, die sich gegenseitig befruchten. Anders ist jetzt nur, daß dies alles mir gehört.

Ich glaube, Gott weiß, daß Er mir etwas dafür schuldet, daß ich Ihm half, Sein Ziel zu erreichen. Man stelle sich vor, wie gering Sein Ansehen wäre, wären wir nicht bis hierher gelangt oder, nachdem wir angekommen waren, ausgerottet worden. Und Er weiß auch, daß ich mit einer Belohnung noch vor meinem Tode rechne, nicht erst hinterher. Auch müßte Er mich um Verzeihung bitten – das wäre das mindeste. Ich meine damit nicht, daß ich für die von mir begangenen Sünden keine Strafe verdient hätte, sondern nur, daß die Strafen, die Er verhängte, unmenschlich waren. Um welche Vergünstigung ich wohl bitten könnte? Mag sein, ich habe nicht den Mut zu bitten. Ich fürchte, Er wird mich nicht erhören. Mehr noch fürchte ich, daß Er es doch tut.

Gott hat die eigennützige Gewohnheit, für Seine eigenen Fehler andere verantwortlich zu machen. Er greift unwillkürlich, ungebeten, sozusagen aus heiterem Himmel jemanden heraus und bürdet ihm unerhört schwere Lasten auf, denen der Betreffende nicht immer in jeder Hinsicht gewachsen ist, und macht dann uns Vorwürfe, weil

Er falsch gewählt hat. Er vergißt gern, daß wir ebensowenig unfehlbar sind wie Er. So hat Er an Moses gehandelt. Und an mir. Von Saul war Er zutiefst enttäuscht. In Abraham allerdings, unserem ersten Patriarchen, hat Er sich nicht geirrt.

Abraham war nun fürwahr ein Prachtexemplar, und ich bin stolz darauf, ihn zum Vorfahren zu haben, was kaum etwas damit zu tun hat, daß er den Bund mit Gott gemacht hat und unser erster Patriarch war. Er selber hat sich dessen kaum je gerühmt. Sein Weib Sara gehört ebenfalls zu meinen Lieblingsgestalten, weil sie lachte und log. Auch Abraham lachte. Abraham lachte so herzlich, daß er aufs Gesicht fiel, als er von Gott hörte, Sara werde ihm ein Kind gebären, denn sie war über neunzig, und es ging ihr schon lange nicht mehr nach der Weiber Weise. Sara belog Gott, als Er sie fragte, was es da zu lachen gäbe, und mit ihrem Lachen und ihrer Lüge erinnert sie mich an Bath-Seba in ihren besten Zeiten, an deren Neigung zu Fröhlichkeit und mutwilliger Täuschung. Sara war in ihrer Jugend eine umgängliche Schönheit, und wenn sie sich in ihren Rechten bedroht sah, ging sie wie eine Wildkatze auf andere Frauen los. Bath-Seba war ihr darin ähnlich, und nur zu gerne würde ich den Arm um sie legen und mein Haupt an sie lehnen.

Abraham verblüfft mich immer noch dadurch, daß er mit augenscheinlicher Leichtigkeit eine unglaublich schwere Tat vollführte. Er beschnitt sich selber. Das ist alles andere als einfach – wer das nicht glauben will, versuche es mal. Es ist wohl bekannt, daß ich von der Technik des Beschneidens aus umfassender, belegter Erfahrung spreche; diese Kenntnis eignete ich mir an, nachdem ich Michal versprochen war. Mit meinem Neffen Joab und einer Bande herzhaft singender Freiwilliger stieg ich von den Bergen herab, um jene hundert Philistervorhäute einzusammeln, die Saul als Kaufpreis für Michal verlangte. Wir gingen davon aus, daß es sechs kräftiger Israeliten bedurfte, um einen lebendigen Philister zu beschneiden. Als ich mich an den Gedanken gewöhnt hatte, daß man den Philister vorher erschlagen könnte, ging alles selbstverständlich viel schneller. Es kam mir gar nicht in meinen arglosen Kopf, daß Saul mir da eine Falle stellen könnte. Ihm wiederum kam es nicht in den Kopf, daß ich diesen Auftrag überleben könnte. Jeder von uns unterschätzte den anderen, und hinterher war sein Mißtrauen gegen mich nur um so größer. Ich bekam eine Frau, und er behielt einen großen Vorteil: Er wußte, daß er mich töten wollte, ich aber nicht.

Selbst nach all diesen vielen Jahren und auch im Bewußtsein dessen, daß sie mir half, den Dolchen von Sauls Meuchelmördern zu entwischen, finde ich doch keine einzige zärtliche Erinnerung an meine lange Ehe mit Michal. Statt dessen regt sich in mir, wann immer ich ihren Namen höre, die gleiche rachsüchtige Abneigung, die ich empfand, als sie mir den Triumph verdarb, den die Überführung der Bundeslade nach Jerusalem mir hätte verschaffen sollen. Es wurde daraus ein nationaler, heiliger Festtag, und jedermann in Israel, Michal ausgenommen, jubelte. Was für ein Fest das war! Was für eine Parade, die ich anführte! Aber sie war eine giftige Person, die meine guten Tage verdarb, meine schlechten Tage genoß und es niemals über sich brachte, mich zu loben oder zu bewundern oder mich, wie die meisten Menschen, als mythischen Heldenkönig zu sehen oder als monumentale Gestalt auf einem weißen Marmorsockel, und da möchte ich doch gleich noch erklären, warum Michelangelo und mein Standbild in Florenz mich so ärgern: Unbeschnitten stehe ich da! Für wen hat der mich eigentlich gehalten?

Wenn überhaupt, dann ähnelt der Moses in Rom mehr dem Mann, der ich in meinen besten Jahren war, als meine eigene Statue mir zu irgendeiner Zeit meines Lebens. Das sagen alle. Selbstverständlich bin ich nicht so groß und auch nicht aus Marmor. Ich habe auch keine Narbe am Schienbein, und aus meinem Kopf wachsen keine Hörner. Doch besaß ich einen ebenso erlesenen und vollkommen gegliederten Körper, die gleiche unanzweifelbare Aura unsterblicher Größe und Kraft, bis ich mit zunehmendem Alter verfiel und man mich nicht mehr in die Schlacht ziehen lassen wollte.

Seither habe ich abgenommen. Mein Haar ist dünner, mein Bart weiß, und meine Finger zittern, wenn mich das Frösteln überkommt, das oft genug von Zähneklappern begleitet ist, und das selbst Abisag trotz all ihrer jungfräulichen, straffen, gewinnenden Lieblichkeit nicht zu mildern vermag; es wütet in mir, obwohl sie mich zärtlich mit ihrem Leib zudeckt und mich überall mit ihren Händen und dem sanften Gesicht streichelt. Ist sie wohl alt genug, um noch zu wissen, wie königlich und männlich ich aussah, bevor meine Muskeln schrumpften und ich mit zunehmendem Alter verfiel? Trotz der mit Kalmus und Kassiaschoten versetzten Duftwässer, mit denen sie sich frisch macht, und dem Geruch von Aloe und Zimt, womit meine Diener mein Bett parfümieren, erschnuppere ich die natürliche, unverfälschte Sekretion des Weibes und begehre Abisag. Ich begehre sie, habe aber keine Erektion. Die Hitze, die sie ausstrahlt, dringt nicht in mich ein. Ihre weiblichen Formen sind perfekt, die Brüste fest und voll, die Brustwarzen lang und dunkel, die Haut glänzt glatt und makellos im flackernden Licht meiner Öllampen. Wo nur hat man für mich diese Haut aufgetrieben, die nicht das winzigste Mal, nicht eine Sommersprosse aufweist? Abisag. Abisag. Abisag?

»Abisag!«

Seit kurzem befehle ich ihr, sich neben mich zu legen, auch wenn mich nicht fröstelt. So ist mir wohler als allein. Nun ich an sie gewöhnt bin, fällt mir auch manches auf. Ihre Küsse sind fürwahr süß. Der Mund schmeckt nach Honig. Am Knie, dann am Oberschenkel, den ich straffe, um das Gefühl zu intensivieren, spüre ich die kratzenden schwarzen Haare ihres sorgfältig rasierten Venushügels, gekräuselt, elastisch. Die gesunde Wölbung ihres Bäuchleins ist mir lieb. Kürzlich habe ich sie zum ersten Mal berührt. Endlich legte ich die gespreizte Hand um ihre Hüfte. Sie ist glatt. Kein Gramm überflüssiges Fleisch. Alles so fest und seidig, wie ich es erwartet hatte. Bath-Seba, die von der Zeit den normalen Veränderungen unterworfen wird, ist jetzt fülliger, Gesicht und Körper haben nicht mehr so klare Konturen wie ehedem. Noch zeigt sie stolz ihre kompletten Vorderzähne, die klein sind, schief und zu eng beieinander stehen, manche an den Rändern hier und da auch abgestoßen. Bedauerlicherweise war sie Kind, bevor wir Juden uns wie selbstverständlich der Zahnorthopädie ergaben. Mir wäre es einerlei, wenn ihr einige Vorderzähne fehlten, denn ich liebe Bath-Seba und begehre ihre Liebe mehr als Wein, so stark wie eh und je. Bath-Seba könnte mich auch jetzt noch wärmen, Glut in meinen Adern entfachen, einen heilenden Blutandrang. Bath-Seba könnte mich mühelos erregen, wenn sie nur wollte, aber sie glaubt es nicht und will es nicht. Vielleicht will sie nicht, weil sie nicht weiß, daß sie es könnte. Wenn ich jetzt siebzig bin, muß sie irgendwo zwischen zweiundfünfzig und sechzig sein, je nachdem, welche ihrer gewohnheitsmäßigen Lügen die Wahrheit ist. Mit der bornierten und subjektiven Betrachtungsweise der ichbezogenen Kurtisane kann sie nicht eine Sekunde lang glauben, daß ich sie vögeln möchte, wenn ich statt dessen Abisag, die Sunemitin, haben kann. Wahr ist, daß ich Abisag, die Sunemitin, nicht vögeln kann, Bath-Seba wahrscheinlich aber doch. Andeutungen einer Erektion finden nur statt, wenn sie anwesend ist, oder wenn ich hoffe, sie sei unterwegs zu mir, um indirekt um ihr Leben zu betteln und ein Weilchen mit gesenktem Kopf bei mir zu sitzen, was ehrerbietig wirken soll, wobei sie sich auszudenken versucht, wie sie ihren Besuch verlängern könnte. Wenn ich das bemerke, komme ich ihr manchmal zu Hilfe, indem ich sie mit Schnipseln von Informationen necke. Sie beißt auf die Unterlippe, nagt am Finger. Oft möchte ich selber, daß sie länger bleibt. So etwa erfuhr sie von mir, daß Adonia ein Fest geben will – es machte mir diebisches Vergnügen, ihr das zu eröffnen. Sie hatte sich lustlos auf die gepolsterte Bank geflegelt, die langen schlanken Beine achtlos von sich gestreckt, und rollte ihr gelbes Haar zerstreut um einen Finger, doch als sie dies vernahm, spitzte sie die Ohren, setzte sich etwas manierlicher hin und überlegte scharf.

Wir beide glauben fest, daß mein Tod zwar nahe bevorsteht, mich aber nicht unangekündigt überfällt, mir also

Zeit lassen wird, letzte Verfügungen zu treffen. Es ist sehr zu ihrem Vorteil, mich am Leben zu erhalten, bis ich meine Absichten ändere. Ihr langes Haar glänzt diese Woche wieder golden, dunkelt aber fast täglich näher an jenes Aschgrau, das seine natürliche Farbe ist, die sie verbirgt, indem sie das Haar von neuem bleicht. Das behutsame Tönen mit spinnwebfeinen Bürsten ist nichts für meine Bath-Seba. Drei oder vier Tage läßt sie nichts von sich hören, dann hat sie wieder ihren großen Auftritt als Blondine, die einzige in der ganzen Christenheit. Auch die feingesponnenen Haare auf ihren Unterarmen muß sie färben, bis sie nicht mehr zu sehen sind. Die Haare an den Beinen entfernt sie, indem sie eine zuvor aufgetragene Wachsschicht abzieht, sobald diese erkaltet. Für die Achselhöhlen benutzt sie die Schere. Sie ist so verdreht und egozentrisch wie immer, und immer noch liebe ich sie. Ich glaube jetzt nicht mehr, daß sie mich je geliebt hat, obschon sie es gesagt hat, und sie hat es wohl auch selber geglaubt. Doch hat sie gewiß die Vorstellung, verliebt zu sein, immer mehr gereizt als der Zustand selber, insbesondere die Vorstellung, in David, den König, verliebt zu sein. Soviel jedenfalls gab sie zu, als sie mir offenbarte, daß sie ihr abendliches Bad auf dem Dach vorsätzlich an einem für mich einsehbaren Platz nahm, in der vorgefaßten Absicht, mir Lust zu machen, daß ich nach ihr schikken ließe. Diese Person hat wahrlich ins Schwarze getroffen, gleich als ich sie das erste Mal sah.

Und ganz gewiß hatten wir es wild und aufregend in den drei ersten Jahren; das häßliche Übel vermischte sich auf unglaubliche Weise mit dem sorglosen, stürmischen Guten, bis Uria und mein Baby starben und sie Salomo gebar. Danach war es vorbei. Ihre Laszivität erkaltete. Statt dessen fand sie den Lebenszweck, nach dem sie gesucht, die Laufbahn, die sie ersehnt, und auf die sie sich, ohne es zu wissen, vorbereitet hatte. Anläßlich der Beschneidung schlug sie doch allen Ernstes vor: »Warum nennen wir ihn nicht König?«

»Wir nennen ihn Salomo.«

Gott hatte sich erweichen lassen und uns vergeben.

Doch ich hatte mich nicht erweichen lassen und Ihm nicht vergeben. Gott hatte sich erweichen lassen und uns einen zweiten Sohn geschenkt, und der Herr liebte Salomo, auch wenn ich immer noch nicht begreifen kann, weshalb.

Bath-Seba, meine achte Frau, war der zweite von insgesamt zwei mir bekannten Menschen, welcher den Wortschatz der Liebe so locker in sein normales Vokabular einfügte, daß selbst die rührseligsten Banalitäten und die wildesten Obszönitäten zum geläufigen Umgangston wurden und eine köstliche, weil nur uns beiden bekannte Bedeutung erlangten. Der zweite Mensch bin ich. Bath-Seba nahm mich schamlos in die Lehre. Sie lehrte mich, Dinge auszusprechen, Geheimnisse zu offenbaren, anbetend, ja ekstatisch meine Reaktionen zu flüstern und zu seufzen, die ich so zum ersten Mal empfand, und freimütig nach Weibersachen zu fragen, die immer als rätselhaft, verboten und in ein dunkles Geheimnis gehüllt behandelt wurden. Sie bewies mir, daß ich erlernen konnte, was ich für meine Männlichkeit nicht zumutbar gehalten hätte, daß ich es eines Tages dazu bringen würde zu sagen: »Ich liebe dich«, und das ohne zu zögern, ohne verstohlen zu grinsen, ohne schwach in den Knien zu werden, ja, daß ich, ohne mir weibisch vorzukommen, den Wunsch hatte, »ich liebe dich« zu sagen, ihr zu versichern »ich liebe dich«, ohne verlegen, furchtsam, gedemütigt oder beschämt zu stottern.

Ich erinnere mich, ihr in aller Aufrichtigkeit gesagt zu haben »ich liebe dich, Bath-Seba«, als wir eines Nachmittags, ziemlich zu Anfang, einer in des anderen Armen ausruhten, »und ich wollte so sehr, es wäre nicht so.«

»Sehr gut«, sagte sie, ganz die Lehrerin, die stolz auf den Fortschritt ihres Zöglings ist.

»Ich liebe dich, Bath-Seba«, sagte ich zwei oder drei gemurmelte Sätze später, »und ich bin richtig froh darüber.«

»Das ist sogar noch besser«, urteilte sie und belohnte mich überreich durch das vergnügte Funkeln in den hellblauen Augen.

Derartige Erinnerungen erwärmen mir Herz und Gebein mehr als Abisag, die Sunemitin, mit all ihrer blühenden Schönheit und ihren sanften Liebkosungen bislang fertiggebracht hat. Gott sei Dank hat mein stämmiger Neffe nie gehört, wie ich zu Bath-Seba »ich liebe dich« gesagt habe, kann solche Kenntnis also nicht jenen herabsetzenden Vermutungen mich betreffend hinzufügen, die ihm meine Neigung zur Musik eingaben, als wir gemeinsam in Bethlehem aufwuchsen und zu denen mein Umgang mit Jonathan samt den dreckigen Verdächtigungen noch beitrug, die sich um unsere Freundschaft rankten wie verdorbenes, stinkendes Unkraut. Aber es bleibt mir nichts übrig, als Joab zu töten, oder etwa nicht? Er hat mich nie so hoch geschätzt, wie ich selber mich schätzte. Das allein sollte schon reichen, denn daß ich dies weiß, ist mehr, als einem König zugemutet werden kann, und nagt seit fast einem ganzen Menschenalter an meinen Eingeweiden. Und was ist mit Nathan? Nathan, dieser Heuchler, dieser Prophet, muß von Anfang an gewußt haben, daß es mich nach Bath-Seba gelüstete und daß ich es ihr morgens, mittags und nachts besorgte, aber er hat mit keinem Wort versucht, mich zurückzuhalten, bis ihr Mann zu Tode kam und er wußte, jetzt hat er mir was Handfestes vorzuwerfen. Jerusalem ist eine sehr kleine Stadt. Und Bath-Seba war eine sehr laute Frau. Vielleicht war sogar Uria im Bilde.

Indem Bath-Seba mich von meinen Hemmungen befreite und mich nötigte, ihr Nettigkeiten zu sagen, legte sie in mir eine bis dahin ungenutzte Begabung für romantische Beredsamkeit frei, die ich noch jahrelang erfolgreich anwendete, um sie zu behexen und zu verführen, als sie schon lange beschlossen hatte, mir das nicht mehr zu erlauben. Nachdem sie mir dies einmal beigebracht, wandte ich diese Fertigkeit mit größtem Vergnügen an. Mit Worten – verzückten, poetischen, hinreißenden Worten – konnte ich sogar Bath-Seba den Kopf verdrehen; ich überwand ihren starren Widerstand, ohne ihr das geringste von dem zuzugestehen, was sie als Gegenleistung verlangte. Es machte mir Spaß, ihre bekannten Schwächen auszunutzen. Ich redete auf sie ein wie ein Wasserfall, meine Worte erweichten und überwanden ihren festen Entschluß, mich auf Armeslänge von sich zu halten und ihre Lust nicht mit mir zu teilen.

»Moment mal, David, bleib mir vom Leib, bleib, wo du bist«, befahl sie streng in dem Ton, den sie anschlug, wenn sie sich der Illusion ergab, sie könnte mit mir zu einer von ihr gewünschten Abmachung kommen. »Wenn du willst, daß ich dich liebe, mußt du zuvor Tacheles reden. Ich verlange ein festes Versprechen.«

»Amethyste vielleicht?«

»Ich verlange, daß Salomo König wird.«

»Das ist ganz meine Geliebte«, erwiderte ich dann und ging zum Angriff über, indem ich sie mit Worten überfiel. Mit den Händen auf ihren Schultern schob ich sie derweil bettwärts. »Sie weidet zwischen Lilien«, fuhr ich etwa fort, »meine Freundin ist mein und ich bin der ihre. Deine Brüste sind wie zwei junge Rehzwillinge, dein Haar wie eine Herde Ziegen, deine Zähne wie Schafe mit beschnittener Wolle. Du bist schön, meine Freundin, siehe, du bist schön. Aaaaaah, du Teufelin, ooohh, du Teufelin.« Ich tat weiter nichts, als die Wahrheit zu sagen.

»Oh, David«, seufzte sie dann ratlos, aber schon in Ekstase, schmolz auf dem Lager hin und verdrehte bereits die Augen. »Wo nimmst du nur solche Worte her?«

»Die denke ich mir aus.«

»Möchtest du ihn reinstecken?«

Bath-Seba war von allen meinen Frauen und Kebsweibern die einzige, der es kam. Die zweite könnte Abisag sein, nach allem, was ich gelernt habe, vorausgesetzt, ich bringe den Willen auf und kann durchhalten. Abigail genoß meine Nähe, sie blühte auf, wenn sie aus ihrer Vereinsamung, von Furcht und Verlassensein erlöst wurde durch meine großen Hände, die sie umspannten wie eine verläßliche, schützende Mauer. Michelangelo hatte schon recht, als er mir so große Hände gab. Abigail hätte mich gern jede Nacht bei sich gehabt, war aber viel zu rücksichtsvoll und zu menschlich, um das von mir zu erbitten. Abigail war die einzige Frau in meinem Leben, die mich wirklich geliebt hat. Sie fehlt mir jetzt. Bei jedem Tagesanbruch fehlt sie mir mehr als am vergangenen Tag. Die Morgenstunden sind die schlimmsten für mich. Abigail wäre es schrecklich gewesen, hätte sie gewußt, wie schlecht ich schlafe und wie allein ich mich fühle. Sie hätte einen Weg gefunden, die stumme Melancholie zu vertreiben, die mich befällt, wenn ich nicht schlafen kann oder wenn ich aus düsteren Träumen erwache, an die ich mich nur schwach erinnere, in denen nichts Schlimmes geschieht, die mich aber trotzdem ganz verzweifelt stimmen. Von meinen drei echten Frauen explodierte einzig Bath-Seba im Bett wie ein Feuerwerkskörper, wie eine Kanaaniterin, ein heulender Derwisch oder eine jener lüsternen Moabiterinnen oder Midianiterinnen, die Moses nicht vom Lager fernhalten konnte. Anfangs bekam ich es mit der Angst, wenn es sie unerwartet packte, wenn sie sich stöhnend wand und spitze Schreie ausstieß. »Ooooooh, ooooooh, ooooooh, du Teufel!« lautete ein wonnevoller, poetischer Ausspruch, den ich zuerst von ihr hörte.

»Wo hast du solche Sachen gelernt?« fragte ich arglos.

»Einige von meinen ältesten Freundinnen waren Huren.«

Oft verließ ich Bath-Sebas Gemächer begleitet vom Kichern der Kebsweiber, die sich an dem verriegelten Tor versammelt hatten, um mich weggehen zu sehen – gelegentlich applaudierten sie sogar. Das war mir peinlich.

Bath-Seba ist jetzt nicht die Spur von Eifersucht anzumerken, wenn sie anwesend ist, während Abisag sich meiner annimmt. Auch nichts von jener Verve, mit der die kinderlose Sara ihre Dienerin dem Abraham zwecks Fortpflanzung beigab und die beiden von außerhalb des Zeltes anfeuerte. Geben ist Bath-Sebas Stärke nicht. Nehmen, ja. Sie ist darauf sogar noch stolz und ich ebenfalls. Ist man verliebt, findet man Schwächen gewinnend, die einem bei anderen abstoßend erscheinen. Jemand anderes könnte den Wunsch verspüren, sie zu erschlagen, wenn er sähe, wie nüchtern sie sich mir gegenüber verhält. Doch jemand anderer würde sie nicht so verstehen wie ich und sie auch nicht so sehr schätzen.

»Ist dir heute wärmer?« ist so ziemlich das Äußerste, was sie sich abringen kann, wenn sie sieht, wie schwach ich mich fühle. »Du wirst immer magerer. Ich glaube nicht, daß dir das hilft, was sie da macht. Was war doch noch gleich mit dem Bankett, das da gegeben werden soll? Gibt es was Neues? Und wofür soll es überhaupt gut sein?« Diese Frau ist eine ganz andere als jene fieberhaft besitzergreifende, die ich in meinen Palast holte. Wäre sie doch noch immer so eifersüchtig! Wie es üblich war, bot Bath-Seba mir ihre hübscheste Dienerin als Kebsweib an, als sie einzog, fügte aber gleich zielbewußt und entschlossen hinzu, sie wolle mir die Eier abschneiden, falls ich Gebrauch davon mache.

»Ich denke nicht daran, mich von ihr schadenfroh angrinsen zu lassen!«

Es schmeichelte mir auch, wenn sie mir auf dem Weg zu einer Insassin meines Harems, auf die ich momentan Lust hatte, auflauerte. Die Hände in die Hüften gestemmt, den prachtvollen Kopf zurückgeworfen, gebot sie mir an ihrer Tür mit einer Stimme Einhalt, die Respekt heischte.

»Was glaubst du wohl, wo du hingehst?« fragte sie etwa. »Sofort kommst du hier rein. Zieh den Rock hoch.«

Und Sekunden später waren wir schon wieder auf ihrer Matratze zugange, die Röcke bis zum Genick hochgezogen, machten wir mit strampelnden Armen und Beinen das Tier mit den zwei Rücken.

Jetzt gibt sie Abisag Hinweise. Als sie sah, wie ich die Hand auf Abisag legte, wurde sie mit einem winzigen Ruck aufmerksam, lehnte sich vor und bekundete mehr Anteilnahme, als sie je zuvor mir oder meiner jungfräulichen Gefährtin gewidmet hatte. Mit teilnahmsloser, verschlafener Stimme stellt sie seither gelegentlich kurze Fragen an das Mädchen, die deren Gedanken und Herkunft betreffen, um den Funken Neugier zu löschen, den sie spürt.

Abisag empfindet Ehrfurcht vor Bath-Seba und schaut sie jederzeit mit den großäugigen, respektvollen, abgöttisch anbetenden Blicken an, die einer lebenden Legende zukommen. Ihre Haut, antwortet sie, ist so dunkel von der Sonne, denn ihre Mutter hat sie in Sunem im Weinberg arbeiten lassen. Sie möchte jedermann hier gern zu Gefallen sein und bemüht sich darum, von allen gemocht zu werden. Ohne den Kopf von der stützenden Hand zu heben, entgegnet meine Frau ihr trocken, sich anderen angenehm machen zu wollen, sei nicht immer der beste Weg, das auch zu erreichen. »Was willst du mit einer alten Frau wie mir«, lehnte Bath-Seba ab, als ich sie das letzte Mal aufforderte, »wenn du ein so niedliches Ding wie das da hast?«

Seit ich sie kenne, hat sie Projekte geschmiedet, die viel zu kompliziert waren, um je in Erfüllung zu gehen, und Pläne für die Abfolge von Ereignissen gemacht, die zu weit in die Zukunft reichten. Ganz gewiß fehlt ihr die geistige Disziplin, die erforderlich wäre, alle ihre Lügen konsequent durchzuhalten. Ich merke mir ihre Täuschungsversuche gewissenhafter als sie. Bath-Seba hat in allem gelogen und in allem die Wahrheit gesagt. Ihr lilienweißes Gesicht lief blutrot an, wenn sie in eine jener Fallen tappte, die ich ihr stellte, aber dann brach sie unfehlbar in schallendes Gelächter aus, das sie richtig schüttelte, und das, ohne auch nur die geringste Befürchtung zu hegen, und in dieser ihrer unbußfertigen, bewundernswerten Art erinnerte sie mich dann wieder einmal an das Bild, das ich mir von Abrahams putzmunterer Sara mache, wenngleich Bath-Seba nie so beherzt und gutmütig war.

Sara hatte mehr Mumm. Weil sie unfruchtbar war, gab sie dem Abraham Hagar, auf daß er sich fortpflanze. Die schwangere Hagar verachtete alsbald ihre Herrin und tat sich mit ihrer Schwangerschaft groß. Aber da war sie an die falsche gekommen. Sara ging auf die anmaßende Dienerin los und jagte sie in die Wüste. Erst als der Herr erschien und Garantieerklärungen abgab, konnte die heulende Hagar wagen, zurückzukommen. Das war echt Sara, unsere erste jüdische Mutter, die ich so gerne mag und auf die ich so stolz bin.

Und auch Abraham war bemerkenswert. Gott verhieß ihm, Er wolle ihn zum Vater vieler Völker machen und

Könige sollten aus ihm kommen. Seinem Samen sollten die Tore seiner Feinde gehören. Allerdings vergaß Er anzufügen, daß bis dahin einige Zeit vergehen würde. Abraham, obwohl freundlich und friedlich von Natur, griff zu den Waffen und befreite seinen Neffen Lot aus den Händen seiner Entführer; später überredete er Gott, diesen einen in Sodom zu verschonen und nicht die Gerechten zugleich mit den Ungerechten zu verderben. Er war schon sehr reich an Vieh, Silber und Gold, als der Herr ihm in Gestalt dreier Fremder auf der Ebene von Mamre erschien, wo er von der Hitze des Tages vor seinem Zelt ausruhte. Vorbeiziehende Beduinen hätte er gewiß mit der gleichen angeborenen Gastlichkeit begrüßt, und als er sie aufforderte, die Füße zu waschen, war er die personifizierte Höflichkeit.

»Lehnet euch unter den Baum. Ich lasse Wasser bringen.« Er eilte in die Hütte und befahl Sara: »Eile und menge drei Maß Semmelmehl, knete und backe Kuchen.« Danach suchte er unter seinen Rindern ein gutes Kalb und ließ es auftragen mit Butter und Milch. Damals durften wir noch Fleisch zugleich mit Butter und Milch essen. Dann stand er vor ihnen und sah zu, wie sie im Schatten des Baumes aßen. Als sie gegessen und die Münder abgewischt hatten, hörte Abraham von ihnen, was er zuvor schon gehört hatte, daß nämlich Sara ihm einen Sohn gebären werde. Abraham blieb nachdenklich, doch Sara, welche die Prophezeiung im Zelteingang stehend angehört hatte, lachte. Gott wußte Bescheid. Gott hörte es.

»Weshalb lacht Sara?« fragte Er.

»Ich lache doch nicht«, log Sara.

»O doch«, beharrte Gott. »Ich weiß es genau. Was soll denn das? Glaubst du, daß ich etwas nicht vermag?«

Abraham und Sara sind die beiden einzigen, von denen ich weiß, daß sie in einer Unterhaltung mit Gott was zu lachen hatten.

Gott weiß, daß ich oft genug gern was zu lachen gehabt hätte. Auch jetzt hätte ich gerne was zu lachen, aber ich weiß am besten, daß ich nicht annähernd an Abraham heranreiche, auch kein so gehorsamer und williger Diener gewesen bin. Abraham war wohl heiligmäßig. Oder blöd. Er war bereit, Gott auf ganzem Weg zu folgen, als dieser ihm befahl, mit dem kleinen Isaak auf einen Berg zu steigen, einen Altar zu errichten und das Kind darauf zu opfern.

»Mein Vater«, sprach Isaak, der das Feuerholz trug, »siehe, hier ist Feuer und Holz. Wo aber ist das Schaf zum Brandopfer?«

Abraham antwortete ihm: »Mein Sohn, Gott wird sich ersehen ein Schaf zum Brandopfer.« Und gingen die beiden miteinander.

Abraham errichtete einen Altar. Er legte das Holz auf den Altar. Und streckte die Hand nach dem Messer aus, mit dem er Isaak schlachten sollte. Erst da rief ihn der Engel des Herrn vom Himmel und zeigte ihm den Widder, der sich mit seinen Hörnern im Gestrüpp verfangen hatte und anstelle des Knaben als Opfer dienen sollte. Gott weiß, ich hätte das nie getan, Bund hin, Bund her. Als Er auf den Gedanken verfiel, meinen Kleinen zu töten, mußte Er das ganz allein tun. Er wußte, ich würde keinen Finger rühren, um Ihm dabei zu helfen. Ich betete und fastete, so viel ich konnte, um Ihn davon abzubringen. Doch ließ Er sich nicht umstimmen. Mir fehlte die Gabe, Ihn zu beeinflussen, die Moses und Abraham angeboren war. Moses und Abraham waren aber fromme Männer und Ihm gänzlich ergeben. Ich hingegen war weder fromm noch Ihm ganz ergeben. Ich bin Ihm auch jetzt nicht ergeben. Gott wird den ersten Schritt tun müssen, will Er die Spannung lösen, die zwischen uns besteht. Ich habe meine Grundsätze, und ein langes Gedächtnis habe ich ebenfalls. Sie nannten den kleinen Isaak, was soviel heißt wie *er lacht.* Mit seinem Weibe Rebekka zeugte Isaak Zwillinge. Esau war Isaaks Liebling, Jakob der von Rebekka, und Isaak dürfte kaum gelacht haben, als er, dessen Augen dunkel geworden waren, den aber immer noch nach Wildbret gelüstete, begriff, daß er den Segen, der Esau zugedacht war, dem Jakob gegeben hatte, der sich mit den Fellen von Böcklein auf Anraten der Mutter als sein behaarterer Bruder Esau verkleidet und seinen Vater so getäuscht hatte. Isaak durfte dann den verzweifelten Schrei

Esaus vernehmen, der, wie mir scheint, jedes menschlich fühlende Herz durchbohren muß.

»Segne mich auch, mein Vater«, flehte Esau bitterlich und weinte. »Hast du mir denn keinen Segen vorbehalten? Hast du denn nur einen Segen, mein Vater? Segne mich auch, mein Vater.«

Viele Male hätte ich eben diese Worte sprechen mögen.

Esau ergrimmte gegen Jakob und schwor, ihn zu erwürgen. »Seine Füße will ich zermalmen, seine Knochen brechen.«

Statt dessen umarmte dieser schlichte Mann, als er ihn das nächste Mal traf, mit Tränen der Liebe und unvermindertem Familiengefühl den Bruder, der ihm das Erstgeburtsrecht und den Segen gestohlen hatte. Das geschah, nachdem Jakob voller Bangnis seine vier Familien vorausgeschickt und die Nacht über allein am ungefährlichen Ufer des Jabbok verbracht hatte, wo er bis Tagesanbruch unentschieden mit einem geheimnisvollen Engel rang, der ihm das Hüftgelenk verrenkte und ihm eröffnete, er solle nicht mehr Jakob heißen, sondern Israel.

Wir nennen ihn aber doch noch Jakob.

Und ich glaube auch nicht, daß Jakob, der so glatthäutig war wie Esau behaart, sehr gelacht hat, als er nach der Hochzeitsnacht entdeckte, daß die Frau unter dem Brautschleier und dem Nachthemd, bei der er auf dem Hochzeitslager gelegen hatte, nicht Rahel war, um die er sieben Jahre lang gedient, sondern die blödgesichtige Lea. Rahel war hübsch und schön, und Jakob liebte sie, seit er ihr am Brunnen begegnet war. Lea aber war rotäugig. Sieben weitere Dienstjahre bei Onkel Laban kostete es Jakob, bis er auch seine Rahel bekam.

Lea gebar kurz hintereinander. Rahel bekam keine Kinder, und nun wiederholte sich so etwas wie die Sara-Hagar-Geschichte. Von Neid zerfressen, befahl Rahel ihre Magd Bilha zu Jakob aufs Lager, damit die an ihrer statt empfange. Lea ging mit ihrer Magd Silpa zum Gegenangriff über und gab sie Jakob zur Frau. Da nun so viele Weiber sich aktiv in diesen orgiastischen Schwangerschaftswettbewerb mischten, mußte der bedauernswerte Patriarch sich viermal des Tages zu einer jener heißblütigen Schwestern Harans legen, und es ist ein Wunder, daß sein Hirn davon nicht erweichte. Nach langen Mühen brachte Rahel endlich den Joseph zur Welt und anschließend Benjamin. Als der Betrieb eingestellt wurde, zählte der ermattete alte Mann zwölf Söhne und eine Tochter, die ihm von vier Frauen geboren worden waren.

Joseph, der spätgeborene Liebling seines Vaters, war schon siebzehn, als er den bunten Rock geschenkt bekam, und hätte weiß Gott Verstand genug haben müssen, nicht darin vor seinen schwitzenden älteren Brüdern zu paradieren, die ohnehin wütend darüber waren, daß der Vater dieses verwöhnte Balg so sichtbar vorzog. Überdies träumte Joseph, alle Brüder bänden Garben auf dem Felde. Josephs Garbe stand aufrecht inmitten der anderen, und diese neigten sich vor der seinen. Ich habe schlimmeres geträumt. Und er träumte als nächstes, daß Sonne und Mond seiner Eltern samt elf Sternen am Himmel verblaßten und sich vor ihm neigten. Auch ein hübscher Traum. Nur war er töricht genug, damit zu prahlen. Dafür hätte auch ich ihn erwürgen mögen. Und schon warfen sie ihn in einen Brunnen.

Und Abakadabra, das nächste Mal sehen wir ihn als Großwesir, und der Pharao hat ihn über ganz Ägypten gesetzt. So also spielte sich das alles ab. Man hätte meinen können, Gott wußte genau, was Er tat: Hätten sie ihn nicht als Sklaven verkauft, wäre er nicht nach Ägypten und in die Lage gekommen, sie alle zu retten. Als er alt wurde, verlangte auch Joseph, daß man seine Gebeine aus Ägypten mitnehme in das Land, welches Gott den Abraham, Isaak und Jakob verheißen hatte. Moses sorgte dafür, daß es geschah. Und Joseph wurde einbalsamiert, als er mit hundertzehn Jahren im allerletzten Satze des ersten Buches Moses starb. Einbalsamierung war damals keine Übertretung der mosaischen Gesetze, denn die gab es erst vierhundert Jahre später. Wir hatten weiter nichts als einen Bund mit Gott, der sich so etwa alle hundert Jahre einmal als rechter Reinfall erwies. Abraham hielt seinen

Teil der Abmachung ein, Gott aber unternahm keine sichtbare Anstrengung, Seinen Teil der Abmachung zu erfüllen, bis Er Moses vor den brennenden Busch zitierte und ihm befahl:

»Zieh deine Schuhe aus.«

Moses stand auf geheiligtem Land.

Das ist nun der Mann, mit dem vor allen anderen ich gern sprechen möchte. Meine Neigung zu Joseph ist wie nichts verglichen mit der Ehrfurcht, dem Mitgefühl und der tiefen Bewunderung, die ich für Moses empfinde. »W-w-w-arum ich?« war die passende Frage dieses verblüfften, nicht sehr gewinnenden Flüchtlings in der midianitischen Wüste. Gleichwohl hielt Moses das Volk vierzig Jahre lang beisammen und fand Gnade vor Gott, trotz aller nur erdenklichen Entbehrungen und Hindernisse. Gott wurde immer wieder von Seinem auserwählten Volk provoziert. Es ächzte und murrte, die Priester warfen Moses vor, er beanspruche für sich selber eine zu erhabene Stellung, die Sünder trieben Unzucht und beteten zu Götzen, seine Schwester und sein Bruder zweifelten seine Autorität an, weil er eine Äthiopierin zum Weibe genommen hatte. Es verdient aber festgehalten zu werden, daß diese Ehe recht glücklich war; nur ein einziges Mal hat sie ihn einen dreckigen Juden geschimpft, und das, nachdem er sie zuvor eine ungewaschene Mohrin genannt hatte.

In jener Wüste ging es wahrlich wüst her. Kaum war das Rote Meer über den Streitwagen Pharaos zusammengeschlagen, waren die strengen ägyptischen Aufseher auch schon vergessen, die sie zur Arbeit angetrieben und ihnen das Leben in harter Knechtschaft verbittert hatten. Das Volk erinnerte sich einzig der Fleischtöpfe und des Brotes, das es in Fülle gegeben hatte, des Lauchs, der Melonen und Gurken. In der Wüste Sur murrte das Volk, weil es kein Wasser fand.

»Hast du uns dafür aus Ägypten geholt, damit wir und unsere Kinder und Herden hier verdursten?«

Gott führte sie ans Wasser, er ließ Manna vom Himmel regnen, ein Gomer pro Kopf und Tag, das ist das Zehntel eines Epha, aber nachdem es vierzig Jahre lang täglich ein

Gomer Manna verspeist hatte, murrte das Volk von neuem und wollte was anderes als immer bloß Manna.

»Es gibt weiter nichts als immer bloß Manna«, riefen sie. »Hatten wir nicht in Ägypten Fische die Fülle, dazu Melonen und Gurken, Lauch und Zwiebeln und Knoblauch? Wer soll denn all dies Manna essen? Sind wir dir vielleicht darum aus Ägypten gefolgt?«

Gott schenkte also noch mal Wachteln, vergiftete aber deren Fleisch, während sie noch kauten, und löste damit eine große Plage aus. Was soll man davon halten? Bau dies, bau das, benutze diese Sorte Holz für jenes, jene Sorte Holz für dieses und koche nicht das Zicklein in der Milch seiner Mutter. Warum nicht? Das sagt Er nicht. Wenn man mich fragt, nur um sie zu ärgern. Aber man frage Ihn. Die Leute, die um das Goldene Kalb tanzten, waren nackt wie die Heiden. Einen alten Mann steinigte man zu Tode, weil er am Sabbat Holz gesammelt hatte. Korah samt seinen Leviten verlangte einen größeren Anteil an den priesterlichen Vorrechten, das Räucherwerk wollten sie entzünden. Die Rubeniter lehnten sich auf. Viele Kinder Israels beteten wieder und wieder andere Götter an. Einer lag einer Midianiterin inmitten der Gemeinde in seinem Zelt bei, und Pinehas, Sohn des Eleasar, Sohn Aaron des Priesters, rammte allen beiden einen Spieß durch den Bauch, wodurch er dankenswerterweise eine weitere Plage abwandte. Miriam starb. Aaron starb. Doch Moses hielt durch. Er war so vollkommen, wie ein Sterblicher nur sein kann. Er verlangte nichts für sich, und er bekam nichts. Ich bin anmaßlich genug zu wünschen, ich wäre so bescheiden wie er und bescheiden genug, um zu wissen, daß dies Anmaßung ist. Sein Gesicht glänzte, als er vom Berge herabkam, wo Gott ihm erschienen war, und das Volk fürchtete sich, ihm nahezukommen. Er widersprach Gott häufig, und einmal ließ er sich gar zu einem Wutanfall hinreißen, als er das Volk nach Nahrung jammern hörte, weil es hungerte, ein jeder am Eingang seines Zeltes.

Das machte Moses zornig, und er stellte den Herrn zur Rede. »Verflucht noch mal, wo soll ich das Fleisch hernehmen, die da zu speisen? Warum behandelst Du mich so schlecht? Was habe ich getan, daß Du die Last dieses ganzen Volkes auf mich legst? Habe ich das nötig? Sind das etwa meine Kinder, für die ich verantwortlich wäre, deren Geschrei ich anhören muß, wenn sie hungern? Was geht mich das an? Und wie lange soll das noch so weitergehen?«

»Ich sage dir doch, ich mache das Schrittchen vor Schrittchen«, erinnerte ihn der Herr. »Ein Jahr reicht dafür nicht aus.«

»Aber zwanzig, dreißig Jahre?« protestierte Moses ungläubig. »Es ist mir jetzt alles einerlei, es ist zuviel, das kann niemand ertragen. Vergib uns und erlöse uns auf der Stelle, und falls nicht, lösche meinen Namen aus dem Buch, das Du geschrieben. Lieber will ich tot sein, als so weitermachen. Wenn ich je Gnade vor Deinen Augen gefunden habe, so töte mich auf der Stelle und erspare es mir, noch mehr von diesem Elend ansehen zu müssen.«

»Gib's Ihm ordentlich, Moses!« möchte ich jedesmal rufen, wenn ich mich dieser Worte erinnere. »Gut so, gib Ihm Saures!«

Und den Herrn reute es, daß er Seinem Volk soviel Übles tun wollte. Immerhin schickte er nach diesem Ausbruch von Moses die Wachteln. Wachteln, bis sie dem Volk aus der Nase hingen. Er ließ sie daran krank werden, während sie noch das Fleisch kauten. Wer blieb also Sieger? Wer hatte recht?

Ich brauche Antworten.

Ich will mit Moses reden. Daß ich mein Standbild in Florenz nicht leiden mag, heißt nicht, daß mir das seine in Rom mißfällt, oder daß ich ihm für meines die Schuld gebe; das soll er erfahren. Er ist groß, ich könnte seinen Rat gut gebrauchen. Er könnte mir einen Tip geben, wie ich besser mit Gott auskomme, wie ich das lange Schweigen zwischen mir und dem Himmel brechen kann, ohne meine Würde einzubüßen. Einmal, unter höchster Geheimhaltung, machte ich einen Versuch, den Geist Moses' zu beschwören, denn ich erinnerte mich, wie Saul in Endor den Geist von Samuel am Vorabend der Schlacht von

Gilboa beschwor. Hatte ich denn was zu verlieren? O ja, ich würde Gebote verletzen, Gesetze brechen, mich mit Zauberern und Hexen einlassen. Aber ich war der König. Und ich war niedergeschlagen, ich hatte meinen Gott nicht mehr, fühlte, wie mir alles aus der Hand glitt. Wer keinen Gott mehr hat, der ergibt sich der schwarzen Magie und der Religion. Also wandte ich mich an einen Totenbeschwörer, nahm die Pülverchen, tat wie ein Derwisch und kroch in die Höhle. Ich sprach die Zauberformel beim Licht einer einzigen Lampe. Ich setzte einen albernen Hut auf, zog die Kapuze über mich und rief den Geist Moses'. Es antwortete Samuel.

»Jesus Maria«, rief ich angewidert. »Was machst denn du hier?«

»Du hast mich kommen lassen?« fragte Samuel und blickte mich aus tiefliegenden Augen an. Er wirkte als Gespenst nicht weniger frostig denn als lebender Mensch.

»Moses habe ich gerufen. Misch dich nicht ein.«

»Möchtest du nicht, daß ich dir die Zukunft vorhersage?«

»Ich halte mir die Ohren zu«, warnte ich ihn. »Kein Wort werde ich mir anhören. Geh, hol Moses. Dich will ich nicht.«

»Der ruht. Er ist noch sehr müde.«

»Sag ihm, ich habe mit ihm zu reden. Ich wette, er weiß, wer ich bin.«

»Er ist taub wie ein Stein.«

»Kann er nicht von den Lippen lesen?«

»Er ist jetzt fast blind.«

»Als er starb, war sein Auge nicht dunkel.«

»Der Tod bekommt manchen Leuten nicht«, sagte Samuel im Ton eines Leichenbitters. »Er stottert wieder, schlimmer denn je.«

»Dann sag wenigstens, wo er ist.«

»Er sitzt auf einem Stein.«

»Ist er im Himmel? In der Hölle?«

»Es gibt keinen Himmel. Es gibt keine Hölle.«

»Es gibt keinen Himmel? Es gibt keine Hölle?«

»Das ist alles nur in deinem Kopf.«

»Ist er wirklich tot?«

»Wie ein Türnagel.«

»Wo befindet sich dann der Stein?« ließ ich die Falle zuschnappen. »Wo kommst du jetzt her? Wo hältst du dich auf, wenn du nicht hier bist?«

»Stell keine närrischen Fragen«, antwortete Samuel. »Soll ich dir nun sagen, was dir bevorsteht, oder nicht?«

»Ich schwöre, ich werde nicht zuhören.«

»Ich habe mich nie geirrt.«

»Watte werde ich mir in die Ohren stecken. Kein Wort will ich hören. Du hast Saul vorhergesagt, daß er in Gilboa erschlagen wird. Und Jonathan und seine beiden anderen Söhne ebenfalls. Und daß die Männer Israels zerstreut werden und aus ihren Städten fliehen.«

Samuel kicherte hohl. »Und stimmte das etwa nicht?«

»Deshalb will ich nichts von dir hören. Warum hat er die Schlacht angenommen, nachdem er mit dir geredet hat? Warum hat er nicht auf den Höhen abgewartet und von hinten angegriffen? Wir sind geschickte Guerillakämpfer. Er sehnte sich vermutlich danach, zu sterben.«

»Das war sein Schicksal, David.«

»Das ist Quatsch, Samuel. Wir sind Juden, nicht Griechen. Wenn du eine zweite Sintflut vorhersagst, lernen wir unter Wasser zu leben. Das Schicksal ist der Charakter.«

Nietzsche hätte mich verstanden. Wenn der Charakter unser Schicksal bestimmt, dann sind die Guten verloren. Solche Weisheit stimmt sehr traurig. Hätte ich in meiner Jugend geahnt, wie ich mich im Alter fühlen würde, ich hätte einen weiten Bogen um Goliath gemacht, diesen zu groß geratenen Halunken nicht gefällt und nicht so frohgemut den Weg betreten, der mich erst zum Erfolg und dann in diese tiefe Niedergeschlagenheit führte, in der ich mich jetzt befinde. Die Vergangenheit ist nur von Wert, wenn die Gegenwart angenehm ist.

III
ALS ICH GOLIATH ERSCHLUG

Wer konnte es glauben? Wer hätte vermuten können, welche großartige Überraschung mich im Tal von Elah erwartete, als ich damals mit meinem Esel, unserem Diener und dem Wägelchen voller Proviant, den mein Vater mir in Bethlehem mitgegeben hatte, nach Socho kam und sah, was daselbst vorging? Ich bestimmt nicht, nicht im entferntesten. Nie im Leben hätte ich das auch nur eine Minute lang geglaubt, wäre es mir nicht selber zugestoßen. Irgendein Genie muß die Bühne für meinen Auftritt vorbereitet haben, der ja einen Höhepunkt darstellte.

Ich trat also auf, mit Brotlaiben und gedörrten Körnern für meine drei Brüder und zehn Laiben Käse für ihren Hauptmann über Tausend, der etwa zweiundfünfzig Freiwillige unter sich hatte. Das Tal von Elah liegt im nördlichen Juda, und die unseren hatten sich diesmal dazu durchgerungen, Freiwillige aus allen unseren Ortschaften zu entsenden, die Saul bei der Abwehr der neuesten Übergriffe der Philister unterstützen sollten. An diesem Tage bildeten auf unserer Seite Hunderte und aber Hunderte jener großmäuligen Benjaminiter das Hauptkontingent unserer Streitmacht, und nicht einer von ihnen hatte die Gelegenheit erspäht, die ich sogleich wahrnahm. Aber die Benjaminiter waren ja noch nie für besondere Klugheit bekannt, eher schon für ihren Jähzorn und ihre Wildheit. Haben sie nicht ehedem die Kebsfrau eines wandernden Leviten zu Tode geschändet, der zufällig des Weges kam? Und war denn nicht auch Saul, dieser Knallkopf, mein König und künftiger Schwiegervater, ein Benjaminiter?

Ist es ein Wunder, daß ich schon so bald Verachtung für all die Israeliten und Judäer empfand, die da am Boden kauerten, als erwarteten sie von dem bloßen Auftreten und der Stimme Goliaths ihre leibliche Vernichtung? Fast sogleich erkannte ich das Wesentliche der Lage, begriff, weshalb die beiden Heere einander seit bereits genau vierzig Tagen reglos gegenüberlagen, und mit ebensolcher Schnelligkeit fiel mir ein, wie man vermutlich am besten zu einer für uns günstigen Lösung kommen könnte. Von da an vermochte nichts mehr, mich zurückzuhalten. Ich war nicht immer ein guter Menschenkenner, aber wenn man mir eine goldene Gelegenheit auf einem silbernen Tablett offerierte, habe ich sie niemals ausgeschlagen und keine Chance ausgelassen, die sich mir unverkennbar darbot. Es verschlug mir fast die Sprache, als ich sah, wie einfach alles sein würde.

»Womit will der König denjenigen belohnen, der diesen Philister bezwingt?« fragte ich meine Brüder, nachdem mir der Gedanke gekommen war, ich könnte derjenige sein, den das Schicksal ausersehen hatte, Goliath zu besiegen.

»Was geht das dich an«, erwiderte mein ältester Bruder Eliab und befahl mir, sofort heimzukehren. Der war ein richtiges Arschloch. Und die beiden anderen, die bei ihm waren, waren um nichts besser.

Statt zu gehorchen, holte ich mir einen wollenen Umhang vom Karren und schlief an einem versteckten Platz unweit einer kleinen Kampfgruppe aus Gad, die sich in einer Bodenfalte versteckt hielt, welche durch einen gelblichen Felsvorsprung gedeckt war. Ich lauschte den Gesprächen dieser Männer und vernahm mit Vergnügen, wie angewidert und verängstigt sie waren. Ich hätte mir keine besseren Bedingungen wünschen können. Meine Überzeugung, der morgige Tag werde für mich ein Glückstag sein, festigte sich, und ich fragte mich, ob Samuels erstaunliche Prophezeiung, die er zwei Jahre zuvor nach seinem Besuch in Bethlehem mit der rötlichen Färse am Seil getan hatte, nicht doch der Weltordnung gemäß sein könnte. Damals hatte er mein Gesicht mit parfümiertem

Olivenöl gesalbt und mir eröffnet, Gott habe mich zum König auserwählt. »Saul ist draußen, und du kommst rein«, hatte er dabei gesagt. Trotz der Beigabe von Kräutern roch Samuels Olivenöl etwas ranzig. Seither war eigentlich nichts mehr geschehen.

Das Wetter am Morgen des Tages, da ich Goliath erschlug, war selbstverständlich warm und trocken, der Himmel strahlend blau. Die Winterernten waren eingebracht. Grüne Feigen hingen an den Bäumen, und die Weinstöcke dufteten bereits. Wieder war ein Jahr vorüber, und wieder war jene wunderbare, linde Jahreszeit gekommen, da die Könige in den Krieg ziehen. Naturbeschreibungen sind seit je meine Stärke; sie findet sinnenfreudig Ausdruck in den bekannten Hymnen, die fälschlich dem faden Faulpelz Salomo zugeschrieben werden, die aber tatsächlich von mir sind. Der Winter ist vergangen, der Regen weg und dahin, Vögel singen allüberall. Ist das etwa keine anschauliche Beschreibung? Die Blumen sind hervorgekommen im Lande, unser Bette grünt. Hätte Salomo in solchen Bildern sprechen können? Mein phlegmatischer Salomo jedenfalls nicht, der ja eine Hindin nicht von einem jungen Bock unterscheiden konnte, und hätte es sein Leben gegolten. Was uns unter anderem voneinander unterscheidet, ist, daß er unempfindlich ist, ich aber immer zu empfindsam war. Als ich Abigail zum ersten Mal erblickte – ich war zum Kampf gerüstet und dürstete nach Rache, als ich nach Karmel marschierte –, wurde mein Glied hart wie Holz, und ich verbarg das verlegen und bescheiden vor ihr mit einer gefalteten Zeitung.

Ah, wie spitzte ich die Ohren in jedem Frühling, wenn der schlammige, naßkalte Winter vorüber war, die Turteltaube sich hören ließ in unserem Lande und ankündigte, daß es wiederum Zeit war, in den Krieg zu ziehen. Gegen die Schrecken der Einsamkeit, die das innere Leben uns verordnet, gibt es kein besseres Mittel als den Krieg oder die intensive Beschäftigung mit Dogmen aller Art. Man glaube mir, ich weiß Bescheid. Daß ich so sehr unter der Einsamkeit leide, liegt daran, daß ich in Gesellschaft keine Linderung verspüre. Im Kriege war das ganz anders.

Man vergesse nicht, daß ich in meiner langen, anstrengenden Laufbahn weder einen Krieg verloren habe, noch je verwundet wurde. Was Niederlage bedeutet, weiß ich nicht. Wer mir auch nur einen einzigen Kratzer an meinem Körper zeigen kann, den mir ein Feind beigebracht hat, dem will ich ein Gerstenfeld schenken oder zwei von meinen Frauen.

An jenem bedeutungsvollen Morgen erwachte ich früh und kroch auf den Felsvorsprung, um mir dieses unwahrscheinliche Remis in allen Einzelheiten anzusehen. Was ich da sah, bestätigte mir, daß meine Zuversicht am vergangenen Nachmittag keineswegs unbegründet gewesen war; nirgendwo gewahrte ich etwas, was mich hätte irremachen können.

Was sich dem Auge darbot, spottete jeder Beschreibung. Die Hauptmacht der Philister hatte das Lager am Fuße der Hügel aufgeschlagen, die den Bergen auf der jenseitigen Talseite vorgelagert sind. Saul hatte die Männer von Israel und Juda etwas erhöht und gegenüber aufgestellt. Der sandige Talgrund wurde von einem fast in der Mitte und so gut wie schnurgerade verlaufenden Bachbett geteilt.

Mit zunehmender Helligkeit und Hitze des neuen Tages wuchs auch fast minütlich die Spannung. Auf unserer Seite erwarteten alle Goliaths Auftritt. Die Luft blitzte vom Widerschein der Rüstungen im Lager der Philister. Die waren an diese Dinger gewöhnt, wir trugen keine. Die Grelle der steigenden Sonne spiegelte sich bald schon magisch in einem offenbar verzauberten geschmolzenen See aus poliertem Metall, das sie mitführten, um es anzulegen, zu schwenken, darin zu reiten. Man möchte nicht glauben, wieviel blinkendes Eisen und Messing sie besaßen. Daß wir uns höher in den Hügeln gelagert hatten als sie, war wohl begründet: wir lebten in tödlicher Furcht vor ihnen, denn damals konnte das Volk Israel die Bewohner der Täler und der Ebenen nicht vertreiben, wenn diese eiserne Streitwagen besaßen.

Und da sah ich sie auch, es waren furchterregend viele, und sie glühten im Sonnenlicht. Ferner sah ich Reihe um

Reihe ihrer Bogenschützen, sah die Herolde mit den Purpurbannern und den prachtvollen, aus einem Stück gefertigten silbernen Trompeten. Alles war ganz so, wie ich mir den Krieg immer vorgestellt hatte, und die Fülle der Pracht trieb mir die Röte der Erregung in die jugendlichen Wangen. Ich starrte mit bewundernder Erwartung die blinkenden Formationen des Fußvolks der Philister an, die allesamt größer gewachsen waren als die Bewohner Palästinas und Göttern ähnelten mit ihren zweischneidigen Eisenschwertern, mit denen sie unsere Keulen und Äxte, unsere Streitkolben und die krummen Bronzeschwerter, allesamt an brüchigen Holzschäften befestigt, mit einem Schlage zerteilen konnten. Das war Glück, wie? Und Gewitztheit? Trotz all unserer legendären Fertigkeiten und unseres gesunden Menschenverstandes, trotz all der brauchbaren Hinweise, die Gott dem Abraham, dem Moses und dem Josua gegeben, mußten wir erst durch bittere Erfahrungen mit den Philistern lernen, daß Eisen härter ist als Bronze und daß ein zweischneidiges Langschwert mit Spitze unseren kurzen, gekrümmten, nur an der Außenseite geschliffenen überlegen war. Dies erklärt, weshalb man in den Büchern Moses' so viel von hacken liest und so wenig von stoßen, schleudern, schießen. Hakken ist so ziemlich das einzige, was man mit Äxten, Keulen oder sichelförmigen Krummschwertern tun kann, die nur an der Außenseite scharf sind. Außer den wenigen Speeren und Spießen, die wir von den Philistern erbeuteten oder die sie nach Sauls siegreichem Überfall bei Michmas auf ihrem ungeordneten Rückzug liegen ließen, besaßen wir keine. Was für eine Schlacht muß das gewesen sein! Aber wer konnte mit diesen Waffen umgehen? Saul verfehlte mich jedesmal, wenn er mich töten wollte, mit seinem Spieß, dabei saß ich keine sieben Meter entfernt und ahnte nichts Böses. Er verfehlte auch Jonathan, der ihm an der königlichen Abendtafel gegenüber saß, damals, als Jonathan sich einmischte und Partei für mich ergriff. Vielleicht war er auch nicht von aller Vernunft verlassen und hatte sein Herz nicht gänzlich daran gesetzt, uns umzubringen, oder jedenfalls uns nicht selbst und nicht auf diese Weise umzubringen. Seit ich König bin, habe ich es jedenfalls vorgezogen, so etwas von anderen besorgen zu lassen.

Kein Zweifel, damals, im Tal Elah, waren wir unterlegen. Die Philister verstanden sich nicht auf Kriegführung im Gebirge, und sie versprachen sich auch nichts davon, uns in unseren Bergstellungen anzugreifen. Ihre Streitwagen konnten nur in der Ebene manövrieren. Gegen ihre Bogenschützen boten Felsen und Höhlen genügend Dekkung. Wären sie töricht genug gewesen, mit ihren Wagen, ihren Bogenschützen und den Gepanzerten gegen uns vorzugehen, wir hätten uns wie Leoparden auf sie gestürzt. Doch so töricht waren sie nicht.

Aber auch wir konnten uns nicht rühren, eben weil sie Streitwagen, Bogenschützen und gepanzertes Fußvolk hatten; eine offene Feldschlacht konnte kein Israelit gegen sie gewinnen, es sei denn, er wandte eine List an oder erhielt übernatürlichen Beistand. Das gelang erst mir.

Die Philister also konnten nicht hinauf und wir nicht hinunter. Deshalb schickten sie jeden Morgen und jeden Nachmitag ihren stärksten Krieger Goliath vor, der einen von uns zum Zweikampf aufforderte. Als ich ihn das erste Mal sah, traute ich meinen Augen nicht. Er kam schwankend mit Riesenschritten dahergestapft, prahlend und ungeduldig. Schneller als sein überlasteter Schildträger ihm folgen konnte, marschierte er, die Zelte hinter sich lassend, an den Bach und rief erhobenen Hauptes seine demütigende Herausforderung. Die Hitze war groß und unbarmherzig, und doch trug er einen Helm und eine eherne Rüstung, die gut und gern 5000 Schekel gewogen haben dürfte. Die Beine schützten eherne Schienen, die Schultern runde Buckel, und er ähnelte mehr einem griechischen Krieger vor Troja denn einem Bewohner der Küste von Südpalästina, unweit vom Sinai. Der Schaft seines Spießes glich einem Weberbaum mit mächtiger Eisenspitze. Ich schätzte Goliath auf sechs Ellen, mag sein eine Handbreit größer.

Was sollten wir mit dem anfangen? Vierzig Tage zerbrachen Saul und sein Stab sich darüber bereits den Kopf.

Unsere Bogenschützen hätten ihn vertreiben, ihn womöglich verwunden können, falls er nicht freiwillig ging, aber Bogenschützen hatten wir keine. Schon damals begriff ich, wie schwer es ist, Bogenschützen mit größter taktischer Wirkung einzusetzen, wenn man keine Bogenschützen hat. Und hätten wir welche gehabt, sie wären nutzlos gewesen, denn uns fehlten Bogen und Pfeile. Und hätten wir die gehabt, wir hätten nicht gewußt, wie man damit umgeht. Ich gelobte mir auf der Stelle, meinen Männern den Gebrauch von Pfeil und Bogen eines Tages beizubringen, sollte ich je Männer unter mir haben und sollten wir irgendwo Bogen und Pfeile finden. Das steht im Buch Jaser geschrieben für den, der das Buch Jaser je findet. Und ein weiterer Entschluß, den ich an diesem Tage faßte, galt dem Eisen der Philister: Ich wollte es haben. Und wozu wollte ich das Eisen der Philister? Ich will es verraten. Man weiß, was geschah, wenn das Eisen der Philister und die gescheiten Köpfe der Juden zusammenstießen – die Köpfe der Juden wurden eingeschlagen, das geschah. Auch das findet sich im Buche Jaser für jeden, der lesen und das Buch Jaser finden kann.

Als Goliath schließlich stehen blieb und zu reden anhob, war seine Stimme in der dramatischen Stille, die sich auf das Tal gesenkt hatte, als er hervorgekommen war, deutlich zu vernehmen, und seine Worte waren gut zu verstehen. Von meinem Platz am Berghang hörte ich ihn wörtlich wiederholen, was ich ihn schon am Nachmittag des Vortages hatte sagen hören. Meine Achtung vor ihm sank erheblich, als mir klar wurde, daß er seine Ansprache auswendig gelernt und keine Begabung für freie Rede hatte. Aber was kann man von einem Philister erwarten? Erwartet man sich denn vom Weißen des Eies, daß es nach etwas schmeckt?

»Was seid ihr ausgezogen, euch zu rüsten in einem Streit?« donnerte er verachtungsvoll und fuhr fort, jene Litanei herzusagen, die er unverändert seit vierzig Tagen morgens und abends von sich gab. Jedermann im Heer der Israeliten hörte ihn verzweifelt und angstvoll an. Keinem fiel etwas anderes ein, als sich zu Boden zu werfen, sich noch tiefer in Löcher und Gräben zu kauern, sich in die Erde zu krampfen, als bestehe Gefahr, daß man runterfiele. »Bin ich nicht ein Philister«, höhnte er mit einer Stimme, die von den ausgetrockneten Wasserläufen in den Bergen hinter uns widerhallte wie eine Detonation und die ohne Zweifel in den Alpen oder im Himalaya Schneelawinen gelöst hätte, wären wir Europäer oder Asiaten gewesen und im Begriffe, uns in einer jener frostigen Zonen eine Schlacht zu liefern, »und ihr Sauls Knechte? Erwählet einen unter euch, der zu mir herabkomme. Vermag er wider mich zu streiten und schlägt mich, so wollen wir eure Knechte sein; vermag ich aber wider ihn zu streiten und schlage ihn, so sollt ihr unsere Knechte sein, daß ihr uns dienet. Ich habe heutigentags dem Heere Israels Hohn gesprochen. Gebt mir einen und laßt uns miteinander streiten. Oder aber kehrt zurück in eure Höhlen, eure Zelte und Hütten und laßt uns ziehen, wo wir wollen.«

In der Stille, die darauf folgte, hätte man einen Grashüpfer schnaufen hören können. Ich gebe zu, mein Herzschlag setzte einen Moment aus, als ich ihn zum ersten Mal erblickte. Beim zweiten Mal hatte ich Mühe, nicht laut loszulachen.

Hier in den Hügeln auf unserer Seite des Tales befanden sich fast siebenhundert beidhändige Benjaminiten, allesamt ausgesuchte Schleuderer, die mit der Linken ebenso tödlich sicher trafen wie mit der Rechten. Und es waren Tausende hochnäsige antijudäische Klugscheißer von Ephraim da, die bei all ihrem aufgeblasenen Stolz und ihrer vorgeblichen elitären Überlegenheit das Wort Schibboleth nicht ohne zu lispeln aussprechen konnten, und hätte ihr Leben daran gehangen. Ferner waren da Männer von Manasse und weitere Hunderte von allen unseren Sippen und Stämmen im Norden und Westen, die diesmal dem Rufe Sauls gefolgt waren. Hier also standen wir, das auserwählte Volk Gottes, jeder einzelne wenigstens teilweise ein Abkomme der listigen Sara und des fähigen Abraham. Doch irgendeine Fäulnis in den Genen hatte wohl den Denkprozeß aller dieser Leute beeinträchtigt, denn kein anderes Hirn als das meine war zu der Überlegung fähig, Goliath könnte im Zweikampf unterliegen, vorausgesetzt, man ließ sich nicht auf die Kampfesweise ein, die er, wie seine Vorbereitungen verrieten, im Sinne hatte. Offen gestanden sah ich nicht, daß Goliath auch nur die geringsten Siegeschancen hatte. Der arme Hund war schon so gut wie tot.

Mit einer seiner Hände konnte jeder dieser ausgewählten Benjaminiter auf fünfzig Meter Entfernung mit dem Stein ein Haar treffen. Mit flachen, scharfkantigen Steinen vermochten sie Reben vom Weinstock zu trennen. Ich selber war imstande, auf dreißig Schritte einen Granatapfel herunterzuholen – jedenfalls bei neun von zehn Versuchen. Und bei praktisch jedem Versuch konnte ich einen Granatapfel zu Mus verarbeiten. Goliaths Gesicht war größer als ein Granatapfel. Zwischen dem Brustpanzer und dem Rand des Helmes, vom Hals bis zum Haaransatz, zeigte er nacktes Fleisch im Umfang einer persischen Melone. Was ich schon bald darauf in dem Flachdachzelt aus Ziegenfell, das sein Hauptquartier war, zu Saul sagte, stimmte fast wörtlich: Ich hatte wirklich einen Löwen erlegt – einen kleinen –, der sich ein Lamm aus der Herde meines Vaters geholt hatte, nachdem ich ihn zunächst mit einem Stein aus meiner Schleuder lähmte. Und einen Bären hatte ich zwar nicht getötet, aber getroffen und zum Rückzug veranlaßt. Das mit dem Bären war also eine Übertreibung.

Schafehüten ist, wie Cunnilingus, dunkle, einsame Arbeit; aber irgendwer muß sie verrichten. War ich wochenlang fern von daheim bei der Herde, übte ich täglich viele Stunden mit einem Grashalm im Mund auf der Leier, komponierte Lieder, schoß mit der Schleuder nach zerbrochenen Tongefäßen auf hölzernen Zaunpfosten oder auch auf verrostete Konservendosen. Sogar andere Steine wählte ich als Ziel für meine Steine. Abgesehen vom Einfangen verirrter Schafe, wobei Ziegen, die ja schlauer sind als Schafe, instinktiv helfen, hat der Hirt eigentlich weiter nichts zu tun, als wilde Tiere fernzuhalten und bei Sonnenuntergang Ziegen und Schafe in ihre jeweiligen Pferche zu treiben, bevor er sein kaltes Abendbrot einnimmt und sich an seinem Feuerchen in den Umhang rollt und schläft. Übrigens bezieht sich mein oft zitiertes Wort von den Schafen und den Böcken auf eben diese allabendliche Arbeit des Hirten; ich glaube, es findet sich in einem meiner weniger bekannten Psalmen oder auch in den Sprüchen, die häufig nicht mir zugeschrieben werden, sondern Salomo oder sonstwem. Ich weiß jedenfalls, daß mein »scheide die Schafe von den Böcken« in mehr als einem der Werke jenes weit überschätzten Schreiberlings William Shakespeare aus England vorkommt, dessen Genie einzig darin liegt, daß er die besten Gedanken und Verse von Kit Marlowe, Thomas Kyd, Plutarch, Raphael Holinshed und mir geklaut hat. Selbstverständlich hat er auch die Idee zu *König Lear* mir und Absalom zu verdanken. Oder bestreitet das vielleicht jemand? Wer anders als ich war jeder Zoll ein König? Glaubt man etwa, dieser gewissenlose Plagiator hätte *Macbeth* schreiben können, hätte er nie von Saul gehört?

Kein anderer Psalm jedoch reicht, was Popularität angeht, an mein *Der Herr ist mein Hirte* heran, eine, wie ich jetzt gestehe, eher zufällige Wortwahl, die meiner Bath-Seba zu verdanken ist; das fällt in die kurze Periode, in der sie von Makramee und Crewelstickerei genug, aber noch nicht begonnen hatte, sich ausschließlich dem Entwerfen von Unterwäsche zuzuwenden. Da glaubte sie doch wirklich, sie könnte bessere Verse schreiben als ich!

Wer weiß schon, weshalb das Werk überdauert?

Denn der Herr ist selbstverständlich kein Hirte, nicht meiner und auch sonst niemandes. Und Ihn einen Hirten heißen ist, was ich eine Redewendung nenne. Wer je das Pech gehabt hat, Hirte sein zu müssen, der weiß, daß es keine Lobpreisung ist, den Herrn so zu nennen, sondern Blasphemie. Weshalb sollte der Herr ein Hirte sein wollen? Den halben Tag über watet man durch Schafscheiße. Das Schafscheren ist trostlose Arbeit, dreckig, eine Plakkerei, bei der man immer nässer wird, und es ist kein Wunder, daß das Ende davon mit einem prächtigen Fest gefeiert wird. Auf ein solches Fest lockte Absalom meinen anderen Sohn Amnon, um ihn da zu töten. Sollte Gott wirklich ein Hirte sein, litte Er gewiß noch mehr unter der Eintönigkeit dieser Beschäftigung als ich und wäre vermutlich ebenso treffsicher mit der Schleuder. Schafzüchten ist nichts für jemand, der Grips hat. Ich selber zog das korrumpierende Stadtleben den bukolischen Zerstreuungen auf der Schafweide jedenfalls vor. Nachts fror man, am Tage suchte man Schutz vor der sengenden Sonne. Und was tun, wenn man sich amüsieren wollte? Was hatte ich mit den anderen Hirten gemein? Die interessierten sich so gut wie gar nicht für Musik und warfen mit Abfällen nach mir, wenn ich ihnen was vorsingen wollte.

Ist es da ein Wunder, daß ich unglücklich war? Ganze Vor- und Nachmittage verbrachte ich mit der Schleuder in der Hand, bloß um mir die Zeit zu vertreiben. Ich wußte, ich war gut mit der Schleuder. Ich wußte auch, daß ich ungestüm war. Und kühn. Und was Goliath angeht, so wußte ich, daß, käme ich nur auf fünfundzwanzig Schritte an den langen Lulatsch ran, ich ihm einen schweinsknöchelgroßen Stein mit der Schleuder gegen den Hals schießen könnte, scharf genug, ihn zu töten. Und noch etwas wußte ich: Ich wußte, sollte ich mich da irren, wäre ich immer noch flink genug, wegzulaufen wie ein geölter Blitz, und niemand, der eine solche Rüstung trug, könnte mich einholen.

Allerdings bedurfte es aller möglichen Tricks meinerseits, um erst mal so weit zu kommen. Nachdem ich mich entschlossen hatte, überließ ich den Karren einem Hüter und begab mich in die Stellung der Judäer. Hier ließ ich mich denn auch sogleich mit so lauter Stimme vernehmen, daß ich die allgemeine Aufmerksamkeit erregte. Welchen Eindruck ich zu erwecken, welche Reaktion ich zu provozieren suchte, wußte ich genau. Ich wollte die Leute hier reizen, sie verhöhnen, sie wütend machen, überall sollte von mir gesprochen werden, bis Saul von mir berichtet würde. »Was wird man dem tun, der diesen Philister schlägt und die Schande von Israel wendet?« ließ ich mich mit trompetender Stimme vernehmen, die noch über unseren Abschnitt hinaus bis zu den Nachbarn reichte.

»Hab ich dir nicht gestern aufgetragen heimzugehen?« antwortete mein Bruder Eliab ärgerlich.

»Klar hat er dir das gestern aufgetragen«, bestätigte mein Bruder Abinadab. »Wer paßt denn auf die paar armseligen Schafe in der Wüste auf, während du hier müßiggehst?«

Ich tat, als kränkte mich diese Frage tief. »Darf man nicht mal mehr eine einfache Frage stellen?«

»Unterlaß deine einfachen Fragen«, ließ mein Bruder Samma sich vernehmen. »Deine einfachen Fragen kennen wir schon.«

»Ich geb dir gleich eine einfache Frage«, funkelte Eliab mich an. »Ich wußte, daß du heute wiederkommen und dich aufspielen würdest. Geh heim, geh heim, du eitler und unartiger Bursche.«

»Siehst du nicht, daß wir schon Ärger genug haben?« fügte Samma an und deutete auf Goliath.

»Ich könnte vielleicht behilflich sein«, schlug ich vor.

»Daß ich nicht lache«, stieß Eliab zwischen den Zähnen heraus. »Du bist bloß herabgekommen, um dem Kampf zuzusehen. Ich kenne deine Vermessenheit wohl und deines Herzens Bosheit.«

»Vermessenheit?« entgegnete ich stolz. »Und welche Bosheit des Herzens? Vermessen bin ich nicht, und ein boshaftes Herz habe ich auch nicht. Ich möchte nur wissen, womit der König denjenigen belohnen will, der diesen Philister tötet und die Schande von Israel wendet. Ist das etwa nicht erlaubt?«

»Was der König tun wird?« erwiderte der Hauptmann über Tausend ungläubig und gab mir endlich die ersehnte Aufklärung. »Was der König tun wird?« wiederholte dieser gutmütige Bursche und kaute an seiner Morgenration von frischen Datteln und rohen Zwiebeln. Mir lief das Wasser im Munde zusammen beim Anblick dieser leckeren Mischung. »Frag lieber, was er nicht tun würde. Der König wird ihn mit großen Reichtümern belohnen, ihm eine seiner Töchter zur Frau geben und seine Familie in Israel von allen Steuern befreien.«

Das hörte ich selbstverständlich gern.

»Kein Scheiß?« fragte ich.

»Kein Scheiß«, versicherte er mir.

»Wie kommt es dann aber«, erkundigte ich mich in arglos provozierender Manier, »daß sich niemand mit diesem Philister mißt, denn wer ist schon dieser Unbeschnittene, daß er wagen kann, den Heeren des lebendigen Gottes zu trotzen?«

Daraufhin drohten Eliab, Abinadab und Samma mir mit Fäusten und verlangten, ich solle umgehend den Kriegsschauplatz verlassen und nach Bethlehem zurückkehren.

Da machte ich ihnen eine lange Nase und war davon wie der Blitz, setzte mein mutwilliges Treiben in anderen Frontabschnitten fort und redete fast ohne Unterlaß. Ich fände es ganz unfaßbar, so ließ ich eine Gruppe Kämpfer nach der anderen wissen, daß niemand im Heer der Israeliten genügend Vertrauen in die Macht des lebendigen Gottes setze, um seine Kraft und seine List gegen diesen unbeschnittenen Feind zu erproben, wenn der auch unüberwindlich scheine. Was solle ein weltunkundiger junger Mensch aus der Provinz wie ich denn davon halten? Ah ja, ich war irritierend und provokativ, ich erweckte Neugier. Ich tanzte die ganze Front entlang wie ein Luftgeist. Damals konnten wir Jungen noch alle auf den Bergen hüpfen und auf den Hügeln springen mit einer Leichtfüßigkeit, von der die schwerfälligen, untersetzten Philister nur träumen konnten, die in unsere Dörfer getappt kamen, unsere Weinberge verdarben und uns dann vergebens abzuwehren trachteten. In dieser Art redete ich also überall in den Stellungen. Die Männer von Manasse führten mich in die Stellung der Männer von Ephraim, die mich ihrerseits den Benjaminitern übergaben, und zwar einem Hauptmann über Hundert, der vierundzwanzig Leute befehligte.

»Was wird man dem tun«, lautete wiederum meine Frage, die ich selber allmählich satt bekam, »der diesen Philister schlägt und die Schande von Israel wendet? Denn wer ist dieser unbeschnittene Philister, daß er den Heeren des lebendigen Gottes trotzt?«

»Und wer zum Henker bist du?« fragten mich unwirsch die Benjaminiten, die im Ruf standen, Mann oder Frau nicht nur zu vergewaltigen, sondern auch zu töten, und gelegentlich beides taten.

Ich antwortete diskret: »Ich bin der Sohn von des Königs Diener Isai, dem Ephraiten aus Bethlehem in Juda.«

»Juda!« höhnten sie.

»Deshalb frage ich ja, und deshalb fällt es mir so schwer, dies alles zu verstehen«, schmollte ich. »Ihr wißt, welch langsame Denker wir Judäer sind. Wie will der König den belohnen, der diesen Unbeschnittenen tötet, und warum mißt sich keiner mit dem Philister und wendet die Schande von Israel?«

»Siehst du nicht, wie groß der ist?« fragte ihr Hauptmann. »Möchtest etwa du gegen einen solchen kämpfen?«

»Warum nicht? Er trotzt den Heeren des lebendigen Gottes, oder nicht?«

»Bringt das Bürschchen zu Saul.«

Im stillen gratulierte ich mir zu diesem Anfangserfolg.

Saul ließ sich nicht anmerken, daß er mich kannte, und als taktvoller Mensch erinnerte ich ihn nicht an unsere frühere Begegnung. In den zwei Jahren, die vergangen waren, seit man mich aus Bethlehem geholt hatte, um vor ihm zu spielen, war er außerordentlich gealtert, das Gesicht tief zerfurcht, das lockige Haupthaar und das Haar des eckig gestutzten Bartes vorzeitig ergraut. Er hielt die Arme vor der Brust verschränkt und musterte mich. Ich schien ihm leid zu tun. Er war breit und kräftig, überragte den habichtnasigen Abner und alle ihn umstehenden Offiziere. Nach Goliath war er einer der größtgewachsenen Männer, denen ich begegnet bin.

»Du bist ein Knabe«, bemerkte er nach einer Weile, »dieser aber ist ein Kriegsmann von Jugend auf. Du kannst nicht hingehen wider diesen Philister, mit ihm zu streiten.«

»Je größer sie sind, desto tiefer fallen sie«, entgegnete ich, und das klang gar nicht übel. »Dein Knecht hütete die Schafe seines Vaters«, nutzte ich meinen Vorteil aus, »und es kam ein Löwe und ein Bär und trug ein Schaf weg von der Herde. Dein Knecht erschlug den Löwen und den Bären – ich schwöre bei Gott, daß ich es tat –, und der unbeschnittene Philister soll sein wie einer von diesen. Der Herr, der mich vor den Pranken des Löwen und den Tatzen des Bären behütete, wird mich auch aus den Händen dieses Philisters retten.«

»Weshalb versuchen wir es nicht, mein Herr und König?« schlug Abner vor.

Saul sagte ihm, weshalb nicht. »Der Philister sagt, falls wir einen Mann wählen, der ihn im Kampfe besiegt, sollen die Philister unsere Diener sein, doch besiegt er unseren Mann und tötet ihn, dann sollen wir ihre Diener sein und ihnen dienen.«

»Mein Herr und König«, widersprach der praktische Abner und trat näher zu Saul, »sei kein Narr. Saul, Saul, glaubst du wirklich, die Philister werden unsere Sklaven sein wollen, wenn wir gewinnen? Oder daß wir die ihren sein werden, wenn wir verlieren? So blöd sind wir doch nicht. Und die auch nicht. Laß den Jungen gehen, wenn er unbedingt will. Was haben wir schon zu verlieren außer seinem Leben?«

Als Saul schließlich nachgab, trat an die Stelle seines Zögerns eine schon fast peinliche väterliche Fürsorge. Er kleidete mich in seine eigene Rüstung, den Helm aus Erz und den Panzer, er gürtete mir sein Schwert um, und nachdem er mich dergestalt zur Schlacht herausgeputzt hatte, zeigte sich, daß ich mich nicht mehr rühren, ja, kaum noch etwas sehen konnte. Groß bin ich nämlich nicht, sein Helm rutschte mir auf die Nase, und das tat weh. Also legte ich Sauls Schwert ab, gab es ihm zurück und sagte rundheraus, daß ich weder seine Rüstung brauche noch sein Schwert, weil ich daran nicht gewöhnt sei und im Kampf keine Erfahrung damit habe. Unnötig schien mir hinzuzufügen, daß ich gar nicht die Absicht hatte, Goliath nahe genug zu kommen, um ihn mit dem Schwert berühren zu können oder mich in die Reichweite seines Schwertarmes zu wagen. Einzig ein total Beknackter wäre dem riesigen Philister mit Schwert, Schild und

Panzer im Zweikampf gegenübergetreten und hätte gehofft, dabei zu überleben. Ein einziger Schwerthieb jenes mächtigen Mannes würde einem jede Waffe aus der Hand schlagen und der zweite Hieb die Seele vom Leibe trennen.

»Laß mich gehen, wie ich bin«, bat ich Saul, ohne eine Miene zu verziehen, und glättete den bildhübschen neuen Rock, den ich noch unter dem Panzer trug. »Der Herr hilft nicht durch Schwert noch Spieß. Der Streit ist des Herrn, und ich weiß, Er wird den Philister in meine Hand geben.«

Die gönnerhaften, ungläubigen Blicke, die mein Publikum verstohlen tauschte und mit denen es mich für verrückt erklärte, vermerkte ich mit großer Befriedigung. Mehr als den Spieß und das Schwert wollte ich nicht erwähnen, denn niemand sollte meine Absicht durchschauen. Hätte ich etwa darauf aufmerksam machen sollen, daß der Herr auch mittels der Schleuder tätig werden kann? Mochten sie alle ruhig glauben, daß es sich um ein Wunder handelte.

Jedenfalls fühlte ich mich bereits wie ein König, als ich mich bereit machte, Sauls Zelt zu verlassen und den Weg ins Tal anzutreten, wo Goliath wartend stand, die säulenhaften Beine gespreizt wie ein Koloß, der die Erdkugel mit Füßen tritt. Schließlich war ich zwei Jahre zuvor von Samuel zum König gesalbt worden, mit all dem parfümierten Olivenöl, das er mir ins Gesicht geschmiert hatte. Ich erinnerte mich, wie gläubig ich Samuel gelauscht hatte, als er mir eröffnete, der Herr habe das Königreich von Saul gerissen und es dessen Nächsten gegeben, der besser sei als Saul.

»Soll ich das etwa sein?« Aber es schien mir eine durchaus vernünftige Annahme.

Und Samuel entgegnete: »Wer sonst?«

Und seither war nichts mehr geschehen, überhaupt nichts. Kein Fanfarentusch. Keine Weisen mit Geschenken. Kein Hosianna. Bach widmete mir keine Kantate, keine einzige. Meine Brüder strahlten vor Schadenfreude. Kein Wunder, daß ich mich in Bethlehem so vernachlässigt fühlte, es war ja ganz, als wäre überhaupt nichts Außergewöhnliches vorgefallen. Die Erde hatte nicht gebebt. Keine Chöre stimmten ihr Halleluja an. Der Tag brachte mir überhaupt nichts ein außer einem ölverschmierten Gesicht.

König sein, wenn niemand weiß, daß man einer ist, macht keinen Spaß, und ich begriff wohl, daß es nutzlos war, meine Brüder oder sonstwen aufzufordern, sich vor mir untertänigst zu verneigen. Wie anders, als ich Jahre später triumphierend in Hebron einzog und den Ältesten gnädig gestattete, mich zum König von Juda auszurufen; da lebte Saul nicht mehr, und die Heere der Israeliten waren von den Philistern zerstreut worden. Zunächst allerdings schickte ich den jüngsten meiner Neffen vor, den plattfüßigen Asahel, der sollte mal auf den Busch klopfen.

»Frage sie, ob sie Lust haben, mich jetzt, nach Sauls Tod, zum König von Juda zu machen. Erwähne, daß ich über sechshundert Bewaffnete verfüge, daß das Heer der Israeliten hirtenlosen Schafen gleich in den Bergen zerstreut ist und daß es derzeit im ganzen Lande keine intakte Kampfgruppe gibt außer der meinen. Und erwähne auch, daß ich sehr sensitiv bin und recht übelnehmerisch.«

Die Ältesten in Hebron fanden meinen Vorschlag gut. »Die möchten dich sehr gern zum König über Juda«, berichtete mein Neffe Asahel, als er zurückkam.

Da war ich gerade dreißig geworden.

Als ich an dem Tage, da ich Goliath überwand, schließlich Sauls Zelt verließ und den Weg hinab ins Tal antrat, ein harmloser ungepanzerter Hirtenknabe, den Stab in der Hand und die Schleuder unauffällig im Gürtel, fühlte ich mich nicht weniger erhaben als Jahre später. Einen Moment verharrte ich am Rande des Hanges, um jedermann Gelegenheit zu geben, einen Blick auf mich zu werfen, denn mir war keineswegs gleichgültig, wie mein Auftritt ankam. Ich bedauerte nur, daß ich selber mich nicht so sehen konnte, wie die anderen mich sahen.

Selbstverständlich wußte ich, daß aller Augen auf mich gerichtet waren. Wer unter diesen unzähligen gaffenden Zuschauern auf beiden Seiten vermutete wohl, was nun passieren sollte, als ich meinen Weg den grünen, üppig mit Veilchen, weißen Gänseblümchen und gelben Zentifolien bewachsenen Hang hinunter nahm? Kein einziger. Nicht in einer Million Jahre wäre einer von denen darauf gekommen. Und Goliath gewiß nicht. Das wissen wir jetzt. Ich hätte den Zuschauern das damals schon sagen können, ein Blick auf ihn genügte dafür. Als ich den Talgrund erreichte, verlangsamte ich den Schritt noch etwas mehr und betrachtete ihn über den Bach hinweg. Er blinzelte, als er mich näherkommen sah, hielt das Schwert noch in der Scheide und wirkte ganz wie ein Mann, der von seiner Unbesiegbarkeit völlig überzeugt ist. Sein Schildträger stand ehrerbietig etliche Schritte hinter ihm. Goliath nahm meine Annäherung mit wachsender Verwunderung wahr. Wieder bekam ich Lust, laut herauszulachen. Mein prachtvoller neuer Rock war überaus kurz, deshalb konnte ich die Beine ungehindert bewegen, ohne ihn zu schürzen. Ich wollte Goliath nicht auf dumme Gedanken bringen, indem ich die Rockzipfel in den Gürtel aus Ziegenleder steckte. Ich wirkte insgesamt nicht bedrohlicher als eine Schnecke. Er sollte mich für jemand unbedeutenden halten, einen Boten vielleicht, der die Kapitulation anbot, oder auch für einen jungen Einheimischen, der versehentlich bei der Suche nach einem verirrten Lamm oder Zicklein in die Kampfzone geraten war.

Der Überlieferung zufolge habe ich mich unterwegs gebückt und im Bach fünf glatte Kiesel aufgelesen. Das war aber bloß Augenwischerei. Ein Schleuderer, der diesen Namen verdient, hat stets ausgewählte Steine bei sich, und während ich im Bach hinkniete, nahm ich unauffällig zwei Steine aus einem Lederbeutel an meinem Gürtel und verbarg sie in der rechten Hand. Zwei mußten genügen; gelang es mir nicht, den großen Krieger mit dem ersten Stein kampfunfähig zu machen, würde mir kaum Zeit für einen zweiten Versuch bleiben. Beim Aufrichten gab ich den Hirtenstab von der rechten in die linke Hand, was Goliath nicht aufzufallen schien. Ich mußte ein Lächeln unterdrücken. Mit der Rechten löste ich verstohlen die Schleuder aus meinem Gürtel.

Nennen wir ihn ruhig einen Riesen. *Seine* Zähne, nicht die von Bath-Seba, glichen einer Herde Schafe mit geschorener Wolle. Ihr sagte ich das bloß, um ihr zu schmeicheln. Aber an Goliath war alles überlebensgroß. Ich muß jetzt noch kichern, wenn ich an die Veränderungen denke, die mit ihm vorgingen, als ihm endlich dämmerte, weshalb ich gekommen war. Wie seine Augen vor Verblüffung heraustraten. Wie sein fleischiges Gesicht vor Wut dunkelrot anlief und sich ingrimmig verzog. Wie er brüllte, als er sich von seinem anfänglichen Schock genügend erholt hatte. Man hätte denken können, er habe einen Speerstich in die Leber bekommen. An vierzig Tagen hatte er die Israeliten täglich zweimal aufgefordert, jemanden zu schikken, der ihm, dem philistinischen Champion, im Zweikampf gewachsen wäre, und was mußte er nun sehen? Einen jungen Hirten, dunkel und schön. Wo er doch Achill erwartet hatte. Statt dessen bekam er mich. Und um allem die Krone aufzusetzen, hielt ich bloß einen Stecken in der Hand.

Der Argwohn, ich könnte ihn töten wollen, legte sich mehr und mehr, als er mir erlaubte, ihm näher und näher zu kommen, ohne daß er zu den Waffen griff, und ich beobachtete die Abfolge der Empfindungen, mit denen er mich beobachtete. Er war verwirrt. Er war neugierig. Er war perplex. Und dann – Junge, Junge, das war aber mal ein wütender Riese!

Es amüsiert mich immer noch, mich daran zu erinnern, wie er sich erstaunt und ungläubig verfinsterte, als er allmählich begriff, in welcher Absicht ich näherkam. Er glotzte offenen Mundes und stand wie gelähmt. Sein Schildträger bewegte sich verständnislos und aufgescheucht hinter ihm. Goliath war wohl nicht wirklich ein Riese, doch groß war er schon. Die Sonne spiegelte sich in seinem Panzer. Die Augen glichen Kohlen, das bartlose Gesicht wies Flecken auf und Stoppeln. Ich sah, wie seine Lippen sich im Selbstgespräch bewegten. Keine Sekunde fürchtete ich mich vor ihm. Der Stecken, den ich trug, brachte das Faß für ihn zum Überlaufen. Adern und Sehnen an seinem Hals schwollen merklich, als er endlich tief Luft holte und den Mund weit aufsperrte, um zu brüllen. Seine Stimme klang ohrenbetäubend, und die herausgebrüllten Worte galten weniger mir als vielmehr den israelitischen Bataillonen, die sich hinter mir angstvoll und gespannt an Gebüsch, Steine und in den Boden krallten.

»Bin ich denn ein Hund?!« heulte er und holte wieder tief Luft, um sein Gebrüll fortzusetzen.

Ich stellte mich taub und unterbrach flink: »Wie bitte?« Dabei ließ ich den größeren der beiden Steine in die Schlinge der Schleuder gleiten, die ich verstohlen gegen die Hüfte drückte.

»Ob ich etwa ein Hund bin, habe ich gefragt!« bellte er wütend. »Bist du vielleicht taub, oder was? Bin ich denn ein Hund, daß du mit Stecken zu mir kommst?« Und während ich ihm ständig näherkam, verfluchte er mich bei seinen Göttern – bei Dagon und Moloch, Baal und Belial. Ah, was für einen Mund dieser Riese hatte! »Komm nur her – komm nur her!« Er schwenkte jetzt beide Arme und bedeutete mir wutschäumend, näher zu kommen. »Komm her zu mir! Ich will dein Fleisch geben den Vögeln unter dem Himmel und den Tieren auf dem Felde!«

»Wie bitte?« Wiederum tat ich, als verstünde ich ihn nicht.

Er wiederholte seine Drohung wörtlich, während ich, barfuß wie ich war, ihm näher und näher rückte. Er redete mich jetzt unmittelbar an, und diesmal antwortete ich.

»*Du* möchtest *mein* Fleisch den Vögeln unter dem Himmel und den Tieren auf den Feldern geben?« entgegnete ich schwer beleidigt. »Ich geb dir gleich Fleisch. Ich zeig dir schon, wer wem wessen Fleisch gibt. *Ich* gebe *dein* Fleisch den Vögeln unter dem Himmel und den Tieren auf dem Felde. Du kommst zu mir mit Spieß, Schwert und Schild . . .«

»Schild«, höhnte er, »wo ist der Schild?« Und er hob die Hände, wie um zu zeigen, daß sie keinen Schild hielten. »Und wo ist mein Schwert? Wo mein Spieß?«

»Ich aber komme zu dir im Namen des Herrn«, fuhr ich fort, ohne seiner Fragen zu achten, »des Herrn Zebaoth, des Gottes des Heeres Israel, den du verhöhnt hast.« Meine Stimme bebte vor Rechtschaffenheit. Noch heute weiß ich nicht, was ich mit »Gott des Heeres« meinte. Viele meiner Aussprüche sind mir nach wie vor unverständlich, aber Rhetorik ist nun mal Rhetorik. »Heute wird dich der Herr in meine Hand geben«, tat ich ihm belustigt kund. »Ich will dich erschlagen und dein Haupt von dir nehmen und die Leichname des Heeres der Philister heute den Vögeln unter dem Himmel und dem Wild auf Erden geben, daß alles Land innewerde, daß Israel einen Gott hat, und daß alle diese Gemeinde innewerde, daß der Herr nicht durch Schwert noch Spieß hilft, denn der Streit ist des Herrn, und Er wird euch geben in unsere Hände.«

Nichts von alledem klingt, offen gestanden, wie etwas, das ich unter normalen Umständen je gesagt hätte, wenngleich das dahinter stehende Gefühl sehr wohl meinem damaligen Gefühl entsprochen haben mag. Das waren damals die Tage meiner jugendlichen Unerfahrenheit, ich hatte noch kein Urteil und glaubte an so mancherlei, dem ich jetzt skeptisch gegenüberstehe. Ich glaubte an die Zukunft. Ich glaubte noch an Gott. Ich hätte vermutlich an die Bibel geglaubt. Ich hätte sogar Saul geglaubt. Drei Väter hatte ich in meinem Leben – Isai, Saul und Gott. Alle drei haben mich enttäuscht. Ich lebe jetzt schon lange ohne Gott und lerne wahrscheinlich auch noch, ohne ihn zu sterben.

Goliaths Reaktion auf meine lange und gestelzte Ankündigung war überraschend. Er legte eine Hand hinters Ohr und fragte: »Wie bitte?« Wie erstaunt war ich, als ich entdeckte, daß Goliath, der philistinische Riese, tatsächlich etwas schwerhörig war! Vielleicht redete er darum so laut. Ich schüttelte den Kopf, um ihm zu bedeuten, daß ich auch nicht eine Silbe wiederholen würde, und machte ihm eine lange Nase. Sodann streckte ich ihm die Zunge raus. Meinen Atem sparte ich mir auf für den Sprint, den ich sogleich unternehmen wollte.

Als Goliath mich von neuem bei seinen Göttern verfluchte, vergaß er auch Astarte und Semosch nicht, aber die ganze Liste aufzusagen, blieb ihm nicht mehr Zeit. Er verbreitete sich noch über Baal, als ich zum Angriff überging. Keine fünfzig Schritte mehr von ihm entfernt, warf ich den Stecken fort, rannte ihm unvermutet entgegen, und zwar schnurgerade und so schnell ich konnte, dabei ließ ich die Schleuder um meinen Kopf kreisen mit mehr Schwung als je zuvor in meinem Leben. Jede Sekunde schien das Gewicht des Steins in der Schlinge sich zu verdoppeln. Goliath stand wie angenagelt, ein lebloses Ding, mit offenem Mund. Ein erhebendes Gefühl. Wie sollte man es in Worte fassen? Der wachsende Zug, den die von mir erzeugte Zentrifugalkraft auf meine Muskeln ausübte, war ein süßeres Gefühl, als ich bis dahin gekannt oder mir auch nur hätte ausmalen können. Ein Rausch überwältigenden Selbstvertrauens brachte mich näher und näher, und schon drohte die Gefahr, daß ich den Verstand verlöre. Zum Glück bekam ich mich noch in die Hand. Dreißig Schritt, das dürfte nahe genug sein, überlegte ich, bremste mich, weil ich schon näher dran war, und stemmte die Beine gegen den Boden zum Wurf. In die beiden letzten kreisenden Schwünge legte ich äußerste Kraft, zielte auf das klaffende Loch des geöffneten Mundes, genau zwischen die riesigen, ekelhaften Zahnreihen. Mit der letzten Drehbewegung ließ ich die Schlinge vom Daumen rutschen, spürte, wie der Stein ohne hängenzubleiben aus der Schlinge fuhr, und wußte in meinem Gebein, daß ich einfach nicht fehlen konnte. Und fehlte. Der Stein traf ihn oberhalb des Auges an der Stirne. Blut spritzte meterweit hervor, während er noch etwa eine Sekunde stehen blieb. Dann stürzte er hin wie ein Felsblock. Es klirrte mächtig, als er aufschlug. Sein Schildträger entfloh. Goliath lag, wo er gestürzt war, und färbte den sandigen Boden braun. Er zuckte nicht mal mehr. Meine Freude war unbeschreiblich.

Bis auf das allgemeine Geschrei war jetzt alles vorüber, das allerdings war erheblich. Als die Philister ihren Champion so plötzlich tot liegen sahen, stimmten sie ein Klagegeheul an. Sie wimmelten aufgeregt durcheinander, sammelten ihr Gerät ein und machten sich zur Flucht bereit. Zugleich erhoben sich am Berghang die Männer Israels und Judas unter wildem Geschrei und stürzten sich den Hang herab, rasten kräftig brüllend an mir vorüber und warfen sich mit Äxten, Keulen und scharfen Waffen auf die flüchtenden Philister, sie am Wege bis nach Gath und Ekron zu erschlagen.

Ich meinerseits wollte kein Risiko eingehen und beobachtete mißtrauisch den gefallenen Riesen. Als eine volle Minute vergangen war, ohne daß er ein Lebenszeichen gab, rannte ich zu ihm hin, zog sein Schwert aus der Scheide und hackte ihm den Kopf ab, um sicherzugehen. Jetzt endlich durfte ich gewiß sein, daß er tot war. Barbarisch? Wen kümmert's? Man vergesse nicht, es waren primitive Zeiten damals. Saul, Jonathan und die beiden anderen Söhne, die man auf dem Gebirge Gilboa fand, wurden wesentlich schlimmer behandelt. Sauls Haupt wurde im Tempel von Dagon ausgestellt, und seine Überreste sowie die Leichen der drei anderen hängte man von der Mauer der Festung Beth-Sean, wo sie blieben, bis die streitbaren Männer aus Jabes in Gilead bei Nacht die Leichen abnahmen und die Gebeine feierlich verbrannten, um diesem Sakrileg ein Ende zu machen. Damit verglichen war ich die Menschlichkeit in Person. Goliaths Haupt wollte ich als Trophäe mit mir nehmen, den Rest mochten die Vögel unter dem Himmel und die Tiere des Feldes haben. Hatte er nicht gesagt, er wolle mir ein gleiches widerfahren lassen?

Nachdem von Goliath keine Gefahr mehr drohte, ruhte ich ein Weilchen, einen Fuß auf seine Brust gestellt. Das Schlimmste hatte ich noch vor mir. Die erzenen Schienen mußten von den mächtigen Beinen, die Buckel von den muskulösen Schultern gelöst werden, dazu der Panzer, der seine 5000 oder mehr Schekel wog. Wie sollte ich den Speer transportieren, groß wie ein Weberbaum? Und nicht zu vergessen seinen Kopf samt Helm, ebenfalls aus Erz. Der Kopf allein wog gewiß eine Tonne.

Da hatte ich nun nicht mit der Anziehungskraft gerechnet, die dem gefeierten Helden zuwächst. Bald schon umringten mich jene Kinder Israels, die zurückfluteten, nachdem sie die Philister aus ihren Stellungen verjagt und deren Zelte geplündert hatten. Jubelnd entrissen sie mir die Beutestücke und hoben mich auf die Schultern. Mit Triumphgeschrei und Siegesgesängen trugen sie mich bergan und setzten mich vor Sauls Zelt ab. Saul schaute mich etwas zurückhaltend und verwundert an, seine Augen blinzelten wäßrig, und er musterte mich wiederum, als hätte er mich nie zuvor gesehen. Seinen Feldhauptmann anblickend, fragte er: »Abner, wes Sohn ist der Knabe?«

»Ich bin ein Sohn deines Knechtes Isai, des Bethlehemiten«, antwortete ich kühn, bevor Abner etwas sagen konnte, und wartete dann, das Herz in der Kehle, auf das, worum ich im stillen betete.

Und bekam es. Saul nahm mich unter sein Heer auf.

Auf dem Rückweg nach Gibea wurde ich selbstverständlich überall bejubelt. Und wem wäre es anders gegangen, hätte er vollbracht, was ich getan hatte? Man setzte mich auf einen Esel, so daß ich alle überragte, selbst Saul, und alle konnten mich sehen. Daß die Leute mich anstarrten, gefiel mir. Meine Wangen waren gerötet, mein Hals glich einem Turm aus Elfenbein, meine Locken waren kraus und schwarz wie ein Rabe, mein Haupt das feinste Gold. Der Bericht von meinem spektakulären Sieg war uns in die Stadt vorangeeilt. Michal schminkte ihr Gesicht und saß am Fenster. Man kann sich denken, daß sie sich zweifach, nein dreifach begünstigt vorkam, als ich vorüberzog und sie gewahrte, welch blendende Erscheinung ich war. Und dessen war ich mir sehr wohl bewußt. Ich war glücklich wie ein Schwein in der Suhle. Ich gedachte meines Schöpfers in den Tagen meiner Jugend, und ich liebte, was er erschaffen hatte, als er mich erschuf!

IV
DIE TAGE MEINER JUGEND

Das war der beste Tag meines Lebens. Heute kommen mir die meisten Tage vor wie die schlimmsten. Im Palast zieht es überall, und doch riecht es streng. Wäre ich Adonia, würde ich den ganzen verfluchten Harem ausräuchern. Eines hat Bath-Seba bislang noch nicht realisiert: sie wird zu dem Harem gehören, den er von mir erbt, und dieser Gedanke belustigt mich. Abisags wegen mache ich mir allerdings Sorgen. Ich möchte sie nicht in fremden Armen sehen – noch nicht. Das ist junge Liebe – furchterregend wie ein ganzer Heerbann.

An dem Tag, da ich Goliath tötete, bedrängten mich keine Gedanken an Frauen oder einen Harem. Noch war ich nicht Gegenstand von Neid und Mißtrauen oder Feindschaft, Furcht kannte ich nicht, es beunruhigte mich nicht der Schatten von Gefahr, die sich mir näherte wie die Lanzenspitze eines Schicksalsengels, dem man nicht ausweichen kann, keine Vorahnung von bevorstehendem Elend. Wer hätte damals gedacht, daß ein König wie ich eines Tages von Hämorrhoiden oder einer vergrößerten Prostata geplagt werden könnte, oder daß jemand, der das Leben so kraftvoll und unter so guten Vorzeichen begann, dereinst fast täglich unter Anfällen von Angst und Niedergeschlagenheit leiden würde? Wer will das schon? Wer mag das ertragen? Überkommt mich das Frösteln, schlagen meine Zähne wohl hundertmal in der Minute gegeneinander. Herangerückt sind die Jahre, in denen nichts mehr mich freut und kein heftiger Wunsch sich mehr in mir regt. Ich erwache mit der verdammten Hausgrille. Ich bin nicht wach, und ich kann keinen Schlaf finden. Morgens wünsche ich, es wäre Abend, abends möchte ich, der Tag bräche an. Und jetzt habe ich den entnervenden Eindruck, daß es immer schon so gewesen ist. Was jemand gegen Ende seines Lebens fühlt, sagt viel darüber aus, wie er sein ganzes Leben beurteilt. Wer hätte geglaubt, daß je die Zeit käme, da ein Mann wie ich den Tag seines Todes höher schätzt als den seiner Geburt?

Nichts scheitert schlimmer als der Erfolg.

Weiß ich es denn nicht? Nach all meinen persönlichen Triumphen finde ich es unerhört deprimierend, daß wir heranwachsen und traurig werden müssen, daß wir altern, schwach werden, zu gegebener Zeit für dauernd unsere Wohnung unter der Erde beziehen, daß auch die goldenen Jünglinge und Mädchen allesamt zu Staub werden wie Kaminfeger. Saul hat mir gefehlt. Gefehlt hat mir sogar mein alter und harmloser Vater. Ich träume von ihnen, im Traum sind sie austauschbar und haben die gleiche Rolle inne. Ich sehne mich nach ihrer Liebe. Und beide sind tot. Es ist eine Ironie, daß ich mich gedrängt fühle, einen Versuch zu wiederholen, dessen Sinnlosigkeit ich doch kenne: so wie jemand, der sich nach Lob sehnt, nie zufrieden sein wird mit dem, das ihm zuteil wird, so ist jemand, der nach Liebe giert, niemals mit Liebe zufrieden. Keine Sehnsucht wird jemals gestillt. Und daher weiß ich immer noch nicht, ob es besser ist, Gott zu fürchten und Seine Gebote zu halten oder Ihn zu verfluchen und zu sterben. Zum Glück habe ich mich bislang so durchgemogelt, ohne das eine oder das andere zu tun.

Damals gab es keinen Nathan, der mich der Unzucht und des Mordes bezichtigte. Daß ich Joab dazu benutzte, Uria zu töten, war eine grobe Unbesonnenheit meinerseits. Joab kennt mein Verbrechen, und ich weiß, daß er es kennt. Wir wissen jeder etwas zuviel vom anderen. Damals hatte ich keine geschändete Tochter, keine ermordeten Söhne, keinen dickschädligen Abner, der sieben Jahre lang verhinderte, daß ich die verheißene Herrschaft über ein mit Israel zu Palästina vereintes Juda antrat. Diesem pockennarbigen Halunken habe ich täglich den Tod gewünscht. Aber als ich ihn lebend brauchte, wurde er von

Joab getötet. In den Bauch stach er ihn, unter der fünften Rippe.

Joab hat eine Schwäche für die fünfte Rippe, oder etwa nicht? Einmal kam mir der neckische Einfall, Joab vorzuschlagen, meine erste Frau Michal unter die fünfte Rippe zu stechen. Meinen zerrütteten Nerven schien die Aussicht, diese giftige Hexe ein für allemal loszuwerden, Linderung zu bringen. Wie habe ich mir vorgeworfen, das Luder jemals zurückverlangt zu haben, nachdem Saul sie einem anderen zur Frau gegeben hatte. Es gibt sanfte Männer, welche von der Natur zu keinem anderen Zwecke erschaffen scheinen, als von herrschsüchtigen Mannweibern tyrannisiert zu werden. Zu denen zähle ich mich nicht. Daß jemand in meiner Position einem Zankteufel ausgeliefert sein sollte, war geradezu absurd. Die Eifersucht und die Bitterkeit, mit der sie regelmäßig über mich herfiel, nachdem ich sie zurückverlangt hatte, waren unerträglich. Es ist besser, im Winkel auf dem Dach zu sitzen, denn bei einem zänkischen Weib in einem Haus beisammen; lieber in einer Wüste hausen wie in der von Siph, Maon oder Engedi als mit einer streitsüchtigen, zornmütigen Frau. Das gilt selbst für einen König. Sogar ganz besonders. Ein tugendsames Weib wie Abigail ist eine Krone ihres Mannes, doch eins wie Michal, deren er sich schämen muß, ist wie Eiter in seinem Gebein. Kann es da wundernehmen, daß ich glücklich war, als ich hörte, sie läge im Sterben? »Geheiligt ist der Herr!« rief ich. »Der Herr ist gut!« und opferte noch selbigen Tages ein Lamm.

Daß ich damals Joab nicht vorschlug, Michal unter die fünfte Rippe zu stechen, lag unter anderem daran, daß ich wußte, er würde es tun.

Keine Vorahnung von solch künftigem ordinären Gezänk dämpfte mein Hochgefühl am Tage, da ich Goliath tötete. Kein streitsüchtiges Weib komplizierte mein Leben, ich besaß überhaupt keins. Auch keine gestorbenen Babys. Mein ruheloses Gedächtnis quält mich immer noch mit dem Tod dieses kleinen Kindes, das ich kaum kannte, und der grausigen, kaltblütigen Ermordung jenes älteren, das ich zu sehr geliebt habe. Armer Junge. Als das Kind krank lag, warf ich mich mit dem Angesicht auf die Erde und betete darum, daß Gott barmherzig sein und das stöhnende Kleine am Leben bleiben möge. Seine ausgetrocknete Haut glühte. Aber ich hätte ebensogut Selbstgespräche halten können. Da entdeckte ich von neuem, was ich auch zuvor schon gewußt hatte: *Nie,* niemals erwarte man Barmherzigkeit vom Himmel. Ich habe Gott immer noch nicht vergeben, daß Er sich auf solche Art an mir gerächt hat, und ich weiß, ich werde es auch nicht tun, einerlei, wie Er mich anfleht, und täte Er es eine Million Jahre lang, und auch nicht, falls sich herausstellt, daß Er von Anbeginn überhaupt nicht da war. Man sehe doch nur, wie Er immer tut, was Er will, nie, was man selber möchte. Man beachte, wie Er die Sünde von mir nimmt und statt meiner das unschuldige Kind tötet. Da kann man wohl wirklich von Erbsünde sprechen, oder? Man sehe doch, wie Er mir jetzt diese engelhafte, liebeshungrige Jungfrau gibt, mit Augen dunkel wie Trauben, der nußbraunen Haut, dem herzförmigen Gesicht, das ich mit zärtlicher Wärme in fröstelnden Händen halten möchte, jetzt, da ich viel zu alt bin, sie bis auf den Grund zu genießen, ja, da ich fürchten muß, nicht mehr die Kraft zu haben, einer Jungfrau beiwohnen zu können. Und wie Er mich erneut in qualvoller Vergeblichkeit nach meinem Weibe Bath-Seba hungern läßt, die mir sagt, sie habe die Liebe gründlich satt, und mich auf denkbar erniedrigende Weise zurückstößt: Sie nimmt einfach nicht zur Kenntnis, daß ich sie begehre. Sie würde nicht glauben, wie verletzend das für mich ist. Und es wäre ihr auch einerlei.

Ich glaube nicht, daß sie sich vor mir ekelt, denn oft probiert sie meine Mahlzeiten, ißt auf, was ich übrig lasse, stopft sich mit den Fingern voll und klagt derweil über nächtliche Verdauungsbeschwerden und steigendes Übergewicht.

»Was tust du da Rotes auf sein Brot, auf die Bohnen und den Salat?« erkundigt sie sich bei Abisag und bringt eine Spur von Anteilnahme für das Mädchen auf und auch für die Mahlzeit, welche dieses für mich bereitet.

»Roten Chilipfeffer«, antwortet Abisag.

»Weshalb redest du mich nie mit Deine Hoheit an?«
»Weil er sagt, du bist nicht Königin.«
»Und was ist das Grüne, das du auf sein gehacktes Lammfleisch streust?«
»Grüner Chilipfeffer.«
»Was wird das überhaupt, was du da machst?«
»Tacos, mit Lammstew in Chilisauce, aufgebratenen Bohnen und saurer Sahne.«
»Tacos?«
»Tacos.«
»Darf ich auch was davon haben? Es sieht köstlich aus. Ich habe Hunger. Weshalb machst du dir soviel Arbeit wegen ihm? Es ist doch blöd, soviel zu arbeiten, wenn man nicht muß.« Bath-Seba verzieht das Gesicht, als sie den ersten Bissen nimmt und stellt die Schale auf dem Boden ab. Abisag geht anmutig in die Knie, hebt die Schale auf und trägt sie fort. Sie bewegt sich wie eine Ballerina, man könnte denken, sie habe eine Mannequinschule besucht. »Du wirst häßlich, wenn du dich seinetwegen so plagst«, fügt Bath-Seba an. »Du ruinierst deine Haut. Deine Hände springen auf. Wenn es so heiß und trocken ist wie heute, solltest du den ganzen Körper mit Hautmilch ölen. So wie ich. Schau mal.« Bath-Seba öffnet ohne Hemmungen ihr Gewand, zeigt ihre geölten Gliedmaßen und ihre Taille. Sie trägt einen weißen Schlüpfer, und ich spüre, wie mein Glied leicht zuckt. Bath-Seba, meine blonde Frau, benutzt immer noch Kohle, um ihre kleinen, listigen Äuglein dunkel und groß erscheinen zu lassen. Lässig stochert sie mit dem Kiel einer Taubenfeder in ihren Zähnen. Mit der andern Hand kratzt sie sich abwesend, doch heftig an Hüfte und Gesäß, sodann an der Innenseite der Oberschenkel, als hätte sie wieder mal Flöhe. Ihre Beine und ihre Taille sind schmal geblieben. Ihre unmanierlichen Gewohnheiten sind mir vertraut aus den Tagen, da wir miteinander Unzucht trieben. Ich begehre sie wieder. Sie erweckt in mir Begierde, wie Abisag es bislang nicht kann. Ich starre auf das schwellende, dickliche Fleisch der Schenkel und des Bauches meiner Frau, ihren gerundeten Venushügel und meine, ich könnte sie auch jetzt wieder

vögeln, träte sie nur an mein Bett und öffnete sich mir. Diese Überzeugung hilft mir kein bißchen. Soll ich, der König, zu meiner fühllosen, gleichgültigen Frau sagen, ich gäbe ihrem Sohn Salomo das von mir geschaffene Reich Israel, auf daß sie endlich die Königinmutter wird, die zu sein sie sich so lange schon wünscht, vorausgesetzt, sie ließe mich noch mal ran? Warum eigentlich nicht, könnte der Prediger sagen, da ein solches Versprechen doch anschließend leicht zu brechen ist? Aber nicht ihr zuliebe und überhaupt niemand zuliebe würde ich diesen beschämenden Preis zahlen, eingestehen, daß ich verzweifelt wünsche, sie noch einmal aufs Kreuz zu legen.

In den alten Tagen, und das waren die Tage meiner Jugend, konnte ich sie, wann immer ich wollte, mitreißen und auf den Rücken legen, sogar wenn ihre Blumen blühten, kraft eines schwindelerregenden, honigsüßen Redeflusses, der sie betäubte, ihr schmeichelte und ihr das Blut ins Gesicht trieb. Ah, die unerschrockene Geschicklichkeit, mit der ich sie jederzeit erobern konnte, indem ich wie ein Springquell sprudelte:

»Öffne mir, meine Freundin, meine Liebste, meine Taube, meine Makellose, küsse mich mit dem Kusse deines Mundes, denn deine Liebe ist lieblicher als Wein, ich werde ihrer mehr gedenken als des Weines, o schönste Freundin. Dein Banner sei meine Liebe. Ich vergleiche dich, meine Freundin, einem Gespann an den Wagen Pharaos.«

Meint man etwa, ich habe jeweils gewußt, wovon ich redete? Das spielte doch keine Rolle. Sie legte sich jedesmal unter ausgedehnten Seufzern auf den Rücken, spreizte die Beine weit, zog die Knie an, öffnete die Arme in ihrem hingerissenen Taumel, als wollte sie mich in sich hineinziehen.

»Oh, David, David«, hörte ich sie stöhnen, »woher kommen dir nur diese wunderbaren Reden?«

»Aus heiterem Himmel.«

»Aus heiterem Himmel?«

»Sie kommen mir aus heiterem Himmel.«

»Ach, das klingt auch ganz wunderhübsch.«

Heutigentags liege ich hier fröstelnd, Beute eines trostlosen, freudlosen Begehrens, und meine egozentrische Frau, wenn sie sich langweilt, tut weiter nichts, als unter schweren, geschminkten Lidern her Abisag anzustarren und diesem unverdorbenen Mädchen mit weltkundigen Fragen und hausbackener Frauenweisheit zuzusetzen.

»Koch nicht so gut«, rät Bath-Seba meiner Dienerin. »Warum so schwer arbeiten, wenn du nicht mußt? Kämm ihm das Haar nicht so sorgsam, halt ihn nicht so reinlich. Tu ihm gelegentlich mal weh, laß ihn sich eindrecken. Bereite keine so schmackhafte Mahlzeiten, halt die Stube nicht in so guter Ordnung. Wozu ist das gut? Er ißt sowieso nie auf, was du ihm reichst. Laß ruhig hin und wieder mal seine Lampe ausgehen. Lerne, nur das gut zu machen, was dir selber Spaß macht. Willst du etwa dein Aussehen ruinieren?«

Abisag antwortet: »Ich koche gern, ich halte auch gern Ordnung für ihn. Ich sehe ihn gern mit wohlgekämmtem Haar. Und Hausarbeit hat mir immer schon Spaß gemacht.«

»Wie schade. Welche Verschwendung.« Bath-Seba runzelt mitfühlend die Stirne und macht eine kleine, achtungsvolle Pause. »Viele Männer stehen auf kleinen schwarzhaarigen Frauen, wie du eine bist. Du siehst ein bißchen koreanisch aus. Mir hat es manchmal geschadet, daß ich so groß bin und so helle Haut habe. Die kann ich immer noch nicht leiden. Und dann habe ich so gespenstisch blaue Augen. Du wirst es nicht glauben, aber eine Menge Leute haben nie begriffen, was er an mir gefunden hat. Eine Menge Leute haben nie verstanden, weshalb er mich zur Königin machen wollte.«

»Ich habe dich nie zur Königin machen wollen.«

Es glaubt doch wohl niemand, daß sie je die Antwort abwartet, wenn sie eine Frage stellt, oder auch nur darauf hört, wenn ich ihr eine gebe? Schon spricht sie wieder zu Abisag. »Es ist eine Schande, daß du hier in diesen stinkenden Palast gesperrt wirst, solange du noch hübsch und jung bist. Hast du je soviel Gestank gerochen? Na, ich stinke jedenfalls nicht. Du trägst ja immer noch die Gewänder aus buntem Stoff – darauf achte ich zuerst, wenn ich täglich herkomme. Ich verrate dir mal ein Geheimnis. Solange du noch Jungfrau bist, darfst du hier wieder raus. Du bist nicht seine Frau, und sein Kebsweib bist du auch nicht. Mach, daß er dich gehen läßt. Nörgele, setz ihm zu, reize ihn. Gieß kochenden Tee auf ihn. So ein nettes Mädchen mit so hübschen Titten und tollem schwarzen Schamhaar sollte sich draußen amüsieren, von anderen Männern und von kanaanitischen Huren Tricks lernen. Kanaaniterinnen verstehen sich darauf, nicht nur Vergnügen zu bereiten, sondern selber welches zu empfinden. Bedauerlich, daß du als Dienerin herkommen mußtest. Weshalb bist du immer noch Jungfrau, so ein süßes Ding wie du? Als ich so alt war wie du, waren Dirnen meine besten Freundinnen. Deshalb weiß ich soviel. Mein erster Mann hat sich von seiner Überraschung nie erholt. Und der da anfangs auch nur schwer, stimmt's? Dabei war er schon siebenmal verheiratet. Kannst du dir vorstellen, daß ihm nie eine den Schwanz gelutscht hat, bevor er mich kennenlernte? Nachdem ich erst mal hier eingezogen war, brauchte ich keinen Schlag Hausarbeit mehr zu tun. Nie wieder mit den Händen in heißes Wasser. Die Dumme, die unermüdlich arbeitete, war Abigail. Die alterte praktisch über Nacht, und ihre Haare wurden häßlich grau.«

»Sie hatte zinnfarbenes Haar, und es war wunderschön.«

»Warum bist du dann immer zu mir ins Bett gekommen? Gegessen hat er bei ihr und seine Sorgen abgeladen. Ich kriegte gleich anfangs eine Badewanne aus Alabaster, Schminkkästen aus Elfenbein und hier im Palast eine von den großen Wohnungen. Die ging nach Westen, und ich hatte vom ersten Tage an die abendliche Seebrise. Eine Wohltat war das.«

Selbstverständlich hat Bath-Seba mich zu meinem weltweit kolportierten Spruch inspiriert, demzufolge ein schlechter Ruf noch niemandem geschadet hat.

»Laß sie in Ruhe«, unterbreche ich jetzt die charakterlose Mutter meines toten Kindes und meines Sohnes Salomo. »Was immer von ihr verlangt wird, erledigt sie aufs beste. Sie kann so viele Haus- und Küchenmädchen haben, wie sie will. Warum läßt du sie nicht in Frieden?«

»Du hättest etwas warten und hier als Königin herkommen sollen«, wendet Bath-Seba sich an Abisag. »Mindestens müßte er dich heiraten, bevor du ihn wieder wäschst oder ihm zu essen gibst. Dann wärest auch du eine Königin und brauchtest nie wieder zu arbeiten. Wenn er dich nicht entweder heiratet oder gehen läßt, soll ihm doch kalt sein, soll er ruhig hungern und sich aufliegen.«

»Bei uns gibt es keine Königinnen«, rufe ich ihr ins Gedächtnis. »Wer sagt, du bist Königin?«

»Ich bin die Frau eines Königs«, eröffnet sie mir. »Und wozu macht mich das?«

»Zur Frau eines Königs«, belehre ich sie, »und zu weiter nichts. Glaubst du vielleicht, du bist in England? Du redest schon wie Michal.«

»Also genau das habe ich gemacht«, sagt Bath-Seba selbstzufrieden zu Abisag, und tut leichthin meinen entschiedenen Widerspruch ab, »als Königin bin ich hier eingezogen. Das hättest du auch tun sollen. Und bald schon werde ich Königinmutter sein.«

Diese bodenlose Unverschämtheit belebt mich mit einem Adrenalinstoß, wie ich ihn nur noch selten verzeichne. »So?« höhne ich. »Und wie stellst du dir das vor?«

»Salomo«, sagt sie nur und läßt ihren Blick auf mir ruhen.

»Salomo?« Das kommt fast wie Gelächter heraus.

»Nein?«

»Gott soll schützen.«

»Weshalb nicht?«

»Du möchtest mich wohl zum Lachen bringen.«

»Wäre es zum Wohle des Landes nicht besser so?«

»Nur über meine Leiche.«

»Das«, bemerkt Bath-Seba, »ist doch wohl der übliche Ablauf dieser Prozedur. Einzig Adonia, dein ganzer Stolz, Adonia möchte deinen Tod nicht abwarten, stimmt's? Adonia meint, er braucht nicht zu warten.«

»Was redest du da von Adonia?« frage ich betroffen. »Was meinst du damit?«

Bath-Sebas Brüste bewegen sich üppig in ihrem goldfarbenen Gewand, als sie jetzt einen übertrieben langmütigen Seufzer hören läßt. Ihre Brüste sind mit dem Alter voller geworden, stärker geformt und hängend. Es juckt mich in den Fingern reinzukneifen.

»Weißt du denn nichts«, fragt sie herablassend. »Muß ich diejenige sein, von der du alles erfährst? Und da sagst du, ich wäre keine Königin? Dein Sohn Adonia preist sich in der ganzen Stadt an, indem er sagt, er wird König werden. Das hat dir noch niemand gesagt? Und es heißt, du willst ihn nicht verärgern, indem du fragst, warum er das macht. Oder hast du ihn schon verärgert, indem du gefragt hast, warum er das macht?«

»Adonia möchte bloß ein großes Fest geben, um die Tatsache zu feiern, daß er der erste Thronanwärter und bereit ist, einen Teil der Pflichten zu übernehmen, indem er für mich repräsentiert.« Ich bringe diese Erklärung etwas flau heraus, in der Hoffnung, die beunruhigende Wirkung zu verschleiern, welche Bath-Sebas Bericht erzeugt hat.

»Und hat nicht Absalom auf genau dieselbe Weise seinen Aufruhr verbreitet – indem er für dich repräsentiert hat?« trifft Bath-Seba wiederum ins Schwarze, mit jener Beharrlichkeit und Geistesgegenwart, die sie sonst nur an den Tag legt, wenn sie ihre eigenen Interessen verficht. »Ach, David, David, sei doch kein Tor! Lernst du denn nie etwas? Adonia will sich anläßlich seines Festes erneut preisen, indem er ankündigt, er werde König sein, und sich benimmt, als wäre er es schon. Würde Salomo je so etwas tun? Deine Untertanen werden seine Untertanen sein«, beharrt Bath-Seba. »Hast du Adonia verärgert, indem du gefragt hast, warum er das macht?«

»Warum sollte ich Adonia ärgern?« lautet meine Antwort. »Adonia wird König, Salomo nicht. Adonia ist der Älteste.«

»Das muß nicht unbedingt zählen.« Die Behendigkeit, mit der sie ihre Gegenargumente bringt, erfüllt mich mit dem ärgerlichen Verdacht, daß irgendwer ihr das eingesagt hat. »Du warst doch auch nicht der Älteste?«

»Meinst du etwa, daß ich das, was ich jetzt bin, von meinem Vater geschenkt bekommen habe?«

»Und denkst du etwa, Jakob war der Älteste?« kommt angriffslustig ihre nächste Frage. »Und Joseph etwa? Und dessen Sohn Ephraim? Aber Ephraim bekam Jakobs Segen, nicht wahr, obschon Joseph wollte, daß Manasse ihn bekäme. Dein vielgerühmter Vorfahr Juda war auch nicht der Älteste, und sein Zwillingssohn Phares, mit dem du so gern großtust, ebenfalls nicht. Das mit Juda ist ein richtiger Skandal, und deine Familie vertuscht ihn gern. Reden wir jetzt nicht von mir und meinen wilden Partys mit den Kanaanitern vor meiner Heirat. Hat Juda es nicht mit seiner eigenen Schwiegertochter getrieben? Junge, Junge! Der Mann soll nicht bei dem Weibe seines Sohnes liegen, wußte er das etwa nicht?«

»Sie war Witwe!« protestiere ich laut. »Und sie hat sich als Hure verkleidet, um ihn reinzulegen. Wie kommt es überhaupt, daß du plötzlich soviel weißt? Du hast in deinem ganzen Leben kein anständiges Buch gelesen.«

»Ich hab das nachgeholt. In meiner Bibel hab ich gelesen. Ich hab ja weiter nichts zu tun.«

»Blödsinn.« Ich kenne mein Schätzchen allzu gut, um darauf reinzufallen. »Das ist eine glatte Lüge. Du hast dich von Nathan beschwatzen lassen, stimmt's? Und er hat dich hergeschickt, damit du all dieses Zeug redest, oder etwa nicht?«

Bath-Seba sieht noch hübscher aus, wenn ihr das Blut in die Wangen steigt. »Und was ist daran gelogen, bitte?« sagt sie endlich. »Nathan anzuhören ist schlimmer, als die Bibel zu lesen, findest du nicht?«

»Ein wahres Wort«, stimme ich zu und mustere sie anerkennend. »Solche Bemerkungen lassen mich verstehen, warum ich dich immer noch liebe, mein Gold. Komm zu mir.«

Bath-Seba schüttelt abweisend den Kopf. »Ich habe die Liebe satt.«

»Dann sag deinem Sohn Salomo, er soll ein Seil aufwärts bepissen.«

»Willst du etwa das Königreich dafür strafen, daß ich

mich weigere, in meinem Alter Schweinereien mit dir zu machen?«

»Was heißt da Schweinereien? Früher hast du anders darüber gedacht.«

»Ich hab das immer für Schweinereien gehalten, deshalb haben wir ja auch soviel Spaß daran gehabt, du Einfaltspinsel. Wie naiv die Männer doch sind!«

»Und was heißt, das Königreich strafen?« will ich etwas verspätet wissen. »Adonia ist ein gottesfürchtiger Mensch und beim Volk sehr beliebt.«

»Salomo ist weise.«

»Wie mein großer Zeh.«

»Der Apfel fällt nicht weit vom Stamm.«

»Schmeichle mir nicht. Soll er sich an Adonia ein Beispiel nehmen, wenn er so weise ist, wie du meinst, und nicht dauernd mit seiner Schreibtafel und dem Griffel auf den Korridoren rumlungern in der Hoffnung, ich würde ihn empfangen. Warum muß er alles aufschreiben? Hat er kein Gedächtnis? Das Volk glaubt, Adonia wird König, weil er sich so aufführt, als wäre er es schon.«

»Wie kann Salomo sich preisen, indem er sagt, er wird König werden?« widerspricht Bath-Seba. »Ist Adonia nicht der Ältere?«

»Siehst du?« sage ich milde triumphierend. »Das Erstgeburtsrecht macht eben doch einen Unterschied. Salomo soll sich was anderes ausdenken, wenn dir soviel daran liegt. Warum veranstaltet er keine Rebellion? Salomo ist so geizig, daß er mittlerweile genug gespart haben dürfte, um einen Volksaufstand finanzieren zu können.«

Bath-Seba läßt niedergeschlagen den Kopf hängen. »Salomo ist nicht beliebt. Deshalb nicht.« Und mit plötzlich belebter Erfindungsgabe: »Er liebt dich zu sehr, um etwas gegen dich unternehmen zu wollen.«

»Du hältst mich wohl für ein Wickelkind?«

»Es ist aber wahr! Salomo trachtet einzig danach, deine Wünsche zu erkennen und dafür zu sorgen, daß sie erfüllt werden.«

»Wenn das stimmte, würde er mir nie mehr vor Augen kommen.«

»Speise heute abend mit ihm, mein lieber David, und höre es aus seinem eigenen Munde.«

Ich erwidere mit einer Weitschweifigkeit, die mehr Nathans Charakter entspricht als meinem eigenen: »Nicht um allen Tee in China, nicht um die Wohlgerüche Arabiens, alles Henna von Engedi oder allen Kaffee Brasiliens. Nie wieder wünsche ich gemeinsam mit diesem pfennigfuchserischen Schwachkopf zu speisen.«

»Er zahlt auch fürs Essen.«

»Ha, das möchte ich mal erleben.«

»Er muß es mir zuvor versprechen. Salomo tut alles, was seine Mutter verlangt.«

»Ich kann ihn nicht ertragen.«

»Er ist aber unser Fleisch und Blut.«

»Reib mir das nicht auch noch unter die Nase.«

Salomo führt gewissenhaft Buch. Er lächelt selten und lacht nie. Er besitzt die geizige, farblose Seele eines Hauseigentümers, der sein Geld in kleinen Beträgen übervorsichtig anlegt und den winzigsten Rückschlag als Katastrophe betrachtet, die einzig ihn befällt.

»Salomo«, redete ich ihm ehedem zu, als ich noch annahm – absurderweise, wie sich herausstellte –, jedes Lebewesen sei imstande, sich geistig zum Besseren zu verändern, »Salomo, es ist nichts Besseres unter der Sonne denn essen, trinken und fröhlich sein, denn wer weiß, wann der silberne Strick wegkomme und die goldene Schale zerbreche und der Staub wieder zur Erde komme, wie er gewesen?«

Der Stiesel schrieb alles gewissenhaft auf, dann wurde seine Zungenspitze in einem Mundwinkel sichtbar, und er bat mich doch tatsächlich, das mit dem silbernen Strick zu wiederholen. Und nicht lange, da tratschte er diesen Satz in der ganzen Stadt herum und gab ihn für seinen eigenen aus! Salomo schreibt alles auf seine Tontafel, was ich sage, als wären diese Splitter meines Geistes Goldstücke, die aufgesammelt und geizig gehütet werden müßten, nicht aber befreiende Anweisungen zur Bereicherung und Beglückung der Psyche.

»Schlomo«, rede ich ihn vertraulich an und versuche

schweren Herzens, ihm etwas einzutrichtern. »Das Leben ist kurz. Je früher der Mensch seine Reichtümer ausgibt, desto besseren Gebrauch macht er davon. Du mußt lernen auszugeben.«

Darauf folgte einer der seltenen Momente in unser beider Leben, da mir das Privileg wurde zu sehen, wie sein Gesicht sich aufheiterte. »Letzte Woche erst, mein Herr und König, habe ich eine Menge Geld für silberne Amulette und marmorne Götzenbilder aus Moab ausgegeben, die jetzt schon dreimal soviel wert sind, wie ich dafür bezahlt habe.«

»Das war eine Ersparnis, Schlomo«, erläutere ich ihm wie einem lernbehinderten Kind. »Du hast offenbar kein Vergnügen an dem Unterschied zwischen ausgeben und sparen.«

»Ich habe es sehr genossen, sehr genossen«, versetzt Salomo nüchtern. »Die Händler habe ich runtergejudet.«

»Salomo.« Ich muß wirklich an mich halten. »Schlomo, deine Mutter sagt mir, daß du weise bist. Glaubst du, daß der Apfel nicht weit vom Stamm fällt?«

»Ich verstehe nicht, was das bedeutet.«

»Schreib es trotzdem auf, schreib nur immer alles auf. Tu es in deine Sprüchesammlung. Jeder Weise sollte eine Sprüchesammlung besitzen.«

Dieser Stiesel schreibt immer weiter.

So ziemlich das einzige, was er weiß, ist, daß ich nichts von ihm halte. In der Gegenwart des Königs ist er befangen, doch hört er nicht auf, sich an mich ranzuschmeißen. Sieht er, daß ein lustiger Einfall mein Gesicht verklärt, zuckt er zusammen und weicht ängstlich zurück, als hätte er zu seinen Füßen eine Viper entdeckt. Manchmal lächle ich aus purer Bosheit vor mich hin, obschon ich über weiter nichts zu lächeln habe als über das vorhersagbare Vergnügen, ihn erbleichen zu sehen. Er fürchtet unweigerlich das Schlimmste, denn aus gutem Grunde vermutet er, daß ich ihn seiner hölzernen Stumpfheit und seiner unentschuldbaren Dummheit wegen verabscheue. Er gehört zu jenen vertrockneten jüdischen Männern, die nie mit jüdischen Mädchen ausgehen wollen, auch nicht mit kleinwüchsigen. Er ist bereits bekannt für seine Vorliebe für fremde Frauen aus Gilead, Ammon, Moab und Edon, eine Neigung, die an sich nicht ungewöhnlich ist. Nur heißt es, daß er eine ebenso starke Neigung für ihre uns fremden Götzen hat. Ich weiß, nicht einmal er kann so dumm sein, aber man raunt sich zu, daß er Altäre errichtet, wenn er in der Wüste seinen heimlichen Ausschweifungen nachgeht, er bringt von da jedenfalls Amulette, Götzenbilder und Darstellungen okkulter Türme für seine geliebte Sammlung mit. Er hat uns eröffnet, daß er sich viele Frauen wünscht. Er ist ganz wild darauf, von allem viel zu haben. Wie viele möchte er? Genau weiß er es noch nicht. Tausend vielleicht, sagt er, ohne das Gesicht zu verziehen.

»Tausend?« frage ich überrascht. Er nickt. »Warum so viele?«

Das weiß er nicht, aber wünschen tut er sie sich. Zu meiner Zeit jedenfalls hat niemand Salomo für klug, humorvoll oder angenehm im Umgang gehalten.

Sein älterer Halbbruder Adonia ist ein eitler und geselliger Geck, so selbstzufrieden wie ein Mensch, der bereits sein Erbe angetreten hat, und er glaubt gewiß, ich billige kritiklos seine Ausführung, sobald er die Andeutung eines Lächelns auf meinem Gesicht wahrnimmt. Der sollte sich lieber in Erinnerung rufen, mit welch abgöttischer Liebe ich Absalom anzuschauen pflegte, dann würde ihm klar, wie wahre Vaterliebe aussieht. Ich hänge nicht mehr an meinen Kindern; meine väterliche Zuneigung dürfte zugleich mit Absalom im Walde von Ephraim gestorben sein, nach dem Eintreffen der beiden Boten, die über den Verlauf der Schlacht berichteten. Der erste brachte die Siegesmeldung. Der zweite die Nachricht von einem Verlust, über den ich untröstlich war. Ich stieg auf den Söller über dem Tor und weinte. Wie schon beim Tode meines Babys spürte ich im Herzen, daß meine Strafe härter war, als ich zu ertragen vermochte.

Seither habe ich außer für mich selber für so gut wie niemanden mehr etwas empfunden, bis Abisag, die Sunemitin, in meine Gemächer gebracht wurde und sich mir lieb gemacht hat, und bis Bath-Seba ihre täglichen Besuche bei mir aufnahm, bei denen sie mir zusetzt und damit ferne Erinnerungen an die köstliche Lust und Verruchtheit weckt, die wir ehedem miteinander teilten. Sie bedeutet mir jetzt nicht weniger, nur weil sie schwerleibiger ist. Sie hat eine Schwäche für Körner in Honig und getrockneten Fisch. Sie ahnt nicht, daß der Anblick ihres Fleisches sehnsüchtiges Begehren in mir entfacht. Seit sie nicht mehr verführen will, trägt sie nicht mehr jeden Tag Unterwäsche, und folglich sehe ich von ihrem bloßen Fleisch in den Falten und Schlitzen ihrer Gewänder und Schlafröcke mehr denn zuvor. Ich stiere schamlos die gespreizten Schenkel und den enthüllten Busen an, auch die bläulichen Adern in der milchigen, durchscheinenden Haut ihrer Hüften und die knotigen Venen auf ihren Unterschenkeln und Knöcheln. Ich liebe dieses altersreife Fleisch, die purpurfarbigen Krampfadern, die chronischen Ödeme an ihren Füßen. Sie war immer menschlich, tierisch, wirklich. Am meisten geschätzt habe ich wohl stets ihre offenen, spontanen Unfeinheiten. Daß sie fein sei, hat sie nie behauptet. All diese Zeichen von Verfall, von gesundem, natürlichem, atmendem Leben sind erstaunlich passend und gemahnen mich derb daran, daß nichts von Dauer ist; alles zieht mich zu meiner Geliebten, mit dem alten und fast überwältigenden Hunger, mit dem mein verwüsteter Manneskörper sich auf den verwüsteten Frauenleib werfen möchte wie ehedem und wiederum zu ihr sagen: »Ich begehre dich, mein Herzblatt, öffne dich mir, meine Schwester, meine Geliebte, meine Makellose.«

Es kränkt mich, wenn sie ganz mechanisch murmelt, sie habe die Liebe satt. Ich bin so empört, daß ich brüllen könnte, so gedemütigt, daß ich weinen möchte.

Bath-Seba war es, die mir ein für allemal den großen Unterschied zwischen dem Erguß des Samens und gutem Ficken gezeigt hat. Sie war es, die das für mich in einer scherzhaften Erwiderung auf meine neckenden Anspielungen in Worte gebracht hat. Bath-Seba war es auch, die mir sagte, ich habe – oder hatte – einen großen Schwanz. Selbstverständlich hat von allen meinen Frauen einzig

Bath-Seba zu Vergleichszwecken einen ausreichenden statistischen Querschnitt erprobt.

Andererseits war ich es, der, ohne zu wissen, was er da machte, ihr den unaussprechlich großen Unterschied zwischen ordentlichem Ficken und Liebe machen erhellte. Bath-Seba hat mir das mit Worten zurückgegeben, die ich nicht vergessen möchte.

»Das ist nicht Ficken«, verkündete sie ihren philosophischen Glaubenssatz in gedämpftem, verwundertem Ton, als ihre blaßblauen Augen aufhörten, wild zu rollen, und ihr feuchtes, gerötetes Gesicht mich anbetend anstarrte, »das nenne ich Liebe machen.«

Seit je unwissend in esoterischen Dingen, fragte ich: »Was ist da der Unterschied? Woran merkst du das?«

Sie nickte weise. »Dieses Wissen«, sagte sie zu mir, tippte auf ihr Brustbein und betrachtete mich unverwandt mit dem gesättigten Ausdruck der übermäßigen Befriedigung, »kommt aus der Quelle.« Die unterschiedlichen Blaßtöne der milchigen Haut zuckten und lösten sich auf im flackernden Widerschein der Lampen auf meinen Zedernwänden. »Das kommt direkt aus dem Herzen.«

Sogleich war ich erfüllt von einer überfließenden Freude, die wohltuender war als irgendeine, die ich je im Leben empfunden hatte. Mein Haar war naß von Schweiß. Ich legte den wirrhaarigen Kopf auf ihre Brust und stieß mit dem Munde gegen ihr Brustbein, als wollte ich mit Lippen und Zunge jenes kostbare Herz liebkosen, dessen starken Schlag ich nur wenige Zentimeter tiefer wie ein geheiligtes und beruhigendes Brausen fühlen und hören konnte.

Doch das war lange, sehr lange nach dem Tage, da ich Goliath erschlug. Saul verfolgte mich nicht mehr, und nichts deutete darauf hin, daß mir Schlimmes bevorstand. Kein Absalom, der mich aus meiner Hauptstadt verjagte. Wer hätte gedacht, etwas Derartiges könnte passieren? Daß ein Sohn mit Waffen und Bewaffneten gegen seinen Vater aufstehen würde? Daß das Volk in so großer Zahl ihm zuströmen und gegen meine Stadt stürmen könnte wie von den Flügeln des Windes getragen? Irgendwer muß mich verleumdet haben. Fronarbeit und hohe Steuern könnten damit zu tun gehabt haben. Und als wäre das noch nicht genügend herzzerbrechend, wurde ich auf meiner Flucht auch noch aufs schlimmste beschimpft von Simei, diesem widerwärtigen Zwerg mit den krummen Armen und Beinen und dem zahnlosen Mund, einem ekelhaften Kerl aus dem Hause Sauls. Der stürzte in Bahurim aus seiner Hütte, an der wir auf dem Rückzug aus Jerusalem vorüberkamen, und verfluchte mich mit schadenfrohen Hohnrufen und krankhaften Schmähungen.

»Heraus, heraus, du Bluthund, du heilloser Mann!« heulte er.

Ah, was für ruchlose Dinge mir dieses krächzende Vieh nicht an den Kopf warf! Er kam nahe genug heran, um mich mit Steinen zu bewerfen, mit Erdklößen sogar. Mich, David, unseren ersten großen König – hat es nach mir einen zweiten solchen gegeben? Mein Neffe, der getreue Abisai, griff an sein Schwert und bat mich um Erlaubnis, beiseite treten und diesem Kerl den Kopf abhakken zu dürfen. Das konnte ich nicht zulassen, ich hatte ohnedies genug Feinde. Ich wollte keine weiteren Willkürakte erlauben, die nur die Zahl jener vermehrt hätten, die schon überzeugt waren, ich hätte Saul verraten, oder die mich aus anderen Gründen entthront sehen wollten. Wir spinnen seidenfeine Lügen, beginnen wir damit, zu trügen.

Ich verschonte Simei an jenem Tage, als ich mit meinem Gefolge von Flüchtigen den jammervollen Zug hinab in jene wüste Einöde antrat, die sich zwischen den Hügeln von Jerusalem und dem hier einem Rinnsal ähnelnden Jordan erstreckt. Als ich den mit allen mir ergeben gebliebenen Truppen überschritten hatte, wußte ich schon, daß der ganze lärmende Aufstand zu unseren Gunsten entschieden werden würde. Und kaum war mir diese Überzeugung gekommen, betrübte mich bereits der Gedanke, welch schlimmes Ende meinen Sohn Absalom erwartete. Dessen Kopf stak schon in der Schlinge. Armer Junge, trauerte ich. Armer, armer, ungestümer Junge.

Das Herz sank mir noch tiefer, als ich später ins Grübeln geriet über die pure Verwegenheit der Anwürfe Simeis und den Kern seiner barbarischen Verleumdungen. Einen Bluthund hatte er mich genannt. Mich? Den Dichter, der Saul in seiner berühmten Klage so großmütig besungen hatte? Ohne dabei auch nur eine seiner schlechten Gewohnheiten zu erwähnen? Gegen Saul und seine drei legitimen Söhne habe ich niemals zu den Waffen gegriffen. Bin ich etwa daran schuld, daß sie bei Gilboa alle drei getötet wurden und niemand am Leben blieb, der als Verwandter des Königshauses rechtmäßig Ansprüche erheben konnte, niemand außer mir, dem Schwiegersohn? Wer hat ihm denn zugeraten, eine Schlacht zu wagen, die er nicht gewinnen konnte?

Als das passierte, war ich in Ziklag und diente König Achis von Gath in seiner südlichen Provinz, samt der kleinen Söldnertruppe, mit der ich mich vor Saul unter den Schutz der Philister geflüchtet hatte. Ich schickte Achis regelmäßig Beute, die ich bei Raubzügen gegen die Hebräer machte, doch in weiser Voraussicht bedachte ich die Ältesten der wichtigsten judäischen Städte mit einem Anteil und sicherte mir dadurch deren Wohlwollen; ich sagte, die Beute stamme aus Überfällen auf Beduinenstämme und auf reiche Karawanen. Auch als Vogelfreier in der Sandwüste des Philisterlandes ließ ich kein Gras unter meinen Füßen wachsen.

Und als Saul starb, war ich bereit.

V
WAFFEN UND DER MANN

Irgendwo habe ich geschrieben, jedermanns Tod mache irgendwem das Leben leichter, und ich will nicht so tun, als habe Sauls und seiner drei Söhne Tod mein Leben nicht erleichtert. Man glaube aber nicht, daß ich seinen Tod bejubelte. Selbstverständlich empfand ich Trauer. Und dann schrieb ich meine berühmte Klage.

Nun, unter uns gesagt, wir Künstler arbeiten im allgemeinen nicht besonders gut, wenn wir betrübt sind, falls wir uns dann überhaupt aufraffen können, etwas zu schreiben. Meine berühmte Klage indessen ist eine ruhmvolle Ausnahme. Obwohl rasch zu Papier gebracht, ist es eine bessere Elegie als die von Milton für Edward King oder die von Shelley für John Keats, die ja der reine Dreck ist – übelkeiterregender, sentimentaler Dreck. »O weint um Adonais, er ist tot.« Was ist das bloß für ein Scheiß! Adonais statt Adonis? Der brauchte also noch eine Silbe, dieser Shelley? Mir standen nur schlichte englische Namen wie Saul und Jonathan zur Verfügung, und doch machte mir das keine Schwierigkeiten. Und jedermann kennt den Wortlaut. Doch tue man mir den Gefallen, nicht alles so wörtlich zu nehmen, man sollte zum Beispiel die Stellen vergessen, die von Jonathan handeln und die schuld sind an all den herabsetzenden Andeutungen über Homosexualität, die mich bis heute verfolgen und wahrscheinlich noch in mein Grab. Könnte ich sie doch nur vergessen. Es ist ungerecht und empörend, daß leicht beeindruckbaren jungen Menschen wie Abisag, der Sunemitin, eingeredet wird, ich sei mal schwul gewesen. Wer mein Privatleben auch nur ein bißchen kennt, weiß, daß

Jonathans »Liebe« mir gewiß nicht vergleichbar war mit Frauenliebe. Man zähle nur meine Frauen. Man bedenke meine Buhlschaft mit Bath-Seba. Ich liebte Jonathan wie einen Bruder, das ist alles, was ich sagen wollte. Aber nein, die Menschen wühlen nur zu gern auf anderer Leute Kosten im Schmutz und kichern schadenfroh. Angenommen einmal, diese Gerüchte enthielten wirklich ein Jota Wahrheit, wie kommt es dann, daß ich für den Rest meines Lebens einzig mit Frauen in Zusammenhang gebracht werde, nie aber noch einmal in dieser ekelhaften Manier mit einem anderen Mann?

Ich will es mal ganz offen aussprechen: Ich sage das jetzt ohne alles Wenn und Aber und ein für allemal – ein guter Name ist für Mann und Weib wie der Edelstein der Seele. Ein guter Name ist köstlicher denn seltene Salben. Wer mir den Geldbeutel stiehlt, mag gewinnen, aber wer von meinem guten Namen stiehlt, raubt, was ihn selber nicht bereichern kann, mich aber arm macht. Ich möchte diese Angelegenheit mit Jonathan ein für allemal bereinigen. Gewiß standen wir uns nahe – bestreite ich das etwa? –, und gewiß schmeichelte es mir, als er mich so herzlich umarmte und mir lebenslange Freundschaft schwor, nachdem ich Goliath getötet und mich in Gibea niederließ. Wen hätte das nicht erfreut? Jonathan war der ältere, er war berühmt, ein weltkundiger Mann, und er sah nicht übel aus. In Gibea war er stadtbekannt. Er galt als der Held der Schlacht von Michmas und wurde dafür von jedermann bewundert, außer von Saul, der bis zu ihrer beider Sterbestunde unbeherrschbar eifersüchtig blieb auf die Initiative, die sein Sohn da gezeigt hatte. Jonathan hat mir davon erzählt. Mir verschwieg er nichts. Gelegentlich redete er ein bißchen viel, und er drückte sich manchmal so blumig aus, daß mir unbehaglich wurde, auch verstand ich ihn nicht immer – die Wahrheit zu sagen, verstand ich überhaupt nichts, als er sagte, seine Seele sei mit der meinen verknüpft, und ich verstehe es auch jetzt nicht. Aber eines darf ich sagen: Schwul waren wir nie. Nicht ein einziges Mal. Möchte jemand wissen, wer schwul war? Jakob I. von England war schwul, der war schwul. An seinem Hof wimmelte es von Schwulen. Und deshalb haben seine Gelehrten sich bei der autorisierten Übersetzung der Bibel mehr an die griechischen Quellen gehalten als an die hebräischen. Und was konnte dabei schon rauskommen? Hebräisch verstanden sie nicht gut, und richtig Englisch konnten sie auch nicht. Bei jedem zweiten Satz weiß man nicht, wovon die Rede ist. Ich sage ganz offen, daß ich nicht weiß, was Jonathan im Sinne hatte, als er sagte, er liebe mich wie sein eigen Herz, seinen Rock auszog, dazu seinen Mantel, und mir beides gab, auch sein Schwert, seinen Bogen und seinen Gürtel. Ich weiß aber, wie mir zumute war. Ich war froh, diese Geschenke zu bekommen.

O ja, zwei-, dreimal haben wir uns umarmt und geküßt, auch geweint haben wir miteinander, aber das geschah, als ich in Schwierigkeiten geriet und wir als Freunde – nichts als Freunde! – voneinander Abschied nahmen, für immer, wie wir dachten.

Jonathan sagte mir die Gefahr an, als wir uns insgeheim auf dem Felde außerhalb der Stadt am nächsten Morgen trafen. Meine Rückkehr nach Gibea war vergebens gewesen. Saul war verrückt. Er war verrückt wie ein Märzhase und lag mit seiner wahnwitzigen Vorstellung, mir sei bestimmt, sein Nachfolger zu werden, und zwei seiner Kinder stünden mir näher als ihm, doch nicht weit von der Wahrheit entfernt. Ich sah Jonathan nur einmal noch wieder, nachdem ich endgültig geflohen war, nämlich als er mich in der Wüste von Siph aufsuchte, um mir seinen Erbanspruch auf den Thron zu übertragen. Auch darin hatte Saul recht: Jonathan würde sein Reich nicht errichten, solange ich, der Sohn Isais, lebte.

Es sah allmählich so aus, als entdeckten mehr und mehr Leute, daß Saul ein Koloß auf tönernen Füßen war. Er war unstet wie Wasser, und als Samuel verschied und Gott mit sich nahm, blieb für den ersten König von Israel kein geistiger Führer zurück, keine Staatstradition, kaum eine Religion. Wahr ist, daß wir Juden damals nicht viel Religion besaßen, und heute haben wir ebenfalls keine. Wir haben Altäre, verbotene Götzen, wir opfern Lämmer, und damit hat es sich auch schon. In diesem moralischen Vakuum fand sich Saul, der ja mehr seines Körperbaues wegen gewählt worden war als wegen seiner Intelligenz, ganz allein und verlassen, ihm fehlte der Blick für das, was richtig, ja für das, was gut war. Er sprach zu Gott. Und bekam keine Antwort. Und das ist fürwahr ein übler Zustand – an Gott glauben und doch kein Zeichen dafür zu empfangen, daß es Ihn gibt. Kein Wunder, daß er verrückt wurde.

Wie vielsagend ist doch der Unterschied zwischen Sauls Gefühlen gegenüber seinen Kindern und meinen Gefühlen gegenüber den meinen. Auch noch gegenüber Absalom, als ich mich mit den Resten meiner Pracht und gekränkten Herzens von Jerusalem losriß. Aus der Stadt brachten keuchende Boten die Mahnung, nicht in der Einöde vor der Stadt zu lagern, sondern ehestens über den Jordan zu gehen, anders würden ich und alle, die mit mir waren, eingeholt und vernichtet werden. Wir hielten erst an, als wir das andere Ufer erstiegen hatten, und da war keiner, der nicht mit hinübergegangen wäre. Beim Ruf des ersten Vogels erhoben wir uns, und erst da ging mir auf, was am Grunde meines Dilemmas lag: Absalom wollte mich töten.

Hätte der junge Absalom doch nur gewartet. Wozu die Eile, es sei denn, ein geradezu vulkanischer Drang, mich vom Thron zu stoßen, hätte sein Verlangen, mich zu beerben und selbst zu regieren, überwältigt? Wie stolz wäre ich jetzt auf ihn, wie willkommen wäre mir die Nachricht, daß er es sei, nicht der eitle, einfältige Geck Adonia, der mit seiner Karosse großspurig in der Stadt umherfährt und fünfzig Trabanten vor sich herlaufen läßt. Oder daß Absalom es wäre, der, das königliche, dunkle Haupt sieghaft lachend erhoben, aller Welt zu wissen täte, er werde König sein. Lebte Absalom noch, ich stünde nicht vor der läppischen Wahl zwischen dem Windbeutel Adonia, der zu sehr auf sein umgängliches Naturell und seine unzähligen Bekannten baut, und dem emsigen, betriebsamen, verschlossenen Salomo, der mürrisch erkennen muß, daß ihm beides fehlt.

Adonia treibt es jetzt mit wachsendem Leichtsinn, er preist sich und meint, das mißfalle mir nicht, weil ich ihn noch nicht zur Ordnung gerufen habe. Seit neuestem macht er meiner Perle Abisag Augen wie einer jener ungeschliffenen und sich selbst überschätzenden abscheulichen Roués, die einem auch nur etwas anspruchsvollen Menschen ein Greuel sind. Sollte er glauben, daß ich dies dulde oder daß seine Stiefmutter Bath-Seba mir erlaubt, dies zu dulden, dann ist er ein größerer Tropf, als ich meinte.

Die nachteiligen Neuigkeiten, die ich über ihn erfahre, stammen meist von Bath-Seba. Ich gestehe eine Schwäche ein: Ist sie besorgt, dann schafft mir das unweigerlich Vergnügen, so wie mich ja ehedem ein Streit mit ihr sexuell stimulierte. Ich genieße es zu sehen, wie ihre kleinen Augen wütend funkeln und das in der Erregung aufsteigende Blut ihre Wangen rötet.

»Adonia«, beklagt sie sich mit heftigen Bewegungen, »geht immer noch umher und sagt, er wird König. Er sagt ferner, er will auf diesem Festbankett, das er plant, Verlautbarungen von dir und von sich selber bekanntmachen. Salomo wäre nie so taktlos, nie so herzlos, nicht mein Salomo. Hast du dies denn noch nicht von anderen gehört? Dein Glück, daß jemand wie ich zu deinem eigenen Besten für dich aufpaßt.«

Sie geht mit schnellen langen Schritten erst hierhin, dann dorthin, jedesmal dicht an meinem Bett vorüber. Besäße ich auch nur den Bruchteil meiner vormaligen Kraft und Geschicklichkeit, könnte ich sie überraschend zwischen den Beinen packen, sie festhalten und zu mir herunterziehen. Gott weiß, daß ich es möchte. Heute trägt sie ein lockeres perlfarbenes Gewand mit weitem Ausschnitt, es ist seitlich aufgeschlitzt, die volle Hüfte hinauf, fast bis zur schmalen Taille. Bleibt sie stehn und dreht sich in ihrer Erregung auf den Hacken, wirft sie sich in den Sessel und zieht die Beine neuerlich an, um aufzustehen, zeigt sie freigebig ihre aschblonde Pussie und reichlich von ihrem halbnackten Hintern. Die Haare meiner hochgewachsenen blonden Frau sind heute leuchtend gelb und ihre Zehen sauber. Sie hat eine süß duftende Pomade verwendet, die nach Lavendel riecht und irgendwas Säuerlichem.

»Du trägst ja deine Unterwäsche nicht mehr«, bemerke ich.

»Seit ich die Liebe satt habe«, murmelt sie abwesend, »brauche ich nicht mehr aufreizend auszusehen.« Wie alle Welt weiß, hat Bath-Seba die Unterwäsche erfunden, man weiß aber auch, daß diese Erfindung sich nicht durchsetzte. Und damit wurde Bath-Seba wieder einmal die Enttäuschung des schöpferischen Versagens zuteil. »Du hast mir versprochen«, tadelt sie mich scharf, »daß du ihm das verbieten willst.«

»*Du* hast gesagt, ich soll es ihm verbieten«, berichtige ich sie gutgelaunt und gebe mir nicht die Mühe, mein Vergnügen zu verbergen, als unsere Blicke sich einen Moment kreuzen.

»Soll er proklamieren, daß er König wird?«

»Proklamieren?« hake ich nach.

Sie weicht etwas zurück. »So gut wie; wenn er in seiner Karosse dahergerollt kommt und aller Welt verkündet, er wird König sein, ist das eine Proklamation.«

»Wahrscheinlich wird Adonia König. Warum also soll er das nicht ankündigen?«

»Er soll Proklamationen machen?«

»Soll er etwa keine machen?«

»Soll er sagen, er wird König sein?«

»Sobald ich sterbe, wird er es.«

»Willst du etwa, daß er jetzt schon König ist? Und warum ausgerechnet er?«

»Weil er der Älteste ist, darum.«

»Wieder ist er der Älteste?« Bath-Seba stiert mich angeekelt an. »Zeig mir, wo das geschrieben steht. Juden sind wir, keine Mesopotamier. War Ruben nicht Jakobs Ältester? Schau nur, wie sie den fallen gelassen haben.«

»Du warst also wieder bei Nathan, wie?« attackiere ich sie. »Ruben war unstet wie Wasser.«

»Bei dir«, schnauft Bath-Seba verächtlich, »bei dir sind alle unstet wie Wasser. Adonia ist vielleicht nicht unstet?

Wurde nicht Ruben übergangen, weil er mit einem der Weiber seines Vaters geschlafen hat? Fällt dir nicht auf, wie Adonia die Abisag anguckt? Und ihr zublinzelt? Glaub mir, der will deinen Tod nicht abwarten, bis er zu ihr eingeht. Die weiß, wovon ich rede.« Bath-Seba schaut nach der bescheidenen Dienerin, die mit ihren Schminktöpfchen vor einem Spiegel aus poliertem Metall sitzt, die Wangenknochen eincremt und violetten Lidschatten aufträgt. »Stimmt's nicht, Kind?« Abisag lächelt verschwiegen und errötet ein wenig. »Was hat er dir getan, was hat er gesagt?«

»Er blickt mich ganz offen an und kichert immerzu«, sagt Abisag. »Er zwinkert auch.«

»Hat er dir gesagt, er wird König sein?«

»Er sagt mir, er wird König sein«, entgegnet Abisag. »Und er sagt, ich soll jetzt nett zu ihm sein. Wird Adonia König, mein Gebieter?«

»Da – siehst du? Würde mein Salomo je so was tun?« ruft Bath-Seba.

»Salomo soll reinkommen«, befehle ich.

Bath-Seba stößt einen Seufzer aus. »Keine Minute wird dir leidtun, die du mit Salomo verbringst«, behauptet sie. »So eine Freude ist er, mein Salomo. Ein Juwel. Stolz machen wird er dich.«

»Salomo«, beginne ich sehr duldsam und mit den besten Vorsätzen und gehe noch einmal daran, die Tiefen dieses unseres Sohnes auszuloten, sollte ich so gesegnet werden, welche zu finden. Adonia ist schließlich auch nicht Einstein, oder? »Du weißt ... sogar du weißt ...« Ich stammele, ich muß mich unterbrechen, denn seine starre Aufmerksamkeit lastet unbehaglich auf mir. Wie üblich sitzt er da, hört zu wie ein Klotz, Griffel und Tontäfelchen bereit, den düsteren Kopf zu mir hergeneigt mit einer Hochachtung, die schon beleidigend ist, so als müßte jedes meiner Worte auf der Stelle in Stein gehauen werden.

»Salomo«, beginne ich noch geduldiger von vorne, auch noch etwas milder, nachdem ich die Zunge mit Wasser aus einem Krug benetzt habe, »selbst du weißt, daß Simei, der Sohn Geras – du erinnerst dich? –, mich übel gekränkt hat, als ich damals auf der Flucht von Jerusalem nach Mahanaim war. Er trat dann aber reuig vor mich, als ich über den Jordan zurückkehrte, und ich schwor ihm bei Gott, ich wolle ihn nicht mit dem Schwerte töten. Nun hör mir gut zu.« Salomo nickt ernst, um anzuzeigen, daß er mir gut zuhört, und beugt sich noch näher zu mir, immer noch mit dem gleichen starren Gesichtsausdruck. Ich würde gern weiter von ihm zurückweichen. Sein Atem ist ekelhaft, viel zu süß, und ich könnte schwören, daß er für Gesicht und Achselhöhlen irgendein widerliches Toilettenwasser für den Herrn benutzt.

»Ich habe aber nicht geschworen, daß *du* ihn nicht töten wirst, nicht wahr?« schließe ich mit listiger Betonung, schnalze mit der Zunge und kann nicht umhin, selbst über meine Schlauheit zu kichern. »Du verstehst doch, was ich sagen will?«

Salomo nickt wie ein Elefant. »Ich verstehe, was du sagen willst.«

»Und was will ich sagen?«

»Du hast geschworen, ihn nicht zu töten«, liest er monoton von seiner Tafel ab, »doch du hast nicht geschworen, daß ich ihn nicht töten werde.«

Er sagt dies auf, ohne daß eine Spur von Belustigung seine Leichenbittermiene aufhellt, und ich fürchte, daß er nicht verstanden hat, was ich sagen will.

»Salomo – Abisag, mein Engel, gib mir doch ein wenig von diesem Zeug, das meinen Magen beruhigt.«

»Sodabikarbonat?«

»Nein, heute bitte das stärkere Mittel. Diese Mixtur aus Aloe, Enzian, Zitterwurzel, Chinarinde, Galgantwurzel, Rhabarber, Engelwurz, Myrrhe, Kamomile, Safran und Pfefferminzöl.«

»Fernet-Branca?«

»Richtig, mein Täubchen. Komm etwas näher, Salomo, etwas näher, so, das reicht.« Ich kann Toilettenwasser an Männern nicht ausstehen, auch keine Atemverschönerer; das riecht mir nach schlechtem Gewissen wegen des Scheißhaufens, den sie hinterlassen und von dem sie sich wegschleichen wollen. »Salomo, mein geliebter Sohn«, sage ich zu ihm in einem Ton so ernst, daß es fast unnahbar klingt, »ich vertraue dir jetzt das köstliche Geheimnis der Könige an, auf daß du wissest, wie man gut regiert, von seinen Untertanen in Ehren gehalten und selbst von seinen Feinden geachtet wird. Du möchtest doch eines Tages König werden, nicht wahr?«

»Ich möchte gern König werden.«

»Warum möchtest du gern König werden?«

»Pfauen und Affen.«

»Pfauen und Affen? Schlomo, Schlomo, sagtest du Pfauen und Affen? «

»Ich mag Pfauen und Affen gut leiden.«

»Du magst Pfauen und Affen gut leiden?«

»Saphire auch, und einen Thron aus Elfenbein, überzogen mit dem edelsten Gold, mit zwei Löwen an den Lehnen und zwölf Löwen beiderseits auf den sechs Stufen und Häuser aus Zedernholz mit geschnitzten Knäufen und Blattwerk.«

»Knäufe und Blattwerk?«

»Knäufe und Blattwerk.«

»Deshalb möchtest du König werden?«

»Mutter möchte, daß ich König werde.«

»Was sind Knäufe?«

»Ich weiß nicht. Sie meint, als König wäre ich glücklich.«

»Ich bin als König durchaus nicht glücklich«, lasse ich ihn wissen.

»Vielleicht, wenn du Affen und Pfauen hättest?«

»Wie viele?«

»Viele.«

»Salomo, wenn du das sagst, lächelst du nicht. Du lächelst überhaupt kaum je. Ich hab dich, glaube ich, noch nie lächeln gesehen.«

»Vielleicht hatte ich nie Grund zu lächeln. Vielleicht, wenn ich Pfauen und Affen hätte . . .?«

»Laß mich dir etwas Weises sagen, Salomo. Weisheit ist besser denn Rubine, mag sein, sogar besser als Pfauen und Affen.«

»Das klingt weise«, bemerkt Salomo höflich. »Laß mich das aufschreiben.«

»Ja, sehr weise«, sage ich stirnrunzelnd.

»Wie war das noch?«

»Weisheit ist besser denn Rubine«, wiederhole ich, »mag sein, sogar besser als Pfauen und Affen.«

»Weisheit ist besser denn Rubine.« Er kann nicht schreiben, ohne die Lippen zu bewegen. »Vielleicht sogar besser als Pfauen und Affen. Ist das weise?«

»Sehr weise, Salomo. Und jetzt lausche mir aufmerksam, bitte.« Meine Kehle ist schon wieder trocken. »Falls du je König und als König geehrt und wert gehalten werden möchtest, und wenn du jemals in Gesellschaft von Personen, auf deren gute Meinung du Wert legst, Dattelwein oder Granatapfelwein aus dem königlichen Kelch trinkst, dann achte stets darauf, daß deine Nase sich am Innenrand des königlichen Kelches befindet.«

»Am Innenrand?«

»Am Innenrand.«

»Die Nase am Innenrand des königlichen Kelches«, wiederholt Salomo bei sich, schreibt es auf und wartet ohne das geringste Zeichen von Neugier, als er damit fertig ist.

»Willst du nicht fragen, weshalb?« gebe ich ihm einen Schubs.

»Weshalb?« fragt er gehorsam. Das ist so ungefähr das äußerste an geistiger Beweglichkeit, was ich je aus ihm habe herauskitzeln können.

»Weil andernfalls«, belehre ich ihn recht niedergeschlagen, »der Wein dir den Hals runterlaufen würde, du gottverdammter Esel! Abisag! Abisag! Zeig ihm die Tür! Die verdammte Tür! Zeig Schlomo die verfluchte Tür!«

»Ich habe die Tür schon mal gesehen.«

»Raus mit dir, raus, raus, du Idiot, du Blödmann! Raus mit dir, raus, raus! Abisag, gib mir noch etwas von diesem Dreck für den Magen. Ah, wären doch meine Worte in einem Buch verzeichnet. Kann denn jemand das glauben?«

Abisag würde mir glauben, mir glaubt Abisag alles.

Bath-Seba aber nicht, die sucht mich davon zu überzeugen, daß Salomo der Weiseste im ganzen Königreich ist. »Gleich nach dir, selbstverständlich«, fügt sie mit mechanischer Höflichkeit an. »Er schreibt alles auf, was du sagst.«

»Und versteht kein einziges beschissenes Wort! Und gibt dann alles als seine eigenen Weisheiten aus. Ich weiß, daß er es tut. Ich habe schließlich Spione.«

»Speise heute abend mit ihm«, befiehlt sie mir. Sie trägt jetzt eine aquamarinfarbige Robe mit einer gerüschten Schleppe, vorn geschlossen. Die Schleppe raschelt um ihre Knöchel, während sie auf und ab geht, sich umwendet. Sie hat eines der von ihr erfundenen winzigen Höschen angezogen, die sie *Panties* nennt. Sie kniet an meinem Lager und ergreift eine meiner Hände. Die Wärme ihrer Handflächen ist mir angenehm. Sie berührt mich jetzt nur sehr selten. »Lerne ihn besser kennen. Es wäre doch nett, wenn ihr beide mal ganz allein miteinander wäret. Meinst du nicht auch? Was ist denn jetzt schon wieder?« Sie fühlt, wie es mich schaudert, und läßt meine Hand fallen, als gehöre die einem Reptil. »Höchstens noch ich. Und vielleicht Nathan. Und Benaja auch.«

»Nein, nein, nein, nein, nicht in einer Million Jahre«, lasse ich sie wissen. »Nicht in einer Milliarde. Mit Salomo will ich nie im Leben noch einmal essen, schon gar nicht an einem der letzten Tage, die ich zu leben habe. Der zählt mir jeden Bissen in den Mund und nimmt dann seinerseits genau so viele Bissen. Gibt er jemand die Uhrzeit, verlangt er sie sofort zurück. Scherzen kann er nicht. Hast du ihn je lachen gesehen?«

»Was hat er schon groß zu lachen?« antwortet sie achselzuckend. »Sein geliebter Vater hat ein langes Leben hinter sich und wird bald sterben.«

Ich drehe mich auf die Seite, um sie voll anzusehen. »Er beschimpft nach wie vor Taube, stimmt's?«

»Das zeigt doch nur, ein wie lieber Mensch er ist«, erwidert meine Frau. »Taube können ihn nicht verstehen und ahnen nicht, was er zu ihnen sagt.«

»Und den Blinden legt er Steine in den Weg, über die sie stolpern.«

»Wer sonst würde darüber stolpern?«

»Nimmt er morgens den Rock eines Armen zum Pfand, gibt er ihn bei Sonnenuntergang nicht zurück, und der arme Teufel hat nichts, sich des Nachts zuzudecken.«

»Wie anders kann er seine Außenstände eintreiben?«

»Ah ja, eintreiben. Warte, ich gebe ihm eintreiben. Das ist doch der ganze Sinn dieses Gebotes: der Arme soll erst zahlen müssen, wenn er kann. Das ist kein besonderer Gnadenerweis. Weißt du das nicht? Barmherzigkeit fällt wie der sanfte Regen vom Himmel auf den Ort darunter. Kennst du dich wirklich nicht aus in den Büchern Moses'?«

»Ich lese das Zeug schon längst nicht mehr.«

»Ah ja, du läßt dir lieber eine kurze Zusammenfassung von Nathan geben, nicht wahr?«

»Eine Zusammenfassung von Nathan?«

»Salomo ... dieser elende Geizkragen läßt nicht mal eine Brüstung um seinen Dachgarten bauen, lieber lädt er Blutschuld auf sich, wenn jemand runterfällt. Aber warte nur, wenn er nicht über das Fünfte Buch stolpert, dann bestimmt über das Dritte.«

»Er ist weise.«

»Salomo?«

»Er lädt nie Leute zu sich ein«, rechtfertigt sie ihren Augapfel. »Warum also Geld rausschmeißen für eine Brüstung, die er nicht braucht? Ist das etwa nicht weise? Der wird mal einen segensreichen Einfluß auf die Volkswirtschaft haben.«

»Das reine Gift wird er sein. Soll er doch ein paar von seinen schweinischen Amuletten verkaufen, wenn er Geld für eine Brüstung auf dem Dach seines Hauses braucht. Da steckt er nämlich sein Geld rein. In Amulette. Und Pfauen und Affen möchte er haben.«

»Die Amulette sind eine gute Investition, die steigen im Wert.«

»Ach was, Investition. Ich gebe ihm Investition. Die geilen ihn auf, deshalb sammelt er sie. Ah, was für einen Salomo hast du mir da geboren. Er hurt mit fremden Frauen in Edom, Moab und Ammon, nicht wahr?«

»Hast du das etwa nicht gemacht?«

»Ich habe sie in meinen Harem aufgenommen. Er aber errichtet fremden Göttern Altäre.«

»Ist unserer uns vielleicht nicht fremd?«

»Aber Er ist unserer. Und meinen Frauen und Kebsweibern bin ich immer treu gewesen.«

»Auch, als du sie mit mir betrogen hast?« widerspricht sie.

»*Fast* immer, meinetwegen«, berichtige ich mich verlegen.

»Ehebruch war das, David. Und du wußtest es immer genau, auch wenn wir richtig im Gange waren. Und du weißt sehr wohl, was alle fünf Bücher Moses und Nathan dazu meinen.«

Abisag, die Sunemitin, vervollständigt wahrlich ihre Bildung, indem sie uns zuhört, auch wenn sie vermeidet, herzustarren, und tut, als verstünde sie nichts.

»Reden wir mal vernünftig miteinander«, schlage ich sanfter und in meinem besten Diplomatenton vor. »Salomo wird uns allesamt ins Verderben stürzen, wenn er fremde Götter anbetet. Mit seinen Affen, seinem Elfenbein und den Pfauen wird er das Reich ruinieren. Weißt du, wie er sich seinen Thron vorstellt? Ein großer Thron aus Elfenbein, überzogen mit dem edelsten Gold, zwei Löwen an den Lehnen, und zwölf Löwen beiderseits auf den sechs Stufen.«

»Das klingt ja himmlisch«, sagt Bath-Seba, ohne eine Miene zu verziehen. Ist es ein Wunder, daß ich immer noch verrückt nach ihr bin? »Vierzehn Löwen? Vielleicht meint er auch sechsundzwanzig. Er meint, so einen Thron sollte ich auch haben.«

»Wenn Salomo Löwen hat, mußt du auch welche haben«, nickt sie. »Und ich ebenfalls.«

Wie anders ist sie doch als die beständige, selbstlose Abigail, die ich um so viel mehr geschätzt habe und um so viel weniger begehrt. Als Abigail starb, wurde ich einsam und bin es geblieben.

»Gott dürfte an einem solchen Thron keinen Gefallen finden«, überlege ich laut und labe derweil meine Augen an einem Gesicht und an Körperformen, die für mich immer noch schön sind. »Unserer mag solche Protzerei nicht.«

»Unserer liebt Salomo«, behauptet Bath-Seba, »und wird mit allem einverstanden sein, was Salomo möchte.«

»Darauf würde ich nicht wetten. Ehedem meinte ich, Er sei auch mir so gewogen. Salomo wird niemals König werden.«

»Das hast du schon gesagt, als er geboren wurde«, sagt Bath-Seba nicht überzeugt. »Und jetzt ist er der zweite, gleich nach Adonia.«

Um sie zu ärgern sage ich: »Adonia ist sehr beliebt. Salomo nicht.«

Bath-Seba schlägt unerwartet einen Haken auf das Gebiet der Philosophie. »Der Reiche hat viele Freunde, aber der Arme wird auch von seinen Nachbarn gehaßt.«

»Wie kommst du jetzt darauf?« frage ich gereizt.

»Salomo hat das gesagt, und ich fand es sehr weise. Weshalb fragst du?«

»Weil er das von mir hat«, sage ich kalt. »Deshalb. Du findest das unter meinen Sprüchen.«

»Salomo hat auch massenhaft Sprüche«, prahlt sie.

»Und die besten sind von mir. Nächstens wird er noch behaupten, er habe meine berühmte Klage verfaßt.«

»Welche berühmte Klage?« fragt meine Frau.

Momentan bin ich sprachlos. »Welche berühmte Klage?« Mein durchdringender Schrei ist einer der Empörung. »Was meinst du, verdammt noch mal, mit ›welche berühmte Klage‹? Meine berühmte Klage auf den Tod von Saul und Jonathan. Was gibt es denn sonst noch für berühmte Klagen?«

»Ich glaube nicht, daß ich je davon gehört habe.«

»Nie davon gehört?« Ich bin außer mir. »In Sidon kennt man sie. In Niniveh. Die Edelsten in Israel sind auf deiner Höhe erschlagen – das hast du nie gehört? Schneller waren sie denn die Adler und stärker denn die Löwen. Wie sind die Helden gefallen. Er kleidete euch mit Scharlach säuberlich und schmückte euch mit goldenen Kleinoden an euren Kleidern!«

Sie richtet sich auf, ihre Augen werden größer. »Das stammt von dir?« fragt sie.

»Von wem wohl sonst? Was glaubst du denn, wer das geschrieben hat?«

»Salomo?«

»Salomo?« brülle ich. Ich habe so ein Gefühl, als ob alles, was hier vorgeht, wirklich passiert. »Das war zehn Jahre, bevor ich in Jerusalem einzog«, schreie ich sie an. »Sie verbreiteten es in Gath, sie verkündeten es auf den Gassen von Askalon, ein Dutzend Jahre, bevor ich dich überhaupt kannte! Und du weißt nicht, daß es von mir stammt? Salomo? Wie, zum Teufel, könnte Salomo so was schreiben? Er war ja nicht mal geboren.«

»Sei doch nicht so wütend, David. Du weißt, Jahreszahlen konnte ich mir noch nie merken.« Sie setzt sich auf den Bettrand und legt ihre Hand auf meine Brust. Einen Moment ist es wie in alten Zeiten. Mein Glied wird eine Spur fester. Meine Sinne sind getränkt von dem Duft von Myrrhe, Zimt und süßem Kalmus, der aus ihren Poren und Kleidern dringt wie aus einem Elfenbeinpalast. »Nicht«, sagt sie, als ich eine Hand auf ihr Knie lege.

»Früher war dir das nicht unlieb.« Nun bin ich der Bittsteller.

»Das Leben steht nicht still.«

»Noch einer von Salomos Sprüchen?«

»Es geht immer weiter«, fährt sie fort, ohne mich zu hören. »David«, fleht sie mich an, »ich spüre Gefahr in allen meinen Gliedern. Nathan meint, ein königliches Bankett mit Adonia als Gastgeber könnte damit enden, daß wir alle gefangengesetzt werden. Auch du.«

»Wie ulkig«, sage ich mit ungerührter Ironie, »gerade heute früh erst hat Abjathar mir gesagt, er fände den Einfall gut.«

»Abjathar?« wiederholt sie mit leerem Gesicht, so als wäre der Name ein exotischer Laut, den sie noch nie vernommen hat.

»Der, der sich schon mein halbes Leben lang bei mir rumtreibt«, versetze ich schroff, »seit ich damals geflüchtet bin.«

»Du weißt, Namen habe ich mir nie merken können«, tut sie scheinheilig und seufzt tief. »So viele mit A. Wer kann sich die alle merken? Abigail, Ahinoam, Abisai und nun auch noch Abjathar.«

»Nicht nun noch, sondern seit fünfzig Jahren.«

»Manchmal denke ich, Benaja und ich sind die einzigen im ganzen Land, die mit B anfangen.«

»Abjathar ist mein Priester«, erinnere ich sie gedehnt an etwas, das ihr wohlbekannt ist. »Er gehörte zu den ersten, die zu mir stießen, gleich nachdem Saul seinen Vater getötet hatte.«

»Dein Priester ist Zadok.«

»Ich habe zwei.«

»Na schön. Aber Nathan ist dein Prophet.«

»Nathan ist ein Luftikus, und dich hat er ohnehin nie gebilligt.«

»Und ein Prophet ist mehr als ein Priester«, fährt sie seelenruhig fort, als hörte sie mich überhaupt nicht sprechen. »Nathan meint, du kannst Adonia nicht trauen. Lieber Himmel, noch einer mit A. Jetzt haben wir auch noch eine Abisag. Und wie hieß doch deine Frau, die, die sich immer so ungeschickt anzog, du weißt schon, die, die nie redete. Abital, die Mutter von Sepatiah.«

»Ich denke, du kannst dir Namen nicht merken?«

»A bedeutet Pech. Asahel und Ahitophel, Amnon, Absalom, Abner, Amasa – denk doch nur, wie die alle geendet sind. Liebster«, flötet sie, und als sie sich über mich beugt, bedenke ich, daß eine so ganz und gar reine Miene auf nichts anderes schließen läßt denn auf Verstellung, »versprich mir, daß du niemand zum König bestimmen wirst, dessen Name mit einem A beginnt. Mehr verlange ich nicht.«

Ihre Verwegenheit läßt mir den Atem stocken. »Ich werde diese Bitte gewissenhaft prüfen«, sage ich und frage mich zugleich, für wie senil sie mich eigentlich hält.

»Gestern«, beginnt Bath-Seba sogleich am nächsten Vormittag, »hast du mir dein Wort darauf gegeben, daß du Adonia nicht zum König machen wirst.«

Sie trägt eine feuerrote Robe aus Chiffon, das Haupt ist

mit einem Diadem aus Perlen und kostbaren Gemmen geschmückt. Wenn sie sich herausputzt, wirkt sie so provokant, daß ich ihr wie immer die Kleider vom Leibe reißen und sie nackt sehen möchte.

»Ganz so habe ich das nicht in Erinnerung«, sage ich und bewundere ihre Unverschämtheit.

»Abisag war hier, sie hat gehört, was du gesagt hast.«

Abisag ist der Inbegriff der Diskretion, wie sie da so vor ihren Schminktöpfchen sitzt, und ich weiß, sie wird mich niemals enttäuschen.

»Weißt du denn nicht, daß Abisag jederzeit alles bezeugen wird, worum ich sie bitte?« erwidere ich Bath-Seba stolz.

»Was riecht hier so?« Mit dem unschuldigsten Gesicht von der Welt hat sie wieder einmal den Gesprächsgegenstand gewechselt, ein Trick, der mich stets von neuem verblüfft. Sie schnuppert, zeigt die kleinen, leicht beschädigten Zähne, sanft wie ein Kaninchen. »Kann man hier kein Fenster aufmachen?«

Ich lache. Abisag zeigt ihre Grübchen, als sie lächelt. Das kupferfarbene Rouge, das sie auflegt, unterstreicht noch die Wölbung der Wangenknochen.

Was hier riecht, bin selbstverständlich ich, mein modriges, fusseliges, schrumpfendes, alterndes Ich. Man hat mein Bett mit Aloe, Zimt und Myrrhe parfümiert, doch kann ich mich gleichwohl riechen. Ich stinke nach Sterblichkeit und Mensch. Überall im Palast verbrennt stark riechender Weihrauch in einem guten Tausend Schalen. Für das Geld, das diese aromatischen Harze jährlich kosten, könnte man einen König loskaufen. Kein Wunder, daß unsere Handelsbilanz so schlecht aussieht. Die süß riechenden Salben und Arzneien, mit denen Abisag meine Kratzer und aufgelegenen Stellen behandelt, enthalten antiseptische Myrrhe und Honig. Auf Ausschlag und Pikkel legt sie Feigenkompressen. Dieses Mädchen pflegt mich unermüdlich und hingebungsvoll, sie hat nichts anderes im Sinne als mein Wohlbefinden. Sie bewegt sich geräuschlos und anmutig, ihre Haltung ist jederzeit perfekt. Nie macht sie eine plumpe Bewegung. Sie schnurrt vor

Wonne, wenn ich sie streichele, ihr Gesicht umfasse und ihren Kopf sanft an meine Schulter drücke. In solchen Momenten seelischer Vereinigung bedaure ich, daß das liebe Kind mich nicht in meinen besten Jahren gekannt hat, lange bevor das Haar auf meiner Brust weiß wurde. Der Jünglinge Stärke ist ihr Preis, und graues Haar ist der Alten Schmuck. Gott weiß, daß ich davon derzeit reichlich habe, aber Abisag vertraut mir an, daß das weiße Haar ihr am besten gefällt. Sie liebkost mich da häufig, befingert die Locken. Ein unbehaarter Mann würde ihr nicht gefallen, aber ein struppiger, einer wie Esau, dem Haare auf Schultern und Rücken wachsen, wäre auch nicht ihr Fall, wie sie leicht schmollend sagt. Anscheinend bin ich genau, was sie sich wünscht, vorausgesetzt, sie lügt nicht, und daß sie nicht lügt, ist mir gewiß.

Als wir sie fragen, berichtet Abisag mit angeborner Aufrichtigkeit, daß ihr Vater in Sunem gutes Land besitzt und daß sie dort in Wohlstand gelebt hat. Sie kümmerte sich um die Weingärten der anderen Kinder ihrer Mutter und vernachlässigte darüber ihren eigenen. Als jüngstes und schüchternstes von vielen blühenden Kindern wurde sie von den anderen oft geneckt und ließ sich ohne weiteres von ihrer Unzulänglichkeit überzeugen. Für die anderen war das nur Spiel. Sie war seit je darauf bedacht, gelobt zu werden. Der nie ermüdende Wunsch, zu gefallen, sich für andere zu opfern, treibt sie auch jetzt an, hier bei mir. Ich wünsche, ich wäre noch kräftig genug, meinerseits etwas für *sie* zu tun, etwa ihr hin und wieder eine Mahlzeit aufzutragen, ihr aus den Kleidern zu helfen, ihr ein Becken mit frischem Wasser zu bringen oder auch einen Korb mit Obst. Man hat lange gesucht und sie für mich auserwählt, weil sie die schönste Jungfrau entlang der Küste Israels ist. Ich ermuntere sie zu sprechen, es tut mir gut, sie reden zu hören.

»Ich weiß noch, wie das Lied ging, mit dem die anderen mich immer neckten und mich so unglücklich machten«, teilt sie mir mit sanfter Stimme mit. »›Unsere Schwester ist klein und hat keine Brüste.‹ Einmal haben sie es gesungen, als wir alle auf einer Hochzeit waren. Da verbarg ich das

Gesicht in den Händen und rannte hinaus ins Dunkle. Ich wäre am liebsten gestorben. Erst am Morgen kam ich zurück. Ich gab keine Antwort, als sie nach mir riefen, ich weinte am Boden, kam mir verloren vor wie ein Blatt und schlief zwischen Melonen nahe den Wurzeln der Bäume.«

»Jetzt hast du Brüste«, tröste ich sie.

»Sind sie zu klein?«

»Wofür?« Ich lächelte milde.

»Für dich.«

»Ich bin schon etwas über siebzig, meine Liebe«, ermahne ich sie schuldbewußt. »Adonia begehrt dich bereits, und Salomo wird dich bald begehren. Weil du schön bist, und weil du bei einem König warst.«

»Bin ich schöner als Bath-Seba?«

»Sehr viel schöner.«

»Schöner, als sie war, als du sie kennenlerntest?«

»Du bist ein verschlossener Garten, eine verschlossene Quelle, ein versiegelter Born. Für mich bist du jetzt schöner, als je eine Frau zuvor gewesen ist.«

Sie würde meine beiden Söhne für mich drangeben. Ich weiß jetzt, wie man mit Frauen spricht, die aber nicht. Ihre dunkelwarzigen Brüste sind wie junge Rehzwillinge, die unter Rosen weiden, ihr perfektes Gesäß wie zwei Hindinnen. Ich bin der erste Mensch in ihrem Leben, den es entzückt, mit ihr zu sprechen, der versunken ihren Antworten lauscht und all ihren absichtslos hingestreuten Bemerkungen. Wo könnte sie einen zweiten Mann wie mich finden?

Sie weiß, sie darf, ohne sich zu genieren, alles vor mir aussprechen, was ihr so durch den Kopf geht, und sie weiß, sie wird von dem, was sie mir sagt, nie etwas zurücknehmen wollen. Kein Wunder, daß sie meint, sie liebe mich innig, und daß sie sich geborgen fühlt. Ruht ihr Kopf an meiner Schulter, folge ich mit dem Daumen der Linie ihrer Stirne oder ihres Nasenflügels bis zum weichen Rand der elastischen Oberlippe, die im trüben Licht meiner flackernden, leicht verlöschenden Lampen die Farbe von Pflaumen oder Granatäpfeln hat. Ich liebkose sie solcher Art wie ein Süchtiger, ein Unersättlicher. Was wäre die Welt noch für mich ohne Abisag? Kein anderer Mann, dem sie künftig begegnen wird, wird so beglückt von ihr sein, einfach schon wenn er ihr Gesicht betrachtet, es berührt, ja, wenn er ihr bloßes Vorhandensein spürt. Durch Abisag von Sunem weiß ich nun wieder etwas über mich, das ich schon von Bath-Seba gelernt, dann aber vergessen habe: Mein ganzes Leben hindurch wollte ich verliebt sein. Ich darf ihre Ohren küssen, ihre Schläfen, ihren Hals und die Augen, bis mein Mund austrocknet, meine Worte kaum noch vernehmbar sind, und kann sie weiterküssen, mit Lippen und Zunge, die vor Trockenheit nicht mehr gehorchen. Aus mir unbekannten Gründen scheue ich meist davor zurück, sie voll auf den Mund zu küssen. Von ganzem Herzen habe ich sie meine Rose von Scharon genannt, mein Gesicht in ihrem Haar verborgen, in ihr Ohr geatmet und geflüstert, sie sei mein Maiglöckchen. Auf diese Weise habe ich sie zufriedener gemacht als Bath-Seba wäre, würde ich ihren Bitten nachgeben und Salomo zum König machen. Bath-Seba wäre erleichtert, aber nicht dankbar, dankbar niemals, und kein halber Tag verginge, bis sie sich wieder mal aus irgendwelchen Gründen benachteiligt fühlte und nach anderem verlangte, was Salomo ihr verschaffen könnte, wäre er nur schon König. Es erheitert mich, ihr ins Gedächtnis zu rufen, daß Salomo nicht König wird.

»Einmal angenommen«, überlegt sie, »Adonia stirbt.«

Ich verwarne sie mit einem durchdringenden Blick. »Wage nur nicht, eine solche Möglichkeit auch nur für eine Minute in Betracht zu ziehen. Weshalb sollte Adonia sterben?«

»Ich habe mir immer gewünscht, solche Haut zu haben wie du«, antwortet sie Abisag. »Meine war nie so glatt und seidig. Und auch jetzt noch gäbe ich die Welt darum, so dunkel zu sein.«

»Und ich gäbe die Welt darum, deine helle Haut zu haben«, sagt Abisag aufrichtig. »Ich bin von der Sonne so dunkel.« Abisag ist schwarz, aber schön, und sie legt großen Wert darauf, daß wir wissen sollen, sie ist nur deshalb schwarz, weil die Sonne auf sie geblickt hat. »Die ging nie weg.«

Abgesehen von einem persischen Teppich in meinem Speisezimmer, dessen Wert sie kennt, und einer Tapisserie in Umbra und Grün, auf der zwei ockerfarbene Cherubim einander mit ausgebreiteten Flügeln berühren, ist meine gesamte Einrichtung weit unter Bath-Sebas Standard, wenn auch meine Türpfosten aus Olivenholz sind. Bath-Seba mag das Holz der Olivenbäume nicht. Mein Bett ist, glaube ich, aus Apfelholz. Adonia wie Salomo liegen bereits in Betten aus Elfenbein und lümmeln sich auf Ottomanen. Auch Bath-Seba möchte sich auf einem Bett aus Elfenbein strecken. Mit hinterlistiger Wachsamkeit vermerkt sie täglich, daß Abisag, meine Sunemitin, noch das bunte Gewand einer Jungfrau trägt. Adonia bemerkt das ebenfalls. In eben einem solchen lustigen, sorglosen Gewand aus buntem Stoff wurde meine jungfräuliche Tochter Tamar, Absaloms Schwester, begehrt, getäuscht, vergewaltigt, verachtet und ausgestoßen.

Abisags Jungfräulichkeit hat sowohl moralische als auch politische Bedeutung. Solange ich sie nicht fleischlich erkenne, ist sie weniger Kebsweib als Dienerin und braucht nicht unvermeidlich zu bleiben oder mit meinem Harem als königliches Besitztum meinem Nachfolger zuzufallen. Wer der Frau eines anderen beiwohnt, will sich des anderen Mannes Privilegien aneignen. Man weiß, was Absalom im Lichte der Sonne mit jenen zehn Kebsweibern tat, die ich zurückgelassen hatte, damit sie den Palast in Ordnung hielten. Oder denkt vielleicht jemand, sie wären so schön gewesen? In den Blicken, die Adonia jetzt Abisag zuwirft, liegt bereits etwas wie Berechnung; es könnte ihm nützlich sein, zu ihr einzugehen, und Bath-Seba traut mir zu, daß ich diese Verbindung begünstige.

»Noch kannst du hier raus«, rät sie Abisag so offen, als wäre ich nicht da, unsichtbar oder taub. »Reize ihn, setz ihm zu. Ziep ihn, wenn du ihn kämmst. Stoß gegen die Möbel, schmeiß sie um. Ich weiß, wie man ihn zum Wahnsinn treibt. Bade nicht jeden Tag. Laß die Suppe kalt werden. Krieg einen Wutanfall. Beklag dich. Er wird schon nachgeben. Mach nicht den gleichen Fehler wie ich. Draußen hast du es viel, viel besser.«

»Hab ich dir nicht gesagt, bleib draußen«, erinnere ich sie, »aber du wolltest ja nicht hören.«

»Warum hörst du nicht?« bedrängt Bath-Seba meine Abisag.

Abisag lächelt ein wenig, senkt den Kopf und schüttelt ihn. Sie blickt mich verstohlen aus glänzenden Augen an. Ich bin David, der König. Zwar bin ich uralt und hinfällig, aber doch ihr Märchenprinz. Es sei für sie undenkbar, je mit jemand anderem zu sein, sagt sie.

»Wo keine Weissagung ist, wird das Volk wild und wüst«, sagt Bath-Seba dumpf.

»Was soll denn das bedeuten?« möchte ich wissen.

Bath-Seba gibt zu, es nicht zu wissen. »Ich habe nur laut gedacht.«

»Ist das vielleicht wieder so eine Perle von Salomos Weisheiten?«

»Der Apfel fällt nicht weit vom Stamm.«

»Noch so ein Spruch, den ich nicht verstehe.«

»Salomo sagt es jetzt dauernd.«

»Was – daß der Apfel nicht weit vom Stamm fällt? Was meint er damit?«

»Warum fragst du ihn nicht?«

»Wohin soll der Apfel denn sonst fallen? Was meinst du, wie weit eine Birne fällt?«

Bath-Seba drückt sich um eine Antwort. »Salomo wirst du gefallen«, sagt sie zu Abisag, »er hält jetzt schon viel von dir.«

»Falls ich sie je gehen lasse –« Bath-Seba hört mir nicht zu, also fange ich noch mal an, diesmal an Abisag gewendet. »Falls ich dich je gehen lasse, meine Taube, so wirst du dich nicht leichten Herzens von mir trennen, nicht wahr? Und mein Herz würde mit dir fortfliegen.« Was erwartet sie da draußen? Sie würde das Weib jedes Beliebigen, der ihrem Vater den Brautpreis erlegt, ihr Leben mit Schwangerschaften und Hausarbeit verbringen. In Kummer und Schmerzen würde sie Kinder gebären, den Haushalt führen und endlos viel schwerere Arbeit verrichten als jemals für mich. Wo soll denn da der Vorteil liegen?

»Ehemänner sterben zum Glück«, bemerkt Bath-Seba nüchtern. »So hat er Abigail bekommen und mich auch. Man kann sie auch leicht dazu bringen, sich scheiden zu lassen. Reize ihn, und du wirst sehen. Quengele, keif ihn an, bloß so, um nicht aus der Übung zu kommen. Du wirst schon sehen, wie einfach es ist, zu kriegen, was du willst.«

»Ich kriege ja, was ich will.«

Bath-Seba achtet auf Abisags Worte so wenig wie auf meine. »Denk immer dran – reizen mußt du ihn, nörgeln, quengeln«, fährt sie unbeeindruckt fort, als hätte Abisag ihr zugestimmt. »Sei anspruchsvoll und gib keine Ruhe. Laß ihn nicht in Frieden. Heirate einen Alten – die sind reizbarer –, und halt Ausschau nach den Jungen, mit denen du es treiben möchtest, sobald er stirbt. Das macht richtig Spaß.« Geschminkte Hurerei und Weinkonsum, so rät sie der jüngeren Frau, tragen auch ihren Lohn in sich, als da ist Silber und Gold, auch Edelsteine. Anmutig wie eine kostbare Figurine kniet Abisag beim Lehmofen, scheu, aber entschlossen schüttelt sie fast unmerklich den Kopf und wird dunkelrot im Gesicht. Sie dämpft das Holzkohlefeuer. Sie möchte lieber bei mir bleiben. Und sie beglückt mein Herz, als sie das sagt.

»Er ist meine Liebe«, sagt sie bescheiden und schlägt die großen Augen nieder, »er hat mich in seinen Garten geführt.«

Dies Mädchen ist ein Himmelsgeschenk, und ich kann mir nicht helfen, ich glaube, ich habe, ohne es zu wissen, einen Engel bei mir. Ist sie zu schön, um wahr zu sein? Ihre Gestalt ist makellos, ihre Seele bezaubernd. Ihr Gesicht ist wie brauner Granat, ihr Haar wie Zobel um Mitternacht, ihr stolzer Hals eine Säule aus getriebenem Kupfer, und von hinten gleichen ihre Beine marmornen Säulen in einer Fassung aus feinem Gold. Ihr Mund schmeckt süß. Zwischen ihren Beinen riecht es fast immer nach Äpfeln und Akazie, nach Parfüm aus dem Libanon. Ihr Nabel ist ein runder Becher, dem niemals Getränk mangelt, und das Fellchen zwischen ihren Beinen ist ein perfektes Dreieck, glänzend und farbecht wie schwarze Koralle.

Bath-Seba warnt sie: »So viel Schönheit, und alles an ihn verschwendet«, und es klingt wie eine Totenklage. »Was sollst du hier? Ich dachte, ich würde Königin sein.«

»Ah, Königin«, antworte ich schadenfroh, »dabei hab ich dir gesagt – keine Königin. Wir haben keine Königinnen.«

»Und ich habe nicht auf dich gehört«, gibt sie zu. Dann belebt sie sich, denn schon hat sie einen neuen Plan für Abisag gefaßt. »Warum heiratest du nicht gleich meinen Salomo? Der da erlaubt es dir, wenn wir ihm genug zusetzen. Läßt du sie Salomo heiraten? He, David, antworte gefälligst, lieg nicht bloß da wie ein Napfkuchen. Dann können sie und ich gemeinsam regieren und kriegen, was wir wollen. Ich glaube, mein Salomo könnte dich sehr liebgewinnen.«

Ich unterbreche sie. »Mein anderer Sohn, Adonia, hat sie schon sehr lieb.«

»Noch ein Grund, weshalb du meinen Salomo jetzt heiraten solltest«, fährt Bath-Seba hell begeistert fort. »Sonst mußt du vielleicht mit dem eingebildeten Affen Adonia schlafen, falls der König wird. Du gehörst dann zu seinem Harem.«

»Genau«, sage ich mit maliziöser Betonung, »wie du.«

Ihr entsetztes Luftholen ist Musik in meinen Ohren, die Miene niedergeschmetterten Abscheus ein Fest für meine malträtierten Augen. Kann man ein Gesicht in sich zusammenfallen hören?

»Das ist ausgeschlossen!« bestimmt sie, so als könnte sie einzig durch ihre Ablehnung die Naturgesetze der Gesellschaft und des Weltalls außer Kraft setzen.

»Er erbt den Harem«, bemerke ich selbstzufrieden.

»Und er wird bei mir liegen wollen?«

»Ist das etwa ausgeschlossen?«

»Das 5. Buch Moses wird ihn nicht hindern? Und das 3. auch nicht? Ein Sohn darf bei dem Weibe seines Vaters liegen?«

»Hat Levitikus denn andere gehindert?«

»Und er würde das wirklich wollen? Ist das nicht ekelhaft?«

»Will ich es nicht ebenfalls?«

»Und bist du etwa nicht ekelhaft?«

»Er wäre ja blöd, wenn er es nicht täte. Wie kann er seine Herrschaft besser befestigen, als indem er die Lieblingsfrau des vorigen Königs besitzt?«

»Ah, mein Sohn Salomo würde das nie gestatten«, preßt sie zwischen zusammengebissenen Zähnen hervor. »Mein Sohn Salomo würde ihn töten, falls er das versuchte.«

»Dein Sohn Salomo«, warne ich sie und sehe sie fest an, »dürfte innerhalb von Sekunden tot sein, wenn du so weitermachst, du liebe, ränkevolle, wirrköpfige alte Gans.« Begonnen habe ich wie ein Löwe, und enden tue ich wie ein sanftes Lamm. »Und du ebenfalls, wenn du diese Kampagne nicht sofort aufgibst und dich etwas diskreter aufführst. Habe ich dir nicht vom Tage seiner Geburt an immer wieder gesagt, daß du sowohl dein als auch sein Leben gefährdest, wenn du nicht aufhörst, von ihm als dem künftigen König zu sprechen?«

»Du hast mir doch aber versprochen, daß er König werden soll.«

»Weshalb in aller Welt sollte ich dir so was versprechen?«

»Weil du mit mir so gut gefickt hast, deshalb«, entgegnet sie, ohne auch nur einen Moment zu zögern. »Hab ich dich nicht besser gelutscht als jede andere?«

»Du bist die einzige, die das je getan hat«, sage ich, sehr zufrieden mit mir. »Wie soll ich wissen, ob du es gut gemacht hast oder nicht? Aber auf Adonia wird das wenig Eindruck machen, es sei denn, du gibst dir ab sofort die größte Mühe, dich bei ihm beliebt zu machen.«

»Lieber will ich sterben«, behauptet Bath-Seba und reckt das Kinn trotzig vor.

»Das dürfte auch die Alternative sein«, sage ich streng. »Du spielst hohe Politik und weißt nicht, wie das geht. Und wenn du auf den Bauch fällst, werde ich nicht da sein, dich aufzuheben. Es gibt für dich keine Möglichkeit, nicht eine einzige, Salomo zum König zu machen.«

Einen Moment scheint es, als wäre sie ernüchtert, doch der Zauber ist gleich vorüber. »Einen Weg gibt es immer«, entgegnet sie, als dächte sie laut, »wenn nur der Wille da ist.«

»Noch so eine unleidliche Banalität von Salomo?«

»Die stammt von mir.«

»Und bedeutet?«

»Das weiß ich nicht recht.«

»Na, Sinn ergibt sie nicht. Also wirst du jetzt bitte aufhören, die Königsmacherin zu spielen? Färb dir lieber deine Haare oder rupf dir die Härchen aus deinem Muttermal oder erfinde neue Unterwäsche. Einen Wettbewerb gibt es hier nicht. Adonia wird König, Salomo nicht.«

Leider erstirbt die Hoffnung niemals in des Menschen Brust, und ich weiß, daß dieses mein Weib, nicht der Typ ist, der sich fügt. Innerlich verfluche ich wieder mal jene libidinöse männliche Eitelkeit, die mich in jüngeren Jahren dazu getrieben hat, mir so viele Frauen zu wünschen. Man sehe nur, welchen Ärger mir das jetzt bereitet.

Der Zölibat ist wenig vergnüglich, das weiß ich, doch die Ehe bereitet einem viel Mißvergnügen. Und Harems sind durchaus nicht immer, was sie angeblich sein sollen. Kaum je sind sie auf die Dauer die Kosten und die endlosen Zankereien wert. Sie verstopfen den Palast mit Menschen, erzeugen Lärm und Gestank, erschweren die Müllabfuhr und Abwasserbeseitigung, was beides in dieser wimmelnden, grölenden Stadt sowieso eine hoffnungslose Aufgabe ist. Heutzutage pissen so viele Menschen gegen die Mauern, daß sie praktisch Schlange stehen müssen. Es ist aussichtslos, den Versuch zu machen, einen meiner Söhne von seinen Amüsements und persönlichen Eskapaden abzubringen und für den alltäglichen Kram der städtischen Verwaltung zu interessieren. Einen Dreck scheren sie sich darum, diese Früchte meiner ehelichen Verbindungen. Und wenn die Einehe schon Mißvergügen verursacht, so vermehrt die Vielweiberei solches in unabsehbarer Weise dank der zankenden Weiber und der plärrenden Kinder. Selbst Gottes getreuer Knecht Abraham hatte alle Hände voll zu tun damit.

Am Anfang sehen wir, wie Abraham in dieser ersten jüdischen Familie, angestachelt von seinem Weibe Sara, seinen Sohn Ismael verstößt, weil er Isaaks gespottet hatte und Sara Schlimmes von ihm erwartete. Ismael, der Sohn der Ägypterin Hagar, wurde ein guter Bogenschütze, aber ein wilder Mann, und seine Hand war gegen alle und aller Hände waren gegen ihn. Die Familie stand sich besser ohne ihn. Aber wer errät, was Abraham tat, als er endlich Hagar und Ismael los war? Er nahm noch eine Frau! Und zeugte noch sechs Kinder! In seinem Alter? Brauchte er unbedingt noch Kinder? Die hatte er so nötig wie einen Kropf. Und ohne noch eine Frau konnte er nicht leben? In seinem Alter? Ah, er brauchte wohl wirklich noch eine Frau. In dieser mittelmeerischen Hitze ist der Sex ungeheuer mächtig, und ich war gewiß nicht als erster gelegentlich geil wie ein Ziegenbock. Ruben pimperte Bila, Juda wich vom Wege ab, um es der Frau im Hurengewand zu besorgen, die sich als die Witwe seines Sohnes erwies. Lüsternheit ist in einem warmen Klima mit langen heißen Sommern nichts Schlimmes. Kehre wieder, o meine Sunemitin, auf daß ich dir zärtlich tue und dich aufs neue betrachte. Bath-Seba, meine alte Liebe, strecke dich neben mir aus, plaziere deinen fetten Arsch noch einmal in meine Hände und öffne mir deine Schenkel wie ehedem, damit ich dich noch einmal erkenne, bevor ich sterbe.

Saul hatte keinen Harem – ich war der erste in Israel, der sich so eine Extravaganz ausdachte –, aber er hatte auch ohne Harem genügend Ärger, nachdem Samuel die Hand von ihm zog. Saul flehte um Vergebung für sein Vergehen und um die Rückkehr Samuels, damit er fortfahren könnte, den Herrn anzubeten. Was war denn so schlimm daran, daß er von dem Vieh für sich behielt und einen König um Lösegeld am Leben ließ? Der Herr hat Schlimmeres vergeben. Aber Samuel blieb unerbittlich. Als er sich umwandte, daß er wegginge, ergriff Saul ihn bei einem Zipfel seines Rockes, und er zerriß. An manchen Tagen wollte Saul nichts gelingen, und jener Tag gehörte zu seinen schlimmsten.

Und Samuel sprach zu Saul bösartig: »Der Herr hat das Königreich Israel heute von dir gerissen und deinem Nächsten gegeben, der besser ist denn du.«

Genau genommen stimmte dies nicht. Besser, es war eine glatte Lüge, denn erst in Samuel 1,16 befiehlt der Herr, der bereut, Saul zum König über Israel gesetzt zu haben, dem Samuel, er solle in Bethlehem jenen König suchen, den Er unter den Söhnen Isais auserwählt hatte.

Alles übrige ist selbstverständlich Geschichte, und alles, was sich bis dahin im Universum ereignet hatte, scheint nichts als das Vorspiel zu meiner Geburt und der Erhöhung gewesen zu sein, welcher ich mich erfreuen durfte. Samuel kam nach Bethlehem mit seiner rötlichen Färse am Strick. Die Ältesten der Stadt zitterten selbstverständlich bei seiner Ankunft, bis er ihnen versicherte, er sei in Frieden gekommen, um dem Herrn zu opfern. Außer mir fand niemand was Ungewöhnliches daran, daß er ausgerechnet nach Bethlehem in Juda kam, um zu opfern. Gab es denn bei den Benjaminitern etwa keine Altäre? Er besucht Isai, läßt sich dessen Söhne vorstellen, und damit betrete ich die Bühne, weil von meinen Brüdern keiner vor Gott bestehen konnte. Der Geist des Herrn kam von jenem Tage an über mich, und der Geist des Herrn zog sich im gleichen Augenblick von Saul zurück und ließ ihn verrückt werden wie einen Märzhasen und einsam wie einen Stein. Und in allerkürzester Zeit war er reif für die Klapsmühle.

Sauls grundlegender Fehler war, wie ich glaube, eine provinzlerische Unfähigkeit zu begreifen, daß eben jene Theokratie, die ihn von seiner blumigen Wiese wegholte und zum Herrscher über Israel machte, ihn sehr rasch fallen lassen würde, sobald er als Herrscher zu regieren begann. Sein Vergehen war läppisch. In Michmas hatte Saul selbst das Opfer vor der Schlacht vorgenommen, weil Samuel nicht rechtzeitig eintraf. Dafür konnte er nichts. Seine Leute waren halbverhungert und aßen Fleisch, das nicht ausgeblutet war. Auch das war nicht seine Schuld, und er tadelte sie dafür. Und wer außer Gott hätte ihm vorgehalten, daß er nicht so konsequent war, seinen Sohn Jonathan zu töten?

Dafür jagt man einen König weg? Bei mir nicht, o nein, obwohl ich derjenige war, der davon profitierte. Solche Konflikte mit Priestern und Propheten hatte ich nie, dafür danke ich Saul, der ihre Zahl und ihre Autorität genügend eingeschränkt hat. Was kostete es mich schon, Zadok und Abjathar hin und wieder zuzunicken und anzulächeln und mir die zänkischen Strafpredigten Nathans anzuhören, als das unvermeidlich war? Wir hatten weder Tempel noch Synagogen, auch keine Rabbiner, und durften jahraus, jahrein das Passahfest vergessen, falls wir Unterhaltsameres vorhatten. Am Sabbath machten wir Feuer, durften auch arbeiten, wenn wir wollten. Niemand verbot uns, unsere Haushaltsgötzen zu behalten. Wir brauchten nicht täglich oder wöchentlich Gebete aufzusagen, und unser Gott – ehedem im Rufe eines schlummernden Vulkans stehend – verhielt sich meistens ruhig und sagte nur wenig, wenn Er nicht gerade mit mir sprach. Ich brauchte weiter nichts zu tun, als zu den Altären der Priester hin und wieder ein Lamm zu bringen; die schlachteten es, und damit war das erledigt. Auch dir sei Dank, guter Mann, und euch allen fröhliche Weihnachten, selbstverständlich komme ich gelegentlich gern wieder vorbei. Weder Gott noch Saul kamen auf die Idee, nach Samuel noch einen Richter zu bestellen, und Saul hatte weder einen Priester noch einen Propheten um sich. Was sollte das bedauernswerte Geschöpf machen? Es ist nicht leicht, König zu sein, wenn einem das rechte Gefühl für den Job abgeht und man nicht in die Fußstapfen eines Vorgängers treten kann. Kein Wunder, daß er sich Sorgen machte. Ein um so größeres Wunder allerdings, daß er an eben jenem Tag in seine erste betäubende Depression verfiel, als der Geist des Herrn ihn verließ und über mich kam, und daß ich derjenige war, den man kommen ließ, um Saul aufzuheitern. Noch immer weiß ich nicht, wie es kam, daß ich in Gibea bereits als jemand galt, der sich gut aufs Harfespielen und auf die Kriegskünste verstand. Ich hatte nie zuvor an einem Kriege teilgenommen. Aber singen konnte ich, und mit der Schleuder war ich verdammt gut.

Soweit bekannt, hat Saul niemals unter emotionaler Labilität gelitten, bevor Samuel mich salbte, abgesehen von einem einzigen Anflug religiöser Ekstase, in die er verfiel, als er mit anderen Fanatikern, unter die er zufällig geriet, wie ein Verrückter den Berg herabtanzte, seine Kleider abtat und sich eine Weile schäumenden Mundes nackt im Staub wälzte. Jeder, der nicht so von seiner eigenen Unfehlbarkeit überzeugt war wie Gott, hätte daraus auf bevorstehende Schwierigkeiten geschlossen.

Wie liebte ich diesen Menschen Saul! Wie sah ich zu ihm auf, auch noch, als er mich fortjagte, als er mich hetzte, wie sehnte ich mich danach, von ihm in die Arme geschlossen, in sein Haus als einer der Seinen aufgenommen zu werden. Dazu ist es nie gekommen.

Er bedeutete mir mehr als Gott. Ich träume immer noch von Saul; von Gott habe ich zeit meines Lebens nicht geträumt. Meine Träume von Saul sind gewürzt mit Sehnsucht, Bedauern, Versöhnlichkeit. Als man mich kommen ließ, um ihn zu heilen, war mir jeder Schritt auf dem Wege von Bethlehem nach Gibea wie ein Schritt auf heiligem Boden. Ich ging barfuß, mein Auftrag schien heilig. Einen Großteil des Weges legte ich atemlos vor Ehrfurcht zurück. Er war Saul der Berühmte, und vor den sollte ich treten. Er war mein Gebieter, der König. Er war der Retter Israels, der militärische Anführer, der bei Jabes in Gilead die Belagerungsarmee der Ammoniter in die Flucht geschlagen, sein erster großer Sieg, und der als nächstes bei Michmas die Philister zu Paaren getrieben hatte. Und jetzt also war er bekümmert.

Ironie der Ironie, sagt der Prediger, daß ich, der ahnungslose Verursacher seiner Krankheit, geholt wurde, um die helfende Arznei zu bringen. Vater wollte ich ihn nennen. Vater habe ich ihn genannt. Wann immer ich ihn als Gebieter und König anredete, meinte ich Vater. Und wenn er mir antwortete, sagte er immer mein Sohn zu mir. Während der Jahre, die ich ihm nahe war, wünschte ich stets, ihn zu umarmen. Während der Jahre, die ich in der Ferne verbrachte, sehnte ich mich nach seiner Nähe. Er zeigte seine Neigung nicht und hielt mich auf Distanz. Er versprach, mich zu seinem Waffenträger zu machen, und vergaß es. Er sagte, er werde sich meiner stets erinnern, und tat es nicht. Er sagte, ich solle ihm wie einer seiner Söhne sein. Hätte ich damals gewußt, wie er über seine Kinder dachte, ich hätte es mit der Angst bekommen.

Als ich mit meiner Harfe bei dem Lehmziegelhaus in Gibea eintraf, forderte man mich auf, die Füße zu waschen. Das tat ich nur zu gern. Ich badete sie eine Weile in kühlem Wasser in einem Tongefäß und trocknete sie sorgsam mit den wollenen Tüchern, die man mir reichte. Dann folgte ich schüchtern zu der Tür, zu der man mich führte. Allein trat ich in den Raum mit niedriger Decke, wo Saul in schrecklichem Schweigen und ganz allein grübelte.

Mein Mut sank, kaum daß ich ihn erblickte. Mein Gebieter, der König, war sichtlich in schlechter Verfassung. Der hochgewachsene, faßbrüstige Mann mit den fast unglaublich massigen Muskeln lungerte halb sitzend, halb liegend am Ende des Raumes auf einer kleinen Bank aus Holz herum, mit hängenden Schultern und herabgesunkenem Kopf. Sein Haar war wirr, der Bart verfilzt, die sonnengebräunten Unterarme, stark geädert, lagen schlaff auf den Oberschenkeln. Anfangs rührte er sich nicht, und mir kam er vor wie eine mächtige Maschine, die nicht mehr benutzt wird, und das war tragisch. Eine Minute lang fürchtete ich mich. Seine Miene zeigte resignierte und unheilbare Agonie, er strahlte stumme Düsterkeit aus, und das mit anzusehen kam mir ebenso schmerzlich vor, wie es zu erleiden. Im Raum herrschte Halbdunkel, die Luft war dick, aber dieses ganze Erlebnis war in nichts so, wie Robert Browning glauben machen will, nein, kein bißchen. Warum auf Robert Browning hören? Ich war dort, Browning hingegen nicht, der schickte Gedanken aus der Fremde nach Hause, aus Italien. Saul erhob sich keinen Augenblick mühsam auf die Füße, wie ein Mensch, der unter der Last unaussprechlichen Jammers ächzt, richtete nicht den gequälten Körper mit seitlich ausgestreckten Armen auf, stellte kein Kreuz dar. Die Kreuzigung haben Römer erfunden, nicht Hebräer, und Saul lebte tausend Jahre, bevor es Römer gab. Wir hingegen bevorzugten zu Exekutionszwecken Feuer und Steine, wir verbrannten und steinigten, und das ziemlich selten. Viel einfacher war es, die Sünder zu dulden und mit dem Ärger zu leben, den sie uns machten, als sie zu richten und hinzurichten. Wozu der Aufwand? Meist überließen wir sie dem Himmel, oder wir ließen andere mit dem Schwert über unsere Feinde herfallen. Und hier gleich noch etwas: Nicht einer von uns hätte sich das kleinste bißchen aus der Wiederkunft des Messias gemacht, ja, auch nur ein Wort darüber verloren. Wer brauchte schon einen Messias? Wir hatten keinen Himmel, wir hatten keine Hölle, wir hatten keine Ewigkeit, wir hatten kein Leben nach dem Tode. Wir brauchten damals keinen Messias, und wir brauchen auch heute keinen, und das letzte, was ein vernünftiger Mensch sich wünschen kann, ist meiner Ansicht nach ein ewiges Leben, denn für die meisten von uns währt das Leben ohnedies schon zu lange.

Ich bin nicht einmal davon überzeugt, daß wir so dringend einen Gott brauchten, wenn es auch schien, als hätten wir es sehr nötig, an einen zu glauben. Fest steht, daß so ungefähr jeder gute Einfall, der aus meinen Plaudereien mit Ihm resultierte, von mir stammte. Der Plan, die Philister bei Nacht zu umzingeln und uns vor der zweiten Schlacht bei Rephaim durch die Maulbeerbäume anzuschleichen, war Seiner. Doch glaube ich kaum, daß es nicht auch anders gegangen wäre, und im übrigen hätte ich auch selber darauf kommen können. Jedenfalls gefiel mir Joabs Plan, bei Morgengrauen frontal anzugreifen, überhaupt nicht.

Nach seiner jammervollen, schlaffen Erscheinung zu schließen, dachte Saul vermutlich darüber, ob man einen Gott benötige oder nicht, anders als ich. Man hatte ihm ein Becken mit Wasser für die Füße hingestellt, doch waren Zehen und Fersen von Staub bedeckt. Speer und Spieß lehnten mit der Spitze nach oben an der Wand, davor lagen unförmige Hausschuhe aus Schafspelz. Auf dem Boden war eine Matte aus Wollschnüren entrollt, darauf ein Kopfpolster aus grobem Ziegenfell. Obwohl König, lehnte Saul es ab, in einem Bett zu schlafen, und bevorzugte den Fußboden. Daß er meiner vom Moment meines Eintretens an gewahr war, bezweifelte ich keinen Augenblick. Allerdings verging eine Weile, bevor er sich regte und träge zu mir herwandte, um mich zu mustern. Er legte eine Hand über die Augen, um sie vor dem grellen Sonnenlicht zu schützen, das durch die geöffnete Tür hinter mir fiel. Ich erwiderte seinen Blick fest. Er wirkte wie ein Mann, der im Begriff steht, in Tränen auszubrechen. Er zeigte das vereinsamte, verheerte Gesicht eines Menschen, der von Liebe befallen ist. Ich kenne jenen leblosen, entleerten Leidenszustand des Liebens von meinen ersten Jahren mit Bath-Seba her, als alles so hektisch gut ging, und auch von den darauffolgenden, endlosen Anfällen von Sehnsucht, als die Dinge eine so unkontrollierbare Wendung nahmen. Jene beispiellosen Forderungen des gequälten Herzens waren in guten wie in schlechten Zeiten fast gleich zwingend.

»Wer bist du?« Sauls Stimme klang ergreifend, flüsternd fast, wirkte übermäßig trocken. »Es fällt mir schwer, mich zu erinnern.«

Mitleid, das mir sowohl Tränen in die Augen trieb, als auch Ekel erweckte, überschwemmte mich momentan, so daß ich kaum ein Wort herausbrachte. »Ich bin David, der Sohn deines Knechtes Isai, des Bethlehemiten.«

»Es fällt mir schwer, mich zu erinnern«, wiederholte er.

»Ich soll vor dir spielen«, sagte ich.

»Wirst du vor mir spielen?« fragte er wehmütig und wartete auf meine Antwort mit herabhängendem Unterkiefer wie jemand, der einen Schlaganfall erlitten hat.

»Spielen und singen soll ich vor dir.«

»Es heißt ja, Musik hat einen Zauber, der die wilde Brust besänftigt.«

»Auch ich habe davon gehört«, antwortete ich schüchtern mit meiner jugendlichen Tenorstimme, die rein war wie die eines Chorknaben. Offen gesagt glaubte ich aber an die Richtigkeit dieser Redensart nicht. Mein Neffe Joab hat seit je eine Seele besessen, so wild wie nur irgendeine, und meine Musik stachelte ihn eher auf, als daß sie ihn beschwichtigte. Schon als wir Kinder waren in Bethlehem, hatten mein Spiel und mein Gesang zwischen uns zu einem tiefen Gegensatz geführt, der bis zur Unverträglichkeit ging. Er war Jogger und Gewichtheber, während ich eher eine Ode an eine Narzisse komponierte.

Mit apathischem Kopfnicken bedeutete Saul mir, näher zu treten und einen geeigneten Platz zu suchen, dann schaute er mit niedergeschlagenen Augen weg und wartete. Ich hatte meine achtsaitige Lyra mit nach Gibea gebracht, um meine technische Fertigkeit zu größtem Vorteil zu demonstrieren. Jetzt aber preßte ich das Instrument fest an die Brust, um das Zittern meiner Hände zu verbergen. Mein Mund fühlte sich an wie gelähmt. Saul war offenbar nicht mehr interessiert. Etwas verkrampft nahm ich auf einem niedrigen Schemel Platz, ein bloßes Knie auf dem Boden. Ich befeuchtete die Lippen und den Gaumen mit einer Zunge, die sich hölzern anfühlte, und wollte anfangen. Die erste Note blieb mir in der Kehle stecken, kam nur als eine Art Krächzen heraus. Ich war dankbar dafür, daß Saul mich nicht zu beachten schien. Die beiden folgenden Noten klangen gequetscht, und mir sank der Mut. Doch dann sah ich, wie er überrascht zusammenzuckte, als ich erstmals die Saiten mit allen Fingern berührte; es war, als setzten die tremolierenden Akkorde, die jetzt in der Luft zitterten, irgendwo in ihm verwandte Schwingungen in Gang, die in seinem ganzen Wesen widerklangen. Mein Selbstvertrauen kehrte zurück, ohne daß mir das bewußt wurde. Ich hatte jetzt alles unter Kontrolle und wußte sicher, daß ich besser und besser wurde, als ich fortfuhr und wie ein Engel sang, mit einer Stimme, zu jung für einen Mann und zu süß für ein Mädchen.

Ich begann mit einem schlichten russischen Wiegenlied, mit dem meine Mutter mich in den Schlaf zu singen pflegte, als ich noch ein Kind war und mich vor der Dunkelheit fürchtete, und das sie auch später im Hause gelegentlich vor sich hin summte, wenn sie sich behaglich fühlte. Saul hörte aufmerksam zu. Mir schien, es tat ihm wohl, und ich ging kühn zu einigen komplizierteren und längeren eigenen Kompositionen über. Ich sang von Waffen und dem Mann, von Achill und von dem ersten Ungehorsam des Menschen gegen Gott, in dieser Reihenfolge, ohne in meiner ländlichen Einfalt zu ahnen, daß ich Themen behandelte, die entweder gegen seine Vorurteile verstießen und ihn reizen mußten oder ihn mit Trauer und Wehmut erfüllten. Zum Glück war letzteres der Fall. In dieser vorteilhaften Wahl meiner Themen mag mich sehr wohl eine höhere Macht geleitet haben, vielleicht aber auch nicht. Ich hörte Saul seufzen, sah, wie seine Glieder sich lockerten und ihre Geschmeidigkeit zurückgewannen. Ich sah die dunklen starren Züge aus seinem Gesicht verschwinden, sah, wie seine Miene sich aus dem Klammergriff fatalistischer Verzweiflung löste und den Ausdruck nachdenklicher Verträumtheit annahm. Der Kopf folgte kaum merklich dem Tempo, mit dem die melodische Musik dahinströmte.

Diese sichtbaren Zeichen meines Erfolges taten mir gut. Was für einen prächtigen, inspirierenden Anblick muß ich geboten haben! Ich war hell und rosig. Und ganz offenbar vollbrachte ich Wunder. Die letzten Noten meines Epos über des Menschen ersten Ungehorsam gegen Gott schwebten noch im Raum, da erhob sich Saul, reckte sich mit der Andeutung eines Lächelns, bewegte die Schultern, als entdecke er von neuem, daß sie beweglich waren, und streckte die Arme von sich. Er sperrte den Mund weit auf und gähnte herzhaft. Ich beschloß meinen Vortrag mit der Ode auf die Narzisse.

Selbstverständlich fieberte ich nach einer Fortsetzung. Hätte er eine Zugabe verlangt, ich hätte, um das Tempo zu wechseln, eine lebhafte und etwas anrüchige Ballade eigener Erfindung zum besten gegeben, die von einem Hirten und seiner Liebsten handelte. Doch Saul erhob sich von seiner Bank, ermattet, aber zielstrebig, und ließ mich mit einer Geste wissen, daß er genug gehört habe und zufrieden sei. Er schlurfte durch die Kammer und ließ sich befriedigt ächzend auf seiner Matte nieder, wo er ein Weilchen völlig schweigend sitzen blieb, die Knie mit den Armen umfassend. Ich fürchtete schon, er habe mich wieder vergessen. Rühren wollte ich mich nicht. Sein Atem kam laut und regelmäßig. Nach einer weiteren Minute winkte er mich heran. Ich näherte mich schüchtern, kniete dann vor ihm, so daß ich in seine Augen blicken konnte. Er umfaßte zart meinen Kopf mit seinen riesigen Händen und schaute mir tief in die Augen, mit dem Ausdruck ehrfürchtiger und feierlicher Dankbarkeit. Mein Herz schlug wie rasend.

»Ich werde dich nie vergessen«, sagte er leise, »du sollst immer um mich sein. Du sollst sein wie eines meiner Kinder. Ab morgen früh wirst du mir als Waffenträger dienen.«

Die Nacht verbrachte ich, in meinen Umhang gerollt, auf einem trockenen Platz im Freien unweit der Ecke seines Hauses. Schlaf fand ich nur wenig. Glitzernde Hoffnungen und sinnverwirrende Erwartungen erfüllten mich. Am Morgen schickte man mich fort. Als Saul und ich einander zwei Jahre später wieder begegneten, am Tage, da ich Goliath erschlug, war es, als hätte er mich nie zuvor gesehen.

VI
IM DIENSTE SAULS

Im Dienste Sauls fand ich es schon bald fast unmöglich, das Richtige zu tun. Je größer mein Erfolg, um so größer dieses Unvermögen. Ich überlebte, ich tat mich hervor, ich begann mir einen Namen zu machen als jemand, der Philister erschlägt. Man sollte denken, Saul wäre stolz auf mich gewesen. Jonathan war es. Selbst Abner erkannte meine Klugheit an, meine Besonnenheit, meine Kühnheit, meinen Ruf als tüchtiger Soldat. Aber Saul war auf keine Weise mehr zufriedenzustellen, nachdem er die Frauen gesehen hatte, die aus den Städten Israels kamen mit Pauken und Freuden und mit Geigen, mich zu grüßen und den melodischen Wechselgesang anzustimmen:

הִכָּה שָׁאוּל בַּאֲלָפָו
וְדָוִד בְּרִבְבֹתָיו׃

Oder in der Übersetzung:

Saul hat tausend geschlagen,
aber David zehntausend.

Was sollte ich machen, nun sich herausstellte, daß ich ein zehnmal tüchtigerer Krieger war als Saul?

Gleichwohl war ich ungemein verblüfft darüber, daß er so sehr ergrimmte. Wenn Blicke töten könnten, wäre ich erledigt gewesen, und von jenem Tage an betrachtete er mich wachsam und mit Mißtrauen, auch als ich schon sein Schwiegersohn geworden war und fast allabendlich an der königlichen Tafel in Gibea speisen mußte. Wem hätte es unter solchen Umständen wohl geschmeckt?

Ich weiß noch genau die Stunde zu nennen, da mein gutes Verhältnis zu Saul sich auf so besorgniserregende Weise verschlechterte. Wir kehrten wieder einmal munter zurück von einem Sieg über die Philister, zu dem ich ehrenvoll beigetragen hatte, und da kamen die Frauen mit ihren Pauken und Geigen und sangen von Sauls Tausend und meinen Zehntausend. Das war in meinen Ohren selbstverständlich wie Himmelsmusik, ich grinste breit und erwartete aufrichtig naiv, Saul werde auf das Lob, das mir gespendet wurde, mit väterlichem Stolz reagieren. Aber schlimmer hätte ich mich nicht irren können. Saul zog ein überraschtes, finsteres Gesicht, warf mir Blicke zu wie Dolche und trieb die Marschkolonnen zur Eile an, um die Menge hinter sich zu lassen, die mich da lobpries. Als die Frauen nicht mehr zu sehen waren, winkte Saul den Abner heran und sagte in meiner Hörweite, so, als wollte er auch ganz sicher sein, daß ich mitbekam, wie ungnädig er war:

»David werden zehntausend zugerechnet. Hast du das gehört?«

»Ich habe es gehört.«

»Zehntausend? Hast du's gehört?«

»Ja doch, ja, ich hab's gehört«, antwortete Abner unbehaglich.

»Und mir rechnen sie nur tausend zu. Hast du auch das gehört?«

»Ja, ja, ich hab's gehört.«

»Von zehntausend ist er noch weit entfernt.«

»Du kennst doch die Weiber.«

»Aber ich, ich habe meine tausend erlegt, oder nicht?«

»Leicht.«

»Die haben bloß für ihn gesungen – du hast es gehört, nicht wahr? –, und getanzt auch bloß für ihn. Mich haben sie praktisch überhaupt nicht beachtet. Hast du's gesehen? Hast du's gehört?«

»Ja doch, ja«, versicherte Abner. »Aber was willst du von mir? Ich hab sie auch früher schon gehört.«

»Früher gehört? Wann?«

»Oft schon.«

»Und warum hast du mir nichts davon gesagt?«

»Warum sollte ich dich ärgern?«

Saul warf mir mörderische Blicke zu und knurrte: »Was möchte ihm wohl besser gefallen, als das Reich zu übernehmen?«

Um die Wahrheit zu sagen, ging mir so was Ähnliches wirklich im Kopf herum, seit ich in Sauls Dienste getreten war und mir einen so großen Namen gemacht hatte, nie aber, das schwöre ich, war es mehr als das luftige Hirngespinst eines Heranwachsenden, kein beständiger, sich übersteigernder Ehrgeiz, der eines Tages überborden könnte. Ich streckte die Hand nach Sauls Thron erst aus, als er tot war. Da mag man fragen, wen man will, Achis, den König von Gath, zum Beispiel.

Um meine Verblüffung zu begreifen, darf man nicht vergessen, daß ich damals noch ein Kind war, so grün hinter den Ohren wie nur je ein Provinzjockel, fast ohne Kenntnis der garstigen Abartigkeiten und Widersprüche, mit denen das Herz des Menschen fähig wird, sich zu besudeln. Wer hätte sich damals vorstellen können, wie groß Sauls brütender Haß gegen mich war, wer hätte das bedrohliche Paradox geahnt, daß, je mehr ich leistete, um ihn zufriedenzustellen, desto grimmiger die Eifersucht und Wut wurden, mit denen er mich verfolgte? Ich weiß jedenfalls, daß es mich kränkte, als ich ihn das erste Mal so wütend auf mich werden sah, und ich war auf eine sonderbare und schuldbewußte Weise ratlos, wann immer sich das wiederholte.

Schon tags darauf kam der böse Geist wieder über Saul – zum zweiten Mal in seinem Leben. In Gibea verbreitete sich schnell die Kunde, daß er wiederum von einer geheimnisvollen Melancholie befallen sei. Als ich davon hörte, nahm ich meine Lyra aus dem Lederbeutel und wartete. Es hieß, Saul könne seine Kammer nicht verlassen. Er nahm keine Nahrung zu sich, wusch nicht den Staub von Händen oder Füßen. Auch sexuelles Verlangen spürte er nicht. Die Haare wollte er nicht kämmen, die Fingernägel nicht säubern. Als man das Olivenöl in seiner Lampe in Brand setzte, pustete er die Flamme aus und knurrte unhöflich, er wolle lieber die Dunkelheit verfluchen. Man dachte sehr bald an mich. Keine weitere Zeitverschwendung mit Weinkrügen oder Äpfeln. Musik war gefragt. Ich folgte eilfertig der Aufforderung, vor ihm zu spielen und zu singen, sah eine Gelegenheit, bei ihm wieder in Gunst zu kommen, indem ich seinen Geist von den unheimlichen Gespenstern befreite, die ihn quälten. Abners Bitte tat mir wohl, ich fühlte mich vom Himmel auserkoren, als jemand, der zu einmaligen Dingen bestimmt, dem die Gabe zuteil geworden ist, mit den zauberhaften Eigenschaften seiner Musik zu heilen. Wieder war ich der richtige Mann am richtigen Platze.

Ich begann meine Serenade an Saul höchst zart mit meiner reinen, unschuldigen Singstimme und meiner achtsaitigen Lyra. Ich sang göttlich wie ein Kastrat. Für meinen König nur das Beste. Schon das durchsichtige Timbre der ersten Note sagte mir, daß ich nie besser gesungen hatte. Wieder wurde mir die Auszeichnung zuteil, die sanft lindernde Wirkung meines Genius' zu beobachten, als meine klagende Melodie sein gequältes Bewußtsein erreichte. Vor meinen Augen stellte er sich wieder her, trat er wunderbarerweise aus dem Zustand katatonischer Depression hervor, in den er über Nacht versunken war und in dem ich ihn bei meinem Eintritt vorgefunden hatte. Er regte sich, er bewegte sich, er entdeckte sich wieder, kehrte unter die Lebenden zurück. Und ich hatte ihn hinausgeführt. Es war überwältigend anzusehen. Als ich ohne zu zögern zu meiner ziemlich feurigen *Hymne an die Freude* überging, bewegte Saul den Kopf steif hin und her, als lausche er meinem Tempo und prüfe seine nervlichen Reize. Er machte einen Buckel, winkelte die Arme mit gekrümmten Ellbogen ab und ließ sie in den Gelenken unter den mächtigen Muskelpacken kreisen. Endlich hob er das umwölkte Gesicht, um mich zu mustern. Er zeigte die kummervolle Miene eines Menschen, der kurz zuvor niederschmetternde Neuigkeiten vernommen hat und sich erst jetzt imstande fühlt, sich zusammenzunehmen. Ich war froh, als er mich mit dem Ausdruck tiefer Dankbarkeit und immerwährender Hingabe betrachtete. Kein Zweifel, er wußte, ich hatte ihn erlöst. Er lächelte andeutungsweise etwas schuldbewußt, in seine geschwollenen, trüben Augen trat ein Schimmer von Verständnis, als er mich wahrnahm und erkannte. Ich war erleichtert – er würde nun noch mehr in meiner Schuld stehen als zuvor. Ich betrachtete ihn tief beglückt. Und schon sprang dieser verrückte Lump doch auf die Füße, packte einen Spieß und schleuderte ihn mit aller Kraft nach mir. Ich war wie gelähmt. Der Spieß fuhr mit einem dumpfen Anprall ins Gebälk hinter mir, und der zitternde Schaft summte nur Zentimeter von meinem Ohr entfernt. Wer möchte das glauben? Das Aas hatte es wirklich auf mich abgesehen! Augenblicke lang saß ich da, nicht fähig, mich zu rühren, offenen Mundes, bis er einen zweiten Spieß nach mir warf und mich wiederum verfehlte. Aber dann sprang ich schreckerfüllt auf und flüchtete aus seinem Haus, so schnell meine Füße mich tragen wollten.

Als ich Abner erzählte,. was vorgefallen war, nahm dieser das völlig gelassen auf. »Nach Regen kommt auch wieder Sonnenschein, das mußt du noch lernen«, riet er philosophisch, strich mit einer Hand über sein pockennarbiges Gesicht und unterbrach sich, um an einem Granatapfel zu zuzzeln, den er in der anderen hielt. »Er hat dich doch verfehlt.«

»Zweimal.«

»Also, was beschwerst du dich? Schließlich hat er dir nichts getan.«

»Könntest du mir wenigstens meine Lyra holen? Das war meine beste.«

»Halte dich lieber von ihm fern«, sagte Abner, als er mit meiner Lyra zurückkam, »bis er seinen Sinn gewandelt hat.«

Saul machte es mir leicht, indem er mich aus seiner Nähe entfernte. Ich erwartete den Tod, oder wenigstens eine Degradierung, statt dessen beförderte er mich zum Hauptmann über Tausend und schickte mich mit einem oder zwei Dutzend Männern in entlegene Gegenden, wo ich mich mit marodierenden Philistern rumzuschlagen hatte, die in die Täler einfielen, auch Dörfer im Norden von Israel oder im Süden von Juda besetzten und plünderten. Pflichtschuldigst ging ich, wohin Saul mich schickte, und betrug mich in jeder Weise umsichtig, immer in der Hoffnung, ihn zufriedenzustellen. Denkste. Ganz Israel und Juda faßten große Zuneigung zu mir, weil ich die Krieger siegreich auf diesen Missionen der Befreiung und Sicherung anführte, nur Saul nicht. Je umsichtiger ich mich verhielt, desto mehr schienen seine Furcht und seine Abneigung zu wachsen. Daß alle meine verzweifelten Versuche, ihn milde zu stimmen, fehlschlugen, machte mich fast krank. Ich wußte nicht, was tun. Ich litt unter Herzklopfen und verfaßte einen sehr gelungenen Psalm darüber. Es bleibt ein bedauerliches Faktum in meinem Leben, daß mein künftiger Schwiegervater und ich nach dieser ersten Episode mit den Spießen nie wieder unbefangen miteinander umgehen konnten. Womit hatte ich das eigentlich verdient? Das sage mir mal wer. Es schien, als suchten wir beide krampfhaft nach einer Lösung dieses Rätsels und beide mit dem gleichen Resultat: Nichts. Eine solche Antwort war für uns beklemmend. Seine mürrische Gekränktheit und die dumpf brodelnde Wut legten sich nie ganz. Ich fühlte mich ständig gefährdet und wurde immer wieder von Reue gepackt. Wie sollte ich diesen Patriarchen mit etwas versöhnen, was ich nie begangen hatte? Im besten Fall versetzten wir einer den anderen in eine peinliche Lage. Andererseits wieder war nur allzu offensichtlich, daß er meinen Anblick ohne Zeichen einer wilden und bedrohlichen Erregung nicht ertragen konnte. Seine Abneigung war für alle sichtbar und speziell für Jonathan und einige andere ein steter Anlaß zu nervöser Besorgnis. Ich selber konnte sie mir nicht erklären. Was wollte er nur von mir? Wer konnte denn damals ahnen, daß er, Samuels wegen, täglich gegen den Drang kämpfte, mich zu erschlagen, und daß dieser Drang fast unbeherrschbar war? Der bösartige Halunke schickte mich mit viel zu wenig Leuten auf diese Expeditionen in ferne Gegenden, in der geradezu rührenden Hoffnung, die Philister würden erledigen, wozu er die Hand nicht heben wollte.

Saul war der Meinung – wohl mit gutem Grund –, Gott

liebe mich. Und deshalb fürchtete er sich davor, mich selbst zu erschlagen, wenn er bei Verstand war. Was Saul mit mir versuchte, war genau das, was ich später mit Erfolg an diesem unglückseligen Narren Uria, dem Hethiter, beging. Den wollte ich nicht erschlagen, und doch mußte ich ihn loswerden, weil ich seine Frau heiraten wollte, bevor deren Schwangerschaft nicht mehr zu verbergen war.

Es gibt nichts Neues unter der Sonne, gewiß nicht, und schon gar keine Verschwörungen. Man zeige mir etwas, wovon sich sagen ließe »siehe, dies ist neu«, und ich werde beweisen, daß es schon dagewesen ist. Es gibt im Leben ohnehin nur vier Handlungsmuster und in der Literatur neun, alles andere sind Variationen, eitel, Ärgernis. Ich weiß jedenfalls nur allzugut, daß ich in dieser stürmischen Phase mich nicht von Gott geliebt fühlte. Statt dessen empfand ich mich als Ärgernis, denn Saul verabscheute mich mit einem hartnäckigen Widerwillen, der sich nicht besänftigen ließ. In meiner vertrauensseligen Naivität glaubte ich, daß er wirklich meinte, was er sagte, nämlich, daß ich über seine Feinde triumphieren sollte. Aber wenn es geschah, bekam er Wutanfälle und raste. Mich hätte also fast der Schlag gerührt, als seine Abordnung bei mir erschien und mir eröffnete, Sauls Tochter sei in Liebe zu mir entbrannt, und Saul wünsche mich zum Schwiegersohn. Die menschliche Eitelkeit ist so ungeheuer, daß ich mich im Handumdrehen zu der Meinung überredete, Saul sei nun ganz mit mir versöhnt. Alles ist eitel, alles, alles ist eitel und ein Haschen nach Wind. Nach kurzer Zeit fand ich es ganz selbstverständlich, daß die Tochter des Königs in mich verliebt war.

Im Rückblick erkenne ich, daß das eigentlich Ungewöhnliche die Leichtigkeit war, mit der ich mich dem Kriegshandwerk zuwandte, als wäre ich von Geburt an dazu bestimmt gewesen. Dabei war ich als Kind nie kriegerisch. Man vergißt zu leicht, daß Goliath der erste Mensch war, den ich erschlug. Ich war bis dahin nicht einmal auf einem Kriegszug gewesen. Daß ich ein tapferer Mann und des Krieges kundig gewesen sei, gehört ins Kapitel Heldenverehrung, wäre es anders, ich hätte damals in Socho ja bereits bei unseren Truppen gelegen. Retter, die die Phantasie beschäftigen, treten seit je unangekündigt auf und sind ungewissen oder schlichten Herkommens. Das gilt auch für mich. Gäbe es denn einen echten Höhepunkt, wäre ich nur einer von mehreren berühmten Kriegern gewesen, der über einen anderen obsiegte? Achilles' Sieg über Hektor ist die schwächste Stelle in der *Ilias,* auf den hatten doch alle gewettet. Homer verstand sich nicht sehr gut darauf, eine Story zu konstruieren, aber man soll ihm zugutehalten, daß er bei der Wahrheit bleiben mußte.

In Bethlehem, wo ich aufwuchs, zeigte ich keinerlei Vorliebe für Kriegsspiele, überhaupt für keine Gruppenaktivitäten. Mit meinen Neffen Joab, Abisai und Asahel konnte ich mich nie messen, was Begeisterung für die Kriegskünste betrifft, in denen sie sich spaßeshalber übten. Weil ich das letztgeborene von vielen Kindern war, sie aber die Abkömmlinge meiner ältesten Schwester Zeruja, waren wir nahezu gleichaltrig. Ich verstand mich am besten auf die wenig geachtete Schleuder und zog es vor, allein mit meinen Steinen zu spielen, eine einsame, romantische Gestalt – so kam ich mir vor –, die dabei poetische Gedanken hatte und komponierte und nebenbei auch die Schafe hütete. Joab und die anderen verbrachten ihre Stunden sorglos mit Gewichtheben und Liegestützen und Wettläufen und damit, beim Kampf gegen imaginäre Philisterhorden mit ihren Attrappen von Streitäxten und Hämmern alles mögliche zu zertrümmern. Ich schleuderte meine Steine auf abgelegenen Weiden und komponierte eines bewölkten, windigen Tages meine gefeierte *Air für die G-Saite,* während ich wie blind die grauen, ungeschorenen Rümpfe meiner kleinen Schafherde betrachtete.

Mein Ruhm als junger Komponist und als Wunderkind auf der Lyra war denn auch wohl verdient und in der ganzen Gegend verbreitet, als ich kaum mehr war denn ein Knabe. Joab hat dies, glaube ich, nicht zu schätzen gewußt. Was meine Kompositionen angeht, so war Joab ein

Klotz. Joab findet alle Sänger verdächtig und auch alle Tänzer. Bestimmt hielt er mich für schwul. Ich hinwiederum halte jemanden, der keine Musik in sich hat, für fähig, Verrat zu begehen, Ränke zu schmieden und nach Beute zu gieren, und das habe ich Joab oft vorgehalten, auch noch, nachdem ich König geworden war. Auch sah ich als Jüngling, wie ich wohl schon andeutete, ungewöhnlich gut aus, ja geradezu hübsch auf eine eher feminine Weise. Und das hat ihm gewiß auch mißfallen. Ich habe weder ihm noch sonstwem je den Gefallen getan, das himmlische Vergnügen zu unterdrücken, das ich wegen meines blendenden Aussehens, meines gewinnenden Lächelns und meines bescheidenen Auftretens empfand. Alte Frauen betüterten mich, junge Frauen und Mädchen warfen mir schmachtende Blicke zu, gelegentlich schaute wohl auch ein Durchreisender erstaunt nach mir, mit einer Miene, die mehr ausdrückte als nur die normale, objektive Bewunderung. Ich war schön anzusehen und wußte das. Mein Hals ist mit einem Turm aus Elfenbein verglichen worden, meine krausen Locken hieß man schwarz wie das Gefieder eines Raben – nicht nur ich habe das getan. Ich übertreibe nicht, wenn ich sage, daß ich meine schönsten Schafe häufig sehnsuchtsvoll blöken hörte und verliebte Kuhaugen nach mir machen sah. Mir also kam es bald schon nicht sonderbar vor, daß des Königs Tochter Michal sich in mich verliebt haben sollte. Warum denn nicht? War meine Haut nicht weißer denn Milch und rosiger denn Rubine? Sah irgendwer besser aus? So groß ist die angeborene Begabung eitler Menschen für Selbsttäuschung, daß ich mir bald auch einredete, Saul sähe meine Vermählung mit Michal so gern, daß er nur einen geringen Preis für sie verlangte. Es kam mir nicht in den Sinn, daß die amourösen Neigungen seiner Tochter ihm die Möglichkeit boten, mir eine Falle zu stellen und mich den Händen der Philister zu überliefern.

»Ist der König ungnädig?« fragte ich, als man mir sagte, Michal sei in Liebe zu mir entbrannt.

»Du sollst sein Schwiegersohn werden«, erwiderte Abner knapp, und erst später kam ich darauf, daß er damit meine Frage nicht beantwortete. Mit Abner fertig zu werden, fiel mir nie leicht.

»Ich hatte den Eindruck, er kann mich nicht leiden«, sagte ich schüchtern.

»Du stehst als erster auf der Liste.«

»Ich bin ein armer, geringer Mann«, zierte ich mich demütig, »und was ist meines Vaters Haus in Israel, daß ich des Königs Eidam sollte werden? Ich gelte wenig.«

»Bei ihm nicht.«

»Er mag mich also wirklich leiden?«

»Wenn du ausziehst, die Philister zu bekämpfen«, erinnerte mich Abner und wich wiederum geschickt meiner Frage aus, »dann teilst du große Schläge unter ihnen aus, und sie fliehen vor dir.«

»Und der König bemerkt das?«

»Gibt es Salz im Meer?«

»Nie lobt er mich.«

»Du weißt, er ist scheu.«

»Manchmal meine ich, er fürchtet, ich habe was vor«, wand ich mich.

»Wie ließe sich diese Furcht besser beschwichtigen als dadurch, daß er dich in sein Haus aufnimmt und dich in seiner Nähe hält?«

»Das könnte gehen?«

»Ich habe es vorgeschlagen.«

»Darf man dem König nein sagen?« fragte ich rhetorisch.

»Hat ein Bulle Titten?«

»Schreit der wilde Esel, wenn er Gras hat?«

»Soll das den ganzen Tag so weitergehen, David?« Abner hatte für mich als Person nie viel übrig.

»Ich bin ein armer Mann«, warnte ich mit passender Bescheidenheit und stieß damit zum Kern der Dinge vor. »Ich habe kein Geld, kein Land. Nicht mal die paar armseligen Schafe, die ich ehedem in der Wildnis hütete, waren meine eigenen, sie gehörten einzig und allein meinem Vater Isai.«

Abner entgegnete belustigt: »Braucht der König etwa Geld? Fehlt es Saul an Land und Schafen?«

»Ist der Sand der Wüste aus Silber gemacht?« erwiderte ich schlau.

»Oder die Gräser des Waldes aus Gold?« setzte Abner fort, mit jenem Mangel an Gefühl, der ihn mir immer rätselhaft machte. »Saul ist der König, und er kann so viel Geld, Land oder Schafe nehmen, wie er will. Nein, der König will keinen solchen Brautpreis für seine Tochter, er will bloß ein symbolisches Zeichen deines guten Willens.«

»Was für ein symoblisches Zeichen?« fragte ich mißtrauisch.

»Eine Kleinigkeit, nicht der Rede wert, es soll weder deinen Vater noch dich arm machen, ja, dich nicht einmal vorübergehend in Verlegenheit bringen. Saul will nicht Reichtum.«

»Womit soll ich dann zahlen?« mußte ich nun fragen.

»Mit einem Pfund Fleisch«, bekam ich zur Antwort.

»Mit einem Pfund Fleisch?« wiederholte ich verblüfft.

»Vielleicht auch ein paar Gramm mehr oder weniger, soviel sie eben wiegen«, versetzte Abner wegwerfend. Dabei blickte er mich unter gesenkten Lidern her scharf an.

Ich hatte Mühe, ihn zu begreifen. »Was für Fleisch?«

»Philisterfleisch.«

»Ich verstehe dich nicht«, gab ich offen zu.

»Vorhäute«, erklärte Abner mit übertriebener Geduld, als hätte ich alle seine Gespräche mit angehört und stellte mich in der Hauptsache besonders stupide an. »Vorhäute wünscht der König. Bring ihm nur hundert Vorhäute von den Philistern, daß man sich räche an des Königs Feinden, und du sollst sein Eidam sein. Weiter verlangt er nichts. Einhundert Vorhäute.«

Vorhäute? Ich sprang fast in die Luft vor Freude, als ich verstanden hatte. Hundert Vorhäute von Philistern? Tausend könnte ich ihm bringen!

»Zweihundert soll er haben«, jubelte ich in einer Mischung aus prahlerischer Großmut und konservativer Vernunft. »Wann möchte er sie haben?«

»Je früher, desto besser«, meinte Abner, »damit ist allen Beteiligten gedient. Jedenfalls, solange Michal noch gut aussieht und jung genug ist, Kinder zu gebären. Saul wünscht sich Enkel.«

»Gleich fange ich an.«

»Wie lange brauchst du dazu? Du kannst so viele Leute nehmen, wie du willst.«

Man hätte über den Sachverstand gestaunt, mit dem ich laut meine Berechnungen anstellte. Abner wirkte wie vom Donner gerührt. Ich zählte fließend auf, daß mindestens vier kräftige junge Israeliten gebraucht wurden, um einen lebendigen Philister zu ergreifen und reglos am Boden festzuhalten; ein fünfter mußte dessen Glied so geschickt in Position bringen, daß der zu Operierende in seiner Angst vor dem Eingriff keinen Rückzieher machen konnte, und ein sechster sollte mit sicherer Hand das Messer führen und die Vorhaut sachverständig von der Eichel lösen. In manchen Dingen bin ich so pedantisch, daß man es fast banal nennen könnte. Zwei weitere Männer mochten durch ihr Gewicht dazu beitragen, den Widerstrebenden am Boden festzuhalten. Denn freiwillig dürfte sich keiner darauf einlassen. Ging man davon aus, daß es eine Stunde dauern würde, jeden zur Beschneidung vorgesehenen Philister zu packen, und daß ich vier Gruppen von je sechs Mann zur Verfügung hätte, die ihre Nahrung auf dem Marsch verzehrten, statt zu rasten, schätzte ich optimistisch, daß wir täglich –

Abner schüttelte endlich die Trance ab, die ihn beim Zuhören befallen hatte, und unterbrach. »David, David!« Er rollte die Augen himmelwärts und hob um Schonung bittend eine Hand. »Du übersiehst womöglich den eigentlichen Zweck der Übung. Du sollst die Philister töten, nicht sie bekehren. Von uns aus kannst du komplette Schwänze mitbringen.«

Wieder war ich außer mir vor Freude und hätte ihr beinahe in mehreren Hallelujas Ausdruck gegeben. Ich begriff, daß meine Aufgabe viel einfacher zu lösen war, wenn ich die Philister erschlug und komplette Schwänze ablieferte.

Aber wer glaubt das schon? Wer käme auch nur von fern auf den Gedanken, daß ein so schlichter Mensch wie

Saul eine so diabolische Falle ersinnen konnte, in welcher der Mann, den Sauls verwirrter Geist schon von der heiligen Aura dessen umgeben sah, den Gott zu seinem Ersatzmann auserkoren hatte, durch die Hand der Philister zu Tode kommen sollte? Ich jedenfalls bestimmt nicht, nicht, bevor die niederträchtigen Einzelheiten dieses Planes mir viel später durch Jonathan offenbart und bestätigt wurden von meiner Frau Michal, in jener Nacht, da sie mich anflehte, zum Fenster hinauszuspringen, falls mir daran gelegen wäre, am Leben zu bleiben.

Und meinem gutmütigen Neffen Joab ebenfalls nicht, der sofort einwilligte, als ich ihm anbot, mir als Hauptmann über Vierundzwanzig zu helfen. Schon damals wünschte der rüstige Joab nichts dringlicher, als in den Kampf zu ziehen, einerlei, gegen wen, und fragte kaum je, warum. Es war auch Joab, der eines Frühlingstages, zur Zeit, da die Könige in den Krieg ziehen, meine Zustimmung zu dem Plan erbat, mit 600 Mann und Abisai durch die Türkei auf die Krim zu marschieren, Rußland und Asien zu erobern und zu besetzen und dann das übrige Europa, im Westen bis zur Iberischen Halbinsel, den Britischen Inseln und der Republik Irland.

Mein erster Einwand lautete: »Wir ziehen im Frühling in den Krieg, wenn unsere Ernte eingebracht ist, die aber gehen im Herbst in den Krieg, wenn *ihre* Ernte eingebracht ist, also wie wollt ihr da je zusammenkommen?«

»Wir können aufbrechen im Frühling, wenn unsere Ernte drin ist«, erklärte Joab schlicht, »und über sie kommen im Sommer, wenn ihre Ernte noch nicht drin ist.«

»Und wovon wollt ihr leben, wenn ihr im Sommer über sie kommt, bevor das Korn auf der Tenne ist?«

»Getrocknete Feigen könnten wir mitnehmen, und in Skandinavien leben wir von Heringen.«

Ich hätte diesem grandiosen Vorschlag vielleicht mehr Aufmerksamkeit schenken sollen, statt wieder einmal gegen die Ammoniter in Jordanien und die Syrer im Norden loszuschlagen. Wie groß wäre mein Name dann heute! Wer brauchte schon soviel Sand und Steine – hatte ich etwa nicht genug davon?

Jetzt erscheint es mir nicht mehr rätselhaft, daß Saul so enttäuscht aussah, als ich ihm das Resultat meiner Bemühungen in Gibea überreichte, strotzend vor Gesundheit. Anfangs hatte ich befürchtet, er könnte unzufrieden sein mit der Qualität der Vorhäute oder der Philisterschwänze, und hatte deshalb Joab angewiesen, alle auszusortieren, die auch nur im geringsten an Umfang oder Symmetrie zu wünschen übrig ließen, und zugesehen, wie er täglich die Ausbeute prüfte. Erst als wir einen halben Tagesmarsch von Gibea entfernt waren, hatte ich Joab über unseren absonderlichen Auftrag unterrichtet, und meine Worte hatten eine elektrisierende Wirkung gehabt.

»Vorhäute?« Diese Frage kam von meinem mutigen jungen Neffen Asahel, der war leichten Fußes wie ein Reh auf dem Felde.

»David, weshalb Vorhäute?«

»Wer weiß?« erwiderte ich aufrichtig, machte eine Pause um der dramatischen Wirkung willen und leckte die Lippen in Erwartung dessen, was, wie ich wußte, folgen sollte. Stolzgeschwellt fuhr ich mit erhobener Stimme fort: »Es ist die Morgengabe, die Saul von mir verlangt, denn ich soll des Königs Eidam werden. Ich will seine Tochter Michal heiraten.«

Der lauteste aller überraschten Ausrufe, die nun folgten, kam von Joab, der mich am Arm packte und mich ungläubig anfunkelte.

»Michal!« wiederholte er laut. »Hast du Michal gesagt?«

Das machte mich selbstverständlich betroffen. »Stimmt was nicht?«

»Ich verstehe es nicht«, versetzte Joab, der wie immer, wenn er was nicht begriff, zornig geworden war. »Weiter nichts. Michal? Du willst wirklich Sauls Tochter Michal heiraten?«

»Und weshalb sollte ich nicht Sauls Tochter Michal heiraten?«

»Und ich denke, Jonathan ist der, den du liebst!«

Ich war sprachlos. »Bist du verrückt?« fragte ich endlich. »Wer hat dir denn diese Idee in den Kopf gesetzt?«

»Jonathan«, erwiderte Joab prompt. »Dein Herz ist mit seinem verbunden, oder etwa nicht?«

»Wer sagt das?«

»Er sagt das«, gab Joab zurück. »Er hat dir doch seinen Gürtel geschenkt und sein Schwert und seinen Bogen und seinen Mantel und noch andere Kleider. Er erzählt jedermann in Gibea, daß er dich liebt wie sein eigenes Herz.«

»Sein Herz ist mit meinem vebunden, nicht meins mit seinem«, widersprach ich.

»Ist das ein Unterschied?«

»Ein großer Unterschied«, versetzte ich mit Würde. »Und jetzt, wenn ich bitten darf, laßt uns weiterziehen.«

Aber Joab gab noch nicht auf, er nahm mich beiseite, um mich in freundlicherem Ton zu warnen. »Michal kann ziemlich bösartig sein, David«, sagte er bekümmert. »Weißt du genau, was du dir da vorgenommen hast?«

»Es heißt, sie liebt mich.«

»Trotzdem wärest du vielleicht besser dran, wenn du Jonathan heiratetest.«

»Also los jetzt, laßt uns die Vorhäute beschaffen«, befahl ich barsch.

Diesmal war es Asahel, der entschlossen schien, mir Hindernisse in den Weg zu legen. »Vorhäute sind gefährlich, David«, warnte mich leise der tapfere Asahel, den nicht die Philister erschlugen, sondern dem Abner den Schaft seines Speeres in den Bauch rannte, daß er hinten rauskam, weil Asahel ihn nach einer der Schlachten in unserem langen Bügerkrieg nicht entfliehen lassen wollte. »Das macht doch große Mühe. Wer hatte überhaupt diesen Einfall? Abner? Philister beschneiden, das ist eine schlimme Sache, David, sehr schlimm.«

»Da habe ich aber eine gute Nachricht für dich«, platzte ich förmlich heraus, »wir sollen die Philister nicht bekehren, sondern töten. Wir dürfen die kompletten Schwänze abliefern.«

Meine Ankündigung wurde gut aufgenommen, und »komplette Schwänze abliefern« wurde bald eine ebenso volkstümliche Redensart wie »ist Saul auch unter den Propheten?«, seit der das erste und dann ein zweites Mal von seinem religiösen Wahn befallen worden war. Als ich Marschordnung befahl, stieß meine kleine Horde standhafter Männer ein wildes Freudengeschrei aus, und ausgelassen wie Schulknaben, wenn der Unterricht ausfällt, marschierten wir los.

Ich wußte genau, wohin ich meine Leute zu führen hatte, um auf vereinzelte Philister oder Gruppen von zweien oder dreien zu stoßen. Wir zogen hinunter nach Gath, durch die schroffen Berge meines heimatlichen Juda in die Hügel, die sich allmählich zu den von Philistern bewohnten Marschen unweit der Küste senken.

Für jemand, der im Lied dafür gepriesen wird, daß er zehntausend Philister erschlagen hat, war das erste Hundert ein Kinderspiel und das zweite Hundert nicht schwerer. Saul hätte sich seelisch darauf einstellen sollen, daß ich Erfolg haben würde. Der Rückmarsch war ein Triumphzug, nur gestört durch etliche sonderbare, ganz unerwartete Zwischenfälle. Als die Frauen uns diesmal mit Geigen und Pauken aus den Städten entgegenzogen, sangen sie:

> Saul hat seine tausend Vorhäute genommen
> und David seine zehntausend.

Wer sonst hätte sich so heroisch bei einer so neuartigen Kraftprobe betragen oder war so stürmisch mit Weibergesang gefeiert worden? Wie glatt mir das runterging! Und wie erleichtert war ich, daß Saul nicht mit von der Partie war. Als wir jedoch den ersten Ort schon fast hinter uns hatten, durchbohrte ohne vorherige Warnung ein schriller Schrei die Luft, und eine dralle Person von reiferen Jahren wurde von dem lautesten und schrecklichsten Weinkrampf befallen, den ich je erlebt hatte. Sie deutete auf den Korb, der auf einem Karren zur Schau gestellt worden war und den sie beinahe berühren konnte, und heulte:

»Urgat ist tot! Urgat, der Philister, ist tot! Weh ist mir! Urgat ist tot!«

Darauf erhob sich unbeschreiblicher Lärm. Frauen eilten herbei, um die Weinende zu trösten, und einige stimmten in das Klagegeheul ein. Andere reagierten sehr anders, verzogen mißbilligend die Gesichter. Männer verfinsterten sich, aus zusammengekniffenen Lidern schossen mörderische Blicke, es roch plötzlich nach verletzter Ehre. Denkungewohnte Hirne stellten mürrisch Überlegungen an und kamen dabei zu Resultaten, die ihre Wut anstachelten.

»Steinigt sie! Steinigt sie!« ging das Geschrei an.

»Verschont sie! Verschont sie«, kamen ihr andere zu Hilfe. »Muß sie nicht schon genug leiden?«

»Urgat, der Philister, ist tot!«

»Was ist hier eigentlich los?« fragte ich den einzigen, der den Verstand offenbar nicht verloren hatte, einen verschrumpelten, weißbärtigen Greis mit listig blinzelnden Augen, der den Auftritt mit Fassung betrachtete.

»Ihre Schenkel sollen verfaulen und ihr Bauch von Salzwasser platzen«, bemerkte er philosophisch und ganz gutartig.

»Wie bitte?«

Er wiederholte lächelnd etwas lauter: »Ihre Schenkel sollen verfaulen und ihr Bauch von Salzwasser platzen.«

Wir waren froh, da wegzukommen. Aber im nächsten Dorf, das kaum eine Meile entfernt lag, wiederholte sich das, nur zählten hier die betrübten Weiber gleich nach Dutzenden. Wieder wurden wir bei unserer Annäherung aufs herzlichste willkommen geheißen, und wieder sangen die festlich gekleideten Weiber:

Saul hat seine tausend Vorhäute genommen
und David seine zehntausend.

Man überschüttete uns mit Geschenken: Datteln, Feigen, Sesamgebäck mit Mandeln und Honig. Und dann plötzlich wieder dies verdammte Gekreisch. Wieder der Schock des Erkennens, wieder der herzzerbrechende Schrei, der die Feststimmung störte, wieder die ohrenbetäubenden, herzzerreißenden Schluchzer, wieder dieses langgezogene, untröstliche Klagegeheul um den verblichenen Philister und seinen abgestorbenen, unersetzlichen Phallus. Urgat war tot – Urgat, der Philister, war nicht mehr. Hier aber schienen die trauernden Frauen in einer gewalttätigen Mehrheit zu sein, sie gingen alsbald mit Füßen und Fäusten auf uns los, den Tod ihres Lieblingsphilisters zu rächen. Eine brachte mir an Hals und Gesicht mit den Fingernägeln blutige Kratzer bei. Der verwirrende Tumult geriet außer Kontrolle, und ich sage ganz ehrlich, daß es nicht leicht war, diese aufgebrachten Landsmänninnen abzuwehren, ohne ihnen Hüften und Schenkel zu verrenken.

»Was ist hier los, zum Teufel!« rief mein Neffe Abisai, den normalerweise nichts aus der Ruhe brachte.

Ich brüllte Joab den Befehl zu: »Alles durcheinandermischen!« und deutete auf den Korb mit den Penissen. »Zudecken, den Karren!«

Joab gab meinen Befehl mit noch schallenderer Stimme weiter und brüllte hinterher: »Wer von euch Kerlen hat diesen Urgat hingemacht?«

Ein Wunder, daß wir mit dem Leben davonkamen.

Zum Abschied verfluchte ich alle Frauen in diesem Dorf: »Eure Schenkel sollen faulen und eure Bäuche von Salzwasser platzen!«

Seit der Karren zugedeckt war und wir das Gebiet der Philister weiter und weiter hinter uns ließen, war der Weg nichts als Rosen, eine einzige Siegesfeier, bis wir in Gibea ankamen und ich Saul die zweihundert Trophäen überreichte. Er beobachtete mich finster und bösartig, während ich sie ihm vorzählte, als hätte ich dadurch, daß ich seiner Forderung nachkam, seine schwärzesten Vorahnungen und Phantasien bestätigt. Getreu seinem Versprechen sollte ich Michal zum Weibe haben. Er wisse, so sagte er, daß der Herr mit mir sei, aber er sprach das auf eine Weise aus, die mir einen Schauer über den Rücken jagte.

Bei meiner Hochzeit tanzte er nicht. Auch Michal nicht. Ich hingegen machte kaum eine Pause. Ah, wie habe ich mich da vergnügt! Angestachelt von ihren Brüdern, ihren geselligeren Vettern, Onkeln und Tanten tanzte ich wilder und wilder, aus Leibeskräften, riß die Knie höher und höher, bis mir der Rockschoß so hoch rutschte, daß jedermann außer den Blinden und Sterbenden meine Genitalien sehen konnte. Das wurde mit donnerndem Applaus begrüßt. Wir soffen wie die Ephraimiten und schwitzten wie die Säue im Pelzsack. Jonathan und seine Brüder schütteten einen Kelch Wein nach dem anderen in mich hinein. Hin und wieder zeigte mir ein Blick auf Saul und Michal, daß die beiden nicht sehr amüsiert wirkten. Steif und mißbilligend hielten sie sich verstockt im Hintergrund, wahrten ihren Abstand von den Feiernden, und ich fand, dieses unselige Paar sähe aus, als hätte der Vater saure Trauben gegessen und der Tochter zöge es davon den Mund zusammen. Als ich glückselig an ihr vorübertaumelte und ihre vorwurfsvollen Blicke auf mich gerichtet sah, überkam mich das fröstelnde Vorgefühl, daß ich ihr nie für lange etwas würde recht machen können. Und daß mein Neffe Joab womöglich recht gehabt hatte und ich besser dran wäre, hätte ich Jonathan geheiratet. Ich amüsierte mich auf meiner Hochzeitsfeier so unmäßig, daß ich sechsmal – sechsmal! – vom Tanze ablassen und vor das Haus von Saul in Gibea treten mußte, um gegen die Mauer zu pissen. Später sagte man mir, sechsmal sei für einen jungen Mann ein Rekord.

Als das Fest ausklang, Musiker und Sänger abzogen, trugen uns reichlich angeheiterte Gäste, jeden in eine malvenfarbige Wolldecke gewickelt, bei Fackelschein durch die Gassen und trällerten obszöne Liedchen, die von den bevorstehenden zahllosen ehelichen Kopulationen handelten. Ich stimmte kichernd ein, ebenso betrunken wie die übrigen. Plötzlich fiel mir ein, daß ich von Michal den ganzen Abend über kein einziges Wort gehört hatte. Saul hatte sie mir als meine Frau übergeben, ich hatte sie neben mich gestellt und mit Verbeugungen für die Glückwünsche der Verwandtschaft gedankt. Von meiner Famile war niemand eingeladen worden. Behaglich auf dem Rücken liegend, konnte ich über den Rand meiner Decke nicht hinausschauen und hatte auch keine Lust, es zu versuchen.

»Michal«, erkundigte ich mich, »bist du da?«

»Nenn mich Prinzessin«, hörte ich sie antworten.

Daraufhin brachen die jungen Männer, die uns trugen, in stürmisches Gelächter aus, und nach kurzer Beklommenheit traute ich mich einzustimmen. An der Tür der Behausung, die Saul uns zugeteilt hatte, stellten sie mich ab und legten mir Michal auf die Arme. Ich trug sie über die Schwelle und zog die Tür hinter mir zu. Als ich Michal absetzte und den strengen Blick sah, den sie auf mich richtete, wußte ich: das gibt Ärger. Ihre Augen, schon von Natur aus klein, waren winzige, funkelnde Punkte. Und mit den ersten Worten machte sie deutlich, daß ich mich, was ihre Laune anging, keineswegs irrte.

»Nimm sofort ein Bad«, wies sie mich an, die Lippen zu einem blutleeren Strich zusammengepreßt. »Wasch dir die Achselhöhlen. Kämm dir die Haare, wenn du sie getrocknet hast, auch hinten. Spül nach dem Zähneputzen mit Mundwasser und parfümier dein Gesicht.«

Als ich zurückkam, blitzblank geputzt, wie sie angeordnet hatte, zeigte sie sich keine Spur liebenswürdiger. Sie baute sich vor mir auf, die Arme vor der Brust verschränkt, unzugänglich wie eine Mauer, und schwieg. Ich war scheu wie Moses, der gelegentlich, wie man weiß, scheuer sein konnte als sonstwer, und als ich die Stille nicht länger ertrug, bedrängte ich sie flehentlich.

»Stimmt was nicht?« zwang ich mich zu fragen.

»Was sollte nicht stimmen?« entgegnete sie achselzuckend und betrachtete mich kalt.

»Viel hast du ja nicht gerade zu sagen.«

»Was gibt es da schon zu sagen?« Diese Erwiderung wurde von einem Märtyrerinnenblick begleitet, der ihre leidenschaftslose Gleichgültigkeit Lügen strafte.

»Irgendwas scheint dich doch zu ärgern?«

»Ärgern?« Sie wurde sarkastisch und riß in gespielter Überraschung die Augen auf. »Warum sollte ich mich ärgern? Was gibt es zu ärgern? Sollte *ich* mich über was ärgern?«

Ich merkte, wie ich Boden verlor. »Möchtest du nicht über irgendwas mit mir reden?«

»Was gibt es zu reden?«

»Michal«, redete ich ihr gut zu.

»Ich bin eine Prinzessin«, erinnerte sie mich.

»Muß ich dich immer so nennen?«

»Falls du auf eine höfliche Antwort wert legst, ja.«

»Falls ich was verkehrt gemacht habe«, flehte ich sie beinahe schuldbewußt an, »dann sag es mir bitte.«

»Was gibt es da zu sagen?« erwiderte sie mit einem weiteren, übertrieben unbeteiligten Achselzucken. Und nach einer bedrohlichen Pause von etwa zehn Sekunden, die sie abzuzählen schien, hatte sie eine Menge zu sagen. »Daß du mich vor meinem Vater und meinen Brüdern beschämt hast etwa? Noch dazu an meinem Hochzeitsabend? Das hast du nämlich, David, das hast du, indem du getrunken und getanzt und gesungen und dich amüsiert hast wie ein hergelaufener Strolch. Das war ordinär, David, richtig ordinär.«

Ich versuchte mich zu rechtfertigen. »Michal, es waren deine Brüder, die mir zuredeten, zu singen, zu tanzen und zu trinken. Die haben das nämlich auch getan.«

»Meine Brüder«, ließ sie mich wissen, »sind die Söhne eines Königs; sie können tun, was sie wollen, und sind doch nie ordinär. Es ist ordinär von dir anzudeuten, sie könnten sich ordinär aufgeführt haben. Aber ich bekomme wohl nur, was ich verdient habe.« Ihre Stimme sank um eine Oktave, und sie schien ein Schluchzen zu unterdrücken. »Ich hätte nie unter meinem Stand heiraten dürfen.«

Ich suchte ihr versöhnlich zuzureden. »Michal, meine liebe –«

»Prinzessin Michal, bitte«, unterbrach sie mich.

»Egal, wen du heiratest, er muß unter deinem Stand sein. Saul ist unser erster König, und eine Aristokratie haben wir nicht. Du bist also etwas ungerecht.«

»Und wo steht, daß ich gerecht sein muß? Und wie darfst du, der aus Juda stammt, dich unterstehen, mich, eine Prinzessin, ungerecht zu nennen? Nicht du hast mich in der Gosse gefunden, sondern ich dich. Aus der Gosse hab ich dich aufgelesen.«

»Michal«, berichtigte ich sie entschlossen, »als du mich in der Gosse gesehen hast, habe ich eine Parade angeführt. Ich war ein Held, und alle Welt jubelte mir zu. Gleich nachdem ich Goliath erschlagen hatte.«

»Wen?« fragte sie.

»Den Riesen Goliath. Den Philister, vor dem sich jedermann fürchtete, auch dein Vater. Du hast dich geschminkt und ans Fenster gesetzt, um mich zu sehen, nicht wahr? Selbstverständlich war ich in der Gosse, oder meinst du, man kann auf dem Bürgersteig paradieren?«

»Bürgersteige gibt es in Gibea nicht.«

»Na also. Außer in der Gosse hättest du also nirgendwo jemanden finden können.«

»Aber ich habe dich herausgeholt«, beharrte sie und verschränkte ungerührt die Arme.

»Rausgeholt hat mich Saul, indem er mich nicht mehr nach Hause ließ und mich zum Hauptmann über Tausend machte. Er hat mir bestellen lassen, daß du mich liebst, und deshalb sind wir jetzt verheiratet.« Ich sah sie schmachtend an und fragte: »Michal, liebst du mich denn nicht, wenigstens ein bißchen?«

»Ja, David, ich liebe dich«, gestand sie und gab wenigstens einen Zentimeter nach. »Aber auf meine eigene Weise, als Mitglied der königlichen Familie, das jederzeit Gehorsam fordern kann.«

»Sehr wohl, Hoheit.«

»Schon besser. Versprich mir, nie zu vergessen, daß du mit einer Prinzessin verheiratet bist.«

»Das wirst du mich schon nicht vergessen lassen.«

»Du sollst jeden Abend baden und nach jeder Mahlzeit die Zähne putzen. Benutze immer Deodorant. Nach dem Stuhlgang und dem Urinieren mußt du die Hände mit scharfer Seife waschen, insbesondere, bevor du darangehst, mir eine Mahlzeit zu bereiten. Dein Haar muß immer gekämmt sein, vor allem am Hinterkopf. Ich kann angeklatschtes Haar bei Männern nicht leiden, die sehen dann immer so aus, als hätten sie sich müßig auf dem Sofa geflegelt. Und bohr nicht in der Nase, wenn ich es sehe. Das ist ordinär.«

»Ich bohre ja nicht. Ich bohre überhaupt nie.«

»Widersprich mir nicht, auch das ist ordinär. Und furze nicht.«

»Nie?«

»Das sage ich doch. Wenn du nachmittags heimkommst, mußt du dich umziehen. Oder kann sich ein Mann etwa abends in den Kleidern wohlfühlen, die er tagsüber getragen hat?«

»Ich schon.«

»Und schlafen wirst du im Pyjama. Feile stets die Nägel und halte sie sauber. Mir gefallen gepflegte Männer mit autoritativer Ausstrahlung, die sich tadellos kleiden und stets nach Seife und Deodorant riechen.«

»Ich werde mein Bestes tun.«

»Ich will die Mutter großer Könige werden.«

»Auch da will ich mein Bestes tun.«

Endlich beschwichtigt, ließ sie die Arme sinken, und nebeneinander näherten wir uns der Strohmatte auf dem Fußboden. Das Bett war noch nicht geliefert worden. Michal war Jungfrau, als sie mir gestattete, sie zu umfangen und sich unter mich gleiten ließ. Als sie zehn Sekunden später wieder auf den Füßen stand, war sie keine Jungfrau mehr.

»Gott sei Dank, das ist vorbei«, sagte meine erste Frau in ihrer Hochzeitsnacht. »Ich hoffe nur, ich bekomme einen Sohn, damit ich *das* nicht noch mal durchmachen muß.«

Es brauchte nur einen Moment, bis ihre Worte und alles, was sie bedeuteten, bei mir ankamen und ich den Ernst meiner Lage begriff. Michal, meine junge Frau, war nicht nur die Tochter eines Königs, sondern eine echte jüdisch-amerikanische Prinzessin! Ich hatte eine JAP geheiratet! Im Alten Testament bin ich der erste, der mit einer solchen geschlagen wurde.

Michal empfing in der Hochzeitsnacht nicht, und als es ihr wieder nach der Weiber Weise ging und klar wurde, daß ich ihre Erwartungen bei unserem einzigen Zusammensein nicht erfüllt hatte, schaute sie so sauer drein wie Saul. Kaum war das vorüber und sie hatte sich von ihrer Unreinheit gereinigt, befahl sie mich zu sich, mit einem Gesicht, das deutlich machte, daß sie sich einer schmerzlichen, ihr widerwärtigen Pflicht unterwarf, und erlaubte mir ein zweites Mal, sie aufs Kreuz zu legen. In der Zwischenzeit mußte ich auf einem schmalen Lager in einer Kammer neben der ihren schlafen. Unterdessen waren alle unsere Möbel geliefert worden. Saul hatte uns mit einem zweigeschossigen Haus in einer guten Wohngegend von Gibea beschenkt, und unsere Schlafzimmer lagen, durch eine Tür aus mit Kalk beworfenem Flechtwerk getrennt, im Oberstock. Wiederum kam es nur zu einer schnellen Kopulation, auf die ein Monat unerbittlicher Abstinenz und Versagung folgte, für dessen Dauer ich allabendlich auf meine schmale Lagerstatt im Nebenzimmer verbannt wurde. Ich ahnte bereits, daß das Resultat ebenso negativ sein würde wie beim vorigen Mal, hielt aber den Mund, bis der Mond wiederum voll war und es Michal wie gewohnt nach der Weiber Weise erging. Ich möchte wetten, keine andere Frau hat die zahlreichen Beschwerden der Menstruation weniger anmutig erduldet. Meine Bemühungen, ihr klarzumachen, daß sie, rein statistisch gesprochen, die Aussichten zu empfangen durch ihr so hartnäckig durchgehaltenes puritanisches Benehmen enorm beeinträchtige, blieben ganz und gar fruchtlos. Sie fand es nur tierisch, selbstsüchtig und ordinär, daß ich wagte, ihr eine andere Methode vorzuschlagen.

»Du darfst nicht glauben, ich sei frigide«, belehrte sie mich, »ich kann nur keinen Schmutz ertragen, nicht eine Minute. Es muß dir doch aufgefallen sein, daß ich täglich bade.«

Das tat ich unterdessen auch.

Doch schon in diesen frühen enttäuschenden Monaten meiner Ehe entdeckte ich bald, daß mich Ärgeres erwartete als ein tägliches Bad oder eine nörgelnde und pedantisch reinliche Frau. Insbesondere mein Schwiegervater Saul fürchtete mich jetzt noch mehr als zuvor und war mir unerbittlich feind geworden. Saul war weniger darauf versessen als seine Tochter, daß sie die Mutter eines großen Königshauses werde, ihm lag mehr daran, mich tot zu sehen, denn er litt unter dem Dilemma, das sich in meinem geheiligten Dasein für ihn personifizierte: Er ertrug es nicht, mich am Leben zu wissen, und doch wagte er nicht, mir ein Leid anzutun. Sein vom Verfolgungswahn zerrütteter Geist sah überall Beweise dafür, daß der Herr mit mir war und daß er selber es auf sich nehmen müßte, mich abzuschlachten, wollte er mich aus dem Wege haben. Jedenfalls gegen die Philister schien ich gefeit. Gott ließ ihn also nicht vom Haken.

Es mußte wohl so kommen, daß er schließlich aus den Geleisen hüpfte, und so nahte denn unvermeidlich der Tag, da er die Beherrschung verlor und Jonathan und alle seine Knechte anwies, mich zu töten. War das nicht eine schöne Bescherung? Da hatte ich wirklich eine gute Heirat gemacht. Jonathan, der mich liebgewonnen hatte – warum sollte er mich nicht liebgewinnen? –, war der erste, der mir einen Tip gab und mich bedrängte, anderntags auf mich aufzupassen und mich an einem geheimen Ort zu verstecken. Verschwendete Saul auch nur einen Gedanken daran, daß er seine Tochter zur Witwe machen würde? Ich verbrachte die Nacht im Freien, eingerollt in meinen Mantel, schlaflos und fröstelnd, und träumte von jemandem, der mich so liebevoll und zärtlich umsorgte wie Abisag, die Sunemitin, es zu spät in meinem Leben tut. Bei Morgengrauen hörte ich, daß es Jonathan gelungen war, seinen Vater umzustimmen, und daß die mich betreffende harsche Anordnung dank seiner Vorstellungen zurückgenommen worden war.

»Es versündige sich nicht der König an seinem Knechte David«, hatte Jonathan, wie er mir berichtete, zu Saul gesagt, »denn er hat keine Sünde wider dich getan, und sein Tun ist dir sehr nütze. Er hat sein Leben in deine Hand gesetzt und schlug den Philister. Das hast du gesehen und dich des gefreut.«

»Der Herr liebt ihn, Jonathan.« Saul war verstört.

»Um so besser, mein Vater. Warum willst du dich denn an unschuldigem Blut versündigen, daß du David ohne Ursache tötest?«

Saul lauschte Jonathans Stimme und sprach mit strahlendem Gesicht, als wären ihm endlich die Schuppen von den Augen gefallen und er wäre plötzlich einer inneren Erleuchtung teilhaftig geworden: »So wahr der Herr lebt, er soll nicht sterben. Ich schwöre aus ganzem Herzen. Bring ihn heute abend zu mir, und es soll sein wie zuvor. Zwischen uns soll es kein böses Blut mehr geben.«

Jonathan also machte mich mit diesem allen bekannt und brachte mich noch selbigen Tages vor Saul, und es war sogar besser als zuvor. Er setzte mich auf den Ehrenplatz zu seiner Rechten, sah gnädig auf mich während des ganzen Mahles, bot mir zu essen an, richtete immer wieder das Wort an mich, machte mir Komplimente und behandelte mich überhaupt so, als wäre ich sein Lieblingssohn, an dem er etwas gutmachen wollte. Nie zuvor hatte ich mich so als ein Ganzer gefühlt wie an jenem Abend, nie so herzlich eins mit meinem König und Gebieter und dem erfüllten Wunder meines Daseins. Daß unsere Versöhnung vollkommen sein würde, daran zweifelte ich nicht, als er mich anschließend zu einem Spaziergang unter vier Augen über ein abgeerntetes Weizenfeld mitnahm, das sich unmittelbar vor dem Stadttor hangabwärts erstreckte. In einer von gegenseitigem Wohlwollen gesättigten Stimmung wanderten wir schweigsam in einer Ackerfurche zwischen Strohbündeln: die Ähren waren bereits zum Dreschen und Worfeln fortgebracht worden. Demjenigen, der als erster entdeckt hat, was man mit Getreide anstellen kann, müßte irgendein Preis verliehen werden. Der von der Erde aufsteigende Geruch war so stark wie der von Wein. Die bestirnte Nacht schien ein Mysterium, der riesige, orangefarbige Erntemond hing niedrig und wie geschwängert am Himmel, der üppig und schwarz und grundlos war, besetzt mit hart glitzernden weißen und goldenen Sternen, so zahllos wie die Sandkörner am Meer. Der Himmel war so eins mit unserer Luft, daß ich meinte, mit jedem Atemzug Unsterblichkeit einzusaugen. Es war mir eine köstliche Überraschung, daß Saul seine riesige knorrige Hand leicht wie eine Feder um mein Hinterhaupt legte, und zum zweiten Mal in meinem Leben kam es mir vor, als berührte mich ein Gottgleicher, Väterlicher, Unsterblicher und versetze mich wie mit Zauberhand in ein Leben, das nun neu sein würde und kostbarer denn zuvor. Solche Anfänge sind unglaublich erhebend.

In Liebe zu Bath-Seba zu entbrennen, war ebenso unglaublich erhebend. Einmal zuvor hatte ich diese bewegende Erfahrung des Neugeborenwerdens schon gemacht: als man mich aus Bethlehem holte, damit ich vor Saul musiziere, und er nachher mein Gesicht in beide Hände nahm, mich mit durchbohrender Eindringlichkeit anblickte und mir aus tiefstem Herzen gelobte, was er und alle Welt tags darauf schon wieder vergessen hatten. Eine so schlimme Enttäuschung war mir zuvor nicht widerfahren.

»Ich muß dir etwas offenbaren, David, mein Sohn«, begann er heiser, als wir an jenem linden Abend unter den Sternen wandelten. »Beklommen ruht das Haupt, das eine Krone trägt. Glaub mir, ich weiß Bescheid.«

In leiser, dank seiner freimütigen Zerknirschung geradezu peinlicher Rede machte er mich mit einem Gutteil seiner Vergangenheit bekannt. Vieles davon war erlogen. Wenn ich bedenke, mit welcher Offenheit wir miteinander sprachen, verblüfft es mich jetzt noch, daß es unser längstes und auch das letzte Gespräch war. Saul hatte nie danach gestrebt, eine wie auch immer geartete Führungsposition einzunehmen. Als junger Mensch hielt er sich für einen häßlichen Tolpatsch, weil er alle anderen um Schultern und Kopf überragte. »Vielleicht bin ich einzig deshalb ausgewählt worden«, spekulierte er trübe, so als bedenke er ein nur allzu bekanntes Rätsel. »Von den Schultern aufwärts war ich unweigerlich größer als alle anderen. Man fragte mich oft, wie denn das Wetter sei da oben. Offen gestanden habe ich kaum einen Gedanken an Gott verschwendet, und ich war ebenso überrascht wie alle andern, als Samuel mir sagte, der Herr habe mich zum Fürsten über Sein Erbteil gesetzt.«

»Schenkst du Samuel Glauben?« fragte ich.

»Habe ich denn eine Wahl? Er denkt nach über den Herrn. Ich nicht. Ich glaubte ihm damals, und ich glaube ihm heute.«

Und dann vertraute Saul mir an, daß er über seine Bestimmung damals nicht glücklich gewesen war und sich auch jetzt nicht besonders wohl fühlte.

»Ich weiß oft nicht, was ich tun soll.«

Als Samuel ihn damals aus der Anonymität herausholte, hatte Saul weiter nichts im Sinne, als die Eselinnen seines Vaters zu finden, die schon seit drei Tagen verirrt waren. Und anders als seine Tochter Michal scheute Saul sich nicht zuzugeben, daß er einer der geringsten Familien des Stammes Benjamin angehörte. Lange nach seinem Tode, als ich sein Nachfolger geworden war, benutzte ich diese Kenntnis in meinen ehelichen Zankereien mit Michal. Wollte sie mich herabsetzen, indem sie mich einen Schafhirten nannte, warf ich ihr an den Kopf, daß ihr Vater Esel gehütet hatte und überdies aus einer der geringsten Familien des Stammes Benjamin kam. Solcher Streit endete dann unfehlbar damit, daß wir uns nicht einigen konnten, wer nun der Höherstehende sei: die Tochter eines Königs oder der König selber. Dabei blieb ich immer Sieger: Ich bewies, daß ich im Recht war, indem ich sie mit Gewalt aus meinem Zimmer zurück in den Harem schaffen ließ.

»Mir ist aufgegangen«, fuhr er fort, »daß Macht korrumpiert.« Er wandte den Blick weg, als wäre dies ein beschämendes Geständnis. »Und absolute Macht korrumpiert absolut. Ich kann befehlen, was ich will. Niemand hindert mich jetzt. Nicht einmal Samuel. Jonathan versucht mir manches auszureden, aber meinen Befehlen fügt auch er sich. Kannst du dir vorstellen, David – dies habe ich nie einer Seele offenbart –, kannst du dir vorstellen, daß es mir einmal in den Sinn kam, nur so ganz flüchtig, verstehst du, dich töten zu lassen? Kannst du dir das vorstellen?«

»Nein.«

»Darüber dürfen wir nie etwas verlauten lassen, zu niemand.«

»Warum wolltest du mich töten lassen?«

»Wohl, um dir eine Lektion zu erteilen.«

»Was für eine Lektion?«

»Manchmal fällt es mir schwer, so was zu erklären. Ich leide daran«, fuhr er nach einer Pause fort, »daß ich immer nur einen einzigen Gedanken zur gleichen Zeit im

Kopf habe. Fällt mir mal was ein, tue ich es sofort. Man macht zuviel her von der Art und Weise, wie ich auf die Belagerung von Jabes in Gilead reagiert habe. Was anderes fiel mir einfach nicht ein. Die beiden Ochsen standen mir vor der Nase – ich kam gerade mit der Herde von der Weide –, und mir kam weiter nichts bei, als sie zu zerstükkeln, in alles Gebiet Israels zu senden und sagen zu lassen, wer mir nicht zu Hilfe kommt, dessen Rindern soll man also tun. Bloß, wem ich die Stücke schicken sollte und ob es auch genug Stücke sein würden, dessen war ich nicht gewiß. Und mehr als zwei Ochsen wollte ich nicht zerstückeln.«

»Was hättest du getan, hätte deine Drohung nicht gefruchtet und wäre das Volk dir nicht gefolgt?« Das hatte ich schon längst wissen wollen.

»Ich kann nicht gut Dinge vorhersehen«, gestand Saul.

Seine erste Aktion als König, nämlich die Ammoniter von Jabes zu verjagen, war auch seine beste, und nichts in seinem ferneren Leben reichte daran heran, ausgenommen die Art, wie er es verließ. Die einen sagen, er hab sich in der Schlacht von Gilboa in sein Schwert gestürzt, als er durch die Bogenschützen so schwer verwundet worden war, daß er nicht mehr fliehen konnte, und sein verängstigter Waffenträger sich weigerte, ihn zu töten, bevor die Philister ihn lebend fänden und schändeten. Der Waffenträger stürzte sich in sein eigenes Schwert, als er Saul tot sah, und starb mit ihm. Ähnliches geschah Brutus bei Philippi und Mark Anton bei Actium, wenn man dem Gonneff Shakespeare glauben will, der nicht nur Saul und mich bestohlen hat, sondern auch Plutarch. Den Barden vom Avon nennt man ihn. Ein schöner Barde. Mit dem soll ich mich vergleichen lassen? Zu meiner Zeit hätte so ein Barde Pfannkuchenteig ausgerollt in der Straße der Bäcker in Jerusalem oder bei den Tuchwalkern Stoffe geschrumpft. Oh, daß mein Feind doch hätte ein Buch geschrieben statt diesen Eintopf aus zusammengeschusterten fünfaktigen Dramen mit stupider Handlung, angefüllt mit Schall und Rauch, die nichts bedeuten. Man warte nur ab. Man warte nur ab! Dem werden sie eines Tages den Nobelpreis für Literatur verleihen, und nach mir ist in der Bibel kein einziges Buch benannt, aber nach solchen Nullen wie Obadja, Zephanja, Habakuk, Sacharja und Nahum, ja, nach denen schon. Aber es ist eben so – nicht, was man weiß, zählt, sondern wen man kennt. Doch wie auch immer, Saul starb tapfer – dumm, aber tapfer –, und in meiner berühmten Klage entrichte ich ihm hehren und beredten Tribut. Damit habe ich mehr für ihn getan, als er je für mich. Unsterblich gemacht habe ich ihn. Wozu ihn kritisieren? Was die Menschen Gutes tun, überlebt sie, das Böse wird oft mit ihren Gebeinen bestattet. So mag es auch mit Saul gehen, fand ich, und erwähnte nichts davon, daß er die Priester schlachten ließ, dieser blutdürstige Wahnsinnige, und daß er sich gelegentlich unter die Propheten verirrte, wenn er nicht bei sich war.

Saul betrachtete mich in jener verzauberten Nacht einen Moment mißtrauisch, als ich es wagte, höchst delikat auf die gespenstische Episode mit den Propheten anzuspielen, von der wir ja alle gehört hatten.

»Ich weiß immer noch nicht, was da über mich gekommen ist.« Er schüttelte untröstlich sein Haupt und gestand verlegen, daß die Berichte, die von epileptisch-religiösen Anfällen wissen wollten, durchaus nicht unbegründet seien. »Nichts dergleichen war mir bis dahin widerfahren.«

Danach allerdings ist es ihm noch mal widerfahren, als er nämlich wie der Teufel hinter mir her war und mich in Najoth in Rama fast erwischt hätte, wohin ich mit Samuel floh, nachdem ich im letzten Moment und mit knapper Not durchs Fenster entsprungen war. Was da folgte, muß ein Wunder genannt werden. Als wir schon alle Hoffnung aufgegeben hatten, ihm zu entkommen, überfiel Saul von neuem der unwiderstehliche Drang zu prophezeien. Er zog seine Kleider aus und fiel bloß nieder, den ganzen Tag und die ganze Nacht. Verrückt? Tja, wer das wüßte. Als er tags darauf wieder zu Sinnen kam, waren seine Vorsätze vergessen, er kniff den Schwanz ein, zog sich in sein Haus zu Gibea zurück und grübelte über diesen Anfall von religiösem Wahn nach, der ihn so hilflos gemacht hatte. Freud und seine Jünger könnten gewiß erklären, weshalb er sich da nackt am Boden wälzte – und sie würden sich vermutlich irren.

Ganz wie Samuel bei seiner ersten Begegnung mit Saul, die ja solche Folgen haben sollte, vorhergesagt hatte, begegnete Saul einem Haufen Propheten, die von der Höhe herabkamen, vor ihnen her Psalter und Pauke und Flöte und Harfe. Und ganz wie Samuel ihn angewiesen, ging Saul mit ihnen weissagen, damit der Geist des Herrn über ihn komme und er ein anderer Mann werde. »Was mit mir geschah, kann ich nicht erklären.« Er wußte noch, daß er am Fuße der Anhöhe lag, umringt von glotzenden Zuschauern, die das ungewöhnliche Spektakel angelockt hatte. Er schämte sich und wußte nicht recht, wo er war.

»Die Erinnerung an diesen Vorfall ist immer noch die quälendste meines Lebens.«

Nur aus den höhnischen Bemerkungen der Leute, die ihn da beglotzten, konnte er sich zusammenreimen, was vorgegangen sein mußte – er hatte in Gesellschaft einer Handvoll Fanatiker den Derwisch gemacht, Mantras geheult, Hare Krischna gesungen, die Kleider abgeworfen, war mit den anderen die Anhöhe heruntergerollt und hatte sich da unten in Staub gewälzt, Schaum vor dem Mund, von Krämpfen gepackt.

»Die Spucke rann mir noch das Kinn runter. Ich wußte nicht, wo ich meinen Mantel suchen sollte, um mich zu bedecken. Nie im Leben habe ich mich so geschämt.«

Selbstverständlich erkannten ihn verblüffte Nachbarn, die ihn in diesem Zustand sahen, als den Sohn von Kis. Daß man sich über ihn lustig machte, setzte ihm ebenfalls zu, zumal das in Form einer Frage geschah, die bald schon zum geflügelten Wort wurde.

»Ist Saul auch unter den Propheten?« hörte er danach öfter, als er zählen konnte.

»Wie denn, ist das etwa Saul da unter den Propheten?«

»Kann Saul unter die Propheten gegangen sein?«

»Saul kann doch nicht unter die Propheten gegangen sein?«

»Wie kommt denn Saul unter die Propheten?«

»Seht doch selber!«

»Ich habe Saul mit eigenen Augen unter den Propheten gesehen.«

Es ist also kein Wunder, daß viele Saul, den Sohn des Kis, nicht als König haben wollten.

»Es wäre auch ohne all dies schon schlimm genug gewesen. Schließlich war ich nur der Sohn des Kis, ein Benjaminiter, also aus dem kleinsten Stamme Israels, und meine Familie wiederum war die geringste unter den Benjaminiten. Ich verstand doch nichts von Management, Religion oder Kriegführung.«

Schmutzige Kinder Baals nannte Samuel diejenigen, die Saul ablehnten, weil sie nicht glaubten, daß solch ein Mann sie retten könnte. Sie verachteten Saul, brachten ihm keine Geschenke dar, und Saul kehrte heim nach Gibea und residierte daselbst in Frieden, bis die Ammoniter Jabes in Gilead belagerten.

»Da bot sich mir endlich eine Chance«, bemerkte Saul.

»So wie sich mir eine Chance durch Goliath bot«, konnte ich mir nicht verkneifen, ihn zu erinnern.

Saul fuhr fort, ohne mir die Bestätigung zu gönnen, auf die ich so erpicht war.

»Als Nahas, der Ammoniter, aus der Wüste heranzog und vor der Stadt sein Lager aufschlug, waren alle Männer in Jabes bereit, zu kapitulieren und seine Sklaven zu werden. Sie baten um Frieden. Nahas verlangte als Preis dafür das rechte Auge eines jeden.« Das schien mir kein übermäßiges Verlangen. »Auch ich sah darin ein Zeichen von Schwäche«, stimmte Saul mir zu, »also zerstückelte ich die beiden Ochsen, sandte sie in alles Gebiet Israels durch die Boten und ließ sagen: Wer nicht auszieht Saul und Samuel nach, des Rindern soll man also tun.«

Dieses Vorgehen schien mir weniger wirksam als Drohung denn als Drama, doch fiel die Furcht des Herrn auf das Volk, daß sie auszogen gleich wie ein Mann. Und des anderen Morgens stellte Saul das Volk in drei Haufen, und sie kamen ins Lager um die Morgenwache und schlugen die Ammoniter, bis der Tag heiß ward. Welche aber übrig blieben, wurden also zerstreut, daß ihrer nicht zwei beieinander blieben. Das wurde ein großer Sieg.

»Als Kinder in Bethlehem«, offenbarte ich ihm scheu, »spielten wir häufig Krieg, und am liebsten spielten wir Saul gegen Nahas vor Jabes in Gilead. Am meisten gefiel uns die Zerstückelung der Ochsen.«

»Und welche Rolle hast du gespielt?« fragte Saul rasch und musterte mich scharf.

Mir wurde etwas kalt. »Keiner von uns hat die Rolle der Feinde übernehmen wollen.«

»Hattest du je Lust, einen der Ochsen zu spielen?« Daß er das im Ernst fragte, kam mir etwas verrückt vor.

»Jeder von uns wollte den König spielen.«

»Möchtest du auch jetzt noch König spielen?«

Nun war nicht mehr zu verkennen, daß es brenzlig wurde. »Jeder von uns wollte den Helden spielen, mein Gebieter«, entgegnete ich mit so viel Takt, wie ich aufbringen konnte. »Die Rolle unseres Helden Saul, des großen Mannes, der vor dem Herrn in Gilgal vom ganzen Volk zum König gewählt wurde, weil er Jabes gerettet hatte, und alle Männer Israels freuten sich daselbst gar sehr.«

Meine Schmeichelei entwaffnete ihn, und ich sah, daß seine Miene weicher wurde und die Symptome angstvoller Erwartung daraus verschwanden. Sein eindrucksvoller Sieg über die Philister bei Michmas wurde beeinträchtigt durch den Streit mit Samuel wegen des Opfers und durch den nicht zu brechenden Widerstand, den seine Soldaten ihm nach der Schlacht entgegensetzten: Als Saul seinen Sohn Jonathan töten wollte, ließen sie nicht zu, daß dem ein Haar gekrümmt wurde.

Sein Erfolg über die Amalekiter führte zum zweiten Krach mit Samuel und dem endgültigen Abbruch ihrer Beziehungen.

»Was sollte ich denn tun, als Samuel vor der Schlacht von Michmas nicht kam, um zu opfern?« fragte Saul, offenbar aufs neue von jenem Dilemma geplagt, das ihn immer noch verfolgte. »War das nun meine Schuld oder seine? Er hatte sich verspätet, und meine Männer bekamen schon das große Zittern, als sie sahen, wie der Philister immer mehr wurden. Hätten wir zeitig genug angegriffen, wir hätten sie in die Flucht schlagen können. Samuel war nirgendwo zu sehen. Mein Heer brannte anfangs darauf, in die Schlacht zu ziehen, aber dann mußten die Männer mit ansehen, wie mehr und mehr Philister sich sammelten, mit Wagen und Reitern und sonst Volk, soviel wie Sand am Rand des Meeres. Immer noch kein Samuel. Als die Männer Israels sahen, daß sie in Nöten waren, denn dem Volk war bange, verkrochen sie sich in die Höhlen und Klüfte und Felsen und Löcher und Gruben. Es gingen aber auch Hebräer über den Jordan ins Land Gad und Gilead. Wir sollten nicht kämpfen, bevor wir nicht den Herrn durch ein Opfer angerufen hatten. Aber ohne Samuel konnten wir nicht opfern. Nur erschien der nicht. Und da die vorgesehenen sieben Tage vergingen, ohne daß Samuel kam, opferte ich schließlich selber das Brandopfer. Aber kaum war dies geschehen, siehe, da kam Samuel. Der sagte mir, ich hätte töricht gehandelt und mein Reich würde nicht bestehen, der Herr habe sich einen Mann ersucht nach seinem Herzen und ihm geboten, Fürst zu sein über sein Volk statt meiner. ›So schnell?‹ rief ich. ›Das Brandopfer ist ja nicht mal kalt!‹ ›Er hat in sieben Tagen die ganze Welt erschaffen‹, gab Samuel mir zur Antwort.«

»In sechs«, konnte ich mich nicht enthalten einzuwerfen.

»Genau.« Saul nickte. »Samuel ist auch nicht vollkommen, wie du siehst. Und es war mindestens ebensosehr seine Schuld wie meine. Kann man mit Gott debattieren? Ich sollte doch wohl gewinnen, nicht wahr? Und gewonnen habe ich, ohne Samuel, vielleicht auch ohne Gott. Und dann, nach dem großen Sieg, all dieser Ärger mit Jonathan. Ich hoffe nur, deine Kinder machen dir mal nicht so viel Zores wie meine. Du weißt wohl, was Jonathan mir da angetan hat.«

»Dir angetan?« Mir blieb vor Erstaunen der Mund offen stehen.

»Hast du nie davon gehört?«

»Daß er den Honig gekostet hat?«

»Nachdem ich verboten hatte, daß vor dem Abend gegessen wird? Und jeden mit dem Tode bedroht habe, der das Gebot überträte?«

»Glaubst du wirklich, Gott erwartete, daß du deinen Sohn tötetest, bloß weil er ein bißchen Honig probiert hat?«

»Etwa nicht? Als ich selbigen Tages dem Herrn einen Altar errichtete und Ihn fragte, soll ich hinabziehen den Philistern nach, bekam ich keine Antwort. Überhaupt keine. Da merkte ich erst, daß jemand irgend etwas falsch gemacht hatte.«

»Wußte Jonathan von deinem Verbot?«

»Klar wußte er«, log Saul prompt. »Das war doch kein Geheimnis. Was sollte ich denn machen, als ich dahinterkam?«

»Gott um Rat fragen?« schlug ich vor.

»Gott um Rat fragen?« Er sah mich mitleidig an. »Was hätte Gott mir genützt, wenn Er doch nicht mit mit reden will? Er hat mir seitdem nicht mehr geantwortet.«

»Und daran gibst du Jonathan die Schuld?«

»Ich habe ihn nicht getötet, oder?«

Nachdem Samuel Saul wegen seines Verhaltens nach dem Sieg über die Amalekiter scharf getadelt hatte, kam er nicht mehr zu Saul. Daß dieser den König Agag um des Lösegeldes willen am Leben ließ und den besten Teil der Herden als Beute nahm, statt alles, wie befohlen, mit dem Schwert niederzumetzeln, war nur der zweite der drei Fehltritte Sauls und die einzige echte Befehlsverweigerung, und doch reichte das Samuel, um sich abzuwenden und Gott mit sich zu nehmen.

»Er sagte, jetzt sei das Maß voll«, fuhr Saul düster fort. »Er zerhieb den Agag zu Stücken und ging heim nach Rama. Vorher sagte er noch, der Herr habe das Königreich von mir gerissen.«

»Wegen eines einzigen Ungehorsams?« fragte ich verwundert und voller Mitgefühl.

»Er hat ja auch Adam keine zweite Chance gegeben.«

»Adam sprach selber mit Gott. Du mußt dich auf Samuels Wort verlassen.«

»Samuel sagte, ich solle König werden.«

»Diesen Teil glaube ich ihm.«

Saul bedachte sich schweigend eine Minute, dann sah er mich an. »Hat der Herr mit dir gesprochen, David?«

»Ich weiß nicht, was du damit meinst?« Ich verhielt mich mißtrauisch, er sich verschlagen.

»Hat Gott je zu dir gesprochen?«

»Falls Er hat, ist es mir nicht aufgefallen.« Damals stimmte das.

»Was geschieht, wenn du opferst?«

»Ich opfere nicht.«

»Weißt du, was geschieht, wenn ich opfere? Nichts. Das Fleisch brennt nicht, das Fett schmilzt kaum.«

»Vielleicht brauchst du ein heißeres Feuer oder besseres Fleisch«, gab ich zu bedenken.

Das überhörte er. »Keine Vorzeichen bekomme ich, keinen Rat. Gott antwortet mir einfach nicht mehr.«

»Vielleicht ist Gott tot?«

»Wie kann Gott tot sein?«

»Kann Er etwa nicht tot sein?«

»Wäre Er tot, würde ich mich dann so mies fühlen?«

»Geh zu Samuel«, drängte ich, »frag die Priester.«

»Den Priestern traue ich nicht, die ergreifen Samuels Partei.«

Und Samuel hatte ihn in Gegenwart der Ältesten zurückgewiesen.

Samuel begegnete Saul erst wieder, wie es dann geschah, am Vorabend von dessen Tod. Und dann war es auch nur Samuels Geist, den die Hexe von Endor beschwor.

»Ich glaube, er wollte, daß ich König werde«, spekulierte Saul, »aber herrschen wollte er selber. Als er damals fortging, sagte er noch, der Herr habe das Königreich einem Nächsten gegeben, der besser sei als ich.« Saul blickte mich wieder sehr intensiv unter gerunzelten Brauen her an. »Bist du der Nächste, den er gemeint hat, David?«

Ich antwortete ängstlich: »Wie soll ich das wissen, mein Gebieter, ich war nicht dabei ...«

»David, David«, fiel er mir ungeduldig ins Wort, »ich

habe keinen Zorn mehr in mir. Ich liebe dich, wie ich meine eigenen Söhne liebe. Hat Samuel dich zum König gemacht?«

»Nur Gott kann einen König machen.«

»Und wenn Gott tot ist?«

Da hatte er mich. »Dann bleibt nur Samuel.«

»Wir wissen, daß er in Bethlehem war. Er führte eine rötliche Färse am Strick und behauptete, die wolle er opfern. Wir wissen, daß er in dein Vaterhaus trat und nicht weiterging, und wir wissen auch, daß man dich von deiner Herde abrief. Samuel nahm die Färse mit zurück. David, David, hat Samuel dich zum König gemacht?«

Jetzt half alles nichts mehr. »Öl hat er mir aufs Gesicht geträufelt und gesagt, der Herr habe mich dazu bestimmt, König zu sein. Aber in Bethlehem kommen dauernd solche Sachen vor. Manche Leute behaupten, es liegt am Trinkwasser.«

»Und bist du mit ihm im Einverständnis? Was hat er dir seither noch gesagt?«

»O nein, mein Gebieter, ich habe ihn seither weder gesehen noch gesprochen. Er sagte nicht, wie oder wann ich König werden soll. Ich bin keine Verschwörung eingegangen. Seit ich Goliath getötet habe, wünsche ich weiter nichts, als dir zu dienen.«

»Goliath?« Saul schaute mich fragend an.

»Den Philisterriesen«, erinnerte ich ihn. Allmählich ärgerte es mich, daß außer mir keiner mehr sich dessen entsann, daß ich diesen furchterregenden Krieger mit der bloßen Schleuder getötet hatte.

»Was für einen Philisterriesen?« fragte Saul.

»Der, den ich im Tal von Elah mit der Schleuder erlegt habe. Damals hast du mich in Dienst genommen, und ich habe mein Leben in deine Hand gelegt, um Philister zu erschlagen und dir nützlich zu sein. Weißt du das nicht mehr?«

»Es geht mir nicht um mein eigenes Leben«, sagte Saul, ohne auf meine Rede einzugehen, »schließlich schulden wir Gott einen Tod, David, und wer dieses Jahr stirbt, hat im nächsten Ruhe. Aber wenn du mir als König nachfolgen sollst, setzt das voraus, daß Jonathan und meine anderen Söhne mit mir in die Grube fahren. Meine Linie und mein Name würden ausgelöscht sein in meinem Stamm.«

»Mein Gebieter, ich bitte dich, laß zwischen dir und mir keinen Streit sein«, flehte ich ihn an. »Glaubst du denn, ich könnte deinem Sohn Jonathan je Böses wünschen, ihm, dessen Seele mit meiner Seele verbunden ist und der aller Welt sagt, er liebe mich wie sein eigen Herz?«

»Ja, das habe ich ihn sagen gehört.« Saul musterte mich blinzelnd und wollte wissen: »Was meint er damit?«

»Daß wir gute Freunde sind«, sagte ich hastig.

»Nichts weiter?«

»Nichts weiter.«

»Warum sagt er es dann nicht so?« knurrte Saul.

»Er drückt sich manchmal blumig aus, mein Gebieter.«

»Du auch. Poesie ist mir verhaßt. Aber deine Musik gefällt mir.«

»Und ich singe gern vor dir«, gestand ich mit Gefühl. »Und ich schwöre, daß ich niemals die Waffen erheben will gegen dich oder dein Haus und daß ich nach dir Jonathan dienen werde.« Das war mir durchaus ernst.

Saul seufzte. »So sei denn Friede zwischen dir und mir für alle Zeit.« Und damit umarmte er mich und drückte mich herzlich und mit überströmender Wärme an seine breite Brust. »Du hast mein heiliges Wort darauf, daß ich nie wieder an dir zweifeln noch versuchen werde, dir zu schaden. David, kommst du mich wieder mal besuchen und spielst mir was vor? Vielleicht nächstes Mal, wenn ich mich schlecht fühle?«

»Sag mir nur Bescheid, ich wünsche mir nichts Besseres.«

Ich konnte nicht ahnen, daß er mir so bald den Gefallen tun würde.

Schon am Tage darauf kam der böse Geist des Herrn wieder über Saul, als er in seinem Hause saß, und ein weiteres Mal schickte man nach mir, damit ich sein schwer betrübtes Herze mit Gesang und Lyra aufheitere. Ich brachte einen Packen Noten mit und beabsichtigte, ihn –

falls es sein mußte – stundenlang zu unterhalten, erst mit meinem *Ave Maria*, dann mit meiner *Mondscheinsonate* und dann noch mit der Uraufführung meiner *Goldberg-Variationen*, ein Werk, das ich kürzlich für einen Nachbarn in Gibea komponiert hatte, der an Schlaflosigkeit litt, in der Hoffnung, das reizvolle Thema, welches dem Ganzen zugrunde liegt, könnte ihm helfen, Schlaf zu finden. Diesmal erwartete Saul mich ungeduldig, er saß mit übergeschlagenen Beinen auf der Bank und hielt den Spieß bereits auf dem Knie. Das hätte mich wohl warnen sollen, doch war ich zu eifrig, um darauf zu achten. Er sah wieder sehr schlecht aus, wie ich zufrieden bemerkte. Je schlimmer sein Zustand, desto größer sein Verlangen nach mir und verheißungsvoller die Gelegenheit, mich bei ihm in Gunst zu setzen und ihn noch mehr von meinem patriotischen Eifer zu überzeugen. Auch war ich froh darüber, meinen burgunderfarbenen Rock angelegt und mich sorgfältig zurechtgemacht zu haben. Arme und Gesicht waren gesalbt, meine Locken pomadisiert. Die natürliche Farbe meiner Wangen hatte ich noch unterstrichen, indem ich sie kräftig rieb.

Doch all diese Vorbereitungen waren für nichts, denn kaum hatte ich engelsgleich das Haupt erhoben und die Lippen geöffnet, um die ersten süßen Töne herauszulassen, da stand er auf und schleuderte den Spieß, um mich damit an die Wand zu spießen. Ach du dicke Scheiße, dachte ich entsetzt und war wieder wie betäubt. Und wieder verfehlte er mich um Zentimeter, und die Waffe fuhr neben mir mit dumpfem Prall ins Holz. Diesmal allerdings faßte ich meinen Entschluß auf der Stelle. Soll er mich doch am Arsch lecken! Und ich sprang auf. Genug ist genug! Musik möchte er? Einen Dreck kriegt er! Ich zog den Kopf ein und sprang davon.

VII
FLUCHT NACH GATH

In Nobe habe ich ein bißchen geschwindelt, und dafür wurden fünfundachtzig Priester erschlagen. Und nicht nur die, sondern auch alle Männer, Frauen und Kinder, die zu ihrem Hausstand gehörten, dazu alles Vieh in dieser heiligen Stadt. Wer trägt dafür die Verantwortung? Saul? Doeg, der Edomiter? Oder der alte Ahimelech, der leichtgläubige Oberpriester, den ich dazu brachte, mich zu verproviantieren und auszurüsten? Saul, von dem der Befehl zu diesem Massaker stammt, war bereits berüchtigt als blutdürstiger, tobender Verrückter. Doeg, der Edomiter, Sauls Oberhirte, übernahm das Schlachten, da sämtliche anderen Diener des Königs, auch Abner, sich weigerten, Hand an die Priester des Herrn zu legen. Ahimelech, der an jenem Tage Dienst am Altar hatte, versah diesen methodisch und überzeugend, und man durfte von ihm nicht vermuten, daß er wußte, er leiste jemandem Hilfe, der vor dem Zorn des Königs auf der Flucht war. Doeg, den Edomiter, trifft nach meiner Meinung die größte Schuld, denn der tat seine Pflicht in der Erwartung, dafür belohnt zu werden, und wer danach strebt, reich zu werden, kann nicht für unschuldig gelten. Nachdem ich nun ein ganzes Leben lang andere beobachtet habe, ist mir das klar geworden. Und ich? Inwiefern trifft mich Schuld? Wie kann mir jemand mit guten Gründen die Verantwortung dafür anlasten? Ich rannte um mein Leben und hatte mir nie, nicht ein einziges Mal, etwas zuschulden kommen lassen. Selbst Ahimelechs Sohn Abjathar, der einzige Überlebende aus Nobe, wo Saul mit der Schärfe des Schwertes Männer und Frauen, Kinder und Säuglinge, dazu Rinder, Esel und Schafe schlug, selbst Abjathar also machte mir keinen Vorwurf, stellte sich vielmehr unter meinen Schutz, als ich etliche Männer um mich gesammelt hatte und aus der Höhle von Adullam, wo ich mein Hauptquartier eingerichtet hatte, weiter nach Juda hineinzog. Ohne es zu wollen, war ich die Ursache dafür gewesen, daß sein ganzes Haus ausgerottet worden war, und doch suchte Abjathar Zuflucht bei mir. Von ihm hörte ich, was passiert war. Ich nahm ihn auf und schwor, ihn zu beschützen. Und seither ist Abjathar mein Priester gewesen, obschon Bath-Seba so tut, als kenne sie ihn nicht, wenn davon die Rede ist, daß er Adonia unterstützt, oder aber sie macht ihn verächtlich als jemanden, der seine Sinne nicht beisammen hat und nicht ernst genommen werden darf.

»Du solltest einem Vater in seinem Alter beistehen«, versuchte ich Bath-Seba einmal Moral zu predigen. »Wenn sein Verstand zu wünschen übrig läßt, mußt du Geduld mit ihm haben.«

Darauf versetzte sie ungerührt: »Du stehst mit einem Fuß im Grabe, und mir reicht es schon, wenn ich Geduld mit *dir* haben muß.«

Von Ahimelech verlangte ich an jenem Tage nur ein Schwert und etwas zu essen. Ich brauchte Brot und sah fünf frisch gebackene Laibe.

Als er mich in Nobe erblickte, bekam er es zu Recht mit der Angst. »Warum kommst du allein?« fragte er.

Ich log ihm vor, der König habe mich allein auf eine Mission gesandt und mir befohlen, niemand wissen zu lassen wohin, auch solle ich mich mit meinen Leuten an einem zuvor abgeredeten Ort treffen. Mein Kommen und Gehen dürfe keine Aufmerksamkeit erregen. Diese Unterhaltung mit Ahimelech fand im Freien statt, und ich wurde sehr besorgt, als ich Doeg, den Edomiter, unter den Neugierigen erblickte, die sich bei meiner Ankunft eingefunden hatten. Ich wußte, er würde Saul berichten, in welcher Richtung ich geflohen war, sobald er wieder in Gibea wäre und erführe, daß man mich suchte, um mich hinzurichten, doch konnte ich die grauenhaften Folgen nicht vorhersehen, die seine Aussage haben würde. Ich kann mir auch nicht vormachen, daß ich anders gehandelt hätte, hätte ich gründlich darüber nachgedacht, was daraus werden könnte, ja, ich sehe nicht, warum ich das hätte tun sollen. Ich war jung, und ich war von Panik ergriffen. Eine Sünde hatte ich nicht begangen. Ich hatte mir nichts vorzuwerfen und fand, ich hätte ebenso viel Recht auf mein Leben wie jeder andere.

In Hörweite der Umstehenden forderte ich von Ahimelech ein Schwert oder einen Speer, den ich angeblich für meinen Auftrag brauchte, fügte an, des Königs Befehl müsse rasch ausgeführt werden, und Saul habe mir aufgetragen, Waffen von ihm zu verlangen. Ferner forderte ich die fünf Brotlaibe, die ich unter seiner Hand sah und die noch dampfend dufteten vom Feuer auf dem Altar, sowie alles weitere Brot, das er entbehren könne. Er schüttelte aber den Kopf, schon während ich noch redete.

»Ich habe hier kein Brot, das ich dir geben könnte«, sagte er, um Entschuldigung bittend. »Dies sind Schaubrote.«

»Was sind Schaubrote?« fragte ich.

»Ich habe kein gemeines Brot unter meiner Hand«, bedeutete mir der Priester, »sondern heiliges Brot, das ich dir nur geben kann, wenn deine Leute sich mindestens drei Tage von Weibern enthalten haben und nicht unrein sind.«

»Schon mehr als drei Tage«, versicherte ich ihm rasch, denn mir lag daran wegzukommen, bevor Doegs, des Edomiters, Neugier so wuchs, daß er seinen Zweifeln Ausdruck gab. »Reiner als wir kann man gar nicht sein.«

Wahr war wirklich nur diese letzte Behauptung, denn seit ich mich von Michal getrennt hatte, und das war mehr als drei Wochen her, hatte ich bei keiner Frau gelegen, und in den Wochen davor auch nur ein einziges Mal bei Michal. Unser Abschied war kurz, es blieb keine Zeit für Floskeln. Nachdem Saul wieder versucht hatte, mich umzubringen, und ich aus seinem Haus geflohen war, stieß ich als ersten auf Abner, der mit keiner Wimper zuckte, als ich von dem, wie ich meinte, haarsträubenden und höchst ungewöhnlichen Vorfall berichtete. Abner biß in einen Granatapfel und schmatzte ziemlich laut an den Kernen, während ich sprach.

»Ich würde mir nichts daraus machen«, sagte er einige Sekunden, nachdem ich verstummt war. »Versehen passieren gelegentlich.«

»Versehen?« Ich traute meinen Ohren nicht.

»Oder ist es kein Versehen, daß dein gesalbter König dich hin und wieder umbringen möchte?« gab Abner auf seine freundliche, sophistische Weise zu bedenken. »Du glaubst doch nicht, daß er gute Ursache dafür hat?«

»Er hat nicht die geringste Ursache!« behauptete ich fest.

»Und getan hat er dir doch auch noch nichts. Sei vernünftig, David«, fügte Abner an, als rede er mir zu, endlich erwachsen zu werden, »das Leben ist dazu da, gelebt zu werden. Wenn es ihm Spaß macht, einen Spieß nach dir zu werfen, laß ihn einen Spieß werfen. Saul ist unser König. Hinterher ist er viel munterer. Er läßt eben etwas Dampf ab.«

»Und das nennst du anständig?«

»Ist der Mond aus Käse gemacht?«

Sollte ich mir in so einem Moment seine Witze anhören?

Es war gut, daß Joab den Abner an meiner Statt ermordete, obschon ich damals nicht so dachte und bei seiner Bestattung in der Öffentlichkeit Trauer heucheln mußte. Auf die Länge gesehen, war es wohl auch gut, daß er an meiner Statt Absalom tötete, wenngleich ich über die Liebe zu diesem meinem hübschen Zweitgeborenen nie wegkommen werde. Auch meinen Neffen Amasa hat er umgebracht, den Sohn meiner zweiten Schwester, nachdem wir Absaloms Aufstand niedergeschlagen hatten, aber Amasa ist unwichtig, außer daß mich dies wieder daran erinnerte, wie brutal und ungehorsam Joab sein kann, wenn er eifersüchtig ist auf die Macht. Als ich Benaja mit dem Kommando über meine Leibwache aus Krethern und Plethern betraute und einzig mir unterstellte, klärte ich ihn darüber auf, wessen Joab fähig sei. Für Joab war dies ein schwerer Schlag. Aber wie konnte der Idiot auch glauben, ich würde mich einzig in seine Hände geben!

An dem Tag, da Saul versuchte, mich in seinem Gemach zu erschlagen, rettete mich Michal. Ich ließ Abner stehen, eilte so rasch ich konnte nach Hause und war ein reines Nervenbündel, als Michal abends heimkam. Wie ein Tier im Käfig streifte ich durch die Zimmer unseres Hauses, schwankte zwischen Wutanfällen und tränenreichem Selbstmitleid. Ich hatte Lust, zu heulen und zu winseln. Daß ich so litt, lag teilweise auch daran, daß ich nicht wußte, wie ich mich bei Michal über ihren Vater beschweren könnte, ohne ihre wütende Widerrede heraufzubeschwören. Doch diese Befürchtung war grundlos, denn als Michal schließlich hereinplatzte, war sie selber in einem üblen Zustand.

»Du wirst es nicht glauben!« schrien wir beide wie aus einem Munde und tauschten in der nächsten halben Minute unsere alarmierenden Neuigkeiten aus.

»Es ist furchtbar, furchtbar«, rief ich empört. »Ich lasse mir das nicht gefallen. Du wirst es nicht glauben.«

»Es ist entsetzlich, entsetzlich«, fiel sie mir ins Wort, »was ich dir sagen muß, ist entsetzlich. Ich kann es selber nicht glauben.«

»Einen Spieß hat er wieder nach mir geworfen!«

»Meuchelmörder sind unterwegs!«

»Ich wußte, du würdest mir nicht glauben.«

»Es kommt nicht darauf an, ob ich dir glaube, hör dir an, was ich zu sagen habe, das ist viel schlimmer.«

»Wenn es um deinen Vater geht, glaubst du mir nie. Er hat mit einem Spieß nach mir geworfen, was kann da noch schlimmer sein!«

»Meuchelmörder da draußen, das kann schlimmer sein.«

»Meuchelmörder? Wovon redest du?«

»Die sind unterwegs.«

»Ha, ha.«

»Du glaubst mir nicht, David? Assassini!« schleuderte sie mir ins Gesicht. »Verstehst du jetzt? Die wollen dich meucheln. Oi, da sind sie schon, draußen auf der Gasse, sie beobachten während der Nacht das Haus und wollen dich morgen früh erschlagen, wenn du rauskommst.«

»Ah, ich kenne deine Scherze.«

»Sieh doch selber.«

»Ach du dicke Scheiße!«

Kapuzenmänner mit Dolchen bezogen verstohlen Positionen in Hauseingängen und Nischen vor dem Haus und an beiden Enden der Gasse, um mir den Fluchtweg zu verstellen. Ihre Umhänge waren dunkel, und die Griffe von Dolchen und Schwertern ragten daraus hervor. Manche hatten ihre Waffen bereits gepackt. Michal holte tief Atem. »Was können wir jetzt machen?«

»Ich glaube, ich weiß genau, was da zu machen ist«, versetzte ich befehlsgewohnt. »An dich, die Tochter des Königs, werden sie sich nicht herantrauen. Geh also so rasch du kannst zu deinem Vater und sag ihm, was hier geschieht.«

»Was meinst du, wer sie geschickt hat, David?«

In einer Lücke zwischen zwei Häusern erkannte ich jetzt den wölfischen Umriß Abners und eines Granatapfels. Abner hatte seit je eine sehr große Nase. Von Michal auf die rechte Spur gebracht, gelang es mir, zwei und zwei zusammenzuzählen, und ich erkannte, daß sie recht hatte.

»Was können wir nur machen, Michal?« flüsterte ich. »Was hat das nur alles zu bedeuten?«

»Es bedeutet, daß, wenn du nicht diese Nacht deine Seele errettest, du morgen sterben mußt«, lautete ihr weiser Rat.

Michal war es, die sich das meiste dessen ausdachte, was wir unternahmen, um meine Haut zu retten, und dies in die Tat umsetzte: Sie legte ein Götzenbild ins Bett, nahm ein Ziegenfell als Kopfpolster und deckte alles mit Kleidern zu, so daß es aussah, als schliefe ich darin. Dann ließ sie mich an einem Strick aus dem Hinterfenster. Sollte Saul am Morgen durch Boten anfragen, warum ich nicht wie üblich bei ihm erschienen sei, wollte sie denen sagen, ich sei krank. Ich würde dann schon weit fort sein, und diese List sollte mir einen weiteren Vorsprung verschaffen. Es war auch Michal, die früher oder später dem ganzen Ärger würde standhalten müssen, wenn, was unvermeidlich war, diese List entdeckt wurde; dem Zorn ihres Vaters wollte sie entgegenhalten, daß ich ihr gedroht habe, sie zu töten. Wie sie erklären wollte, warum sie nach meiner Flucht nicht sogleich Alarm geschlagen, sich nicht wenigstens den Boten ihres Vaters anvertraut, vielmehr diese noch irregeführt hatte, das blieb ihr und dem Augenblick überlassen. Sie könnte dann in Tränen ausbrechen oder ohnmächtig werden. Oder beides. Wir packten eine Hirtenration Brot, Käse, Datteln, Oliven und Rosinen, einen Wassersack und einen mit vergorener Ziegenmilch ein. Und etliche Feigenkuchen und Pistazien. Sie ergriff den Strick.

»Ich liebe dich«, sprach sie knapp und kühl. »Ich hoffe, du weißt es.«

Ich wußte es, aber eben auf ihre Art, das heißt bissig, beleidigend, neidisch, herabsetzend, absolut selbstsüchtig und ichbesessen. Wir küßten einander am Fensterbrett.

»Hast du das Mundwasser?«

»Ja«, log ich. Und schon strampelte ich aus dem Fenster, wie ein Clown in einer obszönen Burleske. Als wir uns das nächste Mal begegneten, war ich bereits seit mehr als sieben Jahren König in Hebron, und ihr Vater hatte sie einem anderen zur Frau gegeben. Und wir mochten einander nicht besonders gut leiden.

Ich staune immer noch darüber, daß ich auf die Füße kam und heil davon. Ich wandte mich stracks nach Rama, wo ich bei Samuel Schutz, Trost und Rat zu finden hoffte, bei dem einzigen im Königreich, der, wie ich meinte, die Macht hatte, Saul zu beeinflussen und genügend Charakterstärke, sich für mich zu verwenden. Das hätte ich mir sparen können. Ich fand nämlich einen Mann vor, der ebenso große Sorgen hatte wie ich und nun wütend war, weil ich ihm noch weitere aufbürden wollte.

»Was willst du?« begrüßte er mich gereizt, »warum kommst du her? Was willst du mir antun?«

Mit den behaarten Händen stopfte er fieberhaft Sachen

in seinen Rucksack und murmelte was in seinen Bart, während ich mich bemühte, ihm alles zu erklären. Samuel dürfte wohl der reizbarste Mensch gewesen sein, dem ich je begegnet war, und ich habe auch später seinesgleichen nicht angetroffen. Er war noch stärker behaart, als ich ihn in Erinnerung hatte. Es ist mir peinlich, das zu sagen, doch sein langer, schwarzer, mit viel schmutzigem Grau durchschossener Bart wirkte etwas ungepflegt.

»Von mir erwartest du dir Rat?« fragte er barsch. »Von mir Einfluß und Schutz? Trösten soll ich dich? Wie komme ich dazu, dir zu sagen, was du tun sollst?«

»Du bist doch ein Prophet, oder nicht?«

»Wann habe ich deines Wissens das letzte Mal prophezeit?«

»Ein Richter bist du auch.«

»Und wann hätte ich das letzte Mal geurteilt? Hör zu: Auch wenn ich nichts als die Worte des Herrn wiederholte, war ich nicht immer davon überzeugt, daß ich die Wahrheit sagte.«

»Trotzdem kannst du mir raten.«

»Rat willst du? Gut, ich gebe dir Rat. Sehr guten Rat. Verschwinde, und zwar möglichst weit weg.«

»Weg? Von wo? Von wem?«

»Von mir, du elender Narr! Hab ich nicht Ärger genug? Jetzt wird er denken, ich habe dir geholfen. Mußtest du ausgerechnet hierher kommen?«

»Und mußtest du mit diesem ganzen Unfug anfangen?«

»Ich? Was hab ich angefangen? Ich habe nichts angefangen.«

»Hab ich dich gebeten, mich zu salben? Du bist gekommen und hast gesagt, ich soll König sein, oder etwa nicht?«

»König willst du sein?« versetzte Samuel bissig. »Geh, spiel anderswo König und laß mich in Ruhe. Ich muß jetzt fort – das verdanke ich dir.«

»Wohin?«

»Nach Najoth. Oder glaubst du, ich bleibe hier, nachdem du gekommen bist?« Samuel rang die Hände und jammerte: »Sieh mich an, sieh mich an, ein Richter bin ich, ein Prophet! Und dabei war ich der mächtigste Mann im ganzen Land, bis Gott mir auftrug, mich von Saul ab- und dir zuzuwenden. Warum hab ich bloß auf Ihn gehört?«

»Warum mußtest du Saul zum König machen?«

»Ich? Saul zum König?« Samuel schüttelte heftig den Kopf. »O nein, junger Mann. Nicht ich. Gott hat Saul zum König gemacht, ich habe es ihm bloß ausgerichtet. Mein Einfall war das gewiß nicht. Das Volk war es, das einen König wollte, nicht ich. An mir hatten sie nicht genug, ich war ja bloß ein Richter. Sie wollen einen König, sagte Gott, also mach ihnen einen. Er sagte, nimm Saul, also nahm ich Saul. Wer konnte denn ahnen, daß Er einen Meschuggenen nehmen würde?«

»Weißt du genau, daß Er dir später gesagt hat, du sollst mich aussuchen?«

»Was denn sonst? Denkst du, ich hätte dich ausgesucht?«

»Hast du dich nicht geirrt?«

»Gott irrt, ein Richter niemals. Willst du die Wahrheit wissen? Wäre es nach mir gegangen, ich hätte deinen Bruder Eliab genommen oder Abidanab, ja sogar noch Samma – die sind größer als du. Und älter. Aber der Herr befahl mir, nicht auf das Äußere zu achten. Der Herr sieht ins Herz. Ja, das sagte Er. Das Herz. Und in deinem hat Er was Besonderes gesehen. Was das ist, ahne ich nicht. Tu mir einen Gefallen und sag es mir.«

»Der hat mir ja schön was eingebrockt«, schmollte ich. »Nicht mal heim nach Bethlehem kann ich, da wird Saul mich zuerst suchen.«

»Hier wird er zuerst suchen, wenn er erfährt, daß du nicht nach Juda geflohen bist«, korrigierte Samuel mich erbittert. Die einzige Prophezeiung, die ich Samuel entlocken konnte, lautete, Saul werde wild werden, wenn er erführe, daß ich zu Samuel nach Rama gegangen sei. »Und deshalb gehe ich auf dem schnellsten Wege nach Najoth.«

»Najoth«, beschwerte ich mich, »da ist es sehr langweilig. Jetzt muß ich also mit dir nach Najoth.«

»Mit mir?« Das war ein Schreckensschrei. »Ah nein, junger Mann, nicht mit mir. Geh woanders hin und laß mich in Frieden. Ich erkenne Ärger, wenn ich ihn sehe. Adieu, adieu, Scheiden tut weh, aber von dir nicht.«

Ich sagte ihm, ich würde mich an seine Fersen heften wie Leim. Wohin sollte ich denn auch?

Wie wir uns vom ersten Moment an zankten! Unbedingt wollte er seine Kuh mitnehmen, er glaubte wirklich, die brächte ihm Glück.

»Die hält uns bloß auf«, warnte ich.

»Du brauchst ja nicht zu warten.«

»Und warum überhaupt nach Najoth?«

»Mußt du etwa mitkommen?«

Falls ich Trost suchte, war von ihm jedenfalls keiner zu erwarten.

Samuel hatte recht mit seiner Vorhersage betreffend Saul, denn der sandte unverzüglich nach Najoth, um mich festnehmen zu lassen, als er erfahren hatte, wohin der Vogel entwischt war. Sonderbarerweise gelangten seine Leute nie hin, unterwegs wurden sie vom Prophetengeist befallen. Als auch ein zweites Kontingent das gleiche Schicksal erlitt, machte er sich selber auf den Weg. Da geschah das Unvorhergesehene neuerlich. Man sollte es nicht glauben. Ich hatte schon aufgegeben. Samuel und seine Kuh wollten nicht weiter. Als er mich schon so gut wie in den Fängen hatte, wurde Saul zum zweiten Mal in seinem Leben von dem Zwang befallen zu prophezeien.

Es fing an beim großen Brunnen zu Seku, wo man ihm auf seine Frage sagte, wir seien noch in Najoth. Und als er nach Najoth ging, da kam der Geist Gottes auch auf ihn, und er weissagte. Er weissagte, bis er nach Najoth kam, und weissagte vor Samuel. Und was tat er dann? Er zog seine Kleider aus, fiel nieder und lag den ganzen Tag und, wie sich herausstellte, auch die Nacht noch. Deshalb konnte man wiederum sehen und sagen, daß Saul auch unter den Propheten war. Und diesmal sah ich es mit eigenen Augen.

»Das ist ein Wunder«, sagte ich gedämpft, als Samuel und ich wieder miteinander allein waren.

»Darauf würde ich nicht wetten.« Wir saßen bei Fackellicht am Boden. Er schwitzte vor Erschöpfung. »Wenigstens kann ich jetzt zu Atem kommen.«

»Wie lange kann das dauern?«

»Wahrscheinlich bleibt er bis morgen früh so liegen. Wenn wir Glück haben, kehrt er um und wartet zu Hause, bis er wieder zu Verstand kommt oder bis irgendwas anderes passiert, was ihn wieder tollwütig macht. Was soll ich weiter sagen? Saul ist unglücklich, mordlustig und labil, der unglücklichste Mensch, den ich kenne – mich vielleicht ausgenommen.«

»Samuel, du kannst ihm helfen.« Mir war eine Idee gekommen. »Uns allen kannst du helfen. Laß Saul wieder König sein.«

»Saul wieder König sein lassen?« wiederholte Samuel wegwerfend. »Wie könnte er wieder König sein? König bist du.«

»Weiß Saul das?«

»Warum würde er dich sonst töten wollen? Und weshalb fragst du mich das alles?«

»Warum ich dich danach frage?« Ich war verblüfft. Dieser schäbige alte Bock hatte nicht die Spur Phantasie. »Weil ich auf der Straße liege, deshalb. In Gibea finde ich kein Obdach mehr. Bei meiner Frau darf ich nicht mehr wohnen, und montags und donnerstags schmeißt Saul mit Spießen nach mir. Nennst du das König sein? Wozu ist das gut?«

»Du wirst schon König sein, wirst König sein«, murmelte er ohne Überzeugung. »Wozu sich Sorgen machen? Warum die Eile? Warte doch ab. Rom wurde nicht an einem einzigen Tag erbaut.«

»Von einem Richter wie dir erwarte ich anderes als solche Platitüden«, ließ ich ihn wissen. »Saul ist verrückt.«

»Es sind eben Gottes Mühlen.«

»Was ist mit denen?«

»Die Mühlen Gottes mahlen langsam«, erläuterte er mir, »dafür aber besonders fein.«

»Und was soll ich machen, während sie mahlen?«

Jetzt war er an der Reihe, die Geduld zu verlieren.

»Was schert denn mich das! Renn mit dem Kopf gegen die Wand! Scheiß ins Meer! Von mir aus kannst du wachsen wie eine Zwiebel, den Kopf im Dreck, die Beine in der Luft.«

Wir beruhigten uns. Mit den gelblichen langen Fingernägeln pulte Samuel verdrossen Speisereste, Blätter und andere Abfälle aus seinen Haaren, die ihm auf die Schultern und die Brust fielen. Ich ließ ihn aus meinem Wassersack trinken, und er bedankte sich. Dann gab ich ihm Pistazien.

»Laß uns versuchen, vernünftig miteinander zu sprechen, Samuel«, bat ich diplomatisch.

Er legte wieder die alte Platte auf. »Der mächtigste Mann war ich im Lande, ich hätte zu Saul halten sollen, einerlei, was Gott dazu zu sagen hatte.«

»Dann mach ihn wieder zum König«, riet ich, »zumindest, bis die Mühlen Gottes zu mahlen aufhören. Geh zu ihm. Was kann das uns schaden?«

»Es ist aber nicht wahr«, murmelte Samuel.

»Das braucht er doch nicht zu wissen. Soll er denken, er ist der König. Frag Gott, ob Er damit einverstanden ist.«

Ohne es zu wollen, hatte ich eine weitere empfindliche Stelle berührt. Samuel blickte verschnupft drein, antwortete aber milde. »Meinst du, das hätte ich nicht schon versucht? Hältst du mich für blöd, oder was? Selbstverständlich habe ich Gott gefragt.«

»Und hat Er ja gesagt?«

»Nein hat Er nicht gesagt«, versetzte Samuel und fuhr dann offenherziger fort, »nichts hat Er gesagt. Gott antwortet mir nicht mehr«, bekannte er gedemütigt und leise.

»Dir auch nicht?« rief ich. »Saul hat mir das gleiche erzählt. Was ist denn nur los mit Ihm?«

»Was weiß ich?« zuckte Samuel die Achseln.

Ich äußerte eine Hypothese, mit der ich mich erneut auf jenes unwegsame intellektuelle Terrain vorwagte, das ich bereits in Sauls Gegenwart unvorsichtigerweise betreten hatte: »Vielleicht ist Gott tot?«

Samuel entgegnete knapp: »Gott könnte tot sein?«

»Könnte Er nicht tot sein?«

»Wenn Er Gott ist, kann Er nicht tot sein, Dummbeutel«, belehrte Samuel mich. »Und wenn Er tot ist, ist Er nicht Gott, sondern wer anderes. Schluß jetzt mit diesen Dummheiten.«

»Dann laß uns Ihn noch mal fragen«, schlug ich eifrig vor. »Es heißt doch, daß Er mich gut leiden mag. Los, Samuel, probier es noch mal mit einem Opfer.«

»Wozu eine Kuh verschwenden?«

»Dann eben ohne Opfer«, beharrte ich. »Es kann doch nicht schaden, mal anzufragen. Frag, ob Saul nicht König sein darf.«

»König-Schmönig«, intonierte Samuel.

Ich fand das unverständlich. »Ich verstehe dich nicht.«

»Das sagt man so.«

»Ist das eine alte Redensart?«

Diese Frage ärgerte ihn. »Wie alt kann sie wohl sein, du Holzkopf? Ist nicht Saul unser erster König? Du glaubst doch nicht, daß ich nicht schon mehr als einmal gefragt habe? Gefragt und wieder gefragt. Glaubst du, wir haben kein Mitleid mit Saul, Gott und ich? Keine Liebe für ihn? Wir fühlen mit ihm, trauern um ihn, sind barmherzig mit ihm. Gott hat mich sogar dafür ausgeschimpft, daß ich solange um Saul getrauert habe. Das war kurz, bevor Er mir befahl, mein Horn mit Öl zu füllen und nach dir zu suchen. Was für ein trauriger Tag war das. Du ahnst nicht, wie zuwider mir dein Anblick ist. Mit Saul war ich viel besser dran. Der hat weiter nichts getan, als mir ein einziges Mal nicht zu gehorchen. Es tut mir jetzt noch leid, daß ich die Wut bekam und ihn so gemein beschimpft habe.«

»Dann geh hin und entschuldige dich bei ihm«, schlug ich vor und verkniff mir edelmütig, auf seine Beleidigungen zu entgegnen. »Sag, du hast dich geirrt.«

Samuel richtete sich abweisend auf. »Ich soll sagen, ich habe mich geirrt?«

»Dann sag ihm, Gott hat sich geirrt.«

»Das ginge schon eher. Das würde Saul auch glauben. Doch der Herr ist kein Mensch, daß Er je einen Irrtum eingestünde.«

»Aber du brauchst Ihn dazu doch nicht«, redete ich ihm zu. »Sag Saul einfach, du willst es noch mal mit ihm versuchen. Du sagst selbst, er ist unglücklich. Soll er sich zur Abwechslung mal etwas besser fühlen.«

Samuel sagte darauf bösartig und genießerisch: »Mag er langsam, langsam im Winde schaukeln«, und seine Augen funkelten.

Ich war sprachlos. »Ich denke, du liebst Saul? Ich denke, ihr beide, du und Gott, habt Mitleid mit ihm, wollt ihm Barmherzigkeit erweisen?«

»So zeigen wir ihm eben unser Mitleid.«

Samuel kehrte nach Rama zurück und hatte das Glück, daselbst zu sterben, bevor Saul Gelegenheit fand, ihn zu erwürgen, nachdem er die Priester in Nobe erschlagen ließ und auf diese Weise entdeckte, daß hochgestellten Persönlichkeiten auch Morde nachgesehen werden.

Wie ein Hund sein Gespeites wieder frißt oder ein Narr seine Narrheit wieder treibt, fand ich mich auf dem Rückweg nach Gibea, obschon meine Vernunft mir sagte, daß dort womöglich ein Löwe auf mich lauerte. Ich nahm hochgelegene, gewundene Pfade, die nach Einbruch der Dunkelheit nicht mehr begangen wurden, und vermied die Durchgangsstraßen in den Ortschaften, falls auch dort ein Löwe lauerte. Den ganzen Weg über blies ich Trübsal, näherte mich Saul wie hypnotisiert, angezogen von dem sehnlichen Verlangen, wieder wohlwollend aufgenommen zu werden von jenem Mann, der mich stärker beeindruckt hatte als jeder andere, wenngleich ich jetzt wußte, daß er mordlüstern war und verrückt, vielleicht gar dumm und langweilig. Für mich war er immer noch der Vater, mein Schutzpatron, und ihm wollte ich nahe sein, einerlei, was es kostete. Man glaube es oder nicht, sogar nach Michal sehnte ich mich. Saul war der einzige, den ich je wie einen Vater geliebt hatte, sein Haus war im guten wie im schlechten das einzige, in dem ich mich je zu Hause gefühlt hatte. Wäre Saul nur eine Spur väterlicher zu mir gewesen, ich hätte ihn wie eine Gottheit verehrt. Wäre Gott je eine Spur väterlich zu mir gewesen, ich hätte

Ihn geliebt wie einen Vater. Auch wenn Gott gut zu mir war, war Er kaum je gütig.

Ich gebe aber auch zu, daß der Gedanke, Saul als König nachzufolgen, mir nie zuwider oder für längere Zeit aus meinen Tagträumen abwesend gewesen ist.

Mein Verstand sagte mir, dieser letzte Versuch, von Saul in Gnaden aufgenommen zu werden, müsse fehlschlagen. Mein Herz aber sagte, dann wäre ich auf immer aus jenem Nest verstoßen, in dem ich wohnen konnte, ohne mich fremd zu fühlen, abgetrennt von meiner eigenen Vergangenheit, ohne feste Bindung an meine Zukunft. Deshalb fühlte ich mich gezwungen, den Versuch zu machen, wenn auch das Vorgefühl des Vergeblichen meine Brust beschwerte wie ein Amboß. Saul gegenüber war ich viel weniger halsstarrig als Gott gegenüber. Ich wußte, er war verrückt, und doch wollte ich seine Zuneigung gewinnen, seine Vergebung. Wäre er noch am Leben, ich würde es wieder probieren. Ich halte es nicht aus, mich so allein zu fühlen. Das konnte ich nie.

Ich betrat Gibea nach Sonnenuntergang und besprach mich heimlich mit Jonathan, in meinem Elend nur darauf bedacht, von Sauls ältestem Sohn wenigstens die Spur eines Hoffnungsschimmers zu erlangen. Statt dessen stürzte er mich nur in Verwirrung.

»Bitte, Jonathan, hilf mir«, begann ich, ohne ihm doch rückhaltlos zu vertrauen, denn ich traute niemandem. Das Gespräch fand am Rande eben jenes abgeernteten Weizenfeldes statt, auf dem ich mit Saul in jener zauberhaften Mondnacht gewandelt war. Die vom fernen Meer her wehende Luft war wiederum lind und schmeichelnd, getränkt mit dem berauschenden Duft von Pflaumen und Melonen und blauen Trauben in den Keltern. »Sprich noch einmal mit ihm für mich. Beobachte ihn morgen beim Abendbrot genau. Suche herauszubekommen, ob er mir immer noch nach dem Leben trachtet oder ob er mir vergeben hat. Dann komm wieder her und sag es mir.«

»Du kannst ihn selber beobachten«, lautete Jonathans Antwort, die mich völlig umwarf, »für morgen wirst du an der Abendtafel erwartet.«

»Das ist doch Wahnsinn!« rief ich, denn ich war auf einen üblen Trick gefaßt.

Es war wiederum die Zeit des neuen Mondes, und ich hörte von Jonathan, daß ich morgen vom König bei der Tafel erwartet wurde wie ehedem üblich, und daß er fest auf mein Erscheinen rechnete. Was das denn für ein Unsinn sei? wollte ich wissen. Ich war sehr empört. War ich nicht flüchtig? Es war ja, als hätte nichts Ungewöhnliches stattgefunden, als hätte Saul nicht getrachtet, mich mit dem Spieß an die Wand zu heften, keine Meuchelmörder nach mir ausgesandt, nicht versucht, mich in Najoth zu fassen, wäre mir nicht selber gefolgt, einzig um des Vergnügens willen, mich zu packen und auf der Stelle hinrichten zu lassen.

Was bedeutete das? Sollte das alles nicht gewesen sein, für nichts zählen? Offenbar ja, denn an der Tafel des Königs sollte folgenden Abends ein Platz für mich bestimmt sein, und käme ich nicht, würde man mir das als Insubordination ankreiden. Das war doch alles absurd. Woher war überhaupt bekannt, daß ich hier war? Mit einer Logik, die ihm unwiderleglich schien, gab mir Jonathan zu bedenken, daß ich keinen Anlaß hätte, dem König auszuweichen, denn da er mich derzeit nicht verfolge, bestehe kein einleuchtender Grund, zu fliehen oder auch nur fernzubleiben.

Damit wollte ich mich nicht zufriedengeben. »Hat man dir aufgetragen, mich mitzubringen?«

»Davon war nicht die Rede, aber da du nun mal hier bist, solltest du morgen kommen. Du kannst mich begleiten.«

Die mußten doch allesamt verrückt sein! »Warum willst du mich zu deinem Vater bringen, wo ich doch weiß, daß er mich immer noch töten will?«

»Das kann ich nicht glauben.«

»Dann erkundige dich mal. Frag ihn, was er mir vorwirft. Was habe ich mißgehandelt, was habe ich gesündigt vor deinem Vater, daß er nach meinem Leben trachtet?«

Jonathan sah die Dinge etwas rosiger. »Mein Vater tut nichts, weder Großes noch Kleines, das er nicht meinen

Ohren offenbart. Warum sollte er dann dies vor mir verbergen?«

»Jonathan, vergiß nicht, so gut stehst du nun mit deinem Vater auch nicht. Er weiß wohl, daß ich Gnade vor deinen Augen gefunden habe. Du machst ja auch kein Geheimnis daraus. Vielleicht mag er dir keinen Kummer machen, oder er fürchtet, du könntest heimlich mit mir sprechen wie gerade jetzt. Wie kommt er nur auf den Gedanken, ich könnte zurückkommen, nach allem, was vorgefallen ist? Er hat Meuchelmörder vor mein Haus gesandt.«

»Das kann ich nicht glauben.«

»Dann frag deine Schwester.«

»Michal übertreibt. Wir haben morgen Neumond.«

»Und glaubt er, ich setze mich mit ihm zu Tisch, bloß weil Neumond ist?«

»Du weißt doch, wie verrückt er ist, David, er verzeiht und vergißt.«

»Und dann vergißt er, daß er verziehen hat. So wahr der Herr lebt, Jonathan, und so wahr deine Seele lebt, es ist nur ein Schritt zwischen mir und dem Tode. Ich fühle es in allen Knochen.«

Jonathan schaute entsetzt und sagte: »Da sei Gott vor, du sollst nicht sterben. Ich will an dir tun, was dein Herz begehrt.«

»So laß mich, daß ich mich auf dem Feld verberge bis an den Abend des dritten Tages. Wird dein Vater nach mir fragen, so sprich, David bat mich, daß er gen Bethlehem zu seiner Stadt laufen möchte, denn es ist ein jährlich Opfer daselbst dem ganzen Geschlecht. Wird er sagen, es ist gut und ich soll meinen Frieden haben, gehe ich nächsten Tages zu ihm. Wird er aber ergrimmen, so wirst du merken, daß Böses beschlossen ist bei ihm. Wer will mir's ansagen, so dir dein Vater hart antwortet?«

»Würde ich es dir nicht sagen?« fragte Jonathan ernst, der, während ich sprach, unentwegt zustimmend genickt hatte. »Liebe ich dich nicht wie meine eigene Seele?« Ich bezweifelte nicht, daß Jonathan mich liebte wie seine eigene Seele, wenn ich mir darunter auch nicht recht was vorstellen konnte. Und ich glaubte fest, daß er alles ihm mögliche für meine Sicherheit vorkehren würde.

»Morgen ist ein neuer Mond«, begann er mir jetzt seinen Plan darzulegen, »so wird man nach dir fragen, denn man wird dich vermissen, wo du zu sitzen pflegst. Komm nicht in mein Haus, komm überhaupt nicht in die Stadt.«

»Ist ein Löwe los auf der Straße?«

»In deinem Fall kann es sehr wohl sein. Verbirg dich drei Tage in den Feldern. Des dritten Tages aber komm bald hernieder und gehe an einen Ort, da du dich verbergest am Werktage, und setze dich an den Stein Asel.«

»Asel?«

»Ja. Asel ist der Stein südlich von dem Stein Rogellen. Ich will zu seiner Seite drei Pfeile schießen, als ob ich nach dem Ziele schösse. Und siehe, ich will den Knaben senden: Gehe hin, suche die Pfeile. Werde ich zum Knaben sagen: Siehe, die Pfeile liegen hierwärts hinter dir, hole sie! So komm, denn es ist Friede und hat keine Gefahr, so wahr der Herr lebt. Sage ich aber zum Jüngling: Siehe, die Pfeile liegen dortwärts vor dir, so gehe hin, denn der Herr hat dich lassen gehn.«

Mir drehte sich alles im Hirn, und ich sagte: »Kannst du das wiederholen?«

»Bitte, laß es uns machen, wie ich sage«, bat Jonathan. Er rang noch nach Atem, und ich hatte nicht das Herz, ihm zu widersprechen. »Wenn ich an meinem Vater erforsche morgen und am dritten Tag, daß es wohl steht mit David, und nicht hinsende zu dir, so tue der Herr dem Jonathan dies und jenes. Wenn aber das Böse meinem Vater gefällt wider dich, so will ich dich ziehen lassen, daß du mit Frieden weggehst.«

»Ich hoffe nur, ich habe das alles richtig verstanden.«

»Warten wir ab, wie sich mein Vater am ersten, am zweiten und am dritten Tage beim Abendessen benimmt. Wenn wir Neumond haben, mache ich mir seinetwegen immer große Sorgen.«

Jonathan kam am letzten Tage zur ausgemachten Zeit. Den dritten Morgen nacheinander erhob ich mich steif nach einer Nacht unruhigen Schlafes; an meinen Lippen klebten tote Insekten, und kleine Tiere raschelten im Laub. Ich verbarg mich wie ausgemacht beim Stein Asel, nachdem ich mich zuvor zwischen braunen Unkräutern in einem dichten Lorbeergebüsch erleichtert hatte. Ein Knabe begleitete ihn. Ich hielt den Atem an, um besser zu hören, und Jonathan sagte laut zu dem Knaben, um gut gehört zu werden: »Lauf jetzt und hole die Pfeile, die ich verschieße.« Ich spähte durchs Gebüsch und sah, wie der Knabe loslief und Jonathan einen Pfeil in den Himmel schoß und hörte ihn rufen: »Siehe, liegt der Pfeil nicht dortwärts von dir?« Zugleich mit dem Pfeil näherte sich auch meine Kraft dem Tiefpunkt. Jonathan gehörte zu den wenigen, die damals mit dem Bogen umzugehen gelernt hatten. Der Ausdruck bleiernen Kummers auf seinen Zügen bestätigte meine düstere Überzeugung, daß mein Schicksal nun unwiderruflich besiegelt sei. Ich war den Tränen nahe. Jonathan schoß noch zwei Pfeile ab, und es verging einige Zeit, bis der Knabe sie aufgesammelt und seinem Herrn zurückgebracht hatte. Jonathan schaute verwirrt nach allen Richtungen. Wie es weitergehen sollte, hatten wir beide vergessen. Alles kam zu einem unbeholfenen Stillstand. Jonathan gab es schließlich auf, überreichte seine Artillerie dem Knaben und wies ihn an, alles in die Stadt zu tragen. »Beeile dich«, rief er ihm nach, »zögere nicht.«

Der Knabe wußte von nichts, und kaum war er fort, stand ich auf vom Ort gegen Mittag, fiel auf mein Antlitz zur Erde und beugte mich dreimal nieder. Ich wußte: dies ist das Ende, alle Hoffnung, die ersehnte Versöhnung mit Jonathans Vater zustandezubringen, war zuschanden geworden. Auch Jonathans Augen füllten sich mit Tränen, als er mir aufhalf, und in seiner zugleich erregten und hilflosen Miene las ich unmißverständlich Fehlschlag und Verderben. Da, und erst da, fielen wir einander in die Arme, küßten uns und weinten miteinander, und das war das einzige Mal. Und das war auch alles, was wir taten. Man beweise mir, daß jemals mehr vorgefallen ist.

Jonathan breitete die Details vor mir aus, und das klang wie mein Totenglöckchen. Am Neumondstage, nach unserem damaligen Kalender der erste Tag des Monats, nahm der König wie gewohnt seinen Platz an der Tafel ein. Abner saß neben ihm, mein Platz blieb leer. An jenem ersten Abend ruhte Sauls Blick immer wieder auf diesem leer gebliebenen Platz wie auf einem schlimmen Vorzeichen, doch fragte er niemanden, warum ich abwesend war. Statt dessen murmelte er hörbar, es müsse mir wohl was zugestoßen sein, ich sei vielleicht unrein, habe womöglich bei meinem Weibe gelegen. Als er am folgenden Abend wieder meinen leeren Platz sah, ging es schon anders. Er fragte Jonathan rundheraus: »Warum ist der Sohn Isais nicht zu Tisch gekommen, weder gestern noch heute?« Als Jonathan ihm, wie zwischen uns ausgemacht, antwortete, ich habe um Urlaub gebeten, um mit den Meinen in Bethlehem zu opfern, richtete sich Sauls Zorn gegen seinen Sohn, zumal dieser ihm bislang verschwiegen hatte, daß wir zusammen gewesen waren. Was folgte, war ein kleines Chaos. Er befahl Jonathan, mich sofort zu holen, auf daß er mich erschlagen könne, schleuderte einen Spieß nach ihm, weil Jonathan mich in Schutz nahm, und bezichtigte ihn alsdann weitschweifig und unzusammenhängend des Verrates und der Dummheit.

Da merkte Jonathan, daß bei seinem Vater gänzlich beschlossen war, mich zu töten.

»Das ist noch nicht alles, David«, sagte er betrübt, »noch längst nicht alles. Nicht nur schalt er mich einen Schwachkopf, er sagte auch«, und hier blickte Jonathan beiseite – es fiel ihm offensichtlich schwer, mir diese Eröffnung zu machen, »er sagte ›Solange der Sohn Isais lebt auf Erden, wirst du, dazu auch dein Königreich, nicht bestehen‹.«

In dem nun eintretenden Schweigen trafen sich unsere Blicke. »Damit meint er mich.«

»Ich weiß.«

»Glaubst du ihm?«

Er antwortete ehrlich: »Ich weiß nicht.«

Ich hatte keine Waffe. Mein Tod war beschlossen. Jonathan konnte wieder ein Held sein. Er trug das Kurzschwert in der Scheide und ein Messer im Gürtel. Er war älter als ich, erheblich größer und der Stärkere von uns beiden. Ich wußte, er konnte mich bei den Haaren packen und mich ganz nach Belieben zerstückeln oder durchbohren. Doch brauchte ich ihn nur anzusehen, um ebenfalls zu wissen, daß er ohne eine Frage zu stellen seine Waffen in meine Hand gelegt hätte, hätte ich ihn darum gebeten.

Wieder weinten wir alle beide, brachen gleichzeitig in Tränen aus, nahmen Abschied für immer, wie wir glaubten, allerdings begegneten wir einander noch einmal als Freunde, bevor er starb, nämlich als er mich in der Wüste von Siph aufsuchte, um mir anzuvertrauen, auch ihm sei nun gewiß, daß ich bald König über Israel werden solle, und mir zu schwören, daß er mir ergeben sein und mir zur Seite sitzen wolle. Wir machten einen Bund im Angesicht des Herrn, und Jonathan ging heimlich zurück in sein Haus. Während dieser Unterredung war mir stets unausgesprochen gegenwärtig, daß Jonathan seinen Schwur zwar ernst meinte, daß ihn aber eher sentimentale als praktische Überlegungen dabei leiteten, denn bevor ich den Thron einnehmen könnte, müßte er tot sein. Immerhin gaben wir einander die Hand darauf. Bei dem jetzigen tränenreichen Abschied machten wir ebenfalls einen Bund nach dem anderen, schworen ewige Freundschaft auch für unsere Kinder und Kindeskinder, ohne zu bedenken, ob dies nun sinnvoll war oder nicht. Ich habe mich später um seinen einzigen Sohn gekümmert, der an beiden Füßen gelähmt war, weil eine überängstliche Kinderfrau ihn hinfallen ließ, als sie vom Sieg der Philister bei Gilboa und von Sauls und Jonathans Tod hörte. Und als wir miteinander weinten, weinte ich am allermeisten. Und warum auch nicht? Nur Gott weiß, weshalb Jonathan weinte, ich jedenfalls weinte, weil ich alles verloren hatte und mich vom Pech verfolgt fühlte.

Angeblich ist ein Armer besser als ein Lügner. Das sollte man nicht glauben. Ich war beides, sogar beides gleichzeitig, und besser ist es, ein Lügner zu sein als arm. Wer das nicht glaubt, der befrage einen Reichen. Als wir Abschied voneinander nahmen, konnte Jonathan zurückkehren in die Stadt und in sein Haus. Aber ich? Die

Füchse haben ihre Löcher, die Vögel unter dem Himmel ihre Nester, aber dieser Menschensohn, Sohn Isais, des Bethlehemiten, hatte keinen Platz, sein Haupt zu betten. Nach Hause durfte ich nicht. Bethlehem in Juda war gewiß der erste Ort, an dem Saul nach mir forschen würde, und so sicher der Tag auf die Nacht folgte, würde er ganz Juda nach mir absuchen lassen, nun, da er mehr denn je überzeugt war, daß der Herr mich liebte und ich seine Nachfolge als König antreten würde, sollte ich am Leben bleiben. Sein Grimm war ungestüm, sein Zorn ein wütig Ding, aber wer könnte vor seinem Neid bestehen?

Auf die Hilfe von Fremden durfte ich nicht rechnen, auf die von Freunden und Verwandten schon gar nicht. Ein Reicher, der fallen soll, wird von seinen Freunden gestützt, doch den Armen hassen alle seine Brüder, und wieviel mehr halten seine Freunde sich von ihm fern! Und wer wären schon meine Freunde? Joab? Abisai? Wer zählt den Sand am Meer, die Tropfen des Regens, die Tage der Ewigkeit? Das alles kommt mir heute ganz normal vor, ein wenig zum Lachen sogar, aber in den folgenden Monaten erfuhr ich es erstmals am eigenen Leibe. Erst als die Philister mich aus Gath wegjagten und ich endlich mein Versteck in der Höhle von Adullam fand, konnte ich aufatmen. Von dem fetten, vollgefressenen Nabal in Karmel mußte ich lernen, daß der Reiche den Armen verabscheut, ganz wie der Stolze den Demütigen. Kein Wunder, daß ich in so jungen Jahren weise wurde. Ich war schon mit meiner Horde unterwegs, um Nabal für seine beleidigende Ablehnung zu strafen, als uns Abigail und ihre Esel mit dem Proviant begegneten, um den ich so höflich ersucht hatte, und die bat für die arrogante Grobheit ihres fetten Gatten anmutig um Verzeihung. Nabal verschied zufrieden, als er hörte, wie er um Haaresbreite einem gewaltsamen Tode entgangen war, und mir blieben seine Frau und ein gut Teil seiner transportablen Besitztümer.

Doch änderte das nichts daran, daß ich inzwischen kaum je unbesorgt Luft holen oder eine Nacht ungestört durchschlafen konnte. Wer mich kannte, wollte mit mir nichts zu tun haben, ich war vogelfrei, der Haß eines brutalen Königs lag auf mir. Jedem, dem ich mich näherte, war ich eine Gefahr, ein verfluchter Fremder in einem fremden Land, der an niemanden die Bitte richten konnte: »Gebt mir etwas Wasser, denn mich dürstet«, ohne den Angesprochenen in Lebensgefahr zu bringen. Auch wer mir unwissentlich bei meinem einsamen Kampf ums Überleben zu Hilfe kam, setzte sein Leben aufs Spiel. Man sehe nur, was Ahimelech und den anderen Priestern von Nobe samt ihren Familien geschah.

Daß ich, statt mich südwärts nach Juda zu wenden, in die entgegengesetzte Richtung ging, nämlich nach Nobe, geschah, um meine Verfolger irrezuführen. Ich ließ mir Brote und ein Schwert geben, erzählte meine Lügengeschichte und hinterließ im weiteren dieses barbarische, unvorstellbare Blutbad. Als ich in Nobe Doeg, den Edomiter, gewahrte, wurde mir klar, daß ich mich nicht mehr lange frei in Israel bewegen können würde. Ich tat, als hätte ich ihn nicht erkannt, erhob mich schon nach kurzer Rast und floh noch selbigen Tages weiter, aus Angst vor Saul. Unter diesen Umständen hätte ich mit ihm zu keiner brauchbaren Übereinkunft kommen können, denn das Herz ist in allen Dingen trügerisch. Das weiß ich genau, denn ich habe mich oft genug selbst geprüft. Ich weiß schon, das ungeprüfte Leben ist nicht lebenswert, aber ist es denn das geprüfte? Wir entrinnen eben nicht der Erbsünde: Ich habe nichts von alledem begangen, wessen Saul mich anklagte, und doch war ich in jedem Falle schuldig. Sauls fiebernde Phantasie redete ihm ein, daß ich nach seinem Königreich und seinem Leben trachtete, während ich doch in Wahrheit zu dieser Zeit weiter nichts begehrte als sauberes Wasser, um die Füße zu waschen, und einen Napf voll warmer Linsensuppe. Wie oft hätte ich nicht mein Erstgeburtsrecht für ein Linsengericht drangegeben!

Der Narr wandelt im Dunkeln, doch blieb mir denn eine Wahl? Ich machte kehrt und wandte mich nach Süden. Wenn es irgend ging, wanderte ich bei Nacht, vermied die mir bekannten Rastplätze meines heimatlichen Juda und eilte die Berge hinab ins Land der Philister.

Stundenweise schlief ich in trockenen Flußbetten, wenn das Wetter gut war, andernfalls suchte ich Schutz in Kalksteinhöhlen, hörte draußen die Regenböen toben und die Tropfen wie todbringende Heuschrecken gegen die weichen Ränder des natürlichen Eingangs prasseln, durch den ich gekrochen war. Tag um Tag waren meine angenehmsten Gesellschafter Glühwürmchen und Gekkos. Manchmal hagelte es, und Blitze zuckten. Man darf mir glauben: Der Zorn des Königs ist wie das Gebrüll des Löwen, und Sauls Zorn hatte mich in einen Flüchtling und Landstreicher verwandelt, der unter dem Volk zum Himmel stank. Oder meint jemand, ich wäre an diese Art zu leben gewöhnt gewesen? Für mich war das ein Elend, sehr zum Verwundern, mir war, als wäre die Erde wieder wüst und leer und finster auf der Tiefe. Menschen ging ich aus dem Wege. Aber wie fehlte mir die lachende Stimme, das Geräusch der Mahlsteine, das Licht der Kerzen. Bewegte ich mich bei Tage, so unsichtbar auf Bergpfaden durch dichtes Gestrüpp, und nur bei Nacht durch die verlassenen Gassen von Städten und Dörfern. Ich stahl mein Essen, Wein aus den Kellern, Obst aus den Gärten. Abwärts und meerwärts wanderte ich verbissen durch steiniges Gebirge, bis ich Juda hinter mir und das Land der Philister vor mir hatte wie einen Zufluchtsort. Mir kam es vor, ich hätte triumphiert, obwohl ich doch nur überdauert hatte. Noch war ich weit von der Küste, aber in Gath war ich immerhin.

Zweimal bin ich in meinem langen, ereignisreichen Leben schutzsuchend zu König Achis von Gath geflüchtet. Das erste Mal schmiß er mich raus, das zweite Mal hieß er mich und meine sechshundert Bewaffneten mit offenen Armen willkommen und teilte mir Ziklag zu, ein Gebiet im Süden, das ich verwalten, säubern und plündern durfte. Jetzt geht es ums erste Mal. Man glaube mir: Ein Unglück kommt selten allein, und regnen tut es nie, immer nur gießen.

Man erkannte mich, kaum daß ich den Fuß in die erste Herberge gesetzt hatte. Warum ich so schnell erkannt wurde, ist mir ein Rätsel – Bilder dürfen und durften wir voneinander nicht machen, und daran, daß ich jüdisch aussah, kann es auch nicht gelegen haben, denn *so* jüdisch sehe ich nicht aus, und in der geräumigen Herberge saßen schon etliche Hebräer, dazu Hethiter, Midianiter, Kanaaniter und andere Semiten. Ich war wohl schon berühmt, und manche der anwesenden Philisterkrieger kannten mich von Ansehen. Ich muß wohl eingestehen, daß ich schon in jungen Jahren eine lebende Legende war.

Neuen Ärger konnte ich nun überhaupt nicht gebrauchen, schon gar nicht in Gath. Was ich dringend brauchte, waren ein Bad und eine Mahlzeit. Die Spezialität des Tages war Wasserschlange und junger Aal. Ich ließ Bier kommen, dazu gebackenen Fisch samt Garneelen, Kascha Warnischka und Schweineschnitzel. Noch bevor das serviert wurde, merkte ich, daß der allgemeine Lärm eine andere Note annahm, daß mehrere Grüppchen einheimischer Soldaten ihre Aufmerksamkeit auf mich richteten, sich untereinander berieten und mir dann mit Fragen auf den Pelz rückten. Ist das nicht David? fragten sie erst einander, dann mich. Welcher David? David wer? Jener David, von dem die tanzenden Weiber sangen, daß er zehntausend geschlagen habe, Saul aber nur tausend? Ist dies etwa der David? Und Schmock, der ich war, sagte ich ja.

Man kann den Philistern zwar einen mangelnden Sinn für das Schöne vorwerfen, aber kräftig waren sie allemal, und im Handumdrehen hatten sie mich in einen Teppich gerollt und wie einen Tuchballen in das Gemach geschafft, wo König Achis von Gath auf einem monströsen Eichenstuhl saß, den er seinen Thron nannte. Noch während sie mich aus dem dreckigen Teppich rollten, ergingen sie sich in einschlägigen Erinnerungen, und das Schreckbild des geblendeten Simson in Gaza stieg vor meinem inneren Auge auf, als ich das anhörte. Denn schon war davon die Rede, mich zu blenden, mir Daumen und große Zehen abzuschneiden. Ich bewegte alle diese Worte in meinem Herzen und fürchtete mich sehr. Meine Verhandlungsposition war keine gute, und ich begriff, daß ich mein Verhalten würde ändern müssen. Also beschloß ich, den Narren zu machen und alles auf diese eine Karte zu setzen. Woher hat Shakespeare wohl seinen *Hamlet*?

Ich eröffnete mit einem Schlager: »Du bist das süßeste Mädel der Welt, du bist die einzige, die mir gefällt . . .« sang ich so laut und melodramatisch ich nur konnte, worauf alle in der holzgetäfelten Halle Anwesenden vor Erstaunen starr wurden. Die Philister glaubten damals, Irrsinn sei ansteckend, und spätere wissenschaftliche Untersuchungen haben ergeben, daß dieser primitive Aberglaube im wesentlichen zutrifft.

Das Überraschungsmoment ausnutzend, zog ich nun alle Register. Ich stürzte mich auf den sprachlosen Monarchen, ließ mich auf ein Knie nieder, packte eine seiner Hände und legte die andere mit einer von völliger Hingerissenheit zeugenden Geste auf die Brust und sperrte den Mund weit auf, als wolle ich gleich weitersingen. Achis wich vor mir zurück wie vor einem Aussätzigen. Er hüpfte quiekend aus dem Thronsessel, und ich verfolgte ihn, als er entsetzt flüchtete. Der arme Achis. Ich rollte wild mit den Augen und beglückte ihn mit meiner bewundernswerten Imitation einer lachenden jüdischen Hyäne. Auf jede Weise spielte ich den Wahnsinnigen, tobte unter ihren Händen, stieß mich an der Tür, am Tor, jaulte wie ein epileptischer Hund und ließ meinen Geifer in den Bart tropfen. Achis quiekte und winselte jedesmal, wenn ich mich ihm mit ausgebreiteten Armen näherte, als wollte ich ihn mit etwas Tödlichem anstecken. Er blickte die Männer, die mich gebracht hatten, wild an.

»Ihr seht doch, daß der Mann verrückt ist!« beschimpfte er sie, »warum habt ihr ihn zu mir gebracht? Ich bin König von Gath! Habe ich der Verrückten zu wenig, daß ihr diesen herbrächtet, daß er neben mir raset? Sollte der in mein Haus kommen? Wenn er bloß Furunkel hätte oder den Schlagfluß, aber dies? Raus mit ihm, schnell, bevor er uns allesamt ansteckt!«

Mir nützte mein Wahnsinn besser als Hamlet der seine. Er rettete mir das Leben, während Hamlet sich bloß altklug gebärdet und davon ablenkt, daß zwischen dem zweiten und dem letzten Akt so gut wie nichts Glaubhaftes geschieht.

Man warf mich zum Palast und zum Stadttor hinaus, stieß mich aus hygienischer Entfernung mit Stecken und Lanzenschäften vor sich her.

»Wo soll ich hin!« klagte ich laut, »Saul trachtet mir nach dem Leben!«

»Versuch's mal in Gaza«, riet mir einer verschwörerisch. »Oder in Askalon. Sag aber nicht in Gaza, daß wir dich rausgeschmissen haben. Und verkünde es auch nicht auf den Gassen zu Askalon. Vielleicht lassen sie dich rein. In Askalon fallen Verrückte gar nicht weiter auf.«

Ich ging jedoch weder nach Gaza noch nach Askalon, sondern suchte mir meinen Weg in eine abgelegene Gegend von Juda und schlug mein Lager endlich in der Höhle von Adullam auf. Letzten Endes bewährte sich diese Wahl.

In jener Nacht jedoch lagerte ich mich wieder an einem einsamen Ort, nachdem ich, soweit meine Füße mich tragen wollten, sehr niedergeschlagen von der Stadt fortgegangen war. Ich ließ mich auf einem umgestürzten Baum am Ufer eines Weihers nieder, unweit einer Straßengabel, in einem Hain, hängte meine Lyra an eine Weide und weinte, als ich Gibeas gedachte, meiner glückverheißenden Anfänge und all der vielversprechenden Dinge, die vor mir lagen und jetzt doch so unerreichbar schienen. Nie in meinem Leben war ich so niedergeschlagen gewesen wie an diesem Abend. Wohin in aller Welt sollte ich mich wenden? Als Adam aus Eden verstoßen wurde, konnte er sich besser orientieren und war überhaupt besser dran.

Mit Wasser aus dem Weiher wusch ich den Geifer aus dem Bart, fuhr mir mit dem schmutzigen Ärmel übers Gesicht, und das ist noch was, was mich an der blöden Statue in Florenz ärgert, die mich angeblich darstellt: glattrasiert bin ich da, kein Haar im Gesicht hat er mir gelassen, und nicht nur das – splitternackt stehe ich da in aller Öffentlichkeit, mit dem unbeschnittenen Schwanz! Hätte dieser Michelangelo Buonarroti auch nur die Spur einer Ahnung davon gehabt, was wir Juden damals von Nacktheit hielten, er hätte mich gewiß nicht da draußen auf einen Sokkel gestellt, mit hängendem Pimmel und dieser häßlichen, komischen Vorhaut, die kein Jude von einiger Selbstachtung auch nur auf dem Sterbebette gezeigt hätte. Wir dürfen nicht einmal die Stufen zum Altar ersteigen, auf daß unsere Blöße nicht dabei sichtbar werde. Überdies war ich in jenem Alter schon viel zu beschäftigt, ich hatte nie Zeit, wie sein David, jahrhundertelang müßig herumzustehen, bloß mit der Schleuder auf der Schulter und ohne Kleider, nicht mal mit einem Schurz meine Blöße bedeckend, und abwartend, ob sich nicht was Interessantes ereignet. Es mag ja, alles in allem, eine ganz gute Arbeit sein, nur ich bin das nicht. Und überdies, angenommen, Bath-Seba sagt die Wahrheit, dann ist oder war mein Piephahn erheblich größer als seiner, auch ohne diese komische Vorhaut. Eine Vorhaut sieht in jedem Fall albern aus, und mich wundert, daß manche Leute sie behalten. Wir sehen gern proper aus, und deshalb lassen wir uns beschneiden. Das ist der wahre Grund, es ist kein Geheimnis dabei. Meine Statue von Donatello ist sogar noch schlimmer, aber die steht wenigstens abseits vom Wege in Bargello, und niemand von Bedeutung kommt je dorthin.

Nein, was Michelangelo uns beschert hat, ist nicht der David aus Bethlehem in Juda, sondern einer, der so ist, wie ein Schwuler aus Florenz sich einen hübschen israelitischen Jüngling vorstellt, wäre der ein griechischer Lustknabe, nicht aber ein abgehärteter, sonnverbrannter Hirtenjunge, der mit einem Proviantkarren nach Socho unterwegs ist zu seinen drei Brüdern, und der dann dableibt, um den prahlerischen Riesen Goliath zu erschlagen.

Und das brachte mich in jener Nacht außerhalb von Gath auf einen weiteren Gedanken, der mir die Ungerechtigkeit dieser Welt so richtig vor Augen stellte: Der Bursche, der Goliath besiegt hatte, verdiente wirklich was Besseres als ich.

Endlich schlief ich ein, und meine Wimpern wurden naß von den Tränen, die ich im Schlaf vergoß. Als ich erwachte, waren meine Haare feucht vom Tau, und Krümel von Erde hafteten an meinem Kopf. Sogleich ging es mir noch schlechter. Während die rosenfingrige Morgenröte heraufstieg, wurde mir das Herz schwer, weil mir aufging, daß so gut wie niemand mehr je erwähnte, daß ich Goliath besiegt hatte, nicht Philister und nicht Israelit, und ich fragte mich allen Ernstes, ob dies je stattgefunden hatte.

VIII
IN DER HÖHLE VON ADULLAM

In der Höhle von Adullam, am Rande von Juda, oberhalb der von den Philistern bewohnten Ebene, wo ich mich für eine Weile verborgen hielt, als ich aus Gath kam, wendete sich mein Geschick zum besseren. Anfangs war es dort kein Zuckerlecken, und die Verbesserung stellte sich nicht über Nacht ein. Ich schlief, in meinen alten Umhang eingerollt, auf bloßer Erde zwischen bedrohlichen schwarzen Schatten, die in der Dunkelheit ihre Umrisse änderten, und dachte darüber nach, daß der Mensch, vom Weibe geboren, nur kurze Zeit lebt und voller Unruhe ist. Zu meiner Zerstreuung sah ich den Glühwürmchen zu.

Als sich die Kunde verbreitete, daß ich mich hier versteckt hielt, mühten sich zu meiner Überraschung alle möglichen Leute den kahlen, steinigen Hang hinauf, um sich mir anzuschließen. Sie kamen allein oder in Grüppchen zu zweit oder zu dritt, manchmal mehr, als ich zählen konnte. Und was waren das für Leute! Abschaum. Riffraff. Unverbesserliche. Räuber und Banditen. Leute, die verzweifelt waren, die in Schulden steckten, ewig Unzufriedene, sie alle sammelten sich um mich, und ich wurde ihr Anführer. Es sah ganz so aus, als hätte jeder Schurke, Eigenbrötler, Freibeuter und Schnorrer im Lande nur den einen Wunsch, sich mit mir zusammenzutun. Bald schon mußte ich Posten ausstellen, die alle abwiesen außer den kräftigsten und kampferprobtesten. Bleiben durften nur die Ausdauernden, die Furchtlosen, die Erfahrenen, denn das Leben eines flüchtigen Rechtsbrechers in der Wildnis von Juda, die wir bald zu durchstreifen begannen, ist nichts für Zaghafte und Schwache oder solche, die, wie alle meine Söhne, durch Wohlleben verweichlicht sind.

Joab gehörte zu den ersten, die sich mir anschlossen. Der war auf Abenteuer aus, und er brachte zwei meiner Neffen mit, Abisai und Asahel. Meine übrigen Verwandten beeilten sich, bei mir Zuflucht zu suchen, denn sie fürchteten, Saul werde unter ihnen ein Blutbad anrichten, und deshalb kamen sie, so rasch sie konnten, nachdem sie gehört hatten, daß ich in den Höhlen von Adullam ein befestigtes Lager eingerichtet hatte. Was sie zurückließen, wurde beschlagnahmt. Selbstverständlich nahm ich sie allesamt auf, sogar meine Brüder, die, wie ich im Laufe der Zeit zu meiner Zufriedenheit bemerkte, sämtlich zu einem bedeutungslosen Leben bestimmt waren und von niemand beachtet wurden. Bald zählte ich an die vierhundert Mann. Wir machten uns mit der Gegend vertraut und waren flink zu Fuß. Gleich anfangs schaffte ich mir meine Eltern aus dem Weg. Ich ging mit ihnen über Engedi und das Tote Meer nach Mizpe im Lande Moab und bat den König, daß er sie aufnähme, und das sagte er zu. Die entfernte Verwandtschaft mit der Moabiterin Ruth, meiner Urgroßmutter, zahlte sich jetzt aus, und so konnte ich mich guten Gewissens meiner Sohnespflichten entledigen. Mein Vater war bereits altersschwach und das Land der Moabiter sehr dazu geeignet, als Altersheim für ihn und meine Mutter zu dienen.

Als die Zahl der Männer zunahm, richteten wir jene Wohnstätten her, die man auch heute noch in den Bergen, den Höhlen und Befestigungen sehen kann. Ich befürchtete, daß Saul früher oder später mit etlichen tausend Mann gegen mich ausrücken würde, und in dieser Lage wirkte das Feinbergsche Gesetz zu meinen Gunsten. Feinberg lehrt, daß, falls Saul mich in meinem Versteck ausfindig machen könnte, ich meinerseits ihn anrücken sehen könnte und daher Zeit genug haben würde, die notwendigen Vorkehrungen zu treffen. Ich könnte meine Koffer packen und ihm aus dem Wege gehen. Und weil das Terrain, in das er uns verbannt hatte, öde, zerklüftet und unzugänglich war, könnte er nur schwer einen Frontalangriff führen, und eine Belagerung wäre ausgeschlossen. Sollte er mit einer überlegenen Streitmacht angreifen, könnten wir ihm in diesem Gelände leicht entwischen. Und genau so ging es jedesmal, wenn er sich in die Wildnis von Engedi, von Maon und Siph vorwagte. Ich konnte ihm leicht ausweichen, und zweimal lag er vor mir schlafend am Boden, so daß ich ihn hätte töten können. Ich sorgte auch dafür, daß er es erfuhr.

»Ist das deine Stimme, David, mein Sohn?« fragte er beide Male und rieb sich die Augen, als schmerzten sie ihn, und als er begriff, daß ich sein Leben geschont hatte, weinte er.

Komisch ging es in Engedi zu, denn Saul stolperte in eine Höhle, in der wir uns versteckt hatten, ohne unsere Anwesenheit zu bemerken. Etwas ähnlich Unwahrscheinliches widerfuhr, glaube ich, Odysseus mit dem Zyklopen. Ein einziges Mal gelang es Saul, uns zu umzingeln, das war in der Wildnis von Maon, und da kamen uns freundlicherweise die Philister zu Hilfe, indem sie ihn anderswo angriffen und er seine Leute abziehen mußte. Das war übrigens nicht das einzige Mal, daß wir mit den Philistern zum beiderseitigen Vorteil zusammenwirkten. Gewissensbisse empfand ich allerdings nur, als ich mit König Achis nach Gilboa zog, um mit den Philistern gegen Saul zu kämpfen, und das auch nur, weil ich keine Gewissensbisse empfand. Ich habe mich deswegen oftmals selber über mich verwundert. Im Rückblick scheint mir mein einziges Problem zu sein, daß es mir nicht schwerfiel, gegen Saul und meine eigenen Leute in den Krieg zu ziehen. Aber weshalb blieben sie Saul gehorsam, als doch schon jedermann wußte, daß der König ein tobender Irrer war? Auch Urias wegen hatte ich keine Gewissensbisse. Bath-Seba war schwanger, er weigerte sich hartnäckig, bei ihr zu schlafen und so ihre Untreue zu vertuschen, also schickte ich ihn in den Tod. Dabei hatte ich ihm zweimal eine Chance gegeben. Habe ich nun Uria getötet, um einen Skandal zu vertuschen oder weil ich in meiner Seele bereits beschlossen hatte, ihm die Frau wegzunehmen? Gott weiß es. Denn nicht nur ist das Herz trügerisch in allen

Dingen, es ist auch verzweifelt böse. Sogar meines. Die Gefahr, die dem König droht, ist, daß er nach einer Weile glaubt, er sei wirklich einer.

Feinberg ist launisch, und das Feinbergsche Gesetz wirkte sich nach einer Weile nicht mehr zu meinen Gunsten aus, als nämlich meine Privatarmee immer größer wurde. Zwar war das karge, zerklüftete Terrain einerseits eine natürliche Festung, andererseits aber doch so ungastlich, daß meine wachsende Streitmacht auf all die Behaglichkeit und den Luxus verzichten mußte, der uns verlockt hätte zu bleiben. Das Leben dort war keins, und unvermeidlich rückte der Tag heran, da es sich nicht mehr umgehen ließ, unser Bündel zu schnüren und weiter ins Innere Judas vorzurücken. Wir unternahmen diesen Ortswechsel mit erheblichem Schwung und einigen Befürchtungen. Aber ein zaghaftes Herze hat noch nie einen Blumentopf gewonnen, und so zogen wir denn von Adullam auf einen neuen Lagerplatz im Walde von Hereth. Das nächste war dann nach ausgiebiger Beratung ein kühner Handstreich gegen die Philister, die eine Abteilung auf Kegila in Juda angesetzt hatten und dort die Tennen beraubten.

Kurz vor dem Aufbruch nach Kegila sprach ich das erste Mal mit Gott. Und Er antwortete mir. Er half mir den Entschluß fassen. Damals antwortete Er mir immer, und ich brauchte weder Samuel noch Nathan dazu. Ich konnte für mich selber sprechen. Ich stand damals mit meinem Gott auf besserem Fuße, als es die beiden je taten. Kein Wunder, daß ich stolz darauf war. Später dann mußte ich lernen, daß zuvor stolz wird, wer zugrunde gehen soll, und daß Hochmut vor dem Fall kommt.

Nun flüchtete Abjathar zu mir, der einzige Überlebende jenes gräßlichen Massakers, das Saul unter den Priestern von Nobe angerichtet hatte, und er brachte das heilige Priestergewand seines Vaters mit. Durch ihn hörte ich von diesem Blutbad, und es blieb mir immer ein Rätsel, daß Saul danach noch Leute fand, die ihm dienten, daß er jederzeit imstande war, so um die dreitausend Männer gegen mich aufzubieten. Bloß weil er der König war? Was ist denn ein König? Ich bin vierzig Jahre König und begreife immer noch nicht, warum man mir zujubelt, sich durch ein Wort oder einen Blick von mir ausgezeichnet fühlt, warum meine Soldaten mein Leben hoch genug veranschlagen, um ihr eigenes für mich dranzugeben. Abjathar nahm ich auf, weil sein Vater noch im Tode Gutes über mich sagte.

»Wer ist so treu unter deinen Knechten wie David?« hatte er mich trotzig Saul gegenüber gerechtfertigt, worauf Saul befahl: »Du mußt des Todes sterben.«

»Bleibe bei mir und fürchte dich nicht«, versicherte ich dem jungen Abjathar, der aussah wie ein Gespenst und vor Angst bebte. »Wer nach meinem Leben steht, der soll auch nach deinem Leben stehen, und sollst mit mir bewahrt werden.«

Dieses Versprechen habe ich gehalten, und ich will dafür sorgen, daß meinem alten Freund nichts geschieht, wenn ich tot bin. Adonia fürchte ich in dieser Hinsicht nicht, denn der naive und orthodoxe Abjathar unterstützt ihn und befürwortet auch die Ausrichtung jenes Banketts auf dem Berge. Bei Bath-Seba und Salomo bin ich mir weniger sicher.

Zu Bath-Seba sage ich daher: »Sei barmherzig mit den Alten und denen, die das Alter geschlagen hat wie Abjathar. Denn auch du wirst einmal alt sein.«

»Abjathar?« Meine blonde Bath-Seba schaut verständnislos drein und überhört, was ich gerade gesagt habe, während sie genüßlich mit einem ihrer goldenen Ohrringe spielt.

Mit Salomo ist es schon schwieriger, weil der sich nicht verstellt.

»Paß jetzt bitte gut auf, Salomo. Ich mache mir große Sorgen um meinen Priester Abjathar.« Ich halte inne und runzele die Stirn. Mein Sohn, der Prinz, hält sogar diese einleitenden Worte auf einem seiner Schreibtäfelchen fest. »Wenn ich mal tot bin und unter der Erde –«

»Lang sollst du leben«, unterbricht er mich.

»– wird vermutlich dein Bruder Adonia zum König gekrönt werden.«

»Er ist nur mein Halbbruder«, korrigiert Salomo mich pedantisch.

»Sollte nun aber irgendwas vorfallen, das Adonia daran hindert, König zu werden –«

»Ja?« Salomo blickt schnell auf.

»– dann möchte ich, daß du buchstäblich befolgst, was ich dir jetzt im Hinblick auf Abjathar auftrage.«

»Und was sollte vorfallen, das Adonia hindern könnte, König zu werden?«

»Jetzt sprechen wir über Abjathar«, ermahne ich ihn. Dann aber lenkt mich sein Gefummele mit dem Griffel ab. »Salomo, beantworte mir doch mal eine Frage, die mich beschäftigt. Warum benutzt du immer noch Tontäfelchen zum Schreiben, wo doch derzeit fast alle Welt auf Papyrus schreibt?«

»Ich halte das für besonders klug«, sagt er.

»Inwiefern klug?«

»Papier verschimmelt bei der Feuchtigkeit unseres Klimas, und die Tinte verläuft.«

Vielleicht ist das wirklich klug? Ich nicke kummervoll.

»Ich mache mir Gedanken wegen meiner Schriftrollen«, gebe ich zu. »Früher oder später werden sie verderben, und niemand wird über mich lesen, wenn ich mal nicht mehr bin. Ich wollte, ich hätte meine Aussprüche in Ton festgehalten.«

»Das tue ich doch.«

»Ich meine alles, auch das, was ich zu anderen sage. Und besonders, was ich aufgeschrieben habe. Meine Sprüche und die Psalmen und meine Hymnen.«

Mit einer Festigkeit, die schon an Anmaßung grenzt, sagt Salomo: »Laß deine Schriftrollen in eine Höhle bei Engedi am Toten Meer bringen.«

»Was soll denn das heißen?« frage ich gereizt.

»Falls du willst, daß sie erhalten bleiben. Da sind sie gut aufgehoben.«

»Ha, ha.«

»Dort überdauern sie.«

»Na, lassen wir das.«

»Aber ich meine es im Ernst«, beharrt Salomo.

»Meinethalben.«

»Am Toten Meer ist die Luft absolut trocken«, fährt er fort, »und deine Schriftrollen bleiben jahrelang intakt, wenn du sie vorsichtig in einer der Höhlen von Engedi lagerst.«

Jetzt wird es mir zuviel. »Red nicht wie ein Narr. Wie soll Papier wohl jahrelang halten? Ich sprach vorhin von –«

»– Abjathar«, liest er ab.

»War mir fast mein Leben lang befreundet.« Ich ärgere mich über mich, weil ich ihm erlaubt habe, meine Zeit zu verschwenden. »Durch dick und dünn. Und deshalb möchte ich im Hinblick auf ihn beruhigt sein. Egal, was nach meinem Tod passiert, Abjathar soll nicht für fehlbar gelten, nicht vor dir und auch nicht vor anderen. Verstehst du, was ich damit sagen will?«

Salomo nickt bedeutend, wie tief beeindruckt von der Verantwortung, die ich ihm eben auferlegt habe. »Ich verstehe, was du sagen willst.«

»Was will ich sagen?«

»Du willst nicht, daß ich sein hehres Haupt in Frieden in die Grube fahren lasse, stimmt's?« und er konsultiert seine Notizen.

Oi, oi, stöhne ich innerlich und stärke mich, indem ich tief Luft hole. Dann schreie ich ihn beinahe an: »Bist du schwachsinnig, oder was? Verstehst du denn nie was richtig?«

Salomo bleibt von diesem Ausbruch ungerührt. »Ich soll ihn töten, nicht wahr?«

»Nein, Schlomo«, berichtige ich ihn seufzend. »Genau das sollst du nicht. Weißt du nicht, was man unter fehlbar versteht?«

»Nein.«

»Nein?« Mein Gedankengang wird gleichsam angehalten. »Du weißt nicht, was man unter fehlbar versteht?«

»Nein«, sagt Salomo.

»Kannst du dir's vielleicht denken?«

»Hehres Haupt?« rät er.

»Ah, Scheiße. Nein, Salomo. Weißt du genau, daß du

Fleisch von meinem Fleisch und Bein von meinem Bein bist? Davon kann ich mich nur schwer überzeugen.«

»Das verstehe ich nicht.«

»Fällt der Apfel jemals weit vom Stamm?«

»Das verstehe ich ebenfalls nicht.«

»Deine Mutter sagt, du benutzt diesen Ausspruch häufig.«

»Den habe ich von dir.«

»Aber ich habe es erst gesagt, nachdem ich es von dir gehört hatte.«

»Ich könnte nachsehen.«

»Sieh alles nach«, befehle ich mit Nachdruck, »denn alles, was ich dir über Abjathar gesagt habe, hast du mit Joab und Simei durcheinandergebracht.«

»Simei?« Er begreift nicht.

»Das hast du schon vergessen?« Ich bin gekränkt und empört. »Hab ich dir etwa keine Anweisungen betreffs Simei gegeben?« Er schüttelt den Kopf, und das schmeißt mich um. »Du weißt nichts über Simei? Wie kann das sein? Nicht, daß er mich verflucht und mit Dreck beworfen hat, als wir aus Jerusalem fliehen mußten, nicht, daß er vor mir im Staub kroch und winselte, als Absaloms Aufstand niedergeschlagen worden war? Du hast nie gehört, was Simei mir Schlimmes angetan hat? Ganz sicher habe ich dir das erzählt. Ich weiß, daß ich dir Anweisungen zu Simei gegeben habe. Was ist denn nur los mit dir, verdammt noch mal!«

»Wiederhole bitte«, sagt mein Sohn, den Griffel schreibbereit.

»Sieh auf deinen Tontafeln nach«, befehle ich knapp.

»Ich habe zu viele Tafeln, ich kann da nicht nachsehen.«

»Und wer sagt, daß du soviel schreiben sollst? Jetzt sag mir die Wahrheit: Weißt du wirklich nicht, was fehlbar heißt?«

»Wie soll ich wissen, was fehlbar heißt?«

»Schuldig! Salomo, Salomo, ein heller Kopf wie du muß das doch begreifen.«

»Selbstverständlich begreife ich, wenn man es mir erklärt.« Und er nickt forsch. »Ich verstehe jetzt. Du willst, daß ich sein hehres Haupt friedlich in die Grube fahren lasse. Nicht wahr? Also soll ich oder nicht?«

»Du sollst.«

Er macht ein enttäuschtes Gesicht. »Da muß ich diese ganze Tafel neu schreiben.«

»Streich einfach das ›nicht‹.«

»Damit hätten wir's.« Und er bringt diese Verbesserung schwungvoll an. »Und jetzt – hehres Haupt.«

»Das ist nicht so wichtig. Aber vergiß nicht: Abjathar. Damit ist der Unterricht für heute zu Ende. Kannst du etwas so Einfaches wie seinen Namen im Kopf behalten?«

»Selbstverständlich. Wessen Namen, bitte?«

»Abisag!«

Sie wandelt in Schönheit wie die Nacht, meine köstliche Sunemitin, und weist meinem Sohn Salomo wieder mal die Tür. Auf meine Bitte läßt sie Benaja herein, Benaja mit den breiten Schultern, dem mächtigen Brustkasten und den starken Armen, dem ich als Verfügung von Todes wegen ans Herz lege, Abjathar zu schützen. Benaja ist noch am Leben, trotz Joabs mordlustiger Abneigung, von der ich ihn unterrichtete, als ich ihn zum Chef der Leibwache machte.

»Du solltest vielleicht auch Nathan vergattern«, schlägt Benaja vor.

»Nathan«, sage ich zögernd, »ist ebenso weise wie Salomo.«

Benaja mit den breiten Schultern, dem mächtigen Brustkasten und den starken Armen erkennt nicht den Sarkasmus, und schon ist wieder ein beklagenswerter Spruch in Umlauf gesetzt.

Ich schwöre, oft meine ich, ich war besser dran, als ich noch darum rang, am Leben zu bleiben und König zu werden, als ich es bin, seit ich König wurde. Erfolge erringen ist befriedigender als erfolgreich sein. Man glaube es oder nicht, aber wann immer ich Gott fragte, Er antwortete mir. Ich stellte eine Frage. Er gab mir eine höfliche Antwort und unweigerlich die, die ich mir gewünscht hatte. Unsere Gespräche gingen wie geschmiert. Nie hat Er mich angedonnert wie Er Moses andonnerte. Nicht einmal meine Schuhe mußte ich ausziehen. Wollte ich was wissen, fragte ich. Und das erste Mal fragte ich Ihn vor dem Zuge nach Kegila.

Eine Anzahl meiner Männer wollte nicht, sie sagten, wir wären in Juda schon genügend gefährdet, auch ohne sowohl Saul als auch die Philister dergestalt zu provozieren. Die Philister bekriegten die kleine ummauerte Stadt, und zahlreich waren sie nicht. Unser Angriffsplan stammte von mir, doch mußte ich mich zuvor vergewissern, denn falls meine erste Operation fehlschlüge, wäre ich erledigt. Deshalb beschloß ich, mich ganz einfach direkt an Gott zu wenden. Für Prophezeiungen, die auf der Richtung basierten, in welcher der Rauch des Brandopfers abzog, habe ich nie viel übrig gehabt. »Ich muß mir das noch mal gründlich überlegen«, sagte ich zu jenen, mit denen ich mich beraten hatte, und wanderte zu einer schattigen Lichtung im Walde. Was hatte ich schon zu verlieren? Schlimmstenfalls blieb Er stumm. Ich machte keine Umschweife, sondern fragte geradezu: »Soll ich hingehen und diese Philister schlagen?« Ich wußte nicht recht, wohin ich gucken sollte.

Und der Herr ließ sich nicht lumpen. »Gehe hin! Du wirst die Philister schlagen und Kegila erretten«, antwortete Er mir augenblicklich.

»Wir fürchten uns aber sehr hier in Juda«, gab ich zu bedenken.

»Ich will die Philister in deine Hand geben.«

Ich traute meinen Ohren kaum. Von einem berauschenden Hochgefühl ergriffen, eilte ich zu den anderen und rief: »Der Herr hat versprochen, daß Er die Philister in unsere Hand geben will!«

»Du hast mit Gott gesprochen?« Sie sperrten vor Ehrfurcht Mund und Nase auf.

»Er sagt, Er garantiert dafür.«

Und schon zog ich los mit meinen Leuten nach Kegila, und wir fielen über die Philister her, wir hackten und droschen und piesackten sie, bis ihnen die Schädel schmerzten, die Knochen brachen und sie es gar nicht mehr aushalten konnten. Wir trieben ihr Vieh weg und taten eine große Schlacht an ihnen und erretteten die zu Kegila vor weiterer Bedrückung. Wir fühlten uns als Helden. Meine Leute machten sich einen schönen Tag. Das Stadtleben stieg ihnen zu Kopfe. Sie grinsten fortgesetzt und wollten dort bleiben.

Joab meinte: »Es ist hier so viel schöner als im Wald.« Ich schüttelte den Kopf. »Stimmt was nicht?« fragte er.

»Denk an Saul. Was meinst du, wie lange der braucht, um herzukommen, sobald er erfährt, daß wir uns in einer Stadt hinter Mauern und Toren niedergelassen haben?«

»Wir können die Tore doch schließen und ihn aussperren. Was spricht denn dagegen?«

»Das Feinbergsche Gesetz.«

»Feinberg . . .?«

»Wenn wir ihn aussperren«, erläuterte ich, »kann er uns einsperren. Was meinst du, was die Männer von Kegila dann machen? Wenn sie hören, daß Saul heranzieht, um die Stadt zu zerstören, und alles nur meinetwegen?«

»Die Männer von Kegila?« Für Joab war das eine klare Sache. »Wir haben unser Leben riskiert, um sie von den Philistern zu befreien. Die Männer von Kegila werden dankbar sein und loyal zu uns halten.«

»Darauf würde ich nicht wetten.«

»Bis zum Ende werden sie zu uns stehen.«

»Darüber muß ich noch gründlich nachdenken«, sagte ich und ging wieder allein in den Wald. Ich konnte mir mühelos vorstellen, wie Saul sich die Hände reiben und Gott dafür danken würde, daß Er mich ihm überliefert hatte in einer Stadt hinter Mauern und Riegeln. Ich redete nicht lange herum, sondern kam gleich zur Sache, schließlich wollte ich Ihm nicht die Zeit stehlen. »Saul«, sagte ich, »wird Saul mich nach Kegila verfolgen, wie Dein Knecht glaubt?«

»Und wie«, sagte der Herr.

»Und werden uns die Männer von Kegila Saul ausliefern?«

»Komisch, daß du das fragst.«

»Sie werden also?«

»Sie werden dich ausliefern.«

»Also wäre es besser abzuziehen?«

»Um dir das auszurechnen«, sagte der Herr, »brauchst du nicht auf die Universität zu gehen.«

Wieder eilte ich mit dieser meiner Offenbarung zurück. »So wahr Gott mein Zeuge ist«, rief ich drängend, »wir müssen von hier weg, so schnell es geht, denn Saul wird eine Mannschaft aufbieten, um uns hier zu belagern.«

Also brachen wir auf und wandelten, wo wir hinkonnten, und Saul stellte uns nach. Meine Männer waren unterdessen bei sechshundert, und Saul hatte nie weniger als dreitausend. Eine Weile verbargen wir uns in der Wüste von Siph auf dem Berge, wir zogen auch durch die Wüste von Maon und die Wüste von Engedi. Das alles sind Wildnisse in Juda, und für den nicht Ortskundigen ist es schwer, eine Wüste von der anderen zu unterscheiden. Die Wüste von Siph liegt unweit von Siph, die von Engedi nahe Engedi, und die Wüste Maon erstreckt sich rings um Karmel, wo ich Abigail mit Nabal verheiratet vorfand und meine erste echte Frau zum Weibe nahm, kaum daß ihr unmanierliches Schwein von einem Gatten tot war. Lange wartete ich nicht mit meinem Heiratsantrag, nachdem ich gehört hatte, er sei tot. Eine Minute vielleicht.

Auf der Heide bei Siph suchte Jonathan mich auf, um mir zu versichern, er glaube fest daran, daß sein Vater mich nicht finden werde, weil ich von Gott begünstigt sei, und er selber sei nun ebenfalls davon überzeugt, daß ich zu gegebener Zeit König sein werde über Israel.

»Dein Wort in Gottes Ohr«, sagte ich dazu nur, mit einer Frömmigkeit, die der seinen gleichkam.

Seine Worte kamen mehr aus dem Gefühl, als daß sie sich auf vorzeigbare Tatsachen gründeten, doch hörte ich sie gern und gab wenig Acht darauf, daß seine Stimme gepreßt klang und er ein Übermaß von Gefühl zeigte. Keiner von uns beiden konnte wissen, daß dies unsere letzte Begegnung sein sollte: ihm war bestimmt, in Gilboa zu sterben, mit mir als Gegner in der Schlacht, und nicht mehr zu sehen, wie seine Prophezeiung in Erfüllung ging.

»Ich will der nächste um dich sein«, gelobte er feierlich, ein Gelöbnis, das von den Ereignissen überholt wurde. Dabei starrte er demoralisiert und demütig vor sich hin. »Meines Vaters Hand wird dich nicht finden, und du wirst König werden über Israel, und solches weiß auch mein Vater wohl. Deshalb ist er so verwirrt und unglücklich. Mich mag er nicht, David, er hat mich nie gemocht. Nachdem ich mich in der Schlacht bei Michmas hervorgetan habe, hätte er mich am liebsten getötet. Angeblich, weil ich vom Honig gegessen habe, aber ich glaube, aus Eifersucht. Das hat das Volk verhindert. Mein Vater hat keines seiner Kinder leiden mögen. Es schien eine Weile so, als habe er dich lieb, den einzigen, der ihn nie enttäuschen, der nie versagen würde. Aber das war schnell vorüber, und vielleicht fürchtet er dich deswegen so sehr und will dich erwürgen.«

»Er behauptet allerdings, daß ich ihn umbringen will.«

»Er ist nicht bei Verstand, David. Bei Michmas wollte er frontal angreifen. Er will immer frontal angreifen. Ich glaube, mein Vater will nicht, daß jemand ihm nachfolgt, er hofft, er kann uns allesamt mit sich in den Tod nehmen. Bei Michmas glaubte ich, ich müsse ihn hindern, deshalb habe ich mich bei Nacht mit meinem Waffenträger davongestohlen und bin den Bergpfad entlanggeschlichen bis zu dem Vorposten der Philister. Der Weg war steil und steinig«, fuhr er fort, »ich kam nur langsam voran. Ich geriet zwischen zwei spitze Felsen, einer diesseits, der andere jenseits.«

Sein Plan war, sich den feindlichen Wachen als Einheimischer zu präsentieren, der sich in einer Höhle verkrochen hatte und nun um Erlaubnis bat, zu seiner Hütte in der Wüste heimkehren zu dürfen.

»Wenn sie sagen, kommt zu uns herauf«, hatte er seinem Waffenträger zugeflüstert, »dann wollen wir zu ihnen hinaufsteigen, denn dann hat der Herr sie in unsere Hand gegeben. Falls nicht, lassen wir's. Aber wer nicht wagt, der gewinnt nicht.«

Die Philister hießen die beiden höhnisch willkommen, wollten sie passieren lassen, sie vielleicht am Bart zupfen.

»Siehe, die Hebräer sind aus den Löchern gekommen, darin sie sich verkrochen hatten«, riefen sie einander zu. »Kommt herauf zu uns, so wollen wir's euch wohl lehren!«

Die hätten sich lieber die Zunge abbeißen sollen, denn Jonathan und sein Waffenträger erschlugen ihrer gegen zwanzig auf einer halben Hufe Acker, die ein Joch pflügt, bevor Jonathans List offenbar wurde. Fliehende Überlebende, die in den beiden die Vorhut einer größeren Streitmacht vermuteten, verbreiteten Panik im Hauptlager durch übertriebene Berichte; Gerüchte verbreiteten sich blitzartig, und es kam zu einem Tumult. Im ersten Frühlicht sahen die Wachen der Israeliten, wie der ganze Haufe zerrann, sich verlief und auflöste. Saul nutzte die Gelegenheit und gab den Befehl zum Angriff; dann verdarb er alles, indem er dieses unsinnige Verbot aussprach, das nur seiner gegen Jonathan gehegten Rachsucht entsprungen sein konnte.

»Verflucht sei jedermann, der etwas ißt bis zum Abend!« lautete sein schwachsinniger Tagesbefehl, den er erließ, nachdem eine Zählung ergeben hatte, daß einzig Jonathan derjenige gewesen sein konnte, der die Philister zum Laufen gebracht hatte. Und weil Jonathan nicht anwesend war, konnte er auch von diesem Verbot nichts wissen. Matt vom Fasten, vermochten die Israeliten den Feind nicht weiter zu verfolgen, obwohl der Tag noch nicht zu Ende war. Sie machten sich über das erbeutete Vieh her, schlachteten Schafe, Rinder und Kälber auf der Erde und aßen sie blutig. Saul mißbilligte das. Jonathan kehrte zurück, und seine Augen waren wacker, da er unterwegs im Wald vom Honig gekostet hatte. Als er sah, daß Sauls Verbot dazu geführt hatte, daß man unter den Philistern kein so großes Blutbad angerichtet hatte, wie es möglich gewesen wäre, tadelte er das. Grimmig und methodisch suchte Saul gnadenlos Rache an Jonathan zu nehmen. Er ließ das Los werfen, um den Schuldigen zu finden, und am Ende blieb es auf Jonathan liegen.

»Ich habe ein wenig Honig gekostet mit dem Stabe«, gab Jonathan rührend zu, »darum muß ich sterben?«

»Darum«, sagte Saul achselzuckend, als wasche er seine Hände in Unschuld, »mußt du des Todes sterben, Jonathan.«

Das Volk aber wußte, daß es Jonathan war, der an diesem Tag in Israel so großes Heil getan hatte, und ließ es nicht zu, daß auch nur ein Haar von seinem Haupte zur Erde fiele. Also erlöste das Volk Jonathan, daß er nicht sterben mußte, und schützte ihn, bis die mordlüsterne Wut seines Vaters verraucht war.

»Neidisch war er auf mich«, vertraute Jonathan mir an, »neidisch auf das, was ich getan hatte. Und danach hat er mir nicht mehr getraut, konnte mich nicht mehr leiden. So, hat er sich gedacht, würde er mich loswerden. Jeder konnte die Wut in seinen Augen sehen. Als ich begriff, daß er mich wirklich töten wollte, wurde mir etwas klar: Mein Vater, der König, ist wahnsinnig. Und dann noch etwas Schlimmeres: Der Herr, mein Gott, ist ebenfalls wahnsinnig. Und als mir das klar wurde, mußte ich weinen. Mein Herz war gebrochen, und mir war alles einerlei.«

Ich dankte Gott dafür, daß Jonathan jetzt nicht ebenfalls weinte. Ich weiß, daß Jonathan mich liebte, aber ich liebte ihn nicht. Und ich weiß auch, wie so was sich anfühlt.

Ich weiß, wie so was sich anfühlt, denn ich liebe Bath-Seba, und sie liebt mich nicht. Ich liebte meinen Sohn Absalom, und er hätte mich getötet, hätte er nur gekonnt, und gekonnt hätte er, wäre er sofort hinter mir hergejagt, statt selbstzufrieden am Ort zu verharren, nachdem er den Rat des Geheimagenten angehört hatte, den ich zurückließ, auf daß er Absalom schmeichle und listig in die Irre führe. Ich aber konnte Saul nicht töten, als sich die Gelegenheit bot. So sind die Menschen verschieden. Im Rückblick bedaure ich, daß ich bei meiner letzten Unterhaltung mit Jonathan nicht offenherziger war. Ich war eher kühl, herrisch auch. Aber wie konnte ich wissen, daß er sterben würde? Dieses »ach, hätt ich doch« sind wohl die traurigsten Worte.

Zwei sehr gute Gelegenheiten boten sich mir, Saul zu

töten. Die erste in der Höhle von Engedi bei den Schafhürden auf dem Felsen der Gemsen, als Saul hineinkam, um seine Füße zu bedecken, wo wir uns versteckt hatten. Ich hätte ihn allein schon dafür umbringen können, daß er in unser Versteck schiß. Statt dessen schmerzte mir das Herz vor einer widerwärtigen Mischung aus Mitleid und Furcht, als ich ihn so nahe unter meinem Schwert hatte, und ich ließ ihn gehen.

Nachdem Saul weg war, warf Abisai mir vor: »Gott hat deinen Feind heute in deine Hand gegeben; so wollte ich ihn mit dem Spieß stechen in die Erde einmal, daß er's nicht mehr bedarf.«

Ich erwiderte nur: »Er sah im Schlaf meinem Vater so ähnlich.«

»Opa Jesse sieht Saul überhaupt nicht ähnlich«, maulte Abisai.

Ich verfolgte die Sache nicht weiter. Es hieß jedesmal, Perlen vor die Säue werfen, wenn ich vom Gefühl her mit den drei hartgesottenen Söhnen meiner Schwester Zeruja oder mit einem der sechshundert Männer stritt, die unter mir waren. Uria, der Hethiter, damals noch Junggeselle, gehörte zu den sechshundert, ja, er war sogar einer von dreißig Helden. Als unsere Bürgerkriege endlich vorbei und von mir gewonnen waren, belohnte ich ihn reichlich mit einem Landgut im Süden, das er für sich bewirtschaften konnte und das zugleich als befestigter Vorposten diente. Wer hat ihm aufgetragen, ein libidinöses Weib zu wählen, das unbedingt nach Jerusalem wollte? Ist es vielleicht meine Schuld, daß sie sich in mich verliebte, nachdem er sich ihrer ewigen Nörgelei gefügt hatte und hierher umgezogen war? Ich hätte ihn warnen sollen; ich hätte ihm sagen können, daß es besser ist, mit einem Löwen oder einem Drachen zu wohnen, denn mit einem boshaften Weib, denn ich hatte meine Frau Michal bereits ihrem zweiten Mann Paltiel abgenommen, und sie lebte bei mir im Palast und summte um meinen Kopf wie eine Hornisse. Was der sandige Bergpfad für die Füße der Alten, ist das geschwätzige Weib für den Friedliebenden. Was konnte man von einem geilen jungen König wie mir erwarten, vor dem Bath-Seba sich eines Abends auf dem Dach ihres Hauses so hinbreitete? Ich tat nur, was jeder normale, virile Tyrann getan hätte. Ich sah sie, ließ sie kommen, lag bei ihr, und so einfach begann die kaum merkliche Rutschpartie in die turbulente, deprimierende zweite Hälfte meines Lebens mit ihrer Abfolge von Tragödien, auf die buchstäblich nichts, was mir bislang zugestoßen war, mich vorbereitet hatte. Mit sechzig Jahren hatte ich die Fähigkeit verloren, mich zu freuen, und nun näherten sich die Jahre, von denen ich einmal sagen würde, ich konnte sie nicht mehr genießen.

Der Teufel hat mich verleitet. Der Teufel ist immer eine brauchbare Ausrede, nicht wahr?

Mit Abigail war alles so viel einfacher gewesen, damals; alles glitt so mühelos an seinen Platz, mit einer Leichtigkeit, die wunderbar anzuschauen war, als wir in jenen unbeschwerten, sorglosen Jahren im südlichen Juda aufeinanderstießen. Nicht nur mein und meiner Männer Name nahm zu, sondern auch wir selber: wir nahmen uns Frauen. Ich nahm Abigail, als sie für mich erreichbar wurde, also etwa zwei Wochen nach unserer ersten Begegnung. Und das ging so gut, daß ich nicht lange darauf mit Abigails Einverständnis noch Ahinoam dazunahm. Man kann gar nicht genug Frauen haben, wenn man oft unterwegs ist und so viel Hausarbeit anfällt. Da helfen eben alle.

Wie lebten wir? – Das Land ernährte uns. Besser, die Landbesitzer ernährten uns, was etwas ganz anderes ist. So geriet ich ja auch an Abigail.

»Gebt uns Kleidung und zu essen«, sagte ich oder einer meiner Leute zu jenen, welche die größten Schaf- und Ziegenherden hatten, die üppigsten Weingärten, die größten Olivenhaine, Feigen-, Dattel- und Nußbäume, die breitesten, längsten Felder mit Weizen und Gerste, Melonen, Linsen, Saubohnen, Knoblauch- und Zwiebelpflanzen, »dann sorgen wir dafür, daß euch kein einziges Schaf gestohlen wird.«

»Wer soll uns schon ein Schaf stehlen?« fragten sie dann ganz naiv.

»Wer weiß?« Und nach längerer Pause: »Ich aber, David, Sohn Isais, des Bethlehemiten, schütze euch vor Raub und Brandschatzung, vor Dieben und Plünderern. Ich und meine Männer werden euch bei Tage und bei Nacht eine Mauer sein.«

Anfangs sagten sie wohl darauf: »In Juda gibt es keine Diebe und Plünderer.«

»Jetzt gibt es welche.«

Das entgegnete ich ohne zu lächeln, vielmehr blickte ich den Landbesitzer, zu dem ich sprach, grimmig an. Mir war durchaus verständlich, daß die Leute aus Siph in meinem heimatlichen Juda häufig zu Saul nach Gibea kamen, ihm verrieten, wo ich mich versteckt hielt, und sich erboten, mich dem König auszuliefern, falls er nur kommen und mich holen wollte. Sollte ich das je öffentlich beklagt haben, so war ich nicht aufrichtig.

Nur von dem vollgefressenen Halunken Nabal, dem Gatten meiner teuren Abigail, erhielt ich eine unhöfliche Absage und entschied mich folglich für die gewalttätigen Maßnahmen, die nur im letzten Moment durch das rasche diplomatische Vorgehen dieser prachtvollen Frau abgewendet wurden. Abigail war ungewöhnlich einsichtsvoll und sah überdies blendend aus. Als Nabals Gattin war sie ein Juwel in einem Schweinerüssel. Habe ich ihn nicht zunächst sehr zuvorkommend gebeten? Ich schickte ihm zehn Jünglinge, die meine Bitte anständig vortrugen und ihn diskret daran erinnerten, daß wir weder seine Schafscherer noch seine Hirten belästigt hatten und daß nichts an seinen Herden fehlte, seit wir in Karmel waren. Seine Hirten bestätigten, daß ich ihn ein ganzes Jahr entschlossen vor allen unseren Übergriffen beschützt hatte.

Doch war dieser Mensch ein grober Bauer, und er wies das Ansinnen meiner Abgesandten schroff zurück, doch ein kleines bißchen jener Reichtümer mit uns zu teilen, von denen wir so aufrichtig wünschten, daß er sie noch lange genießen möge. Nabal war jedermann bekannt als hart und boshaft in seinem Tun, ein schmerbäuchiger Freßsack und Trinker, der keine Frau verdiente, so vornehm wie jene, die uns folgenden Tages entgegenkam, als ich mit vierhundert meiner Leute anmarschierte, nicht nur, um Nabal zu töten, sondern alles in seinem Hause, was männlich war.

»Wer ist dieser David, daß ich ihm etwas schulde?« hatte er unbedacht meine Männer vor den seinen lächerlich gemacht, ganz darauf erpicht, an die Festtafel zurückzukehren, wo man nach der Schafschur feierte, und sich den Bauch hemmungslos vollzuschlagen. Er schnippte meinen Männern höhnisch die Finger unter der Nase. »Wer ist dieser Sohn Isais? Ist er der König oder wenigstens ein Diener des Königs, daß ich ihm sollte auftischen? Eine Feige für euren David – nein, nicht mal eine Feige, keine einzige Feige für euren David, ha, ha.«

Gott weiß, ich schäumte, als meine Boten mir schilderten, wie rüde mein bescheidener Vorschlag abgewiesen worden war. Ich habe es nie ertragen können, daß meine Boten schmählich behandelt wurden. Als Hanon, der Sohn des Nahas von Ammon, die Boten schändete, die ich in guter Absicht an ihn gesandt, damit sie ihn über den Tod seines Vaters trösteten, da hatte ich keine Ruhe, bis ich Rache nehmen konnte. Er ließ meinen Boten den Bart zur Hälfte scheren, ihre Kleider bis an die Lenden abschneiden, so daß sie mit blanken Ärschen zurückkehrten. Danach überzog ich alle Städte der Ammoniter mit Krieg; von einem Jahr zum andern ließ ich nicht ab, bis auch die letzte Festung gefallen war, und alle Ammoniter wurden zerteilt mit Sägen und eisernen Dreschwagen und Keilen und in Lehmöfen verbrannt; und die Krone ihres Königs wurde von seinem Haupt genommen; sie wog einen Zentner Goldes, war besetzt mit Edelsteinen und wurde mir aufgesetzt. Und nicht einmal dann war ich ganz zufriedengestellt. Das alles geschah viel später, als ich schon ein mächtiger König war, aber die Wut, mit der ich auf Nabals Beleidigung reagierte und Rache schwor, war keineswegs geringer. Ich kannte nur eine Art, mich zu rächen, und schon befahl ich meinen Männern, sich zur Schlacht zu rüsten.

»Keiner geht heute abend zu seinem Weibe!« begann ich.

»Gibt es etwa Krieg?«

»Gegen Nabal von Karmel.«

»Im Ernst?«

»Im Ernst. Gürte ein jeglicher sein Schwert um sich!« Bei Tagesanbruch gürtete auch ich mein Schwert und führte vierhundert Mann gegen Karmel; zweihundert blieben zurück bei unserem Gerät. Zum Glück kam ich nicht bis hin. Zum Glück war Abigail von einem der jungen Männer ihres Gatten auf die Gefahr aufmerksam gemacht worden, welche dieser unnötigerweise heraufbeschworen hatte, und sie ließ es sich angelegen sein, die Sünde wiedergutzumachen, die Nabal an mir begangen hatte. Eine patentere Person ist mir nie untergekommen. Sie griff sich zweihundert Brote und zwei Krüge Wein, fünf gekochte Schafe und fünf Scheffel Mehl und hundert Rosinenkuchen und zweihundert Feigenkuchen und lud alles auf Esel. Ihrem Gatten Nabal sagte sie hiervon kein Wort, vielmehr ritt sie uns entgegen mit ihren Dienern.

Ich bin froh, daß sie das getan hat, und das aus mehr als einem Grund. Auf die Länge gesehen wäre es mir kaum zum Guten ausgeschlagen, hätte ich meinen Vorsatz ausgeführt, nichts Lebendes in Nabals Haus übrigzulassen, was gegen die Mauer pißte.

Wir waren allesamt zu Fuß, von Pferden war keine Rede, erstens hatten wir keine und zweitens hätte niemand gewußt, wie man sie reitet.

Abigail hatte Wangen und Lippen geschminkt, Lidschatten aufgetragen, das dunkle Haar gebürstet und im Nacken geknotet. Sie trug ein Gewand und einen Überwurf in knalligem Wüstenrot. Als ich den Zug der mit Proviant beladenen Esel erblickte, der sich gegen den strahlenden Himmel abzeichnete, ließ ich die Marschkolonne halten. Ich ahnte nicht, wer da kam, bis Abigail absaß und sich vorstellte.

Wir waren einander zuvor nicht begegnet, sie wußte also nicht, wie gut ich aussah, und ich wußte nichts von ihrer Schönheit. Es war sehr still da auf der Straße nach Karmel, als sie die letzten Meter bis zu mir zurücklegte, absaß, vor mir auf ihr Antlitz fiel und sich zur Erde niederbeugte.

Sie bat, ich möge sie anhören, flehte mich an, kein Blut zu vergießen. Mehrmals bat sie mich um Verzeihung. Sie war älter als ich, diese liebe Person, wissender und welterfahrener, und aus ihrer knienden Haltung schaute sie mich schon bald mit nicht nachlassender Bewunderung an. Ein Funkeln in ihren Augen verriet ihre Gedanken. Wir waren einander nahe genug, um uns zu berühren, und lange konnte ich den Blick nicht von ihrem Gesicht wenden. Dann konnte ich die Augen nicht von ihren Titten losreißen. Ich fühlte, wie mein Glied sich verhärtete und vorstand. Abigail entging das nicht, wie sie mir vierzehn Tage später gestand, als wir jetzt als Mann und Frau in einem von mehreren guten Zelten aus Ziegenfell lagen, die sie dem Nachlaß ihres jüngst verstorbenen Mannes als Heiratsgut entnommen hatte. Sie war aber zu sehr Dame, als daß sie sich damals hätte etwas anmerken lassen. Überdies bat sie ja um ihr Leben und, obwohl sie darauf nicht rechnen konnte, um das Leben aller, die zu Nabals Haus gehörten. Zehn Jahre später traf mich wiederum der Blitz leidenschaftlicher Liebe, als ich vom Dach des Palastes in einem Badezuber Bath-Seba erblickte, die sich von einer Dienerin Wasser aus einem azurenen Behälter über den üppigen bleichen und rosigen Leib gießen ließ und den Kopf dabei schamlos in meine Richtung wandte.

Die Szene war weniger romantisch, als es den Anschein haben mag. Bath-Sebas Haus war niedriger und schon ziemlich verwohnt. Auf dem Dach stand alles mögliche Gerümpel, so daß es dort eng war. In Jerusalem ein brauchbares Haus zu finden, war schon immer schwierig, und selbst auf dem Dach meines Palastes waren Datteln und Feigen gestapelt, Flachs zum Trocknen aufgehängt, nicht zu reden von der Wäsche, die auf der Leine hing. Wenn ich mich dort abends erging, um die Kühle zu genießen, dem Gestank und der Hitze zu entgehen suchte, die unten herrschten, ganz zu schweigen von den ewigen Zankereien mit Michal und womöglich noch der und jener anderen meiner Frauen, mußte ich mir zwischen all diesen Dingen behutsam einen Weg suchen. Ahinoam, Maacha und Haggith waren vorbildliche Ehefrauen, sie redeten so gut wie nie, und als sie starben, nahm davon kaum jemand Notiz. Abigail fehlt mir immer noch. Die liebte ich. Gleichwohl lief mir das Wasser im Munde zusammen, als ich Bath-Seba erblickte: In meinen Augen war sie wie Pfirsich mit Sahne, und die Spitzen der kleinen Brüste zeigten die Farbe wilder Erdbeeren oder frischer Johannisbeeren.

»Wer ist diese Frau?« fragte ich.

Es war Bath-Seba, Tochter Eliams, Weib des Uria.

Trotzdem ließ ich sie kommen und lag noch selbigen Tages bei ihr, denn sie hatte ihr Bad genommen und ihre Unreinheit abgewaschen. Nicht etwa, daß einer von uns beiden sich hätte bremsen lassen, wäre das Gegenteil der Fall gewesen. Kaum hatten wir begonnen, da wußte ich schon, daß ich es hier mit einer Frau von erheblich größerer sexueller Erfahrung zu tun hatte, als ich selber besaß. Und während ich noch von ihren Früchten kostete und sie süß fand, verabscheute ich bereits die Männer, die sie angelernt hatten, beneidete bitterlich die vielen, vielen, die sie genossen und vielseitigen Gebrauch von ihr gemacht hatten während ihrer unschuldigeren Mädchenzeit, als sie noch zu andern aufblicken, noch beeindruckt und überrascht werden konnte von etwas, das anders, neu oder besser war. Ich hatte weiter nichts zu bieten als Liebe. Mit einer Mischung aus Beglückung und Niedergeschlagenheit machte ich mir klar, daß ich da eine Tigerin am Schwanz gepackt hatte, die ich nur allzugern losgelassen hätte, zugleich aber für mein Leben gern behalten wollte. Auf blutenden Füßen wäre ich ihr gefolgt, wie der weinende Paltiel meiner Frau Michal, als ich sie zurückverlangte, bevor ich mich auf Verhandlungen einließ.

Mit Abigail war ich weniger selbstherrlich, und sie war auch ehrerbietiger, obschon ich noch nicht König war. Ich war wie verhext von ihrer Wortgewandtheit und ihrer Haltung, von ihrer strahlenden Gepflegtheit, ihrer Vornehmheit und Würde.

»Ach, mein Herr«, sprach sie, demütig am Boden

kniend, »mein sei diese Missetat, und laß deine Magd reden vor deinen Ohren.«

Mir war nicht ganz klar, um wessen Leben sie eigentlich bat, denn es schien, als verdamme sie Nabal zugleich mit allen meinen Feinden, doch brachte sie mir einen Segen und flehte mich an, die Rache dem Himmel zu überlassen und mich nicht selber in einer Angelegenheit mit Blut zu beflecken, die mir später Kummer bereiten könnte. Abigail redete immer vernünftig. Und sie gehörte ebenfalls zu jenen, die vorhersahen, daß ich eines Tages vom Herrn über Israel gesetzt werden würde, und deren Zahl ständig zunahm.

»Aus deinem Mund in Gottes Ohr«, entgegnete ich ihr mit königlicher Höflichkeit und nickte zustimmend. »Gelobt sei der Herr, der Gott Israels«, fuhr ich herzlich fort, »der dich mir heutigentags hat entgegengesandt. Und gesegnet sei deine Rede, denn so wahr der Herr, der Gott Israels, lebt, wärest du nicht eilend mir begegnet, so wäre dem Nabal nicht übriggeblieben bis auf diesen lichten Morgen *einer,* der männlich ist.« Ich nahm die Gaben entgegen, die sie gebracht hatte, und versicherte ihr, alles solle geschehen, wie sie wünsche. Was für eine hübsche Liebesgeschichte, dachte ich. Vor ihr hatte ich die größte Achtung. »Zieh mit Frieden hinauf in dein Haus«, sagte ich, »siehe, ich habe deiner Stimme gehorcht.«

Es tat mir weh, sie gehen zu lassen, und als ich zusah, wie sie den Esel bestieg, um zurückzureiten zu ihrem Gatten mit der guten Neuigkeit, die ihn etwa zehn Tage später umbrachte, kam es mir vor, als würde ein Unrecht an mir begangen, denn es schmerzte mich, daß sie mir weggenommen wurde.

Joab beobachtete mich scharf. Ich nahm mich zusammen.

»Stimmt was nicht?« fragte ich nervös.

»Warum hast du gelispelt?« wollte er verärgert wissen.

»Gelispelt?« Ich war perplex. »Wer hat gelispelt?«

»Du.«

»Wann?«

»Vorhin.«

»Gelispelt?« fragte ich ungläubig. »Was meinst du überhaupt? Ich habe nicht gelispelt. Ich lispele nie.«

»O doch.« Er verstellte seine Stimme und machte mich nach. Vor Wut fing ich nun wirklich an zu lispeln und befahl: »Joab, laß den Proviant aufnehmen. Sieh zu, daß wir hier wegkommen, bevor alles in der Sonne verdirbt.«

Er gehorchte murrend. »Sie hätte ruhig mehr bringen können.«

Ich kann nicht aufhören, darüber zu staunen, daß Joab trotz der lebenslang zwischen uns herrschenden gegenseitigen Abneigung mich nicht ein einziges Mal verraten hat. Als ich an jenem Abend vor den Truppen Absaloms, die uns einschließen wollten, aus Jerusalem floh, war ich überzeugt davon, er habe die Seiten gewechselt. Wo steckte er? Mir war, als habe ich die eine Hälfte meines Lebens auf der Flucht vor Saul verbracht und die andere Hälfte auf der Flucht vor meinem Sohn und dessen Verbündeten. Immer noch glaube ich, daß Joab anfangs mit ihm im Einverständnis war und erst später mit ihm gebrochen hat. Gegen meinen Wunsch ermordete er Abner und Amasa und tötete Absalom, als der mit den Haaren im Gezweig der Eiche hing, unter die er geritten war. Diese Tat habe ich ihm nie vergeben, obschon er mir damit einen außerordentlichen Gefallen erwiesen hat. Wie hätte ich denn das Leben dieses geliebten Kindes retten können, nachdem loyale Soldaten das ihre geopfert hatten, um zu verhindern, daß Absalom mich tötete? Aber wie hätte ich ihm das Leben nehmen können?

Seither warte ich darauf, daß Joab jenen einen Fehler macht, der mir in den Augen des Volkes das Recht gibt, ihm den Kopf vor die Füße zu legen. Ich möchte, daß die Öffentlichkeit sich gegen ihn empört. Vielleicht begeht er diesen Fehler gerade jetzt, indem er fest zu meinem ältesten Sohn Adonia steht und ihn darin bestärkt, jenes Bankett zu geben. Soll Adonia dabei zum König ausgerufen werden? Es ist ein gravierender Unterschied, ob jemand sagt, Adonia soll König werden, oder ob er ihn zum König ausruft. Bath-Seba trägt mir zu, daß Joab schon einen Traiteur für das Bankett empfohlen hat, den Bruder seiner Frau. Und Joab war derjenige, der – mögen seine Motive nun unlauter gewesen sein oder nicht – mich überredete, jenes einzige in die Stadt zurückzuholen, das ich mehr als alles andere in meiner Nähe haben wollte – eben jenen Sohn Absalom.

Da soll sich jemand auskennen. Denn im Handumdrehen legte Absalom Feuer an Joabs Gerstenfeld. Ich grinste, als ich zuhörte, wie der wackere Joab darüber lamentierte wie ein altes Weib, ich war stolz auf meinen tolldreisten Sohn.

»Er sagt, er will alle meine Felder abbrennen, wenn ich nicht bei dir durchsetze, daß du ihn empfängst. Zwei Jahre geht das jetzt schon, David. Warum läßt du ihn herkommen, wenn du nicht willst, daß er dein Angesicht sieht?«

»Warum hast du mich dazu gedrängt?«

»Willst du ihn nicht sehen und mit ihm sprechen?«

Mir brach das Herz, ich gab nach und hob das Verbot auf, das ihn von mir fernhielt, und erlaubte Absalom endlich, mein Haus zu betreten. Ich küßte ihn, als er kam. Ich nahm ihn in die Arme, ich zog ihn an mich und brach in Tränen aus, bevor er auch nur beginnen konnte, sich dafür zu rechtfertigen, daß er seinen Bruder Amnon getötet hatte. Ich zwang ihn nicht einmal, mich um Verzeihung zu bitten. Ich beauftragte ihn, an meiner Statt mit Menschen zu sprechen, die Klagen vorzubringen hatten, die anzuhören ich nicht die Geduld aufbrachte. Und wieder war er mein Augapfel.

Und wiederum kam es mir vor, als wäre keine Zeit vergangen, als er nach Jerusalem stürmte wie ein Wirbelwind aus Feuer, in Wagen mit feurigen Pferden davor; ich flüchtete aus meiner Stadt mit meinem gesamten Hause, so schnell es ging. Wie konnte er in so kurzer Zeit einen so machtvollen Umsturz entfesseln? Und warum wollte er das?

Die Zeiten waren nicht gut, das gebe ich zu, aber es waren nicht die schlimmsten. Ich konnte nicht glauben, daß er so schnell so große Fortschritte gemacht hatte, ohne daß mächtige Personen aus meiner nächsten Umgebung ihm dabei halfen. Und das stimmte. Amasa, mein Neffe von einer anderen Schwester, war sein Feldhauptmann, Ahitophel, der gescheiteste und stoischste Pragmatiker unter meinen Beratern, wurde ebenfalls zum Verräter. Und mir wollte nicht aus dem Kopf, daß ausgerechnet Joab mich gedrängt hatte, die Verbannung Absaloms aufzuheben und ihm jene Amnestie zu gewähren, die seine Rückkehr möglich machte. Als ich meinen Weg hinab nahm, ein Abstieg, der den Verlust meiner Macht zu symbolisieren schien, erwartete ich, Joab hinter jedem Gebüsch lauern zu sehen wie einen Bären.

Denn es war kaum zu glauben, daß gerade dieser Mann, der so unanfällig war für Gefühle, mein Herz so genau durchschaut und sich die Mühe gemacht haben sollte, auf diese Weise einzugreifen. Das sah ihm überhaupt nicht ähnlich. Es war, genau betrachtet, das einzige Mal in unseren vielen Jahren miteinander, daß er mich respektvoll als seinen König behandelte, ein weiteres Detail, das mein Mißtrauen gegen ihn wachhält. Ich glaube immer noch, daß es der Zwischenfall mit dem Gerstenfeld war, der ihn und Absalom entzweite. Joab duldet keine Beeinträchtigung seiner Würde und vergibt auch keine.

Er bediente sich der Hilfe des klugen Weibes von Thekoa, um sich bei seinem Plan, Absalom zurückzuholen, meine Gefühle zunutze zu machen. Er kleidete sie in Witwentracht und schickte sie zu mir mit einer traurigen Geschichte, die von Mord und Flucht unter Verwandten handelte und meiner eigenen Tragödie so genau entsprach, daß das Weib mein mildes Urteil dazu benutzte, mir nahezulegen, mein eigenes Dilemma zu lösen. Ich bekam einen Schock, als ich sie sagen hörte: »Warum dann läßt der König seinen Verstoßenen nicht wieder holen? Denn wir sterben des Todes und sind wie Wasser, so in die Erde verläuft, das man nicht aufhält.«

Für Gleichnisse habe ich nie was übrig gehabt. »Wer hat dich angestiftet?« fragte ich sie.

Und schon kam Joab, um ganz offen für Absalom einzutreten. »Oh, David, David, warum bist du so töricht?

Laß ihn zurückkommen. Man sieht doch, wie er dir fehlt. Du bist schließlich König und kannst machen, was du willst.«

»Er hat ein Gebot übertreten.« Meine Stimme klang unsicher. Über diese Sache konnte ich nicht unbewegt reden. »Ein Verbrechen hat er begangen.«

Joab sagte beinahe herablassend: »Gebote gibt es nicht, David. Hör mich an, ich bin Joab. Gebote sind nicht legitim. Und so etwas wie ein Verbrechen gibt es schon gar nicht.«

»Und Gottes Gebote auch nicht?«

»Gottes Gebote auch nicht«, wiederholte er zynisch.

»Du sollst nicht töten?«

»Wir töten doch unentwegt.«

»Du sollst deinen Bruder nicht töten?«

»Es war doch nur sein Halbbruder. Und wo steht das überhaupt? Kain tötete Abel, und hat Gott ihm nicht ein Siegel aufgedrückt, daß er geschützt sei? Und was ist schon, wo du ihn doch so sehr vermißt? Tu, was du willst, David. Das Leben ist kurz. Wir werden alle wieder zu Staub, David, auch du. Hol ihn zurück. Warum fügst du dir selber so großes Leid zu? Dränge ich dich vielleicht oft in solchen Sachen?«

»Du kannst nicht mit ansehen, daß ich leide?« fragte ich.

»O doch, ich kann schon mit ansehen, daß du leidest«, widersprach er unerschüttert. »Bloß sehe ich nicht gern einen traurigen König. Ich habe Saul nie gemocht. Wenn schon der König traurig ist, was gibt es dann für andere zu hoffen? Soll ich nach Gessur gehen und ihn holen?«

»Geh«, gab ich am Ende erleichtert nach. »Gehe hin und bringe den Knaben Absalom wieder. Möge er so ungefährdet sein wie Kain. Er soll aber in seinem eigenen Haus wohnen und mein Gesicht nicht sehen. Alles darf ich ihm nicht erlauben.«

Und da geschah es, daß Joab sich niederbeugte zur Erde – das einzige Mal in all den vierzig Jahren, seit ich König bin – und mir dankte. »Heute merkt dein Knecht, daß ich Gnade gefunden habe vor deinen Augen.« Wer hätte gedacht, daß er sich als meinen Knecht sehen konnte?

»Bedeute ihm auch«, fügte ich leise hinzu, als soufflierte ich ihm sein Stichwort, »und flüstere es ihm ins Ohr, so daß niemand sonst es hört, daß es mir leid tut. Sag, ich entschuldige mich. Ich hätte Amnon für das bestrafen müssen, was er getan hat, nur weiß ich noch jetzt nicht, wie. Auch Amnon war mein Kind.«

Man darf seinen letzten Groschen darauf verwetten, daß Joab gewußt hätte, wie. Was ging ihn diese ganze Sache eigentlich an?

Mein Sohn Absalom wurde zum Stadtgespräch, kaum daß er wieder da war, und ich platzte fast vor Stolz, weil man ihn so bewunderte. Ich sehnte mich danach, ihn zu sehen, während der zwei Jahre, die er mir nahe sein durfte, doch ließ ich ihn nicht vor mich. Gierig hörte ich auf jede kleine Neuigkeit, die ich über ihn erfuhr. In ganz Israel wurde keiner seiner Schönheit wegen mehr gerühmt als Absalom. Von seiner Fußsohle an bis auf seinen Scheitel war nicht ein Fehl an ihm. Und wenn man sein Haupt schor – das geschah gemeiniglich alle Jahre, denn sein Haar war ihm zu schwer, daß man's abscheren mußte –, so wog sein Haupthaar zweihundert Lot nach dem königlichen Gewicht. Auch wenn man die Pomade abrechnet, ist das immer noch eine schöne Menge. Wie oft sehnte ich mich danach, ihn zu sehen, und beklagte das Gebot der Trennung, das ich erlassen hatte. Absalom ließ sich machen einen Wagen und Rosse, und fünfzig Mann waren seine Trabanten, die liefen vor ihm her durch die Straßen. Damals achtete kaum jemand auf Adonia, der jetzt nichts ist als ein blasser Abklatsch von Absalom. Salomo?

Den gab's gar nicht. Und bevor man sich umsah, hatte Absalom das Gerstenfeld von Joab angezündet. Ich muß gestehen, daß ich lachte.

»Typisch Absalom«, bemerkte ich zu Joab, hob beglückt die Arme und erklärte mich mit der vollen Versöhnung einverstanden. Ich begnadigte ihn ganz, diesen Sohn, nach dem ich mich verzehrte.

Und wieder nach einer ganz geringen Zeit erhob ich mich mit allen, die ich mitnehmen konnte und die kommen wollten, und floh aus der Stadt, damit er nicht ein Unglück auf uns treibe und Jerusalem mit der Schärfe des Schwertes schlage. Er aber vögelte meine Kebsweiber. Ungläubig und gekränkt vernahmen wir, daß er auf dem Dach meines Palastes ein Zelt hatte errichten lassen und in die zehn Weiber einging, die ich zurückgelassen hatte, damit sie den Palast hüteten.

»An ein und demselben Tag?« fragte ich verblüfft. »Alle zehn?«

»So sagt man.«

»Aber das waren meine häßlichsten Kebsweiber!«

»Typisch Absalom«, hieß es nachsichtig.

»Ich hätte dazu ein ganzes Jahr gebraucht.«

Es kam mir nicht ganz glaubhaft vor, daß ein so brutaler, alle Umwege verachtender Mensch wie Joab eine so umständliche Intrige spinnen könnte, in der Absicht, die Entfremdung zwischen einem Vater und dessen einzigem Kinde, das er wahrlich liebte, aufzuheben. Beweise dafür habe ich übrigens nicht. Wo aber steckte er jetzt, überlegte ich angstvoll, als ich die Stadt verließ mit denen, die mir ergeben waren, und zunächst den Weg zum Bache Kidron einschlug. Von dort ging ich barfuß den Ölberg hinan, weinte verhüllten Hauptes und suchte mich in meiner schlimmen Lage zurechtzufinden. Überall im Lande, im Norden wie im Süden, hatten Posaunen Absalom zum König proklamiert. Meine Palastwache aus Krethern und Plethern war mit mir, auch Itthai, der Gathiter, Gott segne ihn, der Heimatlose, der mit seinen sechshundert Söldnern aus Gath heraufgezogen war, nachdem ich die Philister geschlagen und auseinandergetrieben hatte. Und Abisai war da mit seinem Regiment, was es mir noch schwerer machte, hinsichtlich Joabs zu einer nicht von trüben Spekulationen gefärbten Einschätzung zu kommen. Kaum war ich Absalom aus Jerusalem entronnen, sah ich mich in Bahurim den widerlichen Beschimpfungen jenes obszönen, ekelhaften Pavians Simei ausgesetzt, der rotäugig und mit entzündetem Gaumen einen Sturzbach von Schmähungen auf mich ergoß, wie es mir bis dahin nicht widerfahren war. Das war ein heilloser Benjaminiter, und ein weiterer war Seba, der nach der Niederwerfung Absaloms mit seiner Posaune ganz Israel zusammenblies und dazu aufforderte, von mir abzufallen. Ich mußte Leute bis nach Abel-Beth-Maacha hinter Seba herhetzen, um ihn töten zu lassen, und gleich zu Anfang dieser Expedition ermordete Joab den Amasa, um selber das Kommando zu führen. Auch mußte ich meine Leute daran hindern, Simei zu töten.

»Heraus, heraus, du Bluthund, du heilloser Mann!« heulte mich Simei mit bösartiger Schadenfreude an. »Der Herr hat dir vergolten alles Blut des Hauses Sauls, daß du an seiner Statt bist König geworden!«

Blut? Das Haus Sauls? Wovon redete der Kerl? Und Absalom – war der nicht auch ein Bluthund? Ah, wie tief war ich gefallen, daß ich mir das von ihm anhören mußte! Steine schmiß er nach mir und besprengte mich mit Erdenklößen, Simei, diese widerliche Hyäne. Für einen berühmten, absoluten Monarchen, der sich noch eine Woche zuvor im polierten Spiegel seiner Phantasie als kritiklos verehrter Herrscher gesehen hatte, waren die Beleidigungen und Schrecken, denen ich mich so plötzlich ausgesetzt fand, beinahe zu aberwitzig, um überhaupt begriffen zu werden.

Mein Neffe Abisai war außer sich. »Sollte dieser tote Hund meinem Herrn, dem König, fluchen?« fragte er zornroten Gesichts. »Ich will hingehen und ihm den Kopf abreißen.«

Ich hielt ihn mit einer Handbewegung zurück. »Laßt ihn fluchen«, sagte ich. »Seht, mein Sohn Absalom, der von meinem Leibe gekommen ist, steht mir nach meinem Leben; warum nicht auch jetzt der Benjaminiter?«

»Er hat keine Ursache, keine Ursache!« widersprach Abisai.

Wo wäre Shakespeare wohl ohne mich geblieben? Vielleicht an einer Ziegelform oder hinter einer Töpferscheibe. Wer hat denn unklug, aber nur zu wohl geliebt? Ich und Bath-Seba, oder Othello und diese Spaghettifresserin? Nicht umsonst hat man mich den süßen Sänger Israels genannt. Die Bezeichnung stammt übrigens von mir selber.

Und welche Verbrechen gegen das Haus Sauls konnte er mir vorwerfen, David, dem Wunderknaben, der ich nie die Hand gegen meinen König oder einen der Seinen gehoben hatte, und von dem es stets hieß, er könnte kein Wässerlein trüben?

»Braten sollst du, Wüstling! Braten!« kreischte er.

Gut, ich hatte Uria getötet, aber das war eigentlich auch schon alles. Und wie kam ein abstoßender Zwerg wie Simei dazu, mich im Auftrag des Herrn anzuschreien, war ich Ihm doch näher gewesen als irgendwer sonst zu meiner Zeit? Und das bin ich, glaube ich, immer noch, auch wenn ich vermute, daß Er nicht mehr da ist, und ich werde mich nicht herablassen, zu Ihm zu sprechen, bis Er bereut wie ein Mann und sich entschuldigt wie ein anständiger Mensch für das, was Er meinem toten Baby angetan hat. Wer außer mir könnte je rechtfertigen, wie Gott mit dem Menschen umgeht? Der gütige Gott hat nicht die geringste Aussicht, seinen guten Ruf zu bewahren, wenn Er dessen Pflege Lakaien wie Nathan überläßt, der sich wieder an mich ranmachte, nachdem Simei keine Steine mehr schmiß und zurückgeblieben war. Gott spricht mit Nathan, behauptet Nathan, aber was Er sagt, ergibt nicht immer Sinn, will man das glauben, was Nathan von Ihm gehört zu haben behauptet.

Nathan hatte gleich anfangs in seinen Bart genörgelt, er machte mich für alles verantwortlich, was jetzt passierte. Als ob ich nicht auch ohne das genügend Ärger gehabt hätte. Wir zankten und blafften einander unentwegt an wie zwei senile Greise. Nathan geht nicht gern spazieren. Jetzt machte er mir Simei zum Vorwurf.

»Vielleicht hat der Herr ihm das aufgetragen«, sagte ich, ohne aufzublicken. »Du weißt, Nathan, Steine sammeln und Steine zerstreuen hat seine Zeit.«

Das machte ihm keinen Eindruck. »Dreierlei haben einen feinen Gang«, belehrte er mich in seiner mürrischen Art, schon wieder ganz in seinen abwegigen Gedanken.

»Was gibt es jetzt wieder zu maulen?«

»Und das vierte geht wohl.«

»Wie oft darf ich raten?«

»Der Löwe, mächtig unter den Tieren, und kehrt nicht um vor jemand.«

»Weiter.«

»Ein Windhund.«

»Das ist ja allerhand.«

»Und ein Widder.«

»Das wären drei.«

»Und ein König, wider den sich niemand darf legen.« Er sah mich selbstgefällig an und schmatzte.

»Nathan, Nathan, was willst du mir sagen? Das Lösen von Gleichnissen ist beschwerliche Arbeit für den Geist.«

»Meine Füße tun weh.«

»Deine Füße tun weh?«

»Ja.«

»Weiter nichts?«

»Können wir nicht anhalten?«

»Wir können nicht anhalten. Warum sagst du nicht gleich, daß die Füße dir wehtun? Muß das alles immer so umständlich sein?«

»Hat der Regen einen Vater?«

»Wieder eine abstrakte Frage?«

»Brüllt der Löwe, wenn er keine Beute sieht?«

»Nathan, meine Welt stürzt ein, kannst du nicht einmal schlichtweg ja oder nein sagen?«

»Von einem Propheten erwartest du ein Ja oder Nein?«

»Ist das unmöglich?«

»Wandert der Elefant mit dem Raben?«

»Mußt du dich aufführen wie eine Nervensäge?«

»Drei Dinge sind nicht zu sättigen«, erwiderte Nathan. »Und das vierte spricht nicht. Das fünfte und sechste womöglich auch nicht.«

»Das sechste wäre ein Prophet wie du mit einem Zuhörer wie ich.«

»Mein Spann schmerzt. Und an den Zehen habe ich Blasen.«

»Tu uns beiden einen Gefallen, geh nach vorn und steig auf einen Esel.«

»Ich hab Angst, daß ich runterfalle.«

»Dann laß dich festhalten.«

Nathan biß sich ins Backenfleisch. »Und ich mag dieser Schlampe nicht in die Nähe kommen.«

»Welcher Schlampe?«

»Deiner Frau.«

»Welcher Frau?«

»Mich fängst du nicht. Du weißt, welche. Du willst bloß, daß ich sie beim Namen nenne, damit du mir den Kopf abreißen kannst, weil ich weiß, es ist alles deine Schuld. Du hättest auf mich hören sollen. Du hättest tun sollen, was ich dir gesagt habe, und zwar buchstäblich.«

»Du hast erst was gesagt, als es zu spät war. Wie hätte ich darauf hören sollen?«

»Du hättest eben drauf hören sollen«, beharrt Nathan. »Erraten sollen hättest du's. Das klingt dir rätselhaft? Ich zeig dir gleich, was rätselhaft ist. Drei sind mir zu wunderbar, und das vierte verstehe ich nicht: Des Adlers Weg am Himmel, der Schlange Weg auf einem Felsen, des Schiffes Weg mitten im Meer und eines Mannes Weg an einer Jungfrau. Da, jetzt hab ich's gesagt.«

»Was hast du gesagt, worauf willst du jetzt wieder raus?«

»Weshalb hast du Bath-Seba immer weiter gepimpert?«

»Hast du mir gesagt, ich soll aufhören damit?«

»Konnte ich denn wissen, daß es so ausgeht?«

»Du bist doch der Prophet, oder?«

»Aber kein Wahrsager. Ich weiß nur, was man mir sagt. Und jetzt wird alles wahr«, schadenfreute er sich. »Alles, wovor ich dich gewarnt habe. Das Unglück aus deinem eigenen Haus. Der Nächste, der an der lichten Sonne mit deinen Weibern schläft. Ich hatte recht, oder nicht? Warte nur ab, was Absalom mit den Weibern macht, die du zurückgelassen hast.«

»Das hast du gemeint? Warum hast du nicht geradezu gesagt, daß du von Absalom sprachst?«

»Woher sollte ich wissen, daß ich von Absalom sprach? Du hättest eben Urias Frau nicht stehlen und ihn nicht durch das Schwert der Kinder Ammon schlagen lassen dürfen, weiter ist dazu nichts zu sagen.«

»Und warum hast du das nicht gesagt, bevor ich es tat?«

»Woher sollte ich wissen, daß du es tun würdest? Und einiges müßtest du auch von allein wissen. Wußte ich, daß du Uria zurückschicktest, damit er sterbe? Das mußte mir doch erst jemand sagen.«

»Und wer bitte?« fragte ich ihn mit meinem gesammelten Mißtrauen. »Joab vielleicht?«

»Joab?« Er glotzte mich an, als hätte ich meine Sinne nicht beisammen. »Sei doch nicht töricht. Du weißt wer. Gott. Was hat Joab damit zu tun?«

»Wo ist Joab?« Ich musterte ihn scharf.

»Weiß ich?«

»Liegt er da vorne irgendwo in einem Hinterhalt?«

»Gott soll schützen!« schrie Nathan fast und erbleichte. »Das ist alles nur deine Schuld«, fing er wieder an, auf mich zu schimpfen, machte eine Pause, um zu schniefen und einen Schluchzer zu unterdrücken. »Falls mir was zustößt, hast du mich auf dem Gewissen. Einzig dich mache ich verantwortlich, einzig dich.«

Endlich verlor ich die Geduld und versetzte schroff: »Ein Land wird durch dreierlei unruhig, Nathan, und das vierte kann es nicht ertragen: einen Knecht, wenn er König wird; einen Narren, wenn er zu satt ist; eine Verschmähte, wenn sie geehelicht wird, und eine Magd, wenn sie ihrer Frau Erbin wird. Und schlimmer als alle vier zusammen ist ein plapperndes Ärgernis wie du, randvoll von Winselei und Vorwürfen in so kritischen Momenten wie jetzt. Glaubst du, ich kann mich jetzt mit dir aufhalten? Laß dir noch mehr Flüche von Gott einsagen. Abisai, Abisai!!!«

Ich ließ Nathan durch Abisai an die Spitze unserer jämmerlichen Kolonne verfrachten, wo er außer meiner Hörweite, aber schön nahe bei Bath-Seba war, die er als Hure beschimpft hatte und mit der er jetzt unter einer Decke steckt. Das Unglück macht seltsame Bettgenossen. Jetzt tat es mir sogar leid, daß Michal nicht mehr lebte; zwischen die und Bath-Seba hätte ich Nathan mit Genuß gesteckt. Wieder quälte ich mich mit dem Gedanken an Joab, und sogar an seinem Bruder Abisai begann ich zu zweifeln, auch den hielt ich für einen potentiellen Verräter.

Wie Saul in seinem Wahnwitz mir alles und jedes zutraute, so glaubte ich Joabs Hand in Absaloms erfolgreicher Rebellion zu erkennen, doch am Jordan erwartete er mich mit einer beachtlichen Streitmacht, die er für mich gesammelt hatte – standhaft und loyal wie immer. Jetzt kam es nur noch darauf an, den Fluß zu überqueren, dann waren wir in Sicherheit. Als wir am anderen Ufer rasteten, wurde mir mit sinkendem Herzen klar, daß Absalom gegen mich in einer Schlacht verlieren würde, die ich also nicht gewinnen konnte.

Der getreue Joab – wie haßte ich seinen Anblick, obwohl er sich an meine Seite stellte, ja gerade, weil er sich an meine Seite stellte. Ich wollte meinen Augen nicht trauen. Wie schlimm für meinen Sohn. Und in den ersten Stunden verdroß es mich mehr, zu entdecken, daß meine Zweifel an Joab grundlos waren, als ich für seine Loyalität und den militärischen Vorteil dankbar war, den er mir verschaffte. Daß er meine schlimmsten Befürchtungen ihn betreffend nicht rechtfertigte, empfand ich geradezu als Betrug.

Ebenso verrückt wie Saul beäugte ich ihn scharf, als wir nordwärts nach Mahanaim in Gilead zogen, um dort unser Hauptquartier aufzuschlagen; ich verfluchte ihn bereits dafür, daß er nur den richtigen Moment abwartete, um sich bei besserer Gelegenheit auf mich zu werfen. Joab jedoch tat sich nicht mit Absalom zusammen, wenn er sich auch jetzt mit Adonia verbündet hat, meinem Wunsche folgend, wie er glaubt. Es ist ja auch mein Wunsch. Er hat es aber unterlassen, mich vorher zu fragen. Das ist typisch Joab. Er hat sich prahlerisch vor mir als den Strohhalm bezeichnet, mit dem man das Getränk im Glas umrührt, und immer getan, was ihn gut dünkte. Er hat nicht erst gefragt, ob ich Absalom hinrichten lassen wollte. »Fahret mir säuberlich mit dem Knaben Absalom!« hatte ich laut vor allem Volk befohlen. »Achtet, daß keiner den Jüngling Absalom anrühre«, wiederholte ich. Joab, von uns beiden immer der praktischere, achtete meiner Befehle nicht und tötete ihn.

Er hat mir einen Gefallen erwiesen, den ich ihm nie vergessen werde. Noch immer begreife ich ihn nicht ganz. Er kennt mich zu gut, um von den Mysterien bezaubert zu werden, die das Königtum umgeben, und zu lange, um von jener Heldenverehrung und Götzenanbetung befallen zu sein, die ich an Menschen beobachte, die mir ferner stehen und nicht erst versuchen, mich zu begreifen. Er glaubt nicht, daß ich von Gottes Gnaden regiere, und es wäre ihm ganz einerlei, wüßte er, daß dies der Fall ist. In seinen Augen habe ich Erfolg gehabt – weiter nichts.

Joab fesselt und ärgert mich zugleich, indem er sich mit Adonia zusammentut und in mir die freudige Vermutung weckt, er könnte sich endlich einmal irren und zu weit gehen. Joab ist weltkundig genug, um die Möglichkeit in Betracht zu ziehen, daß ich tue, wovor ich zurückschrecke, nämlich meinem bemalten Liebling Bath-Seba nachgebe, aus Gründen, die nichts mit Gott, Vaterland und Tradition zu tun haben. Sie hat mich fellationiert. Ob nun gut oder nicht, kann ich nicht beurteilen, ich kann nur sagen, mich hat's gefreut. Sie saß auf mir mit angezogenen Knien, schaukelte vorwärts und zurück, und ihr Gesicht war rot wie Kirschen. Sie haßte Absalom, solange er vor Salomo rangierte, Amnon ebenfalls, und ich wußte, sie war glücklich, als beide aus dem Weg geräumt wurden. Erinnerungen an vergangene Freuden bedeuten mir jetzt viel. Offene Rechnungen verdrießen mich täglich mehr. Ich muß Joab bald töten für das, was er Absalom angetan hat, und weil er meinen Stolz verletzte, indem er Abner und Amasa tötete, obschon ich wohl zu Täuschungszwekken andere Gründe werde anführen müssen.

Ich sehe noch die Boten, die Nachricht vom Schlachtfeld brachten. Weil nur zwei kamen, wußte ich, sie bringen den Sieg, sie gehören nicht zu einer fliehenden Truppe. War mein Sohn Absalom in Sicherheit?

»Gelobt sei der Herr, dein Gott«, sagte der, der als erster eintraf, Ahimaaz, der gottesfürchtige Sohn meines anderen Priesters Zadok, und er fiel vor mir auf sein Angesicht, »der die Leute, die ihre Hand wider meinen Herrn, den König, erhoben, übergeben hat.« Ich wußte, Ahimaaz, der Sohn Zadoks, würde mir keine schlechte Neuigkeit überbringen.

»Geht es auch wohl dem Knaben Absalom?« war die erste Frage, die mir auf die Lippen trat. Er sagte, davon wisse er nichts.

Warum hatte man zwei Boten geschickt? Ich schob ihn beinahe grob beiseite, um Platz zu machen für den zweiten.

»Hier gute Botschaft, mein Herr König!« rief Chusi, der zweite Bote. »Der Herr hat dir heute Recht verschafft von der Hand aller, die sich wider dich auflehnten.«

»Geht es dem Knaben Absalom auch wohl?« fragte ich wieder, diesmal lauter, und fühlte, wie meine Zuversicht schwand.

Und der Bote Chusi antwortete mir: »Es müsse allen Feinden meines Herrn Königs und allen, die sich wider dich auflehnen, übel zu tun, gehen, wie es dem Knaben geht.«

So ließ er mich auf Umwegen wissen, daß mein Sohn tot war. »Oh, mein Sohn Absalom«, weinte ich laut in herzzerreißendem Kummer, den ich weder zu unterdrükken noch zu verbergen suchte. »O Absalom, mein Sohn, mein Sohn!«

Joab war es, der mich zur Ordnung rief, und er nahm kein Blatt vor den Mund. Auf dem Söller über dem Tor, wohin ich mich zurückgezogen hatte, sagte er mir verachtungsvoll: »Du liebst, die dich hassen, und hassest, die heute ihr Leben für dich gegeben haben, um dich vor jenen zu erretten.«

Was sollte ich tun?

Ich nahm mich zusammen, machte gute Miene zum bösen Spiel und trat hinaus vor meine Knechte. Und wiederum wünschte ich Joab den Tod.

Wahnsinnig wie Saul in seiner unerbittlichen Feindschaft gegen mich habe ich Joab vorher und nachher wohl tausendmal den Tod gewünscht, darum gebetet, daß er einer unserer Plagen zum Opfer falle, einem Schlaganfall oder der Hand eines Feindes in der Schlacht. Und tausendmal wurde ich enttäuscht. Resigniert wie der wahnsinnige Saul bin ich zu dem Schluß gekommen, daß ich die Tat selber befehlen muß, will ich, daß sie ausgeführt werde. Töte ich ihn nicht bald, wird der Halunke wohl ewig leben.

Einfach wird das nicht sein. Niemand, der nach Blut lechzt, ist jemals schuldlos. Oder zufrieden. Ich war nicht schuldlos. Und nicht zufrieden. So wie der Mensch, der Silber begehrt, mit Silber nicht zufrieden ist, wird jener nicht mit dem Blut zufrieden sein, der das Blut eines anderen begehrt, und das Weib, das Edelsteine hat, wird nicht mit Edelsteinen zufrieden sein, und der Mann, der Weiber begehrt, wird nicht mit Weibern zufrieden sein. Man versuche nicht, mir das auszureden. Habe ich mich nicht in der Stadt umgeblickt und gesehen, wie alle Arbeit der Menschen nur für den Mund ist, und die Seele wird davon nicht satt? Weiß ich nicht von mir selber, daß kein Begehren je befriedigt wird? Otto Rank hätte dazu was Passendes zu sagen. Wünsche werden erfüllt, Ziele erreicht, aber Begehren? Das lebt so lange wie der Mensch, den es bewohnt.

Einzig im Falle von Abigails Mann, diesem groben Klotz, wurde mein Wunsch erhört, es möge jemand rechtzeitig sterben. Saul wünschte sich das, wie man weiß, jahrelang vergebens. Auf dem Fest, das er ausrichtete, hatte Nabal sich schon betrunken, als Abigail von ihrer Begegnung mit mir zurückkam. Sie kannte diesen umnachteten Zwiebelkopf von einem Gatten genug, um die gute Nachricht, die ihn vernichtete, bis zum folgenden Morgen zurückzuhalten: Ich hatte sein Leben geschont. Als er das hörte, sprang dieser ungehobelte Bauer mit einem Freudenschrei aus dem Bett, sank aber sogleich in kaltem Schweiß gebadet zu Boden, als ihm klar wurde, wie knapp er dem Tode entronnen war und wie glücklich er sich deshalb preisen mußte. Sein Herz erstarb ihm im Leibe, und er ward wie ein Stein. Und über zehn Tage schlug ihn der Herr, daß er starb. Man darf sagen, die Freude hat ihn getötet.

»Gepriesen sei der Herr«, bemerkte ich dazu und sandte sofort zu Abigail, um ihr meinen Antrag zu machen.

Sie sagte ja.

Sie kam mit ihren Dienerinnen, und von dieser eleganten und weltgewandten Dame aus Karmel lernte ich, wie ein König zu leben.

Reichtum und Überfluß sind nicht dasselbe. Das erfuhr ich, als ich König wurde. Ich hatte alles, was ich wollte, und wollte immer mehr. Das war eitel. Alles das war eitel.

»Öl und Wohlgeruch beglücken das Herz«, lehrte mich Abigail, als sie sah, wie glücklich und zufrieden ich bei ihr im Zelt lag.

Mein Palast? Eitelkeit. Und was ist so schlimm an der Eitelkeit? Daß sie nicht zufrieden macht.

Wer kann ein tugendhaftes Weib finden?

Ihr Preis ist höher als der von Rubinen. Das weiß ich von Abigail. Sie ließ ihre Lampe bei Nacht nie verlöschen. Sie war verschwiegen und wohlgeformt. Zusammen mit ihren fünf Dienerinnen kümmerte sie sich um Auf- und Abbau der Zelte an jedem neuen Lagerplatz, und die Zelte, die auf Eseln verladen waren, welche sie mitbrachte, als sie meine Frau wurde, waren aus handgewebtem Ziegenhaar. Noch bevor es hell wurde, erhob sie sich mit ihren Dienerinnen, um Fleisch für alle zuzubereiten, die zum Hause gehörten, und des Morgens buken sie frisches Brot aus Weizen- und Gerstenmehl, das sie aus Körnern in einer am Sattel mitgeführten Handmühle mahlten. Auch wenn wir tagsüber auf der Flucht vor Saul waren, wurde abends von rotem oder blauem Tafeltuch gespeist, das über einen niedrigen Holztisch gebreitet war, und nicht mehr von einem Lederfetzen auf der blanken Erde, wie ich es gewohnt gewesen war. Oft gab es Rebhuhn und Wein dazu. Und immer nahmen wir uns reichlich Zeit für unser Mahl. Wir aßen bei Kerzenlicht. Abigail pflegte sich gewissenhaft, sie kam nur mit geschminkten Wangen und Lippen zu mir, die Lider mit Malachit, Bleiglanz oder zerstoßenem Lapislazuli getönt, eine blühende, statiöse Frauengestalt in der Dämmerung, das Haar in einem Netz aus Gold zusammengenommen, eine Kette aus Bernstein und Kristall um den Hals. Im Schlaf trug sie ein Bündel Myrrhe zwischen den Brüsten, und ich schlief neben ihr. Sie bedeckte mein Lager mit Tapisserien, breitete feines ägyptisches Leinenzeug aus, und ich schämte mich nicht, als Joab und andere Männer, die mir nahe waren, mit Mißvergnügen bemerkten, daß ich mir angewöhnte, die ganze Nacht in dem Garten zu verbringen, den sie mir in ihrem Zelt aufbaute.

»Wenn zwei beieinander liegen, wärmen sie sich, aber wie kann ein einzelner warm werden?« sagte Abigail dazu.

»Wie kann sich einer allein erwärmen?« habe ich Bath-Seba neuestens bedrängt in der Absicht, sie zu mir aufs Lager zu locken.

»Dafür hast du Abisag.« Sie weigert sich. »Deshalb hat man sie dir doch geschenkt.«

Bath-Seba hält sich allein ausreichend warm, ihr brennender Ehrgeiz für sich und ihren Sohn ist ihr genug.

Abigail war älter als ich und empfing spät. Eine Amnioskopie konnten wir damals selbstverständlich noch nicht vornehmen lassen, und Chileab war ein mongoloides Kind. In den Chroniken haben wir seinen Namen in Daniel geändert, doch half das nichts. Nichts half. Er blieb mongoloid und starb dann irgendwann unauffällig. Das war für uns beide bis zuletzt ein großer Kummer. Ich hätte gern Kinder von Abigail gehabt. Selbst über ein Mädchen hätte ich mich gefreut. Bis zum Ende ihres Lebens erinnerten wir uns liebevoll unserer gemeinsamen Jahre, verwunderten uns immer von neuem darüber, daß wir uns auf so glückbringende Weise begegnet waren und daß daraus eine Ehe wurde, die im Himmel geschlossen zu sein schien. Unsre Gespräche waren von Anfang an sehr liebevoll.

»Liebste Abigail, beglücke mich mit einem Kuß«, bat ich sie.

»Bleibe bei mir, bis der Tag anbricht und die Schatten fliehen«, erwiderte sie darauf.

Vor der Dunkelheit fürchtete sie sich. Ihre Stimme klang aber immer sanft, und das schätze ich besonders an Frauen.

»Ich begehrte dich schon am ersten Tag«, prahlte ich immer wieder, wenn wir entspannt plauderten. »Es fing an, als du niederknietest und zu mir aufblicktest und ich dein Gesicht zum ersten Mal deutlich sah. Du bist immer so schön.«

»Ich begehrte dich auch«, hat sie nie gezögert zuzugeben.

»Ich habe mir das gedacht, als ich sah, wie du meinen Armreif bewundertest.«

»Irgendwo mußte ich doch hinschauen, ich konnte dir doch nicht unentwegt in die Augen sehen.«

»Ich wollte nicht, daß du umkehrtest.«

»Das wollte ich auch nicht.«

»Aber zwingen mochte ich dich nicht.«

»Das wäre mir auch nicht recht gewesen.«

»Das liegt mir nicht.«

»Aber ich hätte schon gern gewußt, daß du es wolltest.«

»Kaum hatte ich von Nabals Tod gehört, wollte ich dir einen Antrag machen. Ich will nicht gerade sagen, daß sein Tod mich freute, aber traurig war ich darüber nicht.«

»Und ich wartete darauf, von dir zu hören. Von der Minute an, da er krank wurde und auf den Tod lag, habe ich darauf gehofft. Hättest du mich nicht gerufen, ich hätte einen Vorwand erfunden, um zu dir zu gehen.«

»Ich liebe dich, Abigail, ich habe dich von Anfang an geliebt. Das sage ich keiner meiner anderen Frauen.«

»Nicht auch zu Bath-Seba?«

»Ausgenommen Bath-Seba. Ich sage es zu Bath-Seba, und doch bedeutet es etwas anderes.«

»Und ich liebe dich. Aber das weißt du ja, David. Dir

geht es nicht gut, Lieber, nicht wahr? Mir scheint, du freust dich an nichts.«

»Das Kind fehlt mir.«

»Mir auch.«

»Es ist so schade, daß wir nicht noch welche haben konnten. Alle meine toten Kinder fehlen mir. Besonders die ganz kleinen.«

»Möchtest du gern einen Gerstenfladen mit Linsen, Feigen, Olivenöl und Lauch?«

»Danke dir, Abigail, aber ich habe eben erst gegessen.«

Wer eine Ehefrau findet, der findet etwas Gutes. Und mit Abigail hatte ich so großes Glück, daß ich weitere fünfzehn fand, sieben, bevor ich über Abner und seine Marionette Is-Boseth triumphierte, die übrigen in Jerusalem, nachdem ich den Jebusitern die Stadt abgenommen hatte, dort mein Hauptquartier errichtete und auch da wohnte. Ich ließ die Bundeslade herbringen mit einem Pomp, dessengleichen man nie zuvor gesehen, und machte aus der Stadt einen religiösen Mittelpunkt. Der geizige Salomo sagt im Ernst, er wünsche sich eintausend Frauen.

»So viele brauchst du?« frage ich, ohne eine Miene zu verziehen.

Etliche sollten nur Repräsentationszwecken dienen. Keine meiner Frauen konnte, was Eleganz, Geschmack und Intelligenz angeht, Abigail das Wasser reichen, obschon ich Bath-Seba heißer liebte. Soll ich sie mit einem Sommertag vergleichen? Warum nicht? Sie war so lieblich und lind. Ahinoam, die Jesreelitin, wurde meine nächste Frau und folgte mir auch, als ich es schließlich satt bekam, mich vor Saul zu verbergen, und bei den Philistern Dienst nahm, begleitet von allen meinen Männern und all unserem Hauswesen. Meine erste Frau Michal war von Saul bereits Paltiel gegeben worden, dem Sohn von Lais.

Saul kam in Wahrheit nie von der Zwangsvorstellung los, mich aufspüren zu müssen, obwohl er – noch dazu vor den Ohren anderer – seine Reue und seinen Versöhnungswillen bekundete, laut und mit Tränen in der

Stimme, nachdem ich ihn wehrlos in der Höhle von Engedi getroffen und ihm das Leben gelassen hatte. Ich hätte ihn da töten können. Aber ich tat es nicht. Als ich den Zipfel von seinem Rock schnitt, kam ich mir schlecht vor, es war, als schnitte ich einem menschlichen Wesen ins Fleisch. »Mein König und Gebieter«, rief ich ihm zu, als eine gehörige Entfernung zwischen uns lag, »warum gehorchst du der Menschen Wort, die da sagen: David sucht dein Unglück?«

»Ist das nicht deine Stimme, mein Sohn David?« rief Saul zurück, hob seine Stimme und weinte.

»Siehe, mein Vater, heutigentags sehen deine Augen, daß dich der Herr hat in meine Hand gegeben in der Höhle. Siehe doch den Zipfel von deinem Rock in meiner Hand, daß ich dich nicht erwürgen wollte. Ich habe an dir nicht gesündigt, und du jagst meine Seele, daß du sie wegnehmest.«

Und Saul sagte zu mir: »Du bist gerechter denn ich: du hast mir Gutes bewiesen, ich aber habe dir Böses bewiesen.« Und er weinte noch etwas. Es tat meiner Seele wohl, ihn so reuig zu sehen. Es wurde ja auch Zeit. »Als der Herr mich in deine Hände beschlossen hatte, hast du mich doch nicht erwürgt. Siehe, ich weiß, daß du König werden wirst, und das Königreich Israel wird in deiner Hand bestehen.« Wenn du das noch mal hörst, dachte ich, wirst du es am Ende glauben. »So schwöre mir nun bei dem Herrn«, fuhr Saul fort, nachdem er mit dem Handrücken die Tränen getrocknet hatte, die noch einmal geströmt waren, »daß du nicht ausrottest meinen Samen nach mir und meinen Namen nicht austilgest von meines Vaters Haus.«

Ich schwor, wie Saul verlangte. Aber es nützte nichts. Schon kurz darauf war er wieder hinter mir her, denn als wir uns in der Wüste von Siph gelagert hatten, gingen Leute von da nach Gibea, um ihm mein Versteck anzusagen, und sie erboten sich, mich ihm auszuliefern. Meine Illusionen zerrannen, als ich vernahm, Saul sei wiederum gegen mich ausgezogen. Meine Spione bestätigten, daß er neuerlich in Juda war an der Spitze von dreitausend ausgesuchten Israeliten. Wir stiegen höher ins Gebirge hinauf und sahen, wie er unser altes Lager für die Nacht bezog.

Ich fragte die, die in meiner Nähe standen: »Will jemand mit mir hinab ins Lager und nachsehen, wie es da steht?«

Ich nahm nur Abisai mit mir. Saul hatte keine Wachen ausgestellt. Alle schliefen. Wir bewegten uns lautlos. Alles war unnatürlich still, als ob ein tiefer Schlummer vom Herrn auf alle gefallen wäre. Saul lag in einem Graben, sein Speer steckte neben seinem Kopfpolster im Boden. Abner und die anderen lagen nahebei. Sauls Gesicht war verhärmt, von kränklicher Farbe, es wirkte hager und welk. Unter dem Kinn hing gelbliche Haut schlaff bis auf das Schlüsselbein. Innerhalb eines Monats war er um zehn Jahre gealtert. Er schnarchte leise und regelmäßig, auch stöhnte er im Schlaf. Einmal hustete er. Ich hockte nahe seinem Gesicht und musterte ihn. Wie konnte ich zulassen, daß Abisai ihn tötete? Mag er sterben, wann er will, entschied ich, mochte ihn der Herr wegnehmen, wenn der Tag gekommen wäre, an dem er sterben mußte, oder wenn er in die Schlacht ginge und umkäme. Ich wollte damit nichts zu schaffen haben.

Ich nahm seinen Speer und seinen Wasserbecher mit mir, als ich ging, und diesmal machte ich meine Anwesenheit kund, indem ich Abner laut dafür tadelte, daß er keine Wachen aufgestellt hatte um den König. Gegen Abner hatten sich in mir Ressentiments angehäuft, seit ich ihm erstmals begegnet war. Zunächst allerdings legte ich umsichtig einen größeren Abstand zwischen uns und stand ziemlich entfernt auf einer Kuppe. Verrückt bin ich schließlich nicht. Saul hatte seine dreitausend. Und David hatte nie mehr als sechshundert.

Ich hielt die Hände wie einen Trichter vor den Mund und rief: »Hörst du nicht, Abner? Bist du nicht ein tapferer Mann?«

Abner erhob sich taumelnd und sah mich wütend an. »Wer bist du, daß du so schreist gegen den König?«

»Wer ist dir gleich in ganz Israel?« Meine Stimme

triefte vor Verachtung. »Ihr seid Kinder des Todes, daß ihr euren Herrn, den Gesalbten des Herrn, nicht behütet habt. Es ist nicht fein, was du getan hast, denn es ist einer aus dem Volk hineingekommen, deinen König zu verderben. Nun siehe, hier ist der Spieß des Königs und der Wasserbecher, die zu seinen Häupten waren. Schick einen deiner Jünglinge, sie zu holen.«

Saul war unterdessen auf den Füßen. Er sah alt aus und schwankte, als er sich zu voller Höhe aufrichtete. Sein Gesicht war verkniffen, denn er blickte in die Sonne.

»Ist das nicht deine Stimme?« hörte ich ihn in meine Richtung rufen, diesmal mit mehr Gefühl als beim ersten Mal, so als hätte er sich gesehnt, meine Stimme wieder zu hören und mein Gesicht zu sehen.

»Wessen sonst?« rief ich zurück über den Abgrund, der uns trennte.

»Mein Sohn David? Ist es wirklich deine Stimme?«

»Es ist meine Stimme, mein Herr König. Die dich gegen mich aufgerührt haben und sagen, ich will dir übel, die tun mir Unrecht. Siehe selbst, ich hebe die Hand nicht gegen dich. Letzten Monat war es der Zipfel deines Rockes, heute sind es dein Spieß und Wasserbecher. Was muß ich dir noch alles wegnehmen, bevor du mir glaubst? Der König Israels ist ausgezogen, zu suchen einen Floh, wie man jagt ein Rebhuhn in den Bergen.«

Selbst so spät noch klammerte ich mich an den Glauben, ich sei das unschuldige Opfer eines Mißverständnisses oder Gegenstand bösartiger Verleumdungen. Ich konnte nie recht glauben, daß irgendwer mir wirklich nach dem Leben trachtete. Nicht einmal in der Schlacht. Nicht einmal Saul. Es war viel angenehmer für mich, mich mit dieser Fiktion zu täuschen, als die Tatsache hinzunehmen, daß diese erhabene, überwältigende Gestalt, in der ich immer noch König, Gott und Vater sah, mich aufrichtig haßte und ein gerichtsnotorischer Mordbube war.

»O David, David, David«, jammerte Saul und hob die Arme, um sein Haar in den Fäusten zu raufen, »ich habe gesündigt.«

»Sehr wahr«, stimmte ich bei.

»Töricht war ich und habe sehr geirrt«, rief er.

»Das sind deine Worte, nicht meine.«

»Denn sollte jemand seinen Feind finden und ihn lassen einen guten Weg gehen?«

»Jetzt kommst du der Sache schon näher«, stimmte ich zu und rieb es ihm noch mal unter die Nase, »langsam begreifst du.«

»Der Herr vergelte dir Gutes für diesen Tag, wie du an mir getan hast.«

»So ist's recht«, versetzte ich aufmunternd.

»Gesegnet seist du, mein Sohn David«, fuhr er fort. Seine Buße war vollständig, und es schien, als könnte nichts ihm Einhalt tun. »Du sollst Großes vollbringen und sollst auch bestehen.«

»Aus deinem Mund«, stimmte ich zu, »in Gottes Ohr.«

»Komm wieder, mein Sohn David«, drängte er mich und tat dann einen Schwur aus dem Grunde seines Herzens: »Ich schwöre vor Gott, ich will dir fürder kein Leid tun.«

Blödsinn, sagte ich dazu vom Grunde meines Herzens und faßte auf der Stelle den Entschluß, auf dem schnellsten Wege ins Land der Philister zu fliehen, anderenfalls würde ich eines Tages gewiß unter der Hand Sauls verderben. Besser ein lebender Hund denn ein toter Löwe, und wer sich flüchtet hinter Hügeln, kann sich auch anderntags noch prügeln.

Verhandlungen mit König Achis kamen rasch zu einem Ergebnis; ich brach auf und gelangte sicher nach Gath mit meinen sechshundert Männern, ein jeder mit seinem Hauswesen, ich mit Ahinoam, der Jesreelitin, und Abigail, der Karmelitin, ehedem des Nabal Weib. Achis wies mir die Stadt Ziklag im Süden zu, auch das ganze umgebende Gebiet. Und damit war der Ärger mit Saul vorbei. Nachdem er erfahren hatte, wohin ich geflohen war, ließ er mich in Ruhe.

Wir wohnten im Lande der Philister ein ganzes Jahr und vier Monate, und dann kam Saul in der großen Schlacht gegen die Philister bei Gilboa um. Als suche er zielstrebig den eigenen Untergang, griff er sie frontal an, während ich sie ins Tal von Jesreel eingelassen hätte und von rückwärts und von den Flanken her über sie gekommen wäre. Bei Rephaim verpaßte ich ihnen einen guten Denkzettel, indem ich sie des Nachts im Schutz der Maulbeerbäume umging. Saul kannte den Ausgang der Schlacht schon vorher. Samuel hatte ihm die grausigen Einzelheiten am Vorabend in der gräßlichen Offenbarung im Hause der Hexe von Endor enthüllt. Man muß wohl annehmen, daß Saul dieses Ende willkommen war.

Er selber war es, der dies heillose Zusammentreffen mit Samuel arrangierte, und er tat es voller Furcht, denn die Philister waren bereits angelangt und kampfbereit. Als Saul sah, wie stark die Streitmacht war, gegen die er zu kämpfen haben würde, bekam er es mit der Angst, und das kann ich gut verstehen, denn ich war anderthalb Tage bei ihnen und tief beeindruckt von ihrer Vielzahl. Sein Herz erbebte, und auch das meine pochte ein Weilchen angstvoll, als die vier Philisterfürsten mich mit Achis sahen und die Vermutung äußerten, ich sei nur gekommen, um Verrat an ihnen zu üben, sobald die Schlacht begonnen hätte. Gott sei Dank schickten sie mich bloß weg.

Saul also verlor sein Selbstvertrauen, er wußte nicht, was tun. Er bat um ein Zeichen. Doch der Herr antwortete ihm nicht, weder durch einen Traum noch durch die Würfel oder die Propheten. Benommen und verzweifelt holte er Erkundigungen ein und stahl sich verkleidet zur Hexe von Endor, um sich wahrsagen zu lassen. Er setzte sich damit über den Bann hinweg, den er selber über alle Hexen und Zauberer und alle, die Umgang mit Geistern pflegten, verhängt hatte. Bei Moses heißt es, Hexen dürfe man nicht am Leben lassen, und Saul hatte alle Hexen und Zauberer aus dem Lande gejagt. Jetzt aber war er froh, noch eine gefunden zu haben. Also verkleidete er sich und ging bei Nacht zu jener Frau, mit zwei Begleitern, denen er vertraute.

Die Totenbeschwörerin begrüßte ihn mit dem hexischen Gruß »Dabbel, dabbel, teul und trabbel«, geriet aber aus der Fassung, als sie merkte, wen sie da vor sich hatte. »Warum hast du mich betrogen? Du bist Saul.«

Saul beschwichtigte sie, versprach ihr, nichts solle ihr geschehen, wenn sie nur Samuel beschwöre, daß Saul mit ihm sprechen könne. Auf ihr Geheiß erschien der Geist des Propheten, eingehüllt in einen Priesterrock. Als Saul sah, daß dies wirklich Samuel war, neigte er sich mit seinem Antlitz zur Erde und fiel nieder. Demütig und widerstandslos unterwarf er sich dieser Gestalt, die streng und düster vor ihm aufragte.

Ganz der Alte, fragte Samuel barsch: »Was willst du?«

Saul antwortete: »Die Philister streiten wider mich, und Gott ist von mir gewichen und antwortet mir nicht mehr. Bitte, weissage mir.«

»Das willst du nicht wirklich hören.«

»Wer wird morgen Sieger sein?«

»Frag nicht.«

»Was wird mir geschehen?«

»Was man keinem Hund wünschen möchte.«

Und dann versetzte er ihm eine Breitseite.

»Morgen wirst du und deine Söhne mit mir sein. Auch wird der Herr das Lager Israels in der Philister Hände geben.«

Saul sollte sterben, seine Söhne sollten sterben, die Philister gewinnen und wir verlieren. *Wir?* Ich war nicht einmal anwesend. Und wäre ich es gewesen, ich hätte auf seiten der Philister unter Achis von Gath gekämpft gegen mein eigenes Volk. Allerdings hatte ich Glück. Niemals hätte ich auf die Loyalität der Israeliten zählen können, wäre ich an jener Entscheidungsschlacht, in welcher Saul und alle seine legitimen Erben fielen, auf der falschen Seite beteiligt gewesen. Sein Heer wurde geschlagen und zerstreut. Das Volk floh aus den Städten wie Hirsche, die nirgends Äsung finden, und die Philister zogen ein und wohnten da. Schon ohne solch eine Komplikation fällt es mir schwer genug, das Volk Israel bei der Stange zu halten.

Meine Leute und ich brannten darauf, Achis in den Krieg zu folgen. Wir sammelten uns rasch und marschierten von Ziklag nach Gath, um unter Achis und den anderen Philisterfürsten bei Gilboa zu kämpfen. Wir waren kampferprobt und willig, voll freudiger Erwartung. Lange schon wünschten wir uns, eine richtige Schlacht gegen jene zu schlagen, die uns so lange gejagt hatten, und konnten es gar nicht erwarten, daß der Feindschaft, die so lange zwischen Saul und mir geherrscht und aus mir und meinen Männern Vertriebene und Ausgestoßene gemacht hatte, auf die eine oder andere Weise ein Ende gesetzt würde.

Wir waren Teil von Achis' Heer und rückten unter seinem Banner nordwärts den ganzen Weg nach Sunem, unweit Gilboa, in den Bereitstellungsraum der Philister. Nie zuvor hatte ich so viele Soldaten auf einem Haufen gesehen. Wir hätten uns denken können, daß ich mit meiner Truppe Hebräer Aufmerksamkeit erregen würde, und tatsächlich war es auch so. Die Fürsten der Philister richteten ihre Blicke auf uns. Man erkannte mich, und zu meinem Schrecken hörte ich nun wieder jenes Preislied auf mich und Saul, das ich unterdessen zu fürchten gelernt hatte.

»Ist dies nicht David?« fragten die anderen Philisterfürsten, steckten die Köpfe zusammen und glotzten mich an, »von dem gesungen wurde, Saul hat tausend geschlagen, David aber zehntausend?«

Falls man sich meiner je erinnert, wird es deshalb sein.

Es versteht sich, daß Achis die Wahrheit sprach.

Meine Männer waren verärgert und hätten mich am liebsten gesteinigt, als die Philisterfürsten sich weigerten, uns aufs Schlachtfeld zu lassen, uns vielmehr befahlen, sogleich abzurücken.

»Er soll umkehren und nicht mit uns hinabziehen zum Kampf, daß er unser Widersacher werde im Kampf«, beschlossen sie. Damit war die Sache erledigt. Meine Leute redeten schon wieder von Steinigung, als wir, nach Ziklag zurückgekehrt, entdeckten, daß in unserer Abwesenheit ein Stamm der Amalekiter die Stadt mit Feuer verbrannt und alle unsere Weiber und Kinder und Tiere weggetrieben hatte. Abigail war nicht mehr da und Ahinoam ebenfalls nicht. Ich war ganz gebrochen. Man hätte mich am liebsten totgeschlagen. Ich befragte Gott und bekam die Anweisung, dieser Horde nachzusetzen, die in den Süden eingefallen war und unsere Leute verschleppt hatte.

»Jage ihnen nach!« sagte Gott. »Du wirst sie ergreifen und Rettung tun.«

Wirklich retteten wir alle. Abigail, Ahinoam und ich lagen einander in den Armen. Das war ein wunderbares Gefühl. Und als wir schon wieder drei Tage in Ziklag waren, hörten wir von der Vernichtung des israelitischen Heeres in der Schlacht von Gilboa und vom Tode Sauls und seiner drei Söhne. Die Wirkung dieser Nachricht auf mich war außerordentlich. Den Berichten zufolge wurde Saul durch Bogenschützen so schwer verwundet, daß er nicht fliehen konnte, und er stürzte sich entweder in sein eigenes Schwert oder bat einen vorüberkommenden Amalekiter, ihn von seinem Elend zu erlösen, auf daß er nicht die Schande erleiden müsse, den Philistern lebend in die Hände zu fallen. Für mich spielte das keine Rolle, denn ich besaß seine Krone und seinen Armreifen. Ob der Amalekiter, der mir beides brachte, die Wahrheit sprach, war mir einerlei.

»Herzu und schlage ihn«, wies ich einen meiner Leute an, und der schlug ihn, daß er starb.

Niemand sollte sich einbilden, man dürfe die Hand gegen einen König erheben, egal, aus welchem Grunde, und schon gar nicht, wenn ich der König wäre. Und es sah ja schon ganz so aus, als sollte ich es bald sein. Wer sonst war denn noch da?

Selbstverständlich trauerte ich eine Weile um Saul und Jonathan, und ich komponierte meine sehr berühmte Klage, in der ich ihr Hinscheiden bedauerte. Ich befahl, die Kinder Juda das Bogenlied zu lehren. Ich war wirklich inspiriert, als ich schrieb:

Die Edelsten in Israel
sind auf deiner Höhe erschlagen.
Wie sind die Helden gefallen!
Sagt's nicht an zu Gath,
verkündigt's nicht auf den Gassen
zu Askalon,

daß sich nicht freuen die Töchter
der Philister,
daß nicht frohlocken die Töchter
der Unbeschnittenen.
Ihr Berge zu Gilboa,
es müsse weder tauen noch regnen
auf euch,
noch Äcker sein, davon Hebopfer
kommen;
denn daselbst ist den Helden ihr
Schild abgeschlagen,
der Schild Sauls, als wäre er nicht
gesalbt mit Öl.
Der Bogen Jonathans hat nie
gefehlt,
und das Schwert Sauls ist nie leer
wiedergekommen
von dem Blut der Erschlagenen
und vom Fett der Helden.
Saul und Jonathan,
holdselig und lieblich in ihrem
Leben,
sind auch im Tode nicht
geschieden;
schneller waren sie denn die Adler
und stärker denn die Löwen.
Ihr Töchter Israels,
weinet über Saul,
der euch kleidete mit Scharlach
säuberlich
und schmückte euch mit
goldenen Kleinoden
an euren Kleidern.
Wie sind die Helden so gefallen
im Streit!
Jonathan ist auf deinen Höhen
erschlagen.
Es ist mir leid um dich,
mein Bruder Jonathan.

Da kann man sehen, daß ich ihn meinen Bruder genannt habe, bitte schön!

Ich habe große Freude und
 Wonne an dir gehabt;
deine Liebe ist mir sonderlicher
 gewesen
denn Frauenliebe ist.
Wie sind die Helden gefallen,
und die Streitbaren umgekommen!

Also, was ist an alledem so schlimm, wenn wir mal von Sauls Schwert absehen, das nie leer wiedergekommen ist? Stimmt da irgendwas nicht? Was hätte ich sonst über ihn sagen sollen? Und nur ein sehr schmutziger Charakter kann in den Zeilen platonischer Preisung Jonathans den kleinsten Hinweis auf jene abscheuliche Liebe entdecken, die nicht wagt, sich bei Namen zu nennen.

Wieder einmal hatte ein schöpferischer Akt heilsame Wirkung auf mich, denn als ich damit fertig war, waren auch alle Trauer, alles Mitleid und alle Furcht von mir abgefallen. Meine wunderschöne, berühmte Elegie war eine Katharsis. Ich muß zugeben, daß mich bald schon die Niederschrift mehr beschäftigte als der Tod Sauls und seiner Söhne und der totale Sieg der Philister. Diese Wirkung tut die Dichtkunst nun mal. Nachdem meine Trauerperiode mit der Niederschrift meiner Klage an ihr Ende gekommen war, machte ich eine Bestandsaufnahme wie nur je ein tüchtiger Realist und stellte fest, daß jetzt, nach Sauls Hinscheiden, manches einfacher geworden war. Ich durfte nun allem entgegenstürmen, was die Zukunft für mich bereithielt.

Der Kurs schien eindeutig, und Hindernisse sah ich nicht. Saul hatte keine männlichen Nachkommen hinterlassen, ausgenommen den unehelichen Isbaal, und allein schon der kanaanitische Name zeigt, für wie unbedeutend Saul selber dieses Produkt einer zufälligen Kopulation am Wegesrand gehalten hat. Ich war Sauls Schwiegersohn. Zwar hatte ich seine Tochter nicht bei mir, doch meine Frau war sie trotzdem noch. Einzig der Ehemann hat das Recht, mit einem Scheidungspapier eine Ehe für beendet zu erklären. Ferner waren meine sechshundert Bewaffneten die einzige intakt gebliebene Truppe der Hebräer. Wer also sollte sich mir in den Weg stellen? Ich borgte mir von Abjathar den geheiligten Priesterrock für eine weitere Unterredung mit Gott.

»Soll ich hinauf in eine der Städte Judas ziehen?« fragte ich mit fliegendem Puls. Bislang hatte Er noch nie nein zu mir gesagt. Und der Herr, Gott schütze Ihn, antwortete: »Zieh hinauf!«

Also fragte ich: »Wohin?«

Und Er sprach: »Gen Hebron.«

Damit hatte ich Seinen Segen. Aber um ganz sicher zu gehen, befragte ich noch eine weitere Macht.

»Soll ich mich in Hebron zum König krönen lassen?« erkundigte ich mich bei den Philisterfürsten.

Und die antworteten mir: »Aber gewiß doch.«

Die hielten das für richtig. Die Philister dachten, das ist ja prächtig, da wird Juda der Pufferstaat zwischen den Israeliten und uns, und wenn dort David regiert, haben wir gleich einen Verbündeten. Und ich ließ mir nicht anmerken, daß ich größeres vorhatte. Dann brachte ein Bote aus dem Norden die Meldung, die mich umschmiß: Isbaal, dieser überlebende Sohn von Saul, hatte seinen Namen geändert in Is-Boseth.

»So ein Hundekopf!« fuhr es mir heraus.

Und Abner, der in Gilboa mit dem Leben davongekommen war, trat auf seine Seite und stellte ihn als Königskandidaten auf. Das hieß, ich hatte einen Bürgerkrieg vor mir.

IX
SIEBEN JAHRE HABE ICH GELITTEN, SIEBEN JAHRE

Es hat länger gedauert als sieben Jahre. Sieben Jahre habe ich gelitten, sieben Jahre und sechs lange Monate. Wie lange noch, o Herr, wie lange noch, jammerte ich, als ich sah, wie aus Wochen Monate wurden und aus Monaten Jahre.

Ich knirschte mit den Zähnen, kaute an den Fingernägeln. An so manchem Morgen hätte ich gern geweint. Man stelle sich das vor: ich, David, der Kriegerkönig, der süße Sänger Israels!

Wie lange, o Herr, wie lange habe ich gewartet. Man darf mir glauben – diese Periode des Wartens war keine leichte Zeit. Sieben Jahre lang wünschte ich täglich Abner den Tod, sieben Jahre und sechs Monate voller Ungewißheiten, während ich immer mal wieder in Scharmützel verwickelt wurde mit dem, was man damals in Israel kurioserweise noch das Haus Saul nannte. Man vergesse nicht, daß es damals bei uns kein Wort für Familie gab, und es gibt auch jetzt keines. Abner richtete sein Hauptquartier weit entfernt in Mahanaim in Gilead ein, mit diesem unbrauchbaren Aushängeschild Is-Boseth, geborener Isbaal, dem feigen, unehelichen Sohn Sauls und einer Kanaaniterin, die ziemlich häßlich gewesen sein dürfte, wenn man aufgrund des Aussehens des Produktes auf Ähnlichkeit schließen darf. Saul hatte, was Frauen angeht, den Geschmack eines Philisters. Die vollbusige Rizpa war da die einzige Ausnahme.

Nachdem ich in Hebron zum König von Juda gewählt worden war, mußten Abner und Is-Boseth sich ziemlich entfernt am anderen Jordanufer einrichten, denn die Philister beherrschten unangefochten das Tal von Jesreel in der Mitte von Israel. Und Mahanaim in Gilead eignete sich so gut wie ein anderer Ort für ihre Zwecke. Nebenbei gesagt handelt es sich um jenes Mahanaim, wohin ich selber eine Generation später aus Jerusalem floh, vor Absaloms anstürmenden Rebellen, die, wie es schien, aus allen Himmelsrichtungen herbeiflogen und meinen Tod suchten. Ich wußte erst, daß sie meinen Tod suchten, als loyale Spione mich über den ganz folgerichtigen Plan Ahitophels ins Bild setzten – ehedem der klügste meiner Berater, dessen Urteil oft so unheimlich zutreffend war, daß man es für göttlich hielt –, der mir noch in der gleichen Nacht mit frischen Truppen nachsetzen und mich töten wollte. Hätte er sich mit seiner Klugheit gegen den listig schmeichelnden Rat meines Agenten Husai, des Arachiters, durchgesetzt, dann wäre dies mein Ende gewesen. Niemand möge mir einreden wollen, daß es je etwas Neues unter der Sonne gäbe. Ich bin schließlich in Hebron gekrönt worden und habe da erstmals verkündet, daß ich über Juda herrschen werde, und Hebron ist eben dieselbe Stadt, in welcher mein Sohn Absalom eine Generation später seine hochverräterische Rebellion öffentlich machte und mit einem Posaunenstoß verkündete, *er* herrsche nun dort. Wahrlich ein furchtbarer Schlag für mich. Man glaube mir: Es ist nichts geschehen, was nicht auch hernach geschehen wird, und was man getan hat, wird man hernach wieder tun. Auch gedenkt man nicht derer, die zuvor gewesen sind, und wird auch derer, die hernach kommen, nicht gedenken bei denen, die danach sein werden. Was krumm ist, kann nicht schlicht werden – allerdings könnte da der eine oder andere Psychotherapeut widersprechen.

Wie Bath-Seba so richtig sagt, steht das Leben nicht still. Während ich in Hebron meinen Kampf um Israel führte, nahm ich noch einige Frauen, und mir wurden Kinder geboren, zum Glück fast ausschließlich Söhne, ganz wie meinem Vorfahren Jakob. Mit nach Hebron brachte ich meine Frauen Abigail und Ahinoam. Von Ahinoam, der Jesreelitin, bekam ich meinen Erstgeborenen

Amnon, der zu einem gutaussehenden Jüngling heranwuchs, nur war er unbeschreiblich eitel und verwöhnt, ein affektierter, in sich selbst verliebter Halunke, der mich so schamlos an der Nase herumführte, daß ich ihm meine eigene Tochter, seine Halbschwester Tamar, zuspielte, die er aufs gemeinste schändete. Warum nur hat er sie hinterher unter so lautstarken Beschimpfungen aus seinem Haus geworfen? Weil sie keine Jungfrau mehr war? Nicht einmal er selber konnte seine anomale Aufführung erklären, als ich anschließend das obligate Vater-Sohn-Gespräch mit ihm führte. Ich brachte ihn nicht mal dahin, zu sagen, es tue ihm leid, diesem meinen Erstgeborenen, Sohn der Ahinoam von Jesreel. Meine pflichtbewußte, liebevolle Abigail erlitt mehrere Fehlgeburten, bis sie von Chileab entbunden wurde, diesem bedauernswerten Ding, das auch dann noch mongoloid blieb, als wir seinen Namen in den Chroniken in Daniel änderten. Chileab ging bald schon zu seiner langen Ruhe ein, und die Klageweiber verbrachten seinetwegen wenig Zeit auf der Gasse. Absalom und Tamar wurden mir von meiner nächsten Frau geboren, Maacha, Tochter Thalmais, des Königs von Gessur. Ich habe instinktiv gute Heiraten gemacht, bis ich Bath-Seba zur Frau nahm, und diese Ehe hat mich mehr bereichert als alle anderen. Das war eine reine Liebesheirat. Sie war die Kirchenmaus und ich der Krösus; eine Frau, die ihren Gatten ernährt, ist voller Wut, Bosheit und Vorwürfe, ausgenommen Abigail. Bath-Seba hat nichts weiter verlangt als alles, und tut das auch heute noch. Von Haggith bekam ich Adonia; von Abital den Saphatja; von Egla den Jethream; von Bath-Seba den Salomo, nachdem unser erstes Kind von Gott so kurz nach seiner Geburt getötet wurde, daß wir keine Zeit hatten, ihm einen Namen zu geben. Es liegt in einem unbezeichneten Grab. Bei mir war Bath-Seba fruchtbar, wenn schon nicht bei Uria und den unzählbaren anderen vor mir, die in sie eingegangen waren. Nach Bath-Seba nahm ich noch mehr Frauen und Kebsweiber, es kamen noch mehr Söhne, und nach Tamar auch einige Töchter, doch ist das eine andere Geschichte.

Der Streit mit Abner vollzog sich meist in kleinem Rahmen und ohne daß eine Entscheidung fiel. Keiner von uns beiden verfügte über so viele Truppen, daß er das Gebiet des anderen hätte besetzen können. Vereint wären wir, wie ich ausrechnete, stärker gewesen als die Philister, die getrennte Stadtstaaten bewohnten, doch waren wir eben uneins und im Krieg miteinander. Es hieß Juda gegen Israel, der Süden gegen den Norden, und mir war klar, daß irgendwann der eine Teil sich dem anderen ergeben und einen Frieden mit ihm aushandeln müßte.

Von Juda aus fielen wir in Israel ein, und solche Vorstöße führte mein Neffe Joab mit professioneller Brutalität durch. Ein Turnier zwischen zwölf der unseren und zwölf von Abners Leuten am Teich zu Gibeon artete in eine wahre Schlacht aus, nachdem jeder der Teilnehmer seinen Gegner gepackt und mit dem Schwert durchbohrt hatte, so daß sie sämtlich tot blieben. Kann sich das jemand vorstellen? Ich hätte das gerne mit angesehen, auch den anschließenden allgemeinen Kampf. Es kam an jenem Tage zu einem harten Streit, und Abner und seine Israeliten wurden schwer geschlagen. Dem leichtfüßigen Asahel, dem jüngsten Sohn meiner Schwester Zeruja, stieg der Erfolg so sehr zu Kopfe, daß er auf den lächerlichen Gedanken verfiel, er könne es mit Abner aufnehmen – glatter Größenwahn. Leichten Fußes wie ein Reh setzte er Abner nach, ihn zu töten, wich auch nicht zur Rechten oder zur Linken und gehorchte nicht Abners Ermahnung, abzulassen und jemand anderem nachzulaufen. Abner mußte sich schließlich gegen diesen jugendlichen, unbesonnenen Angreifer zur Wehr setzen. Nachdem Asahel erschlagen war, rief Abner von der Spitze eines Hügels, wo die Kinder Benjamins sich gesammelt hatten, dem Joab zu: »Laß ab! Soll denn das Schwert ohne Ende fressen? Weißt du nicht, daß hernach möchte mehr Jammer werden? Wie lange willst du dem Volk nicht sagen, daß es ablasse von seinen Brüdern?«

Joab ließ ihn zu Ende reden und beschloß sehr vernünftig, die Verfolgung für diesen Tag einzustellen. Er blies die Posaune, und alles Volk stand still und jagte nicht mehr Israel nach und stritt auch nicht mehr. Und Joab nahm seinen Bruder Asahel auf und ging die ganze Nacht hindurch bis nach Bethlehem, wo er ihn im Grabe seines Vaters beisetzte, und wieder die Nacht hindurch zurück, daß ihnen das Licht anbrach zu Hebron. Nun ruhte der Krieg eine Weile, und auf beiden Seiten machte man eine Bestandsaufnahme.

Hebron in Juda kann nicht mit Versailles verglichen werden, und dort als König zu residieren, ist nicht immer die reine Freude. Gesellschaftliche Ereignisse gibt es so gut wie nicht, und anfangen läßt sich da wenig, auch wenn man König ist. Dies erklärt unter anderem, weshalb ich mir so viele Frauen nahm – da hatte ich doch was zu tun. Und seit Abigail genoß ich Frauen viel mehr; auch das hat sie mich gelehrt. Bath-Seba vervollständigte dann meine Ausbildung. Bath-Seba zeigte mir den Rest und verlieh mir mein Diplom, und seither haben mir die anderen weniger Spaß gemacht, auch meine geliebte Abigail. Ach, wie war Bath-Seba doch zu Anfang, und wie war ich selber, wenn wir miteinander waren! Ich war in Liebe entbrannt, und dies war mir nie zuvor geschehen, bis ich von Hebron nach Jerusalem umzog und Bath-Seba mehr als einmal besessen hatte. Beim ersten Mal kam es mir zu schnell, denn der bloße Anblick da auf dem Dach hatte mich übermäßig erregt, und ich ließ sie gleich zu mir bringen. In Hebron war es auch die Langeweile, die mich bewog, immer wieder gegen Abner und seinen x-beinigen Schwächling auszuziehen, den er da als Kandidaten gegen mich aufgestellt hatte. Auch Ehrgeiz war im Spiel, und Krieg war eine Zerstreuung, die meinen Geist frisch hielt. Ich blieb in den langen Jahren des Konfliktes um so hartnäckiger, als zu sehen war, wie das Haus David mehr und mehr zunahm, während das Haus Saul abnahm.

Ich verstärkte den Druck nach Kräften, und endlich kam es zu dem von mir erhofften Bruch zwischen meinen Gegnern, ein Bruch, der sowohl bedenklich als auch unvermeidlich war. Anlaß war ausgerechnet eine Frau, und die überempfindliche männliche Eitelkeit hatte auch damit zu tun. Für ein Volk, das keine Bezeichnung für die

Genitalien kennt, haben die uns reichlich zu schaffen gemacht. Is-Boseth konnte den Gedanken nicht ertragen, daß Abner möglicherweise mit der deftigen Rizpa schlief, einer von Sauls Kebsweibern, und er beschuldigte ihn dessen. Solch läppische Vorfälle entscheiden oft genug über das Geschick großer Völker. Man glaube es oder nicht, doch weil ein Nagel fehlt, verliert man ein Hufeisen, und weil das Hufeisen fehlt, lahmt das Maultier, und weil das Maultier lahmt, verliert man die Schlacht, und weil man die Schlacht verliert – wer weiß? Is-Boseth jedenfalls redete unbedacht. Er vergaß, daß er nichts als eine Marionette war, und ließ sich durch die Illusion, er sei wirklich König, zu etwas Unüberlegtem hinreißen. Und als Abner sich dieser entwürdigenden Unverschämtheit konfrontiert sah, ging er an die Decke.

»Bin ich denn ein Hundskopf, der ich wider Juda an dem Hause Sauls, deines Vaters, und an seinen Brüdern und Freunden Barmherzigkeit tue, und habe dich nicht in Davids Hände gegeben? Könnte ich nicht, wenn mir der Sinn danach steht, das Königreich über Nacht vom Hause Sauls nehmen und den Stuhl Davids aufrichten über Israel und Juda, von Dan bis nach Beer-Seba? Selbst wenn ich dessen schuldig wäre, wessen du mich bezichtigst, gibt dir das nicht das Recht, so zu mir zu sprechen. Oder glaubst du, o Wurm, du seiest in Wahrheit der König?«

Da konnte Is-Boseth ihm nichts mehr antworten, so fürchtete er sich vor Abner.

Abner dürfte um diese Zeit auch die Schrift an der Wand gesehen haben, und ich habe den Verdacht, daß hinter den Anträgen, die er mir nun insgeheim machte, mehr steckte als nur verletzter Stolz. Er ließ mir ein Bündnis antragen. Auch Is-Boseth streckte Fühler aus, und ich brauchte keine Kristallkugel, um zu erkennen, daß ich jetzt die Zügel in der Hand hielt. Ich hatte gute Karten, und ich spielte sie umsichtig aus. Bevor ich mit einem der beiden Verhandlungen aufnahm, verlangte ich die Rückgabe meiner Frau Michal. Diese Forderung war eine *conditio sine qua non*, darum ließ ich nicht mit mir handeln.

»Du wirst mein Angesicht nicht sehen«, ließ ich Abner

bestellen, ganz der absolute Herrscher, der ich dann werden sollte, »es sei denn, du bringst mir zuvor mein Weib Michal. Gib mir meine Frau zurück, die ich mir mit hundert Vorhäuten der Philister verlobt habe.« Ich bezweifelte nicht, daß ich meinen Willen durchsetzen konnte.

»Möchtest du nicht lieber die Vorhäute?« lautete die zynische Antwort, die Abner mir ausrichten ließ. Nachdem Joab ihn erledigt hat, fehlt Abner mir gelegentlich.

Und ich hätte das Angebot annehmen sollen.

Man ließ Michal ihrem neuen Gatten Paltiel, dem Sohn des Lais, wegnehmen und mir übergeben. Paltiel ging weinend hinter ihr her bis nach Bahurim, wo Abner ihn wegjagte. »Geh endlich heim«, sagte er. Paltiel hätte lachen und ich hätte weinen sollen, denn von dem Tage an, da Michal über meine Schwelle trat, hat sie mir keine Sekunde Vergnügen bereitet, ja nicht mal Ruhe gelassen. Mehr als zehn Jahre hatten wir einander nicht gesehen, und doch wußte sie nichts Eiligeres nach ihrer Rückkehr zu tun, als mich daran zu erinnern, daß sie eine Prinzessin sei. Der Blick aus ihren Gemächern gefiel ihr nicht – seit ihrer Jugend in Gibea war sie Besseres gewöhnt. Hebron fand sie ordinär, und daß in ihrem, wie sie sich ausdrückte, Palast auch noch meine anderen Frauen samt unseren Kindern wohnten, paßte ihr schon gar nicht. Ferner wünschte sie ein eigenes Kind. Mir machte es Spaß, ihr das zu verweigern. Also merkte ich schon bald, daß ich mit den Vorhäuten der Philister besser dran gewesen wäre.

»Ich wünsche diese anderen Weibspersonen nicht in meinem Palast zu sehen«, schimpfte sie säuerlich.

Darauf wußte ich die Antwort. »Das ist kein Palast, und schon gar nicht deiner.« Während unserer Trennung hatten sich meine anfänglichen Minderwertigkeitsgefühle verflüchtigt. Jetzt nahm ich keine Rücksicht mehr auf Michal. »Es ist weiter nichts als ein paar gekalkte Lehmziegelhäuser mit undichten Dächern, die aneinander gebaut sind und dringend frisch gestrichen werden müssen, innen wie außen.«

»Ich bin eine Prinzessin«, entgegnete sie mit ihrer gewohnten und ganz eigenen Hochnäsigkeit, die sie bis zu ihrem Tode nicht ablegte. »Also ist überall, wo ich wohne, ein Palast. Vergiß nicht, ich habe dich aus der Gosse geholt.«

»Sind wir wieder bei der Gosse?«

»Ich hätte nie unter meinem Stand heiraten dürfen.«

»Auch das wieder?«

»Ich bin in Gibea aufgewachsen«, prahlte sie, »du aber kommst bloß aus Bethlehem in Juda. Ich bin die Tochter eines Königs.«

»Und ich *bin* der König«, brüllte ich sie an.

Aber das machte ihr nie Eindruck, da konnte ich brüllen, so laut ich wollte. Verwundert es, daß ich glücklich war, als sie endlich auf dem Sterbebette lag? Wie lange, o Herr, habe ich darauf gewartet, sie loszuwerden, und wie viele Jahre hat das gedauert! Als ich hörte, daß sie krank sei, hüpfte ich vor Freude. Man nahm das übliche an ihr vor – Rückenmarkspunktion, eine Biopsie. Mein Traum wurde wahr: die Biopsie war positiv, und Chemotherapie kannten wir noch nicht. »Mein Freudenkelch schäumt über!« jubelte ich. Ich trällerte wie eine Lerche. Mit ihr ging es rasch zu Ende. Sie verlangte nach mir. »Soll sie warten!« beschied ich. Erst kurz vor ihrem Tode eilte ich an ihr Lager, um ihr lächelnd zuzusehen und ihr kopfschüttelnd den letzten Wunsch abzuschlagen. Ihre Stimme war recht schwach.

»Jetzt ist es wohl so weit«, sagte sie.

»Gut.«

»Möchtest du meinen Segen?«

»Red keinen solchen Unsinn.«

»Du bist doch bestimmt froh?«

»Du hast mich nie zuvor so glücklich gemacht.«

»Auch nicht, als ich voller Furunkel war?«

»Das war immerhin nett von dir.«

»Du wirst auf meinem Grabe tanzen«, sagte sie voraus.

»Aus Leibeskräften.«

»Wenn ich nicht mehr bin, wirst du endlich bei jeder Gelegenheit aus Leibeskräften tanzen können.«

»Ich warte es nicht mal ab, ich tanze gleich.« Und um ihr das zu beweisen, hüpfte ich aus Leibeskräften um ihr Bett und beschloß meinen Tanz mit einem Honni-Nonni und einem Hot-Cha-Cha.

»Ich habe einen letzten Wunsch«, sagte sie, als ich außer Atem stehenblieb. »Versprich, daß du ihn erfüllst.«

»Nicht um die Welt.«

»Es ist nicht viel.«

»Du bist wohl nicht bei dir.«

»Versprich es mir, auch wenn du es nachher nicht tust, David. Ich kann beruhigt in die Grube fahren, wenn ich dich sagen höre, du wirst es tun.«

»Das kann nicht dein Ernst sein.«

»Du willst es also nicht versprechen?«

»Auf keinen Fall.«

Fehlen tut sie mir nur in Situationen, von denen ich weiß, daß sie sich darüber geärgert hätte.

Ist es ein Wunder, daß ich Abigail um so mehr schätzte, seit Michal zurückgekommen war, um mich herunterzuputzen und zu quälen? Oder daß ich, einmal in Jerusalem installiert, die lasziven, schlangengleichen Zuckungen Bath-Sebas der mißtönigen, hartnäckigen Nörgelei Michals vorzog? Man glaube mir, es ist besser, in der Wüste mit Gewürm hausen, als in einem schönen Haus mit einer unzufriedenen Frau, und besser, bei Skorpionen wohnen, denn mit einer Mürrischen, deren Stimme nie verstummt. Besser ist es, zu heiraten, denn zu brennen, doch wenn dein Weib nicht geht nach deinem Willen, ist es besser zu brennen; trenne sie ab von deinem Fleisch und scheide dich von ihr, denn alle Bosheit ist wie nichts neben der Bosheit eines Weibes. Die Bosheit der Frauen verstellt ihr Gesicht und verdunkelt ihr Angesicht wie ein Sack. Ihr Mann sitzt bei seinen Nachbarn, und hört er sie, so seufzt er bitterlich. Ihr Teil sei der Teil der Sünderinnen, denn die Sünde kommt von der Frau, und durch sie müssen wir alle sterben. Aus ihren Gewändern kommt eine Motte. Wer aber andererseits eine tugendhafte Frau wie Abigail findet, der lasse sie liebevoll und gütig sein wie die Hindin und lasse sich jederzeit von ihren Brüsten befriedigen und von ihrer Liebe überwältigen. Zum Unglück für Abigail war es Bath-Sebas Liebe, von der ich mich jederzeit überwältigen ließ, denn das Herz des Menschen ist unstet, und ich würde mich auch jetzt noch von Bath-Sebas Liebe überwältigen lassen, gäbe sie sich mir nur noch ein einziges Mal, legte sich nahe zu mir auf mein Lager und hülfe mir, ihre Schenkel zu öffnen. Ich habe versucht, sie zu lokken. »Laß mich deine Stimme hören. Du hast mir das Herz genommen mit deiner Augen einem und mit deiner Halsketten einer. Komm zu mir, denn süß ist deine Stimme und dein Antlitz liebreizend. Und wie schön ist dein Gang in den Schuhen.«

»Das funktioniert bei mir nicht mehr«, bemerkt sie ungerührt.

»Wie kommt das?«

»Früher warst du stark genug, mich zu zwingen.«

Womöglich sagt sie die Wahrheit, wenn sie jetzt murmelt, sie habe die Liebe satt. Dazumal hat sie in ihrer Lust ganz köstliche und delirierende Schreie ausgestoßen, und Michal konnte uns beide hören – ich war nämlich auch nicht immer still wie ein Mäuschen. Michal zerkratzte sich die Handflächen mit ihren Nägeln, bis das Blut kam, während sie wartete, daß es vorbei wäre und ich auf dem Weg aus dem Harem an ihrer Tür vorbeikäme. Oft flüchtete ich mich in Abigails Gemächer, um ihren schneidenden Ausbrüchen zu entgehen. Oder ich machte ihr im Vorbeigehen eine lange Nase und grinste.

»Wie herrlich war heute der König von Israel«, keifte, zischte und geiferte sie und stampfte mit den Füßen. Ah, wie habe ich Hiram verflucht, den König von Tyrus, weil er mir für den Harem keinen brauchbareren Grundriß geliefert hat. Michal machte von Anfang an ihrem Herzen Luft.

Am Tage unserer Wiedervereinigung ließ sie mich wissen: »Mein Vater war König über ganz Israel.« Ich erklärte diesen Tag später zum Nationalfeiertag und nannte ihn Tisa b'Ab. »Du bist bloß König von Juda.«

Das war im Moment wirklich der einzige Vorwurf, der mich traf. Doch Israel stand als nächstes auf meinem Plan.

Abner war schon dabei, die Ältesten da draußen günstig für mich zu stimmen. Er traf sich mit ihnen an ihren Orten und rief ihnen in Erinnerung, wie sie ehedem oft miteinander erwogen hatten, mich zum König zu wählen, wenn sie sich über Saul ärgerten oder mit Is-Boseth unzufrieden waren. Auch flüsterte er allen Kriegern des Hauses Benjamin, also dem Stamme Saul, ins Ohr, was zu meinen Gunsten bei ihnen sprechen konnte. Es war nicht schwer, sie zu überreden, angesichts des beklagenswerten Zustandes der Welt und ihrer eigenen gefährdeten Lage. Gab es denn eine Alternative?

Als die Zeit reif war, als Zusagen gegeben, der Handschlag gewechselt war, als der Vorschlag, mich zum alleinigen Herrscher Israels zu machen, dem Establishment ebenso einleuchtete wie mir, kam Abner auf meine Einladung mit zwanzig Mann nach Hebron, um den Vertrag abzuschließen. Wir sprachen miteinander und gaben uns die Hand darauf. Ich veranstaltete für ihn und seine zwanzig Männer ein großes Fest. Beide Seiten waren hocherfreut, und ich schickte ihn los, um Vorkehrungen zu treffen, die es mir endlich ermöglichen würden, über all das zu herrschen, was mein Herz begehrte.

Hocherfreut waren alle, ausgenommen Joab, jenes unvermeidliche Haar in der Suppe, dieser Albatros, den ich am Halse hatte. Joab bekam einen Wutanfall, als er mit viel Beute von einem seiner Raubzüge nach Israel heimkehrte und vernahm, daß ich Abner getroffen, ihn in Hebron in meiner Gewalt gehabt, dann aber lebend hatte abziehen lassen. Joab war zu primitiv, für Feinheiten hatte er kein Organ. Seine Wut war erschreckend.

»Was hast du nur gemacht, du Tropf!« brüllte er mich an. Damals war ich, wie gesagt, nur König zu Hebron, und wir hatten keine besondere Hochachtung voreinander. Für ihn war ich bloß Onkel David, und ich hatte den Verdacht, daß er häufig von mir herablassend als eben diesem sprach. »Begreifst du denn nicht, daß er bloß hergekommen ist, um zu schnüffeln, deinen Ausgang und Eingang zu erkennen und alles, was du tust? Wie kannst du nur so ein *Patz* sein?«

»Joab, Joab«, redete ich ihm zu in der Hoffnung, seine Wut durch eine milde Antwort zu besänftigen, »wir sind hier in Hebron, nicht in Ai oder Jericho. Warum sollte hier jemand spionieren wollen? Was könnte man hier erschnüffeln, das nicht aller Welt schon bekannt ist?«

Joab aber war starrköpfig und unerbittlich. Ohne mir ein Wort zu sagen, schickte er hinter Abner her und ließ ihn umkehren, unter dem Vorwand, er habe ihm noch in meinem Auftrag einiges Diplomatische mitzuteilen. Joab begrüßte Abner herzlich am Tor, nahm ihn beiseite mit der Miene eines Menschen, der einem geschätzten Kollegen etwas anzuvertrauen hat oder ihm den neuesten schweinischen Witz ins Ohr flüstern möchte, während sein Bruder Abisai in der Nähe so tat, als schlendere er lässig umher, bereit, Joab notfalls zu Hilfe zu kommen. Als er Abner auf diese Weise eingelullt hatte, stach er ihn unter die fünfte Rippe in den Bauch, ohne jede Warnung und vor aller Augen, daß Abner niederfiel und starb.

Das ging so schnell, daß ich es nicht glauben wollte. Die Stadt war wie vom Donner gerührt. Sieben Jahre und sechs Monate lang hatte ich täglich Abners Tod ersehnt, und jetzt, wo ich ihn ein einziges Mal lebendig brauchte, stach Joab, mein Neffe Joab, ihn ab, und Abisai sah dabei zu. Ah, diese drei Söhne meiner Schwester Zeruja, wie verdrießlich waren sie mir doch!

Als ich ihn zur Rede stellte und meinen Zorn über ihn entlud, behauptete Joab stur: »Ich habe es getan, um das Blut meines Bruders Asahel zu rächen.«

Diesmal war ich derjenige, mit dem die Wut durchging. »Eine Lüge ist das, eine schamlose, unüberbietbare Lüge!« Ich brüllte, daß ich meinte, man könne mich im ganzen Lande hören, von Dan bis Beer-Seba. »Das ist reiner Blödsinn, Joab! Warum mußtest du ihn ausgerechnet jetzt töten?« Ich hielt das Schwert umklammert, als ich ihn zur Rede stellte, und schützte mit dem Ellbogen des anderen Armes meine fünfte Rippe.

»Und Rivalen kann ich auch nicht leiden«, fuhr Joab grimmig fort, ohne eine Miene zu verziehen oder auch nur den ersten Rechtfertigungsgrund im mindesten abzuschwächen. Seine Augen wichen den meinen nicht aus. »Du hättest ihn zum Feldhauptmann über alle setzen müssen, auch über mich, nicht wahr!«

Dieser Frage wich ich geschickt aus. »Er wollte mir alle Truppen Israels zuführen, die erst Saul und dann Is-Boseth ergeben waren.«

»Und wann hätten wir uns wohl fragen müssen, ob er nicht Pläne macht, dich mit Hilfe eben dieser Truppen zu stürzen? David, David, ich habe dir einen Dienst erwiesen. Gebrauch doch mal deinen Verstand. Ich kenne dich, kenne dein Herz. Streit kannst du nicht leiden. Du möchtest gelobt werden. Von allen. Du versuchst, dich mit allen zu vertragen, wenn du meinst, es nützt dir. Ich war von Beginn an mit dir, in Adullam, in Kegila und in Ziklag. Hast du wirklich erwartet, in der Stunde unseres Triumphes würde ich als Untergebener dem Mann dienen, der uns jahrelang gejagt und meinen Bruder erschlagen hat?«

»Das war im Krieg, Joab«, gab ich zu bedenken, »und Abner wollte ihm nichts tun. Du aber, Joab, du hast Abner im Frieden mit dem Messer abgestochen, als er nichts Böses ahnte und schon unser Verbündeter war.«

»Mit dem Schwert, David, dem kurzen Schwert. Das habe ich im Mantel verborgen gehabt, und dann habe ich ihm einen schweinischen Witz –«

»Einen schweinischen Witz?«

»Warum nicht«, gab er achselzuckend zu. »Den neuen, von dem Ritter in seiner Rüstung und der Wirtin. Und als er sich zu mir beugte, um besser zu verstehen, hab ich das Schwert gezogen und ihn durchbohrt.«

»Einfach so – durchbohrt?«

»Einfach so.«

»Dir macht es wirklich Spaß, jemanden zu töten, das sehe ich dir an.«

»Nichts leichter als das. Macht es dir keinen Spaß?«

»Nun, es macht mir nichts aus«, gab ich zu, »wenn es notwendig ist. Aber Spaß machen – nein. Doch dir macht es Vergnügen, egal, wen du erschlägst, wie?«

»Tja, so ungefähr.« Er nickte, sichtlich mit sich zufrieden. »Unter die fünfte Rippe hab ich ihn gestochen. Mann, das war vielleicht ein Stich!«

»Die fünfte Rippe hast du wohl besonders gern?«

»Das ist die beste Stelle, David, wenn du jemand von seitwärts abstechen mußt. Jetzt sag mir mal die Wahrheit, David, und sieh mich an dabei – wolltest du Abner wirklich am Leben lassen? Und wenn ja, warum?«

»Hätte es was geschadet?«

»Und schadete es was, ihn zu töten? Magst du ihn so gern? War er dir so ein guter Freund? Früher oder später hättest du schon gemerkt, daß du ihn erledigen mußt, oder willst du nicht König werden?«

»Und was soll ich dem Volk erzählen?«

»Sag dem Volk die Wahrheit«, empfahl Joab mir tugendsam. »Sag, ich habe es getan, um das Blut meines Bruders Asahel zu rächen, der von diesem selbigen Abner bei Gibeon erschlagen wurde.«

»Das ist aber nicht die Wahrheit.«

»Die Wahrheit«, versetzte Joab, »ist, was die Leute für wahr halten. Oder kennst du dich in Geschichte nicht aus?«

»Ich kenne mich in Geschichte aus, ich mache sogar Geschichte, also komm mir nicht mit Geschichte. Warum sollte das jemand glauben? Manche werden annehmen, ich hätte diesen Mord auf dem Gewissen. O Joab, Joab, was hast du mir nur angetan? Abner hatte doch damals in der Schlacht gar keine andere Möglichkeit. Jedermann weiß, daß Asahel ihm nachsetzte, daß er nicht zur Rechten auswich und nicht zur Linken. Hat Abner ihn nicht mehrmals gebeten wegzugehen? Hat er nicht immer wieder gerufen, Asahel möge jemand anderem nachsetzen? Wie viele Male? Zwei? Drei? War denn Asahel dem Abner gewachsen? Hat Asahel auf ihn gehört? Was ist ihm nur beigekommen? Er hatte sich alles selber zuzuschreiben.«

»Trotzdem – er war mein Bruder.«

»Dann hättest du ihn zurückrufen sollen. Wo hast du denn gesteckt, als dies alles geschah? Du warst da. Du hattest das Kommando. Ich weiß genau, was du gemacht hast. Beifall hast du ihm geklatscht, oder nicht? Du meinst, es gibt keine Zeugen? Und du selber hast anschließend mit Abner einen Waffenstillstand vereinbart. Und jetzt ermordest du ihn, kaltblütig stichst du ihn ab. Ah, Joab, Joab, nennst du das eine Stammesfehde? Das ist Blödsinn, Joab, schlichter Blödsinn, und du weißt das so gut wie ich.«

Ich hatte wirklich Zeugen. Bis auf den heutigen Tag schildern alle wackeren Männer, die dabei waren, ihren Söhnen, wie Asahel den Abner jagte wie ein Panther seine Beute, als nach dem Turnier der ungeordnete Rückzug der Israeliten einsetzte, wie er weder nach rechts noch nach links auswich. Dank seiner wunderbaren, unbegreiflichen Schnelligkeit verkürzte er die Entfernung zwischen sich und Abner; ein Windhund, ein Gepard hätte nicht schneller sein können, als Asahel war. Eben daran erkannte ihn Abner ja. Wer außer Asahel konnte fliegen wie eine Hindin oder ein Adler unter dem Himmel?

»Bist du Asahel?« rief Abner über die Schulter, als er sah, daß ihn jemand verfolgte.

Und Asahel grinste verwegen und rief: »Ja, ich bin's.«

»Dann hebe dich entweder zur Rechten oder zur Linken und nimm für dich der Leute einen und nimm ihm seine Waffen. Glaub mir, ich meine es gut mit dir.« Asahel aber wollte nicht von ihm ablassen. Und Abner, der, alles in allem, ein praktisch denkender und fairer Mensch war, versuchte noch mindestens einmal, ihn abzuschrecken. »Hebe dich von mir, warum willst du, daß ich dich zu Boden schlage? Hat das irgendeinen Sinn? Wie dürfte ich mein Antlitz aufheben vor deinem Bruder Joab? Tu uns beiden einen Gefallen. Oder kannst du dir nicht denken, was das für einen Aufstand gibt, wenn du nicht zurückkommst, weil ich genötigt bin, dich zu erschlagen?« Doch Asahel wollte nicht hören, er jagte ihm nach wie ein Habicht, wie ein Pfeil durchflog er die Luft zwischen ihnen beiden. Abner suchte bis zuletzt den Kampf zu vermeiden, er drehte sogar den Spieß um und wehrte den Jungen mit dem Schaft ab, doch Asahel sprang wie ein junger Löwe den alten erfahrenen Kriegsmann an und fand sich wie ein magerer, erstaunter, halbwüchsiger Nichtsnutz tödlich durchbohrt, als Abner ihn mit dem Speerschaft traf. Der drang unter der fünften Rippe ein und durchbohrte ihn. Damit war der bedauernswerte Asahel erledigt. Er fiel hin und starb auf der Stelle.

Und ausgerechnet jetzt mußte Joab die Rechnung mit Abner begleichen, unter dem Tor, wo jedermann es sehen und alle Welt davon erfahren mußte. Mit meinen Verwandten habe ich wirklich Pech gehabt. Erinnert man sich noch meines Schwiegervaters Saul? Und meiner Brüder Eliab, Abinadab und Samma? Und diese drei Söhne meiner hartherzigen Schwester Zeruja – Joab, Abisai und Asahel – sind mir verdrießlich.

Und ich sagte laut, mit eben diesen Worten, in aller Öffentlichkeit, so daß alle Welt es hören und weitersagen konnte, wie scharf ich diese gemeine Tat verurteilte. Ich verfluchte Joabs Haus, indem ich mit vielen Worten den Tod von Abner betrauerte, dieses heldenhaften, gütigen Israeliten, und das barbarische, verräterische Verbrechen anprangerte. Ich verschwor mich, bis Sonnenuntergang keine Speise zu mir nehmen zu wollen, und das Volk merkte sich das und billigte, daß ich fastete. Alle fanden richtig, was ich an diesem Tage tat. »Abner ist gestorben wie ein vertrauensseliger Narr«, klagte ich auf der Straße mit herzzerbrechendem Geschrei und vielen Tränen, »seine Hände waren nicht gebunden, seine Füße nicht in Fesseln. Ich hatte damit nichts zu schaffen. Meine Hände, diese Hände sind rein.« Und nicht genug damit, ich befahl meinen Dienern, die Kleider zu zerreißen und Säcke umzugürten und mit mir Leid um Abner zu tragen. »Du bist gefallen, wie man vor bösen Buben fällt«, klagte ich so laut, daß ich bald schon selbst meine Trauer bewundern mußte. Ich war versucht fortzufahren: Wie sind die Helden so gefallen! Doch diese Zeile hatte ich bereits dreimal in meiner berühmten Elegie benutzt. Statt dessen begnügte ich mich mit »Oh, welch ein tiefer Fall!« Mit gesenktem Haupt folgte ich dem Sarg dieses tief gebräunten Halunken, weinte an seinem Grabe, und all mein Gefolge weinte mit mir. Wie pries ich jenen dickschädligen, pokkennarbigen, selbstsüchtigen Schubiak. »Wisset ihr nicht, daß auf diesen Tag ein Fürst und Großer gefallen ist in Israel?« heulte ich vor der großen Trauerversammlung, als wäre ich der einzige, der da wußte, aus welchem Anlaß sie sich zusammengefunden hatte. »War dieser nicht der Edelste von allen?« Die Zuschauer hatten bald schon mehr Mitleid mit mir als mit ihm.

Abner war nun weder ein Fürst, noch war er besonders groß. Und der Edelste von allen in Israel war er nun gewiß nicht. Das war ich, auch wenn ich derzeit noch in Juda war. Hätte an jenem Tage wohl ein Beobachter vermuten können, daß diese hehren Lobpreisungen einem Verstorbenen galten, der zu Lebzeiten für mich so etwas wie ein Stein in meinem Schuh, ein Frosch in meinem Hals gewesen war? Ich verschwendete einige meiner besten Phrasen an diesen gefühllosen Opportunisten, der sich sieben Jahre lang, sieben lange Jahre! bemüht hatte, die Autorität des Königs einem Überlebenden des Hauses Saul, egal, wer das sein mochte, zu übergeben, und zwar hauptsächlich, um selber einen Teil davon zu bekommen. Michal war jetzt die einzige legitime Erbin, und Michal gehörte mir. Mag sein, ich wußte sehr gut, was ich tat, als ich sie zurückverlangte.

Irgendwie kam alles auf wunderbare Weise ins Lot. Das Volk merkte sich, wie ich bei dieser Bestattung auftrat, und ganz Israel konnte sehen, daß ich weder davon gewußt hatte, noch daß es meine Absicht gewesen war, Abner, den Sohn Ners, zu erschlagen.

Am Ende wurde also alles gut, ja, ich war besser dran, als wenn Joab sich beherrscht hätte, denn jetzt war Abner aus dem Wege. Und mithin waren die Tage Is-Boseths gezählt. Seine Hände wurden naß, als er vom Tode Abners hörte, und die Israeliten, die noch zu ihm hielten, bekamen es mit der Angst, als sie sahen, wie kränklich und verzagt er war. Zwei seiner etwas unternehmungslustigeren Hauptleute beschlossen zu handeln. Sie betraten sein Haus, wie um Getreide zu holen, und stachen ihn unter die fünfte Rippe, als er in der Tageshitze auf seinem Lager ruhte, schnitten ihm das Haupt ab und gingen hin des Weges auf dem Blachfeld die ganze Nacht und brachten es zu mir. Brauchte ich etwa ein Haupt? Das brauchte ich so dringend, wie Achis von Gath einen Verrückten brauchte. Sie umschmeichelten mich erwartungsvoll, hofften auf meinen Segen. Ich belohnte ihren Unternehmungsgeist damit, daß ich sie hinrichten, ihnen Hände und Füße abhauen und sie am Teich von Hebron als abschreckendes Beispiel aufhängen ließ. Niemand im ganzen Lande sollte glauben dürfen, man könnte einen König töten, und sei dieser auch nicht legitim, oder auch, daß ich etwas mit seiner Ermordung zu tun hätte.

Mit Is-Boseth war der letzte Prätendent aus dem Hause Sauls dahingegangen. Dafür plagte mich mehr und mehr das Mißtrauen gegen Joab, und ich beschloß, diesem brutalen Menschen von feurigem Temperament und unabhängigem Willen die Zügel anzulegen, hatte er doch eben erst bewiesen, daß er nicht zögerte, nach Gutdünken und ohne Rücksicht auf meine Wünsche zu handeln. Die Gelegenheit, ihn zu degradieren und dies vor aller Welt deutlich zu machen, schien sich mir zu bieten, als ich beschloß, den Jebusiten Jerusalem wegzunehmen und meine Hauptstadt in jener Bergfeste unweit der Grenze zwischen Benjamin und Juda zu etablieren. Politisch gesehen empfahl es sich, mehr im neutralen Mittelpunkt der nun vereinten Nation zu residieren, die mich jetzt als ihren Führer akzeptierte, und nicht in Juda zu bleiben, weit entfernt von meinen neuen, potentiell doch noch feindlich gesonnenen Untertanen; auch Gibea empfahl sich nicht, denn hier hatte Saul regiert. Und zwar achtzehn Jahre lang. Ich wollte erst gar nicht den Gedanken aufkommen lassen, ich könnte irgendwie mit dem verrückten Saul blutsverwandt sein oder ihm im geringsten verpflichtet. Man kann sich vorstellen, wie Michal auf meinen Entschluß reagierte, die Stadt, in welcher sie in die Gesellschaft eingeführt worden war, einfach zu vernachlässigen, die Stadt, die unsterblich hätte sein sollen, weil dort das Haus ihrer Vorfahren stand. Da heulte sie wie eine Eselin.

Den erfolgreichen Angriff auf Jerusalem führte ich in einer einzigen Nacht mit ausgesuchten Truppen. Die Mauern waren nicht zu stürmen. Deshalb waren die friedlichen Jebusiter voller Zuversicht und verhöhnten uns: die Festung könnte von Lahmen und Blinden jederzeit gegen uns gehalten werden, und damit hatten sie sogar recht. Ich hatte meine Schulaufgaben aber gewissenhaft gemacht und wußte, daß die unterirdischen Wasserleitungen flach und ungeschützt und durch Höhlen vor der Stadt zugänglich waren. Jerusalem einzunehmen erschien mir infolgedessen nicht schwieriger, als einen Gugelhupf zu essen. Vor dem Angriff versammelte ich meine Brigade zu der üblichen aufmunternden Ansprache, die ich von einer Schriftrolle verlas; es klang sehr kunstvoll und begeisternd. Insbesondere wollte ich meinem Neffen Joab dabei einen Dämpfer verpassen: Wer als erster aus dem großen Brunnen in der Stadt hervorsteige, die Jebusiter niedermache und den übrigen die Tore öffne, solle bis ans Ende seiner Tage von mir als Hauptmann über alle gesetzt werden – ein Posten, den Joab wie selbstverständlich für sich reklamierte, und von dem er annahm, er sei stillschweigend dafür vorgesehen. Als er meine Worte hörte, sah ich, wie es ihn schüttelte vor Grimm. Aber ich hielt seinem Blick stand.

Man rate, was geschah. Ja. Genau ins Schwarze.

Meine Strategie hatte Erfolg, und mein kleiner Plan scheiterte. Das hätte ich mir denken können. Der verfluchte Joab war als erster den Brunnenschacht hinauf und begrüßte uns grinsend, mit vor der Brust gekreuzten muskelbepackten Armen, als wir durch das Tor eindrangen, dessen Riegel er geöffnet hatte. Selbstverständlich versuchte ich auf jede Weise, mein Wort zu brechen.

»Jetzt bin ich nach allen Regeln dein Feldhauptmann«, protzte er vor mir, kaum daß die Jebusiter widerstandslos kapituliert hatten und die Stadt besetzt war. »Bis an das Ende meiner Tage werde ich dein Heer befehligen, stimmt's?«

Ich tat, als verschlüge mir ein so krasses und durch nichts gerechtfertigtes Ansinnen die Sprache. »Ja, wie denn, Joab? Wovon sprichst du überhaupt?«

Da hätte man mal seine Miene sehen sollen. Immer, wenn ich daran denke, muß ich lachen. Wir zankten uns bei Sternenlicht, umstanden von ehemaligen jebusitischen Stadtverordneten, die mit weit aufgerissenen Augen zusahen.

»Wovon ich rede?« heulte Joab auf, als er sich von seiner anfänglichen Verblüffung erholt hatte. Und er fuhr fort mit einer Stimme, die fast weibisch klang, so keifte er. »Versprochen hast du's! Hast du's etwa nicht versprochen?«

»Ich? Versprochen?« lehnte ich kühl ab. »Versprochen, sagst du? Wann versprochen? Wo versprochen? Wem versprochen? Ich nicht.«

»Doch, hast du«, wütete er. »Dein Königswort hast du gegeben.«

»Ich hätte mein königliches Wort gegeben?« Ich schüttelte langsam und nachdrücklich den Kopf. »Ich doch nicht.«

»Du hast es gesagt, gesagt hast du es!« beharrte er beinahe schon hysterisch. »Du sagtest: wer die Jebusiter schlägt und erlangt die Dachrinnen, die Lahmen und Blinden, denen die Seele Davids feind ist, der wird Hauptmann über das ganze Heer.«

»Das alles soll ich gesagt haben? Wann, bitte sehr?«

»Vorher.«

»Wovor?«

»Vor jetzt. Versuch nicht, dich rauszureden, David, du hast das gesagt.«

»Nichts dergleichen habe ich gesagt«, log ich schamlos.

»Doch, hast du!« kreischte er. »Aufgeschrieben ist es. Alle wissen das. In der Rede. In deiner eigenen Rede. Wo ist die Rolle? Wer hat die beschissene Rolle?«

Ich sah schon, daß ich die Sache nicht würde durchziehen können, als ihm jemand den Behälter mit der Rolle reichte, von der ich abgelesen hatte. Ich erwog flüchtig, den Mann erschlagen zu lassen, der sie Joab übergab. Joab hielt mir mit bebender Faust das Papier unter die Nase und versuchte, es zu entrollen.

»Hier«, dröhnte er. »Lies vor.«

Ich blickte schweigend der Nase entlang auf die Rolle

und wandte mich sodann hochnäsig ab. »Das ist nicht meine Handschrift«, ließ ich ihn wissen.

Wieder reagierte er, als könnte er seinen Ohren nicht trauen. »Alle haben es gehört!« heulte er in einer Mischung aus kraftloser Wut und Furcht und stand im Begriff, in Tränen auszubrechen.

Ich mußte dann schließlich nachgeben. Diesmal hatte er die Zeugen. Und seither ist Joab mein Feldhauptmann und widersteht allen meinen Versuchen, ihn abzusetzen. Nur meine Leibwache aus Krethern und Plethern untersteht nicht ihm, sondern Benaja.

Wie sonderbar ist es doch, daß ich so gealtert bin, Joab aber nicht. Früher waren wir gleich alt. Ich liege fröstelnd im Bett und winsele um die Liebe meiner robusten Ehefrau Bath-Seba, ich bibbere in leidenschaftsloser Altersschwäche, umfasse kraftlos mit schrumpeligen Armen Abisag, aber er sät Gerste, Flachs und Weizen und hilft als einer von Adonias starken Männern den Frieden bewahren. Es gelingt mir einfach nicht, ihn abzusetzen, es gelang nicht mal, nachdem er im Transjordanland den fast verhängnisvollen Fehler beging, mit allen seinen Leuten zwischen das Heer der Ammoniter vor Rabba und das der Syrer von Zoba, Rehob, Is-Tob und Maacha zu geraten, die von den Ammonitern gegen uns aufgeboten wurden, als die merkten, daß sie vor uns stinkend geworden waren. Joab konnte in seinen Kommißkopf nie hineinkriegen, daß der Frontvorsprung der einen Seite zugleich die Zange der anderen darstellt. Er marschierte also mitten dazwischen und machte mir sehr selbstzufrieden Meldung davon.

»Bin ohne Feindberührung vorgestoßen und stehe zwischen beiden Armeen. Wie findest du das?«

Ich hingegen war der geborene Stratege. »Paß lieber auf«, antwortete ich umgehend, »du kannst jetzt von zwei Seiten angegriffen werden, du Knallkopf. Egal, wohin du deine Front kehrst. Teile sofort dein Heer.«

Joab begriff das auch gleich, er erkannte ganz richtig, daß er jetzt eingeschlossen war. Er verwandelte die drohende Niederlage gleichwohl noch in einen Sieg, indem er tat, was er am besten kann: er kämpfte. Er suchte die besten Leute aus und stellte sie gegen die Syrer, unter seinem eigenen Kommando, und ließ seinen Bruder Abisai mit den übrigen die Kinder Ammon angreifen. Seine Weisung an Abisai war recht einfach:

»Werden mir die Syrer überlegen sein, so komm mir zu Hilfe. Werden aber die Kinder Ammon dir überlegen sein, so will ich dir zu Hilfe kommen. Sei getrost. Wir haben nichts zu fürchten als die Furcht.«

Und siehe da, die Syrer flohen vor Joab, und da die Kinder Ammon sahen, daß die Syrer flohen, flohen sie auch vor Abisai und zogen in die Stadt. Joab also konnte seine Truppen heil zurück nach Jerusalem führen, wenn er auch bei diesem Kriegszug nichts weiter für Israel erreicht hatte, als seine Haut zu retten.

Nun übernahm ich die Sache, um mal zu zeigen, wie man das macht, und daß der Geist immer noch über rohe Kraft den Sieg davonträgt. Ich führte das Heer persönlich nordwärts nach Helam gegen Hadadeser und die anderen Syrerkönige und attackierte kühn den Löwen in seiner Höhle. Sollte ich ihnen etwa Zeit lassen, sich zu sammeln und gegen mich nach Süden vorzurücken? Ich schlug sie vernichtend. Ah, was für ein Tag das war. Das reinste Picknick. Wir zerschlugen der Syrer siebenhundert Wagen und vierzigtausend Reiter, dazu Sobach, den Feldhauptmann, daß er daselbst starb. Nichts blieb ihnen übrig. Und als die Könige, die unter Hadadeser waren, sahen, daß sie geschlagen waren vor Israel, machten sie Frieden mit Israel und wurden uns untertan. Und das sind sie heute noch. Sie fürchteten sich, den Kindern Ammon noch mehr zu helfen, und überließen sie unserem Gutdünken.

Leider war der Sommer zu Ende, daheim setzten die Herbstregen ein, es war Zeit, in unser Land zurückzukehren und Datteln, Oliven und Trauben zu ernten, zu Beginn des Winters Gerste und Weizen zu säen und frische Wäsche und trockene Kleidung anzuziehen. Denn alles hat, wie man weiß, seine Zeit.

Und so begab es sich, als das Jahr um war, die Mandelbäume blühten und die Zeit kam, da die Könige zum Kriege rüsten, daß die Ammoniter sich in ihrer Stadt Rabba wieder auf eine Belagerung durch uns einrichteten, und damit war die Bühne vorbereitet für meine Begegnung mit Bath-Seba und die beinahe katastrophale Liaison, die nun folgte. Damals genoß ich bereits einen glänzenden Ruf und konnte praktisch jede Frau haben, nach der mir der Sinn stand, einfach, indem ich sie mir nahm. Joab erschien mit dem ersten Kuckucksruf und weihte mich ganz begeistert in seine Pläne für eine Invasion in Europa und in Asien ein. Die fand ich zu weit hergeholt. Ich lehnte ab, und er bleckte die Zähne und knurrte mich wütend an. Ein schöner Joab, den ich da habe, wie? Immer, wenn ich daran denke, wie Absalom das Gerstenfeld dieses jähzornigen, herzlosen Kriegers in Brand setzte und drohte, ihm auch seine anderen Felder abzubrennen, muß ich staunend den Kopf schütteln. Ein schöner Absalom, den ich da hatte. Mußte man ihn nicht liebhaben, allein schon deshalb, und auch wegen der unglaublichen Frechheit, mit der er mich vom Thron stoßen wollte? Nur schade, daß es ihm nicht gelang, aber das hat selbstverständlich seine zwei Seiten. Die einzige Gelegenheit, mich zu besiegen, die sich ihm bot, die warf er weg, Gott sei Dank.

Als Absalom seinen Aufstand unternahm, hatte ich gegen die lautstark vorgetragenen Einwände Joabs meine persönliche Leibwache aus Krethern und Plethern angeworben, die dem Kommando von Benaja unterstanden, dem Sohn Jojadas. Die Idee, eine Eliteformation aus Fremden aufzustellen, die an der Innenpolitik nicht interessiert wären und folglich auch nicht anfällig für subversive Machenschaften, stammte ursprünglich von Joab. Doch geschaffen und dem Kommando Benajas unterstellt habe ich sie. Selbstverständlich war mein Neffe Joab darüber schockiert.

Benaja, ein gut gebauter Mann mit mächtigem Brustkasten und kräftigem, sonnenverbranntem Hals, gehört zu meinen dreißig Helden, wie die Überlieferung sie kennt. Einmal schlug er einen ansehnlichen ägyptischen Mann, der einen Spieß in der Hand trug. Dem ging er mit einem Stecken entgegen, entriß ihm den Spieß und erwürgte ihn mit seiner eigenen Waffe. Auch ging er einmal zur Schneezeit an einen Brunnen und schlug einen Löwen. Weshalb er an einen Brunnen ging und einen Löwen schlug, habe ich ihn nie gefragt. Benaja ist jedenfalls ein starker, schlichter Mensch, der nicht selber denkt, und das ist ein weiterer Grund, der mich ihn auswählen ließ: er sollte einzig mir gehorchen. Ich war also nicht überrascht, als Joab in die Luft ging, weil ich Benaja mit dem Kommando über meine Leibwache betraute und ihn einzig meinem Befehl unterstellte.

»Du bist vielleicht ein beschissener Onkel!« platzte er heraus, nachdem er sich Zutritt zu mir verschafft hatte. »Bin nicht ich als Hauptmann über alle deine Bewaffneten gesetzt? Der Kommandeur der Leibwache sollte mir ebenfalls unterstehen.«

»Der Kommandeur der Leibwache«, entgegnete ich maßvoll, »sollte wohl dem König unterstehen, den er zu schützen hat, also mir.«

»Ich unterstehe dir doch«, suchte er mich umzustimmen. »Und wenn du Benaja mir unterstellst, untersteht er dir immer noch.«

Das überzeugte mich nicht. »Du bist zu oft abwesend.«

»Wozu brauchst du ihn? Du mußt ihn anweisen, daß er mir zu gehorchen hat, falls du mal nicht da bist.«

»Ich werde immer da sein, um ihm Befehle zu geben«, belehrte ich Joab gemessen. »Benaja wird immer sein, wo ich bin.«

»Na, also reden solltest du trotzdem mal mit ihm.« Joab fügte sich schmollend. »Sag ihm, mir kann er sich immer anvertrauen. Mach ihn darauf aufmerksam, daß ich alle Truppen kommandiere, nicht er.«

Darüber konnten wir Einvernehmen erzielen. »Ich werde mit ihm reden«, sagte ich knapp, »und ihm sagen, er darf dir vertrauen.«

Ich hatte schon beobachtet, mit welch tödlichem Haß mein Neffe Joab aus zusammengekniffenen Lidern den Benaja betrachtete, und fand, es sei höchste Zeit, diesen jungen, sehnigen Krieger auf die Gefahr aufmerksam zu machen.

»Joab. Joab?« redete ich Benaja an, gebrauchte gleichsam eine Kurzformel und senkte noch dazu die Stimme, in der Hoffnung, niemand sonst würde mein Flüstern hören. Ich packte Benaja am Arm und marschierte ziemlich hastig mit ihm von einer Ecke meines Gemaches in die andere, damit ein etwaiger Lauscher, hochverräterisch verborgen hinter einem Wandbehang oder einer der Wände, mich nicht verstehen könnte. »Mein Neffe Joab?«

»Ich höre dich«, sagte Benaja aufmerksam.

»Sollte er dir je Befehle geben, als wärest du ihm unterstellt . . .«

»Ja?«

»Dann beachte sie nicht. Auch nicht, wenn er sagt, die Befehle kämen von mir . . .«

»Soll ich die Ausführung verweigern?«

»Benaja, Benaja, du hast wirklich einen klugen jüdischen Kopf auf den Schultern. Gewiß liebt deine Mutter dich. Solltest du je bemerken, daß er dich sonderbar anschaut . . .«

»Ich glaube, das tut er oft.«

»Ich meine sonderbar auf andere Art.«

»Ich habe das Gefühl, er findet Gefallen an mir.«

»Genau das meine ich, davor möchte ich dich warnen. Solltest du je merken, daß er dich mit überraschender Freundlichkeit betrachtet, sollte er dich je liebenswürdig behandeln, etwa so, als wärest du eben der Freund, den er mehr als jeden anderen zu sehen wünscht; sollte er den Arm kameradschaftlich um dich legen, als wolle er dich beiseite nehmen und dir ein Staatsgeheimnis anvertrauen oder den neuesten schweinischen Witz erzählen . . .«

»Joab?«

»Ja. Dann laß dich nicht täuschen. Schon gar nicht durch den von dem fahrenden Ritter in der Rüstung und der Wirtin. Auch nicht, wenn er dich begrüßt wie einen verloren geglaubten Vetter –«

»Joab und ich sind wirklich entfernte Vettern, durch den ersten Mann seiner zweiten Frau, den Sohn von –«

»– wie seinen nächsten und liebsten Vetter, wenn er dich also freudig begrüßt, als ob er dich zu seinem Erben einsetzen möchte, und dich deshalb umarmen will, wenn er mit größter Anteilnahme nach deinem Befinden fragt und deinen Bart faßt, als wolle er dich küssen, auch wenn er das mit der Rechten tut . . .«

»Ja? Ich bin ganz Ohr.«

»Dann spring um dein Leben! Spring von ihm weg, so weit du kannst und so schnell du kannst. Als wäre er giftig. Tu den größten Satz, den du je getan, und pack dein Schwert, als gälte es dein Ende. Warte nicht ab, ob du dich vielleicht getäuscht hast, gib ihm keine Gelegenheit. Wenn du versuchst, fair zu spielen, bist du erledigt. Laß seine Hände nie aus den Augen, wenn du mit ihm beisammen bist. Beobachte beide, als wären es giftige Schlangen. Joab ist mit der Rechten so schnell wie mit der Linken. Schließe dich nicht an einen Zornigen an, und geh nicht mit ihm an einen einsamen Ort. Du weißt, was Abner geschehen ist?«

»Den hat er getötet. Unter dem Tor.«

»Unter die fünfte Rippe hat er ihn gestochen. Bei Joab mußt du immer darauf bedacht sein, deine fünfte Rippe zu schützen.«

Auch Amasa hat er getötet, auf genau die gleiche Weise, als wir siegreich zurückkehrten, nachdem mein Sohn und Feind Absalom erschlagen war und ich durch einen weiteren Aufständischen in Verlegenheit geriet, diesen Benjaminiter Seba. Als ich Israel beschwichtigte, indem ich ihm die Ehren erwies, die eigentlich Juda zukamen, hätte ich es um ein Haar mit beiden verdorben, und wenn sich nicht die eine Hälfte des Landes gegen mich erhob, dann die andere. Manchmal fällt es schwer zu begreifen, weshalb ich heute ein so großes Ansehen als Herrscher genieße. Seba stieß in die Posaune und forderte die Stämme Israels auf, von mir abzufallen, und um Seba zu liquidieren, schickte ich ein beachtliches Kontingent los, unter dem Kommando meines Neffen Amasa, der noch kürzlich als Hauptmann der aufrührerischen Judäer an der Seite meines erschlagenen Absalom gekämpft hatte. Das war eine schlechte Wahl, auch wenn sie als Beschwichtigung gedacht war. Drei Tage ließ ich ihm, um sich marschbereit zu machen, aber er wurde nicht fertig. Amasa zu erhöhen, war der erste Schritt in meinem Plan, Juda zu versöhnen und Amasa gleichzeitig an die Stelle Joabs zu setzen, der meinen Befehl mißachtet und meinen Sohn Absalom getötet hatte. Der zweite Schritt wurde nie getan, und ich hätte voraussehen müssen, daß Joab gegen meinen Plan was unternehmen würde. Ich hätte voraussehen müssen, daß Joab ihm unterwegs auflauern und seine Mißbilligung in einer Weise demonstrieren würde, gegen die es keine Berufung gibt.

Er paßte Amasa bei dem großen Stein von Gibeon ab und begrüßte seinen säumigen Vetter: »Friede mit dir, mein Bruder.«

Amasa schöpfte keinen Verdacht, als Joab ihn mit der Rechten am Bart faßte, wie um ihn zu küssen, und er merkte auch nicht mehr, was ihm geschah, als Joab ihn mit der Linken unter die fünfte Rippe stach, daß sein Eingeweide sich auf die Erde schüttete, so daß er ihn nicht noch einmal stechen mußte, denn Amasa starb. Da lag er denn in seinem Blute, mitten auf der Straße, und alle unter seinem Kommando standen wie versteinert, bis einer von Joabs Leuten die Leiche in ein Feld schleifte und mit einem Tuch bedeckte. Sodann übernahm Joab selber das Kommando über die Truppe, hetzte Seba, bis er ihn fand, und vernichtete ihn.

Benaja ist mir immer noch dankbar dafür, daß ich ihn vor der Gefahr warnte, die Joab für ihn bedeutet. Und als wir hier in Jerusalem von dem Mord an Amasa erfuhren, war er besonders dankbar. »Ich schulde dir noch einmal mehr Dank«, sagte der wortkarge Benaja, »denn wieder und wieder verdanke ich dir mein Leben.«

»Was kann ich nur mit diesem Joab anfangen?« sagte ich, ratlos die Achseln zuckend.

Offen gestanden, war mir Amasa ebenso wenig lieb wie Abner, eher schon weniger, denn wenn Abner selbstzufrieden gewesen war, war der Jüngere unverschämt. Was mich an diesen Mordtaten am meisten ärgerte war, daß

Joab sie gegen meinen ausdrücklich bekundeten Willen beging. Auf meine Wünsche achtet er so gut wie gar nicht, wenn seine eigenen in eine andere Richtung gehen. Das ist es, was mir wie eine Gräte im Halse steckt: seine Selbständigkeit. Ich hätte mich immer gern mal wie ein König gefühlt, aber Joab läßt mich nicht. Ich stelle mir vor, Gott selber möchte sich oft wie ein König fühlen, warum sonst hätte Er die Welt erschaffen? Uns zu Gefallen etwa? Aber was ich tun kann, soll geschehen, damit Er sich nicht so bald als König fühlt, nicht, bevor Er sich bei mir entschuldigt hat. Damit würde ich mich zufrieden geben. Was kann es Ihm schon ausmachen, mich um Verzeihung zu bitten? »David, es tut mir leid, ich weiß nicht, was mir beigekommen ist, als ich dein Baby getötet habe. Verzeih mir.«

Ganz recht, töten ist das Wort. Als der liebe Gott mein Baby sterben ließ, damit ich meine Sünde bereute, da war das glatter Mord. Gott ist also ein Mörder. Das muß man sich mal vorstellen. Ich sage doch, meine Geschichte ist von allen Geschichten in der Bibel die beste. Das habe ich immer schon gewußt. Ah ja. Er ermordet uns alle, früher oder später werden wir zu dem Staub, aus dem wir kommen.

Daher fürchte ich mich nicht mehr, Ihm zu trotzen. Mehr als töten kann Er mich nicht.

Seit ich Jerusalem zu meiner Stadt gemacht hatte und Joab nun einmal als Hauptmann über alle meine Truppen ertragen mußte, habe ich Gebrauch bei allen meinen kriegerischen Unternehmungen von ihm gemacht. Im Kriege arbeiteten wir Hand in Hand, und meine Feldzüge gingen glatt und erfolgreich vonstatten. Im Kriege tat er alles für mich, hätte auch sein Leben für mich drangegeben; er schickte Uria unauffällig gegen die Ammoniter, daß der sein Leben verlor. Ich selber war es auch zufrieden, Krieg zu führen, damals, als ich noch Kraft genug hatte zu kämpfen, bevor ich müde ward während eines unbedeutenden Scharmützels mit versprengten Philistern und Abisai mich heraushauen mußte. Da schworen mir alle meine Soldaten auf der Stelle: »Du sollst nicht mehr mit uns ausziehen in den Streit, daß nicht die Leuchte in Israel verlösche.«

Sie gaben mir so auf taktvolle Weise zu verstehen, daß meine Schwerthand ihre Tauglichkeit verloren hatte. Das war der Anfang vom Ende. Es kommt der Moment im menschlichen Leben, da man aufhört, sich gegen die unausweichliche Wahrheit zu sträuben, daß man nicht bloß älter wird, sondern alt, und schon auf dem Wege nach unten ist, den kein Wanderer zurückfindet.

Ich war mit den Kriegen einverstanden, weil ich mir des Sieges immer gewiß war. Fast alle wurden von mir selber ausgelöst, auch jene beiden folgenreichen Schlachten gegen die Philister auf der Ebene von Rephaim. Im Kriege brauchte ich nicht daheim zu bleiben. Ich durfte abwesend sein, während mein Palast erbaut wurde, und hatte überdies was Anregendes zu tun, denn um noch eine weitere Wahrheit auszusprechen: Als ich nach Jerusalem umzog, war nicht viel los mit dieser Stadt.

Sie war ein Schweinestall, ein dreckiger Misthaufen. Die Jebusiter waren in allem methodisch, nur reinlich waren sie nicht, und sie gingen früh schlafen. Die Stadt war häßlich, langweilig, ein Schandfleck, klein, ummauert, öde, und man bekam Platzangst darin. Ein wimmelnder, stinkender Slum. Wo sollte ich mit all meinen Frauen und Kindern wohnen? Ich konnte es kaum abwarten, die Wochenenden allein im Zelt auf dem Lande zu verbringen oder ganze Sommer hindurch Krieg zu führen, wenn der Himmel dort bezogen ist und kein Regen fällt. Es ist keine Blasphemie, wenn ich so von unserer heiligen Stadt spreche, denn Jerusalem war keine heilige Stadt, bevor es durch meine Anwesenheit dazu wurde, und geweiht erst, als ich die Bundeslade holte und sie mitten in der Hütte aufstellen ließ, die ich für sie aufgeschlagen hatte. Einen Tempel zu errichten, hatte Gott mir verboten. Gegen die Hütte hatte Er nichts einzuwenden. Ich führte die prachtvolle Prozession an und brach endgültig mit Michal, als sie sich wie eine Wildkatze auf mich stürzte und mich dafür beschimpfte, daß ich mich auf der Straße entblößt hätte, so daß jede Dienerin habe sehen können, wie ein

König beschaffen ist. Mit wütendem egalitärem Eifer machte ich ihr klar, daß alle diese Weiber Gelegenheit haben würden, das noch öfter zu sehen, und lag fortan nicht mehr bei ihr. Damals allerdings war Jerusalem schon das glitzernde Juwel der westlichen Welt. Doch dazu wurde es erst, als ich meinen Palast erbaute und es dazu machte.

Als ich hinkam, waren die Gassen eng und düster, die Häuser feucht, es troff von den Mauern, und die Behausungen stützten einander gegenseitig, sonst wären sie eingestürzt. Abzugskanäle gab es so gut wie keine, es stank fürchterlich und war nicht zum Aushalten. Von würziger Höhenluft konnte die Rede nicht sein, es stank und stinkt immer noch nach Abfällen, den Exkrementen von Mensch und Vieh. Weshalb sonst würden wir soviel Weihrauch verbrennen und uns so stark parfümieren? Selbst der bittere Geruch von Zunderholz und Myrrhe ist der hiesigen Luft vorzuziehen. Keinen meiner Söhne habe ich für die Abwasserbeseitigung interessieren können. Für ehrliche Arbeit sind sie leider zu verwöhnt. Ich kann mir nicht vorstellen, daß auch nur einer mit Lehm, Mörtel oder der Ziegelform hantiert, und ginge es um sein eigenes Wohl oder das der Welt. Daß ich mein Leben als Schafhirt begonnen hatte, wollten sie schon bald nicht mehr hören.

»O nein«, sagte Amnon.

»Nicht schon wieder«, sagte Absalom.

Offene Plätze gab es nirgendwo in der Stadt, als ich sie einnahm. Anfangs wohnte ich in der Festung, und ich begann mit den Bauarbeiten bei Mello und stadteinwärts. Der Winter war feuchtkalt, Wolle trocknete nicht. Die Tage waren jämmerlich kurz. Man kam sich vor wie im Mittelalter, und so rasch wie möglich vereinbarte ich mit Hiram, dem König von Tyrus, daß er die Bauarbeiten ausführen ließ, denn seine Leute verstanden sich darauf, mit Holz, Steinen und kostbaren Metallen umzugehen. Hiram schickte mir Zedernstämme, massenhaft Zedernstämme, dazu Zimmerleute und Maurer, Steinmetzen und Arbeiter, die sich auf Messing verstanden, die sollten das schönste Haus für mich in Jerusalem errichten, eben jenen

Palast, den Michal als passend für eine so hochgeborene Person ansah, wie sie es war, samt einem Harem für sie und die anderen Frauen und einem großen Dach, auf dem man sich am Ende des Tages ergehen und von dem man auf alle anderen Dächer in der Stadt hinuntersehen konnte. Es stellte sich dann heraus, daß der Harem hätte größer ausfallen dürfen, mit verdeckten Gängen zu den einzelnen Gemächern, aber wer hätte ahnen können, daß meine Schwäche für Frauen so lange halten würde, wie es der Fall war, ja, daß ich sie immer noch habe? Wie man sich erinnert, gewahrte ich von diesem Dach aus die nackte Bath-Seba. Nach einer Minute oder zweien stockte mir der Atem. Nach einer Minute oder zweien traf mich der Blitz, und ich verspürte ganz plötzlich und ganz tief Liebe.

Schenke dein Herz nicht den Frauen, habe ich geschrieben, schenke deine Kraft nicht weg. Aber das ist nur Schein, es steht in meinen Weissprüchen und darf ebensowenig für Wahrheit genommen werden wie mein bemerkenswertes Sonett über den bleichen Reiter und die dunkle Dame. Möchte jemand wissen, wie ich wirklich denke? Wem sich noch einmal die Gelegenheit bietet, sich zu verlieben, der greife zu, mit beiden Händen und auf alle Fälle. Er wird es vielleicht bedauern, aber was Besseres gibt es nicht, und man weiß nie, ob sich noch eine Gelegenheit findet.

Mit Hiram hatte ich ausgemacht, daß ich ihm Arbeiter schicken sollte, Holz zu schlagen und Steine zu brechen. Zwangsarbeit? Nun, ich möchte es nicht so nennen, aber das war es. Zwangsarbeit. Aber nichts im Vergleich mit dem, was Salomo plant, sollte er je die Macht haben, selber Bauarbeiten in meinem Reich zu veranstalten. Tausend Frauen sind viel? Pfauen und Affen eine Afferei? Ha, das wäre nur der Anfang. Salomo ist im Detail ermüdend ehrlich und genau, und manchmal befällt mich die Angst, er könnte wirklich meinen, was er sagt. Dreißigtausend Fronarbeiter will er zum Holzeinschlag in den Libanon schicken, sagt er, und so gegen hundertfünfzigtausend ins Gebirge, um Steine zu brechen.

»Das ist aber recht viel Holz«, bedeute ich ihm zartfühlend, »und sehr viele Steine. Was wirst du mit alledem anfangen?«

»Bauen.«

»Und was?«

»Alles mögliche. Einen funkelnagelneuen Palast. Ein größeres, besseres Gebäude aus kostbarem Stein samt viel gehämmertem Gold aus Ophir. Ich würde nur das beste Gold benutzen.«

»Für mich? Ich werde bald sterben.«

»Für mich. Ich werde einen riesigen Harem bauen, viel größer als deiner, für all die Frauen, die ich mir nehmen will.«

»Wirklich tausend?«

»Ein glattes Tausend – siebenhundert Ehefrauen und dreihundert Kebsweiber, allesamt Prinzessinnen. Ich würde versuchen, die Tochter des Pharaos zu heiraten, wenn ich König wäre. Stell dir vor – ich, ein Jude aus Juda, verheiratet mit der Tochter des Pharaos!«

»Magst du Frauen wirklich so gern?«

»Nein, ich mag sie gar nicht.«

»Und deshalb willst du dir so viele zulegen?«

»Die nehme ich mir alle vor. Was hast du eigentlich mit den zehn Kebsweibern gemacht, die du zurückließest und in die Absalom einging, als du aus der Stadt geflohen warst?«

»Die essen bei mir als Witwen das Gnadenbrot; angerührt habe ich keine von ihnen mehr.«

»Die hätte ich mir sämtlich vorgenommen.«

»Ich hatte Angst vor Herpes.«

»Und ich hätte auf Gott vertraut und es riskiert. Ich werde steinerne Kornspeicher bauen in Hazor, Megiddo und Beer-Seba, auch Ställe mit Boxen für mehr als vierhundertfünfzig Wagenpferde. Hier sind die Pferde zu nichts nütze. Einen Tempel werde ich mir bauen, mit einem Altar aus Erz, und ein Meer, gegossen, von einem Rand zum anderen zehn Ellen weit rundumher und fünf Ellen hoch, das soll auf zwölf Rindern stehen, die nach außen schauen. Dazu riesige geschnitzte Cherubim mit ausgebreiteten Flügeln, fünfzehn Fuß hoch, aus Olivenholz, beschlagen mit Goldblech, ferner geschnitzte Palmbäume und Blütenwerk. Die Wände und die Decke sollen auch ganz mit Gold ausgeschlagen werden. Und dann will ich in der Wüste Türme errichten und Brunnen aushauen lassen.«

»Warum das?«

»Keine Ahnung.«

»Ich wollte auch mal einen Tempel bauen«, sagte ich mit leichtem Bedauern, »aber Gott sagte zu Nathan, Er wolle das nicht erlauben. ›Habe ich je ein Haus aus Zedernholz verlangt?‹ soll Gott Nathan gefragt haben, doch glaube ich, daß Er Seine Ablehnung ausführlicher begründet hat. Jeder stellt immerzu Fragen, sogar Gott. ›Wo ist dein Bruder Abel?‹ fragte Gott den Kain, als dieser seinen Bruder erschlagen hatte. Wußte Gott das etwa nicht?«

»Ich wette, mir erlaubt Er's«, prahlte Salomo, ohne auf meine Abschweifung zu achten. »Nathan glaubt das auch. Weißt du, weshalb du nicht die Erlaubnis bekamst, einen Tempel zu bauen? Nathan sagt, es war, weil du so viel Blut vergossen und so viele Kriege geführt hast. Dir verdanke ich, daß ich keinen Krieg mehr zu führen brauche, denn du hast schon alle gewonnen. Ich werde Mauern und Fundament meines Tempels aus Steinen fügen lassen, die sollen schon im Steinbruch zurechtgesägt werden, bevor man sie herschafft, also wird man im Hause nicht den Lärm von Hämmern und Äxten und überhaupt von keinem eisernen Werkzeug hören, während gebaut wird. Und der Tempel wird in alle Ewigkeit stehen.«

Dies alles kam als große Überraschung von jemandem, der so geizig ist wie Salomo und der sein Geld in Amuletten anlegt, weil er sich vor Inflationsverlusten schützen will, der Linsen oder Gerste körnerweise abzählt, wenn er welche verborgt, und der, wenn er mit anderen zu Tische sitzt, genauso viele Mundvoll nimmt wie die anderen, aber auch nie weniger, sogar wenn er bei seiner Mutter ißt.

Ich konnte mir nicht verkneifen, meinen schwachsinnigen Sohn zu fragen: »Ist das nicht reichlich extravagant? Und wie willst du das alles bezahlen?«

»Steuern werde ich erheben und ausgeben. Besteuern und ausgeben«, erwiderte er ernsthaft, von meinem Interesse sichtlich ermutigt. »Wenn nötig, werde ich Hiram, dem König von Tyrus, zwanzig Städte verpfänden, und zwar im Norden, bei Naphtali, das merkt hier gar keiner. Dreißigtausend Fronarbeiter aus Israel schicke ich in den Libanon, davon sollen jeden Monat immer zehntausend dort arbeiten, und dann haben sie zwei Monate frei. Und hundertfünfzigtausend sollen in den Bergen Steine klopfen und hertransportieren.«

»Wirklich?« Ich unterdrückte ein Lächeln. Ich hatte das Gefühl, mir quöllen die Augen aus dem Kopf, als ich diesem Wahnwitz zuhörte.

»Ja«, bestätigte Salomo nüchtern. »Siebzigtausend für den Transport und achtzigtausend fürs Steinebrechen. Das macht hundertfünfzigtausend. Und Hiram soll zwanzigtausend Maß Weizen für seine Tafel bekommen und zwanzig Maß reines Öl, Jahr um Jahr. Und trotzdem werde ich noch üppiger essen als du jetzt.«

»Aber du machst dir nichts aus gutem Essen.«

»Das hat damit nichts zu tun.«

»Warum also?«

»Ich muß leben wie ein König. Ganz Israel werde ich in zwölf Bezirke einteilen.«

»Für jeden Stamm einen?«

»Einen für jeden Monat. Die sollen von meinen Amtleuten regiert werden. Ein jeglicher Amtmann soll in seinem Monat mich und meinen Tisch beliefern, und zur täglichen Speisung werde ich brauchen dreißig Maß Semmelmehl, sechzig Maß anderes Mehl, zehn gemästete Rinder und zwanzig Weiderinder und hundert Schafe, außerdem Hirsche und Rehe und Gemsen und gemästetes Federvieh.«

»Das ist ja eine ganze Menge.«

»Lieber zu viel als zu wenig.«

»Und was wirst du für die Leute tun, die selber kein Brot haben?«

»Die mögen Kuchen essen«, versetzte er ungerührt. »Der Mensch lebt nicht vom Brot allein.«

»Darin erkenne ich die Weisheit Salomos«, bemerkte ich ätzend.

»Danke für das Kompliment, aber die habe ich von dir.«

»Du bist ein hartherziger Mann, Schlomo.«

»Noch einmal Dank. Mein Herz soll nicht für das Volk bluten. Ich werde ihm ein schweres Joch auferlegen und es mit Peitschen züchtigen.«

»Und wenn das Volk das nicht dulden will?«

»Du hast das Land geeint, die Verwaltung zentralisiert, die Herrschaft befestigt. Du hast das größte Heer der Welt, Garnisonen und Miliz an jeder Straßenkreuzung, gut ausgebildete Söldner, eine starke Leibwache unter Benaja, überall Spione, und das alles kannst du deinem Nachfolger hinterlassen. Kurzum, du hast es gemütlich wie der Mops im Paletot. Warum sollte jemand das nicht dulden wollen?«

»Jetzt, da ich es gemütlich habe wie der Mops im Paletot, muß ich leider sterben«, sage ich ironisch.

»Ganz recht«, stimmt er mechanisch zu. »Dabei solltest du jetzt anfangen, das Leben zu genießen.« Sodann fährt er fort, und er hat die gleiche aufreizende Art wie seine Mutter, keinen Einwurf zu beachten: »In einem schlichten Bett aus Apfelholz möchte ich nicht schlafen, so wie du. Da wohnen ja die Ältesten von Megiddo luxuriöser. Mein Bett soll mit Elfenbein eingelegt sein und in einem Gemach stehen, das mit dunklem Purpur aus Tyrus ausgeschlagen ist. Alle Welt soll mich um meine üppigen Draperien beneiden. Mein Tafelgerät soll aus Bronze, Silber und Gold sein, irdenes Geschirr würde ich nie benutzen.«

Das sagt er, während er zusieht, wie ich mir den Gaumen aus einem tönernen Weinkrug benetze. »Schlomo«, sage ich und stelle den Krug ein wenig verlegen ab, »wirst du je verstehen, weshalb du nicht mein Lieblingssohn bist?«

»Nein, ich habe das nie verstanden.«

»Und wirst wohl auch nicht. Der Tor verabscheut das Wissen.«

»Soll ich das aufschreiben?«

»Tu, was du willst.«

»Was bedeutet es?«

»Du willst von mir nichts lernen.«

»Würdest du es Adonia sagen? Adonia ist doch dein Lieblingssohn.«

»Adonia möchte das auch nicht hören. Und mein Lieblingssohn ist er nicht. Ich habe keine Lieblingssöhne mehr.«

»Absalom war dein Liebling. Das habe ich wohl bemerkt.«

»Und Amnon auch, bis Absalom ihn umgebracht hat. Sei nicht neidisch, Salomo. Deine Mutter sagt, du bist sparsam.«

»Ja, mit meinem eigenen Geld schon. Ich investiere sehr vorsichtig und häufe auf, was ich kann. Aber wenn ich erst mal über alles Geld im Lande verfüge, dann ist nach oben keine Grenze.«

»Willst du das zum Wohl des Landes ausgeben oder zur höheren Ehre Gottes?«

»Zu meiner höheren Ehre. Ich denke einzig an mich, Vater. Und selbstverständlich an dich.«

»Und deine Mutter?«

»Für meine Mutter würde ich so gut wie alles tun. Und für dich.«

»Angenommen, du wärest König und deine Mutter bäte dich darum, daß Adonia und Abisag heiraten dürfen, was wüdest du tun?«

»Töten lassen würde ich ihn.«

»Ah, du hast also schon darüber nachgedacht.«

»Ich denke viel nach. Ich versuche, täglich eine Stunde nachzudenken. Und weißt du auch, was ich denke? Ich denke, wenn Gott mir je im Traum erschiene und mir einen Wunsch freistellte, dann würde ich mir Weisheit wünschen. Denn wenn ich weise genug bin, bekomme ich auch alles andere, was ich mir wünsche. Ich denke daran zu bauen.«

»Wer Kinder zeugt und eine Stadt erbaut, dessen Name geht nicht unter«, belehre ich ihn.

»Das sage ich ja. Auch wenn ich nicht David heiße und du nicht Isai. Deshalb möchte ich nämlich meinen Tempel errichten – damit mein Name weiterlebt.«

»Deshalb wollte auch ich einen bauen.«

»Bauen werde ich, bauen und noch mal bauen«, verschwor sich Salomo und wurde für seine Verhältnisse geradezu beredt. »Und alles, was ich baue, wird berühmt werden und in alle Ewigkeit stehen und meinen Namen tragen. Ich werde auch für Hospitäler spenden.«

»Die Erektionen des Mannes halten nicht ewig«, bemerke ich dazu mit gespieltem Ernst.

»Meine doch«, beharrt er. »Glatte hundert Jahre, bis die Hölle zufriert oder die Sterne aus der Bahn fallen, bis der Messias kommt, die Assyrer sich erheben, die Babylonier stark genug sind, Juda zu unterwerfen. Und daß dies unwahrscheinlich ist, weißt du selber.«

»Mitten in der Wüste habe ich mal die Reste einer riesigen Statue gesehen, die Füße eines Kolosses, und an dem Sockel, auf dem sie stehen, war zu lesen: ›Ich bin Ozymandias, König der Könige. Seht meine Werke an, ihr Mächtigen, und verzweifelt.‹«

»Was soll das heißen?«

»Du verstehst nicht die Moral von dieser Geschichte?«

»Ich würde da Türme bauen und Brunnen ausschachten.«

»Dort regnet es aber nie.«

»Und wenn schon. Dann leben da auch keine Menschen. Aber ich würde dafür sorgen, daß es dort einen Tempel Salomos gibt, einen Palast Salomos, Pferdeställe Salomos und ein Bergwerk des Königs Salomo. Und keine Sorge: auch du sollst berühmt werden. Wenn man mir und meinen Werken zujubelt, soll nicht vergessen sein, daß du mein Vater warst. Während ich mich täglich darin übe, eine Stunde nachzudenken, schmeißt mein Bruder Adonia sein Geld für Wagen und Trabanten raus, die vor ihm herlaufen, genau wie Absalom, und für verschwenderische Bankette, die so wertlos sind wie Spreu und dir keine Ehre einbringen. Wirst du an seinem Fest teilnehmen, Vater? Wie ich höre, hat er einen Traiteur engagiert, und das Essen ist vorbereitet. Das hat Mutter mir gesagt, und ich soll fragen, ob du hingehst.«

Es ist mir immer schwer gefallen, mir die unverschämte Bath-Seba als Mutter von irgendwem vorzustellen. »Noch bin ich nicht eingeladen worden.«

»Ich auch nicht. Auch Mutter nicht, und Nathan und Benaja auch nicht. Sieht das nicht sehr nach einer Verschwörung aus? So, als ob Adonia dir den Thron wegnehmen will?«

»Das würde Adonia nie tun, er ist dazu viel zu faul. Sag mal – wer ist denn eingeladen worden, sind die Einladungen überhaupt schon rausgegangen? Und steht das Datum fest?«

»Ich weiß nicht. Wenn Mutter nicht eingeladen wird, gehe ich auch nicht. Es sei denn, du willst, daß ich hingehe.«

»Noch habe ich Adonia gar nicht erlaubt, ein Bankett zu veranstalten.«

»Hast du es ihm verboten?«

»Hat deine Mutter dir aufgetragen, mich das zu fragen?«

»Mutter sagt, ich soll dir sagen«, sagt er methodisch, »daß, wenn du sagst, was du gerade gesagt hast, soll ich antworten, wenn Adonia überall erzählt, daß er König wird, kann er auch überall erzählen, daß er ein Bankett gibt.«

»Das sollst du mir sagen?«

»Das soll ich dir sagen.«

»Salomo, mein weises Kind, wie hast du dir nur all dies merken können?«

»Sie hat es mir auf ein Täfelchen geschrieben. Und sie hat mir diese kleine Glocke umgebunden, damit ich nicht vergesse, auf das Täfelchen zu gucken.«

»Nach dem Glöckchen wollte ich dich schon die ganze Zeit fragen. Ich dachte: damit du nicht verloren gehst. Du und deine Mutter – ihr steht euch wohl sehr nahe?«

»Das glaube ich wohl«, antwortet Salomo und nickt. »Wenn wir beisammen sind, sitzt sie immer zu meiner Rechten. Und wir haben die höchste Meinung voneinander. Sie hält mich für einen Gott, ich sie für eine Jungfrau. Sag doch, Vater«, erkundigt er sich in vollem Ernst, »ist es möglich, daß meine Mutter Jungfrau sein könnte?«

»Tja, das weiß ich auch nicht.«

»Sie war doch zweimal verheiratet.«

»Daraus würde ich keine voreiligen Schlüsse ziehen.«

»Ich habe viel darüber nachgedacht.«

»Ah, das wundert mich nicht.«

»Ich habe auch gedacht, ich möchte vierzigtausend Pferde haben und zwölftausend Reiter. Ferner will ich dreitausend Sprüche machen und ungefähr eintausendundfünf Psalmen. Und wenn es nach mir geht, soll jedermann von Dan bis Beer-Seba wohlbehütet unter seinem Weinstock oder seinem Feigenbaum sitzen, falls ich ihm seinen Weinstock oder seinen Feigenbaum nicht wegnehme. Ich möchte auch einen Säugling zerteilen.«

»Gütiger Himmel! Im Ernst?«

»Im Ernst.«

»Warum?«

»Um zu zeigen, wie gerecht ich sein kann. Da wird alle Welt mich für einen gerechten Richter halten.«

»Alle Welt wird dich für behämmert halten.« Das muß ihm nun mal jemand sagen. »Falls du auch nur eins von alledem machst, was du mir heute hier vorgetragen hast, wirst du als der größte Schwachkopf, der je gelebt hat, in die Weltgeschichte eingehen. Ich werde dich aber niemandem verraten, und du wirst, bitte, auch den Mund halten. Das soll unser Geheimnis bleiben.«

»Und eine Flotte brauche ich auch.«

»Ach, du lieber Gott . . .«

»Ich kann Zedern- und Fichtenbretter auf Lastkähnen –«

»Abisag!«

Meine zahlreichen Vergehen gegen die Freiheiten anderer waren nichts als ein Furz im Schneesturm, verglichen mit den bergehohen Zwangsmaßnahmen, welche dieses stupide Produkt meiner hitzigen Kopulationen mit Bath-Seba sich erdachte. Wir begegneten einander im Frühling und heirateten im Herbst, da war Uria schon tot und ihr Bauch leicht geschwollen von dem Kind, das dann sterben sollte. Sie und ich ertrugen es nicht, in dieser schwindelerregend geilen Anfangszeit getrennt zu sein. Wir faßten unentwegt einer des anderen Fleisch an, streichelten und kniffen Hüften, Arme, Rücken, Taille und Schenkel. Unsere Finger erhaschten Berührungen. Umarmten wir uns nicht wie die Wilden, dann berührten wir einander zärtlich. Wir waren unentwegt scharf aufeinander.

»Ich bin immer naß«, seufzte sie oft.

Wir suhlten uns unaufhörlich in unserer ungewöhnlichen Ekstase immer neuer Entdeckungen und Erfüllungen. Andere Frauen sättigen den Appetit, doch Bath-Seba machte gerade dort hungrig, wo sie am meisten befriedigte. Kein Wunder, daß ich länger in Jerusalem verweilte, als ich geplant hatte, und nicht zu Joab in der Sandwüste vor Rabba stieß, bevor die Stadt zur Kapitulation reif war.

Anfangs hatte ich jede Menge ausländische Feinde. Etwas im Mann verlangt nach Feinden, etwas im Menschen verlangt ein Gleichgewicht einander feindlicher Mächte. Ohne das fällt alles auseinander. Absalom führte seinen Schlag in Friedenszeiten, als jeder Anlaß zu nationalen Konflikten weggefallen war, und Seba erhob sich, nachdem Absalom nicht mehr war. Es war mein Glück, so viele ausländische Feinde zu haben, die unsere Vereinigung förderten, als meine Herrschaft noch neu und unbefestigt war.

Auch der Sieg im Kriege war erhebend. Ich hatte Gott auf meiner Seite, darauf möchte ich wetten. Meine Eroberungen wurden mit so geringem Aufwand und so wenigen Rückschlägen vollbracht, daß die Welt nichts anderes glauben konnte, als daß der Herr mich liebte und daß Er mich in seine Hut nahm, einerlei, wie weit ich meine Eroberungsfeldzüge vorantrieb. Die Ammoniter wurden mir als letzte untertan, und das war weiter nicht mühsam, nachdem ich im Jahr zuvor Joabs Kastanien aus dem Feuer geholt und jene wenigen syrischen Fürsten geschlagen hatte, die noch den Mut hatten, sich auf seiten der

Ammoniter gegen mich zu stellen. Die letzte Belagerung verlangte nichts als Zeit – Zeit für mich, Bath-Seba zu schwängern und ihren Gatten zu liquidieren, als er sich weigerte, mir in die Hände zu spielen, indem er bei ihr schlief. Lieber blieb er in meinem Palast und betrank sich da, als zu seinem Weibe heimzugehen. Wie ich auf andere Weise mit dem drohenden Skandal hätte fertig werden können, weiß ich jetzt noch nicht; mein Charisma als religiöse Gestalt, als die ich heute noch verehrt werde, wäre jedenfalls futsch gewesen. Mit dem gesamten Haufen ausländischer Gegner hatte ich weit weniger Ärger als Zedekia später allein mit Nebukadnezar und den Babyloniern: die schlachteten Zedekias Söhne vor seinen Augen, blendeten ihn anschließend und legten ihm erzene Fesseln an. Wir leben in einer rauhen Zeit, einer sehr rauhen Zeit, und spielen um unseren Kopf.

Obenan auf meiner Liste militärischer Ziele standen selbstverständlich die Philister, die sich mehr und mehr pikiert zeigten angesichts der Fortschritte und der Kräftigung ihrer ehemaligen Vasallen und Schützlinge, aber zu lange zögerten, dem einen Riegel vorzuschieben. Philister ringen sich nicht leicht zu Entschlüssen durch. Die waren niemals ein einziges Gemeinwesen. Wir aber waren diesmal eines. Ich hatte die bessere Organisation. Und ich wußte, ich mußte die Oberherrschaft der Philister abschütteln, bevor ich mich meinen anderen Feinden zuwenden konnte. Als sie sich endlich dazu durchgerungen hatten, mir eins drauf zu geben, hatte ich mehr Truppen unter Waffen als sie.

Bedenkt man, wie lange sie ihre Vorherrschaft ausgeübt hatten, habe ich die Philister mit weniger Mühe besiegt, als zu erwarten stand. Unser sieben Jahre währender Bürgerkrieg hatte uns Erfahrungen eingebracht: Ich verfügte über ein stehendes Heer und eine Miliz in praktisch allen Siedlungen im Norden und Süden, die mit einem Posaunenstoß oder mit dem Widderhorn alarmiert werden und bei Tagesende losmarschieren konnte. Die Philister waren ruhig, solange Juda und Israel getrennt und einander feindlich blieben, und solange sie ungehinderten Zugang zu ihren Festungen im Norden durch das Tal Jesreel hatten, das zwischen den Bergen Galiläas und Samaria liegt, ferner zu jenen Städten in Juda, deren Besetzung für sie etwas abwarf. Selbst meine Vaterstadt Bethlehem stand zeitweise unter der Herrschaft von Philisterbanden, die sie eingenommen hatten.

Jetzt allerdings war die Lage eine völlig andere. Wir waren eine einzige, unteilbare Nation. Die Philister hatten mich wissen lassen, daß sie besorgt seien, weil ich nun auch zum König über Israel gesalbt worden war. Ferner verdroß es sie, daß ich mich gegen allfällige Strafexpeditionen ihrerseits schützte, indem ich die befestigte Stadt Jerusalem einnahm und meine Hauptstadt daraus machte. Sie gaben mir in ultimativer Weise ihre Mißbilligung zu erkennen. Ich erwiderte unbußfertig, dies sei das Land, welches Gott meinen Vorvätern Abraham, Isaak und Jakob verheißen habe; sie könnten, wenn ihnen dies nicht passe, gern zurück nach Kreta oder sonstwelchen griechischen Inseln ziehen.

Statt nun meinen Vorschlag zu befolgen, in die Ägäis heimzukehren, woher ihre seefahrenden Vorfahren stammten, zogen sie in kriegerischer Absicht gegen Jerusalem und lagerten sich im Grunde Rephaim. Das war mir durchaus recht, denn im Gebirge verstanden die Philister noch nie zu kämpfen. Also begab ich mich aus Sicherheitsgründen hinab in eine Burg und rief das Volk zu den Waffen. Während ich wartete, daß es sich sammele, war ich voller Zuversicht, sprach aber noch einmal mit Gott, um mich rückzuversichern.

»Soll ich hinaufziehen gegen die Philister und willst Du sie in meine Hand geben?« fragte ich den Herrn an einem einsamen Ort, wo niemand uns belauschen konnte.

»Will ich sie in deine Hand geben«, wiederholte der Herr, nicht eigentlich als Frage, sondern eher gelangweilt, als hielte Er die Antwort für überflüssig.

»Willst Du?«

»Warum stellst du solche Fragen?« sagte der Herr. »Zieh hinauf, zieh hinauf. Denn ganz gewiß werde ich die Philister in deine Hand geben.«

Also zog ich hinauf, hinauf, denn damals war das Wort des Herrn für mich noch ausreichend. Die Philister hatten keine bedeutenden Vorbereitungen getroffen, sie betrachteten das wohl als eine kleinere Strafexpedition, und ihre Zahl war demgemäß nicht beängstigend. Tatsächlich waren wir zahlenmäßig überlegen, wir führten also einen konventionellen Frontalangriff und hauten sie mächtig in die Pfanne – die Sonne brauchte nicht stille zu stehen, der Himmel uns nicht mit Unwettern zu Hilfe zu kommen, die sie im Morast versinken ließen oder sonstwie beeinträchtigt hätten. Es war die erste offene Feldschlacht seit Erschaffung der Welt, in der wir über sie triumphierten. Hätten wir Hüte besessen, wir hätten sie im ersten Siegestaumel wohl in die Luft geworfen. Ich befahl, die Götzen aufzuheben, welche die Philister auf dem Schlachtfeld zurückgelassen hatten – Darstellungen von Dagon, dem Fischgott, und Astarte, der Göttin mit den nackten Brüsten einer Frau und den Hoden eines Mannes –, und sie zu verbrennen. Also verbrannten wir sie mit Feuer und jubelten, als sie in Rauch aufgingen.

Nicht lange, und die Philister kamen zurück mit Verstärkung. Diesmal kamen sie in Regimentern, Bataillonen und Zügen anmarschiert, alles, was sie in ihren großen Städten an Kriegern hatten auftreiben können, zog aus der Küstenebene nach Jerusalem herauf, lagerte wiederum im Grunde von Rephaim und bot einen bedrohlichen Anblick. Joab bebte vor freudiger Erwartung, als wir ihren Anmarsch beobachteten. Ich kenne niemanden, der so erpicht darauf gewesen wäre, sich zu schlagen, wie Joab.

»Da haben wir sie alle!« Er konnte es gar nicht erwarten, klatschte in die Hände, und seine Nasenflügel weiteten sich wie die eines feuerschnaubenden Schlachtrosses. »Los, auf sie, das sollen sie noch bereuen, jedenfalls ein Teil von ihnen.«

»Und warum gehen wir nicht ganz gemütlich runter und sorgen dafür, daß alle ein für allemal die Nase voll kriegen?«

»Wie meinst du das?«

»Darüber muß ich erst mal gründlich nachdenken.« Dies also sollte der große Schlag sein. Ich borgte mir von Abjathar den Priesterrock und wanderte allein in den Wald, um meine Garantie von Gott einzuholen. Und ich fragte Ihn: »Soll ich wieder hinaufziehen gegen die Philister wie letztes Mal? Und wirst Du sie in meine Hand geben?«

Und der Herr sprach: »Nein.«

Für einen Moment blieb mir die Luft weg. »Nein?«

»Nein.«

»Was heißt denn da nein?« Ich war empört. »Du willst sie nicht in meine Hand geben?«

Darauf sagte der Herr: »Du sollst nicht hinaufziehen gegen die Philister wie letztes Mal.«

»Was denn sonst?«

»Mach einen Zirkel, komm von hinten zu ihnen, daß du an sie kommst gegenüber den Maulbeerbäumen.«

»Einen Zirkel?«

»Einen Zirkel.«

»Was ist ein Zirkel?«

»Umfasse sie. Leg einen Hinterhalt, ärgere sie.«

»Du wirst es nicht glauben, o Herr, doch genau dies hatte ich vor«, sagte ich. »Ich will mich seitlich durch die Maulbeerbäume anschleichen, ihre Flanken in die Zange nehmen und sie tüchtig ärgern.«

»Schon gut, schon gut.«

»Sorgen macht mir nur, daß sie uns hören könnten, wenn wir uns zwischen den Bäumen hindurch annähern und zum Angriff antreten. Könnte es sein, daß sie uns nicht hören? Wirst Du sie in unsere Hände geben?«

»Das hast du doch schon mal gefragt.«

»Aber hast Du mir auch ehrlich geantwortet? Sag ja oder nein.«

»Ich gebe sie dir, ich gebe sie dir«, versicherte Gott. »Was willst du noch mehr?«

»Und der Lärm?«

»Schlag einen Zirkel durch die Maulbeerbäume. Ich hab dir schon erklärt, was ein Zirkel ist. Und wenn ihr alle am Ort seid, wartet.«

»Wartet?«

»Auf den Wind. Muckst euch nicht. Wenn du hören wirst das Rauschen der Wipfel auf den Maulbeerbäumen, so eile. Das Rauschen der Wipfel ist dein Stichwort. Sie werden erst merken, daß ihr da seid, wenn es zu spät ist, und so gebe ich sie in deine Hand.«

Und seither hat Gott nicht mehr mit mir gesprochen, wenn ich es genau bedenke. Wie die Zeit vergeht. Dreißig Jahre ist das her und scheint doch erst gestern gewesen zu sein. Und abgesehen von den sieben Tagen, da mein Baby krank lag und ich zu Ihm betete, habe ich nur einmal noch zu Ihm gesprochen, nämlich als Er ganz Israel mit der Seuche schlug, nachdem ich die Volkszählung veranstaltet hatte, die jedermann so mißfiel. Eben noch errettet Er uns, gleich darauf tötet Er uns. Die Leute starben wie die Fliegen an Seiner Krankheit, trotz der Kampherbeutelchen aus den Weingärten von Engedi, die sie um den Hals trugen. Kampher ist gut bei Ziegenpeter, aber gegen die Beulenpest nützt er nicht. Das ganze Land stank nach Kampher. Sogar Joab mißfiel es, daß ich Menschen zählte, die Gott gehörten, nicht aber meiner Regierung.

»Moses hat das auch gemacht. Lies es nach«, widersprach ich.

»Bist du vielleicht Moses?«

Ich ließ mich nicht beirren, denn ich brauchte die Unterlagen zu Zwecken der Einberufung und der Besteuerung. Der Teufel hat mich dazu verleitet. Von Dan bis Beer-Seba starben siebzigtausend Männer, Frauen und Kinder. Als ich sah, wie der Engel, der das Volk geschlagen hatte, die Hand gegen Jerusalem ausstreckte, bereute ich meine Sünde und schrie voller Angst: »Was tust Du, was tust Du? Siehe, ich habe gesündigt, ich habe die Missetat getan, was haben diese Schafe getan? Laß Deine Hand wider mich und meines Vaters Haus sein. Halt. Halt, was zum Teufel ist bloß in Euch gefahren?«

Ich wußte nicht, sprach ich zu dem Engel oder zu Gott, aber wie auch immer, Gott würdigte mich keiner Antwort, sondern wies den Engel an: »Es ist genug, laß nun deine Hand ab.« So wurde die Stadt Jerusalem um Haaresbreite verschont. Und durch meinen Propheten ließ Er mir mitteilen: Richte dem Herrn einen Altar auf in der Tenne Aravnas, wo der Engel gestanden hat. Mehr brauchte es am Ende nicht, unsere zürnende Gottheit zu besänftigen – bloß einen weiteren gottverfluchten Altar. Den hatte Er nötig? So nötig wie Gilead Balsam und Hesbon Fischteiche. Das war wirklich eine große Dummheit, sowohl von meiner als auch von Gottes Seite.

Gegen die Philister machten wir es schon schlauer, wir machten uns gemeinsam die Deckung durch die Maulbeerbäume bei der zweiten Schlacht von Rephaim zunutze. Und das ging wie von Zauberhand. Als die tägliche Morgenbrise vom Meer der Philister herüberstand und nachdem wir unsere Einkreisung vollendet hatten, fuhr der Wind raschelnd durch das Laub der Bäume, und das war für uns das Signal. Der Lärm unserer Tritte wurde zugedeckt vom natürlichen Geräusch des windzerzausten Waldes, wir kamen fast allesamt gleichzeitig mit Schlachtgeschrei aus dem Wald hervor, das das Blut gerinnen ließ, und warfen uns auf ganze Reihen gerüsteter Krieger, die frontal zum – Nichts standen. Sie waren völlig überrascht. Was kann man auch von Leuten erwarten, die ein zweites Mal an dem gleichen Platz in der gleichen Ordnung Aufstellung nehmen, wo sie eben erst geschlagen worden sind, statt sich in mehrere Marschkolonnen zu teilen und direkt auf die Stadt zu marschieren, um sie zu belagern? Überraschend in den Flanken gepackt, konnten sie sich nicht umgruppieren und auf niemanden eindreschen als aufeinander. Was also tun als fliehen? Wir verfolgten sie, ohne anzuhalten. Ihre fünf großen Städte waren mir nicht genug. Wir schlugen sie von Geba bis Geser, sie mußten schließlich bedingungslos kapitulieren, und das bedeutete dann das Ende dessen, was bei ihnen für Kultur galt.

Ich setzte Amtleute ein in Gath, ich nahm ihr Eisen, ihre Fische. Aus ihren Schwertern ließ ich Pflugscharen machen, und aus ihren Speeren Heckensicheln. Krieg konnten sie fortan nicht mehr führen, es sei denn in meinem Auftrag. Ihre Schmiede, Schmelzer und Grubenarbeiter mußten uns die Erzbearbeitung lehren, und ich nahm Itthai, den Gathiter, samt sechshundert Philistern in meinen Dienst, eben jenen Itthai, der, zum zweiten Mal heimatlos, mein Herz so rührte, als er mir bei der Flucht aus Jerusalem treu ergeben blieb, obschon ich ihn zuvor von seinem Eid entbunden hatte, auf daß er bei meinem Feinde Absalom eine gute Stellung fände. Es schien, als hätte ich über Nacht einen Quantensprung in die Neuzeit getan – ich hatte mein Volk Israel aus dem Bronze- ins Eisenzeitalter geführt, welches sich für uns dann als goldenes Zeitalter erwies.

Nun noch stärker geworden durch das Eisen der Philister und ihre Krieger, die mir als Söldner dienten, errang ich einen Erfolg nach dem anderen. Es war gar nicht einfach, die Übersicht zu behalten. Moab fiel mir zu und leistete fortan Tribut. Nach Edom und ins Land der Amalekiter legte ich Garnisonen. Aus Aqaba in Edom ließ ich Kupfer- und Eisenerz heranschaffen, das unsere aufblühende Erzverarbeitungsindustrie brauchte, die bald schon, was Berühmtheit und Produktivität angeht, mit unserem vortrefflichen Textilzentrum wetteifern konnte. Gelegenheiten, mich weiter auszudehnen und Eroberungen zu machen, fielen mir in den Schoß wie goldene Äpfel von einem silbernen Baum. Und ich konnte mein Glück kaum fassen, als durchreisende Händler auf der Straße nach Ägypten berichteten, der Syrer Hadadeser, Sohn Rehobs, König in Zoba, sei gegen Toi von Hamath nach Norden gezogen, um die gemeinsame Grenze am Euphrat zu korrigieren, und habe dafür die Golanhöhen und den Rest seiner Südgrenze praktisch von Truppen entblößt. Mein Heer war ohnedies mobilgemacht und ich auf der Suche nach neuen Eroberungen, da kam mir das gerade recht. Das Glück ist mit den Tapferen.

»Die Männer sollen das Schwert gürten«, befahl ich Joab, kaum daß ich mich entschlossen hatte, die Gelegenheit zu nutzen. »Keiner schläft mehr bei seiner Frau.«

»Im Ernst? Kein Scheiß?«

»Keiner scheißt ins Lager.«

»Wir ziehen in den Krieg?«

»Gegen Hadadeser.«

»Gegen wen?«
»Hadadeser.«
»Hadareser?«
»Hadadeser.«
»Aha.«

Damals waren viele Leute mit so exotischen Namen geschlagen, und wenn ich über dies und ähnliches nachdenke, entwickle ich eine Theorie, derzufolge Joseph, Moses, Abraham, Jakob, Samuel und ich einzig deshalb vom Schicksal aus der Menge herausgehoben worden sind, weil wir alle gute englische Namen haben, die jedermann vertraut und aussprechbar sind. Kein Wunder, daß mein Schreiber Josaphat jedesmal in die Luft geht, wenn man ihn ruft, das täte ich auch, wäre mein Name Josaphat oder Hadadeser.

Und Hadadeser ging denn auch in die Luft, als ich ihm Feuer unterm Arsch machte. Ich kam über ihn wie der Blitz, nahm ihm tausend Wagen weg und siebzehnhundert Reiter und zwanzigtausend Mann Fußvolk, und machte alle Rosse der Wagen lahm, ausgenommen die von hundert Wagen, die ich behalten wollte. Als aber die törichten Syrer von Damaskus dem Hadadeser zu Hilfe eilten, erschlug ich ihrer zweiundzwanzigtausend und fuhr durch sie wie Scheiße durch die Gans. So wurden denn die Syrer mir untertan, brachten mir Geschenke, und ich nahm die goldenen Schilde, die Hadadesers Knechte gehabt hatten, und brachte sie nach Jerusalem. Von Betah und Berothai, zwei von Hadadesers Städten, nahm ich sehr viel Erz, denn die Beute gehört nun mal dem Sieger. Und auf dem Rückweg erschlug ich noch mal achtzehntausend Syrer im Salztal, was meinen Ruhm weiter steigerte. Damit hatte ich, wie mir schien, ausgesorgt. Ich legte Garnisonen nach Damaskus und auf die Golanhöhen und wußte nun, die Syrer können den Kindern Israels nie mehr gefährlich werden. Das war wieder ein gutes Jahr. Ich schwamm also auf der Welle des Erfolges, denn zwischen meinen Schlachten mit den Philistern und der Unterwerfung von Moab hatte ich auch noch die Bundeslade nach Jerusalem verbringen lassen. Michal war mir allerdings ein ständiges Ärgernis, doch selbst ein König muß manchmal das Rauhe mit dem Glatten und das Bittere mit dem Süßen nehmen.

Als ich nun Ruhe vor meinen Feinden hatte und Zeit, zu Atem zu kommen, da durfte ich geruhsam um mich blikken und ansehen, was ich alles gemacht hatte. Da war ich beeindruckt. Was ich da zustande gebracht hatte, war keine Kleinigkeit. Vom Euphrat im Norden bis nach Ägypten im Süden gehörte mir praktisch alles, was auf dieser Erde lebte, vom Meer der Philister bis zur westlichen Wüste ebenfalls alles, ausgenommen die verstreuten Siedlungen der Ammoniter, die sich vor mir noch nicht stinkend gemacht hatten. Sollte mich die Lust dazu ankommen, konnte ich einen Berg besteigen, in alle Himmelsrichtungen blicken und mir sagen, ich sei Herr über alles, was ich sah. Kein Wunder, daß ich zufrieden war mit mir. Wer wäre das nicht gewesen? Ich war stolz wie ein Pfau, denn ich hatte ein Königreich von der Größe Vermonts ausgedehnt zu einem Imperium so groß wie Maine!

Also konnte es nur noch in einer Richtung weitergehn – abwärts.

X
WIR WAREN NACKT

Wie überraschend ist es doch für einen Mann, der an Liebe nicht glaubt, sich plötzlich mitten darin zu finden. Nackt waren wir beide, beinahe jeden Tag, manchmal drei- oder viermal am Tag, und wir schämten uns nicht. Es begann, als die Mandelbäume knospten. Ich weiß das noch, weil ich mich erinnere, daß er es sagte. Ich wartete darauf, mehr zu hören. Joab ist nicht gerade mit einer poetischen Ader gesegnet, und für gewöhnlich hat er an wichtigeres zu denken als an den Wechsel der Jahreszeiten und die Wiederkehr des Frühlings. Schon treibe die Erde grüne Blätter hervor, ließ er mich mit bebender Stimme wissen. Und ehe wir es uns versähen, lasse sich von neuem die Turteltaube in unserem Lande vernehmen.

»Na und?« Ich war wirklich platt.

Es sei keine Zeit zu verlieren, Europa stünde weit offen, ebenso Asien. Da wir nun Eisen besäßen, müßten wir es schmieden, solange es heiß sei.

Unter dem Eindruck des linden Frühlingswetters fragte ich träge: »Wozu die Eile? Wozu überhaupt das Ganze?«

»Die Engländer kommen von den Bäumen«, ließ er mich wissen, als wäre dies was Bedrohliches, »und die Deutschen aus ihren Höhlen. Jetzt müssen wir handeln. Unversehens kann eine industrielle Revolution ausbrechen. Der Fortschritt kann die Welt zerstören. Jemand könnte Amerika entdecken. Ich übertreibe nicht. Man wird die Demokratie erfinden, und sie wird zum Kapitalismus, zum Faschismus und Kommunismus entarten. Eines Tages findet sich gar eine Verwendung für Erdöl. Was würde geschehen, wenn man die Elektrizität bändigte, den Verbrennungsmotor erfände oder die Dampfmaschine? Möchtest du vielleicht Automobile? Oder Puff-Puff-Bahnen? Sogar Konzentrationslager könnte man errichten, am Ende gäbe es gar Nazis. Es könnte eine Masse *gojim* geben, und es könnte sein, daß die uns nicht leiden mögen. Die nehmen uns unsere Religion weg und vergessen, woher sie kommt.«

Ich kratzte mich am Kopf. Hm. Darüber mußte man nachdenken. »Und was möchtest du dagegen unternehmen?«

»Hier mein Plan.« Joab entrollte die Karten. »Ich brauche Abisai und sechshundert Mann, die ihre Schwerter nicht aus der Hand legen, wenn sie an der Quelle trinken, sondern Wasser aufschlappen wie Hunde. Wir stoßen über die türkische Landenge gegen den weichen Unterleib Europas vor und fegen alles beiseite, was uns in den Weg kommt. Sind wir dort angelangt, schwenkt Abisai mit dreihundert Mann nach rechts, also Osten, und erobert den Kaukasus, Indien, Afghanistan, Nepal, Tibet, Sibirien, die Mongolei, China, Vietnam, Korea, Japan und Formosa. Während Abisai so beschäftigt ist, schwenke ich nach links, also nach Westen, erobere mit den übrigen dreihundert Mann das restliche Südrußland vom Kaspischen zum Schwarzen Meer, die Ukraine und den Balkan, also Rumänien, Ungarn, Jugoslawien, Griechenland und Albanien. Ferner Italien, Österreich, Deutschland, Frankreich, die Niederlande, Spanien und Portugal. Falls es ein Polen geben sollte, werde ich auch das besiegen. Und auf Gibraltar setze ich eine Garnision aus, die auf ewige Zeiten den Zugang zum Meer der Philister kontrolliert. Ich weiß schon, was du jetzt denkst.«

»Das klingt grandios.«

»Du lachst mich aus, nicht wahr?«

»Es könnte sein, daß du dabei auf Widerstand stößt.«

»Habe ich daran etwa nicht gedacht? Wenn die Europäer zu stark für mich sind, dann soll Abisai mir zu Hilfe kommen. Und wenn die Kinder Asiens zu stark sind für ihn, dann komme ich ihm zu Hilfe. Das liegt doch auf der

Hand. Bin ich nicht eben auf diese Weise mit den Kindern Ammons und den Syrern fertiggeworden? Sobald Iberien und Frankreich unterworfen sind, gehe ich von Calais nach Dover, unterwerfe die Engländer und Waliser, bevor ich von Liverpool nach Dublin übersetze und mir die Iren vornehme. Sobald Irland befriedet ist, kehre ich via Schottland zurück. Vom Firth of Forth stoße ich ins südliche Norwegen vor, marschiere längs der Küste nach Norden und kehre durch Schweden und Finnland zurück. Wie findest du das?«

»Wie willst du unterwegs an koscheres Essen kommen?«

»Von hier nehmen wir Ziegenkäse und Gerstenbrot mit, dazu Rosinen und Kisten voller Feigen. In der Türkei und Griechenland verproviantieren wir uns mit Datteln und Honig. Wegen der Proteine führen wir auch Linsen und Saubohnen mit. In Schottland gibt es Hering und Lachs. In Skandinavien, Holland und Dänemark ebenfalls Hering und Räucherfisch. Wenn du willst, bringe ich dir welchen mit. In Rußland haben wir Stör und Kaviar.«

»In Rußland? Willst du Rußland ebenfalls erobern?«

»Auf dem Rückmarsch. Da belagere ich dann auch Leningrad. Danach nehme ich Moskau, Stalingrad, Rostow, Kiew und Odessa. Alsdann schwenke ich südwärts und vereinige mich mit Abisai, der bis dahin ebenfalls auf dem Heimweg ist, nachdem er den Orient und das übrige Asien unterworfen hat, und wir marschieren dann zusammen nach Israel, wo wir rechtzeitig zur Wein- und Olivenernte und zur Aussaat von Gerste, Weizen und Flachs eintreffen. Was könnte einfacher sein als das?«

»Und wie kommst du von Schottland nach Norwegen?«

»Zu Schiff«, sagte Joab.

»Wir haben aber keine Schiffe«, erinnerte ich ihn, »und hätten wir welche, wir könnten damit nicht umgehen.«

Joab runzelte die Stirne. »Wie komme ich denn dann von Frankreich nach England?«

»Vielleicht solltest du statt dessen über den Jordan nach Ammon gehen und Rabba noch mal belagern.«

»Gut. Warte hier auf mich.«

Und gleich darauf war ich bis über die Ohren verliebt. Es traf mich wie ein Blitz. Ich glotzte offenen Mundes diese nackte Frau an, stand wie behext auf dem Dach und hörte Stimmen wie ein außer sich geratener, lüsterner Irrer, denn noch trödelte ich in Jerusalem herum, nachdem ich Joab und meine Knechte gen Rabba geschickt hatte, und es gab nichts Aufregendes zu tun, während ich auf meine neue Sommergarderobe wartete, für die man schon Maß genommen hatte. Also erging ich mich des Abends auf dem Dach und ließ meine Gedanken schweifen, wohin sie wollten. Ich langweilte mich. Als ich mich in Jerusalem das letzte Mal gelangweilt hatte, ließ ich die Bundeslade herbeischaffen, weil mir nichts Besseres einfiel. Das führte zu meinem letzten großen Krach mit Michal, der unseren ehelichen Beziehungen endgültig den Garaus machte und gleichzeitig auch meinem Wunsch, mich mit ihr zu versöhnen, falls ich den noch gehabt haben sollte. Dieser Krach mit Michal erwies sich nachträglich als wahrer Segen, denn wir hatten einander unterdessen gründlich satt. Um die Wahrheit zu sagen, so wußte ich nicht mal genau, was man sich unter der Bundeslade vorzustellen hatte, als ich beschloß, sie bei Obed-Edom abholen und in die Stadt bringen zu lassen, wobei niemand geringerer als der Unterzeichnete, der König höchstpersönlich, die spektakuläre Prozession anführen sollte, die ich aufstellen wollte. Die Frommen allerdings hatten eine sehr genaue Vorstellung; für die war die Bundeslade sehr wichtig, und mir war es nur recht, daß ich auch dieser Gruppe einen Brocken hinschmeißen konnte. Ich bemühte mich nämlich nach Kräften, alle Fraktionen in diesem Lande zusammenzubringen, das sich als hoffnungslos pluralistisch und widerborstig erwies. Nicht nur Gott hatte Ärger mit Moses und diesem Volk in der Wüste, ich hatte ebenfalls alle Hände voll zu tun. Die Bundeslade war aus Akazienholz gemacht, und darin waren angeblich die Original-Steintafeln vom Berge Sinai, auf welche Gott mit dem Finger die zehn Worte eingeschrieben hat, die er Moses sagte. Niemand durfte reingucken, daher weiß man auch nicht, ob es stimmt. Man durfte sie nicht mal anfassen. Das schlossen wir aus dem traurigen Geschick, das den armen Usa befiel, als ich drei Monate zuvor schon mal einen Versuch gemacht hatte, die Lade zu transportieren. Einem Reflex nachgebend und mit den allerfrömmsten Absichten hatte der arme Usa zugegriffen, als die Lade auf dem Wagen ins Rutschen kam, weil einer der Ochsen stolperte. Da ergrimmte der Herr wegen dieses unschuldigen Mißgriffs über Usa, und Er schlug ihn um dieses Frevels willen, daß er daselbst bei der Lade starb. Der Weg zur Hölle, so habe ich geschrieben, ist mit guten Vorsätzen gepflastert. Zugegeben, als statistische Bestätigung der Unantastbarkeit der Bundeslade ist dieses einzige Beispiel etwas dünn, aber wie sollte man auf humane Weise weitere Versuche anstellen? Wen sollte ich bitten, im Interesse der Wissenschaft die Lade freiwillig anzufassen?

Beim zweiten Mal überwachte ich das ganze Unternehmen persönlich und achtete gewissenhaft auf alle Kleinigkeiten. Keine Wagen, befahl ich. Auch Ochsen sind nicht vertrauenswürdig. Ich ließ Stangen durch die an der Lade angebrachten Ringe schieben, ganz wie Moses es in Befolgung eines göttlichen Gebotes befohlen hatte, und getragen wurde sie von Menschen, sämtlich Leviten, die so nicht näher als bis auf zehn Fuß an diesen Behälter aus Akazienholz herantreten mußten, auf dessen Deckel sich die beiden geschnitzten Cherubim, die einander mit geneigtem Gesicht gegenüberstehen, so prachtvoll ausnahmen. Auch wirkten die Leviten als Träger eindrucksvoller denn Rinder und verliehen dem Umzug bereits einen pompösen Anstrich. Wie wühlte mich dieser Tag auf! Die Stadt Davids wurde umgewandelt zur Stadt Gottes und ist sogar heute noch ein religiöses Zentrum. Wo die Lade war, da war Gott. Wo die Lade heute ist, weiß nur Gott.

Schon Wochen vorher wurde mit Posaunen im Land verkündet, ganz Israel möge herbeiströmen und mich die Parade anführen sehen. Jedermann sei eingeladen, der Lust dazu habe. So was machte ich schließlich nicht alle Tage. Vorsichtig, mit angehaltenem Atem, hoben wir die

Lade aus dem Hause Obed-Edoms, des Gathiters, wo sie geruht hatte, seit sie von Usas Hand berührt worden war, der ja auf der Stelle tot umsank. Obed-Edom hatte seither an Reichtum zugenommen, und meine Priester deuteten dies als einen verheißungsvollen Hinweis Gottes darauf, daß ich meinen Plan ausführen sollte. Und als die, welche die Lade an den Stangen trugen, sechs Gänge gemacht hatten, ohne tot umzufallen, da wußten wir, jetzt ist es geschafft. Ich rief Hurra und ließ einen Ochsen und ein fettes Schaf opfern. Und damit begann das Fest. Ganz Israel spielte an diesem Tag vor dem Herrn. Selbst ich wurde soweit hingerissen, daß ich öfter, als ich mich erinnere, Halleluja sang. Wir spielten vor dem Herrn mit allerlei Saitenspiel von Tannenholz, mit Psaltern und Harfen, mit Pauken und Schellen und Zimbeln. Die Musik und der Jubel waren unerhört an dem Tage, da wir die Bundeslade mit Geschrei und zum Klang von Posaunen in die Stadt brachten. Seit der Geist Gottes auf dem Wasser schwebte und Er sprach »Es werde Licht«, hatte es so viel Musik, Gesang und Jubel nicht gegeben. Und es ward Licht. Und ich war ganz vornedran, ich führte alle an, tanzte vor dem Herrn. Ich tanzte vor dem Herrn mit aller Macht, begürtet mit einem leinenen Leibrock.

Nie habe ich mich so großartig amüsiert. Ich wußte wohl, daß ich mich vor den Augen der ganzen Stadt entblößte, als ich mit aller Macht tanzte. Nur wußte ich nicht, daß Michal mich durch ein Fenster beobachtete, als ich vor dem Herrn tanzte, und daß sie mich im Herzen verachtete, als sie mich so hüpfen und springen sah. Ich ahnte auch nicht, daß sie völlig die Beherrschung verlieren und vor allen anderen auf mich losgehen würde, kaum daß ich den Fuß über die Schwelle setzte.

»Selbstverständlich waren andere dabei«, suchte sie sich später lahm zu entschuldigen, »denn wir sind ja nie mehr allein miteinander.«

Damit hatte sie verdammt recht.

Aber zunächst kamen die stundenlangen hektischen Festivitäten im Freien. Unter großem Jauchzen und Jubilieren wurde die Lade an ihren Ort gebracht, mitten in die

Hütte, die ich in weiser Voraussicht hatte aufschlagen lassen, und ich brachte Brandopfer und Dankopfer dem Herrn dar und segnete das Volk in Seinem Namen. Und ich verteilte unter das ganze Volk, sowohl Mann als auch Weib, einem jeglichen einen Brotkuchen und ein Stück Fleisch und ein halbes Maß Wein. Ich sorgte dafür, daß kein Jude je diesen Tag vergessen wird. Da war alles Volk mir dankbar und kehrte ein jeglicher heim in sein Haus.

Nun war es auch für mich Zeit, heimzugehen in mein eigenes Haus und mich dessen zu freuen, was ich da bewirkt hatte. Stolzgeschwellt, glänzend von Schweiß wie ein fröhlicher Wettkämpfer, näherte ich mich meinem Palast, um die Meinen zu segnen, voller Wohlwollen für jeden einzelnen meines Hauses. Mein Herz pochte beglückt. Da hast du für dich und deinen Gott ein prachtvolles Tagewerk verrichtet, dachte ich bei mir, und das dachte ich auch noch, als ich mit meinem Gefolge von Bewunderern über die Schwelle trat.

Doch bevor ich noch das erste Wort meines vorbereiteten Segens sprechen konnte, fiel Michal, die Tochter Sauls, über mich her, sie kreischte und keifte mich an wie ein tollwütiges Tier, und ihr Gesicht war von lauter Übelwollen so entstellt, daß sie fast unkenntlich war. Ich sage ganz offen, daß ich momentan zu erschreckt war, um noch einen Schritt zu tun. Ich glotzte angsterfüllt. Von ihrer Schönheit war nichts mehr zu bemerken, auch seither übrigens nicht mehr. Ich sehe sie jetzt nur noch mit jenem menschenunähnlichen, verzerrten Gesicht, mit den katzenhaften Augen, den gebleckten Zähnen. Ob sie weiß, wie sie aussah, ahne ich nicht. Ich ahne auch nicht, ob sie je diesen unbeherrschten Ausbruch bedauert hat, mit dem sie mich unverzeihlich zum letzten Mal gekränkt und beleidigt hat, denn von da an hat sie keinen guten Tag mehr gehabt.

»Wie herrlich ist heute der König von Israel gewesen«, lauteten die höhnenden Worte, mit denen sie mich tadelte, ihre Verbitterung und Verachtung mir ins Gesicht spie, als wäre ich irgendwer, nur nicht jener König von Israel, gegen den ihre Tirade sich richtete, »der sich vor den Mägden seiner Knechte entblößt hat, wie sich die losen Menschen entblößen!«

Jetzt bekam ich es ebenfalls mit der Wut und entgegnete: »Ich habe vor dem Herrn gespielt, der mich erwählt hat vor deinem Vater und vor allem seinen Haus, daß Er mir befohlen hat, ein Fürst zu sein über das Volk des Herrn, über Israel - nicht vor dir. Und ich werde wieder vor dem Herrn spielen. Ich werde mich entblößen, wenn es mir paßt. Und was die Mägde angeht, von denen du sprichst, so will ich mit denen zu Ehren kommen. Du aber geh jetzt in dein Gemach, und dein Schatten soll nie mehr meine Tür verdunkeln, es sei denn, ich lasse dich rufen.«

Damit war sie verbannt. Ich ging nicht mehr, bei ihr zu liegen. Und darum hatte Michal, die Tochter Sauls, bis zu ihrem Tode kein Kind.

Trotzdem war dies nicht das letzte, was ich von ihr hörte, denn sie achtete meines Befehls, mich nicht zu belästigen, nicht mehr, als sie mußte. Es ist eine traurige Tatsache, daß ich täglich von ihr hörte. Sie schickte mir Boten, die mir ausrichten mußten, was sie sich alles bieten ließe und was nicht, Boten mit Forderungen und Beanstandungen. Nachdem ich Bath-Seba eine Badewanne aus Alabaster geschenkt hatte, verlangte sie ebenfalls eine, ferner einen Toilettentisch wie für eine Königin, einen antiken Kuchenständer, ferner größere, offene Räume im Harem, in denen sie Hof halten wollte. Ich erwog häufig, sie in eine der ganz rückwärts gelegenen Wohnungen zu stekken, wo ich ihr nicht begegnen würde, wenn ich eine der anderen Frauen aufsuchte. Sie verlangte mehr Bedienung, ich sollte ihr Zofen beschaffen. Sie besaß nämlich keine fünf Schönheiten wie Abigail zu ihrer persönlichen Bedienung und meiner Zerstreuung. Abigails waren süße kleine Dinger, alle fünf, und von zweien oder dreien hatte ich Kinder. Michals krankhafte Wutausbrüche und Schimpftiraden hallten gespenstisch durch den Palast, wie die Verwünschungen eines Übernatürlichen, aber Verdammten, und ich wünschte mir manchmal, ich wäre taub oder tot. O ja, ich höre sie immer noch, und ich sehe auch noch das kalkweiße, leichenhafte Gesicht, verzerrt zu einer Grimasse wildesten Hasses und kalter Menschenfeindlichkeit, starr, als wäre es versteinert.

Und so begab es sich denn, daß ich mich eines Abends, Joab war bereits nach Ammon gegangen, vom Bette erhob, um einem weiteren von Michals Boten zu entgehen, der sich mir mit noch einer erniedrigenden Manifestation ihres Mißvergnügens nahte. Ich hastete aufs Dach, um hier Frieden zu finden und Kühle nach der drückenden Hitze da unten. Und da gewahrte ich denn dieses lüsterne Weib, das sich keinen Bogenschuß entfernt auf einem Dache badete und mich ebensowenig schüchtern betrachtete wie ich sie. Sie war splitternackt und schämte sich dessen nicht. Das machte mir Eindruck. Sie schämte sich weder der weiblichen Formen, die sie darbot, noch meiner arroganten Musterung, und war wirklich sehenswert. Sie wandte sich mir sogar etwas zu, damit ich den gewölbten Bauch und den starken Venushügel besser von vorne sähe. Ich leugne nicht, daß mich der Anblick anzog. Leidenschaftlichkeit sprach zu Leidenschaftlichkeit, als unsere Blicke sich trafen und entschlossen aneinander haften blieben.

»Trügen mich meine Augen«, sprach ich versonnen, »oder ist das da wirklich aschblond?«

»Deine Augen«, sprach mein treuer Diener Benaja aufrichtig, »trügen dich nicht.«

Ich schickte ihn, Erkundigungen über diese Frau einzuholen, und sah reglos und verhaltenen Atems zu, wie sie fortfuhr, verführerisch die gerundeten Hügel und lieblichen Täler ihres Leibes einzuseifen und abzuspülen, und mich drängte es, dort auf die Weide zu gehen, und ich fühlte es im Gebein, daß ich dort bald schon grasen würde. Sie machte mir den Mund wäßrig, als sie so nacktärschig in ihrem Zuber auf dem Dach stand. Dabei schaute sie mich unentwegt von der Seite her an. Keine Frau war mir so schön vorgekommen, und auch seither ist mir keine so schön vorgekommen, nicht einmal sie. Bevor ich's mich versah, wurde mein Schwanz hart. Ich rieb ihn fest unter dem Rock aus weißem, sommerlichen Leinen.

Ich wollte ihn in diese fremde Frau stecken, die nicht errötete. Wer war das? Aber wer sie war, wurde mehr und mehr unwichtig, während sich unser lüsterner Augenkontakt hinzog und ich darauf wartete, Bescheid zu bekommen.

Damals war alles an Bath-Seba aufreizend und sonderbar. Und das änderte sich auch nicht, als sie schon meine Geliebte war und ich sie aus allernächster Nähe betrachtete. So eigentümliche Brüste wie ihre hatte ich noch nie gesehen: sie waren klein und die Warzen nicht braun wie totes Laub, sondern rosig. Und sie hatte die sonderbarsten Augen: blaue. Und Haut so weiß, wie ich sie nie erblickt. Auch ihre Beine waren außergewöhnlich: lang, schmal, wohlgeformt. Sie selber – ich weiß nicht, wie ich das beschreiben soll, so merkwürdig fand ich es – war großgewachsen, fast so groß wie ich, und ihr Becken zwar gerundet, aber keineswegs breit. Sie war nicht stämmig, kein bißchen Osteuropäerin. Die Nase war klein und gerade, eine Spur stups. Und trotz dieser ausgefallenen Eigentümlichkeiten war ihr Anblick angenehm. Ja, sie war geradezu hübsch. Das ungleichmäßig gefärbte Haar war hell wie Honig, stellenweise gar wie Heu, und darin ganz gelbe Strähnen. Als wir verheiratet waren, ertappte ich sie eines Tages dabei, wie sie eifrig mit Bürstchen aus Kapernstrauch eine Tinktur aus Gilbweiderich und Safran auftrug, um sich blond zu färben.

Da erkannte ich, und dabei blieb mir die Luft weg, daß Bath-Seba dabei war, sich in eine WASP* zu verwandeln. Mit Michal und Bath-Seba hatte ich das gesamte Spektrum erheiratet. Fehlte mir bloß eine Schwarze, allerdings waren Ahinoam und Maacha dunkel genug, um dafür zu gelten.

Wie hat Michal sie nicht beneidet und gehaßt! Bath-Seba war damals wirklich sehenswert, ungeachtet ihrer Knitterfalten am Hintern, und sie verstand es besser als jede andere, einem Mann Vergnügen zu bereiten. Und das verstünde sie gewiß auch heute noch, wenn es ihr nur ein-

* (White Anglo-Saxon-Protestant)

fiele. Die Knitterfalten am Hintern kamen davon, daß sie so oft auf dem Rücken lag.

Wie Michal sie verabscheute, sie und all die anderen, die hier zu Hause waren und dazu ein ebensolches Recht hatten wie Michal. Die Liste mit den Namen der Frauen, Kebsfrauen und Dienerinnen war unterdessen zu lang geworden, als daß wir sie uns gegenseitig komplett an den Kopf hätten werfen können. Die eine war ihr zu laut, die andere ungesellig, eine schnarchte, eine andere badete nicht oft genug, und die dritte verschwendete Wasser, weil sie zu oft badete. Was war diese Frau für eine Plage. Michal, die meine elegante Abigail als provinziell, unfruchtbar und mittelständisch verachtete, kriegte jedesmal Zustände, wenn Bath-Seba oder eine der liebreizenden Dämchen, die Abigail als Dienerinnen für unseren Haushalt mitgebracht hatte, ein Kind von mir bekamen.

Eine von Michals Maximen, mit denen sie mich wiederholt anödete, lautete: »Besser, du spritzt deinen Samen auf den Boden, als in den Bauch einer Hure.«

Da kann man mal sehen, was sie alles nicht wußte.

Michal bekam es nie satt, mir vorzuhalten, wie sehr sie mich verabscheute dafür, daß ich mit solchen Schlampen Umgang hatte wie mit meinen anderen Frauen, anstatt die Zeit mit ihr zu verbringen. Wie jaulte und wetterte sie nach einem eigenen Kind! Sie knallte die Türen, stampfte mit den Füßen, zerschmiß Spiegel und Schminktöpfe und Parfümflaschen, als fände die Vermehrung der Gattung statt, wenn die Frauen schmollen oder ihren unsinnigen Zornausbrüchen freien Lauf lassen. Eine abgewiesene Frau ist schlimmer als jede Höllenpein, das habe ich durch sie erfahren. Es hatte keinen Sinn, sie wieder und wieder darauf hinzuweisen, daß sie zu alt war, ein Kind zu haben, und daß sie, zwei kinderlose Ehen wiesen das aus, vermutlich seit je steril gewesen war.

»Warum kann ich keins kriegen?« blaffte sie. »Bin ich schlechter als andere Frauen? Schließlich bin ich länger mit dir verheiratet als eine von den anderen. Oder? Und bin ich nicht die Tochter eines Königs?«

»Du bist jetzt zu alt«, sagte ich milde und hoffte, ungeachtet aller Beweise des Gegenteils, einen zornmütigen Menschen mit einer sanften Antwort beschwichtigen zu können. »Das hättest du dir zwanzig oder dreißig Jahre früher überlegen sollen, als du dich weigertest, sie mehr als einmal alle vier Wochen hinzuhalten.«

»Was hat das damit zu tun«, raunzte sie, »dann halte ich sie eben jetzt hin.«

»Aber dafür ist es zu spät. Du bist zu alt.«

»Und Sara? Sara war über neunzig und hatte noch eins. So gut wie Sara bin ich allemal.«

Ich schüttelte bedächtig den Kopf. »Sara wurde von Gott geliebt. Und von Abraham. Du wirst von niemandem geliebt, Michal. Keiner kann dich leiden, oder glaubst du etwa, ich könnte dich leiden?«

»Ich habe ebensoviel Anspruch darauf, daß man mich gerne hat, wie die. War ihr Vater König?«

»Sara war fröhlich und lachte gern«, widersprach ich. »Sie lachte auch, als sie das Wort des Herrn hörte. Deshalb wurde ihr Kind Isaak genannt, das heißt ›er lacht und spielt‹. Darüber hat sie sogar einen Witz gemacht. Du hast nie gelacht und gespielt, nicht mal gelächelt hast du.«

»Und was habe ich denn zu lachen? Warum sollte ich lächeln? Sobald ich mich umsehe, liegst du wieder bei dieser Hure. Warum ist sie dabei so laut?«

»Ich liege nicht nur bei ihr.«

»Als ob ich das nicht wüßte.«

Michal heulte jedesmal wie eine Harpie und kreischte wie eine Eule, wenn sie mich im Harem erblickte, nachdem Uria tot war und die Witwe Bath-Seba sich in meinem Haushalt eingerichtet und die Position meiner Lieblingsfrau eingenommen hatte. Ich hatte nach Kräften versucht, Bath-Seba zu überzeugen, es sei besser für sie, als meine Mätresse außerhalb des Palastes zu wohnen. Darauf ließ sie sich nicht ein.

»Ich möchte lieber Königin sein.«

»Es gibt bei uns keine Königinnen. Und wozu möchtest du mit mir verheiratet sein? Ich habe schon sieben Frauen. Meinetwegen komm als Kebsfrau rein.«

»Das wäre keine Ehre.«

»Warum willst du überhaupt in den Palast? Hier drinnen riecht es nicht gut. Ist dir das noch nicht aufgefallen? Es ist laut und wimmelt von Menschen, hier drin zu wohnen ist einfach scheußlich, sogar für mich. Draußen wärest du besser dran.«

»Ich will die Mutter eines Königs werden.«

»Dafür bestehen nicht die geringsten Aussichten.«

»Deine beste Frau will ich werden. Ich brauche eine eigene Wohnung, dazu eine Badewanne und ein geräumiges Atelier zum Arbeiten.«

»Bleib, wo du bist. Ich gebe dir Geld, damit du dein Haus renovieren kannst. Da hast du alles, was du willst.«

»Und das Kind?«

»Kannst du auch draußen bekommen. Sollen die Leute dich ruhig für eine Hure halten.«

»Kommt nicht in Frage.«

»Wenn du erst mal drin bist, kannst du nicht wieder raus. Weißt du das nicht? Du kannst dich von keinem andern mehr vögeln lassen.«

»Nie mehr?«

»So gut wie.«

»Na, das will ich riskieren. Ich mag mich nicht im geheimen mit dir treffen. Es scheint ja fast, als schämtest du dich meiner. Alle sollen wissen, wer ich bin.«

Was Michal ganz unerträglich fand, war, daß Bath-Seba bereits schwanger war, als sie einzog, und daß ich sie, kaum daß unser erstes Kind geboren und gestorben war, gleich wieder anbuffte.

Bath-Seba war gerade eingezogen und hatte sich hier richtig heimisch gemacht, da nahmen die Zustände im Harem groteske Züge an. Michal kam aus ihrer Wut nicht mehr heraus. Jetzt kann ich darüber lachen, aber was mußte ich erdulden, wenn ich mich zwischen den beiden zu einer andern durchmogeln wollte, nach der mir gerade der Sinn stand. Auf dem Hinweg mußte ich mich an Michals Gemächern mit den Fingern in den Ohren vorbeidrücken, wenn es mir nicht gelungen war, unbemerkt von ihr den Harem zu betreten. Mit Abigail wechselte ich im Vorübergehen einige freundliche Worte, und sie bot mir unfehlbar ein Täßchen Ziegenmilch an, mit Gerstenbrot und Honig. Ich sagte dann, ich wolle mich lieber auf dem Rückweg stärken. Ahinoam sprach auch jetzt nur, wenn man das Wort an sie richtete, und Maacha von Gesur verstand immer noch kein Hebräisch. Haggith und Abital konnte ich nicht mehr voneinander unterscheiden. Meine Frauen fingen überhaupt an, einander zu ähneln. Wenn ich die alle passiert hatte, mußte ich noch an Bath-Seba vorbei, es sei denn, sie schlief gerade oder färbte ihr Haar oder war sonstwie mit von ihr so genannten schöpferischen Aktivitäten befaßt. Sie stand meist an der Tür, die Hände in die Hüften gestemmt und so gebieterisch, daß sie es nicht nötig hatte, mir den Weg zu vertreten.

»Was glaubst du wohl, wo du hingehst?« fragte sie. »Hier herein, marsch!«

Hol's der Geier, sagte ich mir, wenn sie mich so aufhielt, anderswo ist es auch nicht besser, und schon waren wir wieder mächtig miteinander zugange, machten das Tier mit den zwei Rücken. Es war wirklich sehr vergnüglich.

Wie eine echte Heidin war sie immer wollüstig, immer bereit. Ihre Periode oder auch ihre Schwangerschaften waren da kein Hindernis. Wenn sie nicht gerade im Wochenbett lag, verging wohl kein Tag, an dem wir es nicht miteinander trieben, bis sie Salomo gebar und beschloß, sie habe nun keine Lust mehr. Wer weiß schon, was da passiert ist? Als sie Mutter wurde, verlor sie die Lust und widmete sich ganz ihrer Lebensaufgabe: Königinmutter zu sein. Und jetzt will sie nicht nur Königinmutter sein, sondern auch ihr Leben retten.

Auf dem Rückweg konnte ich Michal nicht ausweichen. Auch wenn sie mich nicht hereinkommen gesehen hatte, war ihr doch der Lärm nicht entgangen, und wieder bekam ich von ihr zu hören: »Wie herrlich ist heute der König von Israel gewesen!« Sie beschimpfte mich giftig, ganz wie die böse Fee, die nicht zur Taufe geladen wurde. »Da strampelst du auf dieser Hure herum wie ein schmutziges Tier auf der Wiese. Schämst du dich nicht? Schämst du dich immer noch nicht nach all diesen Jahren? Du ahnst nicht, wie ich dich verachte. Fort mit dir, speiübel wird mir, wenn ich dich sehe. Weshalb kommst du nicht öfter zu mir? Weshalb kommst du nicht in meine Gemächer und gehst immer zu den anderen?« Daß man sich entschuldigen, daß man einladend und verführerisch sein kann, kam ihr nie in den Sinn.

»Du bist abstoßend, Michal«, gab ich ihr ohne Bosheit zur Antwort. »Weshalb sollte ich bei dir sein wollen? Du bist verschroben. Du tust nichts als schimpfen, schreien, fordern, klagen. Nichts macht dir Freude.«

»Ich bin mit dir verheiratet«, erwiderte sie selbstgerecht. »Die Frau hat das Recht, sich zu beklagen, wenn der Mann Dinge tut, die ihr mißfallen, oder etwa nicht?«

»Michal, Michal«, suchte ich ihr geduldig zu erklären, »ich habe jetzt dreizehn, mag sein, sogar fünfzehn Frauen. Wenn jede sich bei mir über jede Kleinigkeit beschweren wollte, die ihr mißfällt, hätte ich keine Zeit mehr, König zu sein.«

Ah, wie habe ich Hiram, den König von Tyrus, dafür verflucht, daß er mir einen so unpraktischen Harem gebaut hat – wären Flüche glühende Kohlen, er wäre nur noch ein Häuflein Asche gewesen. Wo hatte er nur seine fünf Sinne, als die Architekten ihm den Entwurf vorlegten? Hatte er etwa keinen eigenen Harem? Selbstverständlich wußte er, was er tat. Man möchte nicht glauben, wie weit es zur nächsten Toilette ist und wie weit man um sauberes Wasser laufen muß. Für sich sein konnte man da überhaupt nicht. Jedes Geräusch war zu hören. Meine Auftritte waren öffentlich. Wie oft mußte ich den Rückweg unter dem Kichern und Gackern der Weiber antreten, die an den Holzgittern standen, manchmal allerdings klatschten sie auch Beifall. Brachte ich Bath-Seba zum Zwecke des Koitierens in meine eigenen Gemächer, war auch das nicht ohne Gefahr. Ich kam nämlich schon bald dahinter, daß sie dann nicht wieder weg wollte. Bath-Seba genoß schamlos die Geräumigkeit meiner Zimmer. Und das Bett im Königsformat hatte es ihr besonders angetan.

»Hier kann ich wenigstens mal die Beine ausstrecken

und mich herumrollen.« Sie gurrte träge, kratzte sich die Rippen und die Innenseite der Oberschenkel. »Laß mich hier bei dir wohnen. Mach mich zu deiner Königin. Du wirst es nicht bereuen. Ich mache Sachen mit dir – ich weiß selbst nicht, was. Aber du wirst schnurren, singen wirst du.«

»Raus mit dir. Ich singe ohnehin schon.«

Ich bin schließlich nicht von gestern.

Schon im Anfang, als wir heimlich in meinem Teil des Palastes zusammenkamen, verlangte sie unerhörte Zugeständnisse und Belohnungen. Ich sollte offen zärtlich zu ihr sein; sie wünschte für sich einen Anbau an den Palast. So was hatte nie jemand verlangt.

»Oh, David«, tadelte sie mich ungeduldig, »du verstehst genau, was mir vorschwebt. Jetzt, wo du weißt, wie phantastisch ficken sein kann, wirst du doch nicht mehr darauf verzichten wollen?«

»Auf phantastisches Ficken?«

»Das bekommst du nur von mir«, sagte sie streng, »und vergiß es ja nicht. Du wirst mich jeden Tag sehen wollen. Und wenn wir nicht zusammen sind, könnte ich mich meiner Arbeit widmen.«

Das war ebenfalls was Neues. Was für Arbeit? Mit der Zeit probierte sie so gut wie alles aus, weil sie ein unabhängiges Einkommen zu haben wünschte. Vergeblich allerdings. Weben wollte sie, Bücher schreiben, malen.

»Was malen?« Jetzt hatte ich sie. »Du weißt, malen dürfen wir nicht.«

»Meine Zehennägel.« Und sie zeigte einen Fuß vor. Kosmetika forderte sie in unbegrenzter Menge. »Kauf mir alles. Gefällt dir diese neue Farbe, die ich aus Zinnober, Magenta, Kirschrot, Scharlach und Kastanienbraun gemischt habe? Ich nenne sie Rot.«

Selbstverständlich richtete ich ihr das Arbeitszimmer ein, und wäre sie beim Bücherschreiben geblieben, hätte ich ihr früher oder später den Word Processor beschafft, den sie sich wünschte. Und als Uria tot war und sie als meine neueste Frau mit vollen Segeln in den Palast rauschte – sie lehnte es rigoros ab, als Kebsfrau einzutreten, und ließ sich nicht überreden, als meine Mätresse außerhalb des Palastes zu wohnen –, teilte ich ihr sogleich Extraräume zu, die sie als Atelier oder Werkstatt benutzen konnte. Sie wollte Kurse in Kunsthandwerk abhalten, doch von den anderen Frauen hatte keine Lust, noch irgendwas zu lernen. Ich beschaffte ihr eine Töpferscheibe und einen Brennofen, als sie sich auf das Töpfern und auf Emailmalerei verlegte. Das bekam sie zum Geburtstag. Aber sie wollte mehr: Topase, Saphire. Ich kaufte das Werkzeug zum Polieren von Gemmen. Sie verlor das Interesse, sobald sich erwies, daß sie nichts verkaufen oder wenigstens irgendwas Exzeptionelles produzieren konnte, auch merkte sie, daß sie sich die Hände schmutzig machen mußte und ihre Nägel verdarb. Da kam sie auf den Einfall, Unterwäsche zu entwerfen.

»Was ist Unterwäsche?«

»Erst laß mich welche erfinden.«

Das voreheliche Atelier allerdings bewährte sich wirklich als Liebesnest für unsere geheimen, unmoralischen Zusammenkünfte. Gestohlenes Wasser ist süß und heimlich verzehrtes Brot erfreut, wie ich ihr mehr als einmal sagte. Ich kann das aufgrund persönlicher Erfahrung versichern. Ich betrachtete ihre Arbeit oft eifersüchtig. Ich war verliebt.

Und in noch einem Fall hatte sie recht: Ich wollte jeden Tag mit ihr beisammen sein, seit ich wußte, daß ich in sie verliebt war und von ihr das phantastische Ficken gelernt hatte. Ohne das wollte ich nicht mehr sein. Übrigens stammt der Ausdruck von ihr, nicht von mir. Sie hat mir obszöne Gedanken und Redensarten beigebracht. Meine bezaubernde, schmeichelnde, sinnliche, unmoralische Geliebte war natürlich wie die Natur selber, in ihrer Sprache und darin, wie sie die Liebe praktizierte, und manches daran, schien mir, ging zu weit.

Als ich eines Tages auf ihr lag und lässig ein Bein seitwärts gleiten ließ, verblüffte sie mich mit der Frage: »Möchtest du mich gern in den Hintern ficken?«

Man glaube mir, ich war entsetzt. »Wie kannst du so was vorschlagen!« rief ich ungläubig.

»Das darfst du nämlich nicht«, ließ sie mich wissen. »Ich wollte es dir nur gleich sagen.«

»Wer möchte das schon? Das ist so ziemlich das Schmutzigste, was ich je gehört habe.«

»Trotzdem erlaube ich es dir nicht.«

»Sprich bitte nie wieder davon. Woher, um alles in der Welt, kommt dir nur ein so abartiger Einfall?«

Das rührte sie nicht im geringsten. »Von einer kanaanitischen Hure. Als junges Mädchen waren wir innig befreundet.«

»Du solltest dich schämen, so was auch nur zu denken. Das ist wirklich scheußlich. Es ist so abscheulich, daß wir nicht mal ein Gebot dagegen haben. Der bloße Gedanke ist pervers.«

»Wie du willst«, murmelte sie gelassen.

Und ich wollte, viele, viele, viele Male, und hauptsächlich in der Missionarsstellung.

Ferner sah ich mich als ungemein maskulinen Mann, seit sie, ohne darum gefragt zu sein, einmal gedankenversunken äußerte, ich habe einen großen Penis, sei tatsächlich gebaut wie ein Ägypter, die Schwänze haben wie Esel und Ergüsse wie Pferde. Als ich das verdaut hatte, gab es noch mehr zu hören.

»Bath-Seba, Bath-Seba«, fragte ich mit gespielter Lustigkeit, hinter der sich meine Besorgnis verbarg, »woher weißt du so gut über Ägypter Bescheid?«

»Du wirst es nicht glauben«, erwiderte sie, »aber ich habe das von einer anderen kanaanitischen Freundin erfahren, die ebenfalls eine Hure war.«

»Noch eine Hure? Weshalb hast du so viele Freundinnen, die Huren sind?«

»Von denen habe ich gelernt. Von wem besser als von Huren? Was ist denn an Huren so schlimmes? Weißt du, David, mit einer Hure wärest du wahrscheinlich noch viel besser dran als mit jemand wie mir. Eine Hure ist für einen Laib Brot zu haben, doch eine Ehebrecherin bedroht das Leben des Mannes.«

Das machte mir Eindruck. »Woher hast du diese Perle der Weisheit?«

»Ausgedacht hab ich's mir. Ich schreibe jetzt Sprüche.«

»Keine Psalmen mehr?«

»Du sagst doch, daß meine ganz schlecht sind.«

Es behagte mir, daß ich sie in Null Komma nichts aus diesem Feld kreativer Bemühung vertrieben hatte, denn es ärgerte mich, daß sie glaubte, man könnte Psalmen so einfach aus dem Ärmel schütteln.

»Psalmen brauchen sich nicht mal zu reimen«, hatte sie gemeint. Als sie mir ihren ersten Versuch gezeigt hatte, höhnte ich: »Der Herr ist mein Hirte – bist du verrückt? Das ist Mist, Bath-Seba, reiner Mist. Findest du kein besseres Bild? Aus Gott machst du einen Arbeiter und aus deiner Leserschaft Tiere. Das ist geradezu blasphemisch. Mir wird nichts mangeln? Was mangeln? Du stellst da Fragen, statt Antworten zu geben. Überhaupt ist das alles viel zu lang. Du behauptest doch immer, meine wären zu lang.«

»Manche sind Meisterstücke«, bemerkte sie ganz ruhig. »Aber wie alles, was du schreibst, sind sie eben übermäßig lang, und das ist ein Mangel.«

So eine freche, hochnäsige Kuh! Ich beherrschte mich aber und mäkelte weiter an ihrem Versuch rum. »Er weidet mich auf einer grünen Aue – woher kommen dir nur so groteske Einfälle?«

»Hast du nie im Freien geschlafen?«

»Nur wenn es nicht anders ging. Und denen, die mich dazu zwangen, war ich nicht gerade grün.«

»Schafe schlafen im Freien.«

»Wir sind aber keine Schafe. Daran krankt überhaupt die ganze Konzeption. Und dann ein weiterer schlimmer Fehler: ›Stecken‹ und ›Stab‹. Entweder Stecken oder Stab, beides geht nicht. Ach was, gib es auf, Bath-Seba, du hast dafür nicht den Kopf. Du denkst, Psalmenschreiben ist ein Kinderspiel. Mach lieber wieder Makramee.«

»Bekomme ich eine Badewanne aus Alabaster?«

»Möchtest du auch eine Wanne aus Alabaster?« fragte ich Abigail, als ich bei ihr auf dem Rückweg stehenblieb.

Und ich gestehe, als Abigail anmutig ablehnte mit der

Begründung, ihr Kelch laufe ohnedies über, kamen mir Wörter in den Sinn, und bald schon ließ mich meine Muse zu der genialen Erkenntnis gelangen, daß, wenn Kühe glücklich sein können, dies auch auf Schafe und Ziegen zutreffen dürfte, und daß sich in den vorwitzigen und chaotischen Ergüssen meiner Gespielin Bath-Seba doch das eine oder andere brauchbare Körnchen finden lassen möchte. Seither bin ich sehr froh darum, daß sie zu konfus ist, um sich genau an unsere Unterhaltung über den Herrn und den Hirten zu erinnern.

Bath-Seba ließ also die Finger von Psalmen und Sprüchen und befaßte sich statt dessen mit Unterwäsche. Ich jedoch warf mich in einem jener inspirierten Ausbrüche schöpferischer Energie, welche so oft die berauschenden Begleiterscheinungen der Liebe sind, auf neue kreative Betätigungen. Ich teilte in Windeseile die Tempelmusiker nach Gruppen ein und tat noch mehr: Ich setzte Sänger vor den Altar, die mit ihren Stimmen süße Melodien zu Gehör brachten und täglich Preislieder sangen. Während also Bath-Seba Unterwäsche entwarf, schuf ich den Chor. Warum das bislang niemandem eingefallen war, schien mir ein Rätsel. Kaum hatte ich meinen Chor, machte ich auch schon Gebrauch davon; in knapp vierzehn Tagen komponierte ich meine Messe in b-Moll, Mozarts Requiem und Händels *Messias.* Ich brach eines Tages bei Bath-Seba ein, einzig, um ihr mein frischgebackenes, hochgemutes »Halleluja« vorzupfeifen, nur weit kam ich damit nicht. Ich verstummte und staunte offenen Mundes, als sie ihr Gewand ablegte und das Kleidungsstück zeigte, das sie darunter trug, direkt auf der Haut. Es war ein verkürztes, voluminöses, fleischfarbenes, ziemlich durchsichtiges Gebilde, das ihre Taille umschloß und zylinderförmig um ihre Oberschenkel hing, ein komischer und lächerlicher Anblick.

»Gefällt es dir?« fragte sie und nahm eine verführerische Haltung an.

»Was ist denn das? Und was heißt, gefällt es mir?«

»Unterwäsche. Von mir erfunden. Das sind Kleidungsstücke.«

»Für Männer oder für Frauen?«

»Ist das nicht egal?«

»Keineswegs. Ein Weib soll nicht Mannsgewand tragen, und ein Mann soll nicht Weiberkleider antun.«

»Wer sagt das?«

»Moses. Im 5. Buch.«

»Ach, aus solchen Sachen mache ich mir nichts. Mit diesem Zeug verdiene ich glatt eine Million Dollar. Alle Frauen werden sich darum reißen. Ich brauche tausend Nähmaschinen.«

»Haben wir nicht.«

»Dann erfinde welche. Wenn ich Unterwäsche erfinden kann, kannst du die Nähmaschine erfinden. Sind die nicht hübsch? Schlüpfer werde ich sie nennen.«

»Wozu sind die gut?«

»Die machen mich mehr sexy, Frauen werden dadurch für Männer anziehender. Ich habe noch ein kleineres Modell, mit Spitzen, die nenne ich Panties. Und das hier sind Bikinihöschen. Meinst du, sie erfüllen ihren Zweck?«

»Welchen Zweck? Zieh sie aus, damit ich drankann.«

»Ah, sie erfüllen also ihren Zweck.«

Nicht einen Groschen verdiente sie mit den Dingern und wandte sich bald schon anderem zu. Aber was sie an materiellen Wünschen hatte, war nichts im Vergleich zu dem, womit sie mich bedrängte, als ich sie das zweite Mal geschwängert hatte. »Nennen wir ihn doch König«, schlug sie aus durchsichtigen Motiven vor, als sie von einem prächtigen Knaben entbunden wurde, und bei der Beschneidung wiederholte sie diese Forderung.

Statt dessen nannten wir ihn Salomo.

Fast hätte ich an jenem Abend doch nicht bei Bath-Seba gelegen, weil ich die Auskunft bekam, die Frau, nach der es mich so gelüstete, sei Bath-Seba, Tochter des Eliam und Eheweib von Uria, dem Hethiter, meinem treuen Knecht, der um eben diese Zeit für mich gegen die Kinder Ammon zu Felde zog. Uria, der Hethiter? Was war da zu machen? Ganz gewissenlos war ich nicht, und mein Entschluß geriet ins Wanken. Aber gerade noch rechzeitig ließ sich der Teufel vernehmen, er richtete meinen schwankenden Mut auf, er ließ mich die Vorsicht jedenfalls teilweise in den Wind schlagen und zum Takt seiner Trommel marschieren. Man muß auch dem Teufel zugestehen, daß er seine Meriten hat.

»Los, nimm sie«, hörte ich eine Stimme sagen, die heiter und ironisch klang. »Nimm sie doch, du Narr. Los, fick sie, daß die Fetzen fliegen. Du willst sie doch, oder? Worauf wartest du noch, Dummkopf? Bist du nun König oder nicht?«

»Ist das Gott, der da spricht?« fragte ich schüchtern.

»Nein, Mephisto.«

»Ach, Scheiße«, ächzte ich enttäuscht. »Bist du hinter meiner Seele her?«

»Was soll ich mit Seelen?« spottete er. »Possen will ich spielen, Seelen interessieren mich nicht. Amüsieren möchte ich mich, lachen. Und zusehen. Laß sie herschaffen. Beeil dich. Bevor sie mit dem Abtrocknen fertig ist und ins Haus geht. Guck doch nur, welche Titten! Oooooh, ooooh, ohoooh.«

»Geht das denn? Darf ich?«

»Klar darfst du, bist du nicht König?«

»Aber verbietet es nicht das Gesetz?«

»Wenn das Gesetz so was verbietet, ist das Gesetz ein Esel. Hat Er nicht Mann und Weib erschaffen?«

»Was tu ich bloß?«

»Wozu du Lust hast. Mach schon. Nimm sie. Steck ihn rein. Ins Ohr!«

Wer war ich, daß ich widersprechen durfte? Wer konnte einer so subtilen Überredungskunst widerstehen?

Also schickte ich Boten aus, die brachten sie in meine Gemächer im Palast, durch eine Seitentür, und wie ich bestimmt hatte, war sie verschleiert und trug einen Umhang. Und ich lag mit ihr noch am gleichen Tage, denn sie war gereinigt von ihrer Unreinheit. Und nachdem ich sie heimgeschickt hatte, fehlte sie mir sehr, und ich lag bei ihr am folgenden Tage und am nächsten und am nächsten und dem wieder nächsten, denn immer, wenn sie gegangen war, fehlte sie mir mehr, und ich wünschte sie zurück. Wir gingen einfach davon aus, daß sie immer, wenn sie zu mir kam, von ihrer Unreinheit gereinigt war. Mag auch sein, es war uns einerlei. Rein, unrein, was wollte das schon besagen? Wir machten es eben miteinander. Sieben Tage lag ich bei ihr, und danach wieder sieben Tage. Tatsache ist, ich konnte nicht aufhören, an sie zu denken, bei ihr sein, ihre Stimme hören zu wollen. Ich konnte nicht aufhören, nach ihr zu gieren. Ich brachte sie nicht aus meinem Kopf. Zu jeder Tages- und Nachtstunde, bei allen erdenklichen anderen Tätigkeiten wirbelte und glitzerte sie durch mein Hirn. Ich konnte mich auf nichts anderes konzentrieren. »So etwas habe ich noch nie empfunden«, gestand ich ehrlich und seufzte ergeben.

Und ich ließ sie mir morgens kommen und wieder am Nachmittag, denn ich merkte, ich wollte sie ständig in den Fingern haben, ihre feuchten Lippen auf meinem Mund, ihren warmen Atem an meinem Hals, und wie es so geht, hast du nicht gesehen, verlangte sie Sachen von mir, die nie eine Frau verlangt hatte.

»Also, David«, fragte sie mich am Ende unserer ersten Woche streng, »wie wollen wir's nun halten? Du mußt entscheiden.«

»Was entscheiden?« Wir standen uns Auge in Auge gegenüber, und ich ahnte nicht im mindesten, was sie meinte.

»Na, was mit uns beiden wird. Du wirst künftig nicht mehr ohne mich leben wollen. Das ist noch allen Männern so gegangen.«

Ausgenommen Uria, wie sich dann zu meiner äußersten Erbitterung erweisen sollte.

»Du darfst meine Kebsfrau werden.«

»Ich will aber keine Kebsfrau werden. Vergiß nicht, ich bin verheiratet. Was machst du, wenn Uria zurückkommt?«

»Ich mache ihn zum Hauptmann über eine Million und schicke ihn wieder weg.«

»Und noch was: Mir paßt es nicht, daß du immer so tust, als kenntest du mich nicht, wenn du mich holen läßt.

Du rührst mich nicht an, du gibst mir keinen Kuß, wenn Leute dabei sind. Und du sagst nur, daß du mich liebst, wenn wir allein sind.«

»Ja, bist du denn verrückt?« Ich traute meinen Ohren nicht. »Ich bin schließlich ein verheirateter Mann! Und ich will nicht, daß Michal, Abigail, Ahinoam, Maacha, Haggith, Abital oder Eglah von unserem Verhältnis erfahren.«

»Ist denn das nicht einerlei? Meinst du nicht, daß alle schon längst wissen, weshalb du mich kommen läßt?«

»Du könntest als Ehebrecherin gesteinigt werden.«

»Du etwa nicht auch als Ehebrecher?«

»Ich bin schließlich ein Mann. Und außerdem König. Und ich wünsche nicht, daß es einen Skandal gibt.«

»Gut, dann gib mir meine eigenen Gemächer und komm dorthin. Du wirst dich noch wundern, wie oft du kommen möchtest.«

Ich wollte öfter mit ihr zusammensein, als einer von uns sich hätte träumen lassen. Gelegentlich schimpfte sie mit mir, wenn ich unangemeldet reinplatzte und sie bei der Arbeit störte. Es stimmt wohl – ich mochte Frauen mehr als sie mich, ich hatte mehr Spaß daran, bei ihnen zu liegen, als sie, bis Bath-Seba kam. Die war heiß. Sie wollte es mindestens ebensosehr wie ich, und ich entdeckte bald noch etwas ebenso Ausgefallenes an ihr: Falls es mir nicht so schnell kam, wie ich wünschte, dann kam es ihr, und das war, als ginge eine ganze Serie von Knallfröschen los, die man einer Füchsin an den Schwanz gebunden hat, und ihr Höhepunkt war begleitet von einem so wunderbar schockierenden und unvergleichlich aufreizenden Gejaule, daß bald schon die ganze Nachbarschaft darüber redete. Wer hatte je Ähnliches vernommen? Sie nannte das ihren Orgasmus, und sie lobte mich dafür, daß ich ihr multiple Orgasmen verschaffte.

»Wenn ich bei dir bin, mache ich so furchtbaren Lärm«, bemerkte sie des öfteren erschöpft, zufrieden und etwas erstaunt, und ihr helles, lohfarbenes Gesicht war immer noch gerötet. Sie verstand es, mir ein gutes Gefühl zu vermitteln, bei einer Frau eine unbezahlbare Eigenschaft, und das fügte unserer hitzigen sexuellen Verbindung noch eine besondere Dimension hinzu, ebenso wie ihr mir so kostbares Lob, daß ich gebaut sei wie ein Ägypter, mit einem Glied, groß wie das eines Esels, und einem Erguß wie ein Pferd. Nicht jeden Tag kommt man in den Genuß einer solchen Übertreibung.

Zu meiner großen Überraschung gestand sie: »Zum ersten Mal sah ich es, als du an der Spitze der Prozession mit aller Kraft vor dem Herrn tanztest und dich so allem Volk zeigtest. Ich habe gut hingeschaut und mußte annehmen, daß deine Frau sich gratulieren kann. Es ging mir nicht mehr aus dem Kopf, wie gut ausgestattet du bist, und da habe ich mir schon vorgenommen, dich kennenzulernen. Ein König, und das alles noch dazu – wer kann da widerstehen? Na, da habe ich eben angefangen, mein Bad auf dem Dach zu nehmen, jeden Abend, bis du auf mich aufmerksam wurdest.« Nun, als es dazu kam, hatte sie vermutlich von allen Frauen in Israel den am meisten gebadeten Leib.

Wie viele Gebote brachen wir nicht in jenen ersten Tagen voll sündiger Hitze. Wie viele Stunden hindurch waren wir nicht bis zu den Hüften von Schweiß bedeckt. Unsere Haare waren feucht und strähnig und verschwitzt, klebten von Öl, Schweiß, Parfüm. Ihr Bauch war wie helles Elfenbein, eingelegt mit Saphiren; ihre Wangen wie ein Gewürzbeet; die Lippen glichen Lilien, aus denen süßduftende Myrrhe quillt. Dies war meine Liebste, die mich so vieles lehrte und meine Seele mit unaussprechlicher Süße erfüllte – sie lehrte mich aufrichtig sagen »ich liebe dich« und meine Hand in Gegenwart anderer zärtlich auf sie legen. Ich war unersättlich. Wenn die Zeit heranrückte, da wir wieder beieinander sein sollten, war meine Vorfreude fast unerträglich, ich konnte es nicht erwarten, wieder in ihren Garten zu gehen, von ihren wohlschmeckenden Früchten zu kosten, mich vollzustopfen und doch nie satt zu werden. Mehr als ich wunderte sie sich selbst darüber, daß bald schon sie diejenige war, die fragte: »Wann sehe ich dich wieder? Wird es bald sein?«

Im Anfang war es immer bald. Ich genoß sie mehr als

irgendeine andere Frau. Sie glaubte damals zweifellos, daß sie mich liebte, und bestreitet es nicht einmal jetzt. Und ich liebte sie. Dies zu wissen tat mir unbeschreiblich wohl. Allein schon ihre Haut, dieses poröse, schimmernde Gewebe, das ihre einzigartige Identität umriß, war für mich das schönste aller Wunder. Hier und dort wies sie einen Makel auf – ein Muttermal, einen Kratzer, einen Pikkel –, ganz anders als die Haut meiner perfekten Abisag, die ja makellos ist. Aber was machte das. Sie war für mich ein Idol. Sie berühren war himmlisch. Und ich betrachtete sie unaufhörlich. Sie ihrerseits trank mich mit den Augen. Ihre Knie regten mich auf und der Bogen ihrer Schienbeine und selbst noch ihre großen Füße, als besäße außer ihr niemand solche unansehnlichen, sonderbar geformten Gliedmaßen. Ich liebte es, sie nackt zu sehen, sie zu betrachten, wenn sie im Nachthemd sitzend mit einer Stickerei beschäftigt war, die Brille auf der Nase, den hölzernen Stickrahmen in der Hand. Und am liebsten schaute ich in ihr kleines Gesicht, in die schelmischen blauen Augen, in denen stets etwas vorging, vertiefte mich in die Nuancen von Berechnung, in der ihr nicht bewußten Andeutung eines Lächelns. Die Schwere und die erregende Rundung ihres Hinterteils waren mir köstlich. An die Zärtlichkeit der Gefühle, die ich für sie empfand, konnte ich weder glauben noch mich an sie gewöhnen. Tagträume von ihr durchtränkten mich. Erwachte ich, so war mein erster Wunsch, sie anzurufen, anbetende Worte und sündhafte Zärtlichkeiten auf ihren Anrufbeantworter zu sprechen, aber damals hatten wir selbstverständlich weder Telefon noch Anrufbeantworter. Stunde um Stunde hielt ich sie umschlungen und nahm es einfach für gegeben, daß ich zu jeder Stunde meines Lebens, falls mich die Lust überkäme, bei ihr liegen könnte, bis jener unheilvolle Tag kam, da die Krankheit der Weiber sie schon befallen hatte und ich laut und verzweifelt beklagte, daß ich nun genötigt sei, Abstinenz zu üben. Anfangs war sie etwas davon überrascht, daß ich angesichts ihres Zustandes einen mir nicht bewußten Widerwillen zu erkennen gab, doch als ich fortfuhr zu klagen, bedachte sie mich mit jenem Blick gutmütiger Verachtung, den man für einen Trottel erübrigt.

»Ganz wie du willst«, sagte sie.

Das klang so von oben herab, daß ich mir linkisch vorkam und in die Defensive gedrängt. »Du bist doch aber unwohl«, protestierte ich lahm.

»Na und?«

»Darf man denn da . . .?«

»Wer soll es uns verbieten?«

»Wenn das rauskommt, werden wir sieben Tage lang ausgestoßen.«

»Und wer könnte was merken? Und wenn wer was merkte, hätten wir sieben Tage ganz für uns.«

»Geht das denn wirklich?« fragte ich naiv. »Während deiner Periode?«

»Gäbe es denn ein Gebot dagegen, wenn es nicht ginge?«

»Ist es nicht ordinär?«

»Es ist nicht ordinär.«

»Hast du das früher schon gemacht?«

»Stellen alle Männer sich so an?«

»Und wenn nun deine Blumen auf mich kommen?«

»Dann wäschst du dich eben.«

»Sieben Tage lang wäre ich unrein.«

»Du brauchst ja nichts davon zu sagen.«

»Und das Bett, auf dem ich liege, wäre unrein.«

»Auch darüber brauchst du kein Wort zu verlieren.«

»Ich weiß nicht, ob ich möchte.«

»Tu, was du willst.« Sie wandte sich träge ab, und ich kam mir albern vor. Dann tat ich es doch, selbstverständlich in der Missionarsstellung, und allein das Bewußtsein dessen, was ich da trieb, befeuerte mich so sehr – *mirabile dictu* traf mich weder ein Blitz, noch wurde ich für sieben Tage ausgestoßen –, daß ich es kaum abwarten konnte, bis sie neuerlich unwohl würde, auf daß ich es wieder so tun könnte. Indessen, dazu kam es nicht, denn auch die besten Pläne von Mäusen und Menschen haben die Gewohnheit zu scheitern. Das Passahfest kam und ging, ohne daß wir dessen acht hatten, man glaube es oder nicht, dann aber kam nicht pünktlich ihre Periode, sondern sie sagte jene vier kleinen Wörter, die kaum je verfehlen, auch in der himmlischsten außerehelichen Beziehung eine melodramatische Reaktion hervorzurufen: Bath-Seba ließ mich kommen und eröffnete mir: »Ich bekomme ein Kind.«

»Ach du dicke Scheiße!« war meine gedämpft gekreischte Erwiderung. Da hatte ich nun also eine schwangere Freundin am Halse. Hm. Abtreibungen waren selbstverständlich illegal, und Bath-Sebaa war auch nicht bereit, um meiner Sicherheit willen die ihrige aufs Spiel zu setzen. Seit mehr als drei Monaten hatte sie nicht bei ihrem Gatten gelegen. Das konnte mich mehr in Verlegenheit bringen als der Mord an Abner. Was nur sollte ich machen?

»Diesmal wirst du vielleicht wirklich gesteinigt«, warnte ich sie. »Du hast Ehebruch begangen.«

»Du wirst dann auch gesteinigt, denn nicht nur hast du Ehebruch begangen«, antwortete sie mir, »sondern du hast auch begehrt deines Nächsten Weib.«

»Ich bin ein Mann. Männer werden für so was nicht gesteinigt.«

»Ach, meinst du? Es steht doch geschrieben, wenn ein Mann mit dem Weib eines anderen die Ehe bricht, so sollen beide des Todes sterben. Damit bist auch du gemeint.«

»Woher weißt du plötzlich so gut Bescheid?«

»Glaubst du etwa, ich sehe nicht nach? Ich weiß über meine Rechte gern Bescheid. Du bist ebenso in der Klemme wie ich. Wenn ein Mann bei der Frau eines anderen gefunden wird, so sollen beide sterben. Auch das steht geschrieben. Also laß dir möglichst schnell was einfallen.«

»Nun, schließlich bin ich der König, und ich bestimme, wer hier gesteinigt wird und wer nicht.«

»Du glaubst also, du kommst davon?«

»Du würdest doch meinen Namen nicht angeben?«

»Darauf solltest du nicht wetten.«

»Uria soll kommen!« Ich muß zugeben, daß wohl ich es war, der diesen Befehl gab.

Und damit begann jene gräßliche Travestie eines Königsdramas, der unaufhaltsam jeder Witz verlorenging und die zur Tragödie wurde, in der mich unerträglicher Kummer überkam und mich zu Boden warf in dem schlimmen Bewußtsein, daß meinetwegen mein Neugeborenes krank war und zu einem frühen Tode verurteilt. Denn so sagte Nathan. Das arme kleine Ding wurde von Fieber verzehrt, es starb an Durst und Hunger. Es trocknete von innen aus und wurde immer weniger, und ich konnte dem ebensowenig zusehen, wie Hagar tausend Jahre früher zusehen konnte; sie warf den Knaben Ismael unter einen Strauch und setzte sich einen Bogenschuß entfernt nieder. Da war Ismael schon dreizehn, alt genug, den Isaak zu verspotten und zu gefährden, während mein kleiner Sohn noch ganz rot war und winzig. Seine Augen waren noch nicht geöffnet. In sieben Tagen klangen wohl tausendmal die uralten, ergreifenden Worte in meinem Kopf, welche jene ägyptische Dienerin Hagar sprach, die samt ihrem kleinen Sohn nur mit einem Laib Brot und einem Schlauch Wasser von Abraham in die Wüste bei Beer-Seba hinausgetrieben worden war und irre ging. »Ich kann nicht ansehen des Knaben Sterben«, sagte sie.

Gott erhörte die Stimme des Knaben, und der Engel Gottes rief der Hagar zu: »Steh auf, nimm den Knaben und führe ihn an deiner Hand, denn ich will ihn zum großen Volk machen.«

Ein großes Volk, versprach Gott ihr, und seine Hand werde gegen alle sein und aller Hand gegen ihn. Da sieht man wieder einmal die rätselhaften Wege Gottes.

Mir jedenfalls sagte Er nicht mal mehr guten Tag. Er tötete mein Baby. Wie konnte ich das je vergessen? Nathan sagte mir bereits, Er werde das tun. Ich habe Ihm das immer noch nicht verziehen, obschon mir so ist, als brauche ich Gott jetzt mehr denn je, und Er mir mehr fehlt, als ich Ihn wissen lassen möchte. Und ich glaube einfach nicht, daß Er mich vergessen hat.

Als ich Joab ausrichten ließ, er möge mir Uria, den Hethiter, vom Schlachtfeld in Ammon schicken, angeblich, weil ich von ihm einen Lagebericht hören wollte, geschah das noch nicht in böser Absicht. Ich wollte weiter nichts, als daß Uria mit Bath-Seba schlafen sollte. Wenn ich das konnte, dann konnte er es wohl auch. Ich plante, ihn als Helden zu begrüßen, ihn mit etwas Wein zu befeuern und ihn dann auf seine Frau loszulassen, meine aufregende Mätresse. Wohlwollender hätte ich nicht sein können. Auf diese Weise wollte ich unseren peinlichen Fehltritt vor allen jenen in der Stadt verbergen, die nicht ohnehin schon im Bilde waren über die wahren Verhältnisse. Der Einfall war hervorragend – nur war er auf Uria nicht anwendbar. Stolpern tat ich dabei über die phantastische Überzeugung, die bei Jungverliebten oft anzutreffen ist, daß jeder das Objekt meiner Leidenschaft ebenso heiß begehren müsse wie ich. Dies war bei Uria nicht der Fall.

Als man ihn vor mich brachte, fiel es mir schwer, ihm mannhaft ins Auge zu schauen. »Nur herein, alter Freund, nur herein«, begrüßte ich ihn mit geschwätziger Herzlichkeit, ganz darauf bedacht, ihm alle Befangenheit zu nehmen. »Tritt ein, mein guter Uria, und wasche deine Füße. Ich kann dir gar nicht sagen, wie ich mich freue, dich hier zu sehen.« Das stimmte soweit. »Erzähl mir ausführlich, wie es in Rabba steht. Werde ich dort gebraucht?« Nichts hätte mich weniger interessieren können, und ich hörte kaum hin, als er eifrig berichtete, wie es dort zuging und wie sich die Lage zwar langsam, aber unaufhaltsam zu unseren Gunsten änderte. Schließlich gingen täglich, auch am Sabbath, mehrmals Kuriere hin und her. »Gut, sehr gut«, drängte ich ihn, zum Schluß zu kommen, nur darauf aus, daß er sich endlich zu ihr lege, mit ebensolcher Gier wie ich selber. »Trink ein wenig Wein. Du hast mir den Bericht gegeben, den ich sehnlich erwartete und der mich sehr froh gemacht. Nun ruh dich aus, vor allem deine Füße. Noch etwas Wasser?«

»Ich glaube, sie sind jetzt sauber.«

»Ja, das sind sie wohl. Nun geh in dein Haus und raste. Amüsier dich. Ich lasse dir und deiner Frau aus der Palastküche einen guten Braten schicken, an dem ihr euch gütlich tun sollt.«

»Nicht ich«, lehnte Uria nachdrücklich ab und erschreckte mich damit.

»Warum nicht?« rief ich.

»Nicht, solange ich im Dienst bin.«

»Dann beurlaube ich dich hiermit ausdrücklich vom Dienst für diese Nacht«, lachte ich befangen. »Schmeckt dir der Wein? Nun, trink noch etwas. Nimm den ganzen Krug mit, ich lasse dir mit dem Braten ein paar Flaschen schicken. Geh also heim, Uria. Es heißt, daß du eine sehr hübsche Frau hast, also geh jetzt zu ihr und *schtupp* sie. Gib ihr einen ordentlichen *Bautz* vor die *Butze,* oder auch zwei. Du hast es wahrlich verdient. Verlasse mich jetzt und geh zu deiner Frau.«

Man hätte denken sollen, er würde sich das nicht zweimal sagen lassen. Er taumelte auch wirklich von dannen, nachdem er noch etwas getrunken hatte, er zeigte schwere Schlagseite, als wäre er betrunken und überdies fußkrank. Als er weg war, seufzte ich erleichtert auf und schenkte mir selber einen gehörigen Schluck ein. Statt aber, wie ich erwartete, den Palast zu verlassen, ließ dieser zuwidere Hundskopf sich für die Nacht auf dem Fußboden unweit eines der Eingänge zwischen den Soldaten nieder, die dort postiert waren. Als ich davon erfuhr, eilte ich hin; meine gute Laune war mit einem Schlag verflogen.

»Aufstehen, Uria, und nach Hause mit dir«, begann ich ihn herunterzuputzen, nur verwandelte das Putzen sich schon nach dem dritten Wort in ein Flehen. »Warum willst du es dir hier so unbequem machen?«

Als er antwortete, stank er nach Wein und drückte stolz die Brust raus. »Nicht, solange meine Kameraden aus Israel und Juda in Zelten kampieren«, erklärte er zu meiner höchsten Verblüffung.

»Und was nützt es ihnen dort, wenn du es hier unbequem hast?« redete ich ihm gut zu. »Geh nach Hause, da wartet ein weiches Bett auf dich. Und eine mollige, hübsche Frau. Ich habe schon Fleisch und Wein in dein Haus schicken lassen, also sei kein *Schmock.*«

»Nicht, solange Joab, mein Herr, und meines Herren Knechte zu Felde liegen«, versetzte Uria einfältig. »Sollte ich in mein Haus gehen –«

»Ja, tu das, geh in dein Haus«, unterbrach ich ihn.

»– daß ich äße und tränke und bei meinem Weibe läge? So wahr du lebst und deine Seele lebt, ich tue solches nicht.«

»Tu solches, bitte, tu solches«, beschwor ich ihn und hinderte mich nur mit einem wahrhaft gigantischen Aufwand an Selbstbeherrschung daran, ihn bei der Kehle zu packen und zu würgen oder mir mein schönes dichtes Haar büschelweise auszuraufen vor Ratlosigkeit und Verzweiflung. »Bitte, geh nach Hause, Uria«, winselte ich. »Deine Waffengefährten möchten gewiß, daß du es dir gutgehen läßt. Denn der Mensch kann nichts Besseres tun als essen, trinken und fröhlich sein. Weißt du das denn nicht? Hier, trink noch was«, fügte ich an, als er keine Miene machte, mir zu gehorchen.

Ihn betrunken zu machen, erwies sich als furchtbarer Fehler. Ich hätte daran denken sollen, daß, wo es um Sex geht, Wein zwar das Begehren anheizt, die Ausführung jedoch erschwert. Mir schwindelte der Kopf, als ich ihn einen gewaltigen Schluck nehmen sah und hörte, wie er danach schmatzte. Nach einem weiteren solchen Schluck begann er munter zu jodeln, führte schwerfällig einen Matrosentanz auf, stieß schrille Schreie dabei aus, bis er ins Stolpern geriet und fast auf seine Birne gefallen wäre. Ich fühlte, daß ich wahnsinnig wurde. Er nahm noch einen riesigen Schluck, dann begriff er nicht mehr, was er mit mir zu tun hatte, der besoffene Dickkopf. Ich konnte nur hilflos zusehen, wie er sich zu Boden sinken ließ, wobei er noch mißtönend eine zotige Ballade vortrug, die von einem Mädchen handelte, das vor Jahren mit ihm Ringelmatz gespielt hatte.

»Was ist Ringelmatz?« fragte ich noch, aber da war er schon weg, und ich stand dumm da.

Bath-Seba verfiel ob dieses Rückschlages in ziemlich schlechte Laune. Und was sonst hätte eine schillernde Sexkönigin wie sie wohl angesichts eines Gatten empfinden sollen, der nach entbehrungsreichen Monaten nicht bei ihr liegen wollte?

»Er ist eben ein echter Goj«, rechtfertigte sie sich verkniffenen Mundes, während ich sie aufmerksam musterte – vielleicht waren mir gewisse Makel an ihr entgangen, die Uria, der ja weit länger mit ihr vertraut war, kannte. »Meinst du, er hat da draußen in Ammon eine andere Frau? Ich möchte fast darauf wetten.«

»Das könnte sein«, antwortete ich. »Er sang da von einem Mädchen, mit dem er ehedem Ringelmatz gespielt haben will.«

»Das war ich«, sagte sie knapp.

Wir beschlossen, ihn wenigstens noch einen Tag in Jerusalem festzuhalten und einen weiteren Versuch zu machen. Doch der folgende Tag war eher noch schlimmer. Anfangs sah es nicht schlecht aus. Er erwachte mit einem Kater und benommen wie jemand, der das Gedächtnis verloren hat.

Er bat mich betreten um Verzeihung. »Ich muß mich ja fürchterlich aufgeführt haben, ich erinnere mich an nichts mehr, an gar nichts.«

Meine Hoffnung stieg wie ein Drache. »An gar nichts erinnerst du dich?«

»Ganz recht. An nichts«, versicherte er mir. »Ich erinnere mich an nichts, nachdem ich beschlossen hatte, nicht nach Hause zu gehen, sondern mit deinen Wachen hier auf dem Boden des Palastes zu schlafen.«

Da welkte meine Hoffnung wieder dahin. »Aber daran erinnerst du dich.« Du besoffener Stiesel, fügte ich bei mir hinzu. Ich entsinne mich nicht, daß jemand mich je so entmutigt hätte.

»Vielleicht sollte ich einen Schluck trinken, damit mein Kater weggeht.«

»Geh heim, Uria«, wies ich ihn väterlich an und bemühte mich geradezu übermenschlich, als der wohlwollendste Despot zu erscheinen, der je gelebt hat. »Dahin habe ich gestern reichlich Wein geschickt, geh also, jetzt, auf der Stelle, und wasch dir die Füße. Die sind schon wieder dreckig. Sieh sie dir nur an. Wir haben beide einen schweren Feldzug hinter uns. Ich erlaube dir, dich verwöhnen zu lassen. Ja, du hast die Erlaubnis. Was ich dir habe schicken lassen – Kuchen und Fleisch und alles übrige –, verdirbt, wenn du es heute nicht ißt.« Er war diesen Bitten absolut nicht zugänglich, er stand da wie ein Klotz. Ich versuchte es anders. »Deine Frau ist so hübsch, heißt es überall, richtig hübsch. Sie wartet sehnsüchtig auf dich in einem tief ausgeschnittenen Gewand mit Minirock, der ihre entzückenden Knie freiläßt. Sie hat sich nach dir erkundigt, während du schliefest, mehrmals hat sie sich erkundigt. Es heißt, sie erwartet dich voller Liebe, ah, so voller Liebe. Magst du sie nicht?«

»Ich liebe meine Gattin.«

»Dann geh gefälligst heim und fick sie.« Du elender, dickschädliger, verbockter Hundesohn, sagte ich bei mir, warum tust du mir dies alles an?

»Nicht um die Welt!« verkündete er laut und stolz und warf sich in die Brust wie ein Mann, der sich einem ruhmreichen Leben voller Entbehrungen geweiht hat. »Nicht, solange Israel und Juda in Ammon zu Felde liegen. Ich will sogleich gehen und wieder zu ihnen stoßen.«

Daraus wird nichts! Nichts dergleichen wirst du tun! »Nein, mein guter und getreuer Uria«, war, was ich ihm antwortete, »noch darfst du nicht zurück. Ich will dir Schriftsachen mitgeben, die vor morgen nicht fertig sein können. Du mußt schon noch einen Tag bleiben. Und eine Nacht. Betrachte das als Urlaub. Deine Waffengefährten erwarten von dir, daß du dich erholst, daß du dir und deiner Frau eine Freude machst, solange du dazu Gelegenheit hast. Enttäusche sie nicht. Sie sind im Geiste mit dir. Wie kannst du ihnen gegenübertreten, wenn du es nicht tust? Sie müssen sich deiner schämen, wenn du nicht die Arbeit eines richtigen Mannes verrichtest, noch dazu bei einer Frau, die angeblich so charmant ist wie die deine. Sie soll doch so hübsch sein, so lebhaft, so leidenschaftlich. Oooooh, oooooh, geh nach Hause, Uria, jetzt, sofort, tu, wie ich dich heiße. Geh jetzt zu deiner Frau. Und spiel Ringelmatz mit ihr.«

»Wenn ich bei ihr liege, werde ich unrein.«

»Na wenn schon.«

»Drei Tage müßten vergehen, bevor ich wieder in die Schlacht ziehen kann.«

»Warum das«, rief ich ihm schroff in Erinnerung, »du bist kein Jude, Uria.«

»Aber einige meiner besten Freunde sind Juden.«

»Geh jetzt und fick deine Frau, verdammt noch mal!« brüllte ich.

»So wahr du lebst und deine Seele –« verschwor er sich von neuem und schüttelte den Kopf.

»Ich erteile dir Absolution«, versprach ich. Ich hatte meine Beherrschung wiedergewonnen und strahlte ihn an. Du verfluchter Dreiteufel! schimpfte ich ihn im stillen. »Ich erlaube dir, unverweilt in den Kampf zu ziehen.« Du abgekratzter Mausedreck! »Daher: Geh bitte nach Hause.« Ich plinkerte ihn verständnisinnig an, trat näher und flüsterte ihm ins Ohr: »Ah, ich kann mir sehr gut vorstellen, wie deine Frau daheim liegt, sehnsüchtig und erwartungsvoll seufzt sie der süßen Lust entgegen, die sie dir nach so langer Abwesenheit bereiten will. O Uria, Uria, wie beneide ich dich, wie sehr wollte ich, ich wäre an deiner Stelle.« Das war die reine Wahrheit. Keine zischelnde Schlange wisperte je verführerischer, kein Jago mühte sich je mehr. »Bestimmt sind ihre Lippen wie eine scharlachfarbene Schnur. Ich kann sie mir richtig vorstellen. Ihr Leib ist wie ein Weizenhaufen, umsteckt mit Rosen. Ihre Lenden stehen gleich einander wie zwei Spangen, die des Meisters Hand gemacht hat. Ihre Brüste gleichen den Weintrauben. Sie ist schön, deine Liebste, siehe, sie ist schön, und ist kein Flecken an ihr.« Ich wußte, davon gab es reichlich. »Ihre Augen sind wie Augen der Tauben an den Wasserbächen, mit Milch gewaschen und stehen in Fülle, ihre Zähne sind wie eine Herde Schafe mit beschnittener Wolle. Eile, Uria, eile, denn deine Liebste wird sein für dich wie ein Reh oder wie ein junger Hirsch auf den Scheidebergen.«

»Kann ich noch ein Schluckchen gegen den Kater kriegen?«

Das nahm mir den Wind aus den Segeln. Ich reichte

ihm die Flasche. Ich gab auf, auch wenn ich es den ganzen Tag über immer noch mal probierte. Ein Vergnügen war das nicht. Ich aß sogar mit ihm und trank mit ihm, und bei jedem Mundvoll wiederholte ich: »Uria, geh heim.« Seine Gesellschaft war so anödend wie die von Salomo, und als alle Worte ohne Wirkung blieben, machte ich ihn wieder betrunken.

»Uria, geh heim«, redete ich diesem verbiesterten Holzkopf zu, bis ich heiser war, doch als es Abend wurde, verließ er mich, ohne seinen Sinn geändert zu haben, legte sich wieder zur Palastwache auf den Boden und ging nicht nach Hause. Und ich saß da und trank allein, bis ich nichts mehr zu trinken hatte.

Hätte ich anders an Uria handeln können, als ich tat? War es für die Einheit der Nation nicht besser, den Skandal zu vertuschen, falls ich irgend konnte? Wer will mir vorwerfen, daß ich wenigstens den Versuch machen wollte? Gott wollte es mir vorwerfen, wie sich herausstellte, vorausgesetzt, Nathan hat nicht gelogen. Nathan ist der einzige mir bekannte Mensch, der von Gott träumt, wir andern beschäftigen uns im Traum mit dringenderen Angelegenheiten. Ich weiß nicht, wessen Einfall es war, Uria den Tod auf dem Schlachtfeld zu verordnen. Nennen wir es Teufelswerk. Allerdings war Nathan nicht beeindruckt von dieser Verteidigung, als er mir die schlechte Nachricht von den bevorstehenden Mißgeschicken brachte. Immerhin war ich es, der Uria den Brief an Joab mitgab, in dem stand: »Stellet Uria an den Streit, da er am härtesten ist, und wendet euch hinter ihm ab, daß er erschlagen werde und sterbe.« Joab stellte Uria unter streitbare Männer, von denen etliche fielen, und Uria, der Hethiter, starb auch.

Uria, der Hethiter, gehört also ebenfalls zu denen, die im Laufe der Kriegsgeschichte ihr Leben für König und Vaterland als gute Patrioten hingegeben haben.

Und kaum war die Trauerzeit abgelaufen, wurde seine fruchtbare Witwe meine Frau, zog in den Palast, beanspruchte die beste Wohnung im Frauenquartier, ließ Zwischenwände herausbrechen und eine handgefertigte Badewanne aus Alabaster aufstellen, weil sie erfahren hatte, daß ich kürzlich einen größeren Posten Alabaster erworben hatte.

Somit war ich gerettet.

Somit war ich verloren.

Denn was ich getan hatte, mißfiel dem Herrn, und ich sage nicht, daß ich Ihm das verdenke, wenngleich ich nie verzeihen werde, daß Er zur Vergeltung mein Baby tötete. Dies war eine häßliche, unmenschliche Handlung Gottes.

Ich habe es aufgegeben, an all jene Gebote zu denken, die ich bei diesem Erlebnis mit Bath-Seba und ihrem Mann übertrat. Von etlichen, die sich bei Moses finden, wissen, wie ich hoffe, weder Gott noch Nathan was, und mehr als einmal habe ich den Namen des Herrn unnütz geführt, wenn ich mich mit Bath-Seba im siebenten Himmel befand. Junge, Junge, Gebote gab es bei uns! Alles war entweder ge- oder verboten. Ich habe bei dieser Gelegenheit sechshundertdreizehn gezählt, und ich finde, das sind sehr viele für eine Gesellschaft mit einer Sprache, die keine geschriebenen Vokale kennt und insgesamt nur achtundachtzig Wörter umfaßt, von denen siebzehn als Synonyme für Gott gelten können.

Ich war zwar skeptisch, aber nicht eigentlich überrascht, als Nathan mich beschimpfte, weil ich das Mißfallen des Herrn auf mich gezogen hatte, und mir den Fahrplan der in Aussicht genommenen Strafen vortrug. Ich hatte Ihn bitter enttäuscht. Aber das war doch wohl nichts im Vergleich mit der Enttäuschung, die Er mir schon bald bereiten sollte.

»Woher weiß Er davon?« war meine erste Frage.

»Er hat so Seine Methoden.«

»Er wußte aber nicht, wo Abel war, nachdem Kain ihn getötet hatte, und auch nicht, wo Adam sich versteckt hielt, nachdem er den Apfel gegessen hatte.«

»Das waren Trickfragen.«

»In welcher Sprache hat Gott dich angeredet?« Das war nun meinerseits eine Trickfrage.

»Selbstverständlich auf jiddisch. Sollte ein jüdischer Gott etwa eine andere Sprache sprechen?«

Hätte Nathan gesagt: Lateinisch, ich hätte gewußt, er denkt sich was aus. Er begann mit dem Gleichnis – ist es ein Wunder, daß ich Gleichnisse verabscheue? – von dem Armen, dem der Reiche sein einziges Lamm nimmt, um es einem Besucher vorzusetzen. Als ich dann, wie vorherzusehen war, gegen den Reichen votierte, rief Nathan schadenfroh:

»Du bist der Mann!«

»Na, was soll es denn sein?« fragte ich fatalistisch, »Auge um Auge oder Zahn um Zahn?«

»So ungefähr«, meinte Nathan. »Er wird die Strafe dem Verbrechen anpassen.«

»Kann Er nicht mal die andere Wange hinhalten?«

»Da muß ich aber lachen.« Wie mein Sohn Salomo, mit dem er derzeit in einem ganz unwahrscheinlichen Bündnis ist, hat Nathan niemals einen Sinn gehabt für den ironischen Witz in meinen elliptischen Aussprüchen. »Warum hast du denn das Wort des Herrn verachtet, daß du solches Übel vor Seinen Augen tatest?« fuhr er kopfschüttelnd fort. Er redete mahnend und belehrend auf mich ein, mit einer Aussprache, als hätte er in Oxford studiert. »Uria, den Hethiter, hast du erschlagen mit dem Schwert; sein Weib hast du dir zum Weib genommen; ihn aber hast du erwürgt mit dem Schwert der Kinder Ammon. Nun, so soll von deinem Hause das Schwert nicht lassen ewiglich. So spricht der Herr: Siehe, ich will Unglück erwecken über dich aus deinem eigenen Hause und will deine Weiber nehmen vor deinen Augen und will sie deinem Nächsten geben, daß er bei deinen Weibern schlafen soll an der lichten Sonne. Denn du tatest es heimlich, ich aber will dies tun vor dem ganzen Israel und an der Sonne. So hast du die Feinde des Herrn lästern gemacht.«

Mir kam nicht in den Sinn, daß er Absalom meinen könnte, und ich hätte es auch nicht geglaubt, hätte er es gesagt. Um den Vortrag abzukürzen, bekannte ich meine Sünde.

Nathan beeilte sich, mich zu trösten: »Nur keine Sorge, keine Sorge, dir wird nichts geschehen, denn der Herr hat deine Sünde weggenommen.«

Das war immerhin ein Trost, doch gefror mir das Blut in den Adern, als ich ihn sagen hörte, der Sohn, den Bath-Seba gebären werde, sei mit Gewißheit bestimmt zu sterben.

Wo in Gottes weiter Welt blieb da die Gerechtigkeit? Er hätte mich nicht schlimmer kränken können, hätte Er mich auf der Stelle niedergestreckt. Wie konnte Er meine Schuld an einem Unschuldigen rächen? Ich gestattete mir nicht, dies zu glauben, bis ich mit eigenen Augen sehen mußte, daß es zu geschehen begann.

»Steht alles gut mit dem Kind?« fragte ich Bath-Seba, als sie es geboren hatte.

»Es steht gut mit ihm«, ließ sie mich wissen.

»Steht alles gut mit dem Kind?« fragte ich jeden Morgen und jeden Abend.

Bis der Tag kam, da es gar nicht mehr gut stand und das Kind sehr krank war. Wie eine verdurstende Seele nach Wasser verlangt, verlangte ich nach Barmherzigkeit für das Kleine. »Ich kann nicht ansehen des Knaben Sterben«, wiederholte ich Hagars Klage vor Gott. Ich konnte es nicht ertragen, der schuldige Augenzeuge zu sein, also fastete ich, ging hinein und lag über Nacht auf der Erde. Da standen auf die Ältesten meines Hauses und wollten mich aufrichten von der Erde, ich wollte aber nicht und aß auch nicht mit ihnen. Meiner Seufzer waren viele, und mein Herz war matt. Sieben Nächte lag ich auf der Erde und flehte zu Gott um das Leben meines Kindes und wußte in meinem Herzen, daß alle Gebete vergeblich waren und daß ich mit jedem Augenblick, der verging, mein Kind verlor und meinen Gott. Und am siebenten Tage starb das Kind.

Ich ahnte es, bevor man mir davon sagte. Ich schloß es aus den aufgeregten, wenn auch gedämpften Gesprächen draußen vor meinem Gemach. Meine Knechte fürchteten sich, mir anzusagen, daß das Kind tot sei, sie fürchteten die schlimmen Folgen, die diese Nachricht für mich haben könnte. Sie hatten gesehen, wie ich trauerte, als das Kind noch lebendig war. Ich blieb noch einige Minuten am Boden liegen, weinte stumm in den Lehm, ließ dann alle

Hoffnung fahren und nahm mich zusammen. Um uns allen die Dinge zu erleichtern, verhielt ich mich tapfer.

»Ist das Kind tot?« fragte ich ohne Umschweife.

Und meine Knechte, von der Last befreit, mir die Nachricht überbringen zu müssen, antworteten: »Ja, es ist tot.«

Ich wusch mich, legte neue Kleider an und sagte dann den überraschten Dienern, ich sei hungrig und wünsche reichlich zu essen, wie es sich für einen König schickt.

Ich war zornig auf Gott und zornig auf die Menschen. Ich verstand nicht, warum sich im Universum nichts regte. Ich wünschte, die ganze Welt trage Leid, ersticke an Wut und Kummer angesichts einer so grausigen Begebenheit. In hilflosem Zorn wünschte ich die Fäuste zu schütteln und von der höchsten Bergesspitze zu schreien: »Heult, heult ihr Hirten und weint!« Wie konnte irgendwer von Gefühl und Gewissen so ungerührt bleiben, als wäre nichts so Ungeheuerliches und Abgefeimtes geschehen wie das Sterben meines Kindes? »Oh, ihr seid von Stein!«

Als Absalom später eines gewaltsamen Todes starb, da wußte ich, daß ich ihn allein betrauern mußte. Ich war nicht zornig; da mußte Recht geschehen. Dies aber war ein neugeborenes Kind. Die um ihre Kinder weinende Rahel war, verglichen mit mir, geradezu apathisch, wenn ich bedenke, wie ich beim Tode dieser beiden litt, denn die um ihre Kinder weinende Rahel ist weiter nichts als eine Redewendung.

Ich ließ meine Gefühle nicht laut werden, als ich von der Erde aufstand, mich wusch und salbte, andere Kleider antat und in das Haus des Herrn ging, um ihn anzubeten. Man kann sich vorstellen, wie fromm und verzeihend ich wirklich in meinem Herzen war. Mein Betragen bei dieser Gelegenheit ist Teil einer Legende geworden.

Ich ging in mein eigenes Haus und ließ mir Brot vorsetzen und Fleisch und Früchte des Feldes, und ich aß heißhungrig. Ich war ja auch halb verhungert. Das Schweigen, das mich dabei umgab, war betäubend. Meine dienstwilligen Knechte stierten wie mit Stummheit geschlagen ängstlich und verblüfft ob der furchterregenden Härte, die sich in meinem überraschenden Appetit ausdrückte. Als Abner starb, hatte ich den Tag über gefastet, doch als mein Kind starb, speiste ich. Schließlich fand einer den Mut zu fragen: »Was ist das für ein Ding, was du tust? Da das Kind lebte, fastetest du und weintest, nun es aber gestorben ist, stehst du auf und issest?«

Bis ich es ihnen erklärt hatte, hielten sie mich für besessen. Ich entgegnete leise, denn ich wollte in ihrer Gegenwart nicht niederbrechen: »Um das Kind fastete ich und weinte, da es lebte«, sagte ich, und es gelang mir, mit fester Stimme zu sprechen, »denn ich gedachte: Wer weiß, ob mir der Herr nicht gnädig wird, daß das Kind lebendig bleibe? Nun es aber tot ist, was soll ich fasten? Kann ich es auch wiederum holen? Alle gehen an einen Ort, alle sind von Staub genommen und werden wieder zu Staub. Es kommt nicht zurück, niemals, niemals. Ich werde wohl zu ihm fahren, es kommt aber nicht wieder zu mir.«

»Der Herr hat gegeben, der Herr hat genommen«, intonierte Nathan salbungsvoll, und ich hätte ihm gern eins aufs Auge gehauen.

»Amen«, erklang der Chor seiner Nachbeter. »Der Name des Herrn sei gelobt.«

Ich verfluchte die ganze Bande wortlos. Was für miserable Tröster waren das mit ihrem selbstgerechten »der Name des Herrn sei gelobt«, und ich verfluchte den Tag ihrer aller Geburt. Hatten sie denn allesamt vergessen, daß der Herr uns Seinen Namen nicht mal hatte offenbaren wollen?

Allein wütete ich gegen den Herrn, voller Verachtung und Streitsucht, ich lechzte danach, mich mit Ihm zu schlagen. Ich konnte mich wirklich nicht beherrschen, ich wollte es jetzt mit Ihm austragen. Ich war willens, Ihn zu verfluchen und zu sterben. Er aber lehnte es ab, sich mit mir einzulassen. Niemals hat Er sich für den Tod meines Kindes gerechtfertigt. Statt dessen bekam ich die Antwort, die ich am wenigsten erwartet hatte.

Schweigen.

Eine andere Antwort hat Er mir seither nicht gegeben.

Sein Gebrüll wäre mir recht gewesen. Majestätisch donnern sollte Er von mir aus, aus einem Wirbelwind; ich gierte nach einer Reaktion von Ihm, ich provozierte Ihn, reizte Ihn, statt dieses endlosen undurchdringlichen Schweigens wollte ich hören, wie Er mir mit Seiner allmächtigen Stimme befahl:

»Wer ist der, der den Ratschluß verdunkelt mit Worten ohne Verstand? Gürte deine Lenden wie ein Mann!«

Diesen Scheiß sollte Er mal an mir ausprobieren, ich würde nicht so geduldig darauf erwidern wie Hiob.

»Und wer bist Du, bitte schön?« würde ich Ihn anblaffen?

Wenn Er sich dann traut, mag Er ruhig antworten: »Ich will dich fragen, lehre mich! Wo warst du, da ich die Erde gründete? Sage an, bist du so klug!«

Und ich höre richtig, wie ich entgegne: »Als ob das nicht völlig egal wäre!«

Dann mag Er mir aus dem Wetter antworten: »Weißt du, wer ihr das Maß gesetzt hat oder wer über sie eine Richtschnur gezogen hat? Wer hat das Meer mit Türen verschlossen, da es herausbrach wie aus Mutterleib? Hast du bei deiner Zeit dem Morgen geboten und der Morgenröte ihren Ort gezeigt? Hast du vernommen, wie breit die Erde sei? Bist du gewesen, da der Schnee herkommt, oder hast du gesehen, wo der Hagel herkommt? Aus wes Leib ist das Eis gegangen, und wer hat den Reif unter dem Himmel gezeugt? Kannst du die Bande der sieben Sterne zusammenbinden oder das Band des Orion auflösen? Fliegt der Habicht durch deinen Verstand und breitet seine Flügel gegen Mittag? Fliegt der Adler auf deinen Befehl so hoch, daß er sein Nest in der Höhe macht? Kannst du den Leviathan ziehen mit dem Hamen und seine Zunge mit einer Schnur fassen? Wer hat dem Platzregen seinen Lauf ausgeteilt und den Weg dem Blitz und Donner und läßt regnen aufs Land? Antworte mir, wenn du verständig bist.«

»Das spielt doch jetzt alles keine Rolle mehr«, würde ich Ihm bissig zur Antwort geben. »Verstehst Du denn nicht? Das ist jetzt alles einerlei.«

Mit Bath-Seba erging es mir besser als mit Gott. Bath-Seba und ich sprachen kaum miteinander bei unserem zärtlichen Zusammensein, nachdem das Kind gestorben war, und die wenigen Worte, die wir tauschten, waren ein halbverständliches Murmeln, sie fielen wie Tropfen zwischen unser langes und inniges Schweigen. Ich ging zu ihr, als das Kind gestorben war, um sie zu trösten, die noch zu Bette lag, ich hielt ihre Hand, und sie weinte leise, mehr als eine Stunde lang. Ihre Tränen troffen langsam.

XI
UND SO BEGAB ES SICH

Liebreizend ist ihre Stimme und schön ihr Angesicht, und so geschah es, daß Bath-Seba mir einen zweiten Sohn gebar, nachdem ich in sie einging und wieder bei ihr lag. Wir gaben ihm den Namen Salomo, und der Herr liebte ihn – sagt sie. Mir ist das unverständlich.

»Wie kommt es nur«, hatte ich sie früher schon gefragt und fragte sie auch jetzt wieder, »daß du von Uria keine Kinder hattest? Und auch von keinem der anderen vor ihm?«

»Ich habe Verhütungsmittel benutzt«, sagte sie und rieb dabei emsig eine Salbe auf die Lider, welche Malachit enthielt und grün färben sollte. »Ich habe die Pille genommen.«

»Wie kommt es dann, daß du von mir immerzu Kinder kriegst?«

»Ich möchte eines Tages die Mutter eines Königs sein. Das ist einer der Gründe, weshalb ich hier eingezogen bin.«

»Das war ein Fehler. Die Mutter eines Königs kannst du nicht werden.«

»Salomo . . .?«

»Der ist derzeit der allerletzte Anwärter.«

»Dann rück ihn vor.«

»Ausgeschlossen, meine Liebe, mein Täubchen –«

»Dann laß deine Pfoten von mir.«

»– meine Schwester, meine reine, feine.«

»Solange wir diese Sache nicht ein für allemal geklärt haben, wünsche ich keine sexuellen Beziehungen mehr zu dir.«

»Du bist schön, meine Freundin, du bist schön.«

»Gib's auf, David, heute nützt dir das nichts. Du weißt, was ich verlange, und ich wünsche, daß du es mir gibst. Königin will ich sein.«

»Wir kennen keine Königin – muß ich dir das noch mal sagen?«

»Dann will ich eben die erste sein. Du kannst tun, was dir beliebt. Ich möchte berühmt sein. Eines Tages will ich in der Bibel stehen. Nicht mal deine eigene Mutter ist namentlich in der Bibel erwähnt.«

Da mußte ich lachen. »Du glaubst doch nicht, daß du je in Vergessenheit geraten könntest, nach dem, was du und ich Uria angetan haben?« Ich lachte noch mal. »Keine Angst, du kommst in die Bibel. Es könnte dir mißfallen, was drinsteht, aber rein kommst du.«

»Uria wird berühmter sein als ich«, weissagte Bath-Seba bedauernd. »Dem wird mehr Platz eingeräumt, weil er mein Mann war, als mir, weil ich seine Frau war, oder auch deine, oder als der Mutter Salomos.«

»Lange wirst du nicht mehr als die Mutter Salomos bekannt sein, wenn du weiterhin so offen intrigierst. Sterbe ich, so ist das Kind in Lebensgefahr und du ebenfalls. Amnon ist ein Egoist, und Absalom ist sehr stolz. Es ist schon aus geringerer Ursache gemordet worden.«

»Dann versprich mir jetzt, daß du ihn zu deinem Erben einsetzt. Du wirst es mir früher oder später doch zu Gefallen tun, also warum nicht gleich?«

Ihre Unverschämtheit war sinnverwirrend, und ich mußte lachen. »Weshalb sollte ich?«

»Weil ich dich lutsche. Und weil du so phantastisch mit mir fickst. Deshalb.«

»Dann mal los.«

»Erst versprich es mir. Zurück da. Ich habe nein gesagt! Rühr mich da nicht an. Trau dich nicht, mich zu kratzen. Es ist mein Ernst, David. David!«

Sie hatte bis zu einem gewissen Grade recht mit dem, was sie sagte, doch war das irrelevant. »Die Chance, daß dein kleiner Salomo je König wird, ist eins zu eine Million, also laß diesen Gedanken lieber fallen, und vor allem: rede nicht davon. Amnon und Absalom rangieren vor ihm, und dann kommt noch Adonia. Und das sind bloß die, die mit A anfangen. Also leg dich, meine Liebste, laß mich in deinen Garten kommen und von deinen Früchten kosten. Deine Augen sind wie Taubenaugen zwischen deinen Zöpfen. Dein Schoß ist ein runder Becher, dem nimmer Getränk mangelt, dein Leib wie ein Weizenhaufen umsteckt mit Rosen, deine Zähne sind wie eine Herde Schafe mit beschnittener Wolle.«

»Ah, David, nein, David.«

»Deine Brüste sind wie Trauben am Weinstock. Deine Lenden stehen gleich aneinander wie zwei Spangen, die des Meisters Hand gemacht hat. Mein Banner über dir sei Liebe. Laß ihn mich in dein Ohr stecken.«

»Nein, David. Oh, David. Oh, David. Oh, David – nein, David.« Und gab nach, während sie schwor, nie nachgeben zu wollen, und bedauerte es nicht. »David«, seufzte sie selig, als wir ruhten, »das war himmlisch. Wo nimmst du nur all die herrlichen Wörter her?«

»Ich denke sie mir aus.« Ich war selber sehr befriedigt davon. »Ich hätte dich, nebenbei gesagt, leicht zwingen können, das weißt du.«

»Und was brächte dir das?« kicherte sie höhnisch. »Ebensowohl könntest du Ahinoam, Abigail oder Abital zwingen und hättest das gleiche Vergnügen. Und das sind nur die, die mit A anfangen.«

»Abigail ist nicht übel«, fühlte ich mich gedrängt, loyal anzumerken.

»Aber kannst du sie mit mir vergleichen?« fragte Bath-Seba mit Grund. »Jetzt hör mal, David – die Nachfolge. Du warst doch auch nicht der Älteste, als Samuel dich auswählte.«

»Samuel hat mich nicht ausgewählt«, enthüllte ich ihr, »und hätte nur zu gern einen meiner Brüder genommen. Samuel hatte für mich nicht viel übrig. Gott – ja. Wenn Gott zu mir spräche, müßte ich selbstverständlich tun, was Er verlangt.«

»Dann rede mit Ihm. Er schuldet dir noch einen Gefallen, nicht?«

Ich berichtigte sie.

»Er muß mich um Verzeihung bitten. Du begreifst den Unterschied?«

»Ich will aber nicht.«

»Er muß nicht etwas an mir gutmachen. Nur entschuldigen soll Er sich. Und ich rede erst wieder mit Ihm, wenn Er zuvor mit mir redet. Er wird schon von selber reden, wenn Er meint, Er habe mir was zu sagen. Darüber brauchst du dir keine Gedanken zu machen. Amnon ist der erste, und gleich nach ihm kommt Absalom, falls die beiden am Leben bleiben. Und wen von beiden ich auch benenne, einer wird den anderen sogleich erledigen, wenn er einen Funken Grips hat.«

»Und wenn beide nicht überleben?«

»Dann kommt als nächster Adonia. Aber warum sollten sie nicht am Leben bleiben? Was geht in deinem Kopf vor, du kleine Füchsin?«

»Ich steche Nadeln in ihre Bilder.«

»Untersteh dich!«

Alle beide wurden mit einer so betäubenden und ungeheuerlichen Endgültigkeit weggerafft, daß ich mir auch jetzt noch verbieten muß zu mutmaßen, daß sie es vielleicht doch getan hat. Amnon ließ bestellen, er sei krank. Ich habe schon davon gehört, daß man andere krankmachen kann mit Nadeln und Piekedingern, mit Insektenpulver und anderen Arten Schwarzer Magie und selbstverständlich auch mit Gift. Amnon jedoch spielte seine Krankheit nur, wie sich herausstellte – Bath-Seba also war exkulpiert –, und er arrangierte alles so, daß ich selber der leichtgläubige Narr war, der ihm meine unschuldige Tochter Tamar ins Haus schickte und damit seinen grausamen Klauen überlieferte. Nicht einmal Bath-Seba, bei aller List, bei Nadeln und Piekedingern, hätte so ein Szenario erdenken können. Ich muß sie reinwaschen, auch wenn es verlockend ist, für das Eintreten der Ereignisse, die zum Zerfall der Familie führten, nach jeder Erklärung zu greifen, die mich freispricht. Der Fehler lag anderswo, denn jeder von uns – Amnon, Absalom und ich – hat tätig dazu beigetragen, daß diese schlimmen Sachen über uns kamen, und Amnon und Absalom starben durch das Schwert. Nur Tamar war unschuldig.

Weil Tamar, Absaloms Schwester, sehr hellhäutig war und überdies jungfräulich, meinte Amnon, er werde wenig erreichen, wenn er ihr auf die übliche Weise den Hof machte. Er glaubte, er sei vor Liebe zu ihr krank, und wußte nicht aus noch ein. Der hübsche, müßige, verwöhnte Amnon, mein Erstgeborener, gehörte zu jenen eitlen Jünglingen, die in jeder Laune den kategorischen Imperativ sehen und in der geringsten Verweigerung ein erdrückendes Unglück, das nicht zu ertragen ist. Er dachte sich also diese abscheuliche Methode aus, sie zu vergewaltigen, und ich fiel auf seine angebliche Krankheit herein. Ich hatte dieses Kind verdorben, indem ich die Rute sparte, und weil ich ihm auch die Konsequenzen seiner Übeltat ersparte, richtete ich die Bühne her für noch viel Schlimmeres. Vielleicht habe ich das verdient. Mit Absalom hatte ich keinerlei Meinungsverschiedenheiten, bevor das mit Amnon und Tamar passierte. Danach endete der Zank zwischen mir und Absalom nicht mehr, bis Joab sein Herz mit drei Pfeilen durchbohrte, während Absalom an den Haaren im Gezweig hing, ihn dann abschneiden und im Wald in eine stinkende Grube werfen ließ wie ein Tier, das keine orthodoxe Bestattung verdient.

Als ich meinen Sohn aufsuchte, der hatte ausrichten lassen, er sei krank, bat er mich: »Laß bitte Tamar kommen, daß sie mich pflege.« Und er lag da wie ein Kranker.

»Wahrscheinlich ein Virus«, bemerkte ich.

Er nickte matt und niedergeschlagen. »Sie soll vor mir einen Kuchen machen oder auch zwei, daß ich von ihrer Hand esse und mich erheitere.«

Welcher Vater hätte da wohl nein gesagt? Die beiden hatten als Kinder miteinander gespielt, auch war Dienerschaft in seinem Haus, sie würden also nicht allein sein miteinander.

»Gehe hin in das Haus deines Bruders Amnon und mache ihm eine Speise«, sagte ich zu Tamar, als ich wieder zu Hause war. »Er liegt krank zu Bett und bittet dich zu kommen.«

Tamar ging also zu ihres Bruders Amnon Haus, und sie trug ein vielfarbiges Gewand, leuchtend und fröhlich wie jene reichen, prachtvollen Kleider, die meine liebreizende Dienerin Abisag täglich trägt. Vielleicht war es dieses hübsche Jungfrauengewand, das sie für Amnon ganz unwiderstehlich machte, denn anders läßt sich einfach nicht erklären, weshalb er sie anschließend behandelt hat, wie er es tat.

Amnon hatte dafür gesorgt, daß er im Bette lag und leidend aussah, als Tamar kam. Sie krempelte die Ärmel auf und machte sich an die Arbeit, die zu tun sie gekommen war. Sie knetete Mehl und machte Kuchen vor seinen Augen, und sie buk die Kuchen, wo er ihr zusehen konnte. Und als sie fertig waren, nahm sie die Pfanne und schüttete sie vor ihm aus. Amnon aber schüttelte den Kopf und wollte nicht essen.

»Bist du nicht hungrig?« fragte das Mädchen scheu und mitfühlend.

»Hungrig schon, aber ich bin so matt«, antwortete er lustlos. »Laß jedermann von mir hinausgehen. Bitte. Ich fühle mich so schwach. Die Leute machen mich noch verrückt.« Und als alle gegangen waren, sprach er zu Tamar: »Bring das Essen in die Kammer, daß ich von deiner Hand esse. Hilf mir auf, Schwester. Gehen kann ich wohl, aber aufhelfen mußt du mir schon.«

Tamar brachte also die Kuchen, die sie gemacht hatte, in die Kammer, wo Amnon sich unterdessen auf das breitere Bett gelegt hatte. Er ließ genügend Platz, damit Tamar auf der Kante sitzen und ihn füttern konnte. Als sie ihm aber die Kuchen reichen wollte, packte er sie so rauh und kräftig, daß es sie überraschte, und sagte dabei: »Meine Schwester, schlaf bei mir.«

Das verdutzte Mädchen wollte sich von ihm losmachen, doch hielt er sie fest.

Tamar bat ihn ängstlich: »Nicht, mein Bruder, schwäche mich nicht.«

»Bitte«, befahl er rauh, »ich muß dich haben.«

»Zwinge mich nicht«, flehte sie, »so tut man nicht in Israel.«

»Es wird dir schon gefallen.«

»Tue nicht eine solche Torheit!«

»Ein Nein akzeptiere ich nicht.«

»Und ich?« rief sie, immer noch schüchtern, aber in dem verzweifelten Bemühen, ihn von seiner Absicht abzubringen. »Wo will ich mit meiner Schande hin? Und du, du wirst sein wie die Toren in Israel. Rede mit dem König, der wird mich dir nicht versagen.«

Das sah sie ganz richtig. Das 3. Buch Moses verbietet dem Mann, bei der Tochter der Frau seines Vaters zu liegen, doch hätte ich es erlaubt, wären Amnons Absichten ehrenhaft gewesen und hätte er sie heiraten wollen. Solche Gebote werden häufig übertreten, und ich hätte alle fünfe gerade sein lassen und bei der Hochzeit getanzt. Aber Amnon dachte nicht an Heirat. Unterdessen hörte er auch schon nicht mehr auf ihre Worte, vielmehr zog er sie an sich.

»Schrei nicht«, drohte er, »sonst erfahren es auch meine Diener.«

Er war stärker als sie und drückte sie aufs Bett, hob ihren Rock auf und vergewaltigte sie.

Ah, welches Malheur er damit anrichtete und welches Verderben er auf uns brachte! Auch auf sich selber, denn Tamar blieb nicht das einzige Opfer. Seinetwegen floh ich sieben Jahre später um mein Leben aus Jerusalem. Die Zeit vergeht wirklich rasend schnell, wenn man so zurückblickt. Es schienen eher sieben Sekunden zu sein als sieben Jahre.

Und alles deswegen und um dessentwillen, was dann folgte. Als Amnon fertig war mit ihr, liebte er sie nicht mehr, ja, er haßte sie geradezu, sein Haß war größer, denn vorher die Liebe war. Warum das so war, wußte er nicht, dachte darüber auch nicht nach. Was hat er denn von einer Jungfrau erwartet?

»Mache dich auf und hebe dich«, befahl er grausam, verachtungsvoll und erfüllt von Ekel. Und er drängte sie hinaus.

Das verwirrte, geschändete Mädchen war einem Zusammenbruch nahe.

»Du hast keinen Grund«, jammerte sie, »das Übel ist größer denn das andere, das du an mir getan hast, daß du mich ausstößest.«

Er aber gehorchte ihrer Stimme nicht und erniedrigte sie noch mehr, indem er seinen Knaben rief, der sein Diener war, und diesem befahl: »Treibe diese von mir hinaus und schließ die Tür hinter ihr zu.«

Unter diesen Worten duckte sich Tamar wie unter Peitschenschlägen. Der Diener kicherte höhnisch, führte sie hinaus und verriegelte hinter ihr die Tür.

Amnon also warf sie hinaus. Weshalb? Vieles bleibt dem Auge verborgen und auch dem Ohr.

Tamar, nachdem sie vom Diener hinausgetrieben war, warf Asche auf ihr Haupt und zerriß den bunten Rock, den sie trug, legte ihre Hand auf das Haupt und ging daher und schrie. So traf sie ihren Bruder Absalom, der an all diesem wohl erkannte, was vorgefallen war, so daß sie ihm nichts zu sagen brauchte. »Ist dein Bruder Amnon bei dir gewesen?« fragte er und riet ihr dann: »Schweig still, meine Schwester, und sage niemandem etwas, denn er ist dein Bruder.« Sie aber war untröstlich, blieb in ihres Bruders Absalom Haus und wollte nicht mehr hervorkommen. Als man mir diese Angelegenheit vortrug, lobte ich meinen Sohn.

»Das hast du gut gemacht, Absalom.« Am unangenehmsten war mir, daß ich jetzt in der Klemme saß und sehr diffizile Entscheidungen würde treffen müssen. Zunächst wurmte mich am meisten, daß mein Ältester mich derart zum Narren gemacht hatte. »Es war ein guter Rat, den du ihr da gegeben hast.«

»Und was wirst du jetzt tun?« fragte Absalom und sah mich eindringlich an, während er auf meine Antwort wartete.

»Du meinst Amnon?«

»Um ihn zu strafen.«

»Er ist mein Sohn.«

»Meine Schwester ist deine Tochter.«

»Sie ist bloß ein Mädchen. Und geschrien hat sie doch nicht?«

»Wer hätte ihr wohl geholfen? Amnon ist der Sohn des Königs.«

»Das ist einerlei. Eine Dirne, die in der Stadt aufgegriffen wird und nicht schreit, trifft ebensoviel Schuld wie den Mann.«

»Wirklich?« fragte Absalom beinahe teilnahmslos. Immerhin runzelte er die Stirne.

»Ja. So steht es in der Bibel. Sieh nach.«

»Der Teufel darf also für seine Zwecke die Bibel zitieren?«

»Ich bin nicht der Teufel, Absalom. Und deine Schwester Tamar ist ja nicht einmal verlobt. Genau betrachtet ist es nirgendwo verboten, ein Mädchen zu vergewaltigen, das nicht verlobt ist. Wußtest du das?«

»Dann verbiete es doch. Vielleicht macht mein Bruder Amnon ein Gesetz, das Vergewaltigung verbietet, sobald er König ist.«

Ich wußte gar nicht, daß er diese Begabung zum Sarkasmus hatte.

Das stimmte mich bedenklich. Ich ahnte nicht, was er wirklich dachte.

»Hast du mit Amnon gesprochen?« Das hätte ich wirklich gern gewußt.

»Ich habe nicht mit Amnon geredet, weder Gutes noch Böses.«

»Sehr gut, mein Junge«, lobte ich ihn wieder.

»Es hätte doch keinen Sinn.« Seine Miene blieb unentzifferbar, die durchdringenden dunklen Augen blickten mich aber unverwandt an.

»Es hätte wirklich wenig Sinn. Amnon ist dein Bruder.«

»Und Tamar ist bloß meine Schwester.« Ich wußte nicht: meint er das ironisch?

»Ja.«

»Wirst du mit Amnon sprechen?« fragte Absalom.

»Ich werde ihn meinen Grimm fühlen lassen, das verspreche ich dir.«

»Und möchtest du sie sehen?«

»Wen?«

»Tamar.«

»Weshalb?«

»Um mit ihr zu reden.«

»Worüber?«

»Sie ist in meinem Haus und mag nicht herausgehen. Sie ist ganz verändert. Mit niemandem will sie sprechen. Nie wieder.«

»Warum sollte ich dann mit ihr reden wollen? Was könnte ich ihr sagen, das ihr hilft?«

»Du hast sie zu ihm geschickt.«

»Er behauptete, krank zu sein.«

»Belogen hat er dich.«

»Das bekommt er von mir zu hören.«

»Sie ist untröstlich. Sie weint fortgesetzt.«

»Kann ich sie etwa trösten?«

»Sie meint, nirgendwo in Israel kann sie ihre Schande verbergen.«

»Wir können das vertuschen. Es braucht niemand etwas zu erfahren.«

»Aber kann sie ihre Schande vor sich selber verbergen? Er hat sie durch einen Diener aus dem Hause weisen lassen wie irgendeine unzüchtige Person.«

»Laß mich dich fragen: Was soll ich ihr sagen? Daß ich Amnon zwingen will, sie zu heiraten?«

»Das will sie nicht mehr«, sagte Absalom.

»Was will sie denn?«

»Sie möchte in Israel nicht mehr gesehen werden.«

»Wohin soll ich sie schicken?«

»Darf ich sie nach Gesur bringen, zum Hause des Königs, des Vaters unserer Mutter?«

»Das ist ein guter Einfall«, stimmte ich sogleich zu. »Bring sie selber hin.«

»Und du?«

»Du meinst, was ich mit Amnon machen soll?« Das war eine schwer zu beantwortende Frage. »Höre auf die Worte deines Vaters, mein Sohn.« Ich suchte einer Antwort auszuweichen und gab mich ausgesprochen professoral.

»Ich höre«, sagte Absalom. »Ich will daraus möglichst viel lernen.«

»Dann höre auf diese Worte deines Vaters. Sie ist nur deine Schwester, Absalom. Es ist nicht so, als wäre sie deine Frau, dein Kebsweib oder deine Tochter.«

»Tamar ist deine Tochter.«

»Sollte ich eine Tochter an einem Sohn rächen? Sag mir das mal, wenn dir die Antwort so leicht fällt.«

»Wirst du es tun?«

»Erwartest du wirklich, daß ich ihn töten lasse?«

Am Ende tat ich selbstverständlich nichts, ich machte nur den vergeblichen Versuch, meinen Sohn Amnon reumütig zu stimmen. Es ist manchmal viel leichter, wegzusehen. Und Absalom hat mir das nie verziehen. Das verstehe ich jetzt. Damals wollte ich nicht einmal begreifen, daß er mir einen Vorwurf machte. Aber wie, meinte er, hätte ich Amnon bestrafen sollen? Und wie hätte ich selber Absalom bestrafen können, hätte Joab mir das nicht abgenommen?

Tatsächlich ließ ich Amnon meinen Zorn fühlen – so gut ich konnte –, als wir miteinander allein waren, wenn es auch nichts nützte. Er war träge und gelangweilt, und als ich ihm vorhielt, was er da getan hatte, wirkte er völlig unbeteiligt. Er tat, als füge er sich mir, er lächelte distanziert und überheblich und ging ganz offenbar davon aus, daß ich keine Strafe über ihn verhängen würde. Während ich ihn scharf tadelte, fuhr er mit dem Kamm durch seine Locken. Die waren frisch eingeölt, und er trug mehr Armbänder, als ich gern an einem Mann sehe. Weder bedauerte er, daß er Tamar geschändet, noch daß er mich, seinen König und Vater, hinterlistig und respektlos zum Kuppler erniedrigt hatte. Das warf ich ihm nämlich ebenfalls vor, und dieser Vorwurf machte auf ihn ebensowenig Eindruck wie der andere.

»Du hättest mich dabei aus dem Spiel lassen müssen«, tadelte ich ihn. »Warum hast du mich so zum Narren gemacht?«

Dieser Vorwurf amüsierte ihn geradezu. »Ich wollte mal sehen, ob mir das gelingt. Verstehst du denn keinen Spaß? Du bist ergrimmt über mich, das merke ich.«

»Ich bin sehr ergrimmt.«

»Ich merke es. Dabei begreife ich nicht, was dich eigentlich ärgert. Ich liebte Tamar und war so krank vor Liebe, daß ich nicht essen konnte und von Tag zu Tag magerer wurde. Nachdem ich sie gehabt hatte, liebte ich sie nicht mehr. Ist das so schwer zu verstehen? Oder so ungewöhnlich? Sie trifft daran eine Menge Schuld. Oder findest du nicht, daß sie mich provoziert hat? Sie hätte mein Haus nicht betreten dürfen, wenn sie nicht wollte, daß ich Gewalt anwende.«

Einen Moment starrte ich ihn offenen Mundes an. »Ich habe sie zu dir geschickt.«

»Das hättest du lieber lassen sollen«, warf er mir sanft vor.

»Du hast mich doch darum gebeten?«

»Und sie hätte nie mit mir allein in der Kammer bleiben dürfen.«

»Du hast die Diener weggeschickt.«

»Aber geschrien hat sie nicht, nicht wahr? Obwohl wir in der Stadt waren. Schreien muß sie. Andernfalls trifft sie ebensoviel Schuld wie mich, und sie kann zu Tode gesteinigt werden.«

»Wer wäre ihr zu Hilfe gekommen? Du bist des Königs Sohn.«

»Das ist einerlei«, versetzte er. »In der Stadt muß sie schreien.«

»Es ist also alles ihre Schuld?«

»Weshalb regst du dich so auf?« fragte er selbstzufrieden. »Ich werde eines Tages König, und dann spielt das alles keine Rolle mehr.«

»Das Mädchen fühlt sich geschändet, Amnon«, redete ich ihm ins Gewissen. »Sie weint fortgesetzt und will nicht aus dem Hause gehen.«

Amnon zuckte die Achseln. »Wenn ich darauf Rücksicht nehmen sollte, ob die Mädchen sich geschändet fühlen, könnte ich nie wieder eine vergewaltigen.«

»Und mußtest du sie anschließend rauswerfen?«

»Sie war mir ekelhaft, Vater. Was sollte ich denn da machen? Der Haß hinterher war größer als die Liebe vorher. Deshalb wollte ich sie so schnell wie möglich los sein. Ich konnte sie keinen Moment länger ertragen. Geht es dir nicht häufig ebenso, wenn du bei einer Frau gelegen hast?«

»Nie«, sagte ich und nach einigem Überlegen, »es sei denn, wenn sie zuviel reden.«

»Bei mir ist es nicht nur das«, fuhr er nachdenklich fort. »Bei mir ist es fast immer so. Das ist der einzige Aspekt dieser ganzen Angelegenheit, der mir zu schaffen macht. Es könnte sein, daß ich da ein Problem habe. Ich empfinde meist Ekel vor Frauen, mit denen ich Geschlechtsverkehr gehabt habe. Weshalb starrst du mich so an?«

»Weil ich meine, das könnte dir noch mehr zu schaffen machen, solltest du mal König sein. Ich hinterlasse dir einen großen Harem. Und es mag sein, daß du da nicht deinen Mann stehen kannst. Du hast ein Haus voller Weiber, die sich für deine Frauen oder deine Mätressen halten und die dich, wie du mir sagst, mit Ekel erfüllen. Wie willst du das ertragen? Das ist, als lebte man in einem Käfig voller Vögel. Dein Harem wird die reine Hölle sein. Schon unter günstigen Umständen ist ein Harem kein Lustort, aber deiner wird dir zum Alptraum werden.«

»Darüber mache ich mir auch Gedanken«, sagte er versonnen. »Stimmt vielleicht irgendwas nicht mit mir? Ich frage mich, ob da nicht etwas Rätselhaftes ist. So wie bei dir und Jonathan.«

Ich starrte ihn abweisend an. »Was, bitte, willst du damit sagen?«

»Ich verstehe nicht«, sagte er etwas ungeduldig, »weshalb du so überempfindlich reagierst. Ich bin nicht der einzige, der sich das fragt.«

»Was fragt?« Ich war außer mir.

»Nun, was deine Freundschaft mit Jonathan angeht«, antwortete er völlig ungerührt. »Das ist nun wirklich kein Geheimnis. Sogar du selber sprichst darüber ja ganz offen in deiner Elegie. Es heißt darin doch, daß du Jonathans Liebe der Frauenliebe vorgezogen hast.«

»Davon kann überhaupt keine Rede sein«, widersprach ich heftig. Jetzt plötzlich war ich in die Defensive gedrängt. Das war ja unerträglich. »Es heißt da«, fuhr ich präzise fort, »Jonathans Liebe war mir sonderlicher denn Frauenliebe. Von vorgezogen steht da überhaupt nichts. Sonderlich hat eine völlig andere Bedeutung.«

Rede du nur, sagte seine skeptische Miene. »So?«

»Es ist die Rede von Freundschaft«, führte ich umständlich aus. »Und wenn du in Betracht ziehst, daß ich damals erst drei Frauen gekannt hatte, nämlich Michal, Abigail und Ahinoam, dann sollte das wohl verständlich sein?«

»Du kennst doch die Geschichten, die umgehen?«

»Lauter dummes Zeug. Lies die Elegie noch mal, lies sie genau. Ich will darin weiter nichts sagen, als daß Jonathan mir ein guter Freund gewesen ist, daß er mir nahe stand wie ein Bruder. Das ist alles.«

»So wie Absalom mir?« fragte Amnon höhnisch grinsend und strich die Ärmel seines Gewandes glatt, als wolle er nun endlich weg von hier.

»Ganz richtig.« Ich fühlte Grund unter den Füßen, nun, da wir wieder bei unserem eigentlichen Thema angelangt waren. Jonathan und ich – daß mein eigener Sohn mir jetzt so was vorhalten konnte, war zuviel. »Ganz recht. Wie Absalom und du. Hat dein Bruder Absalom mit dir gesprochen?«

»Mein Bruder Absalom?« Mir kam vor, als spiele er mit mir in seiner vorgetäuschten Gelassenheit. »Weshalb, bitte?«

»Wegen seiner Schwester Tamar.«

»Warum sollte er? Mein Bruder Absalom hat nicht mit mir geredet, weder Böses noch Gutes.«

»Ist er nicht erzürnt?«

»Worüber wohl? Macht er sich etwa soviel aus seiner Schwester?«

Denk an Simeon und Levi, hätte ich erwidern können, wäre es mir eingefallen, an diese beiden hitzigen Söhne Leas und Jakobs zu erinnern, die die Schande ihrer Schwester Dina rächten, indem sie den liebeskranken Prinzen Sichem und alle Männer in seiner Stadt erschlugen. Simeon und Levi fielen, als die Zeit gekommen war, kühnlich mit dem Schwerte über die Stadt her, als Sichems

Männer noch geschwächt waren von der Beschneidung, der sie sich unterworfen hatten; dies gehörte zu der Abmachung, die sie mit den beiden Listigen getroffen hatten, die Sichem dafür angeblich ihre Schwester Dina lassen wollten. So waren sie wehrlos und wurden allesamt erschlagen, auch der Prinz und sein Vater. Und der arme alte Jakob war gar nicht glücklich über die Gefahr, die seine Söhne solcherart heraufbeschworen. »Ihr habt mir Unglück zugerichtet und mich stinkend gemacht vor den Einwohnern dieses Landes«, beschimpfte er Simeon und Levi, befahl, die Zelte abzubrechen, die Rinder zusammenzutreiben, und ließ die Ohrenspangen und die fremden Götter, die unter ihnen waren, unter der Eiche eingraben, die neben Sichem stand, bevor er die gebotene Flucht antrat. »Wenn sich die Einwohner dieses Landes versammeln über mich, werden sie mich schlagen, denn ich bin ein geringer Haufe.«

Es begab sich also, daß mein geachteter, komplizierter, überlasteter Vorfahr wieder einmal um sein Leben fliehen mußte, aber nicht wie ich vor einem Sohn; allerdings war er zuvor schon einmal vor seinem Bruder Esau geflohen, den er um den Segen betrogen und dessen Erstgeburtsrecht er sich durch ein Linsengericht erkauft hatte, als Esau so ausgehungert von der Jagd zurückkam, daß er glaubte, hungers sterben zu müssen.

Absalom wartete seine Zeit ab. Ohne Zweifel hätte ich strenger zu Amnon sein müssen. Weil nicht alsbald ein Urteil geschieht über die bösen Werke, dadurch wird das Herz der Menschen voll, Böses zu tun. Jedenfalls läßt sich das von Absalom sagen. Mit einer Geduld, einer Selbstdisziplin und einer Verstellungskunst, die niemand, der ihn kannte, ihm zugetraut hätte, lächelte und lächelte er zwei ganze Jahre lang und verharrte doch in Sünde. Er tat nichts. In seinem Herzen aber haßte er Amnon, weil der die Schwester Tamar gezwungen hatte. Und ich weiß jetzt, daß er auch mich haßte. Er wußte, daß ich ihn liebte. Er muß gewußt haben, daß ich ihn liebte, und er muß mich um so mehr verabscheut haben, weil er sah, daß ich ihm wie ein Sklave anhing. Er muß das aus der Art, wie ich ihn nach seiner langen Verbannung willkommen hieß, ersehen haben. Er küßte mich nicht. Vielleicht hatte ich ihn zu lange ferngehalten, drei Jahre in Gesur, zwei hier in Jerusalem, ohne daß er mein Angesicht sehen durfte. Vielleicht war eine Trennung von fünf Jahren viel zu lang.

Was hat er sich wohl gedacht, als er mich und alle seine Brüder zum Feste der Schafscherer lud, wo er Amnon in den tödlichen Hinterhalt lockte. Ich mag gar nicht daran denken, was für Alternativpläne er noch ausgeführt hätte, wäre ich der Einladung gefolgt. Die ersten Berichte von einem Blutbad, die in die Stadt gelangten, waren schlimm: Absalom hatte angeblich alle seine Brüder erschlagen, alle Prinzen, alle meine Söhne. Mir wurde ganz übel. Ich bekam keine Luft. Menschen wurden auf der Straße ohnmächtig. Dann kamen meine anderen Söhne aufgelöst in die Stadt mit der schaurigen Botschaft, daß Absaloms unsäglicher Haß sich nur auf den Bruder Amnon entladen hatte. Man glaube es oder nicht: verglichen mit der ersten Nachricht, die von massenhaftem Brudermord wissen wollte, war dies geradezu eine gute Neuigkeit.

Nur an Amnon hatte Absalom gedacht, als er seinen Vergeltungsschlag so gründlich plante: »Sehet darauf, wenn Amnon guter Dinge wird von dem Wein und ich zu euch spreche: Schlagt Amnon und tötet ihn, daß ihr euch nicht fürchtet, denn ich hab's euch geheißen. Seid getrost und frisch daran!«

Und im gegebenen Moment befahl Absalom ihnen: »Schlagt Amnon!« und sie schlugen Amnon.

Amnon also starb im Trunk und hatte nicht Zeit zu fragen, weshalb. Und Absalom floh nach Gesur, wo sein Großvater König war, und blieb dort drei Jahre. Ich verfolgte ihn nicht, ich verlangte nicht seine Auslieferung. Die wäre gewiß erfolgt, denn Gesur liegt in Syrien, und ganz Syrien war mir tributpflichtig. Ich ließ ihn dort, ließ ihn am Leben. Aber mit einem grausamen Schlag hatte ich beide verloren, und das bei einem der üblichen Feste aus Anlaß der Schafschur. Über Amnons Tod tröstete ich mich bald, doch meine Seele sehnte sich nach Absalom.

Joab wußte das. Jeden Tag betrauerte ich den Verlust dieses meines bildhübschen, überlebenden, prachtvollen Knaben, den ich schon immer so grenzenlos bewundert hatte. Ich machte mir seinethalben Sorgen. Und der Gedanke quälte mich furchtbar, ich könnte ihn nicht wiedersehen.

Joab erkannte, daß mein Herz sich nach Absalom verzehrte, und er packte schließlich den Stier bei den Hörnern. Ich verbarg nicht, daß ich mir seine Nähe wünschte. Aber das Gesetz, so sorgte ich mich – das Gesetz. Wie sollte ich einen meiner Söhne begnadigen, der einen anderen meiner Söhne erschlagen hatte? Wie sollte ich einen Sohn zurückholen, der den Bruder getötet hatte, der in der Thronfolge vor ihm stand? Aber man konnte es Joab überlassen, zu zeigen, wie einfach das war.

Als erstes schickte er mir das kluge Weib von Thekoa, die sollte das Eis brechen und die Tat vorbereiten, die er selber mir ans Herz legen wollte. Er schickte sie als Witwe verkleidet. Sie warf sich zu Boden vor mir, dann trug sie auf überzeugende Weise jene Geschichte vor, die angeblich wahr, in Wirklichkeit aber wieder nur eines jener ärgerlichen Gleichnisse war.

»Hilf mir, König«, sagte sie.

Und ich fragte sie mitfühlend: »Was ist dir?«

Sie begann darauf mit ihrem nüchternen Bericht: »Deine Magd hatte zwei Söhne, die zankten miteinander auf dem Felde und schlug einer den anderen und tötete ihn. Und siehe, nun steht auf die ganze Freundschaft wider deine Magd und sagen: Gib her den, der seinen Bruder erschlagen hat, daß wir ihn töten für die Seele seines Bruders und auch den Erben vertilgen; und wollen meinen Funken auslöschen, der noch übrig ist, daß meinem Mann kein Name und nichts übriges bleibe auf Erden. Macht das den Erschlagenen wieder lebendig?«

Ich konnte ihrem Gedankengang gut folgen und neigte zu Mitgefühl. »Gehe heim, ich will für dich gebieten«, sagte ich. »Wer wider dich redet, den bringe zu mir, so soll er dich nicht antasten.«

Darauf sprach sie fest: »Der König gedenke an den

Herrn, deinen Gott, daß der Bluträcher nicht noch mehr Verderben anrichte und sie meinen Sohn nicht vertilgen.«

Und ich versprach: »So wahr der Herr lebt, es soll kein Haar von deinem Sohn auf die Erde fallen.«

Das Weib nun fuhr entschlossen fort: »Laß deine Magd meinem Herrn König etwas sagen.«

Wie sollte ich das abschlagen? »Sage an.«

»Der König, der solches geredet hat, ist wie ein Schuldiger, dieweil er seinen Verstoßenen nicht wieder holen läßt.« Als sie meinen Schock bemerkte, huschte ein Schatten von Furcht über ihr Gesicht. »Denn wir sterben des Todes«, fuhr sie hastig fort, wie um dem Zorn zuvorzukommen, den ich ob ihrer unglaublichen Zudringlichkeit empfinden könnte, »und sind wie Wasser, so in die Erde verläuft; und Gott will nicht das Leben wegnehmen, sondern bedenkt sich, daß nicht das Verstoßene auch von Ihm verstoßen werde.«

»Wer hat dich dazu angestiftet?« waren die Worte, mit denen ich nach einer Weile erwiderte; und auf daß sie sich nicht fürchte, fuhr ich fort: »Leugne mir nicht, was ich dich frage: Ist nicht die Hand Joabs mit dir in diesem allen?«

Und das kluge Weib von Thekoa, das allerdings klug genug war, geschickt zu schmeicheln, antwortete wie folgt: »So wahr deine Seele lebt, der Herr, mein König, ist wie ein Engel Gottes und merkt alles auf Erden. Ja, dein Knecht Joab hat's mir geboten, und er hat solches alles deiner Magd eingegeben.«

Ich entließ sie. »Schick mir Joab. Sag ihm, was du getan hast. Übrigens, dies nur zu meiner Information – du hast doch gewiß keinen Sohn, der seinen Bruder erschlug?«

»Nein, mein Herr König. Und Witwe bin ich auch nicht.«

»Hm. Ich verstehe allmählich.«

Joabs Gründe hörte ich mir willig an, schon in der Hoffnung, sie möchten unwiderlegbar sein. Ich war dankbarer, als ich sagen kann, als er seine realistische Auffassung darlegte, die weltweit gilt, derzufolge kein Gesetz legitim ist und daß es folglich auch nicht so etwas gibt wie ein Verbrechen. Und vollends mußte ich verstummen, nachdem er mir feierlich jene goldene Regel verkündete, nach welcher in der zivilisierten Welt bis auf diesen Tag verfahren wird: »Tue deinem Nächsten immer nur, was für dich am besten ist.« Jeder weitere mögliche Widerstand meinerseits war weggefegt.

»Also geh und bringe den Knaben Absalom heim«, gab ich großmütig nach, als erwiese ich ihm damit eine Gnade.

Und da tat Joab etwas höchst Überraschendes, was ich nie vergessen habe und was er selber sich womöglich nie verziehen hat. Er fiel auf sein Antlitz zur Erde, beugte sich nieder und dankte mir, ja, er nannte sich meinen Knecht und mich seinen Herrn und König. Das alles tat Joab. Ich weiß bis heute nicht, was ihn da geritten hat. Eine so offene und ehrfürchtige Geste seinerseits setzte mich nicht nur in Erstaunen, sondern rührte mich fast zu Tränen. Wir weinten damals ziemlich häufig.

Diesen ganz unwahrscheinlichen Gefühlsausbruch begleitete Joab mit den Worten: »Heute merkt dein Knecht, daß ich Gnade gefunden vor deinen Augen, mein Herr und König, da der König tut, was sein Knecht sagt.«

Es dauerte eine Minute, bis ich mich von meiner Überraschung erholte. Dann sagte ich: »Er soll aber wieder in sein Haus gehen und mein Angesicht nicht sehen. Und er soll vorsichtig sein, denn das Volk wird ihn verabscheuen.«

Joab ging also nach Gesur und brachte Absalom nach Jerusalem. Erst viel später, als ich auf der Flucht aus Jerusalem nach dem Jordan war, kam es mir in den Sinn, daß Joab nicht nur von mitmenschlichen Empfindungen geleitet gewesen sein könnte, als er für Absaloms Rückkehr plädierte. Ist Mißtrauen erst einmal erwacht, schläft es so bald nicht wieder ein, und ich zweifle noch immer an Joabs Beweggründen. Es kann sein, daß Absalom sich alles verdorben hat, weil er Joabs Gerstenfeld abbrennen ließ.

Nach drei Jahren in der Verbannung kehrte Absalom

also in sein Haus zurück und sah mein Angesicht während der folgenden zwei Jahre nicht. Zu meiner Verblüffung verabscheute ihn niemand dafür, daß er seinen Bruder erschlagen hatte. Und es war in ganz Israel kein Mann so schön wie Absalom, und er hatte dieses Lob vor allen. Er machte mir Freude. Drei Söhne wurden ihm geboren – das waren meine Enkel – und eine Tochter, die nannte er Tamar nach ihrer geschändeten Tante, meiner Tochter. Und sie war schön von Gestalt, doch nutzte ihr das nichts, denn bald schon verlor sie ihren Vater im Kriege. Frauen mit Namen Tamar kommen in der Bibel nicht gut weg. Die erste ist jene Kanaaniterin, zweimal verwitwet, das zweite Mal nach Onan, der seinen Samen lieber auf die Erde fallen ließ, als der verwitweten Frau seines Bruders ein Kind zu machen und den Namen fortzupflanzen, und den der Herr dafür erschlug. Sie mußte sich als Prostituierte verkleiden und das Gesicht mit einem Schleier bedecken, um ihren Schwiegervater dazu zu verführen, daß er die Leviratsehe mit ihr vollzog, auf die sie Anspruch hatte, und sie zu schwängern als Angehörige der Familie ihres verstorbenen Mannes. Die zweite Tamar war meine Tamar, die das Unglück hatte, von ihrem Halbbruder Amnon vergewaltigt zu werden. Und die neueste kleine Tamar verlor ihren Vater in der Schlacht im Walde von Ephraim, und man hat von ihr nie wieder gehört.

Ihr Vater Absalom also wohnte zwei volle Jahre in Jerusalem, ohne mein Angesicht zu sehen oder den Königspalast auch nur ein einziges Mal zu betreten. Ich genoß es, daß er so beliebt war. Ich hätte gern sein Gesicht gesehen und fühlte mich irgendwie köstlich und zugleich hämisch gerechtfertigt, wenn man mir sagte, er wolle mich gern sehen. Ich verbot es, und das war widernatürlich und selbstgerecht, aber daß ich uns beiden diese Entbehrung auferlegte, empfand ich als tugendhaft.

Der temperamentvolle Absalom war nach Ablauf dieser beiden Jahre unleidlich geworden und auf dem Punkt, zu explodieren. Deshalb wollte er Joab kommen lassen, damit der bei mir darauf dränge, daß ich Absalom gänzlich amnestiere. Joab ignorierte diese Aufforderung. Als er auch auf die zweite Bitte Absaloms nicht kam, sagte dieser zu seinen Knechten: »Sehet das Stück Acker Joabs neben meinem, und er hat Gerste darauf. Gehet hin und steckt's mit Feuer an.«

Da erst begab Joab sich zu Absalom und fragte ihn: »Warum haben deine Knechte mein Land mit Feuer angesteckt?«

Und der kühne Absalom antwortete meinem General, ohne mit der Wimper zu zucken: »Siehe, ich sandte nach dir und ließ dir sagen: Komm her, aber du wolltest nicht. Ich aber werde alle deine Felder abbrennen lassen, so du nicht kommst, wenn ich dich rufe.«

»Was willst du von mir?« fragte Joab, der wohl wußte, daß ihm die Hände gebunden waren.

»Geh zum König, meinem Vater, und sprich mit ihm, auf daß er mich sein Gesicht sehen lasse. Bin ich ein Fremder für ihn? Frage ihn, warum ich von Gesur gekommen bin, wenn ich doch nicht wieder sein Sohn sein darf? Es wäre mir besser, daß ich noch dort wäre. Ist aber eine Missetat an mir, so mag er mich töten. Andernfalls will ich sein Gesicht sehen.«

Es schien jetzt so, als wäre mein Sohn Absalom ebenso darauf versessen, mein Gesicht zu sehen, wie ich das seine zu sehen wünschte, und als wolle er alles tun, was ihm möglich war, die ersehnte Versöhnung herbeizuführen. Ich lauschte mit großer Herzenswärme, als Joab berichtete, was geschehen war, und es tat mir wohl, meinen bedeutenden General so wütend zu sehen. Nie zuvor war er so hilflos, aufgeregt und gereizt gewesen.

»Alle meine Felder will er mir abbrennen«, ließ sich mein Hauptmann über alle vernehmen.

Ich grinste erst, dann lachte ich laut.

»Wozu ließest du ihn von Gesur kommen, wenn du ihm dein Gesicht nicht zeigen willst? Bitte, mach Frieden mit ihm. Was soll das alles? Es wäre für uns alle besser gewesen, er wäre dort geblieben, als daß es hier zwischen uns dreien Unfrieden gibt.«

Wie man weiß, sagte ich nun ja.

Absalom kam nicht kriechend, als ich ihn zu kommen aufforderte. Er betrat stolz mein Gemach, so als wäre er der Gekränkte, und ohne mit einem Wort oder einem Blick um Verzeihung zu bitten, verneigte er sich vor mir bis zum Boden. Sein Selbstvertrauen und sein Stolz entzückten mich. Als er sich erhob, nahm ich ihn bei den Schultern und schloß ihn schluchzend in die Arme. Und ich küßte ihn. Wieder hatte ich Tränen in den Augen. Er aber küßte mich nicht.

XII
DIE SCHLANGE IM GRAS

In den nun folgenden Monaten überschüttete ich ihn mit Ehren und Geschenken, und bald, nachdem wir uns versöhnt hatten, geschah es, daß Absalom sich einen Wagen machen ließ und Rosse und fünfzig Mann, die seine Trabanten waren. Ganz wie Adonia jetzt. Absalom war das Stadtgespräch. Er schien ein strahlender junger Gott, und das Volk bejubelte ihn. Und ich ergötzte mich schamlos und stellvertretend an der Verehrung, die ihm zuteil wurde, und an seinem zugleich energischen und anmutigen Selbstvertrauen. Er rechtfertigte meinen Dünkel dadurch, daß er sich hingebungsvoll dem langweiligen Verwaltungskram widmete; dabei legte er einen Fleiß und einen Bürgersinn an den Tag wie kein anderer meiner Söhne vorher oder seither. Er war, was uns beide ehrte, aus dem gleichen Holz geschnitzt wie ich.

Absalom entdeckte in sich schon bald eine große Begabung und auch eine Neigung zum Regierungsgeschäft, die ich selber von Natur aus nicht besitze. Innenpolitik war sein Element. Ich strahlte, als ich bemerkte, wie willig er war und wie gewissenhaft. Das war naiv. Joab wagte nicht, mir zu sagen, daß Absalom mit dem Volk machte, was ich vor langer Zeit selber mit Saul gemacht hatte: Er war in jeder Weise gefällig und suchte sich beliebt zu machen. Er stand früh auf und trat an den Weg bei dem Tor. Und wenn jemand einen Handel hatte, daß er zum König vor Gericht kommen sollte, rief ihn Absalom zu sich und sprach: »Aus welcher Stadt bist du?« Und wenn die Antwort lautete: »Dein Knecht ist aus der Stämme Israels einem«, so sprach Absalom zu ihm: »Siehe, deine Sache ist recht und schlecht; aber du hast keinen, der dich hört beim König außer mir, und ich werde deine Sache zu meiner machen.«

Tatsache ist, daß mich, wie so viele bedeutende Führerpersönlichkeiten der Geschichte, der sich ständig wiederholende Kleinkram des Regierens langweilte. Meine Sache war es, Krieg zu führen, nicht, zu regieren. Ein Kriegsmann ist in Friedenszeiten wie ein Fisch ohne Wasser. Die meiste Zeit wußte ich nicht, was mit mir anfangen. Was das Delegieren von Verantwortung angeht, so war ich ein wahres Muster. Wer sie haben wollte, konnte sie bekommen. Joab war mein Oberkommandierender, Benaja befehligte die Leibgarde aus Krethern und Plethern, Adoram war Rentmeister, Josaphat mein Kanzler, Zadok und Abjathar waren meine Priester und meine Söhne oberste Amtmänner, sie taugten aber wenig. Unter vielen anderen Einrichtungen, die ich vernachlässigt hatte, war auch das Gerichtswesen. Als ich hörte, daß Absalom sich der Beschwerden annahm und mich von der Notwendigkeit befreite, das selber zu tun, segnete ich seine Unternehmungslust.

Es freute mich auch, als man mir berichtete, Absalom habe gesagt: »Oh, wer setzt mich zum Richter im Lande, daß jedermann zu mir käme, daß ich ihm zum Recht verhülfe! Wie schade, daß der König niemand bestellt hat, dich anzuhören. Aber ich will mir Zeit lassen, dir Recht zu sprechen.«

Recht wollte er sprechen? Nun, mochte er doch. Ich war nur allzu bereit, mich von meinem Sohn so kompetent vertreten zu lassen. Ich wußte nicht, daß er auf diese Weise systematisch und vorsätzlich meine Autorität untergrub. Und auch, wenn man mich gewarnt hätte, ich hätte es nicht geglaubt, weil ich dafür kein Motiv erblikken konnte. Er stand doch zunächst am Thron. Also ließ ich ihn machen, völlig unkritisch und verblendet. Bis zum heutigen Tage finde ich es unglaubhaft, daß jemand, der so welterfahren und auch klug war wie ich, von Vaterliebe überkommen sich verleiten läßt, den Vogel Strauß nachzuahmen, dieses häßliche Tier, das den Kopf in den Sand steckt, weil es nicht sehen will, was gut ist unter der Sonne und was böse.

Aber was Absalom angeht, verhielt ich mich ganz so. Ich erkannte nicht die Gefahr, die für mich darin lag, daß Absalom, wollte ein Bittsteller vor ihm niederfallen, die Hand ausstreckte, ihn ergriff und küßte. Auf diese Weise tat Absalom dem ganzen Israel, wenn sie kamen vor Gericht zum König, und stahl also das Herz der Männer Israels. Ich klatschte ihm im stillen Beifall. Ich krähte vor väterlicher Liebe, ich bewunderte die Handlungsweise und die anmutige Aufführung meines unvergleichlichen Augapfels. Es tat meinem eigenen Herzen wohl, daß er die Herzen der Männer Israels stahl, daß dieser, mein Sohn, mein Augapfel und Haupterbe, der an meiner Stelle König werden würde, so bewundert, gelobt und verehrt wurde.

Wie hätte ich wissen sollen, daß er nicht warten konnte? Nicht im Traume fiel mir ein, er könnte nicht warten wollen. Wäre er gehorsam gewesen und hätte gewartet, er wartete heute noch, wäre nicht mehr so jung und voller Charisma, denn ich habe ein langes Leben gehabt. Selbst eine so taube Nuß wie Adonia scharrt schon voller Ungeduld, weil er das königliche Erbe antreten möchte, und verliert mehr und mehr die Lust, untätig darauf zu warten. Oder auf Abisag, die Sunemitin, zu warten.

»Siehst du denn nicht, wie er sie anguckt«, sagt Bath-Seba immer wieder, »wie lüstern er glotzt, wenn sie hereinkommt? Bist du denn blind?«

Und er verfolgt seine Pläne für das üppige Bankett im Freien, wo er gedenkt zu protzen mit teuren Sachen und damit, daß er wieder einmal sagt, er wird König sein. Offenbar meint er, er brauche dafür nicht mehr meine Erlaubnis. Der Platz, den er gewählt hat, liegt außerhalb der Stadt, wo er jede Menge Gäste bewirten kann, und Zuschauer aus der Stadt und der Umgebung können sich dort in beliebiger Zahl einfinden. Joab und er stellen gerade die Liste der Gäste zusammen. Er hat mich aufgefordert teilzunehmen. Noch hat man weder Salomo eingeladen noch Bath-Seba. Weshalb nicht? Adonia mag sie beide nicht, und so mag er es denn lassen, wenn er bereit ist, das Risiko zu laufen, das solche vorsätzliche Kränkungen zur Folge haben. Zadok lädt er ebenfalls nicht ein, denn einen Priester hat er schon. Hat er Abjathar gewählt? Nein, Abjathar hat ihn gewählt, sagt er affektiert lächelnd.

Es fällt schwer, mit jemandem zufrieden zu sein, der so selbstzufrieden ist: die Kleidung und das übermäßige Gelächter eines Mannes, auch wie er geht und steht, verraten, wer er ist, und das alles gefällt mir an ihm nicht. Ich habe weder die Vitalität noch den Wunsch, mich aus meinem Palast wegzurühren. Adonia hat vorgeschlagen, mir ein bequemes Lager auf einem Ochsengefährt zu bereiten, und wir könnten nebeneinander bei Tische sitzen, wenn ich gewiß auch nur wenig esse. Er will einen Trinkspruch auf mich ausbringen, ich soll reden, er will in die Hände klatschen und laut pfeifen.

»Da würde ich mir ja die Eier abfrieren«, lehne ich ab, und dabei fällt ihm ein weiterer Wunsch ein.

»Darf ich«, so fragt er zu meiner Verblüffung, »Abisag zur Frau nehmen?«

Ich schaue ihn fest an. »Du weißt doch wohl, daß du nicht nur Abisag von mir verlangst, sondern durch sie das Königreich? Hat Joab dir das nicht erklärt?«

»Du weißt doch, daß das Reich mir ohnehin gehört.«

»Falls nicht«, versetze ich trocken, »brauchst du nur wieder Abisag zu verlangen, und du wirst sehen, was passiert. Kannst du nicht wenigstens abwarten, bis ich den Geist aufgegeben, den letzten Atemzug getan und mich zu meinen Vätern begeben habe?«

»Joab meint, es wäre nicht übel, Abisag jetzt schon zu verlangen.«

»Hältst du viel von Joab?«

»Er hilft den Frieden bewahren.«

»Lädst du Benaja ein?«

»Das hält Joab für überflüssig.«

Als er gegangen ist, höre ich von der Gasse her den Lärm, den er macht, als er seine Karosse besteigt und die fünfzig Männer, die vor ihm herlaufen, zu rufen anheben.

»Er hält sich für Absalom«, bemerkt Bath-Seba verächtlich, ohne zu lächeln.

Wirklich ahmt er Absalom nach, er neidet ihm den Glanz, der von meinem Liebling ausging, diesem schwarzhaarigen Prinzen, und er will nicht sehen, zu welch traurigem, schmutzigen Ende das führte, in eine stinkende Grube im Wald unter einem Steinhaufen.

Was ich jetzt keinesfalls gebrauchen kann, ist noch ein Putsch. Absalom bereitete seinen auf denkbar harmlos scheinende Weise vor: er bat um Erlaubnis, nach Hebron gehen zu dürfen, um ein Gelübde zu erfüllen, das er in Gesur in Syrien abgelegt hatte: »Wenn mich der Herr wieder gen Jerusalem bringt, so will ich dem Herrn einen Gottesdienst tun.«

»Und haben wir in Jerusalem keine Priester?« fragte ich.

»In Hebron ist man darüber unzufrieden, daß wir in Jerusalem wohnen.«

So scharfsinnig war Absalom im allgemeinen nicht, und ich frage mich jetzt, ob er damals schon von Ahitophel oder Joab beraten wurde. »Man wird uns nicht so oft vorwerfen, daß wir Juda vernachlässigen, wenn wir uns da sehen lassen. Ich erfülle also nicht nur einen frommen Wunsch, sondern auch einen diplomatischen Auftrag.«

»Geh in Frieden«, sagte ich.

Also machte Absalom sich auf und ging nach Hebron. Er ging, um Krieg gegen mich zu führen.

Wer hätte das gedacht? Gegen mich, einen König und Vater, an dem man sich mehr versündigte, als ich selber sündigte, der ihn mehr liebte als die eigene Seele. Wer hätte gedacht, daß ein junger Mann von so feurigem, offen zur Schau getragenen Stolz und einem so leidenschaftlichen Temperament mit so glatter Zunge sprechen, daß ein so flatterhafter, so waghalsiger Mensch zugleich so verschlagen sein kann? Ich hätte nicht vergessen dürfen, mit welch steinerner Zurückhaltung mein schöner dunkeläugiger Sohn zwei Jahre hatte vergehen lassen, bis er Amnon erschlug, ohne auch nur ein einziges Mal zu verraten, welch blutdürstige Rachepläne an ihm nagten. Ich hätte seinetwegen öfter mit Ahitophel, dem Giloniter, sprechen sollen, solange mir die ungewöhnliche Klugheit Ahitophels noch zur Verfügung stand, eben jenes Ahitophel von Gilon, der sich niemals irrte, auch nicht, als er auf seinem Esel heimritt, seine Angelegenheiten ordnete und sich erhängte. Danach wurde er zum Sprichwort. »Er hat so recht wie Ahitophel«, sagt man.

Nur einmal irrte er, nämlich in der Annahme, mein Sohn werde seinem klugen Rat folgen. Das war Eitelkeit, und zwar bei beiden. Der unfehlbare Ahitophel unterschätzte das Selbstgefühl des schmucken, räuberischen Prinzen, um deswillen er von mir desertiert war, und auch die Rolle, die Überheblichkeit spielen mochte, als Absalom im ersten Siegesrausch zu dem Glauben neigte, er könnte nichts verkehrt machen.

Absalom bereitete den Aufstand gegen mich vor, indem er durch Agenten in allen Stämmen Israels die Kunde ausstreute: »Wenn ihr der Posaune Schall hören werdet, so sprecht: Absalom ist König geworden zu Hebron.«

Als Absalom seine Sachen gepackt hatte und ging, begleiteten ihn zweihundert Fromme aus Jerusalem, die eben dort in Hebron anbeten wollten, wo Absalom angeblich hinging; sie gingen in aller Einfalt und wußten nichts um die Sache. Doch kamen sie quasi im Gefolge Absaloms nach Hebron hinein und wurden zu der wachsenden Schar seiner Anhänger gezählt, die sich dem Aufstand gegen mich angeschlossen hatten. Dort blies Absalom die Posaune und rief sich zum König aus. Er sandte danach zu Ahitophel, dem Giloniten, meinem Ratgeber aus meiner Stadt Gilo, ihm bei seinem Aufstand zu helfen. Während Absalom darauf wartete, daß seine Agenten überall in Israel die Nachricht von seinem Putsch verbreiteten, opferte er. Als Ahitophel auf seine Seite übertrat, breitete sich der Aufstand schnell aus und erstarkte. Es war wie ein Waldbrand. Zu meiner Verwirrung und meinem Erschrekken nahm die Zahl der Anhänger Absaloms stetig zu.

Wer hätte gedacht, daß so viele unzufrieden waren mit

mir! Bevor ich noch recht wußte, was geschah, waren die in der Überzahl und hatten mich gestürzt. Jubelnde Parteigänger Absaloms griffen zu den Waffen und rückten vom Norden, Süden und Westen gegen Jerusalem vor, was mir die Wahl des Fluchtweges ersparte. Ich mußte nach Osten fliehen, aufs freie Feld in der Wüste jenseits des Jordan, wollte ich in Sicherheit sein. In Juda und Israel mehrte sich das Volk mit Absalom.

»Das Herz jedermanns in Israel folgt Absalom nach«, berichteten meine Kundschafter, und alle weiteren Meldungen bestätigten dies aufs bedrohlichste.

Da zögerte ich nicht, zu fliehen.

»Auf, laßt uns fliehen!« lautete der Befehl, den ich jenen gab, die bei mir in Jerusalem verblieben waren, sobald ich die Lage überblickte, »denn hier wird kein Entrinnen sein vor Absalom; eilet, daß wir gehen, daß er uns nicht übereile und ergreife uns und treibe ein Unglück auf uns und schlage die Stadt mit der Schärfe des Schwertes.«

Ich mißtraute allen. Wer würde mir folgen, wer bleiben? Meine Diener schienen willens, mir zu folgen, wohin ich sie führte. Ich packte rasch meine Sachen für eine eilige Flucht. Aus dem Palast ging ich zum Bache Kidron an der Ostgrenze der Stadt, und mein ganzes Haus und meine Knechte mir nach. Und was war das für ein irrwitzig großes Haus geworden im Laufe der Jahre, wie viele Ehefrauen hatte ich nicht, wie viele völlig nutzlose Kebsweiber, die ich längst satt hatte, und zahllose plärrende Kinder. Ich ließ jene zehn Kebsweiber zurück, auf den Palast zu achten, und sie hatten Anweisung, die Zimmer zu lüften, täglich das Bettzeug auf dem Dach auszubreiten, einerlei, ob jemand drin geschlafen hatte oder nicht, alles für den Fall, daß ich doch zurückkäme. Ich floh deshalb so rasch, weil ich in einer Schlacht auf freiem Felde bessere Aussichten hatte als beim Häuserkampf, wo ich meine Truppen nicht entwickeln konnte und nicht wußte, wer mir noch treu war und wer nicht. Ahitophel hatte ich bereits eingebüßt. Mein Neffe Amasa, der Sohn meiner Lieblingsschwester Abigail, war ebenfalls zu Absalom übergegangen und befehligte seine Truppen.

Und von Joab war nichts zu sehen.

Noch einmal beklagte ich mein Schicksal auf dem Wege nach dem Bache Kidron: Ich hatte nichts, wo ich ungefährdet mein Haupt hinlegen konnte.

Am Bach blieb ich stehen, um eine Bestandsaufnahme zu machen. Daß ich nicht verlassen war, war gewiß. Schon rührten sich meine Lebensgeister. Benaja mit allen Krethern und Plethern war mir ergeben, und sie gingen an mir vorüber durch den Bach. Dies bedeutete, daß ich wenigstens nicht überraschend unter die fünfte Rippe gestochen werden würde, wie ich Saul hätte tun können, wäre das je meine Absicht gewesen. Dann kamen Itthai und seine Gathiter, sechshundert Krieger, die nach meinem Sieg über die Philister bei mir Dienst genommen hatten, und auch die zogen an mir vorüber. Das war schon fast ein Heer. Ich fürchte, die Dankbarkeit übermannte mich, als ich Itthai und seine Gathiter sah, und ich wurde sentimental. Mag sein, ich identifizierte mich zu sehr mit ihm. Ich tat mir selber leid, und er tat mir ebenfalls leid.

»Warum gehst du auch mit uns?« platzte ich gefühlig heraus. »Kehre um und bleibe bei dem König, denn du bist fremd und von deinem Ort gezogen hierher. Ich weiß, was es heißt, heimatlos zu sein. Gestern bist du gekommen, und heute soll ich dich mit uns hin und her ziehen lassen? Denn ich will gehen, wohin ich gehen kann. Kehre um, und deine Brüder mit dir. Dir widerfahre Barmherzigkeit und Treue.«

Und Itthai antwortete mir und sprach: »So wahr der Herr lebt, und so wahr mein Herr König lebt, an welchem Ort der Herr, mein König, sein wird, es gerate zum Tod oder zum Leben, da wird dein Knecht auch sein.«

»So komm und gehe mit«, sagte ich zu Itthai und hätte fast geweint. Was ich getan hätte, wäre er auf meinen Vorschlag eingegangen, weiß ich nicht. Wahrscheinlich noch mehr geweint.

Und Itthai zog mit allen seinen Männern über den Bach und mit allen Weibern und den Kleinen, die sie bei sich hatten. Und das ganze Land weinte mit lauter Stimme, und alles Volk ging mit. Und ich selber ging auch über den Bach Kidron, und alles Volk ging vor mir auf dem Wege, der zur Wüste geht, die da liegt zwischen der Stadt auf den Bergen und dem Tale des Jordan. Dann stieß auch Abisai zu uns, alt und drahtig, der ein weiteres Kontingent erfahrener Soldaten anführte, die zu meinem stehenden Heer gehörten. O nein, allein war ich keineswegs.

»Wo ist dein Bruder Joab?« fragte ich Abisai.

Und der antwortete rätselhaft: »Bin ich etwa meines Bruders Hüter? In der Stadt habe ich ihn noch gesehen.«

Benaja sorgte wortlos und unauffällig dafür, daß seine Leute sich zwischen mich und Abisai schoben. Dann kamen zu meiner Überraschung mein Priester Zadok, alle Leviten und sonstigen Priester mitsamt der Bundeslade aus der Stadt, setzten die Lade ab und warteten darauf, daß unser Trauerzug sich wieder in Bewegung setzte. Und Abjathar, mein zweiter Priester, war ebenfalls bei ihnen. Diese Evakuierung nahm Ausmaße an, mit denen ich nicht gerechnet hatte, es war ein richtiger Exodus. Zum Glück bewahrte ich einen kühlen Kopf. Ich bat die Priester, die Bundeslade in die Stadt zurückzutragen. Daß sie loyal zu mir hielten, war ermutigend, aber mir würden sie nützlicher sein, wenn sie in der Stadt blieben und Absalom Treue schworen, anstatt unseren Zug zu vergrößern, denn kämpfen konnten sie nicht, aber essen mußten sie. Es war nicht der Augenblick für feierliche Demonstrationen.

»Ich bin David, nicht Moses«, sagte ich zu ihnen, »und ich werde ganz gewiß wiederkehren. Werde ich Gnade finden vor dem Herrn, so wird Er mich wieder holen und wird mich die Lade sehen lassen und Sein Haus. Spricht Er aber also: Ich habe nicht Lust zu dir – siehe, hier bin ich. Er mache es mit mir, wie es Ihm wohl gefällt. Die Lade aber möge in der Stadt bleiben, welche heilig ist.« Und zu Zadok und Abjathar gewandt fuhr ich fort: »Seid ihr nicht beide Seher? Kehrt also zurück in die Stadt, und eure Söhne mit euch, und seht für mich, was ihr sehen könnt. Ich will verziehen auf dem freien Felde in der Wüste, bis daß Botschaft von euch komme und sage mir an.«

Zadoks Sohn Ahimaaz und Abjathars Sohn Jonathan mochten als Kuriere dienen. Zadok und Abjathar ließen also die Bundeslade zurücktragen nach Jerusalem und blieben dort fromm und unauffällig und warteten, was es für mich zu sehen gäbe.

Ich aber ging den Ölberg hinan und weinte, mein Haupt war verhüllt, und ich ging barfuß. Dabei bedachte ich kummervoll, wieviel Wasser ins Meer geflossen war, seit mein Stern so prachtvoll über dem kleinen Bethlehem aufgegangen war. Ich neigte zu der Annahme, nun sei alles vorbei, die Welt habe mich verlassen und mich nackt meinen Feinden ausgehändigt. Bis ich den Blick hob und sah, daß alles Volk, das mit mir war, ein jeder das Haupt verhüllt hatte, hinan ging und weinte.

Als ich auf dem Berge war, wurde mir bestätigt, daß Ahitophel sich den Verschwörern um Absalom angeschlossen hatte, und als ich das hörte, erbebte ich, blickte zum Herrn empor und betete: »Herr, mache den Ratschlag Ahitophels zur Narrheit!«

Aber verlassen wollte ich mich nicht darauf. Als ich auf die Höhe kam, da man Gott anzubeten pflegt, begegnete mir Husai, der Arachiter, mit zerrissenem Rock und Erde auf seinem Haupt. Auch er war bereits in Trauer. Er war wie die Antwort auf mein Gebet, denn kaum sah ich ihn, kam mir schon ein kühner Einfall. Husai, der Arachiter, gehörte ebenfalls zu meinen bevorzugten Ratgebern, er war mit weltkundiger Klugheit begabt, und zu ihm konnte ich ganz offen sprechen.

Ich nahm ihn beiseite und vertraute ihm folgendes an: »Wenn du mit mir gehst, wirst du mir eine Last sein. Kämpfen kannst du nicht, aber wenn du wieder in die Stadt gingest und sprächest zu Absalom ›Ich bin dein Knecht, ich will des Königs sein; der ich deines Vaters Knecht war zu der Zeit, will nun dein Knecht sein‹, so würdest du mir zugut den Ratschlag Ahitophels zunichte machen. Und was du hörtest aus des Königs Hause, würdest du ansagen den Priestern Zadok und Abjathar. Bei denen sind ihre zwei Söhne Ahimaaz und Jonathan. Durch die kannst du mir entbieten, was du hören wirst.«

Also kam Husai in die Stadt und wartete dort, bis Absalom gen Jerusalem kam.

Ich ging sodann über die Kuppe des Ölbergs und abwärts auf dem Pfad, der auf das freie Feld in der Wüste führt. Die Hoffnung, das Volk Israel könnte mir gegen diese in Juda ausgebrochene Revolte die Treue halten, verflüchtigte sich, als ich auf dem Wege durch Bahurim von dem ekelhaften Wurm Simei geschmäht wurde. Das Haus Saul stand also ebenfalls gegen mich. Simei trat aus dem Hause, um mich zu verfluchen, und fluchte mir mehr und mehr, je näher ich kam. Nicht in meinen schlimmsten Alpträumen habe ich eine so abstoßende Gestalt erblickt wie ihn. Er bewarf mich und die, die mit mir waren, mit Steinen, und wer rechts und links von mir ging, bemühte sich, mich vor den Steinwürfen zu schützen. Und Simei verfluchte mich also: »Heraus, heraus, du Bluthund, du heilloser Mann. Der Herr hat dir vergolten alles Blut des Hauses Sauls, daß du an seiner Statt bist König geworden. Nun hat der Herr das Reich gegeben in die Hand deines Sohnes Absalom; und siehe, nun steckst du in deinem Unglück, denn du bist ein Bluthund!«

Man glaube nicht, daß ich alles verstand, was er da schrie. Man mag die Schuld daran den Übersetzern Jakobs I. geben. Abisai, der Sohn von Zeruja, ergrimmte ob dieser Hohnreden und sprach zu mir: »Sollte dieser tote Hund meinem Herrn, dem König, fluchen? Ich will hingehen und ihm den Kopf abreißen.«

Ich verbot es ihm. »Ich höre von dir immer nur, daß du jemand den Kopf abreißen willst. Sag mir lieber: Wo ist dein Bruder Joab?«

»Weiß ich?«

»Simei soll ruhig fluchen«, sagte ich resigniert, denn ich war mir meines tiefen Falles wohl bewußt, »denn der Herr hat's ihn geheißen: Fluche David! Wer kann nun sagen: Warum tust du also? Mag er fluchen. Vielleicht wird der Herr mein Elend ansehen und mir mit Gutem vergelten sein heutiges Fluchen.«

Und als ich mit meinen Leuten den beschwerlichen, herzzerbrechenden Weg nach unten fortsetzte, ging Simei an des Berges Seite her uns gegenüber und fluchte und warf mit Steinen nach mir und besprengte mich mit Erdenklößen. Erst als wir eine Weile gegangen waren, blieb er zurück. Erschöpft lagerten wir, als wir das freie Feld erreicht hatten, und erquickten uns dort, während Absalom im Triumph in die Stadt einzog, die ich geräumt hatte. Und der Verräter Ahitophel war bei ihm. Als ich so am Boden saß, gedachte ich meines ersten Gönners Saul, den Gott und Samuel in seinen letzten Tagen ganz und gar ausgeplündert hatten. Es drängte mich, poetische Worte über den Tod der Könige zu sagen, doch waren meine Knechte zu erschöpft, um mir zuzuhören. Auch vom Zorn des Achill hätte ich gern noch gekündet, aber dann fühlte ich mich irgendwie nicht in der richtigen Stimmung.

In Jerusalem hatte sich unterdessen mein Agent Husai, der Arachiter, so aufgestellt, daß er Absalom mit lautem Zuruf begrüßen konnte: »Glück zu, Herr König! Glück zu, Herr König!«

Als Absalom ihn erkannte, hielt er an. »Ist das deine Barmherzigkeit in deinem Freund?« fragte er beißend. »Warum bist du nicht mit meinem Vater gezogen?«

Der schlaue Husai erwiderte ihm darauf: »Nicht also, sondern welchen der Herr erwählt und dies Volk und alle Männer in Israel, des will ich sein und bei ihm bleiben.« Das war aber nicht alles. »Wem sollte ich dienen? Wie ich vor deinem Vater gedient habe, so will ich auch vor dir sein.«

Das schmeichelte Absalom, und er nahm ihn zum Ratgeber, denn er wußte, wie unersetzbar Husai für mich gewesen war, und Husai blieb still und höflich, als Absalom sich über seine nächsten Schritte beraten lassen wollte. Er protestierte auch nicht, als der durchtriebene Ahitophel ihm empfahl: »Geh zu den Kebsweibern deines Vaters ein, die er zurückgelassen hat.«

»Zu allen zehn?«

»Zu jeder einzelnen.«

»Das sind seine schlechtesten.«

»Aber ganz Israel wird hören, daß du dich bei deinem Vater in Verruf gebracht hast«, erklärte Ahitophel ihm, »und wird aller Hand, die bei dir sind, desto kühner werden, denn sie wissen, was sie erwartet, sollten sie fehlschlagen. Die Frauen gehören dem König, und das Volk wird wissen, daß alles, was deines Vaters war, nun dir gehört.«

»Glück zu, Herr König«, sagte Husai, der Arachit.

Da machten sie Absalom eine Hütte auf dem Dache. Und Absalom ging hinein zu den Kebsweibern seines Vaters vor den Augen des ganzen Israel, im Angesicht der Sonne, etwa so, wie Nathan es vorhergesagt hatte. Nach der siebenten applaudierte die Zuschauermenge stark und feuerte ihn von Mal zu Mal mit sich steigerndem Gebrüll an. Angeführt wurden diese Chöre von Mädchen.

»Dafür kriegt er eine Eins!« schrien sie.

Niemand war überrascht, als er ziemlich fertig war nach der Zehnten, und seine postkoitale Schwäche war meine Rettung.

»Was kommt jetzt?« erkundigte er sich benommen bei Ahitophel, der seiner unfehlbaren Ratschläge wegen als eine Art Orakel Gottes galt. »Ich bin ziemlich erledigt.«

Ahitophel hatte bereits den nächsten klugen Rat parat. »Ich will zwölftausend Mann auslesen und mich aufmachen und David nachjagen bei der Nacht. Wir haben genügend Leute und können gleich aufbrechen.«

Husai, der Arachiter, erzählte mir später, ihm sei fast das Herz stehengeblieben, als er diesen Rat hörte und begriff, wie klug er war. Ahitophel fuhr fort: »Ich will über ihn kommen, solange er noch matt und schwach ist. Wenn ich ihn dann erschrecke, daß alles Volk, das bei ihm ist, flieht, will ich den König allein schlagen und alles Volk wieder zu dir bringen. Wenn dann jedermann zu dir gebracht ist, wie du begehrst, so bleibt alles Volk mit Frieden.«

Absalom und die, die um ihn waren, und auch Husai, den Arachiten, deuchte dieser Rat gut, und Husai wurde ängstlich, denn der Plan sollte gleich ausgeführt werden. Dies war der Augenblick der Prüfung, und Husai ließ mich nicht im Stich.

»Ich bedaure, dies sagen zu müssen«, ließ Husai sich vernehmen, »doch diesmal hat Ahitophel nicht gut geraten.« Husai sprach mit Bedacht, er begleitete seine abweichende Meinungsäußerung mit gewichtigem Kopfnicken – schließlich hatte Absalom ihn um seine Meinung befragt. Husai begründete das taktvoll, er mischte düstere Sorge mit delikater Schmeichelei, geschickt wie ein Apotheker, der lindernden Balsam anrührt. »Du kennst deinen Vater wohl und seine Leute, daß sie stark sind und zornigen Gemütes, wie ein Bär auf dem Felde, dem die Jungen geraubt sind; dazu ist dein Vater ein Kriegsmann und wird sich nicht inmitten vielen Volkes aufhalten« – genau dies aber tat ich –, »sondern hat sich jetzt vielleicht verkrochen in irgendeiner Grube oder sonst an einem Ort und lauert dir auf. Wenn's dann geschähe, daß es das erste Mal übel geriete und käme ein Geschrei und spräche: Es ist das Volk, welches Absalom nachfolgt, geschlagen worden, so würde jedermann verzagt werden, der auch sonst ein Krieger ist und ein Herz hat wie ein Löwe. Denn es weiß ganz Israel, daß dein Vater stark ist und Krieger, die bei ihm sind. Aber das rate ich dir, daß du zu dir versammelst ganz Israel von Dan an bis gen Beer-Seba soviel als der Sand am Meer, und deine Person ziehe unter ihnen. So wollen wir ihn überfallen, an welchem Ort wir ihn finden, und wollen über ihn kommen, wie der Tau auf die Erde fällt, daß wir von ihm und allen seinen Männern nicht einen übriglassen. Wird er sich aber in eine Stadt versammeln, so soll das ganze Israel Stricke an die Stadt werfen und sie in den Bach reißen, daß man nicht einen Kieselstein da finde.«

Absalom, dem es gut gefiel, sich an der Spitze jenes mächtigen Heeres zu sehen, das Husai ihm so verlockend hingemalt, und alle Männer Israels um ihn her, Absalom also entschied, der Rat Husais sei besser als der von Ahitophel, dem Giloniter. Husai jedoch, der überhaupt kein Risiko eingehen wollte, hatte bereits Zadok und Abjathar beauftragt, mich zu warnen: meine Feinde wollten Ernst machen, und ich müsse mich noch diese Nacht von Jerusalem so weit entfernen wie irgend möglich. Die beiden Knaben wurden von Absaloms Wächtern bemerkt, als sie sich davonschlichen, und auf sie wurde sofort Jagd gemacht. Es gelang ihnen, um Haaresbreite von der Hauptstraße herunterzukommen und in Bahurim ein Haus zu erreichen, in dem einer meiner Parteigänger wohnte, der sie in seinem Brunnen versteckte. Sein Weib breitete eine Decke über das Brunnenloch und schüttete Grütze darauf aus. Auch schickte sie die Suchenden in die Irre, und da sie suchten und nicht fanden, kehrten sie wieder gen Jerusalem. Ahimaaz und der Jüngling Jonathan stiegen aus dem Brunnen, als die Gefahr vorüber war, und liefen durch die sternklare Nacht bis dahin, wo ich mich gelagert hatte.

»Wächter! Wie weit in der Nacht?« rief ich, als ich hörte, daß bei einem meiner Vorposten Tumult entstand. Ich hatte überall Feldwachen aufgestellt, denn anders als Saul wollte ich verhindern, von jemand wie mir im Schlafe überrascht zu werden.

»Ahimaaz und Jonathan«, meldete die Wache. »Beide sind hier.«

Sie waren vom Lauf erhitzt und schweißbedeckt. Ich erkannte als ersten Ahimaaz, den Sohn Zadoks, und fragte ihn ernsthaft: »Wie steht es um die Stadt, die einstmals voller Volkes war?«

»Sie ist wieder voller Volkes«, war Ahimaaz' enttäuschende Antwort, und dann berichtete er, was seit meinem eiligen Abzug geschehen war. Sodann richtete er Husais schlimme, dringliche Botschaft aus, die uns anwies, sogleich über das Wasser zu gehen, ja er zitierte wörtlich Husais Empfehlung: »Bleibe nicht über Nacht auf dem freien Felde der Wüste, sondern mache dich hinüber, daß der König nicht verschlungen werde und alles Volk, das bei ihm ist.«

Aber wer war mit mir? Wer? Ich hätte in meiner Melancholie und Verzweiflung gern gebrüllt wie Saul im Abgrund seines Irrsinns. Das wäre aber auch Wahnsinn gewesen, denn ringsumher waren alle auf meiner Seite und bald auch Joab mit einem weiteren Kontingent, das er aufgeboten hatte. Mit jeder Stunde wurde ich stärker. Und bald würde es Zeit sein, Pläne zu machen. Der Verräter Ahitophel indessen, als er sah, daß sein Rat nicht befolgt wurde, sattelte seinen Esel, ritt nach Hause in seine Stadt

Gilo, beschickte sein Hauswesen und hängte sich auf. Der kluge Ahitophel wußte früher als ich, welches Ende dies alles nehmen würde. Und daß es für ihn keine Zukunft mehr gab. Husais Warnung folgend, zog ich schwerfällig dem Jordan entgegen, und bei Morgengrauen fehlte nicht einer, der nicht über den Jordan mit mir gekommen wäre.

Wir waren verschont worden. Die Gefahr war vorüber, doch ich empfand darüber keine Freude. Mir war das Herz schwer, und ich ließ den Kopf hängen, wußte ich doch, welche Tragödie sich nun abspielen mußte. Ich wußte, Absalom würde mir nachsetzen, und er mußte sterben.

Ich will sagen, was mich immer noch kränkt. Absalom hörte Ahitophel raten: »Ich will allein den König schlagen«, während mein Befehl lautete: »Fahret mir säuberlich mit dem Knaben Absalom!« Ich frage: Ist es recht, daß ein Kind so sehr den Tod seines Vaters begehrt, und daß dieser Vater sich so bemüht, diesen Sohn zu beschützen? Man berichtete mir, er habe förmlich gestrahlt, als Ahitophel davon sprach, er wolle mich erschlagen, und als Husai ihm vorstellte, daß man über mich kommen wolle wie der Tau auf der Erde, oder davon, wie man die Stadt, die mich etwa aufgenommen, Stein für Stein in den Bach ziehen wolle, bis nichts übrigbleibe. Als er noch klein war, mein Sohn, da wollte er mich nicht schlafen lassen. Jetzt will er mich nicht leben lassen.

Beim ersten Vogelruf erhoben wir uns des Morgens und zogen nordwärts bis Mahanaim in Gilead, eben dorthin, wo Abner mit Is-Boseth residierte, als er mit mir im Kriege lag. Und in dieser entfernten Gegend nahm man mich mit der Freundlichkeit und Herzenswärme auf, die ich mir von meinen Untertanen in Israel und Juda gewünscht hätte.

Während wir ruhten, badeten, aßen und tranken, ging Absalom über den Jordan mit seiner hastig rekrutierten Bürgerkriegsarmee aus Festbesuchern, die in den Krieg zogen wie zu einem Bankett und seinem Banner nach Gilead folgten, als wäre Krieg gegen mich führen nichts anderes, denn bei einer öffentlichen Hinrichtung oder einer Krönungsfeier tanzen. Absalom hatte Amasa über sein Heer gesetzt, während ich Gott sei Dank Joab hatte. Man sah gleich, daß alle Erfahrung ihnen fehlte, denn sie lagerten sich in Gilead mit dem Rücken zum Walde von Ephraim, in den sie sich nicht geordnet zurückziehen konnten, falls es nötig wurde. Es waren sehr viele, und sie hätten sich beidseits von uns lagern können, und wir verwunderten uns darüber, daß sie vor dem Walde von Ephraim blieben, ein immer noch unwegsamer Urwald, der keine sichere Zuflucht bietet. Und tatsächlich: als ihre Front durchstoßen wurde, fielen ebenso viele von ihnen dem Wald zum Opfer wie dem Schwert. Reserven, um uns in der Flanke zu packen, bildeten sie nicht. Diese offenkundigen Fehler beobachtete ich mit gemischten Gefühlen. Die da wußten nicht, was sie taten. Ich wollte nicht, daß mein Sohn unterliege. Ich wollte nicht mit ansehen, wie meine Landsleute, die mit ihm waren, in die Flucht geschlagen würden. Ich teilte mein Heer in drei Teile, und der Feind war verblüfft. Er wußte nicht, wie darauf reagieren, wie angreifen, wie sich verteidigen.

Noch bevor unsere Bereitstellung komplett war, hatte ich unsere Leute abzählen lassen und ein Drittel Joab unterstellt, ein weiteres Drittel Abisai und das letzte Drittel Itthai, dem Gathiter. Ich selber wollte mich wie ehedem zu Joab halten. Meine Heerführer wollten mich aber an jenem Tage überhaupt nicht auf dem Schlachtfeld sehen, sie versteiften sich darauf, ich sei soviel wert wie zehntausend Krieger, und der Feind werde sich, alles andere außer acht lassend, einzig auf mich stürzen, um in dem einen auch alle anderen zu treffen. Also fügte ich mich und blieb am Tor und sah das Volk bei Hunderten und Tausenden gegen Absalom ausziehen. Das nahm mich schrecklich mit, und mir schlug das Herz im Halse.

»Verfahret mir säuberlich mit dem Knaben Absalom!« befahl ich und legte dann Joab, Abisai und Itthai noch mal dringlich ans Herz: »Achtet, daß keiner den Jüngling Absalom anrühre!«

Wohl tausendmal wiederholte ich diese Worte wie ein Gebet, um sicherzugehen, daß alle, die an diesem Tage ins Feld rückten, wußten, welchen Befehl ich den Hauptleuten im Hinblick auf Absalom erteilt hatte; und jener unbekannte Soldat, der als erster Absalom von den Haaren im Gezweig der Eiche hängen sah, erinnerte sich dieser Anweisung, und er riskierte den Zorn Joabs, indem er sich weigerte, die Hand gegen den Sohn des Königs auszustrecken, als er ihn da hängen sah.

»Du hast Absalom gesehen und ihn nicht erschlagen?« empörte sich Joab, der damit beschäftigt war, Absaloms Leute niederzumachen. »Ich hätte dir dafür zehn Silberlinge und einen Gürtel geschenkt.«

Und dieser Mann, der viel Zivilcourage hatte, entgegnete Joab: »Wenn du mir tausend Silberlinge in meine Hand gewogen hättest, so wollte ich dennoch meine Hand nicht an des Königs Sohn gelegt haben, denn der König gebot dir und Abisai und Itthai vor unseren Ohren ›Achtet, daß keiner den Jüngling Absalom anrühre!‹ Oder, wenn ich etwas Falsches getan hätte auf meiner Seele Gefahr, weil dem König nichts verhohlen wird, würdest du selber wider mich gestanden sein.« Wie oft habe ich mir gewünscht, Joab hätte sich den Namen dieses Mannes gemerkt.

»Bring mich hin«, befahl Joab, »ich habe keine Zeit, mit dir zu streiten.«

Der Mann führte ihn zu dem Baum, an dessen Zweigen Absalom an den Haaren hing, und Joab zögerte nicht, mit Hilfe der drei Spieße in seiner Hand kurzen Prozeß zu machen. Er stieß sie Absalom durchs Herz, als dieser noch lebend im Baume hing. Als Joab mich später über dem Tor aufsuchte, um mich verachtungsvoll zur Ordnung zu rufen, weil ich völlig zusammengebrochen war, als ich vom Tode Absaloms hörte, ersparte er mir kein einziges der grausigen Details.

Als ich aufgehört hatte zu weinen und nur noch benommen vor mich hinstarrte, sagte er: »Danach ließ ich ihn von meinen zehn Waffenträgern sicherheitshalber noch mal erschlagen.«

»Joab – verschone mich.« Ich hob matt eine Hand.

»Und anschließend warfen sie ihn in eine große Grube im Wald.«

»Bitte – ich flehe dich an.«

»Und ich ließ sehr viele Steine darauf legen.«

»Mein Sohn, mein Sohn!«

»Fang bloß nicht wieder damit an.«

»Kein Begräbnis? Kein Gebet?«

»Er hat seine Hand gegen den Gesalbten Gottes erhoben.«

»Nichts mehr, ich bitte dich. Nichts mehr.«

Das aber war nach der anfänglichen Verwirrung, die durch das Eintreffen zweier Melder von der Front entstanden war, wodurch ich zunächst den Eindruck gewann, alle Nachrichten seien geradezu wunderbar gut. Joab bewies viel Urteilsvermögen, als er nicht Ahimaaz damit beauftragte, mir das Schlimmste zu melden.

Die Kämpfe selber waren kaum der Rede wert. Absaloms Leute waren nach kurzem geschlagen und auf der Flucht, zerstreut in die weitere Umgebung. Und auch Absalom war auf der Flucht, als er meinen Knechten begegnete. Er ritt auf einem Maultier. Und da das Maultier unter eine Eiche mit dichten Zweigen kam, blieb sein Haupt an der Eiche hängen, und er schwebte zwischen Himmel und Erde, aber sein Maultier lief unter ihm weg. Und da hing er hilflos, bis Joab kam und ihn mit den drei Spießen in seiner Hand erledigte. Der Krieg war damit vorüber. Und Absalom war tot. Nur wußte ich es noch nicht.

Nun bat Ahimaaz, Zadoks Sohn, den Joab eifrig: »Laß mich doch laufen und dem König verkündigen, daß der Herr ihm Recht verschafft hat von seiner Feinde Händen.«

Joab zeigte jetzt Feingefühl, denn er spürte instinktiv, daß nicht dieser junge Mann es sein dürfe, der mir die ganze Wahrheit bekanntmachte. Also sagte er sehr nüchtern: »Du bringst heute keine gute Botschaft. Einen andern Tag sollst du Botschaft bringen und heute nicht, denn des Königs Sohn ist tot, und nicht du sollst es sein, der ihm das meldet.«

Statt dessen sandte er den Äthiopier Chusi los, um mir zu sagen, was er gesehen. Ahimaaz aber mochte nicht stillehalten und bat noch einmal, dem Chusi nachlaufen zu dürfen mit seinem Bericht.

Da sagte Joab: »Was willst du laufen, mein Sohn? Die Botschaft wird dir nichts einbringen, denn Neues hast du nicht zu berichten.«

»Wie, wenn ich doch liefe?« beharrte der aufgeregte Junge, noch ganz im Taumel der Begeisterung. »Ich brachte dem König traurige Kunde, als er von Jerusalem gegangen war, laß mich ihm jetzt die gute Botschaft bringen.«

Nun gab Joab nach. »So laufe doch«, gab er die Erlaubnis, ganz davon überzeugt, der Äthiopier würde mich als erster erreichen und die schlimme Nachricht überbringen.

Ahimaaz aber war schneller, auch lief er eine Abkürzung, er überholte Chusi und brachte mir als erster Botschaft.

Ich saß auf einer Bank zwischen den beiden Toren, als der Wächter vom Dach herabrief, er sehe einen einzelnen Mann auf uns zulaufen. Ich wäre fast hingefallen, als ich von der Bank aufsprang, begierig, das zu sehen, denn eines meiner Beine war eingeschlafen, und beide Kniegelenke waren steif. Ich war schließlich nicht mehr jung. Aber so alt wie der allseits verehrte dicke Richter Eli war ich nicht; an den mußte ich denken, als ich da so lange Stunden wartend auf der Bank saß – der dicke Eli, vorletzter Richter in Israel und Mentor von Saul, zum Glück keiner meiner eigenen Vorfahren. Auch der dicke Eli hatte am Stadttor auf einem Stuhl gesessen und auf Nachrichten von der Front gewartet, und er fiel vom Stuhl und brach den Hals, als er vom Siege der Philister hörte und von der Wegnahme der Bundeslade und davon, wie alle Männer Israels zu ihren Zelten geflohen waren. Eli war neunzig und acht Jahre alt, als dies geschah, dazu schweren Leibes, und seine Augen waren dunkel. Ich war jünger und hatte Grund, auf einen Sieg zu rechnen. Meine Unruhe galt auch weniger den militärischen Ereignissen.

Über den Boten, der uns entgegeneilte, stellte ich laut folgende Betrachtung an: »Ist er allein, so ist eine gute Botschaft in seinem Munde.« Da rief der Wächter von oben, daß er einen zweiten Boten sehe. Auch der mußte wohl Botschaft senden, überlegte ich, und er brachte gewiß nicht Nachricht von einer Niederlage, die hätten flüchtende Soldaten gebracht. Sodann rief der Wächter, der vordere Bote sehe aus wie Ahimaaz, der Sohn Zadoks, und als ich das hörte, stieß ich einen tiefen Seufzer der Erleichterung aus.

»Dann bringt er gute Nachricht«, rief ich erfreut. »Er ist ein guter Mann und bringt eine gute Botschaft.«

Und als ich ihn nahen sah, schien mir sein freudiger Gesichtsausdruck meine optimistische Erwartung zu bestätigen, denn Ahimaaz rief mir mit zurückgeworfenem Kopfe und wogender, schmaler, laubbrauner Brust zu: »Alles steht gut! Alles steht gut!«

»Steht alles gut?«

Mir schien das das gesegnetste aller Wunder: Es gab also doch einen Gott, und Er erhörte Gebete. Alles, was ich aus tiefstem Herzensgrund gewünscht hatte, war eingetreten, der Sieg war mein und Absalom noch am Leben!

Ich zitterte am ganzen Leibe, und die Augen liefen mir über. Ich lachte und stammelte hysterisch. Ich wollte den Jungen umarmen, als er stolpernd vor mir zum Stehen kam, sich auf die Knie warf und vor mir verneigte.

»Gelobt sei Gott, der Herr«, keuchte Ahimaaz und rang nach Luft. Ich hieß ihn aufstehen. »Er hat die Leute, die ihre Hand wider meinen Herrn, den König, aufhoben, übergeben. Sie sind tot und zerstreut.«

»Geht es auch wohl dem Knaben Absalom?« wollte ich wissen, und das war eigentlich alles, was ich wissen wollte.

Da sah ich, wie ihm der Mund offen blieb, wie er weiß wurde wie ein Gespenst, und ich fühlte, daß mir der Atem stockte. Er schaute mit schuldbewußter Miene beiseite, stammelte etwas, und ich wußte instinktiv, die Antwort, die er mir geben würde, wäre nicht aufrichtig.

»Als Joab mich sandte, sah ich ein großes Getümmel, aber ich weiß nicht, was es war.«

Ich winkte ihn beiseite, damit er Platz mache für den zweiten Boten, der gerade jetzt ans Tor pochte, und fühlte Angst. Ich eilte ihm entgegen und konnte mich fast nicht hindern, als erster zu sprechen, ihn zu unterbrechen, noch ehe er begonnen hatte.

»Hier gute Botschaft, mein Herr König«, rief Chusi atemlos und nach Luft ringend. »Der Herr hat dir heute Recht verschafft von der Hand aller, die sich wider dich auflehnten.«

Ich schrie ihn an: »Geht es auch wohl dem Knaben Absalom?« Ich hätte ihn gern geschüttelt, um die Antwort schneller zu vernehmen. Und dieser Fremdling aus Äthiopien, dem unsere unverständliche, sentimentale Art nicht gut vertraut war, antwortete mir munter: »Es müsse allen Feinden meines Herr Königs gehen, wie es dem Knaben geht.«

Ich war zu sehr betroffen, um etwas zu sagen, wandte mich schon schluchzend ab, ging hinauf auf den Söller am Tor und weinte und hörte mich weinen im Gehen, lauter und lauter, und klagte bald, so laut ich nur konnte, und hörte mich klagen: »O Absalom, mein Sohn, mein Sohn Absalom! Wollte Gott, ich wäre für dich gestorben! O Absalom, mein Sohn, mein Sohn!«

Und hörte nicht auf.

Ich schluchzte untröstlich. Ich konnte nicht aufhören. Ich wollte nicht aufhören. Und es war mir einerlei, ob ich je aufhören könnte. Es kam mir leichter vor, immer so fort zu weinen, als damit aufzuhören, ja, auch nur daran zu denken, etwas anderes zu tun.

Ich war für alles und alle unempfänglich, ich vergaß in meinem Kummer ganz, daß ich die entehrte, die für mich gekämpft hatten, und daß ich aus dem Sieg dieses Tages einen Anlaß zur Trauer machte. Die ganze Stadt hörte mich den Tod meines Sohnes in der lichtlosen Kammer über dem Tor beklagen und auch, daß ich nicht aufhören konnte damit. »O mein Sohn Absalom, mein Sohn, mein Sohn Absalom, o Absalom, mein Sohn, mein Sohn!«

Und meine Soldaten, die aus der Schlacht zurückkehrten, schlichen sich in die Stadt, als wären sie geschlagen, wie Männer, die sich in der Schlacht davonstehlen. Alle, die durchs Tor kamen, hörten mich schon von weitem, denn ich schluchzte laut, hielt das Haupt mit beiden Händen und schrie: »O mein Sohn Absalom! O Absalom, mein Sohn, mein Sohn!«

Und ich schluchzte und klagte jedesmal lauter, wenn ich merkte, wie mein Kummer abnahm und ich mir zu wünschen begann, aufzuhören damit. Ich war taub und unzugänglich für alles außer meinem Elend, bis ich Stunden später unten jemand sehr deutlich sagen hörte: »Ist er immer noch dabei?«

Und ich erkannte die Stimme Joabs.

»Er will nicht aufhören.«

Man hatte nach Joab geschickt und ihm berichtet, wie ich unablässig weinte um Absalom und klagte. Ich hatte Befehl gegeben, niemand zu mir zu lassen. Joab drängte dennoch herzu, und ohne eine Silbe des Bedauerns oder auch nur eine Minute mitleidigen Schweigens sagte er brüsk: »David, hör schon auf. Es reicht jetzt.«

»Aber Joab, mein Sohn! Mein Sohn Absalom, o mein Sohn –«

»Du bietest ein schlimmes Schauspiel.«

»Du verstehst wohl nicht, ich habe meinen Sohn verloren, meinen Sohn Absalom.«

»*Du* verstehst nicht«, schnitt er mir gnadenlos die Rede ab. »Du verlierst das Heer. Deine Männer schämen sich.« Und er näherte sein Gesicht dem meinen. »Ganz recht. Du machst, daß deine Männer sich schämen und daß sie sich deiner schämen.«

»Schämen?«

»Du hast heute schamrot gemacht alle deine Knechte, die heute deine, deiner Söhne, deiner Töchter, deiner Weiber und deiner Kebsweiber Seele errettet haben. Und nun beleidigst du sie. Du behandelst sie wie Übeltäter.«

Seine schroffe Art und diese phantastische Beschuldigung brachten mich zu Sinnen. Noch verstand ich nicht, wovon er redete, aber ich hörte lange genug mit Schluchzen auf, um es zu erfahren. Ich wischte die staubigen Tränen aus dem Gesicht und den Rotz von unter der Nase.

»Und wie habe ich das getan?« fragte ich schwächlich.

Joab war um die Antwort nicht verlegen. »Indem du gezeigt hast, daß du liebst, die dich hassen, und haßt, die dich lieben. Denn ich merke heute wohl, wenn nur Absalom lebte und wir alle tot wären, das wäre dir recht. Nicht einen von uns hättest du beklagt wie ihn, stimmt das etwa nicht?«

Ich gestand es unterwürfig ein und weinerlich. »Doch.«

»Das wollen wir für uns behalten«, fuhr Joab schon etwas milder fort.

»Er war mein Sohn, Joab, und er ist tot.«

»Er hätte uns beide getötet, David. Hast du das vergessen? Hast du nicht gehört, daß er strahlte und bereitwillig zustimmte, als Ahitophel sagte, er wolle dich erschlagen?«

»Wie war es? Ich habe noch gar nicht gefragt. Erzähle.«

Ich beherrschte mich jetzt besser.

»Wie du befohlen hattest, gingen wir langsam in drei Abteilungen mit großem Zwischenraum vor, um zu sehen, ob sie angreifen würden.«

»Wie ist er gestorben, möchte ich wissen, erzähle, wie er starb!«

Kaum hatte er seinen Bericht begonnen, bedauerte ich auch schon, ihn gefragt zu haben, und flehte ihn an aufzuhören.

Er fuhr aber mit sadistischem Genuß fort zu reden, den er auch gar nicht verbarg, beschrieb in allen Einzelheiten, wie mein Sohn gestorben war, erwähnte das Maultier, die Eiche, auch die Spieße in seiner Hand und die Grube im Walde und den sehr großen Steinhaufen, mit dem die verstümmelten Überreste bedeckt wurden, bis ich die Augen fest zukniff und nahe daran war zu winseln.

»Ja, meine zehn jungen Waffenträger stellten sich im Kreise auf, erschlugen ihn, nahmen ihn ab von der Eiche und warfen ihn in die Grube im Wald.«

»Bitte«, flehte ich, »nicht weiter. Hab ein Herz, zeige Mitleid, mach es gnädig.«

»Vorausgestzt, du wäschst dich, ziehst dich anständig an, gehst hinaus und beglückwünschst die Männer, die heute gekämpft haben und willens waren, für dich in den Tod zu gehen. Haben sie etwa Übles getan am heutigen Tage, daß du ihnen dein Angesicht nicht zeigen willst? Gib ihnen die Belohnung, die sie verdient haben, das heißt, laß sie feiern und dir zujubeln.«

»Feiern . . .?«

»Ah, David, David, du –«

»Den Tod meines Sohnes feiern?«

»– du selbstsüchtiger Teufel, du Narr. Wann endlich wirst du lernen, ein König zu sein? Hast du denn vergessen, daß du heute eine Schlacht geschlagen, daß du ein Land zu regieren hast? Wir sind nicht so populär, wie wir uns eingebildet haben. Hat dir der Aufstand das nicht bewiesen? Im Norden waren wir nie gern gesehen, und wie sich zeigt, war Absalom auch in Juda beliebter als wir. Oh, David, David – Onkel, Onkel –, weshalb warst du so blind, bei ihm nicht die gleiche Verschlagenheit zu erkennen, die du selber angewendet hast, als du Saul die Herzen des Volkes abspenstig machtest? Die Unzufriedenen hast du ihm überlassen – was brauchte er mehr zu tun, als mitfühlend die Hände zu ringen und mit der Zunge zu schnalzen, und schon hatte er wieder einen Anhänger gegen dich gewonnnen. Und er brauchte dazu keinen einzigen Philister zu erschlagen.«

»Warum hast du mich nicht gewarnt?«

»Weil er mit Gewißheit verloren war.«

»Woher wolltest du das wissen?«

»Die Erfahrung haben wir.«

»Die könntest du für ihn beigesteuert haben.«

»Ich stehe loyal zu dir.«

»Warum warst du loyal?«

»Ich bin an dich gewöhnt. Wir kennen einander.«

»Ist das alles?«

»Mit Absalom hätte es Streit gegeben. Der hatte vor niemand Respekt. Herrschen kann aber nur einer.«

»Und wer wird jetzt in Jerusalem herrschen?«

»Du kannst Herrscher sein, ich aber bin der Strohhalm, mit dem man das Getränk umrührt. Du darfst die Gesetze machen, wenn du mir die Autorität und die Macht gibst, über ihre Einhaltung zu wachen. Absalom hätte beides gewollt – er hatte zu viel jugendliche Energie –, und man hätte keine Gesetze gebraucht.«

»Warum hast du ihn getötet, Joab?« Wie ein Hund zu seinem Erbrochenen zurückkehrt, kam ich auf diese Frage zurück. »Wir hatten schon gesiegt. Weshalb mußtest du meinen Sohn noch töten?«

»Wolltest etwa du das tun?« antwortete er darauf.

»Gab es keine andere Strafe?«

»Sag mir ein Beispiel.«

»Es ist ein schlimmes Dilemma.«

»Beklommen ruht das Haupt, das eine Krone trägt«, bemerkte Joab dazu nur phlegmatisch.

»Das hat Saul oft gesagt.«

»Und deshalb lasse ich sie ganz gerne dich tragen«, lächelte Joab. »Wach endlich auf, David. Was wir heute hatten, war Krieg, kein Familienkrach.«

»Ich habe darin wirklich nur einen Familienstreit gesehen«, sagte ich wahrheitsgemäß.

»Auch das solltest du lieber für dich behalten«, riet er, »andernfalls wirst du dich vor Aufständen nicht retten können, und du wirst nicht mehr genug Soldaten haben, sie niederzuschlagen.«

»Ah, Joab, mein Sohn, mein Sohn Absalom –«

»Fang nicht wieder davon an.«

»Hast du denn gar keine Gefühle?«

»Ich will dir mal was sagen. Ich schwöre dir bei dem Herrn: wenn du dich jetzt nicht zusammenreißt, dich wäschst, ein sauberes Gewand anlegst und dich mit strahlendem Gesicht dem Volk zeigst, wird kein Mann bei dir bleiben diese Nacht über. Du wirst kein Heer mehr haben. Und was folgt, wird ärger sein denn alles Übel, das über dich gekommen ist von deiner Jugend auf bis hierher.«

»Schlimmeres noch als der Tod meines Sohnes? Von den Händen meiner eigenen Soldaten?«

»Es handelt sich doch bloß um ein Leben«, bemerkte Joab beinahe träge, »was regst du dich denn so auf?«

»Das Leben meines Sohnes?«

»Na und? Aus dieser Schüssel hat Er Millionen wie uns ausgeschüttet und wird auch fürder ausschütten.«

»Können wir nach wie vor Freunde sein?« Auf seine unanfechtbare Logik fiel mir keine andere Erwiderung ein, und ich weiß auch jetzt keine, wie ich gestehen muß.

»Vorausgesetzt, du gehst hinaus und redest freundlich zu denen, die dir heute gedient haben«, feilschte Joab.

Der Rest war Schweigen. Ich tat, wie er mich gedrängt, wusch und kämmte mich, legte ein sauberes Gewand an und setzte mich unters Tor, wo alle mich sehen konnten, und es kam alles Volk vor mich. Das war weniger schwer, als ich geglaubt hatte. Ist es da ein Wunder, daß ich Joab haßte? Und ihn immer noch hasse?

Als bei Sonnenuntergang der kummervolle Klang des Widderhorns ertönte, hielten wir im kleinen Kreis die Totenfeier. Der Priester sprach Kaddisch. Nathan gab seinen Senf dazu, indem er, übrigens nicht zum ersten Mal, anmerkte, daß wir alle von Staub sind und wie alles auf dieser Welt zu Staub werden; daß ins Meer geht, was vom Wasser kommt; und er hätte sich über diese Staub- und Wassersachen noch des längeren verbreitet, hätte nicht Joab, mit dem er schon damals häufig zankte, ihm das Wort abgeschnitten. Während des stummen Gebetes, das dann folgte, neigte ich den Kopf und betete darum, daß mein Sohn Absalom ins Leben zurückkehren möge. Ich wußte aber, daß daraus nichts werden konnte. Und dann betete ich zu Gott um einen zweiten Joab, der mir helfen sollte, diesen hier loszuwerden. Ich glaubte einen solchen in meinem Neffen Amasa zu erkennen und beauftragte ihn damit, den Aufrührer Seba zu jagen und zur Strecke zu bringen. Daran, daß Amasa herumtrödelte, merkte ich, daß ich die falsche Wahl getroffen hatte. Als dieser Zappelphilipp soweit war, hatte sich Abisai längst mit der von mir bezeichneten Brigade auf den Weg gemacht und Joab bereits den Hinterhalt am großen Stein von Gibeon geplant, wo er Amasa erschlagen wollte.

Abgesehen davon ging nach dem Sieg über Absalom alles glatt, und niemand hinderte mich, wieder den Thron zu besteigen. Ich fand, daß ich den nagenden Kummer, den ich Absaloms wegen fühlte, gut verbarg. Abigail hätte mir auf den Grund der Seele geschaut und dort alles gesehen, doch ruhte sie bereits bei ihren Vorvätern. Bath-Seba, die sich jetzt mit Astrologie befaßte und auch mit Handlesen, verlangte täglich bei mir vorgelassen zu werden, weil sie darauf brannte, die politische Ernte einzufahren, jetzt, da nur noch Adonia zwischen Salomo und dem Thron stand. Das war nun genau der Gegenstand, über den ich nicht zu sprechen wünschte. Ich verbannte sie in ihr Quartier, denn nach vögeln war mir jetzt nicht zumute. Abisag von Sunem war gerade ein Jahr alt.

In der Innenpolitik allerdings drohte ein Chaos, und es galt, die Fraktionen zu befrieden. Ich ließ mir absichtlich mit dem Aufbruch viel Zeit, denn die Bewohner von Jerusalem sollten sich erst mal an den Gedanken gewöhnen, daß ich als ihr König zurückkehren würde, einerlei, ob ihnen das paßte oder nicht. Seit Absalom tot war, hatten sie keinen anderen Thronanwärter.

Die Bewohner des Nordens, soweit sie den Stämmen Israels angehörten, begriffen als erste, daß es klug wäre, mich darum zu bitten, doch den Thron wieder zu besteigen; sie sagten einer dem andern, daß ich sie immerhin aus der Hand ihrer Feinde errettet habe, nicht zu vergessen aus den Händen der Philister, und daß es geraten wäre, nun, da der von ihnen gesalbte Absalom nicht mehr lebte, mir erneut den Thron anzutragen – so jedenfalls berichteten meine Kundschafter. Nun, das war recht gut, und es freute mich, als ich davon hörte.

»Und Juda? Wollen die Judäer mich nicht?«

Noch zeigte Juda sich nicht versöhnungsbereit. Ich bekam einen Vorgeschmack von dem Ärger, über den Gott sich ehedem beklagt hatte, als Er mit diesen dickschädligen Leuten hatte umgehen müssen.

Ich trug meinen Priestern Abjathar und Zadok auf, die Ältesten Judas darob zur Rede zu stellen, daß ihre Stämme als letzte nach Israel zögerten, mich zu bitten, doch wieder das Reich zu regieren. War ich denn nicht verwandt mit ihnen?

Ich befahl also: »Sagt ihnen, daß sie meine Brüder sind, mein Fleisch und Blut. Und zu Amasa sprecht: Bist du nicht mein Bein und mein Fleisch? Gott tue mir dies und das, wo du nicht sollst sein Feldhauptmann vor mir dein Leben lang an Joabs Statt, wenn du dich jetzt für mich erklärst. Das alles sagt.«

Letzteres war, ich wußte es wohl, übereilt. Doch was hatte ich zu verlieren? Amasas Leben, wie sich zeigte.

Amasa konnte dieses Angebot nicht ablehnen. Er nahm denn auch unverzüglich an, und Israel und Juda gerieten sogleich in heftigen Zank darüber, wem die traurige Ehre zufallen sollte, sich mir schnellstens und unterwürfigst mit der Bitte zu nahen, wieder in mein Haus zurückzukehren. Die Ältesten Israels behaupteten, sie hätten das größere Anrecht, weil sie zehn Stämme vertraten – einer war unterdessen verlorengegangen, ich vermißte ihn aber weiter nicht. Die Männer Judas hielten dem entgegen, sie seien enger mit mir verwandt. Ich war es zufrieden, daß sie miteinander zankten.

Ich zweifelte nicht mehr daran, daß ich wieder über das Land würde herrschen können, als ich gemächlich den Rückweg durch Gilead in Richtung auf die Furten des Jordan antrat, durch die ich doch erst kürzlich geflohen war. Mein Gemütszustand allerdings war eine andere Sache. Ich wußte durchaus nicht immer, ob ich einen Triumphzug anführte oder einen Trauerkondukt. Am wohlsten fühlte ich mich in Gesellschaft Barsillais, des Gileaditers, eines Freundes auch in schlechten Tagen, einer jener, die mir in Mahanaim großmütig und freigebig zu Hilfe gekommen waren. Er machte sich rar, war ein gütiger alter Knabe, nicht streitsüchtig, nicht vergeßlich, kein Langweiler und kein bißchen schwerhörig. Er kam nach der Schlacht von Rogelim her und erbot sich, mich über den Jordan zu geleiten und sich davon zu überzeugen, daß ich in Sicherheit war. Ich lud ihn ein, mir nach Jerusalem zu folgen und dort zu bleiben. Er solle meinen Palast als sein eigenes Haus betrachten, bot ich ihm an, und dort leben wie ein Fürst. Er aber schüttelte leise lachend den Kopf.

»Nimm statt dessen meinen Diener Chimham mit«, schlug er vor, »und tue ihm, was dir wohl gefällt, so kann er sich der guten Dinge des Lebens freuen.«

»Und du selber?«

Er blinzelte mit den tränenden, gelblichen Lidern. »Was ist's noch, das ich zu leben habe, daß ich mit dem König sollte hinauf gen Jerusalem ziehen?« antwortete er mit viel Haltung. »Ich bin heute achtzig Jahre alt, wie sollte ich schmecken, was ich esse oder trinke, oder hören, was die Sänger oder Sängerinnen singen?«

»Dein Gehör ist besser, als du glaubst.«

»Warum sollte dein Knecht meinen Herrn König fürder beschweren? Dein Knecht soll ein wenig gehen mit dem König über den Jordan, bis er begrüßt und sicher empfangen wird. Dann laß deinen Knecht umkehren, daß ich sterbe in meiner Stadt, bei meines Vaters und meiner Mutter Grab.«

Kein Wein übertrifft alten Wein, und kein Freund einen alten Freund. »Alles, was du von mir begehrst, will ich dir tun.«

Und dabei wußte ich, daß er nie etwas von mir begehren würde, denn Barsillai war achtzig Jahre alt und würde heimziehen, in Frieden zu sterben in seiner Stadt und zu ruhen im Grabe seiner Eltern. Was mehr kann der Mensch sich wünschen, wenn seine Zeit erfüllt ist? Am anderen Jordanufer nahmen wir Abschied voneinander, ich küßte meinen Landsmann Barsillai, segnete ihn, und er kehrte wieder an seinen Ort.

»Mögest du dich bald trösten über den Tod deines Sohnes«, waren seine Abschiedsworte.

»Und deine Gewänder mögen immer weiß sein«, wünschte ich ihm, »und deinem Haupte möge es nie an Balsam mangeln.«

Zum Glück blieb ihm der Anblick seines widerwärtigen Gegenteils erspart, des kriecherischen Heuchlers Simei, der sich durch die Absperrung drängte, um als erster aller reuigen Sünder meine Vergebung zu erlangen. Die Menge am Fluß war riesig und fromm. Als ich eintraf, waren die Männer von Juda mir bis Gilgal entgegengekommen, um mich zurück über den Jordan zu geleiten. Und tausend Benjaminiter wollten mir ebenfalls das Geleit geben. Eine Fähre führte mein Gesinde über das Wasser. Und da, am anderen Ufer, stürzte dieser babbelnde Kretin sich auf mich, Simei, der Sohn des Geras, er stieß einen tierischen Schrei aus und warf sich mir sabbernd zu Füßen, um Verzeihung zu erbitten für den Schimpf, den er mir angetan, als ich im Unglück war und Jerusalem in Schanden verlassen mußte. Mich grauste beim Anblick dieses knochigen, ekelhaften, säbelbeinigen Zwerges, und ich fürchtete, er könnte mich berühren.

»Mein Herr, rechne mir nicht zu die Missetat«, blubberte dieser tückische, unterwürfige Wurm und krümmte sich am Boden, wo er sich hingeworfen hatte. Was sollte ich ihm wohl zurechnen, wenn nicht seine Missetaten? »Gedenke auch nicht, daß dein Knecht dich beleidigte des Tages, da mein Herr, der König, aus Jerusalem ging, und der König nehme es nicht zu Herzen. Denn dein Knecht erkennt, daß ich gesündigt habe. Und siehe, ich bin heute zuerst gekommen unter dem ganzen Hause Joseph, daß ich meinem Herrn, dem König, entgegen herabzöge.«

Das ist auch was, dachte ich bei mir, kaute auf der Unterlippe und überlegte, was mit dem Schuft am besten zu tun wäre. Aber man darf sich darauf verlassen: die Söhne meiner Schwester Zeruja bringen es durch ihr extremes Verhalten jederzeit fertig, daß mir die Entscheidung leicht wird.

Diesmal war es Abisai, der schon die Hand am Schwertgriff hatte. »Soll dieser tote Hund etwa nicht dafür sterben, daß er dem Gesalbten des Herrn geflucht hat? Ich will ihm den Kopf abreißen.«

»Wieder den Kopf abreißen?« entgegnete ich ihm vorwurfsvoll. Und als ich ihm antwortete, wurde mir bewußt, daß ich dankbare Untertanen nötiger brauchte als kopflose Leichname.

»Soll er etwa leben?«

»Soll etwa heute jemand sterben in Israel?« fragte ich

und verwandelte mich dadurch auf der Stelle in ein wahres Muster an Wohlwollen. »O Abisai, Abisai«, spottete ich, »was soll ich mit dir anfangen, du Sohn meiner Schwester Zeruja, der du mir heute willst zum Satan werden? Heute begnadige ich die ganze Welt. Meinst du, ich wisse nicht, daß ich heute König geworden bin über Israel?«

Und Simei fiel eifrig ein: »Gesegnet sei mein Herr und König.«

»Simei«, sprach ich sein Urteil, »du sollst heute nicht sterben.« Ich hielt inne und fügte dann listig hinzu: »Ich schwöre dir beim Herrn, daß ich dich nicht durch das Schwert zu Tode bringen will.«

Das Türchen, das ich mir bei diesem Schwur offen gelassen habe, kann mein Sohn Salomo noch immer nicht sehen, obschon ich ein dutzend Male versuchte, es ihm zu zeigen, und seine Mutter gewiß ebenso oft wegen dieser seiner Blödheit gescholten habe. Ich bräche doch meinen Schwur, gäbe ich ausdrücklich die Anweisung!

»Ich weiß, was ich gemeint habe«, beschwere ich mich bei Bath-Seba, »du weißt, was ich gemeint habe, Abisag weiß, was ich gemeint habe, warum also er nicht?«

»Ich will's ihm sagen.«

»Aus dem Munde der jungen Kinder und Säuglinge hast du eine Macht zugerichtet um deiner Feinde willen«, bemerke ich.

»O David, David, wie schön! Ich könnte dir endlos zuhören«, jubelt sie.

»Macht dich das scharf?«

»Nein, aber mach trotzdem weiter.«

»Wieso höre ich nicht ein vernünftiges Wort von diesem Dummbeutel?«

»Ich sag's ihm«, verspricht sie, »wenn du ihm sagst, daß er König wird.«

»Ein Dutzend Mal habe ich versucht, es ihm klarzumachen: Laß ihn nicht unschuldig sein und bringe sein hehres Haupt nicht ohne Blut hinunter in die Grube. Er kann nicht mal behalten, was man unter hehres Haupt versteht.«

»Ich werde zu seiner Rechten sitzen und ihm alles erklären.«

»Aber weiß er, was er zu tun hat?«

»Das erledigt Benaja. Ich verspreche es dir, falls du Salomo zum König machst. Aber tu es jetzt. Adonia ist ungemein eifrig, und in der Stadt summt es schon.«

»Den Bewohnern unserer Stadt ist das alles ganz egal.«

»Sie reden von nichts anderem als von Adonia und seinem Bankett. Ich fürchte mich. Frag Nathan, frag deinen Priester Zadok, sogar Benaja hat was gemerkt. Wir haben allesamt Angst.«

Angst vor Adonia und noch mehr Angst vor Joab, der in einer Sekunde begreifen würde, was ich mir für Simei wünsche, und es auf einen Wink ausführte. Aber Joab ist noch so ein Überlebender, den ich erschlagen sehen möchte, und ich kann ja nicht erwarten, daß er das selber besorgt, oder? Ein echtes Dilemma, sage ich bei mir, und eigentlich ist es mir egal, denn bald bin ich tot und hinterlasse nichts außer meinen Kindern und meinem Königreich. Ein Tempel wäre hübsch gewesen, aber Nathan hat nein gesagt, und mit einem Stern, der nach mir genannt wird, läßt sich nicht viel hermachen. Eitelkeit wäre es, anzufügen, daß ich nicht mehr eitel bin. Das Dilemma, dem ich mich gegenübersehe, ist eines von der Art, über die ich mich gern mit Gott unterhielte, falls ich mich je herabließe, noch mal um göttliche Erleuchtung zu bitten, denn ich höre im Geiste schon, wie Sein Urteil ausfiele. »Soll ich Adonia versprechen, daß ihm das Reich zufällt?« würde ich Gott fragen.

Und Er spräche zu mir: »Versprich es Adonia.«

»Aber sollte ich Salomo nicht ebenfalls versprechen, daß er König wird?«

»Warum nicht?« würde Gott antworten. »Versprich auch Salomo, daß er König werden soll.«

Nun würde ich ein Weilchen gedankenverloren schweigen und mich nachdenklich am Kopf kratzen. »Wenn ich nun Adonia verspreche, er darf König werden, und auch Salomo verspreche, daß ich ihn König sein lassen will, müßte ich dann nicht mein Versprechen dem einen oder anderen brechen?«

»Na und?« sagte der Herr. »Dann brichst du eben ein Versprechen.«

Ehedem sind wir auf diese Weise glänzend miteinander ausgekommen. Er und ich.

Ärgerlich war, daß ich trotz aller militärischen Erfolge eben doch nicht frei war in meinen Entschlüssen, als ich nach Jerusalem zurückgekehrt war, und auch seither bin ich kein sehr mächtiger Herrscher gewesen. Mir ist ganz so, als müsse das Reich auseinanderfallen, nicht lange, nachdem ich gegangen sein werde.

Man betrachte nur den neuen Aufstand, der ausbrach, als ich praktisch noch dabei war, in vollem Triumph, mit allem Pomp und mit voller militärischer Stärke wieder auf meinen Thron zu klettern. Vom Jordan nach Gilgal begleiteten mich die Männer Judas und das halbe Israel, und jede Gruppe riß sich darum, mir möglichst nahe zu kommen. Beide Gruppen hatten mich um Absaloms willen fallen lassen, und jetzt konkurrierten sie darum, mir schön zu tun. Ein gleiches Maß an Einfluß auf den Thron schien keiner der Gruppen akzeptabel, und ich sollte mir nun ausdenken, wie dieser Gegensatz aufzuheben sei. Hinzu kam, daß ich in Gedanken fast ausschließlich mit dem Verrat und dem Tod Absaloms beschäftigt war, auch als der Gegensatz zwischen meinen Untertanen sich vertiefte und ganz erbittert wurde. Die von Juda aber redeten härter denn die von Israel – sie führten sich so schlimm auf wie Benjaminiter –, und ich war kaum wieder im Palast, da blies Seba, der Sohn von Bichri und selber Benjaminiter, frech die Posaune, um ganz Israel, soweit es mir anhing, zu verkünden: »Wir haben keinen Teil an David, noch Erbe am Sohne Isais. Ein jeglicher hebe sich zu seiner Hütte, o Israel.«

Oh, da fielen alle in Israel von mir ab und folgten Seba. Das schreckte mich endgültig aus meiner Versunkenheit. Und sofort packte ich zu, als ich glaubte, die Gelegenheit zu erkennen, Joab durch Amasa zu ersetzen. Drei Tage gab ich ihm, um die Männer von Juda zu sammeln und gegen Seba auszurücken. Noch am vierten hatte er sich nicht blicken lassen. Wo steckte er, zum Henker?

»Angeblich naht er«, sagte mein Kanzler Josaphat.

»Das tut Weihnachten auch!« Ich wies Abisai an, sofort aufzubrechen. »Sonst wird uns Seba, der Sohn Bichris, mehr Leides tun denn Absalom. Nimm meine Leute und jage ihm nach, daß er nicht etwa für sich feste Städte fände und uns entrinne.«

Und Joab schickte ich hinter ihm her, daß er die Oberleitung übernähme und mich ins Bild setzte, falls unvorhergesehene Rückschläge einträten. Als mein tollpatschiger Neffe Amasa endlich in der Stadt auftauchte, hatte er passende Kleidung und auch sein Schwert vergessen. Das gab mir den Gedanken ein, mein Urteil über ihn könnte falsch sein. Ich ließ ihn Rüstung und Schwert aus Joabs Garderobe nehmen; beides war zu groß und zu schwer für ihn. Als er davontaumelte, sah er aus wie ein Clown. Er sollte Joab und Abisai einholen und das Kommando übernehmen. Sogar eine schriftliche Bestallung gab ich ihm mit.

Schlafen tat ich schlecht. Mitten in der Nacht fuhr ich auf meinem Lager hoch, ich hatte eine ganz deutliche Erscheinung gehabt, die mich erschreckte, und stieß den für mich bezeichnenden Ruf der Überraschung aus: »Ach du dicke Scheiße!«

Meine Diener stürmten herein mit blanken Schwertern und gezückten Dolchen. Ich rief nach meinem Schreiber. Ich ließ meinen Kanzler holen, denn ich sah deutlich, was ich unbeabsichtigt angerichtet hatte. »Schickt ein Telegramm!« rief ich.

»Telegramme kennen wir nicht«, erinnerte Josaphat.

Am Mittag des folgenden Tages war es dann schon zu spät, ganz wie meine Intuition mir drohend vorhergesagt hatte.

»Friede mit dir, mein Bruder«, grüßte der hinterlistige Joab mit brüderlichem Lächeln den Amasa und faßte ihn mit seiner Rechten beim Bart, daß er ihn küßte, als sie sich an dem großen Stein in Gibeon begegneten, wo Joab ihm schon aufgelauert hatte wie das Schicksal selber.

»Ich freue mich wahrhaftig, dich hier zu sehen, Vetter«, sagte Amasa, der es eilig hatte. »In welche Richtung sind sie gezogen?«

»Laß mich dir behilflich sein«, versetzte Joab freundlich und stach ihn unter die fünfte Rippe in den Bauch, daß sein Eingeweide sich auf die Erde schüttete und er ihn nicht ein zweites Mal stechen mußte.

»Was kann ich nur mit ihm anfangen!« klagte ich Benaja, als ich den Bericht in Jerusalem erhielt.

Nichts konnte ich mit ihm anfangen. Denn Joab war der Löwe von Juda, nachdem die Bewohner von Abel-Beth-Maacha Seba den Kopf abgehackt und diesen über die Mauer geworfen hatten und Joab in allen Stämmen Israels die Rebellion niederschlug, bevor er nach Jerusalem zurückkam. Ich war der König, er aber der Held der Stunde, wahrlich der Strohhalm, mit dem man das Getränk umrührt, und ich kam mir nicht sehr königlich vor. Ich wußte wohl, wie es sich anfühlt, ein Held zu sein, und ich legte keinen Wert darauf, mich wiederum wie einer zu fühlen.

Seit meine Frau Abigail dahingegangen ist und mein Sohn Absalom mich verraten hat und getötet wurde, habe ich kaum noch etwas empfunden. Immer noch weiß ich nicht, was mich mehr bekümmert: Absaloms Verrat oder sein Tod. Ich weiß, daß ich mir nicht vorkam wie ein Sieger, als ich nach diesem traurigen Triumph aus Mahanaim abmarschierte, sondern mehr wie ein Flüchtiger, und so fühle ich mich auch jetzt: ein Flüchtiger, lange schon verfolgt von unsichtbaren Dämonen, die ich nicht mehr abwehren kann. In meinem unruhigen Schlaf bin ich die erschöpfte Beute einer tödlichen Jagd. Nun der Tag näher rückt, an dem ich sterben werde, denke ich neiderfüllt an Barsillai, den Gileaditen. Mir mangelt das heitere Bewußtsein der natürlichen Vollendung, dessen er sich erfreute, als sein Ende nahte und seine Tage erfüllt waren. Ich rufe nach Abisag, wenn ich sie in meiner Nähe haben möchte, und sie kommt jedesmal. Aber wärmen kann sie mich nicht, und wenn sie geht, bin ich so untröstlich wie zuvor. Und doch weiß ich, ich liebe sie. Auf meiner Schulter hockt ein Affe, den ich nicht loswerden kann, und ich weiß jetzt, wer dieser Affe ist: Sein Name ist Gott. Ich habe Sein Angesicht gesehen und überlebt. Er trägt eine Brille mit dicken Gläsern und führt uns nicht nur in Versuchung, sondern verleitet uns auch zu vielen Fehlern. Die Eroberung des Landes Kanaan, die Er Abraham zugesagt hat, ist nicht mein größter Sieg gewesen, und auch nicht, daß ich das Volk Israel aus den Händen seiner Feinde errettet habe, obschon ich das damals glaubte. Nein. Meinen Sohn auf dem Schlachtfeld zu überwinden, war für mich viel bedeutsamer, denn ein solcher Sieg ist auch eine Niederlage, und sie schmerzt mich immer noch. Gott weiß, was ich damit meine. Ich fühle mich Gott näher, wenn meine Seele Qualen leidet. Dann merke ich, wie Er sich wieder nähert, und ich möchte Ihm zurufen, was ich Ihn schon lange fragen will, so wie Ahab im Weinberg von Naboth den Elia fragte: »Hast du mich gefunden, mein Feind?«

Ahab baute dem Baal Altäre, und er erschlug die, welche wahrlich an Jehova glaubten, und er und Isebel waren Gott verhaßt wegen dieser und unzähliger anderer Missetaten, welche beide begingen, während ich nichts weiter verbrochen habe, als bei der Frau eines anderen zu liegen.

»Und ihren Mann in den Tod zu schicken«, höre ich Gott mich berichtigen, wären wir wieder miteinander vertraut wie ehedem.

»Der Teufel hat mich dazu verleitet«, würde ich mich dann rechtfertigen.

»Einen Teufel gibt es nicht«, würde er widersprechen.

»Und im Garten Eden?«

Darauf würde er mir antworten: »Das war eine Schlange. Du kannst es nachlesen.«

Ich weiß, nicht meine Sterne waren schuld, sondern ich selber. Wie vieles habe ich nicht gelernt, das mir kaum von Nutzen gewesen ist. Das menschliche Hirn hat sein eigenes Bewußtsein.

XIII
IN DER HÖHLE VON MACHPELAH

Aber man versuche einmal, Bath-Seba einen komplizierten Sachverhalt nahezubringen. »Unsere Bestimmung hängt vom göttlichen Willen ab«, erkläre ich ihr menschenfreundlich, um sie auf die Enttäuschung vorzubereiten, die unvermeidlich ist, »und wir mögen sie beeinflussen, soviel wir wollen, die Vergangenheit erhellt nur den Weg der Narren in den staubigen Tod.«

Sie tut, als rede ich irre, und beharrt auf einem weiteren vergeblichen Versuch, mich zugunsten Salomos zu beeinflussen. »Zwei sind erledigt, jetzt bleibt nur noch einer abzuservieren.« So munter kennzeichnete sie die Lage nach meiner Rückkehr aus Mahanaim.

Jetzt verlangt sie: »Du sollst anstelle von Adonia meinen Salomo zu deinem Erben einsetzen. Und ich verlange, daß du das tust, bevor Adonia sein Bankett veranstaltet, solange die Leute noch auf dich hören, damit es keinen Streit gibt, wenn du tot bist.«

»Bath-Seba, Bath-Seba«, rede ich ihr gütlich zu, »weshalb sollte ich damit einverstanden sein?«

Sie antwortet ganz aufrichtig: »Weil ich es will.«

»Einen besseren Grund hast du nicht?«

»Zwinge mich bitte nicht, nachzudenken.«

Die leichtfertige Zuversicht, die sie bislang zur Schau getragen hat, ist nun der Angst gewichen, seit sie sieht, daß ich immer unbrauchbarer werde und daß Adonia im gleichen Maß zunimmt und kühn den Platz beansprucht, den ich nicht mehr ausfülle. Mehr und mehr Leute reden jetzt von einem Freiluftbankett, das am Fuße eines Hügels außerhalb der Stadt abgehalten werden soll. Schon ist die

Stunde bestimmt. Angeblich wird es da auch Fleisch geben, und ich bedaure, abgesagt zu haben. Es soll ein Barbecue werden. Lange Holztafeln werden in einem Rechteck aufgestellt, gelb und weiß gestreifte Zelte bieten Schutz für den Fall, daß es regnen sollte. Von der Straße dringt jetzt immer öfter der Ruf: »Lang lebe Adonia!« Wahrscheinlich sind das seine fünfzig Trabanten, die vor ihm herlaufen. Und was ist dagegen einzuwenden? Ist es mir nicht einerlei, wie lange er lebt, wenn ich verschieden und bei meinen Vorfahren zur Ruhe gegangen bin? Ich frage mich, ob man mich hoch genug achtet, um mich in der Höhle Machpelah zu Mamre vor Hebron beizusetzen, damit ich neben meinen Vorfahren Abraham und Sara, Isaak und Rebekka, Jakob und Lea ruhe. Das wäre doch wirklich hübsch – noch eine Ehre, von der ich nichts mehr merke. Ich hätte keinen Spaß mehr daran.

Bath-Seba war lange ganz offen darum bemüht, sich Abisags Einfluß zunutze zu machen, hat dann aber bemerkt, daß die junge Dienerin gar keinen besitzt.

»Salomo darf nicht König werden«, verkünde ich ein weiteres und, wie ich hoffe, letztes Mal. Salomo würde sich als einer jener Affen, die er so begehrt, viel besser ausnehmen denn als König. Adonia könnte dann den Pfau spielen. »Er ist zu blöd, Bath-Seba, schlicht und einfach zu dumm. Der könnte es nicht eine Minute lang machen.«

»Ich würde zu seiner Rechten sitzen und ihn beraten.«

»Weißt du, was er mir bei unserem letzten Gespräch anvertraut hat? Du wirst es nicht glauben.«

»Mir hat er gesagt, du hast ihm keine Gelegenheit gelassen, es dir zu erklären.«

»Eine Flotte will er bauen.«

»Und was wäre so falsch an einer Flotte?«

»Wenn es um die Regierung des Landes geht, bist du genauso schlau wie er. Und er hat nicht die Spur von Grips.«

»Und spielt denn das eine Rolle, wenn man an der Regierung ist?«

Dagegen kann ich selbstverständlich nichts einwenden,

aber ich bleibe beim Thema. »Gratuliere Adonia«, rate ich ihr warnend. »Wünsche ihm Glück und diene ihm.«

»Lieber scheure ich Fußböden.«

»Er wird König werden, wenn ich sterbe.«

»Dann kannst du ja auch gleich am Leben bleiben.«

Darüber mußte ich lachen.

Als ich die Sache schließlich in die Hand nahm, ging alles so schnell, daß mir keine Zeit blieb, mich zu bedenken.

XIV
KÖNIGE

»Nun, jetzt ist wohl alles geordnet«, sage ich, und Abisag, die Sunemitin, hört mich schweigend an, mit einem ernsten, gefaßten, ausdruckslosen Gesicht. Sie riecht nach Jasmin und Seife, die Finger duften angenehm eine Spur nach Koriander. Sie macht mich für die Nacht zurecht, kämmt mein weißes Haar mit sehr zarten Bewegungen und wischt mir die Augenwinkel mit einem warmen, weichen, wollenen Lappen, den sie in Glyzerin und Wasser angefeuchtet hat. Sie pflegt mich hingebungsvoll und ist dabei heiter und zufrieden. Lege ich mich zu Bett, wird sie mich zudecken. Und wenn sie sich gewaschen, gesalbt und frisch parfümiert hat, wird sie einige Momente nackt vor meinem Bett stehen, daß wir einander mit den Augen kosten, bevor sie sich neben mir zusammenrollt und an meiner Brust ruht. Das klingt doch ganz gut? Aber warm wird mir nicht davon. Und ich werde sie nicht als meine Ehefrau erkennen. Statt dessen werde ich mich nach Bath-Seba sehnen, die sich mir immer noch verweigert.

»Nach allem, was ich für dich getan habe!«

»Ich habe alle Hände voll zu tun.«

Bath-Seba ist jetzt Königinmutter, sitzt zur Rechten ihres Sohnes und rechtfertigt sich damit, daß es sich nicht schicken würde. Salomo hat gewonnen, Adonia verloren. Die Atmosphäre ist gereinigt von aller Unentschiedenheit. Salomo sitzt an meiner Statt auf dem Thron, und Adonia hat versprochen, brav zu sein, nachdem er die Hörner des Altars gepackt und gefleht hatte, nicht mit dem Schwerte erschlagen zu werden. Wenn er redlich ist, soll kein Haar von ihm auf die Erde fallen, ließ Salomo ihm zu meiner Überraschung ausrichten. Dem Volk ist es recht, daß kein Bürgerkrieg droht, und wieder ist Jubel auf den Gassen, nur lautet er diesmal »Lang lebe der König! Gott schütze König Salomo.« Das regt mich nicht weiter auf, nur kommen mir die Worte etwas eigenartig vor, ich kann mich gewiß nicht an sie gewöhnen. Wie es zu alledem gekommen ist, bleibt ein Geheimnis, sogar mir. Allerdings weiß ich, daß Vernunft wenig damit zu tun hatte. Ich zog nicht den einen Sohn dem anderen vor, nicht den geizigen Nichtsnutz dem oberflächlichen, liederlichen Nichtsnutz mit den Allüren eines Tanzmeisters und der Moral einer Hure. Offen gestanden, ich mag keinen von beiden. Offen gestanden, ich tat es, weil ich mich geärgert hatte und aus Liebe. Ich entschied für Bath-Seba, denn sie hat mich einmal für etliche Jahre meines Lebens glücklich gemacht, und außer Abigail hat das sonst niemand getan.

Ich konnte ihre Furcht nicht mit ansehen.

Und wenigstens diesmal rückte sie mit der Wahrheit heraus, angetrieben von Nathan, der nun wirklich total verängstigt war, als er sah, wie die Krise am Tage von Adonias Bankett eintrat.

Wer von Adonia eingeladen worden war, erschien, und er ließ Schafe und Rinder und gemästetes Vieh schlachten am Stein Scheleth neben dem Brunnen Rogel. Die langen Tafeln waren aufgestellt worden, bedeckt mit purpurnen und blauen Tüchern, und golden und weiß gestreifte Zelte standen überall. Offenbar ein schickes Fest, nur aus Bath-Sebas Schilderung ließ sich das nicht entnehmen. Adonia hatte sich mit Joab besprochen, dem Sohne Zerujas, und mit meinem alten Priester Abjathar, die ihm beide von Anfang an gefolgt waren und ihm auch jetzt beistanden. Zadok jedoch, mein junger Priester, und der Prophet Nathan und Benaja, der Sohn von Jojada, waren nicht zu Adonias Bankett erschienen; sie waren ebensowenig eingeladen wie meine Helden, denn auch sie folgten nicht Adonia. Augenscheinlich formierte sich die neue Garde gegen die alte, wobei Nathan nicht mitspielen durfte, weil er nicht rechtzeitig auf den Zug aufgesprungen war. Und Adonia lud alle seine Brüder ein, also des Königs Söhne, nur seinen Bruder Salomo nicht, und diese vorsätzliche und unheilvolle Unterlassung galt vielen als schlechtes Vorzeichen. Darum instruierte Nathan Bath-Seba, wie sie ihr eigenes Leben und das ihres Sohnes Salomo retten könnte, schickte sie zu mir, nachdem er ihr eingebleut hatte, wie sie sich verneigen und mir Respekt bezeigen und mich dann über die betreffenden Vorgänge ins Bild setzen sollte.

Er probte mit ihr. Sie sollte sagen: »Hast du nicht, mein Herr König, deiner Magd geschworen und geredet: Dein Sohn Salomo soll nach mir König sein, und er soll auf meinem Stuhl sitzen?«

Darauf entgegnete ich: »Hör auf, mich damit anzuöden. Ich habe dir nie etwas dergleichen versprochen.«

»Nein«, greift sie mich schroff an, denn sie ist jetzt wütend, »aber hast du je versprochen, daß dein Sohn Adonia an deiner Statt regieren soll, während du noch am Leben bist?«

»Auch das habe ich nie versprochen. Warum zitterst du so? Was hat dich aufgeregt?«

»Du hast Adonia also nichts versprochen?« höhnt sie, und es gelingt ihr nur, eine verächtlich überraschte Miene aufzusetzen, indem sie sichtlich ihre Aufregung bezwingt. »Wie kommt es dann, daß Adonia regiert?«

»Was ist denn das nun wieder?« frage ich konsterniert.

»Weißt du nichts davon?«

»Daß Adonia regiert?«

»Daß Adonia, Sohn der Haggith, heute in Jerusalem regiert.«

»Blödsinn. Ist das wahr?«

»Und unser Herr David weiß nichts davon? Frag Nathan, deinen Propheten. Er wartet draußen. Und schick Benaja, er soll sich erkundigen, falls du es nicht glauben willst.«

Mein vertrauenswürdiger Benaja nickt; er hat schon davon reden hören.

»Er hat Rinder und Schafe und gemästetes Vieh in Fülle geschlachtet«, fährt meine Frau Bath-Seba eilig fort, und es rührt mich, daß sie so häßlich und verängstigt aussieht. »Er hat alle Söhne des Königs zu seinem Bankett geladen, auch Abjathar, den Priester, und Joab, den Feldhauptmann. Daß ich nicht geladen bin, macht mir nichts aus – Frauen sind überhaupt keine eingeladen, aber deinen Knecht Salomo hat er als einzigen deiner Söhne nicht gebeten. Und auch nicht Zadok, deinen Priester. Und auch nicht deinen Propheten Nathan und deinen Diener Benaja.« Was sie da sagt, spricht allerdings Bände. »Du aber, mein Herr König, die Augen des ganzen Israel sehen auf dich, daß du ihnen anzeigest, wer auf dem Stuhl meines Herrn Königs nach ihm sitzen soll. Wenn aber mein Herr König mit seinen Vätern entschlafen ist, so werden ich und mein Sohn Salomo als Sünder angesehen werden, weil wir so lange zu dir gehalten haben.«

»Ich glaube kein Wort«, sage ich verwirrt.

»Frag Nathan. Oder Benaja hier.«

»Geh und schick Nathan rein. Und keins von deinen beschissenen Gleichnissen, bitte!« blaffe ich warnend meinen schlotternden Propheten an, als er hereinschlurft.

Nathan schaut düster, er ist für seine Verhältnisse geradezu wortkarg, denn er kommt sogleich zur Sache. »Mein Herr König«, beginnt er, »hast du gesagt: Adonia soll nach mir König sein und auf meinem Stuhl sitzen? Und hast du dies getan, mein Gebieter, ohne es deinem Knecht anzusagen oder dem Priester Zadok oder auch Benaja und den Helden, die mit dir sind, daß sie wissen, sie sollen fortan ihm dienen?«

»Selbstverständlich nicht!« Mein Widerspruch enthält auch Vorwurf. »Weshalb, zum Teufel, hätte ich so was tun sollen?«

»Denn er ist heute hinabgegangen«, antwortet Nathan, immer noch voller Angst, »und hat geopfert Ochsen und Mastvieh und viele Schafe und hat alle Söhne des Königs geladen und alle Hauptleute, dazu den Priester Abjathar. Mich aber, deinen Knecht, und Zadok, den Priester, den Benaja, den Sohn des Jojada, und deinen Knecht Salomo hat er nicht geladen. Das hat doch was zu bedeuten? Frag Benaja. Beschwöre einen Geist. Du brauchst keinen Propheten, um zu verstehen, was passiert. Und siehe, sie essen und trinken vor ihm und sagen: ›Glück zu dem König Adonia.‹«

Jetzt komme ich mit einem Ruck zu mir. »König wer?«

»König Adonia.«

»Es gibt keinen König Adonia!« schreie ich.

»O doch, mein Gebieter, es sei denn, du verkündest, daß es keinen gibt, mein König. Und wenn du das nicht gleich tust, gibt es in Israel keinen König David mehr. Laß mich dir eine Geschichte –«

»Geschichten interessieren mich nicht. Schick Benaja wieder rein.«

Benaja hat unterdessen alle Tatsachen gesammelt. Man ist dabei, mich in den Ruhestand zu schicken, und ich habe selber nichts dazu zu sagen. Man schiebt mich beiseite. Ich unterstütze Adonia, wenn ich nicht gegen ihn Stellung beziehe. Dieser Gedanke mißfällt mir. Bath-Seba wird festgesetzt und isoliert. Das gefällt mir noch weniger. Und als ich dies gedacht habe, brauche ich nicht mehr lange, um mich zu Taten aufzuraffen.

»Bath-Seba soll reinkommen. Sagt ihr auch, ich erinnerte mich jetzt des Versprechens, das ich ihr gegeben habe.« Sie kniet hin, nachdem sie immer noch furchtsam hereingekommen ist, und erweist mir Ehre. »Ich erinnere mich jetzt genau jenes Versprechens, das ich dir gab«, fahre ich, ohne auch nur zu blinzeln, fort und umfasse tröstend ihr Gesicht. »Salomo, dein Sohn, soll nach mir König sein und an meiner Statt auf meinem Stuhl sitzen.« Und ich küsse sie ritterlich mit den Küssen meines Mundes.

»So wahr der Herr lebt«, beginnt sie ihren Dank an mich mit erstickter Stimme – ich sehe meine Frau Bath-Seba erst zum zweiten Mal in meinem Leben weinen, und diesmal sind es Freudentränen, die sie vergießt –, »so wahr der Herr lebt, du hast heute unsere Seele von aller Trauer errettet.«

Und jetzt habe ich alles wieder unter Kontrolle. König

Adonia? Der Halunke! Diesem Pimpf, diesem Gernegroß werde ich's schon geben. Adonia!

»Ruft auch Zadok, den Priester«, befahl ich. »Er soll sich mit Nathan und Benaja und meinen Helden auf den Weg machen.«

Bath-Seba, schon wieder ganz die alte, sagte: »Ruft auch Salomo.«

»Nichts da«, lautete meine strenge Ablehnung. »Noch nicht, noch nicht.« Meine Pläne erforderten nicht, daß ich ihn so bald schon sehen mußte. »Salomo soll auf meinem Maultier nach Gihon reiten, und Zadok, der Priester, und Nathan, der Prophet, sollen ihn dort zum König über Israel salben. Und dann blaset mit den Posaunen und sprecht: Glück dem König Salomo! Und das tut an einem Platz in Gihon, wo euch die Gäste Adonias hören können.« Ich fand, dies sei eine hübsche Beigabe. »Und dann ziehet ihm nach herauf, und er soll kommen und sitzen auf meinem Stuhl und König sein für mich, und ich will ihm gebieten, daß er Fürst sei über Israel und Juda.«

Daraufhin stieß Benaja, der Sohn Jojadas, sonst immer der wortkarge Stoiker, einen tiefen Seufzer aus und sagte: »Amen! Wie der Herr mit meinem Herrn, dem König, gewesen ist, so sei er auch mit Salomo, daß sein Stuhl größer werde als der Stuhl meines Herrn, des Königs David.«

Nach kurzem Überlegen kam ich zu dem Resultat, daß daran nichts auszusetzen sei.

Da gingen hinab der Priester Zadok und der Prophet Nathan und Benaja samt den Krethern und Plethern, setzten Salomo auf das Maultier des Königs und führten ihn gen Gihon. Und der Priester Zadok nahm das Ölhorn aus der Hütte und salbte Salomo. Und sie bliesen mit der Posaune, und alles Volk sprach: »Glück dem König Salomo!« Und alles Volk zog ihm nach herauf, und das Volk pfiff mit Flöten und war sehr fröhlich, daß die Erde von ihrem Geschrei erscholl.

Adonia vernahm das und alle, die er geladen hatte, und sie hörten auf zu essen, und da Joab der Posaune Schall hörte, sprach er: »Was will das Geschrei und Getümmel in der Stadt?«

Und noch während er diese Worte sprach, kam Jonathan, der behende Sohn des Abjathar, gelaufen, um Adonia die Neuigkeit zu vermelden: »Unser Herr, der König David, hat Salomo zum König gemacht!«

Unnötig zu sagen, daß Adonia nicht überraschter hätte sein können. »Salomo? Meinen jüngeren Bruder Salomo? Den Salomo, der eine Flotte bauen will?«

»Salomo sitzt auf dem königlichen Stuhl«, antwortete jener Jonathan. »Das ist das Geschrei, das ihr gehört habt. Und die Knechte des Königs sind hineingegangen, zu segnen unsern Herrn, den Könid David, und haben gesagt: Dein Gott mache Salomo einen besseren Namen denn dein Name ist, und mache seinen Stuhl größer denn deinen Stuhl. Und es heißt, daß der König angebetet hat auf seinem Lager.«

Die Gesellschaft brach eilends auf, wie man sich denken kann. Alle Gäste Adonias ängstigten sich, auch Joab, und gingen ein jeglicher seinen Weg. Adonia fürchtete sich vor Salomo, machte sich auf, ging hin und faßte die Hörner des Altars. Er schwor, er wolle sie nicht loslassen, bevor der neue König ihm nicht für sein Leben gutsagte. Benajas Leute waren unterdessen schon überall und berichteten, Adonia habe gesagt: »Der König Salomo schwöre mir heute, daß er seinen Knecht nicht töte mit dem Schwert.«

Und Salomo antwortete: »Wird er redlich sein, so soll kein Haar von ihm auf die Erde fallen; wird aber Böses an ihm gefunden, so soll er sterben.« Und als die bewaffneten Boten Benajas mit diesem Bescheid abgingen, wandte er sich mir zu und fragte: »Habe ich das richtig gesagt?«

»Willst du wirklich eine Flotte bauen?«

»Kann denn eine Flotte schaden?«

»Gesprochen«, sagte Bath-Seba beifällig, »wie der weise Salomo.«

Meine Abschiedsansprache fiel wesentlich besser aus als die Jakobs auf seinem Sterbebett, die als Segen nicht passend und, was Inhalt und Zweck angeht, fast unverständlich war. Die zwölf Söhne, die sein Lager umstanden, müssen sich, als sie ihn immer weiter reden hörten, wohl gefragt haben, was er damit bezweckte, auch wenn einige von ihnen gewiß keine Geistesriesen waren. Meine Ansprache hatte wenigstens Hand und Fuß.

»Hör mir jetzt gut zu«, sagte ich. »Du hast Simei bei dir, den Sohn von Gera, den Benjaminiter von Bahurim, der mir so schändlich fluchte zu der Zeit, da ich gen Mahanaim ging. Du weißt, ich bin nicht nachtragend, aber ich bestehe auf meiner Rache. Ich habe beim Herrn geschworen, daß ich ihn nicht mit dem Schwert töten will.«

»Ich glaube, ich weiß jetzt, was ein hehres Haupt ist«, warf Salomo ein und konsultierte seine Notizen.

Ich achtete nicht darauf. »Du darfst ihn nicht um dessentwillen erschlagen, was er mir angetan hat, denn ich schwor bei Gott, daß er verschont bleiben soll. Du mußt ihn also aus einem anderen Grunde erschlagen lassen. Am besten, du machst ihm einengende Vorschriften, die er irgendeinmal übertreten muß, und erschlägst ihn wegen seines Ungehorsams. Verstehst du mich jetzt? Deine Mutter wird es dir erklären. Ferner: Zu Abjathar sollst du gnädig sein, obschon er sich Adonia angeschlossen hat, denn er hat mitgelitten, wo ich gelitten habe. Mag er in Frieden nach Anathoth auf seinen Acker gehen, denn er ist ein guter Mann. Den Kindern Barsillais, des Gileaditers, sollst du Barmherzigkeit beweisen, daß sie an deinem Tisch essen. Denn also nahten sie zu mir, da ich vor Absalom, deinem Bruder, floh. Und nun kommen wir zu meinem Neffen Joab, dem Sohn der Zeruja.« Ich huste, um den Schleim aus der Kehle zu entfernen, und befeuchte meine Lippen mit Wasser aus einem irdenen Becher, den mir Abisag aufmerksam reicht, kaum daß sie hört, wie meine Stimme heiser wird. Das Mädchen ist unbeschreiblich schön und als Dienerin unvergleichlich. Bath-Seba, auf dem Stuhle sitzend, den wir ihr zur Rechten Salomos aufgestellt haben, ist ganz Aufmerksamkeit. »Du weißt wohl, was mir getan hat Joab, der Sohn der Zeruja«, wiederhole ich düster und mache eine Pause, um ganz sicher zu sein, daß deutlich wird, was ich sagen will.

»Ich erkläre es dir später«, sagt Bath-Seba eilig zu Salomo.

»Du weißt auch, was er getan hat den zwei Feldhauptmännern Israels, Abner, dem Sohn Ners, und Amasa, dem Sohn Jethers, die er erwürgt hat, und vergoß Kriegsblut im Frieden, und tat Kriegsblut an seinen Gürtel, der um seine Lenden war, und an seine Schuhe, die an seinen Füßen waren. Nicht für das, was er mir tat«, betone ich mit Nachdruck, um klar zu machen, daß ich genau das Gegenteil meine, »sondern um dessentwillen, was er ihnen tat, tue an Joab nach deiner Weisheit.«

Salomo bemerkt dazu mit gerunzelter Stirn: »Ich glaube, du willst mir nahelegen, sein hehres Haupt nicht mit Frieden in die Grube fahren zu lassen?«

»Jetzt laß endlich mal dieses hehre Haupt«, schreie ich beinahe, denn meine Geduld ist zu Ende. »Töten sollst du Joab! Verstehst du nicht? Spreng den Halunken in die Luft!«

Bath-Seba übersetzt für ihn mit liebreizendem Lächeln und unendlicher mütterlicher Nachsicht: »In die Luft sprengen sollst du den Halunken.«

»Ich glaube, ich habe ihn diesmal richtig verstanden.«

Noch begreift er nicht, daß er das auch um seiner selbst willen tun muß.

Schlechte Neuigkeiten reisen schnell, auch zu Joab, und als er Wind von der Sache bekam, da floh Joab in die Hütte des Herrn und faßte die Hörner des Altars. Benaja forderte ihn auf herauszukommen, aber Joab sagte, lieber wolle er da drinnen sterben als herauskommen. Salomo blickte mich an und erwartete meine Entscheidung.

»Tu, wie er vorschlägt«, riet ich ihm lächelnd, »laß ihn da drinnen sterben.«

»Tu, wie er vorschlägt, und erwürge ihn dort drinnen«, wiederholte Salomo wie ein Papagei zu Benaja gewandt und begründete damit seinen Ruf als Intellektueller und Mann mit ausgeprägtem Sinn für Humor; ein Ruf, der eigentlich mir gebührt.

Von Bath-Seba erhielt ich nicht mehr als einen flüchtigen Segen und einen keuschen Kuß auf die Stirne. »Mein Herr, der König David, möge ewig leben.« Das war ihr Dank.

»Du hast jetzt leicht reden«, erwiderte ich ihr sarkastisch. »Liege heute nacht hier bei mir, mach mich noch einmal glücklich, bevor ich sterbe.«

»Nimm Abisag.«

»Ich will aber dich. Gott ist mein Zeuge, daß ich geschworen habe, mindestens noch einmal bei dir zu liegen, bevor ich sterbe.«

»David, David.« Sie hat alles Interesse an mir verloren und betrachtet mich aufmerksam. »Du redest wirklich wie ein Kind.«

»Deine Liebe ist lieblicher denn Wein«, sage ich ihr allen Ernstes. »Du bist schön, meine Bath-Seba, du bist ein verschlossener Garten, eine verschlossene Quelle, ein versiegelter Born. Bitte, bleib wieder bei mir, bis der Tag anbricht und die Schatten fliehen. Deine Augen sind wie die Teiche zu Hesbon.«

»Ich habe bestimmt dreißig Pfund zugenommen in den letzten Wochen«, bemerkt sie schmollend und dreht sich ein wenig, um mir zu zeigen, was sie meint. »Woher das kommt, ahne ich nicht, aber wo es bleibt, sieht man nur zu deutlich. Dabei hatte ich früher so einen himmlischen Arsch, nicht wahr?«

Ich lasse sie mißmutig gehen. Sie küßt mich pflichtschuldigst und zieht ab. Gott hat mich wieder mal enttäuscht. »Wie gewonnen, so zerronnen«, ist die bittere Philosophie des Resignierenden, mit der ich mich zu trösten und auch zu erheitern suche, als ich ihr nachblicke. Es ist fast Bettzeit, und ich will versuchen zu schlafen.

Als Abisag, die Sunemitin, mit mir fertig ist, wäscht und trocknet sie sich und beginnt sich einzuölen und zu parfümieren, bevor sie zu mir kommt. Meine Lampen brennen. Von ihren Lippen träufelt Honig, und ich weiß, ihre Nase riecht wie Äpfel. Unter der Zunge sind Milch und Honig, und ihr Gaumen schmeckt wie Wein. Betäubender Duft vom besten Räucherwerk zieht durch meine Gemächer, Räucherwerk, das aus Stakte, Balsam, Galbanum und Weihrauch gemischt ist. Ich persönlich täte lieber etwas mehr Weihrauch dazu, doch meine Nase ist nicht mehr so gut, wie sie mal war, und was ich als prickelnd empfinde, ist für andere beißend. Abisag von Sunem sitzt wortlos in den indigoblauen Falten ihres Gewandes, das ihr von der Schulter geglitten ist und sich satt schimmernd um Taille und Oberschenkel schmiegt. Sie streckt die Arme und streicht flüssige Myrrhe darauf, bestreicht damit auch ihren Hals und die Brüste mit den rosa Warzen. Ihre winzigen Füße sind vollkommen. Nirgendwo an ihr ist der geringste Makel. Ich bin sehr alt, und daß jemand, der so lieblich und fehlerlos ist wie Abisag, die Sunemitin, mich Tag für Tag pflegt, ist ein Glücksfall. Noch eine Minute oder zwei, und sie hat ihre Vorbereitungen beendet und kommt an mein Bett. Ihre Wärme, ihre Süßigkeit sind mir kostbar. Hält man mich für glücklich? Glaubt man mich mit meinem Schöpfer im reinen? Weit gefehlt. Ich denke jetzt oft an Gott, ich denke auch an Saul. Ich erinnere mich Sauls in seiner sprachlosen Verfinsterung und seiner Qual, die ich jedesmal sah, wenn ich seine Kammer betrat, um vor ihm zu spielen, und in der Erinnerung wird mir klar, daß ich nie ein traurigeres Gesicht sah, bis Abisag, die Sunemitin, mir vor kurzem einen Spiegel hinhielt und ich darin mein eigenes erblickte.

Fast ist es Nacht geworden. Die Himmel über der Wüste färben sich bräunlich. Im Licht der flackernden Lampen, die in den Ecken des Raumes brennen, tritt langsam ein Bild hervor. Ich sehe einen lebhaft und aufgeweckt blickenden Jüngling auf einem niedrigen Schemel; eines seiner bloßen Knie ruht auf dem Boden und im Schoß hält er eine Lyra mit acht Saiten. Er ist sonnverbrannt, eine ansprechende Erscheinung, gut anzusehen. Sein Hals ist ein Turm aus Elfenbein, seine Locken sind kraus und schwarz wie ein Rabe, und sein Haupt aus feinstem Gold. Ich weiß, wer er ist; ein Wonneschauer überrieselt mich, da ich ihn erkenne, die blühende, pulsierende, zuversichtliche Schönheit eines Gesichtes sehe, das das meine ist. Ich kann es kaum erwarten. Er beginnt mit einem Lied, das ich einst kannte, er singt mit reiner, klarer Stimme, zu süß für ein Mädchen, zu jung für einen Mann. Seine Musik ist besänftigend, beinahe göttlich. Nie war ich so glücklich, als da ich seine Stimme vernehme. Und dann schaue ich mich nach einem Spieß um, den ich nach ihm schleudern könnte. Mein Engel Abisag ist von ihrem Stuhl aufgestanden und tritt lautlos herzu, nur ein leuchtendes Tuch um den Hals. Ihre Augen sind dunkel wie die süßen Weine von Kedar. Ich will meinen Gott wiederhaben; und bekomme eine Jungfrau.

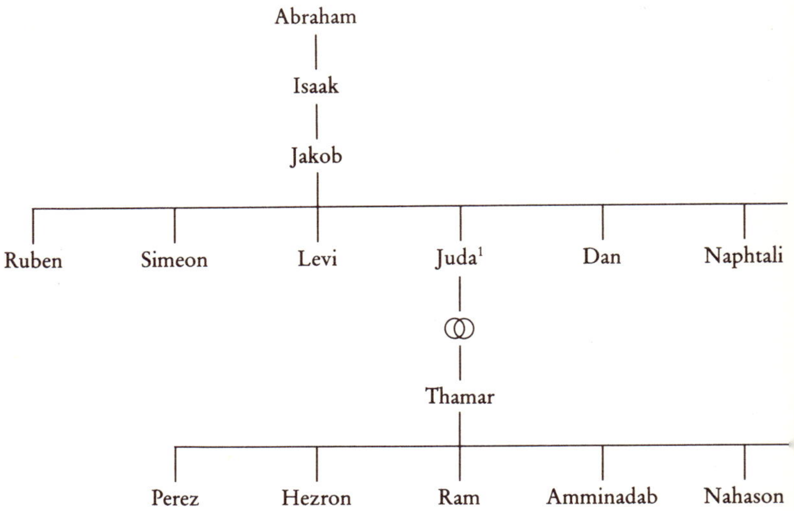

[1] *Juda war einer der Söhne von Jakobs Frau Lea.*
[2] *Die Namensform Salma ist 1. Chr. 2,11 belegt; Ruth 4,20f schreibt statt desssen: Salmon.*
[3] *Nach 1. Sam. 16,10f./17,12 hatte Isai 8 Söhne (namentlich jedoch nur Eliab, Abinadab, Samma + David genannt). Nach 1. Chr. 2,13ff waren es hingegen nur 7 Söhne.*
[4] *Samma lautet der Name nach 1. Sam. 16,9; an anderen Stellen (2. Sam. 13,3; 1. Chr. 2,13) lautet er Simea.*

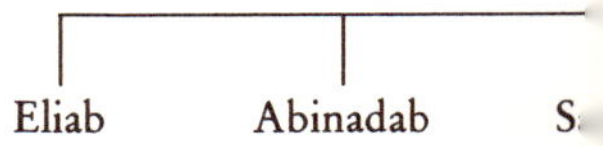

David hatte 8 namentlich bekannte Frauen; nach 2. Sam. 5,13ff hatte er w

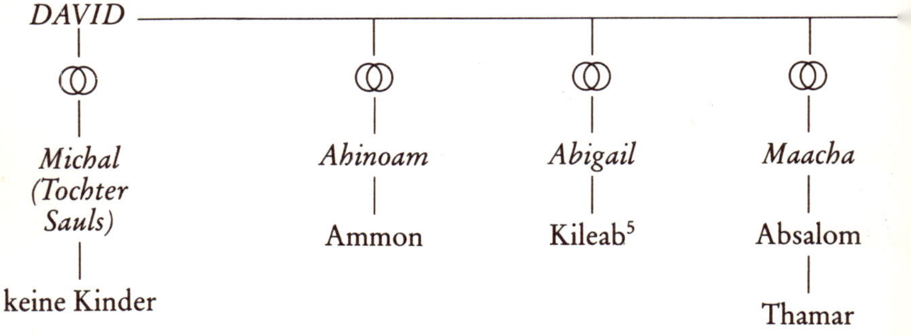

[5] *Kileab heißt der Sohn Abigails nach 2. Sam. 3,3; nach 1. Chr. 3,1 heißt er Daniel.*
[6] *Nach 2. Sam. 5,14 lautet der Name Sammua, nach 1. Chr. 3,5 lautet er Simea.*
[7] *Das erste Kind von David und Bath-Seba war sieben Tage nach der Geburt gestorben (2. Sam. 12).*
[8] *Dieser Name fehlt 2. Sam. 5,15f.*